A era imoral

DEEPTI KAPOOR

A era imoral

कलियुग

DEEPTI KAPOOR

Tradução de Marcello Lino

Copyright © 2023 by Deepti Kapoor Parker

TÍTULO ORIGINAL
Age of Vice

REVISÃO
Eduardo Carneiro
Júlia Ribeiro

ADAPTAÇÃO DE PROJETO GRÁFICO E DIAGRAMAÇÃO
Tanara Vieira

DESIGN DE CAPA
Gregg Kulick

ADAPTAÇÃO DE CAPA
Antonio Rhoden

CIP-BRASIL. CATALOGAÇÃO NA PUBLICAÇÃO
SINDICATO NACIONAL DOS EDITORES DE LIVROS, RJ

K26e

    Kapoor, Deepti, 1980-
       A era imoral / Deepti Kapoor ; tradução Marcello Lino. - 1. ed. - Rio de Janeiro :Intrínseca, 2023.
       560 p. ; 23 cm.

      Tradução de: Age of vice
      ISBN 978-65-5560-833-5

     1. Ficção indiana. I. Lino, Marcello. II. Título.

22-81900	CDD: 22-81900
	CDU: 82-31(540)

Gabriela Faray Ferreira Lopes - Bibliotecária - CRB-7/6643

[2023]
Todos os direitos desta edição reservados à
Editora Intrínseca Ltda.
Rua Marquês de São Vicente, 99, 6º andar
22451-041 – Gávea – Rio de Janeiro – RJ
Tel./Fax: (21) 3206-7400
www.intrinseca.com.br

"Para os *naga sadhus*, o desastre de 1954 no Kumbha Mela foi apenas mais uma rodada de violência durante um evento violento entre homens cuja profissão era a violência. Se houve alguma diferença, foi só porque chefes de família comuns se meteram no meio."

WILLIAM PINCH, *WARRIOR ASCETICS AND INDIAN EMPIRES*

―――

"Como consequência da brevidade de suas vidas, eles não serão capazes de adquirir muito conhecimento. E, como consequência da pequenez de seu conhecimento, eles não terão sabedoria. Por isso, a cobiça e a avareza tomarão conta de todos eles."

O *MAHABHARATA*

NOVA DÉLI, 2004

Cinco moradores de rua jazem mortos ao lado da Perimetral Interna de Déli.

Parece o início de uma piada de mau gosto.

Mas, se for, ninguém contou para eles.

Eles morreram no lugar onde dormiam.

Quase.

Os corpos foram arrastados por dez metros por uma Mercedes em alta velocidade que subiu no meio-fio e os destruiu.

É fevereiro. Três da madrugada. Seis graus.

Encolhidos, quinze milhões de pessoas dormem.

Uma neblina pálida de enxofre cobre as ruas.

E uma das pessoas mortas, Ragini, tinha dezoito anos. Ela estava grávida de cinco meses. Seu marido, Rajesh, tinha vinte e três anos e estava a seu lado. Ambos dormiam de barriga para cima, cobertos por xales pesados da cabeça aos pés, já parecendo cadáveres, exceto pelos sinais reveladores: a mochila embaixo do pescoço, as sandálias alinhadas com precisão ao lado dos braços.

Uma cruel reviravolta do destino: esse casal chegara a Déli no dia anterior. Buscara abrigo com Krishna, Iyaad e Chotu, três trabalhadores migrantes do mesmo distrito deles em Uttar Pradesh. Todos os dias esses homens acordavam antes do alvorecer e caminhavam até a grande feira de mão de obra em Company Bagh, tentando conseguir qualquer trabalho que pudessem encontrar para o dia — cozinheiro em um dhaba, *garçom de casamento, operário de construção civil —, mandando o dinheiro de volta para o vilarejo, pagando o* shaadi *de uma irmã, a escola de um irmão, o remédio noturno de um pai. Vivendo um dia de cada vez, hora a hora, trabalhadores pobres lutando para sobreviver. Voltando para dormir no mesmo ponto árido após o cair da noite, ao lado da perimetral, perto de Nigambodh Ghat. Perto dos barracos da favela de Yamuna Pushta — agora demolida —, que havia sido seu lar.*

Os jornais, entretanto, não perdem tempo com esses três homens. Seus nomes desvanecem no raiar do dia junto com as estrelas.

Um furgão da polícia com quatro agentes chega ao local do acidente. Eles saltam e veem os cadáveres e a multidão raivosa ao redor do carro, resmungando. Ainda tem alguém lá dentro! Um jovem, sentado com as costas eretas, braços em volta do volante, olhos bem fechados. Está morto? Morreu daquela maneira? Os policiais empurram a ralé para o lado e espiam o interior do veículo.

— Ele está dormindo? — pergunta um policial aos colegas.

Aquelas palavras fazem o motorista virar a cabeça e, como um monstro, abrir os olhos. O policial observa de novo o lado de dentro do carro e quase pula de medo. Há algo de grotesco naquele rosto delicado, bonito. Os olhos são maliciosos e selvagens, mas, exceto isso, não há um fio de cabelo fora do lugar. Os policiais abrem a porta, agitam seus bastões de bambu ostensivamente e ordenam que ele saia. Há uma garrafa vazia de Black Label aos pés do homem.

Ele é um jovem esbelto, o corpo malhado coberto por um terno safári de gabardine cinza, o cabelo milimetricamente repartido, impecavelmente gomalinado. Por baixo do bafo de uísque, há um outro aroma: Davidoff Cool Water. Não que os policiais pudessem reconhecer.

O que eles sabem é o seguinte: aquele homem não é rico, de jeito nenhum. Pelo contrário: é um fac-símile, um homem trajando uma imitação da riqueza, a serviço dela. As roupas, as feições bem-cuidadas, o carro, nada daquilo consegue esconder a pobreza intrínseca de seu nascimento; o cheiro que ela exala é mais forte do que o de qualquer bebida ou colônia.

Sim, ele é um empregado, um chofer, um motorista, um "garoto".

Uma versão bem alimentada e adestrada daquilo que jaz morto na estrada.

E aquela Mercedes não é dele.

O que significa que ele pode apanhar.

Atordoado, o homem resmunga enquanto os policiais o arrastam para fora da pista. Curvando-se, ele vomita nos próprios mocassins. Um policial bate nele com o bastão de bambu e o levanta. Outro o revista, encontra sua carteira, encontra um coldre axial vazio, encontra uma caixa de fósforos de um hotel chamado The Palace Grande, encontra um prendedor de notas com vinte mil rupias.

De quem é esse carro?
De onde veio esse dinheiro?
De quem você roubou?
Achou que fosse dar um passeiozinho?
De quem é essa bebida?
Chutiya, cadê a arma?
Filho da puta, para quem você trabalha?
Na carteira do homem há um título de eleitor, uma habilitação, trezentas rupias. Seus documentos dizem que se chama Ajay. O nome do pai é Hari. Nasceu no dia 1º de janeiro de 1982.
E a Mercedes? Está registrada em nome de um tal Gautam Rathore.
Os policiais confabulam: o nome soa familiar. E o endereço — Aurangzeb Road — fala por si. Só ricos e poderosos moram lá.
— Chutiya — rosna um agente erguendo os documentos do carro nas mãos. — Este é o seu patrão?
Aquele jovem chamado Ajay, porém, está bêbado demais para falar.
— Babaca, você pegou o carro dele?
Um dos policiais vai andando até a lateral da pista e olha para os mortos. Os olhos da moça estão abertos, a pele já azul por causa do frio. Ela está sangrando por entre as pernas, onde havia vida.

Na delegacia, Ajay é despido e largado nu em um cômodo frio e sem janelas. Está tão bêbado que desmaia. Os policiais voltam para lhe jogar água gelada e ele acorda gritando. Sentado, eles pressionam seus ombros contra a parede, abrem suas pernas. Uma delegada fica em pé sobre suas coxas até interromper a circulação. Ele ruge de dor e desmaia novamente.

No dia seguinte, o caso já ganhou repercussão. A mídia está chocada. No início, o assunto é a garota grávida. Os canais de notícia lamentam sua morte. Mas ela não era fotogênica nem tinha um futuro pela frente. Então o foco passa para o assassino. Uma fonte confirma que o carro é uma Mercedes registrada no nome de um tal Gautam Rathore, e isso vira notícia — o sujeito é uma figura cativa da cena social de Déli, jogador de polo, hábil contador de histórias e príncipe, realeza de verdade, o primeiro e único filho do parlamentar e marajá

Prasad Singh Rathore. Gautam Rathore estava dirigindo? Essa é a pergunta que todos fazem. Mas não, não, seu álibi é irrefutável. Ele estava de férias fora de Déli na noite do acidente. Encontrava-se em um Fort Palace perto de Jaipur. Seu paradeiro atual é desconhecido. Gautam, porém, emitiu um comunicado expressando seu horror, enviando os pêsames aos mortos e seus parentes. O motorista, revela o comunicado, começou a trabalhar para ele recentemente. Parece que pegou a Mercedes sem que Gautam soubesse. Pegou o uísque e o carro e saiu para dar uma voltinha ilícita.

Um comunicado da polícia confirma essas informações: Ajay, funcionário de Gautam Rathore, roubou uma garrafa de uísque da casa de Rathore enquanto o patrão estava fora, pegou o carro para dar um passeio e perdeu o controle.

A história se torna fato.

Estabelece-se nos jornais.

O boletim de ocorrência é registrado.

Ajay, filho de Hari, é indiciado de acordo com a Seção 304(A) do Código Penal Indiano. Homicídio culposo. Pena máxima: dois anos.

Ajay é mandado à corte lotada e apresentado ao magistrado distrital, que, em dois minutos, determina a prisão preventiva sem direito a fiança. Ele é levado de ônibus, junto com outros indiciados, para a penitenciária de Tihar. São enfileirados para registro, ficam sentados em filas tristes de bancos de madeira na recepção, cercados por cartazes com regras pregados no reboco úmido e empelotado das paredes. Quando chega sua vez, ele é levado para um escritório apertado onde um escriturário e um médico penitenciário o esperam com a máquina de escrever e o estetoscópio. Seus pertences são catalogados novamente: carteira, prendedor de notas contendo vinte mil rupias, caixa de fósforos com o nome "Palace Grande", coldre axial vazio. O dinheiro é contado.

O escriturário pega a caneta e começa a preencher o formulário.

— Nome?

Ajay olha para eles.

— Nome?

— Ajay — diz ele com uma voz seca, que mal dá para ouvir.

— Nome do pai?

— Hari.

— *Idade?*
— *Vinte e dois.*
— *Profissão?*
— *Motorista.*
— *Fale alto.*
— *Motorista.*
— *Quem é o seu patrão?*
Ajay cerra a mandíbula.
O escriturário olha por cima dos óculos.
— *Qual é o nome do seu patrão?*
— *Gautam Rathore.*
Dez mil rupias são tiradas do dinheiro e o resto é entregue de volta a Ajay.
— *Coloque dentro da meia* — *diz o escriturário.*

Ele é registrado e mandado para o Pavilhão 1, escoltado pelo pátio até o galpão, acompanhado pelo corredor úmido até a cela larga onde nove outros detentos vivem apertados e amontoados. Roupas estão penduradas nas grades da cela como em uma barraca de feira e, dentro, o chão está coberto de colchões esfarrapados, cobertores, baldes, trouxas e sacos. Há uma pequena latrina à moda turca no canto. Embora não tenha espaço sobrando, eles arrumam um lugar para Ajay, sob o olhar atento do carcereiro, no chão frio ao lado da latrina. Mas nenhum colchão está disponível. Ajay põe o cobertor que lhe deram sobre o chão de pedra. Senta-se encostado na parede, o olhar vazio fixo à frente. Alguns poucos companheiros de cela vão até ele e se apresentam, mas ele não diz nada, não registra nada. Encolhe-se e dorme.

Quando acorda, vê um homem em pé acima dele. Velho e desdentado, com olhos frenéticos. Mais de sessenta anos na Terra, ele está dizendo. Mais de sessenta anos. Ele é motorista de riquixá motorizado em Bihar, ou pelo menos era. Está ali esperando pelo julgamento há seis anos. É inocente. É uma das primeiras coisas que diz.

— *Sou inocente. Deveria ser traficante de drogas. Mas sou inocente. Fui pego no lugar errado. Havia um traficante no meu riquixá, mas ele fugiu e os policiais me pegaram.*

Ele continua, perguntando qual a acusação contra Ajay, quanto dinheiro ele tem escondido. Ajay o ignora e vira-se para o outro lado.

— Como quiser — diz alegremente o velho —, mas fique você sabendo que eu posso conseguir que coisas sejam feitas aqui. Por cem rupias, posso arrumar outro cobertor; por cem rupias, posso arrumar uma refeição melhor.

— Deixa ele em paz! — grita outro detento, um garoto rechonchudo e escuro de Aligarh, palitando os dentes com um pedaço de neem. *— Você não sabe quem ele é? Ele é o Assassino da Mercedes.*

O velho se afasta.

— Eu sou Arvin — diz o garoto gordo. — Dizem que matei minha mulher, mas sou inocente.

Ida para o pátio, hora do intervalo. Centenas de detentos saindo de suas celas para se reunir. Os homens o observam. Ele é uma espécie de celebridade. Todos ouviram falar do Assassino da Mercedes. Querem olhar mais de perto, julgar por si mesmos sua inocência ou culpa, ver se ele é durão, se está com medo, decidir a que grupo pertence. Não é preciso mais do que um minuto para reconhecer que ele é um dos inocentes, o bode expiatório de um patrão ricaço. Os homens tentam extrair essa verdade dele. O que prometeram para que ele assumisse a culpa? Alguma coisa boa? Dinheiro quando ele sair? Ou vão pagar os estudos dos filhos e das filhas dele até se formarem? Ou aconteceu o contrário? A família dele foi ameaçada? Corria risco de vida? Ou ele havia simplesmente sido leal?

Representantes das gangues que mandam na cadeia se aproximam dele no pátio, no refeitório, nos corredores, tentam angariar seu apoio, fazem discursos. A gangue Chawanni, a gangue Sissodia, a gangue Beedi, a gangue Haddi, a gangue Atte. A temida gangue Bawania. A gangue Acharya, os Gupta. Na condição de um homem inocente, um homem desacostumado à vida do crime, ele vai precisar de proteção. Logo vai se tornar alvo de extorsão se não escolher uma gangue; sem o apoio de uma delas, logo será estuprado, um carcereiro vai fazer com que seja transferido para uma cela com outro detento sozinho, ele vai ser a diversão dos outros, ninguém vai aparecer quando gritar. E vão pegar todo o dinheiro que ele tiver. Agem como se estivessem oferecendo um conselho sábio e neutro, como se eles mesmos não fossem a ameaça. Ajay é puxado de um lado para outro. Quanto dinheiro você tem? Junte-se a nós. Fique com a nossa gangue e você vai ser protegido. Vai ter um celular, pornografia, frango. Vai se livrar da "festa dos calouros" que estão preparando para você. Fique com a nossa gangue e você vai poder foder, vai poder estuprar. Nossa gangue é a mais forte. Você deve se juntar a nós antes que seja tarde demais. Ele ignora todos os discursos. Quando volta para a cela, constata que seu cobertor foi levado.

Seja como for, ele prefere ficar sozinho, sofrendo. Por dentro, o horror dos mortos o persegue, um lamento a cada respiro. Ele rejeita todas as gangues, esnoba os emissários e suas propostas. Então, no segundo dia, do lado de fora da farmácia, sozinho, logo após ter sido chamado para a consulta médica, três homens de outra cela se amontoam ao redor dele. Põem a língua para fora e retiram lâminas de barbear guardadas na boca, atacam-no, cortam seu rosto, seu peito e o antebraço que ele levanta para se proteger. Ajay recebe os cortes em penitência, sem fazer qualquer expressão de dor. Até que sua paciência finalmente se esgota, se rompe como um alçapão. Ele arrebenta o nariz do primeiro agressor com a base da palma da mão, pega o braço do segundo na altura do cotovelo e o quebra. Dá uma rasteira no terceiro e leva a lâmina até a língua do próprio homem, cortando-a ao meio desde o fundo da garganta.

Ele é encontrado em pé sobre os homens, salpicado de sangue, os prisioneiros berrando de dor enquanto ele é trancafiado em uma solitária, aturdido. É espancado, dizem que vai ficar lá por muito tempo. Quando a porta se fecha, Ajay surta, rosna, soca e chuta as paredes. Urros. Palavras incompreensíveis. Ele não consegue controlar o próprio mundo.

Ajay imagina o fim. De tudo que ele é, de tudo que fez. Mas não. Na manhã seguinte a porta se abre, novos guardas entram, educados, comedidos. Ele deve acompanhá-los. Antes, vai tomar banho. Ele está tremendo, nu e esfolado. Quando os guardas se aproximam, Ajay ergue os punhos cerrados, as costas contra a parede, pronto para lutar. Eles riem, jogam roupas limpas para ele e o esperam no corredor.

Ele é levado ao gabinete do diretor. Encontra uma bela refeição servida. Frutas frescas cortadas, paratha, lassi. Uma visão do paraíso. O diretor pede a ele que se sente.

— Pegue um cigarro. Sirva-se. Aconteceu um terrível engano. Uma falha de comunicação. Não fui informado — diz ele. — Se eu tivesse sido informado, isso nunca teria acontecido. Na verdade, ninguém sabia, nem mesmo seus amigos aqui dentro. De agora em diante as coisas serão diferentes. Você vai ser levado até eles. Poderá fazer o que quiser, dentro do razoável. E esse incidente infeliz com aqueles outros homens será esquecido, foi um deslize, nunca deveria ter acontecido. Eles poderiam ser punidos. Só que você mesmo os puniu, não é mesmo? Um espetáculo e tanto. Ah, e esse dinheiro, acredito que seja seu. Você deveria ter dito algo.

O diretor se inclina para a frente sobre a escrivaninha.

— Você deveria ter deixado claro. Deveria ter nos informado.

Ajay olha para a comida e o maço de cigarros.

— Informado o quê? — pergunta ele.

O diretor sorri.

— Que você é o homem dos Wadia.

MAHARAJGANJ, UTTAR PRADESH ORIENTAL, 1991

AJAY I

(Treze anos antes)

1.

O que é preciso ter em mente é que Ajay era apenas um menino. Oito anos de idade e desnutrido, mal sabia ler e escrever. Observava o mundo de suas cavidades oculares.

A família era pobre. Arruinada pela pobreza. Vivendo precariamente no barraco remendado com grama seca e pedaços de plástico, elevado sobre a planície aluvial por talos de *sarkanda* depois do limite mal iluminado do vilarejo. Pai e mãe catadores, raspando merda das latrinas secas dos aldeões com ardósia ou com as próprias mãos, carregando na cabeça cestos de vime transbordantes para serem despejados em um local afastado. Mijando e cagando nos campos antes do amanhecer. Mijando nos campos após escurecer. Plantando verduras escassas na vala imunda. Bebendo água do distante poço salobro para não poluir a fonte comunitária. Conhecendo os próprios limites para não atrair a morte para si mesmos.

A mãe de Ajay, Rupa, está grávida novamente.

A irmã mais velha, Hema, cuida da cabra da família.

Aqui é Uttar Pradesh Oriental. Mil novecentos e noventa e um.

Os contrafortes do Nepal se erguem ao norte.

A lua fica visível por muito tempo após a alvorada.

Antes do primeiro suspiro, Ajay já era velado.

2.

O ano é 1991, e o distrito já passa por carências extremas. Os proprietários da casta alta e seus compadres prosperam. O menino caminha todos os dias até a escola pública, uma casca putrescente e sem amor, uma falsa esperança de concreto sem portas, com venezianas de madeira fechadas, lascadas e cheias de buracos, salas pequenas demais para a grande quantidade de crianças, narizes ranhentos, cabelos penteados e gomalinados, uniformes surrados mas limpos, lutando contra a maré do puimento. O professor é ausente, está quase sempre bêbado, muitas vezes foge, muitas vezes recebe seu salário do governo em casa. Ajay é o mais pobre dos pobres, colocado no fundo da sala de aula com os outros *valmikis*, *pasis* e *koris*, evitado, ignorado. No almoço, eles devem esperar, afastados, em terreno pedregoso, enquanto as crianças das castas, enfileiradas, fazem a refeição servida em folhas de bananeira, sentadas de pernas cruzadas na plataforma nivelada. Quando a refeição finalmente é servida para os demais, a porção é escassa e rala. Depois do almoço, Ajay é colocado para trabalhar. Ele varre o chão, retira dos cantos a merda seca dos gatos, limpa o cocô das lagartixas. Um dia, aparece um cachorro morto ao lado do muro, inchado, putrefato e mordido por uma cobra. Ajay é mandado até lá para amarrar um barbante em volta da perna traseira do animal e arrastá-lo para longe.

No calor da tarde, Ajay percorre vários quilômetros de volta para casa, a fim de ajudar Hema nos cuidados com a cabra. Passa pelo templo Hanuman, passa pelos garotos jogando críquete. Mantém-se a uma distância cautelosa. Três anos antes, cometera o erro de atirar de volta uma bola extraviada com toda a força. A bola foi desprezada como um leproso e Ajay, perseguido pelos campos. Escapou atravessando a vala de esgoto. Mas foi avisado: toque na bola novamente e vamos cortar seus braços e suas pernas, tacar fogo nos seus membros e jogar você no poço.

Mil novecentos e noventa e um, e seu pai se meteu em alguma encrenca. A cabra se soltou da corda e entrou no terreno de um aldeão para comer espinafre. Ajay e Hema a pegam de volta, mas o dono do terreno fica sabendo. Naquela noite, ele aparece acompanhado do líder do vilarejo, Kuldeep Singh. Kuldeep Singh traz consigo dois capangas. Na presença deles, o proprietário das terras pede uma explicação, mas nenhuma é suficiente. O pai de Ajay, só tendões e ossos, implora por piedade, que não será concedida. Primeiro eles cuidam da cabra. Pressentindo o que está por vir, ela cospe e resfolega, fazendo os capangas se afastarem dos seus chifres. Kuldeep Singh precisa empurrá-los para o lado e descer seu porrete com rapidez na cabeça do animal. O crânio se parte e a cabra titubeia no ar, as pernas se dobrando; parece, por um instante, uma recém-nascida tentando andar. No chão, Kuldeep Singh corta sua garganta com a lâmina. Exaltados pelo sangue quente, os capangas se aproximam, cercando o pai de Ajay. Eles o jogam no chão, seguram seus ombros e coxas e se alternam para bater nas solas dos seus pés com bastões de bambu, passando gradualmente, com grande zelo, para os tornozelos, as canelas e os joelhos. Desferem golpes fortes em sua virilha, seu peito, seus braços. A mulher e a filha gritam e choram, imploram para que parem. Ajay se vira para correr, mas é detido por Kuldeep Singh. As mãos pesadas do homem o agarram pelos ombros. Ele sente aquele hálito azedo, carregado de tabaco e bebida. Ajay vira o pescoço, olhando para o céu rosado, mas Kuldeep Singh torce sua cabeça de volta na direção do pai para que ele assista.

O pai é acometido por uma febre naquela noite, a pele arroxeando ao anoitecer. Desesperada, pela manhã, a mãe de Ajay procura o agiota local, Rajdeep Singh, implorando por dinheiro suficiente para levar o marido até o hospital público, a vinte quilômetros dali. Rajdeep Singh empresta duzentas rupias a quarenta por cento de juros após uma negociação humilhante.

Quando Rupa chega ao hospital com o marido, os médicos se recusam a atendê-lo a menos que recebam o pagamento total adiantado. Pegam dela cento e cinquenta rupias, depois o deixam sem atendimento em uma ala do hospital. Ele parte deste mundo naquela noite. Ela mesma arrasta o corpo de volta, amarrado a um suporte de madeira, e chega em casa ao amanhecer. Com acesso recusado ao crematório do vilarejo, a própria família o crema com óleo reutilizado e lenha barata em uma pira perto de casa. O fedor é insuportável. Eles cavam uma cova rasa perto da floresta e enterram os restos chamuscados ali.

No dia seguinte, os homens de Rajdeep Singh aparecem para lembrar Rupa da dívida. Os capangas cercam a irmã de Ajay, fazem comentários libidinosos, sugerem coisas. Ajay assiste, mudo, escondendo-se entre os caules do campo ali perto. Há uma barata na terra rachada sob seus pés. Ele cobre as orelhas para bloquear o barulho e a pisoteia. Em seguida, sai correndo. Quando volta para casa, duas horas depois, a irmã está soluçando em um canto do barraco e a mãe está atiçando o fogo.

Algumas horas mais tarde, o *thekedar* — o empreiteiro local — chega. Oferece condolências e, sabendo da situação precária em que a família se encontra, sugere pagar a dívida toda. Poderão restituí-lo de uma forma simples e honrosa.

3.

Ajay não tem direito de opinar. Na manhã seguinte, antes do amanhecer, é levado até a traseira de uma caminhonete de três rodas com outros oito meninos que ele nunca viu. É um veículo velho, com uma cabine surrada, e na parte traseira há uma gaiola sebenta com o teto aberto para as estrelas, de maneira que sua carga humana possa ver, mas sem querer correr o risco de fugir. Ajay não tem pertence algum além das roupas velhas e de um cobertor sujo. A mãe e a irmã ficam paradas, ao longe, depois se viram e vão embora. O motor continua ligado no caminho de terra que ladeia a vala. Então o *thekedar* entra junto com o assistente e ambos seguem sob a luz fraca ao longo de uma trilha esburacada em direção a um horizonte negro e perfurado por estrelas. Ajay fica sentado, catatônico, entre os garotos taciturnos e trêmulos. Uma colcha de retalhos de cobertores mal os mantém aquecidos. Eles se amontoam no lado da gaiola que encosta na cabine, de frente para o leste, vendo as próprias casas se distanciarem, à espera do amanhecer.

Eles param para urinar em um *dhaba* movimentado pouco antes do nascer do sol. Um tubo de luz fluorescente atrai mariposas ansiosas. Vapor escapa da boca dos caminhoneiros em repouso. Em minutos, o céu se torna pálido e a paisagem vai ficando nítida. Veículos circulam na estrada. Campos de trigo se estendem em meio à neblina dos dois lados. O assistente do empreiteiro, um homem magro, escuro, bexiguento, com bigode retorcido, rosto longo e olhos estreitos, abre a traseira da gaiola. Adverte-os para que não corram enquanto os leva até a vala para mijar e, para se certificar de que estão obedecendo, fica em pé atrás deles brincando com uma faca. A neblina fica mais densa, o sol aparece brevemente como um disco pálido, prateado, depois some. Trancados de novo na traseira do caminhão, os meninos ganham *roti* e *chai* enquanto o *thekedar* e seu assistente se sentam diante de uma das mesas de plástico em frente e pedem *aloo paratha*.

Este é o momento.

Um dos meninos enjaulados, de peito estufado e cabelos encaracolados, até então passivo, dá um salto, escala a gaiola e pula para o chão. Sai correndo antes que alguém consiga reagir e dispara rumo aos fundos do *dhaba*. Mãos instintivamente se esticam para agarrá-lo, mas ele se desvencilha e pula por cima de montes de lixo e, depois, por cima da vala fedorenta, entrando no campo enevoado. O assistente do *thekedar* se levanta depressa, e sua cadeira de plástico cai no momento em que ele sai à caça, correndo ao longo dos banheiros, passando por sobre a vala, sacando a faca. Então menino e homem somem. Os caminhoneiros, os funcionários do *dhaba*, os meninos, todos olham com expectativa na direção da fuga, vasculhando a imensidão cinza, inclinando a cabeça para ouvir. Só o *thekedar*, homem de grande experiência, fica calmamente sentado tomando seu *chai*.

Cinco minutos se passam sem sinal algum.

A vida normal é restabelecida.

Depois, um grito paralisante, um berro horrendo em algum lugar da neblina, e todos os vira-latas começam a latir.

Quando volta ofegante, o assistente está sozinho e sua regata branca está salpicada de sangue. Ele cospe no chão para se livrar do gosto ruim e se senta com o *thekedar* sem dizer nada.

Ninguém ousa encará-lo enquanto ele olha em volta.

Ele termina o *chai* e come a *paratha*.

Ajay marca a fogo a imagem no cérebro.

A névoa nos campos começa a se levantar e se dissipar.

Eles seguem viagem o dia todo, e o sol se torna penetrante, queimando e aprisionando o mundo inteiro em suas cidades com entroncamentos empoeirados de caminhões e barracas de verduras. Alguns dos meninos começam a se mexer como se estivessem acordando de um sono drogado, sussurrando entre si, tentando se proteger do brilho do sol, da poeira e do vento. Ajay cerra os olhos e não fala com ninguém, tenta se lembrar do rosto do pai, do rosto da irmã, do rosto da mãe. Tenta se lembrar do caminho para casa. À tarde, ele acorda sem ter se dado conta de que havia adormecido e vê uma cidade com amplos bulevares, edifícios imponentes e jardins com flores coloridas, um mundo que ele acha ser um sonho.

Quando acorda novamente, o sol já está quase se pondo e eles estão em uma estrada estreita, subindo uma serra, com um despenhadeiro rochoso à direita e colinas onduladas atrás.

Ele olha nos olhos dos outros meninos e finalmente fala.

— Onde estamos? — pergunta ele.

— Punjab.

— Para onde estamos indo?

Um deles aponta para o alto com a cabeça.

— Lá para cima.

— Por quê?

O menino desvia o olhar.

— Para trabalhar — diz outro.

Eles transpõem as montanhas tarde da noite, galgando os contrafortes, arrastando-se pelo caminho em zigue-zague, a caminhonete subindo tão rápido quanto uma mula, o motor rateando contra a torrente do desfiladeiro e o breu total. Quando atingem um platô, um amplo rio murmurante os persegue na lateral. A lua brilha novamente, crescente, o céu alto, incandescente. Contudo, embaixo da frota de nuvens deslizantes há escuridão, formas grotescas, quedas mortais, um mundo de sombras, o acalento do motor. A temperatura cai e os meninos se aconchegam para se esquentar, ossos trêmulos em gaiolas, encolhendo-se. Depois, a lava dos pesadelos tem início, a subida incessante, a queda brusca, horas e horas contornando vales e curvas fechadas, o ar tão frio que chega a cortar. Ajay espera a próxima virada, o platô, o nascer do sol espalhando sua luz sobre o rio invisível, espera a volta para casa, a mãe que o acorda do sono, os cães mortos que ele arrasta para longe da escola.

Em seguida, os tentáculos despontam e a noite acaba, a gema de um sol surge sobre os picos e a lúgubre morte que preencheu as últimas horas é afastada. Luz pura e a vitória da alvorada. Ajay examina o rosto dos meninos, que piscam e se mexem debaixo de seus cobertores, atordoados. Rostos mais velhos, catorze ou quinze anos, e um rosto mais jovem, talvez sete. Examinando para ver se mudaram. Não mudaram. Mas passaram por um portal.

Não há esperança de voltar para casa agora.

A caminhonete estaciona para o café da manhã em uma venda de *chai* escavada como uma gruta em um paredão de rocha íngreme no alto de uma montanha, ao lado do templo para a divindade local, mal dando para dois veículos passarem na estrada. Do outro lado, um rio manso corre nas profundezas de um desfiladeiro. O assistente salta da cabine, se espreguiça, acende um *beedi* e caminha até a beirada, onde pedras pintadas de branco os protegem da queda. Ele limpa as unhas com sua faca de bolso e cospe no vazio enquanto macacos que estão limpando os pelos sibilam, mostrando as presas, e correm para a próxima curva.

Os meninos ainda estão sentados na gaiola.

O motor desligado parece o som mais alto do mundo.

O *thekedar* cumprimenta o *chaiwala* que mexe na bacia sobre o fogareiro de parafina. O assistente volta da beira da estrada para se sentar com ele, abrindo a gaiola no caminho. Os três homens batem papo, colocando em dia as últimas idas e vindas na estrada.

O assistente assobia para os meninos.

— Estiquem as pernas, tratem de ir mijar. Não vão ter outra chance tão cedo.

Os homens estão relaxados, o incidente no *dhaba* na manhã anterior já foi esquecido.

Dessa vez, não há para onde escapar.

Então eles descem e caminham sem rumo, olhando para cima, para o corredor de pedra calcária, enchendo os pulmões de ar fresco. Ajay ouve o rio, fora do campo de visão, sendo despejado do topo do mundo.

Um dos meninos, talvez o mais jovem, o de sete anos, caminha até a beirada da estrada.

Ajay o observa lá em pé, paralisado, equilibrando-se bem na extremidade, olhando para baixo.

Até o assistente agarrá-lo pelo braço e puxá-lo de volta.

E eles partem novamente.

Às dez, o sol já está forte. Os cobertores meio largados são transformados em sombra.

Atravessam os Himalaias a toda.

Livres da noite.

Cada vez mais perdidos.

Agora eles dormem.

Ao meio-dia, a caminhonete chega a uma vila comercial maltratada em um vale quente, sufocada por graxa e motores, um depósito de lixo em meio às montanhas, uma tina de imundície. Eles transpõem um pequeno rio pedregoso, obstruído e represado por lixo, a pequena ponte de metal que o atravessa coberta de bandeirolas com preces. Entram em uma outra estrada que leva para fora do vilarejo e sobem o rio em meio a pinheiros. Pequenas ilhas de grama quebram o fluxo do rio. Ao norte, entre as árvores com aroma de resina, despontam montanhas com picos nevados. Uma nova e colossal cordilheira, uma parede branca impenetrável. Ajay adormece novamente e sonha com o pai carregando um cesto na cabeça, a parte inferior do corpo completamente chamuscada.

À tarde, a caminhonete se aproxima de uma cidade circundada por florestas em uma encosta. Ela marca a entrada de um vale longo e íngreme que se estende e corta a terra a perder de vista. Cachoeiras caem de muito alto, respingando em declives suaves, serpenteando em meio às rochas e unindo-se ao rio tortuoso, que se tornava cada vez mais caudaloso. Aldeões lavam roupa um pouco mais abaixo, batendo o tecido nas pedras. A caminhonete faz uma curva e o barulho do rio é abafado pelos pesados pinheiros. Eles sobem mais um pouco, passando por construções bem-ordenadas revestidas de madeira, e entram em um estacionamento no meio das árvores.

O motor é desligado de repente, uma nova privação — os meninos piscam e se levantam cambaleando, feito homens desembarcando em terra firme após meses no mar.

Uma multidão já os aguarda. O *thekedar* salta da cabine todo profissional, cospe bétele e tira um livrinho do bolso. Não perde tempo, já começa a chamar nomes enquanto o assistente abre a traseira da caminhonete e entrega os meninos um após outro. Pequenas disputas eclodem, dinheiro passa de mão em mão. Laços que mal se formaram são quebrados novamente. Uma garoa começa a cair e Ajay se agacha na gaiola, esperando. Um por um, os meninos são levados embora. Quanto aos três restantes, inicia-se um leilão.

4.

Ajay é vendido para um homem gordo e baixo com bochechas avermelhadas, roupas de qualidade e ar pomposo.

— Pode me chamar de Papai — diz o homem, pegando Ajay pela mão e levando-o para o ponto de riquixá ali perto. — E qual é o seu nome?

Mas Ajay não consegue responder. Está paralisado pelo choque de um homem adulto segurando sua mãozinha suja.

Eles sobem o lado leste do vale na traseira de um riquixá motorizado. A cidade desaparece lá embaixo em curvas cada vez mais fechadas. Do lado de fora das abas de lona do riquixá, as montanhas mais altas vão se revelando, as geleiras parecem joias, brilhando na chuva pesada que começou a cair. Ajay permanece em silêncio, afundado no banco, tremendo, enquanto Papai está inclinado para a frente conversando com o motorista. Alguns quilômetros acima, surge um assentamento menor, mais tranquilo, um vilarejo pontilhado de casas escuras no antigo estilo montanhês — telhados de palha, pedras pesadas, estruturas de madeira, sacadas ricamente entalhadas em deterioração. Ameaçadas por novas e intimidadoras casas de concreto, com montes de areia do rio sob folhas de plástico ao lado de pilhas de pedras.

O riquixá os deixa no que parece ser uma pequena cabana construída na encosta, mas, quando eles põem os pés na rua, Ajay vê que a construção se estende para baixo por cinco andares, como se escorresse da montanha em um desmoronamento. Eles entram rapidamente na parte de cima da cabana e atravessam um corredor pequeno e vazio, passando por uma pesada porta de madeira que dá em um local iluminado e aquecido, um cômodo grande e bagunçado com janelas que vão do chão ao teto nos dois lados, descortinando a maravilha panorâmica do vale. O lugar está cheio de sofás, tapetes, ornamentos e artefatos, mas a peça central é um enorme fogareiro a lenha com dutos ondulados e tentaculares que desaparecem em outros cômodos enquanto um deles arrota fumaça para fora, do lado da janela, rumo ao céu. Uma enorme panela de leite borbulha em cima do fogareiro. O cômodo tem um cheiro cremoso.

Uma mulher rechonchuda, rosada e cheirosa, mais glamorosa do que qualquer outra que Ajay vira na vida, se levanta e sorri.

— Essa é Mamãe — diz Papai, segurando Ajay pelos ombros.

— Olá — diz Mamãe, esticando a mão rosada. — Qual é o seu nome?

— Vamos, aperte — diz Papai.

Mas Ajay só fica olhando.

— Qual é o nome dele? — pergunta Mamãe, esforçando-se para manter o sorriso.

— Troquem um aperto de mãos — diz Papai. — Está vendo? — Ele segura a mão de Mamãe e a sacode. — Assim.

Ajay olha para Papai e sorri tolamente.

— Você comeu? — pergunta Mamãe a Ajay com vozinha de bebê. — Quer *chai*?

Ajay apenas sorri.

— Ele é tímido — diz Mamãe, como se diagnosticasse um paciente. Ela se abaixa e o observa um pouco mais de perto.

— Tem certeza de que ele sabe falar?

— Claro que ele sabe falar — diz Papai.

Mas Ajay não diz nada.

— Duvido que saiba ler ou escrever — diz Papai. — Mas sabe falar. Não sabe?

— Você não conferiu? — pergunta Mamãe, um pouco chateada.

— Ele foi o único que sobrou — diz Papai.

— Qual é o seu nome? — pergunta Mamãe novamente, pegando as duas mãos dele.

Ajay está hipnotizado.

Sussurra tão baixo que não consegue ser ouvido.

Ajay.

— Como? — pergunta ela, inclinando a cabeça na direção do rosto dele com um sorriso.

— Ajay.

— Ajay! — exclama Mamãe, vitoriosa, levantando-se e repetindo o nome como se fosse o mais bonito do mundo. — Uma gracinha.

— Eu disse que ele sabia falar — diz Papai.

— Por que você não mostra o quarto dele?

Papai leva Ajay de volta para fora; em vez de irem até a rua, eles viram na lateral da construção, descem uma escadaria protegida da chuva por um telhadinho, passam por uma série de pequenos terraços gramados até o térreo, cinco andares abaixo, e entram em um quarto sem reboco cheio de umidade, onde a terra encharcada de chuva ameaça brotar pelo pavimento. É um quarto de despejo cheio de tralhas e sacos de cimento, com um colchão sebento e alguns cobertores.

— Este é seu quarto — diz Papai. — E aqui está a chave.

Ele a entrega a Ajay.

— Tome cuidado, ok? Se você perder, não vai poder trancar a porta.

Ajay olha para a chave na mão dele.

— O banheiro fica ali — diz Papai, apontando para uma porta. — Tem sabonete lá dentro. Tome banho e descanse. É uma hora agora. Volto e pego você às cinco para começar a trabalhar.

Ajay está olhando para uma prateleira ao lado do colchão com alguns objetos pessoais, duas camisetas, um caderno de escola, uma bola de futebol murcha, um pato de dar corda sobre rodas e um espelho fosco.

— Você pode ficar com aquelas coisas — diz Papai olhando novamente para dentro do quarto enquanto fecha a porta. — Eram do último menino.

Ajay adormece sob os cobertores, o movimento da caminhonete ainda pulsando no seu coração.

Quando acorda, constata que parou de chover; está tudo silencioso e há um brilho estranho cintilando no vidro empoeirado da janelinha em cima das tralhas. Ele não sabe onde está. Depois, vai lentamente se lembrando, a viagem se afastando como um sonho, restando apenas o quarto sólido, desconectado de todo o resto.

Ajay fica deitado por muito tempo embaixo dos cobertores, imóvel, sua mente é um pássaro dormindo sobre o oceano enquanto voa.

O sol está se pondo atrás das montanhas do outro lado do vale, as nuvens foram embora e agora revelam um azul puro. A grama dos terraços está coberta de gotículas. A solidão pulsa fora da construção acima. Ele sobe os degraus para espiar lá dentro, mas as luzes estão apagadas na casa principal. Não sabe o que fazer. Todas as casas, acima e abaixo da encosta, parecem abandonadas. Então ele volta para o quarto, cobre a cabeça com os cobertores e espera.

— Você lavou as mãos? — pergunta Papai.

Ajay mente e murmura que sim.

— Lave de novo. Quero ver você lavar.

É o mantra da casa.

Lave as mãos. Lave-as novamente. Lave os pés, lave as roupas. Lave seu narizinho ranhento.

Ajay está sendo alimentado. Papai o estimula a comer.

— Você precisa estar forte para o trabalho — diz ele. — Coma arroz com sal e *ghee*, beba leite, aproveite as coisas boas, tem *ghee* e leite de sobra.

Agora ele está sendo informado sobre o trabalho. Absorve tudo impassível.

Papai tem uma pequena fazenda a uma hora de subida pela floresta, em uma campina no alto. Ajay está substituindo o último menino. Sua tarefa é cuidar do leite, fazer *ghee* e realizar os trabalhos domésticos, fazer o café da manhã, varrer e passar pano no chão, lavar as roupas, cuidar do fogo, preparar o almoço e, quando o almoço tiver terminado, lavar a louça. Ele recebe um prato, caneca, tigela e colher.

— Você sabe cozinhar? — pergunta Papai.

Ajay faz que não.

— Então vai aprender. A partir de agora. E amanhã, depois do café da manhã, vamos à fazenda.

Mamãe mostra a ele como preparar o jantar naquela noite: frango ao curry, *aloo gobi*, *palak paneer* e arroz. Ele observa, boquiaberto, a abundância de ingredientes, o uso farto de temperos, as colheradas de *ghee*. Mamãe é uma cozinheira generosa, uma professora paciente. Coloca no dorso da mão dele gotas de todas as coisas para que Ajay experimente, e, a cada vez, o olhar incrédulo do menino se volta para o alto enquanto sua língua explode.

— Olha só o sorriso dele — diz ela, mas Papai está enterrado em papéis.

Quando chega a hora dos *rotis*, mandam que ele os faça sozinho. Falam que ficaram bons, embora ele seja parcimonioso demais com o sal.

Em seguida, Ajay aprende a pôr a mesa, arrumar as colheres para servir, as tigelas, os pratos e, quando o jantar está pronto, é convidado a se sentar com eles à mesa.

Ele não sabe como.

— Sente-se — diz Mamãe, puxando a cadeira ao lado. — Aqui mesmo.

Ele se senta na cadeira e a observa.

— Agora sirva-se.

Ele olha hesitante para ambos.

— Vamos.

Ajay pega uma colher de servir, colocando desajeitadamente pequenas porções no prato, Papai fingindo não olhar enquanto ele derruba comida.

Quando o prato de Ajay está pontilhado de montinhos, ele finalmente sucumbe à necessidade de intervir.

— Você precisa de mais do que isso — diz, amontoando grandes porções de arroz e *dal* no prato do menino, cobertas por colheradas de *ghee*.

— Não é o melhor *ghee* que você já provou? — pergunta Mamãe.

— É — sussurra Ajay.

Ele nunca experimentou *ghee*.

— Seu pai morreu — diz Papai, como se o pai de Ajay tivesse telefonado para contar as novidades. — E sua mãe precisava que você a ajudasse da melhor maneira possível.

Ele está desenvolvendo uma história.

— Então você veio para cá para trabalhar, e assim vai ficar tudo bem em casa.

Ajay só olha.

— Sua mãe não precisa mais se preocupar. Sua família está feliz porque você está trabalhando.

Ajay imagina o rosto da mãe, esperando no escuro enquanto ele é carregado na caminhonete. Visualiza o corpo fumegante do pai. Vê os campos de trigo, se vira e sai correndo para longe dos gritos da irmã. Esmaga uma barata com os pés descalços, repetindo na própria cabeça os nomes Kuldeep e Rajdeep Singh.

— Sei que você vem de um lugar com diversos costumes e crenças atrasados. Muitas regras e muitos costumes que pertencem à realidade do seu mundo. Mas aqui não temos nada disso, então você é livre agora. Entendeu? — pergunta Papai.

Ele olha de Papai para Mamãe, para as brasas do fogo e o curry de frango.

— Temos regras diferentes aqui — diz Papai. — Não importa de onde você veio. Somos todos seres humanos, e todos os seres humanos são iguais. Sabe o que isso significa?

Ajay não diz nada.

— Significa que, se alguém perguntar quem você é e de onde você vem — prossegue ele —, você dirá o seguinte: moro em um lar xátria.

Ajay baixa os olhos para o prato.

— Repita — diz Papai, alongando as palavras. — Moro em um lar xátria.

Ajay olha para Mamãe; ela faz que sim, encorajando-o.

— Moro em um lar xátria — sussurra ele.

— Muito bem — diz Papai. Tarefa cumprida. — Agora coma.

Ele tenta.

Faz uma bola de arroz e *dal*. Olha para ela.

Mas não consegue levá-la à boca.

Parece paralisado.

— Qual é o problema? — pergunta Papai incisivamente.

— O que houve? — indaga Mamãe, inclinando-se na direção do menino para que ele possa sussurrar em seu ouvido.

Depois que Ajay fala, ela olha para Papai com olhos perturbados.

— Ele quer saber — diz ela baixinho — se pode comer ali embaixo. — Mamãe faz uma pausa e olha para baixo. — No chão.

Papai dá um longo respiro, o que diz mais que qualquer palavra.

— Eu avisei — diz ele, em inglês.

— Eu sei — responde ela.

— Muito bem — diz Papai a Ajay, voltando a falar hindi. — Pegue um dos pratos de metal e vá.

Ajay pula da cadeira e pega uma das bandejas baratas de metal. Transfere o conteúdo do prato de porcelana e põe mais frango, depois vai correndo para o canto da cozinha, onde se senta de pernas cruzadas, de costas, e se empanturra. Há mais alimento naquela refeição do que ele comeu em uma semana. Ajay sente que a barriga vai explodir.

Depois do jantar, quando Mamãe e Papai estão descansando, ele é encarregado de lavar os pratos. Quando tudo está limpo, Mamãe mostra a ele como fazer leite quente com cúrcuma.

— O dia começa às cinco — diz Papai.

Ajay está agachado para tomar seu *haldi doodh* perto do fogo. O calor é hipnótico. Ele sente a necessidade de se deitar e dormir ali mesmo. Mas, quando termina de beber, recebe sandálias e é mandado para fora, na chuva, então desce os degraus frios, tremendo em meio à umidade, e se tranca no quarto, cobrindo-se com todos os cobertores que consegue encontrar, deitado na escuridão triste enquanto espera o amanhecer.

5.

O inverno está terminando, a primavera está chegando, a neve está sumindo e o gado logo será levado para o pasto novamente. Na fazenda, ele é apresentado às vacas, aprende a dar forragem aos animais e a limpar os estábulos, a levá-los para a ordenha, amarrá-los para que pastem. Toda manhã, Ajay deve subir correndo e buscar duas jarras de leite para a casa. O restante será entregue pelos empregados da fazenda para que Ajay processe e faça *ghee* ou engarrafe para ser vendido.

O trabalho é pesado e ele está sempre cansado, mas faz três refeições por dia e ninguém o maltrata ou ameaça matá-lo. É uma vida melhor do que ele jamais esperou ou teve. Toda manhã, um copo de leite fresco e vários *rotis* quentes salpicados de *ghee* da melhor qualidade estão à sua espera. Os almoços e jantares que ele prepara, usando receitas de Mamãe, são cheios de verduras e legumes frescos, e o arroz nunca acaba.

Em seu tempo livre, quando ninguém está olhando, Ajay adora rolar pelo jardim nivelado, enlameando-se na grama, pulando nos pequenos terraços, descendo como a casa rumo ao fundo do vale, rumo ao rio largo e poderoso. A cada semana um pouco mais de carne cobre seus ossos, algumas palavras a mais saem de sua boca, um sorriso, um riso. Então a culpa aparece e ele se consola com a mentira que Papai lhe ensinou. Sua família está vivendo bem agora por causa dele. Ajay inventa uma visão do cotidiano da mãe e da irmã. Seu sacrifício abriu o caminho para a prosperidade delas. É o que ele repete para si mesmo sem parar, até não conseguir se lembrar da verdade. Decide que gosta dali. Gosta de correr entre as árvores, de brincar com os cães da fazenda, de jogar água fria no rosto, de ficar sentado ao lado do fogo com Mamãe à noite. E descobre uma outra coisa: sente prazer em agradar, sente prazer em antecipar qualquer necessidade possível, não apenas de Mamãe e Papai, mas de todos, dos empregados da fazenda, dos animais, dos comerciantes. Na verdade, não é apenas prazer, é algo que se parece mais com o estancamento de uma ferida, a contenção de uma maré, um sacrifício, negando o trauma do seu nascimento.

No começo do verão, algo inesperado acontece: os estrangeiros chegam. Eles vêm de ônibus e de motocicleta, pessoas estranhas, selvagens, felizes, com cabelos compridos. Sentam-se e fumam cachimbos como os *sadhus*, fazem barulho, tocam música e levam uma vida caótica na encosta da montanha. Parecem existir sem estrutura, ritual ou regra. O primeiro comboio de motoqueiros chega no meio da tarde. Ajay sai correndo do seu quarto para descobrir de onde está vindo o barulho. Ouve o ruído ao longe, confunde-o com uma avalanche ou um terremoto, até avistar as motos no fundo do vale, subindo depressa a estrada ribeirinha e desaparecendo atrás da corcova.

Ele espera, ouvidos atentos, sem ousar correr, ainda despreparado para se decepcionar.

Ele os vê, surgindo a meio quilômetro de distância.

Sobe a trilha, dois degraus de cada vez, corre para a estrada enquanto as primeiras motos passam fazendo barulho, pula e grita ao lado delas o mais rápido possível, entusiasma-se quando eles acenam de volta, um borrão de alegria.

Aquele verão é cheio de surpresas. Nas horas em que deveria estar descansando, ele sai de fininho do quarto, sobe até o vilarejo perto das fontes termais, onde os estrangeiros passam os dias, fica admirando aquelas pessoas maravilhosas que se sentam em cafés e fumam e conversam e tocam música, e sai correndo se elas tentam falar com ele, espantado, brigando com a própria timidez. Elas o veem e acenam, o convidam para se sentar, e todo dia sua coragem aumenta. Quando Ajay tem a ousadia de se aproximar, elas riem e brincam com ele, sorriem com gentileza. E quando alguém derrama uma bebida, Ajay corre para levar um guardanapo. Quando alguém precisa de fogo, ele corre com sua caixa de fósforos, risca um e observa o riso. Ele decide carregar sempre uma caixa de fósforos consigo. Acender um *chillum* ou um cigarro onde for possível. O Menino da Caixa de Fósforos. É como eles o chamam.

Durante todo o verão, os cafés e restaurantes que ficaram fechados brilham com música e luzes, com os aromas de comidas estranhas e exóticas, com homens e mulheres que vestem flores e desabrocham. Antes do fim do primeiro mês, ele já aprendeu algumas palavras de inglês. *Please, thank you, yes* e *no. Sorry.*

Papai até abre alguns dos quartos dos andares inferiores, faxinados rapidamente por Ajay, e os aluga a cinquenta rupias por noite.

Entretanto, quando o longo verão termina, os estrangeiros desaparecem tão depressa quanto chegaram, um grande êxodo de motocicletas e ônibus rumo ao sul, descendo para a Índia novamente, e as cores do outono explodem e o frio se estabelece, a terra se torna dura e desbota. Os animais são levados para a parte baixa da montanha e mantidos em estábulos invernais. Quando a neve começa a cair, a família se recolhe ao cômodo central com o fogo aceso dia e noite. No inverno, Ajay dorme ao lado do fogareiro no cômodo principal. Ele se sente mais sozinho do que nunca ali, e, em meio ao brilho alaranjado, com a neve caindo pesadamente ao luar, lembra-se da mãe e da irmã em seus sonhos.

6.

Sete anos se passam naquele lugar que nunca se transforma em lar, mas que é o único que ele conhece para viver, respirar, crescer; amarrado ao seu corpo, o lugar do qual ele não pode ir embora. Ajay executa as tarefas, corre atrás de estrangeiros, aprende punjabi e himachali junto com seu hindi, adquire uns rudimentos de inglês, alemão, hebraico e japonês, preenche as provas vazias da sua existência, dá nome a várias coisas. Mamãe é gentil com ele — às vezes chorosa ou cruel, mas ela o ensina com grande diligência a ler e escrever, a escrever o próprio nome também em inglês.

E, na casa e na fazenda, ele se torna um adolescente forte e obediente, musculoso, esbelto, aprende a atirar, aprende a caçar, ajuda a fazer o parto de novilhos, mantém os cães alimentados e treinados, fica atento a leopardos e ursos, alerta como nunca, sempre presente, nunca realmente presente, os grãos da vida catados e postos de molho, um funcionário leal a Papai, vital, mas muito pouco importante dentro do grande esquema, exposto aos ritmos e às correntes subterrâneas do seu esconderijo doméstico, mas, de certa forma, abrigado também, ele come, bebe, toma seu leite, espicha, deixa um bigodinho absurdo crescer, aprende a se barbear — seu trabalho é implacável, como ele não se tornaria forte? Seu corpo habita a idade adulta, embora a mente ainda esteja um pouco atrás, às vezes uma criança, sempre procurando que precisem mais dele do que ele realmente precisa dos outros. Dorme sozinho em seu quarto todas as noites de verão, ouvindo as festas nos pomares de macieiras, e todas as noites de inverno dorme lá em cima, sufocado pelo fogareiro. Em pouco tempo já está mais alto do que Mamãe e Papai, embora nunca o vejam dessa maneira. E, no vilarejo, todo verão, à medida que os hippies chegam, Ajay fica ao lado deles no labirinto de cafés e pousadas em volta das fontes termais, continua aprendendo inglês, Ajay Caixa de Fósforos, o menino da caixa de fósforos, artista mudo, palhaço silencioso, sempre pronto, aprendendo a arrumar *charas* mediante comissão, enrolar baseados por uma rupia, preparar *chillum* por cinco, um filtro sempre à mão, aquele garoto que antigamente era sacaneado por algum alemão chapado, algum israelense cascudo, algum japonês viciado em ácido, algum inglês pão-duro, agora forte e atento e mais bonito do que ele jamais teve direito de ser. Mas, acima de tudo, pronto para servir, fazendo a alegria daqueles que voltam a cada primavera, dizendo: "Ajay, é você? Nossa, como você cresceu…" E aqueles que antes davam ordens para ele casualmente se tornam hesitantes, e possessivos também, procurando agradá-lo. E aqueles que nunca o viram ficam ansiosos para impressioná-lo. Mulheres fazem piadas sobre a beleza dele. "É só questão de tempo", diz uma, e elas riem maliciosamente entre si. Engraçada a passagem do tempo. Engraçado o seu corpo. Mas Ajay não é estruturado daquela maneira. Ele não tem maldade e sabe que o corpo pode ser muito precário.

Foi aos poucos conhecendo o destino daqueles outros meninos, os que viajaram com ele na gaiola. Um desapareceu na floresta e foi encontrado devorado por sabe-se lá o quê, um se afogou em uma tromba-d'água enquanto nadava no rio. Quatro fugiram juntos depois de roubar dos patrões e, dos quatro, dois foram condenados por roubo em quadrilha e homicídio e dois foram mortos antes mesmo de chegarem à penitenciária.

— E por que você não foge? — pergunta Papai toda vez que um novo relatório chega.

— Porque não sou burro — diz Ajay.

— Isso mesmo — afirma Papai. — Porque você não é burro, e porque é um bom garoto também. Repita — diz ele, passando para o inglês. — *There is no place like home.*

Ao longo dos anos, Papai expande a grande e profunda casa vazia, reformando os esboços de quartos nos andares de baixo, tornando o local apropriado para hóspedes, cada andar pintado e colorido, gerando lucro no verão. Outra incumbência: além das tarefas da fazenda, Ajay agora gerencia a pousada, troca os lençóis, limpa os quartos, cozinha para os hóspedes, atende a todas as solicitações.

De vez em quando os estrangeiros que se hospedam ali fazem perguntas: "De onde você é?" "Onde está a sua família?" "Você volta para casa?" "Como é a vida no seu vilarejo?"

Ele se esquiva de todas com um sorriso tímido.

— Você ir escola? — pergunta o italiano de pele curtida pelo sol quando Ajay está com quinze anos.

Ajay faz que não com a cabeça.

— O que você faz? Para aprender?

— Trabalho — diz ele, e sorri.

— Você ir escola antes?

— Quando eu era pequeno — responde Ajay, medindo cada palavra.

— Quando você ir embora?

Silêncio. Dar de ombros.

— Quando você vir aqui?

O italiano o acompanha com os olhos, persistente, tentando entrar em sua mente.

— Você recebe dinheiro, não?

O homem faz o sinal universal, esfregando o polegar e o indicador, sacando uma nota de dez rupias para compor a imagem.

— Dinheiro. Rupias.

Ajay finge não entender e continua preparando o almoço deles.

— Aqui, para você, pegue.

Ajay olha para o dinheiro, sorri e balança a cabeça.

— Vamos, pegue.

Ele pega o dinheiro e põe timidamente no bolso.

O italiano se recosta e o observa.

— Você não ganha dinheiro, não. Ganha?

É verdade. Ajay nunca foi pago. Papai disse que sua mãe recebe seu salário todo mês. Ele não tem motivo para desconfiar, aceita cegamente.

Agora, porém, ele quer saber os detalhes, como ouvir o mesmo conto de fadas toda noite.

Pouco tempo depois, abrindo caminho pela floresta ao sair da fazenda certa tarde, parando de vez em quando para não deixar Papai para trás, ele de repente pergunta como os salários chegam até sua mãe no vilarejo.

Papai fica em silêncio por um tempo, como se não tivesse escutado. Por fim, diz:

— Deposito os salários em uma conta bancária. E sua mãe saca o dinheiro do outro lado.

— De um banco?

— É.

— Ela tem um banco?

— Tem. O do seu vilarejo — diz Papai.

— Eu não conheço.

— Não havia quando você estava lá. Acabou de abrir.

— Como ela recebia antes?

— O homem que trouxe você para cá pagava.

— Quanto ela recebe?

— Quinhentas rupias todo mês.

Ajay fica ruminando o número na própria cabeça, calculando tudo que ela poderia comprar.

Eles seguem caminhando por um tempo. No sol, os galhos parecem pegar fogo. O aroma doce da resina enche o ar.

— Posso ir vê-la? — pergunta Ajay.

— Claro — diz Papai sem titubear. — Você pode ir quando quiser.

— Eu gostaria de ir.

— Mas, se você for, vou ter que substituir você, e você não vai poder voltar, entende?

O pensamento de outro menino chegando para tomar seu lugar enche seu coração de medo.

— Não me lembro do caminho para casa — diz Ajay finalmente.

Eles caminham mais um pouco.

— Mas posso falar com ela pelo telefone?

— Talvez — diz Papai, como se aquele pensamento nunca tivesse lhe ocorrido. — Ela tem telefone?

— Não sei — responde Ajay.

— Mesmo que tivesse, não sabemos o número.

Ambos ficam pensando nisso em silêncio.

— E os homens que me trouxeram para cá? — pergunta Ajay. — Podemos perguntar a eles?

— Eles pararam de vir anos atrás — responde Papai.

A trilha se alarga, eles passam por uma máquina abandonada, o cheiro de ferrugem e óleo de motor paira no ar.

— Você não está feliz aqui?

— Estou feliz.

— Você tem tudo de que precisa. Sem fome, sem preocupações. Está cercado pela natureza.

— Penso na minha mãe às vezes.

Papai suspira.

— É normal.

— Sonho com ela às vezes.

— Sua mãe queria que você trabalhasse.

— Penso em voltar para lá às vezes, depois.

— Depois do quê?

— Depois que eu não trabalhar mais para o senhor. Quero voltar para lá e ser um homem importante.

— É mesmo?

— Quando eu for mais velho.

— Fico triste que você queira ir embora.

— Não vou embora — diz Ajay.

Eles saem da floresta e começam a percorrer a pequena distância até a casa ao longo da estrada.

— Vamos fazer um trato — diz Papai em tom afetuoso. — Um dia, em breve, vou contar tudo que sei sobre sua mãe e seu vilarejo. Então você pode decidir se quer ir embora. Está bem?

— Está bem.

— Entenda que ninguém está mantendo você aqui contra sua vontade.

Eles seguem caminhando. O céu muda no vale.

As geleiras na direção de Ladakh estão derretendo.

— Quando vai ser isso? — pergunta Ajay. — Quando o senhor vai me contar tudo?

Papai franze a testa, olhando para as nuvens.

— Digamos... no ano que vem, quando você fizer dezesseis anos.

Papai morre alguns meses depois, após seu jipe Mahinda Armada bater em um ônibus local tarde da noite em um ponto cego da estrada Bhuntar-Manikaran. Vinte e seis pessoas morrem. O motorista estava sob efeito de uma anfetamina vendida livremente na farmácia; tinha a idade de Ajay.

O corpo de Papai é encontrado no dia seguinte, vinte metros abaixo dos destroços, nos galhos de uma árvore, encharcado de chuva, seu intestino desenrolado como uma fita cassete no desfiladeiro.

Ajay, quase esquecido em meio às demonstrações de pesar, refugia-se na fazenda naquele dia, cuidando dos animais, descendo com o leite, e só vai para seu quarto à noite, na hora de dormir. A morte e a cremação trazem de volta sonhos assustadores. Assim que a cremação é realizada, Mamãe, arrasada, é levada por sua família de volta para o vilarejo natal em outro vale, a seis horas de distância. Da janela, Ajay observa enquanto ela é conduzida para o carro e levada embora. Fica em pé perto da janela e estica a mão para ela; Mamãe o vê, mas não fala nada nem faz sinal algum.

E então ela se foi. Os trabalhadores voltam para a fazenda e Ajay fica sozinho naquela casa. Ele já ficou sozinho na casa muitas vezes, mas nunca daquela maneira, nunca sem instruções, nunca sem um horizonte à vista. Ajay acende novamente o fogareiro e, quando as chamas estão altas, começa a ferver e a desnatar o leite. Depois, começa a cortar legumes para um jantar que ninguém vai comer. Quando todos os pratos estão prontos, senta-se à mesa com dois lugares postos, pega sua bandeja de metal e se senta no chão, comendo sua porção em silêncio. Depois do jantar, após lavar a louça, ele dá alguns passos incertos rumo à parte privada da casa, o quarto de Papai e Mamãe. Ele fica parado lá, olhando para a cama, para os brinquedos de pelúcia na penteadeira de Mamãe, para o relógio fazendo tique-taque na escrivaninha de Papai. Ajay finalmente sobe na cama, no lado de Mamãe, e se encolhe, cheirando o travesseiro, abraçando-o, adormecendo. Ele quer perguntar tantas coisas a ela. Quer perguntar sobre o banco de sua mãe, o número da conta, onde fica a agência.

De manhã, ele acorda e encontra um homem parado bem perto dele. Pula de susto ao abrir os olhos, vai de forma desengonçada para o canto do quarto, cabisbaixo.

— Seu imundo — diz o homem. — Saia. Você não tem respeito?

É um parente de Papai, veio assumir a casa e a fazenda. Trouxe seus próprios meninos.

Ajay é mandado para o cômodo principal. Fica mudo, parado entre a cozinha e o fogareiro, os braços ao lado do corpo, inertes. As coisas já estão mudando. A ordem que ele ajudou a criar, treinou e executou ao longo dos anos está sendo desmantelada. A casa já tem um som equivocado, uma aparência equivocada, já não é mais estável. Ele é informado de que tem uma hora para tirar suas coisas.

— Posso ajudar — diz Ajay de repente.

— Não preciso de ajuda — responde o homem.

— Trabalho de graça.

O homem dá uma risada amarga.

— Você já faz isso.

Ele está tão desesperado que não se mexe. Na expectativa de que aquilo seja uma resposta afirmativa.

— Está esperando o quê? — grita o homem, levantando a mão no ar como se estivesse enxotando um vira-lata.

— Mas para onde devo ir?

— O que me importa? Vá para casa.

É abril de 1999. Ele não tem documentos, carteira de identidade, educação formal, salário, segurança; só uns poucos pertences: um pato de dar corda, uma coleção de caixas de fósforos usadas, a própria astúcia, os rudimentos de alguns idiomas, a habilidade de servir a um patrão. Ele sobe até a fazenda e diz palavras de despedida ao gado, deixa que as línguas quentes e macias se enrosquem em seus dedos, as narinas e os olhos dos bichos se arregalam de prazer e reconhecimento. Ele ajudou no parto de algumas vacas. Viu a morte de outras. Quando desce para a casa, a mobília já está sendo rearrumada, as coisas de Mamãe já estão sendo retiradas dos cômodos para serem levados embora. Há outros meninos realizando tarefas domésticas de uma maneira que ele considera insuficiente. Ajay espera um instante em silêncio, pega seu prato e sua tigela na cozinha e os põe em um saco de juta; depois, rouba sua faca de cozinha favorita e corre até o quarto, destranca-o e junta as gorjetas que economizou ao longo dos anos, escondidas no fundo das tralhas, em espaços secretos, enroladas em vários sacos plásticos como proteção contra a umidade. Pouco menos de cinco mil rupias, até aquele dia uma fortuna a ser saboreada, agora uma fonte de medo. Quando vai embora, carregando tudo que possui naquele pequeno saco, ele tranca a porta atrás de si e depois desce até o limite da propriedade. Fica em pé no muro baixo, olhando para o vale e o rio lá embaixo, para o campo adjacente, abaixa as calças e mija na direção do rio. Quando termina, imaginando que está sendo observado pelos novos moradores da casa, joga a chave do quarto com toda a força possível no extenso e viçoso gramado da propriedade vizinha.

Ajay vai embora daquela casa, da qual conhece cada centímetro até dormindo, sabendo que nunca mais a verá. No vilarejo, caminha pelas trilhas internas, ziguezagueia pelas encostas íngremes, atravessa os riachos, os pomares, contorna os fundos das casas, passa por quintais de gatos e cachorros que conhece. Sobe para além da cidade, para as montanhas cobertas de pinheiros, empoleira-se em um rochedo.

O que ele deve fazer? O mundo se abriu à sua frente. Ele poderia viajar até Déli se quisesse, e, de Déli, poderia seguir para Uttar Pradesh. Poderia procurar a mãe e a irmã se tentasse, se tentasse com afinco. Ainda poderia se lembrar daquela terra, da aparência das colinas a distância, e, com tempo suficiente, ele certamente poderia ir parar lá. Agora ele é forte, é inteligente. Sabe ler e escrever, sabe até falar um pouco de inglês. Ele poderia, não é inconcebível. Só que... toda vez que persegue aquele pensamento, sua mente começa a encolher e a se arrastar de medo. A imagem da mãe murcha, a da irmã, berra. Será que ele consegue se lembrar de como elas são? Ele ainda as vê em sonhos, vê o rosto de ambas com o canto dos olhos, mas, quando tenta construir a imagem consciente das duas, elas desmoronam sob a intensidade da sua tristeza. Mas elas com certeza estão ricas agora. Estão felizes, por causa dele. Foi por isso que ele trabalhou com tanto afinco, foi por isso que ele se sacrificou, que ele ficou ali tantos anos. Agora elas com certeza estão bastante ricas. Se o dinheiro parasse de aparecer na conta bancária, o que sua mãe pensaria? Que ele está morto? Talvez. Elas ficariam de luto por ele, quem sabe. Talvez fosse melhor pensar em si mesmo daquela maneira. Ele pagou sua dívida, agora está livre.

Ajay se levanta com essa súbita sensação de liberdade e desce do topo da montanha até o vilarejo, carregando sua sacola. Agora é possível ver sua liberdade como uma oportunidade. Ele pode viver, se quiser, como os estrangeiros. Sem vínculos, pode fazer qualquer coisa. Pode trabalhar na cidade um tempo, ficar um pouco em Déli ganhando dinheiro, descobrir o mundo e suas maravilhas, ir à distante Bombaim. Ajay visualiza aquilo. Pode trabalhar lá por um período, conhecer os dois lugares, encontrar a mãe e a irmã mais tarde, no seu tempo, quando for um homem rico. Mas depois vacila. Afinal de contas, ele não tem documentos. Sua identidade está presa à fazenda, a Papai, a este vilarejo. E que habilidades ele tem para a cidade, um lugar aterrorizante?

Ele entra no vilarejo com esses pensamentos borbulhando um por cima do outro e se senta nos degraus na frente do Purple Haze, um dos cafés de mochileiros em que ele passou muito tempo durante a juventude, tolerado e depois acolhido como costuma acontecer com cães vira-latas. O proprietário, Surjeet, sempre sentiu simpatia por Ajay. Ele sai para dar os pêsames ao rapaz pela morte de Papai.

— Ei, o que é isso aqui? — pergunta ele, tocando a sacola de Ajay com o pé. — Estamos indo a algum lugar? Você tem férias chegando, uma peregrinação?

— Não — diz Ajay timidamente.

— O que houve, então? Você foi expulso?

Ajay assente e sorri docilmente.

Surjeet balança a cabeça.

— Ouvi dizer que o novo dono é um ladrão. Para onde você vai?

— Déli.

— Ei! Não vá para Déli. A cidade é um inferno.

— Vou trabalhar lá — diz Ajay.

— É mais provável que matem você.

Ajay se cala, paciente, esperando mais.

— Ouça — diz Surjeet por fim. — Meus clientes já conhecem você. Eu sei o quanto trabalha duro. Por que não fica aqui e trabalha para mim? Sendo pago, como um funcionário de verdade?

A velocidade com que Ajay aceita é assustadora.

Ele se insere naquela vida de serviço. Recebe duzentas rupias por mês mais comida e, à noite, pode dormir com os outros garotos em um colchão colocado no chão do café após as mesas e cadeiras terem sido guardadas. Surjeet mora em uma casa no vilarejo e vai embora por volta das seis. Os meninos, todos nepaleses que estão lá há anos, ficam acordados depois do fechamento do café, cozinhando a própria comida, fumando cigarros baratos, assistindo a filmes em *laser disc*, conversando sobre a terra natal com nostalgia, sobre o que eles vão fazer um dia quando tiverem economizado dinheiro suficiente, os cafés que vão abrir, a maquinaria agrícola que vão comprar. Mas Ajay, não. Ele faz seu trabalho, varre, mantém o café em ordem, depois é o primeiro a dormir, às dez em ponto, encolhido para um lado, sem dar atenção ao barulho, às risadas. Nunca lhe passa pela cabeça ser parte deles, pedir para ser parte deles, e nunca passa pela cabeça deles pedir aquilo a Ajay — eles o aceitam como ele é, sem malícia nem curiosidade. Ajay também é o primeiro a acordar, antes do amanhecer. Não quer se arriscar a perturbar a sorte de ter encontrado aquele lugar, não quer pôr sua segurança em perigo com um comportamento irregular. Assim que acorda, depois de dobrar a roupa de cama, ele sobe pela floresta durante quinze minutos, escovando os dentes com um graveto enquanto caminha, rumo a uma pequena cachoeira que conhece, com um sabonete na mão. Lá ele se despe e se lava na água gelada, esquecendo tudo por um instante, depois volta ao café e leva as sobras do dia anterior para alimentar as vacas e os ossos de galinha para os vira-latas da praça. Ao voltar para o café, varre silenciosamente os restos da noite anterior enquanto os garotos nepaleses ainda estão dormindo. Depois, à medida que eles vão acordando, Ajay começa a arrumar as mesas e cadeiras. Os nepaleses se espreguiçam, cospem, escovam os dentes, enrolam-se em xales e olham em silêncio para as montanhas, acendem cigarros, observam-no fazer o trabalho deles, depois acendem os fogareiros e fazem *chai*, preparam o café da manhã, olham para Ajay com uma perplexidade gentil. Logo começam a fazer o trabalho árduo de Ajay como se ele fosse um mascote. Eles o deixam em paz, fazem sua vontade, de certa forma. Ajay trabalha durante a primeira temporada daquela maneira, sem chamar atenção nem hesitar. Não pronuncia julgamentos, não faz inimigos, guarda suas opiniões para si. Sorrisos e acenos de cabeça a cada pedido. Os garotos tomam conta dele. Preparam comida extra, que ele come com gratidão. Ele inspira amizade e lealdade.

Quando a temporada chega ao fim, ele conta seu dinheiro e recolhe sua parte das gorjetas. Ganhou mil e quatrocentas rupias no total; não consegue acreditar como foi fácil. É quase como se tivesse ganhado para não fazer nada. Aquilo se torna mágico, irreal. Ajay gosta da segurança que o dinheiro traz; poderia ir a qualquer lugar agora, ficar lá por um tempo, fazer suas próprias escolhas. No entanto, isso comporta um perigo, e agora ele tem uma decisão a tomar. O inverno está se aproximando, os cafés fecharam, a neve vai chegar, as estradas vão ficar bloqueadas, o vilarejo vai hibernar, como faz todo ano, e ele não tem para onde ir. Se ficar, deverá encontrar uma casa onde trabalhar para viver. Pergunta a Surjeet se pode ficar, mas Surjeet diz que ele mesmo vai para Chandigarh, sua casa ali vai ser fechada e trancada.

— Eu posso tomar conta dela — diz Ajay.

— Sozinho? O inverno todo?

— Sim.

— Não. Por que você não vai embora e encontra outro trabalho e volta na primavera?

Surjeet e os garotos nepaleses discutem juntos; Ajay é convidado para viajar com eles até Déli e depois a Goa para trabalhar. Todos, com exceção de dois deles, estão a caminho de um quiosque na praia, um lugar para o qual sempre vão. Eles ligam para o dono. Quando finalmente conseguem falar, perguntam. Sim, Ajay pode ir e trabalhar junto com eles. Dois dias depois, partem para Déli.

Na descida, saindo bem antes da alvorada, acomodado no ônibus com a cabeça encostada na janela fria, observando as montanhas azuis se descortinando, seguindo as linhas do terreno que ele conhece tão bem, Ajay bola outro plano. Algo que se insinuou na sua mente durante a noite, quando ele não conseguia dormir, embora naquele momento estivesse nervoso demais para articulá-lo. Mas agora está ali, confirmado na glória do impulso. Ele vai fazer, vai fazer o que lhe foi dito, o que ele estava com medo demais para fazer: vai para casa.

Como não ir?

Com o dinheiro no bolso, ele vai para casa.

Vai encontrar o caminho de alguma maneira. O dinheiro será seu guia e seu protetor.

Ele respira fundo, diz adeus às montanhas, o coração dispara e a mente acelera diante da imensidão do que está à sua frente. E por fim ele adormece.

Acorda em meio ao trânsito e ao calor, o sol castigando a lateral esquerda do ônibus, queimando-lhe a testa encostada no vidro. Deve ser apenas nove horas, mas já está muito mais quente do que deveria. Ajay está confuso.

— Estamos em Déli?

Os garotos riem. Ainda estão nas montanhas.

— Está muito calor — diz ele, maravilhado.

— Aqui embaixo é mais quente — responde um dos garotos.

Estão em um engarrafamento no centro de uma cidade comercial, vários ônibus, caminhões e caminhonetes tentam atravessar um gargalo. É verdade, as montanhas ainda estão em volta deles — ele consegue ver os picos —, mas são diferentes; o céu é diferente, o ar está carregado com a fumaça preta dos motores. A ansiedade toma conta de Ajay. O calor é nauseante, as buzinas do trânsito se chocam em sua mente. O plano que parecia tão perfeito e seguro de repente o aterroriza, parece lhe escorregar pelos dedos. Como ele foi capaz de pensar uma coisa daquelas?

A sensação cresce e se consolida ao longo do dia. Como sobreviver àquilo? Navegar por aquele mar traiçoeiro de corpos e objetos? O dinheiro em seu bolso não parece suficiente. A terrível corrosão no estômago não passa. Quando finalmente chegam a Déli, sente um desespero abjeto. A cidade o sufoca, ele está totalmente oprimido pelo barulho, pelo concreto implacável, pelo caos. Não consegue decifrar padrão algum. Quando saltam do ônibus, Ajay se mantém próximo dos nepaleses. Eles saem decididos rumo ao lugar onde sempre ficam — um terraço ao lado de um hotel em Paharganj, onde outros nepaleses trabalham. Mesmo que digam para ele ficar por perto, Ajay várias vezes quase se perde do grupo, carregado pela multidão, assediado por assobios e palavrões. Mantém a sacola na frente do corpo, o dinheiro perto de si. Fica aliviado quando, enfim, acham o caminho para o hotel, atravessam becos úmidos e fedorentos e chegam ao terraço. Aquele é um lugar calmo, pelo menos. O pior da cidade está bem longe. Os garotos o alertam para manter o dinheiro e os documentos, qualquer coisa de valor, junto ao corpo o tempo todo. Não confie em ninguém aqui, não saia por aí. Eles arrumam alguns colchões no terraço, onde dormem embolados sob as estrelas. À medida que o sol se põe, os garotos fazem uma vaquinha com o pouco dinheiro reservado para se divertirem, que não foi separado para viajar ou mandar para casa, e vão à loja de bebidas comprar um bom uísque, a extravagância anual deles. Depois, com os amigos do hotel, decidem fazer uma festa e arrumam um fogareiro a gás, onde preparam *momos* de frango no vapor, espetinhos de porco, *tamata jhol*. Bebem o uísque, terminam a garrafa entre eles e cantam durante horas.

Ajay fica sentado num canto, observando, sempre observando; não toca na bebida, mal toca na comida. Pergunta por que eles não ficam e trabalham na cidade. A cidade é ruim, respondem, cheia de vigaristas, criminosos, é feia, suja, não é boa, só os ricos se dão bem, todos os outros sofrem. Espalham os colchões, se deitam para dormir. É setembro, a noite é um pouquinho fria. Talvez chova, diz um deles. O garoto ouviu dizer que está chovendo em Goa, uma passagem atrasada das monções. Você já viu o oceano? Ajay diz que não. Você vai adorar, responde o garoto. É diferente lá embaixo, não é difícil como nas montanhas. Em Goa, a vida é agradável.

Ao longo da noite, ele sente o rimbombo do tráfego atravessando sua alma, os grandes caminhões e suas buzinas, o balir lamurioso do exílio. Ajay segue seus sons e imagina aquela terra vasta e terrível na qual ele nasceu. A ideia de partir, de encontrar seu lar, parece patética. É impossível. Não há lar; ele precisa ficar relembrando, precisa deixar aquilo para trás. Adormece com aquela ideia na mente. E, de manhã, enquanto os sinos tocam e começam a entoar os *bhajans* com suas subidas e descidas hipnóticas, Ajay está pronto para partir.

Eles chegam a Goa três dias depois e vão para um quiosque em Arambol chamado RoknRoll. É lá que Ajay vê o oceano, fica parado diante dele na praia, deixa que as ondas envolvam seus tornozelos, puxem seus pés descalços. Seus dias são cheios e vazios ao mesmo tempo, e o trabalho nunca foi tão agradável. A vida é agradável em Goa. O pessoal do quiosque também gosta dele, um bom trabalhador que não fuma nem bebe. Um garoto que já fala inglês e nepalês básicos. Gostam dele porque ele sabe se comportar, não fica encarando as estrangeiras, não faz perguntas demais. Os estrangeiros também gostam dele, acham que é diligente; vai correndo para a cozinha com um pedido, volta depressa com a comida e um sorriso. As garotas gostam dele por ser tímido e bonito, os dentes serem perfeitamente brancos, o corpo não ter gordura e ele não ficar encarando, não tentar conquistá-las com palavras e atitudes vulgares. Ele é querido. Ele apenas serve. Tudo é esquecido. Uma temporada se passa assim. Em sua maior parte, à sombra. Às vezes, com o sol refletido por estilhaços violentos. Mantendo as escovas de dentes juntas no banheiro úmido nos fundos. Dividindo o desodorante Axe que sobrou, as camisetas e calças jeans que sobraram. Ajay meio à deriva. Queimado de sol e petrificado. Ele aprende a nadar, primeiro cachorrinho, depois, à medida que a temporada avança, uns estrangeiros o ensinam a nadar peito e, em seguida, o nado livre. Também aprende a pilotar uma lancha, adquire o hábito de pescar caranguejos nas rochas durante a maré baixa, à luz do luar, e dorme na praia, sob as estrelas. Joga voleibol, críquete e futebol na sesta da tarde, quando o movimento cai. Come peixe, carne, frango *à carbonara* e batata frita, manga, água de coco, abacaxi, fica todo bronzeado.

Ele se sente abençoado, satisfeito. Mas, no escuro, diz a si mesmo: *Você sabe como a vida pode ser precária.*

É verdade.

Alguns dos nepaleses andam negociando *charas* por lá. Eles o trazem das montanhas a cada temporada, cem *tolas* no total. *Charas* é haxixe da montanha, perfeito. Pegajoso e verde, enrolado em celofane. Eles o vendem no próprio quiosque, recebem o pedido junto com o da comida, é o sistema: o cliente pede a "chapa especial da montanha", um prato que não está no cardápio. Pagam junto com a conta da comida, aparece no recibo junto com os outros pratos. O haxixe é passado para o cliente em uma das caixinhas de madeira das contas junto com o troco. É um bom sistema. O dono recebe sua comissão, bem como a polícia. Alguns dos garotos, porém, são gananciosos, também vendem sozinhos na praia, sem proteção, e alguns vendem até em outros bares e nas ruas secundárias à noite. Um dia, um dos garotos é encontrado morto na floresta, amarrado a uma árvore, com um trapo na boca e as mãos cortadas.

É cremado. Esquecido.

Só que nunca é esquecido.

Os garotos, cada vez mais frágeis, vivem silenciosamente como se não houvesse amanhã. Alguns têm namoradas estrangeiras, garotas que conhecem no café, com as quais fazem amizade, a quem fornecem drogas, as quais levam para lugares na floresta ou para cachoeiras longe do litoral, de moto, mostrando lugares escondidos, em busca daquela promessa a longo prazo: "Eu pago seu visto, vem morar comigo." Os garotos encorajam Ajay a arrumar uma garota. O que ele está esperando? Tem muitas admiradoras.

As garotas perguntam por ele com frequência. Mas Ajay é tímido demais, se retrai. Não consegue conceber aquilo, seu próprio corpo o aterroriza, suas próprias necessidades. Ele gosta de estabelecer limites para si mesmo, aqueles limites o mantêm forte. Dorme encolhido na praia, agarrado com os cães, que são atraídos por sua gentileza e pelo cheiro de carência recíproca.

Ele constrói uma fantasia: vai voltar para casa e levar a mãe e a irmã embora. Vai chegar com um carro próprio e elas vão chorar quando ele tocar os pés da mãe. E todo o vilarejo vai comemorar.

7.

Poderia ter continuado assim para sempre; uma vida adiada, se não fosse pelo aparecimento repentino de Sunny Wadia. Ele chega quando Ajay retorna de Goa às montanhas, ao Purple Haze, para a temporada de verão de 2001.

Sunny é o líder de um pequeno grupo de festeiros, ainda uma raridade naqueles tempos: indianos que viviam como os estrangeiros. Que viviam como os estrangeiros, mas que não se pareciam em nada com eles. Quatro homens e uma mulher, algo perigosamente novo e ousado; indianos jovens, ricos e glamorosos, sem medo de se exibir, sem medo de passar apertos, bem recebidos por toda parte, bem recebidos por eles mesmos. Viajantes para os quais a autenticidade não era um problema, satisfeitos em se sentar nos cafés com os estrangeiros, fumar *chillum* e comer aquela comida de mochileiros, viajantes que chegavam em grandes carros brilhantes sem arranhões em vez de em ônibus e bicicletas. Usavam roupas boas e ficavam nos melhores hotéis novos do vilarejo, com sacadas de pinho resplandecentes e bares caros.

Ajay nunca viu indianos como aqueles. Em um piscar de olhos, aquele pequeno grupo parece tomar conta do vilarejo. Os comerciantes estão mandando pacotes e embrulhos de mercadorias para o hotel onde estão hospedados. Motoristas estão rondando, se coçando para servi-los, esperando para levá-los em excursões, a festas, de modo que os próprios turistas não precisem dirigir. E, ao contrário dos estrangeiros, que contam cada rupia, dinheiro não é um problema para esse novo grupo, não é uma preocupação. Contar centavos não é uma virtude. Eles *gastam*. Querem confortos, não romanceiam a miséria. Notícias de seus gastos vultosos, acompanhados de gorjetas gordas, se espalham. A economia do vilarejo é redirecionada para eles. Todos os trabalhadores querem uma parte, todos os aldeões querem uma parte. Todos competem pela preferência deles. Alguns dos estrangeiros, porém, começam a resmungar. Esses indianos, dizem alguns, não entendem a própria cultura, foram contaminados pelo Ocidente. É triste ver como se desvirtuaram.

Os garotos no Purple Haze começam uma discussão acalorada toda vez que os veem, analisando minuciosamente as atividades daquele grupo. São cinco! Superglamorosos. Os homens são muito ricos e bonitos. E há uma mulher entre eles! Com quem ela é casada? De qual deles é namorada? Como é possível? De onde você acha que eles são? Chandigarh, Déli, Bombaim? Alguém conclui que a mulher é uma atriz famosa. Alguém acha que há um jogador de críquete no grupo. Aqueles indianos se sentam nos cafés fumando haxixe todo dia, pagando pelo *Malana Cream* sem hesitar. Engolem os lugares para onde vão, invadem, colonizam, vão para outro. O dinheiro faz isso. Eles querem o bolo de nozes aqui. Querem crepes de banana ali. Gostam do estrogonofe. Pedem pratos em um café para que sejam entregues enquanto estão sentados no próximo. Sentam-se no Purple Haze e pedem pratos do MoonBeam.

— Vocês não têm respeito — diz alguém.

É uma espanhola, magra feito uma vassoura, sentada do outro lado do café, puxando briga com eles.

— Vocês não podem simplesmente fazer isso — continua ela, agitando os braços na direção deles, alterada. — Não é certo — diz, apontando para o proprietário. — Ele faz esta comida — aponta para o próprio prato — e vocês trazem outra. Sem a menor vergonha na cara.

Eles observam, intrigados, e começam a rir e a fazer comentários em hindi.

— Olha essa *chutiya*... A vadia é maluca.

— Não riam de mim! — grita ela. — Não falem de mim.

— Madame. — Um membro do grupo levanta a voz, falando um inglês lânguido, educado, com ares londrinos. — Com todo o respeito, se aprendesse o idioma deste país, saberia que não estamos falando da senhora.

— Não me venha com esse papo de merda — diz ela, jogando o cigarro na direção dele. — Vi vocês olhando para cá.

— Madame, não precisa usar esse linguajar chulo — censura Sunny com uma expressão fingidamente séria que faz seus amigos darem risadinhas. Uma parte é murmurada em hindi: — É uma louca varrida.

Todos riem ainda mais.

— Vão se foder — diz ela. — Vocês chegam aqui com dinheiro e seus carrões e acham que podem fazer o que quiser, que podem mandar em todo mundo. Vocês têm dinheiro, mas perderam a própria cultura.

O grupo explode em gargalhadas, mas o rapaz fica de mau humor.

— Madame — responde ele cuidadosamente, com termos educados, mas firmes. — Por favor, não venha nos falar da nossa cultura. Não somos animais de zoológico para o seu divertimento, não somos o nativo sorridente que enfeita sua diversão. A simplicidade e a honestidade que a senhora pensa que vê são simplesmente seus olhos enganando seu cérebro. A senhora não enxerga nem ouve nada. E esse homem — diz ele, apontando para o proprietário, e depois endireitando-se na cadeira e sorrindo — está cagando e andando para o fato de trazermos comida de outro lugar. Porque nós pagamos a ele por esse privilégio. Se realmente falasse nosso idioma, saberia disso. Se conhecesse nossa cultura, saberia que o respeito é a moeda corrente, mas que, no fim das contas, o dinheiro sempre fala mais alto. E, por último, entenda uma coisa: a Índia é *nosso* país, não seu. Aqui, vocês são convidados. Somos ótimos anfitriões, mas não venha nos desrespeitar em nossa casa.

Esse jovem é Sunny Wadia. Alto, imponente, de uma beleza carismática. Olhos amendoados, nariz agradavelmente aquilino, barba muito escura. O cabelo é curto, o peito é largo, os antebraços são fortes. Ele usa uma camiseta *vintage* surrada, óculos escuros estilo aviador. Está no meio do caminho entre o sagrado e o profano.

Após alguns dias, o grupo de Sunny elege o Purple Haze como ponto de encontro. Eles gostam do clima, do serviço, da *vibe*. Encantam os nepaleses;

são superiores e fraternais ao mesmo tempo, brincam com os garotos, pedem favores, tomam conta da aparelhagem de som e só tocam as músicas que querem. Os cozinheiros, cientes das gorjetas que receberão, não se incomodam em preparar pratos que não estão no cardápio.

Ajay, perturbado, tomado por nervosismo e empolgação, os estuda intensamente, fascinado por seu comportamento, pela riqueza que emanam, pela facilidade com que a ostentam. Observa o tempo todo, mas tenta não ficar encarando. Presta mais atenção em Sunny do que em todos os outros, já o observa há dias. Às vezes, Sunny ri mais do que qualquer um. Outras vezes, dá cortes nos amigos. Mas, exceto pelo incidente com a espanhola, é cortês com os desconhecidos. Convida pessoas para a mesa, faz perguntas, tece comentários significativos. Em todas as ocasiões, é Sunny quem paga a conta.

Ajay assume a tarefa de garantir que Sunny tenha tudo do que precisa. Se vê um maço de cigarros sendo aberto, lá está ele com um isqueiro. Segundos após algo ter sido derramado, aparece com um guardanapo. Ajay leva a comida de Sunny primeiro, retira o prato assim que ele termina, certifica-se de que a mesa esteja impecavelmente limpa. O grupo nota. Acha divertido. "Olha só isso, o garoto é seu *chela*." Para aproveitar a energia do jovem, o incumbem de outras tarefas. Mandam-no buscar mantimentos, pagam para que ele cuide da lavagem das roupas, para que lave os carros deles. Usam-no para conseguir haxixe. Quando percebem que ele prepara um *chillum* como ninguém, usam-no para isso também. Ele é vigoroso e meticuloso ao limpar o *pipe* com gaze, tem a desenvoltura de um engraxate, os olhos de um relojoeiro, e eles riem, admirados. Tanta atenção aos detalhes, tanta habilidade. Quer fumar com eles? Ajay faz que não com a cabeça, horrorizado. De forma alguma. Bom menino, dizem. Logo Ajay está indo de manhã aos quartos do grupo, antes de começar a trabalhar, e depois, quando deveria estar descansando, indo buscar o que eles precisam. Acham o interesse dele extraordinário, às vezes enternecedor, às vezes um pouco patético. Alguém cria um apelido: Cachorrinho.

O Cachorrinho está aqui.

Sunny está interessado em terras. Decidiu que quer construir por ali. Quer uma mansão ou um hotel, um refúgio, um abrigo. De algum modo, o boato se espalha. No entanto, é difícil comprar terras nas montanhas. Para começo de conversa, ele precisa de um sócio que seja local. Um forasteiro não pode simplesmente comprar terras sozinho. Só que, agora que suas cartas foram reveladas, agora que todos sabem que ele quer algo concreto daquele lugar, as atitudes mudam: Sunny se tornou uma oportunidade. Homens que se autoproclamam corretores ficam rondando, aldeões que "conhecem um lugar" vão falar com ele. Oferecem-lhe lotes ruins, e ele sabe como isso funciona. Vão tentar depená-lo de todo o seu patrimônio. Sunny, cercado de urubus, fica incomodado com a burrice do mundo. Suspeita que algum dos amigos revelou seus interesses. Ajay o ouve dando uma bronca neles um dia, esparramado sobre as almofadas do café, a névoa da manhã pendurada nas montanhas do outro lado, uma garoa caindo nos antigos becos com calçamento de pedra. De que outra maneira a informação teria vazado? Ele se retrai, amuado. Por vários dias, fica mal-humorado com todos. Raramente sai do Purple Haze, fuma o dia todo, sem falar com ninguém, tramando soturnamente. A diversão acaba quando Sunny assim o decide. E Ajay fica em pé, aguardando, atento ao seu lado.

Depois de alguns dias naquela amargura, um novo amigo chega e muda o astral. Um sique alto, anguloso, usando calça cargo e uma camiseta do Superman, uma cicatriz profunda atravessando a testa, dividindo o nariz ao meio. Ele aparece em um jipe Gypsy envenenado e quase invade o café cantando pneus quando freia, rock dos anos 1970 explodindo dos alto-falantes a tal altura que uma multidão sai das lojas, das casas e dos cafés para ver quem havia chegado. Sunny corre para abraçá-lo. Os amigos de Sunny, que andavam quietos, fazem o mesmo.

O homem se chama Jigs.

— Jigs está na área! — grita ele.

Jigs explica que veio do campo de golfe em Chandigarh. Fez um albatroz ontem à tarde e foi carregado nos ombros dos companheiros antes que a galera fosse tomar todas no bar do clube. Às quatro da manhã, vagando pelas ruas, decidiu que dirigiria até as montanhas para dar uma incrementada na festa. Ouviu que Sunny estava por lá. Foi para casa, acordou a esposa, pegou um pouco de anfetamina e ácido na gaveta e partiu da cidade às cinco, dirigindo sem parar tendo como companhia um fardo com doze cervejas e meio litro de uísque, além de um bolo de dinheiro para distribuir aos policiais.

Ele vai correndo até o Gypsy, cheio de latinhas vazias, e pega do porta-luvas seu *chillum* italiano entalhado a mão.

— Dê para ele — diz Sunny, apontando para Ajay. — O garoto prepara um *chillum* como ninguém. Ei — estala os dedos e chama Ajay —, pegue a gaze.

O coração de Ajay se agiganta.

Sunny e Jigs festejam por quatro dias sem parar, música trance pulsando no quarto de hotel de Jigs, o proprietário muito bem recompensado. Ajay fica encarregado de levar cerveja para eles e entregar *charas* e porções de comida de vez em quando. Os outros amigos de Sunny, os que chegaram com ele, vão para outros hotéis ou voltam para casa, fugindo montanha abaixo, incapazes de acompanhar o novo ritmo. Quando faz suas entregas, entrando no quarto enfumaçado, com as lâmpadas acesas de luz negra que Jigs trouxe no carro, as cortinas fechadas, o chão coberto por caixas de pizza, bandejas de comida, cinzeiros transbordantes e gaze usada, qualquer aparência de decoro e sobriedade abandonada, Ajay não demonstra emoção alguma, nem julgamento ou reação. Simplesmente faz o que mandam.

Na quinta manhã, Sunny e Jigs entram no Gypsy e desaparecem, quicando estrada abaixo.

De repente, o vilarejo fica silencioso. O furacão acabou. De volta ao Purple Haze, de volta ao seu cotidiano, malquisto pelos garotos nepaleses por ter se esquivado de suas tarefas ali, Ajay fica desolado.

Dois dias depois, Sunny volta, entra no vilarejo andando, vindo da floresta mais acima, sozinho, descalço, as roupas sujas e rasgadas. Parece saído da guerra, parece não reconhecer a si mesmo. Hesita aqui e ali até ser avistado e levado para dentro do café por Ajay, que o guia até um banco estofado um pouco afastado, depois leva uma caneca de chá verde e enrola um baseado para ele. Sunny fuma o baseado e fica sentado ali por uma hora, enquanto Ajay serve a outros clientes, então o chama e pede uma cerveja. Antes, porém, que Ajay consiga sair correndo para buscá-la, Sunny diz:

— Ajay. Olhe para mim.

Os olhos de Sunny estão arregalados, mais escuros do que de costume. A respiração está entrecortada. Ele está se agarrando à beirada de alguma coisa que ninguém mais consegue ver. É a primeira vez que ele pronuncia o nome de Ajay.

— De onde você é? — pergunta Sunny.

— Daqui.

— Não — rebate Sunny, exasperado. — Não — diz, e bate com o punho na mesa. — Não, você não é daqui. Você não é daqui, não é sangue da montanha.

Ele fixa os olhos escuros em Ajay.

— Então, de onde você é? Me diga a verdade.

— Uttar Pradesh — responde Ajay em um sussurro.

— Sim! Isso mesmo, você é de Uttar Pradesh.

Sunny enche o peito de ar e endireita as costas.

— De que parte de Uttar Pradesh?

— Não sei — responde Ajay.

Sunny encara o garoto.

— Não importa. Você e eu, nós somos da mesma terra. Somos irmãos.

Sunny fecha os olhos e os mantém fechados, sentado ereto.

— Agora vá lá pegar a porcaria da cerveja.

Quando Ajay volta, Sunny estica a mão e o segura pelo pulso ao receber a bebida.

— Você toma conta de mim — diz ele.

— Sim, senhor — responde Ajay, tomando cuidado para não deixar a garrafa derramar.

— Você não quer nada em troca.

Ajay não sabe o que dizer em relação a isso.

— Onde está a sua família? — pergunta Sunny, tentando soar mais profissional.

Ele solta o punho de Ajay e toma um gole de cerveja, mas faz uma careta ao sentir o gosto e a afasta.

— Não quero isso aqui.

Ajay se mexe para pegá-la.

— Onde está sua família?

— Não sei — responde Ajay.

— Largue a cerveja. Como assim, não sabe?

— Meu pai morreu.

— E você fugiu de casa?

Ajay balança a cabeça.

— Minha mãe me mandou embora.

— E?

— Trabalhei em uma casa aqui, o dono morreu.

Algo naquela imagem acalma Sunny. Ele se recosta e fecha os olhos por um instante, mas depois os abre e se inclina para a frente novamente, como se a escuridão pesasse sobre si.

— Você gosta daqui? — pergunta Sunny. — Você não quer algo a mais?

— Algo a mais — repete Ajay.

— Gostaria de fazer algo com a sua vida? Algo importante?

— Sim.

Sunny luta com a carteira. Tenta olhar dentro dela, mas tem problemas para se concentrar, então a entrega para Ajay.

— Você tem sido bom comigo — diz ele. — Nunca quis nada de mim.

Ajay segura a carteira, sem saber o que fazer. De qualquer maneira, ali dentro não tem dinheiro.

— Pegue — diz Sunny. — Um dos cartões brancos.

Ajay pega um cartão de visita.

— Pegue. É seu.

Ajay devolve a carteira e examina o cartão. Na frente, gravado em letras cinza-escuro, estão duas palavras: SUNNY WADIA.

Ajay articula o nome com os lábios.

— Me dê aqui — diz Sunny Wadia. — Vá pegar uma caneta.

Ajay entrega o cartão e corre para buscar uma caneta.

— Estou indo embora — diz Sunny quando Ajay volta. — Se você quiser um emprego — acrescenta, fazendo um grande esforço para escrever algo no verso —, vá a este endereço em Déli e diga aos seguranças que você quer ver Tinu. Entregue a eles este cartão e diga que veio por ordem de Sunny Wadia.

8.

No Purple Haze, a vida volta ao normal, mas no coração de Ajay há um enorme buraco no formato de Sunny Wadia. Tudo que antes era estável mudou sutilmente. Ele não contou a ninguém sobre a oferta de Sunny. A única prova é o cartão de visita. Ele o guarda em sua carteira marrom desgastada, presente de um cliente alemão, que se dobra com facilidade demais, feito papelão velho. Ele pega o cartão muitas vezes e o gira entre os dedos, às vezes o cheira, aquele leve aroma de colônia, riqueza e felicidade, cada vez mais fraco, o cartão começando a esfarelar quando ele o toca por tempo demais. Ajay sabe que deveria mantê-lo guardado, mas não consegue conter a vontade de olhá-lo, apreciá-lo. É a última coisa que vê antes de dormir. Será que Ajay é capaz de dar um salto daqueles? Seis semanas se passam, a temporada chega ao fim. Nada muda, ninguém novo se aproxima dele, nada empolgante acontece em sua vida, tudo é silencioso e sem cor depois de Sunny Wadia. Ajay começa a pensar seriamente na proposta. Sonha acordado sobre o que pode acontecer se ele aparecer por lá. Trabalhar em Déli, trabalhar para Sunny Wadia. Em uma loja, talvez? Vendendo roupas? Ou em um escritório em algum lugar? Ele mesmo usando roupas elegantes, camisa e gravata, moderno como Sunny. Mas o sonho se esgota ali. Não consegue imaginar nada mais além, como sua vida poderia realmente ser. Guarda o cartão de volta na carteira.

Quando o café fecha, presume-se, como de costume, que ele vai viajar para Goa com os garotos.

Contudo, na tarde da véspera da partida, logo após receber o salário e as gorjetas, ele pega sua sacola esportiva e sai andando. Simplesmente guarda o dinheiro, as roupas e seus poucos pertences e desce a montanha até a parada do ônibus. Pega o das seis da tarde para Déli, senta-se e fica olhando pela janela, esperando que o motor dê a partida.

Ele acha que não vai conseguir dormir durante toda a viagem, mas, assim que o ônibus começa a andar, apaga. O efeito é desnorteante. Ajay acorda no escuro horas mais tarde, descendo desabalado as várias camadas de montanha a centenas de quilômetros da planície. *Posso voltar*, pensa.

Só vou ver como é. Mas uma parte dele sabe que nunca mais vai voltar. E é verdade, há algo de libertador em ir embora, em deixar para trás tantos anos e marchar rumo a uma vida majestosa.

Quando chega à cidade, na rodoviária interestadual, ele se aproxima de um grupo de homens que perambulam por ali à procura de clientes, tentando oferecer quartos, para pedir orientação. Recita o endereço decorado e eles se entreolham, um dos homens diz que está indo naquela direção e pode levá-lo até lá. Ajay entra em um carro com o sujeito, e três outros homens logo se juntam a eles. Percorrem uma breve distância e param em um beco silencioso para espancá-lo e roubar todas as suas coisas.

Nas horas seguintes, Ajay vagueia pelas ruas em estado de choque, com o nariz sangrando e vários cortes no rosto, sofrendo pela perda de tudo que possuía. Sem os garotos nepaleses para guiá-lo, tudo é estranho e ameaçador, todos são agressores em potencial. Ele caminha sem rumo, esperando se deparar com uma resposta, mas não consegue resolver o quebra-cabeça da cidade e tem medo de perguntar.

Ajay anda até uma parte mais rica da cidade, com avenidas largas e bangalôs encobertos por árvores, vigiados por policiais. Passa por um par deles e é escorraçado como um vagabundo.

Finalmente, depois de uma hora, arrisca-se a se sentar em um banco do lado de fora de uma loja de *chai* em um cruzamento movimentado. Um motorista desenvolto que está sentado ali demonstra interesse por ele e pergunta o que houve com seu rosto. Quando Ajay reúne coragem para contar do roubo e do seu motivo para estar na cidade, o motorista compra *chai* e *bun-makhan* para ele e diz que vai levá-lo aonde ele precisar ir. Naquele momento, Ajay se lembra do cartão. Procura na camisa. Sim, está lá! No bolso de cima. Sente uma explosão de esperança e orgulho e estica o cartão, mostrando o endereço rabiscado no verso com uma caligrafia inclinada. Mas o motorista só está interessado no nome na parte da frente.

— Você sabe quem ele é? — pergunta o homem, dando um assobio.
— Sei — responde Ajay. — Ele é um homem bom.
— E você vai trabalhar lá? Garoto de sorte. Dane-se que você foi roubado.

Ele devolve o cartão.

— Vamos embora — diz o motorista, levantando-se e pondo o braço em volta de Ajay. — Só não se esqueça dos amigos, hein?

Está anoitecendo quando eles entram na rua estreita cheia de carros reluzentes, pilhas de saibro e blocos de impenetráveis construções residenciais escondidas atrás de enormes portões. Ajay está com fome e nervoso, com hematomas e cortes no rosto, mas a adrenalina dispara quando ele vê aqueles portões, a grandiosidade das construções que eles protegem.

— É aqui — diz o motorista, apontando para o portão bem em frente, diante do qual estão dois vigias armados.

O lugar é um bloco sólido, escuro, impenetrável, com cinco andares, paredes lisas e poderosas obscurecidas por trepadeiras e vidros espelhados que mantêm os segredos lá dentro.

Quando ele sai do carro, os homens o olham atravessado, segurando os rifles com força.

— O que você quer? — pergunta um deles. — Se está procurando comida, pode ir ao templo.

— Ele está aqui por causa de um emprego! — grita o motorista. — Alguém também precisa me pagar.

— Cai fora — diz um dos guardas ao motorista.

— O que você quer? — pergunta o outro para Ajay.

— Eu vim ver...

Mas a voz de Ajay é tão baixa que eles mal conseguem ouvir.

— Como é? Fale mais alto.

— Estou aqui para ver Tinu — diz Ajay de maneira mais audível.

Os guardas riem.

— Tinu-ji? O que você quer com Tinu? O que Tinu pode querer com um vira-lata que nem você?

Ajay hesita. Depois, põe a mão no bolso superior. Os dedos acariciam o cartão. Ele o segura, dá um passo à frente e o apresenta, nervoso, como se o papel pudesse se desintegrar.

— Aqui — diz ele, rezando para que funcione. — Eu vim por ordem de Sunny Wadia.

Um telefonema é dado, os portões são abertos e ele é guiado para dentro por um vigia, ao longo de um caminho abarrotado de carros imaculados, através de uma portinha lateral que dá no interior daquela casa monumental. Segue por uma passagem muito iluminada, como uma caverna, por dois corredores, vira em um labirinto, espera um elevador de serviço, desce um andar, continua por outro corredor. Passa por dezenas de pessoas, cozinhas e cômodos com camas e escritórios, vê homens e mulheres de uniforme.

— Isto é um hotel? — pergunta ele ao vigia.

O homem não responde.

Após vários minutos de caminhada sinuosa, Ajay é deixado em um quartinho abafado que parece uma cabine de navio. Um homem baixo, na casa dos cinquenta anos, vestindo uma regata branca e calça escura, barrigudo e com uma cara amassada que só a mãe dele acharia bonita, está reclinado em uma cama vendo TV. Ele se mexe um pouco, solta um arroto baixo, e o vigia o cumprimenta antes de ir embora.

— Então — diz o homem, virando-se a fim de olhar para ele. — Do que se trata?

— O senhor é Tinu?

O homem veste uma camisa, penteia o cabelo. Aponta para uma cartela de comprimidos.

— Me passe aquilo ali.

Ajay obedece.

— Azia — comenta o homem, colocando um dos comprimidos na boca. — Sim, sou eu.

Ajay estende o cartão para ele.

— Vim por ordem do senhor Sunny.

Tinu pega os óculos na mesinha de cabeceira — com a armação empoleirada na ponta do nariz, fica parecendo um burocrata ou um escrivão, um antigo valentão que ficou bonzinho. Ele olha de Ajay para o cartão...

— O que aconteceu com você?

— Uns homens me roubaram, senhor.

— Você deixou que eles o roubassem. Enfim...

Ele examina o cartão, frente e verso, sente-o entre os dedos e o põe ao lado.

— Onde você conseguiu isto?

— O senhor Sunny me deu e...

— Sim — interrompe Tinu. — Mas onde?

— Manali. Há seis semanas.

— Certo — diz ele, parecendo não estar impressionado. — E ele lhe ofereceu um emprego?

— Sim, senhor.

— Por quê?

Ajay fica surpreso com a pergunta. Fica olhando sem saber o que dizer. Tinu ergue as sobrancelhas.

— Fiz uma pergunta.

— Senhor, eu o ajudei.

— Você o ajudou?

— Sim, senhor.

— Você trabalha em um quiosque?

— Sim, senhor.

— Você o ajudou a comprar drogas...

— Não, senhor.

— Ajudou com o quê, então?

— Com tarefas, senhor.

— Tarefas...

Tinu verifica o relógio.

— Bem, já é tarde — diz ele. — É melhor acomodarmos você.

Ele aperta uma campainha e um garoto não muito diferente de Ajay aparece.

— Dê uma cama para ele passar a noite, leve-o à cozinha para comer. — Tinu olha para Ajay. — Vamos tratar do seu caso de manhã. Pode ir.

— Senhor? — chama Ajay, antes de se virar para ir embora.

— O que foi agora?

— O cartão, senhor. — Ajay aponta para o cartão de Sunny.

Tinu revira os olhos, mas o devolve para ele.

Ajay faz uma breve mesura e desaparece. Outra vez é guiado por uma série de corredores, desce uma escadaria até um dormitório apertado nas entranhas do edifício. É levado até um quarto com dois beliches, as duas camas de baixo já ocupadas.

— Escolha uma — diz o empregado, e então aponta para cima. — O armário é para as suas coisas. Onde estão suas coisas?

— Não tenho nada.

— Vá até a cozinha lá no fundo — orienta, apontando vagamente na direção de onde eles vieram. — Coma algo. Depois durma.

Ajay não demora a pegar no sono. Viu submarinos em filmes. Imagina que está em um, que estão navegando sob Déli agora. Ouve o estalar de canos e os ruídos abafados da cozinha no fim do corredor. Alguns homens se deitam e se levantam das camas, que têm cortinas para dar privacidade, como em um ônibus leito.

De manhã, o quarto está vazio. Ele se senta na cama com as cortinas abertas, todo vestido, esperando. Outro garoto aparece para buscá-lo e o leva até a cozinha para tomar café da manhã, depois o conduz até uma cabine de alfaiate no porão, onde tiram as medidas para seu uniforme, e em seguida lhe dão três regatas brancas, três camisas azul-claras e duas calças pretas do seu tamanho, um cinto, três pares de meias e um par de sapatos pretos, também do seu tamanho. Em uma janelinha da farmácia ao lado do alfaiate, ele recebe sabonete, xampu, uma escova de dentes, desodorante e um cortador de unhas. Mandam que ele tome banho usando sabonete duas vezes por dia, use desodorante, lave as mãos regularmente ou após qualquer atividade que possa sujá-las, sempre as lave antes de manusear alimentos e depois de usar o banheiro, e procure manter as unhas cortadas e limpas. Ele carrega as roupas e os artigos de higiene de volta ao dormitório, toma banho e veste as roupas, depois é levado ao segundo andar do edifício, vendo recortes do mundo exterior pela primeira vez, até um escritório no qual um tal sr. Dutta, grisalho e livresco, com pelos saindo das orelhas e um bigode ralo, está sentado atrás de uma escrivaninha abarrotada de registros contábeis, fumando um cigarro.

— Quem é você?

— Ajay, senhor.

O sr. Dutta para e o inspeciona mais de perto, apagando o cigarro.

— Você é o garoto que Sunny mandou buscar?

— Sim, senhor.

— Sorte a sua — diz ele.

Depois vem uma longa lista de perguntas.
— Você toma bebidas alcoólicas?
— Não, senhor.
— Fuma?
— Não.
— Usa drogas?
— Não, senhor.
— Vende drogas?
— Não.
— Mas sabe o que são drogas, não sabe?
— Sim, senhor.
— Porque você é atendente em um quiosque.
— Trabalhei em um café, senhor.
— Sabe dirigir?
— Sei.
— Moto, carro?
— Tudo, senhor.
— Caminhões e ônibus?
— Não, senhor.
— Então não é tudo.
— Não, senhor. Sei dirigir trator.
— Você cresceu nas montanhas.
— Sim, senhor.
— Fazendo o quê?
— Trabalhei em uma fazenda. Eu fazia *ghee*.
— Você fazia *ghee*? Muito bom.
— Depois trabalhei em um café.
— Também esteve em Goa?
— Sim, senhor.
— E não vendeu drogas?
— Não, senhor.
— Você deve ter visto todo tipo de coisa errada.
— Sim, senhor.
— Gente doida.

— Sim, senhor.
— Você sabe de todas as coisas diferentes que as pessoas fazem.
— Sim, senhor.
— E é discreto.
— Como?
— Cuidadoso. Silencioso.
— Sim.
— Sabe guardar segredos?
— Sim.
— E é leal?
— Sim.
— Você sabe quem é Sunny Wadia?
— Ele é um grande homem, senhor.
— Ele é o filho de um grande homem. Tudo que você vê aqui é graças ao pai dele, Bunty Wadia. Todos nós devemos nossa felicidade a ele. Bunty Wadia é um grande homem. Você pode responder a Sunny hoje, mas amanhã todos nós respondemos a Bunty-ji. Bunty-ji é Deus. Lembre-se disso.
— Sim, senhor.
— Você frequentou a escola?
— Até os oito anos.
— Mas é inteligente?
— Sei ler e escrever. Entendo inglês. E também um pouco de hebraico, alemão e japonês, senhor.
— Casado?
— Não, senhor.
— Sem filhos?

Ajay balança a cabeça timidamente.

— Quantos anos você tem?
— Não sei, senhor. Dezoito? Dezenove?
— Certo, então vamos lhe dar uma data de aniversário. Que tal... 1º de janeiro de 1982?
— Ok, senhor.
— Gosta de garotas?

Ajay não sabe o que dizer.

— Porque logo você vai estar trabalhando com garotas. Se encostar nelas, não será poupado.

— Sim, senhor.

— Se você quiser garotas, vá à GB Road.

Ajay não sabe onde fica.

— Se transar com mulheres aqui, cortaremos suas bolas.

— Sim, senhor.

— E, se for pego roubando, cortaremos sua mão.

— Sim, senhor.

O sr. Dutta acende um cigarro.

— Muito bem. Onde você nasceu?

— Uttar Pradesh.

— Sua família está lá?

— Não sei.

— Por quê?

— Fui embora quando era pequeno.

— E nunca voltou?

— Não. Meu pai morreu.

— Então, nada de férias no *diwali*. Você não vai tirar três dias de folga e voltar três semanas depois?

— Não, senhor.

— Muito bem. Você tem um código fiscal? Conta bancária?

— Não, senhor.

— Dinheiro?

— Levaram tudo.

— Como assim?

— Ontem, quando cheguei em Déli.

— Por isso seu rosto está assim?

— Sim, senhor.

— Quanto você perdeu?

Ajay baixa a cabeça.

— Trinta e duas mil rupias, senhor.

O sr. Dutta assobia e balança a cabeça, faz uma anotação, fecha o livro e olha para a capa por um momento.

— *Chalo*. Vá ao Salão Elite, no mercado, para cortar o cabelo e fazer a barba. Não precisa pagar. Depois um médico vai examinar seu rosto. Vamos abrir uma conta bancária e começar com sete mil por mês. Você vai receber um celular, fique com ele o tempo todo, mantenha-o carregado. E tome — diz ele, abrindo uma gaveta e contando quinhentas rupias —, seu adiantamento.

— Obrigado, senhor.

— O resto é com Sunny, você se reportará a ele. Agora ele é seu patrão. Faça o que ele mandar e vai ficar tudo bem.

— Sim, senhor.

— E sorria. Você é um homem dos Wadia agora. Nunca mais será roubado novamente.

Ajay corta o cabelo, faz a barba e, quando volta, um médico faz curativo nos cortes em seu rosto, limpa os ferimentos e lhe entrega um analgésico e um antibiótico. Mostram-lhe a área dos empregados no subsolo e aonde deve e não deve ir. Depois, à tarde, mandam que ele suba para encontrar Sunny. Ajay ainda não consegue compreender as dimensões daquela casa; nunca viu nada igual. Um garoto uniformizado o conduz novamente pelos corredores que Ajay acha que conhece e, ao chegar ao térreo através de um pequeno lance de escadas o ambiente muda abruptamente: os azulejos funcionais e a luz branca dão lugar a tapetes e móveis requintados, quadros nas paredes, exibições fantásticas de riqueza. Eles sobem por um lance central de degraus baixos de mármore, cada andar se ramificando em várias portas de madeira pesadas que dão em apartamentos diferentes, alguns dos quais ele consegue ver à medida que empregados entram e saem. No terceiro andar, eles viram em uma dessas portas e adentram outro labirinto de corredores, suavemente iluminados, decorados com estátuas de deuses e com música sacra relaxante, piso de mármore branco sarapintado. No fim de um corredor, há um elevador. Eles entram, Ajay e o garoto silencioso e uniformizado, e vão até o quinto andar. Assim que a porta do elevador se abre, dão de cara com uma porta almofadada de couro vermelho e uma escadaria que se abre para baixo à direita. O garoto toca uma campainha na porta e um jovem gorducho com olhos lacônicos a abre e os deixa entrar.

Há uma explosão de luz e ar. O apartamento de Sunny fica na cobertura. Ajay entra em um vasto cômodo principal cheio de sofás luxuosos e mesinhas de centro cobertas de livros de capa dura, um nível mais elevado no canto direito com mais sofás e uma TV gigante, quadros coloridos e espalhafatosos na parede, esculturas esquisitas e luminárias espalhadas por toda parte, bandejas com frutas frescas lindamente cortadas e, atrás da parte elevada, uma cozinha pequena e de aparência apertada que destoa do restante. À esquerda, fica outro ambiente, com uma mesa de jantar e oito cadeiras; mais além, dando no que parece ser uma piscina, uma série de portas de vidro através das quais a luz cálida da tarde inunda o cômodo. Ajay acha que aquele lugar existe em um universo próprio, separado das entranhas operacionais da vasta mansão, da opulência comedida e austera dos outros andares superiores. Sim, depois da opressiva autoridade do edifício, depois do peso sem janelas do seu dormitório, aquele apartamento parece um paraíso.

Ele fica parado em silêncio, inalando tudo aquilo. Depois, ouve a voz pela qual ansiou por tanto tempo vindo de uma porta nos fundos do apartamento.

— Arvind? — grita a voz.

— Pois não, senhor.

— Quem está aqui?

— É o rapaz novo, senhor — responde o empregado gorducho.

— Que rapaz novo?

— O das montanhas, senhor.

Alguns segundos de silêncio.

— O que você está esperando? Mande-o entrar.

— Vá — sussurra Arvind.

Ajay segue a voz, mas para na soleira.

— Entre! — diz Sunny.

Ao entrar, Ajay é atingido pela rajada gélida que vem do ar-condicionado. O cômodo não tem janelas, tem pouca mobília. Piso de mármore, paredes pintadas de branco e uma grande cama baixa, na qual Sunny está sentado, sem camisa, enrolando um baseado.

— Senhor — diz Ajay.

Sunny ergue a cabeça, esquadrinha o recém-chegado como se nunca o tivesse visto.

— O que aconteceu com seu rosto?

— Senhor... — balbucia Ajay.

Quando ele está prestes a recuperar a compostura, uma porta se abre atrás da cama e dali sai a "atriz", a garota das montanhas, vestindo uma cueca samba-canção curta de seda e uma camiseta comprida.

— É o Cachorrinho! — exclama ela. — Ele veio. Ah, que fofo. Mas o que aconteceu com a cara dele?

Ela se joga na cama e Ajay não sabe para onde olhar.

— Quero café — diz ela, distraidamente.

— Vá fazer café — ordena Sunny. — Os grãos estão na cozinha.

Ajay permanece imóvel, assombrado com a coisa toda.

— *Chutiya* — diz Sunny —, está esperando o quê?

9.

Oficialmente, a jornada de trabalho de Ajay começa às seis da manhã. Ele acorda todos os dias às quatro, fica uma hora no banheiro compartilhado esfregando a pele, escovando os dentes, limpando as unhas, passando óleo e penteando o cabelo, certificando-se de que os sapatos estejam brilhando e as roupas, imaculadamente passadas e vincadas.

A tarefa de Ajay é cuidar dos afazeres das manhãs. Quando Sunny acorda, não quer ver os restos da noite anterior. Na maioria das noites, os amigos de Sunny ficam até tarde. Às vezes, ao entrar, Ajay sente que não deu de cara com eles por questão de segundos. Um cigarro ainda aceso no cinzeiro, um CD ainda tocando baixinho. Ajay tem seu procedimento habitual: primeiro recolhe as garrafas vazias, com todo o cuidado para que não tilintem. Depois, os copos vazios. Então os cinzeiros. Em seguida começa a varrer. Confere o fundo dos maços de cigarros vazios, à procura de *charas*; se encontra algum, ou qualquer outra droga, as coloca em saquinhos e guarda na gaveta, em segurança. Confere os sofás em busca de celulares, dinheiro ou cartões de crédito perdidos, afofa as almofadas, passa pano no chão.

Prefere trabalhar sozinho, mas em duas, três manhãs por semana esbarra com Sunny e alguns amigos, persianas baixas, meias-luzes, uma lembrança de fumaça no ar, um filme passando na TV, ou então um grupo ouvindo música à beira da piscina, todos deitados nas espreguiçadeiras. Nessas ocasiões, precisa ser mais cuidadoso, mais discreto, para que a faxina não seja uma perturbação mental. Ajay entende as necessidades das pessoas. Sabe que quem está acordado a essa hora não quer que luzes fortes sejam acesas, não quer responder a perguntas bobas, não quer se sentir mal consigo mesmo. Ele sabe se fazer invisível e disponível ao mesmo tempo. Sabe que deve deixar cobertores ao alcance das mãos, chá de camomila pronto na mesa, massagear os pés de Sunny se for necessário.

Sunny, ele percebe, é meticuloso a respeito de algumas coisas. Higiene, por exemplo. E temperatura. O ar-condicionado deve ficar ligado dia e noite, sempre em dezessete graus.

Às sete e meia da manhã, em um dia normal, quando o apartamento está arrumado, ele tem que levar água quente com limão e açafrão em pó até a mesinha de cabeceira de Sunny e colocar Gayatri Mantra para tocar no volume 14. Vinte minutos depois, deve levar um bule de café recém-coado, uma tigela com frutas, suco de laranja orgânico e croissants frescos que chegam toda manhã da padaria no Oberoi. Em seguida, prepara um banho escaldante para Sunny; enche a banheira, acrescenta óleos ou sais aromáticos, espalha pétalas de rosas na superfície da água. Às oito, entrega os jornais e as revistas mais recentes. Por volta das nove e meia, é hora do café da manhã. Às vezes misto quente, às vezes ovos *bhurji* com torrada de pão de forma e ketchup, às vezes *aloo parathas*, às vezes nada. Depois do café da manhã, Ajay fica alerta enquanto Sunny decide o que vai vestir, indo pegar as opções no closet, segurando-as ao lado dos acessórios, ouvindo Sunny dar explicações sobre as combinações e os aspectos mais refinados da alfaiataria, dizendo ter aprendido aquilo na Itália. Em seguida, enquanto Sunny se veste, Ajay prepara a pasta do patrão para aquele dia, notebook e carregador, papéis e documentos, os cigarros — Treasurer London — e o isqueiro Zippo. Quando Sunny sai, Ajay faz o inventário e reabastece a geladeira e o bar, que é esvaziado toda noite. Cerveja, vinho e champanhe são alinhados na enorme geladeira, vodca e gim são postos no congelador e, nos armários, é feita a reposição do uísque, do rum e do conhaque que tiverem sido consumidos. As garrafas são retiradas de um depósito gigantesco no subsolo, monitorado por câmeras e aberto por uma combinação digital na porta gradeada. Tem mais variedades de álcool do que Ajay já viu na vida, caixas e mais caixas e engradados empilhados até o teto. Muitas vezes, Ajay gasta algum tempo tentando memorizar cada marca, decorar as cores das garrafas, seus rótulos e nomes. Se Sunny estiver em casa durante o dia, seu almoço — lentilhas, *roti*, curry de frango ou cordeiro, *sabzi* — é servido à uma da tarde, enquanto ele verifica os e-mails ou assiste à TV. Assim que a refeição acaba, Ajay oferece um cigarro a Sunny, acende, e traz café. Preto, duas colheres de açúcar.

Ajay faz uma pausa entre as duas e as três da tarde para almoçar (restos do cardápio de Sunny). A tarde e a noite não têm uma rotina estruturada. Às vezes, ele limpa a piscina, outras vezes vai com um motorista fazer tarefas na rua, ou entregar algo no hotel onde Sunny possa estar naquela tarde. Às vezes ele não precisa fazer nada, só esperar.

Seis da noite — seu turno está chegando ao fim. É a hora de levar salgadinhos para a mesa da sala de estar, amêndoas ao açafrão, azeitonas assadas no forno, corações de alcachofra para o Negroni Sbagliato (o sabor do mês), as garrafas de Campari, Cocchi Storico Vermouth di Torino e Bisol Cartizze Prosecco Valdobbiadene alinhadas com a coqueteleira, o copo baixo, o balde de gelo com pegador, laranja e limão, faca e um maço de cigarros novo, aberto, amaciado, com os dois primeiros cigarros para fora, um ligeiramente mais saliente do que o outro.

E então Ajay espera.

São momentos de tensão.

Ajay sempre sabe quando Sunny está num dia ruim. Ele aparecerá infeliz e cabisbaixo, apontando falhas em tudo, ficará sentado observando Ajay preparar o drinque, depois vai balançar a cabeça, mandá-lo jogar tudo fora e preparar outro.

— Você não consegue fazer nada direito, hein?

Mais frequentemente, no entanto, Sunny surgirá satisfeito com a vida, se sentará confortavelmente, com um sorriso no rosto, depois, inclinando-se para a frente, começará ele mesmo a preparar o drinque, explicando os procedimentos, presenteando Ajay com alguma historinha, algum causo no estilo "Uma vez, na Piazza San Carlo...", depois vai dizer a Ajay que prepare um drinque para si (que ele jogará fora após ter dado só um gole, para saber como é o gosto).

Às seis e meia, Arvind deve substituí-lo, mas muitas vezes ele se atrasa. O descuido do colega frustra Ajay, mas ao mesmo tempo ele fica grato por ter um pouco mais de tempo para ver os amigos de Sunny chegando, para ver as primeiras centelhas da noite da qual só conhece as brasas.

Dispensado, Ajay volta ao seu quarto para tomar banho e se trocar, veste as roupas novas que comprou no mercado — camisas e calças que jamais usaria nas montanhas. Janta à mesa pequena nos fundos da cozinha principal, come devagar e sem conversar, repassando os acontecimentos do dia, depois está livre para dar uma volta. Quase sempre, das sete e meia às dez da noite, ele caminha, memorizando as ruas, analisando as lojas, explorando a vizinhança. Passa um tempo sentado na loja de *chai* ou em um banco, observando o vaivém de pessoas, alimentando os vira-latas com restos que recolheu da cozinha. Segue em frente, aliviando a tensão do dia, combatendo, durante essas horas, sua solidão, a saudade das montanhas, das trilhas íngremes, de uma floresta dentro da qual desaparecer. Caminha até o AIIMS, vaga pelo terreno do hospital; algo naqueles pobres desesperados à espera de remédios, de notícias dos parentes, faz com que ele se sinta perversamente em segurança. O rosto está banhado pelo verde néon das muitas farmácias que se alinham na calçada. Ajay volta para casa. É, agora aquela é sua casa. Ajay se lembra do motorista que o ajudou naquele primeiro dia. Fantasia encontrá-lo novamente, esbarrar com ele na rua, demonstrar gratidão, pagar-lhe uma refeição, mostrar o quanto progrediu. Talvez o motorista — qual era mesmo o nome dele? — leve Ajay até sua casa, onde Ajay conheceria sua família, seria bem recebido, sentaria-se no parque com o filho deles, quem sabe haja uma filha, uma sobrinha. Ajay tenta imaginar algo mais sólido além desse ponto, mas não se lembra mais do rosto do homem, que dirá do nome.

Após três meses de serviço, o sr. Dutta chama Ajay ao seu escritório.

— Agora você também trabalha à noite — diz ele. — À noite, você serve Sunny quando ele recebe convidados. Você consegue? Dia e noite?

— Sim, senhor.

— Você terá horas suplementares de dia para dormir. Lembre-se: você não vê nada.
— Sim, senhor.
— Nada sai daquele apartamento.
— Sim, senhor.
— Seu salário agora é de quinze mil por mês.
— Obrigado, senhor.
— Muito bem, pode ir.
— Senhor?
— O que foi?
— O que aconteceu com Arvind?
— Aquele palhaço? Tive que cortar o saco dele.

Naquelas noites novas e fantásticas, Ajay testemunha a glória daquilo que até então havia visto só em ecos: as chamas glamorosas iluminando o apartamento, acendendo-o com música e palavras e gritos embriagados, que parecem ficar mais selvagens a cada hora. Naquelas noites inundadas, ele presencia a desintegração de algumas das pessoas mais bonitas que já conheceu, invisível enquanto a galera discute, ri, debate, berra, beija, luta e pula. Os homens se insultam e contam histórias. As mulheres insultam os homens e contam piadas. Pessoas param e se olham em espelhos, formam grupos de fofocas e risadas, mergulham na piscina.

— Ajay.

Ele se tornou um nome. A ser chamado e usado. Ligado como um interruptor. Desligado novamente.

Seu nome ressoando, mãos levantadas balançando copos vazios.

Ajay acorrendo, reabastecendo-os de drinques, levando gelo, limpando o que é derramado.

Ele é um mestre naquilo. Descobre quem é gentil e quem é cruel, e registra na memória que deve atender primeiro a crueldade.

Com exceção de Sunny.

Sunny está acima de todos eles.

Sem Sunny, nada existe. Uma mão invisível repousa sobre o coração pulsante do patrão.

A reunião se torna barulhenta. Sunny conta a história de como Ajay surgiu.

— Ele foi encontrado nas montanhas.

Muitas risadas.

— E já viu de tudo. *Tudo*. Por que vocês acham que eu o trouxe para cá?

No meio da noitada, comida é pedida. Ajay telefona para a cozinha. O que pode ser preparado? Muito sério agora. Podemos preparar? Pode ser feito? Ao descer correndo até a cozinha, o silêncio chama sua atenção, como o enorme edifício dorme, como os empregados varrem tudo em um silêncio de ouro, como o desejo verte feito sangue da vida luxuosa de Sunny. Leve a comida lá para cima, arrume-a na cozinha, sirva-a em tigelas, arrume os pratos, certifique-se de que todos estão servidos. *Roti* fresco com manteiga branca. Frango. Hambúrgueres e batatas fritas. *Biryani* de cordeiro.

Às vezes, mandam que ele vá buscar comida na rua. Ele sai com um dos motoristas em um dos vários automóveis. Alguém diz "Quero *kebabs* do Aap Ki Khatir", "Vá até Karol Bagh e traga frango *changezi*", e lá vai ele na noite quente de Déli com o motorista, vendo a cidade a partir daquele lugar de poder, deslizando pelas ruas, ouvindo o motorista pontificar sobre o universo, observando os milhões de rostos iguais ao dele, mas sem o mesmo destino ou sorte. E Ajay adentra aqueles lugares para retirar a comida, paga com algumas notas do rolo de dinheiro que lhe foi entregue tão displicentemente. Aprende a verificar se o pedido está certo, a se certificar de que a comida está fresca e quente, espera o momento em que saca as notas, deixando que o restaurante saiba que ele serve a um homem importante, e, nos melhores restaurantes, quando a conta supera seu salário mensal, aprende o poder de um nome onde um zé-ninguém como ele agora é tratado com zeloso respeito. Ajay veste a camisa. Está se tornando um homem dos Wadia.

Muitas vezes, eles vão embora abruptamente. Param a música ou o filme na metade e saem porta afora. Ajay pode estar servindo a comida. Pode estar preparando o drinque de alguém; e eles vão embora e Ajay fica sozinho, plantado no silêncio, saboreando os restos, saboreando a vida deles antes de começar a trabalhar na limpeza para que tudo esteja impecável quando Sunny voltar. Eles podem voltar em uma hora, ou não voltar mais. Ajay vai para a cama com o celular e o *pager* ao lado do ouvido, esperando que Sunny ligue. Nem sempre é assim. Há dias calmos, lentos, em que Sunny só sai da cama à tarde. Quando são apenas os dois, Ajay servindo chá e Sunny melancólico ou grosseiro. Dias em que Ajay sabe que deve ficar longe. Também há dias de mulheres. Algumas delas Ajay reconhece pelas noites barulhentas. Aparecendo sozinhas para visitar Sunny.

10.

Um ano se passa nesse ritmo, sem que nada falte, sem tempo para pensar. Ajay frequenta uma das academias da favela vizinha, uma caixa de testosterona espalhafatosa e caindo aos pedaços, com telhado de lata e máquinas velhas, lotada de empregados domésticos migrantes e fortões locais. Sendo homem dos Wadia, Ajay é extraordinariamente respeitado. Ninguém o manda descer da esteira. Ninguém cobiça seu lugar no supino ou na barra. Ninguém faz perguntas. Ele fica ali uma hora todos os dias, ganhando corpo, levantando pesos. Também vai correr no Deer Park de manhã, quando pode, como fazem os ricos. No espelho da academia, ele repete um nome.

Ajay Wadia.

Ele está se tornando ciente da fama de Sunny. Sabe que o patrão é conhecido na cidade, e isso o deixa orgulhoso. Pela primeira vez na vida, Ajay vê a si como algo a ser aprimorado, gasta dinheiro com a própria aparência, manicure uma vez por mês, pedicure cada dois meses, massagem na cabeça com Dilip no Green Park. Faz compras. Visita os novos shoppings. Leva consigo uma lista das coisas que quer comprar. Procura pelas palavras estranhas que anotou no banheiro de Sunny — Davidoff Cool Water, Proraso, Acqua di Parma, Santa Maria Novella, Botot, Marvis —, sagradas como uma escritura. Gasta boa parte do tempo livre e do salário no shopping, com versões alternativas desses produtos. Axe. Old Spice.

Aqueles shoppings.

Agora são mais fáceis.

Mas ele se lembra da primeira vez que tentou entrar em um deles, no primeiro dia de folga, no primeiro mês de serviço. Lá está ele, caminhando antes do amanhecer. Não consegue dormir até mais tarde. Está pensando em comprar roupas novas. Os hematomas, porém, ainda estão no seu rosto; ele parece um zé-ninguém, ou algo pior; parece um migrante pobre das montanhas com suas roupas velhas. Torna-se subitamente ciente da própria pobreza. Quando chega ao detector de metais, nota que deve exalar seu cheiro, sua pobreza o trai. O segurança, um homem que ele reconhece como alguém que ganha um salário menor do que o dele, barra sua entrada. É humilhante ver famílias abastadas e jovens elegantes com boas roupas passando ao seu lado, ver garotas modernas de saia, de braços dados, tomando sorvete, ver ocasionalmente estrangeiros também, sujos e mal-ajambrados da viagem, recebendo tratamento VIP, às vezes surpresos ao serem cumprimentados enquanto aquele segurança empurra para longe Ajay Wadia. Ele tira algumas lições do ocorrido. Só consegue espiar de longe os corredores de mármore, climatizados, com todas as lojas resplandecentes, e sente-se menosprezado, envergonhado como um morador de rua.

Como vou comprar roupas boas se não posso entrar no lugar que as vende?, pergunta a si mesmo. O enigma se agita em sua cabeça. Dedica mais atenção ao guarda-roupa de Sunny, aprende as frases, os termos — Rubinacci, *con rollino*, Cifonelli, lenço de bolso, *oxfords cap-toe*. Ele folheia as revistas na sala de estar quando está sozinho, memoriza os modelos, as linhas que diferenciam fraco e forte, leva algumas páginas arrancadas de revistas mais antigas ao alfaiate do bairro, com quem se senta para tentar explicar o que deseja vestir. Depois de alguns dias, chegam a uma conclusão. O resultado — um elegante terno azul, duas camisas, uma gravata e um par de sapatos — custa quase dois meses de salário, mas vale a pena. Ao experimentar o terno, ele é um homem transformado, é alguém naquela cidade, alguém que não se resume ao próprio trabalho, que não se resume nem mesmo a Sunny, se é que ele pode sonhar com algo assim. Ajay se veste como um homem independente em sua folga seguinte e sai, notando os assobios e murmúrios dos vigias, as risadinhas das copeiras, depois chama um carro e vai ao shopping.

E, sim, ele consegue.

Ele se passa por alguém que tem tempo livre.

Apesar da apreensão, é ignorado pelos seguranças do shopping, que nem sequer olham enquanto ele atravessa os arcos do detector de metal e entra na terra prometida.

Agora ele pode fazer o que quiser.

É só quando começa a caminhar lá dentro que seu humor muda. Sem mais nada no bolso, ele sente um peso agourento, uma sensação opressiva de vazio e medo. A paisagem é de julgamento, e Ajay começa a suspeitar de que todos sabem que ele é uma fraude. Não só pelas roupas, mas também pela atitude. Ele nunca teve aquela sensação antes, nunca se importou daquela maneira com o que os outros diziam dele. Agora Ajay se retrai. Sente os vendedores o observando, destacando-o dos demais. Sabem que ele está tentando fingir pertencer ao outro lado. Sendo assim, Ajay não ousa entrar em certas lojas, nem mesmo para olhar. Se ele abrir a boca, vai entregar o jogo. Por fim, vai até um dos banheiros e fica sentado, suando, dentro de um dos cubículos. Olha para suas roupas ridículas, que, de repente, parecem apertadas. O que ele estava pensando? Parece um palhaço. Quando sai do cubículo, observa seu rosto de palhaço burro no espelho e quer apagá-lo. Resolve fugir o mais rápido possível. Respira o ar da rua, inala a fumaça com gratidão e pega o ônibus de volta para casa, sem querer gastar dinheiro com um carro, sem querer perder tempo caminhando. Uma vez em casa, arranca o terno, toma um banho e põe novamente o uniforme, a camisa azul e a calça preta surrada, tão reconfortante, tão afinado com sua alma, e guarda o terno caro. Volta ao shopping muitas semanas depois usando as roupas de serviço. É visto como aquilo que é: empregado de um homem rico indo às compras para o patrão. Se alguém perguntar, não que isso vá acontecer, ele pode dizer com confiança que está realizando uma tarefa para o patrão, pode mostrar rapidamente um prendedor de notas, se necessário for. Pode mostrar sua lista de compras. Davidoff Cool Water, Proraso, Acqua di Parma, Santa Maria Novella, Botot, Marvis. Pode caminhar pelas lojas lentamente, fingindo fazer compras para o patrão enquanto reúne réplicas dos pertences de Sunny.

———

Um dia, quando Ajay já tem mais de um ano de casa, Sunny passa três dias fora. Ajay fica sem ter muito o que fazer além de esperar em seus aposentos, varrer o apartamento de vez em quando, alimentar as carpas ou aprender novas receitas dos livros na estante do patrão. Até que um dia é convocado ao escritório do sr. Dutta e informado de que foi promovido a assistente pessoal de Sunny; é um cargo que ele já quase desempenha, de todo modo. O sr. Dutta diz que Sunny logo assumirá uma posição importante no império do pai e, como tal, precisa de um suporte extra. Além das responsabilidades atuais, Ajay acompanhará Sunny aos vários compromissos familiares, segurará a pasta do patrão no banco do carona ao lado do motorista, realizará tarefas para ele ao longo do dia quando assim exigido, segurará sua bagagem quando ele viajar, será seu escudo em relação ao mundo, estará às suas ordens a qualquer momento, amarrará os cadarços dele quando necessário; se ele precisar assoar o nariz, Ajay oferecerá o próprio lenço ou a própria manga.

O salário é aumentado para vinte e cinco mil por mês, e Ajay ganha um quarto próprio em vez de uma cama em um dormitório. Mais uma vez tiram suas medidas e, uma semana depois, ele recebe três ternos estilo safári novos, idênticos, de gabardine cinza-aço e com linhas puras e minimalistas.

— O sr. Sunny os desenhou pessoalmente — diz o alfaiate.

A segurança é uma questão. Ajay será treinado pela unidade de proteção. É recebido por Eli, um jovem israelense, ex-oficial das Forças de Defesa de Israel. Eli vem de uma família de judeus de Kerala, tem pele dourada e cabelo longo e cacheado, um corpo alto e esguio. Viajou como mochileiro após o serviço militar, assim como seus colegas soldados. Passou um tempo no Himalaia com seus compatriotas, ficando chapado, dirigindo Royal Enfields, até seguir para Bombaim. Tentou a carreira de modelo, mas era muito esquentado, temperamento excessivamente volátil. Meteu-se em brigas demais, quase foi preso, foi para Déli. Um velho amigo de Israel o acolheu e o apresentou a Tinu. Foi contratado como segurança, galgou posições. Agora ele leva Ajay para o estande de tiro dos Wadia na fazenda em Mehrauli, no terreno com o bosque e os pomares. Apresenta Ajay à arma que ele vai carregar sempre, a Glock 19. Nas seis semanas seguintes, nos intervalos entre suas tarefas cotidianas, Ajay se torna um mestre não apenas com a Glock, mas também com a pistola Jericho 941 e o IWI TAVOR TAR-21. Familiariza-se com o AR-15, o AK-47, a Uzi e a Heckler & Koch MP 5. Como manuseá-los, como desmontar, limpar e remontá-los, como fazer a manutenção, quando usá-los, quando não os usar, como torná-los parte do seu corpo. A pontaria de Ajay é exemplar. No fim das seis semanas de treinamento com armas de fogo, ele recebe o porte de armas e ganha sua própria Glock 19 semiautomática calibre .9mm, além de um coldre axial e duas caixas de munição, que precisam ser guardados com segurança no armário do seu quarto e levados consigo toda vez que ele acompanhar Sunny fora da residência da família.

Eli começa a treinar Ajay em *krav maga*.

Quatro dias por semana, duas horas por dia. Contudo, apesar de Ajay treinar com afinco, seguindo as instruções ao pé da letra, Eli fica frustrado. Embora consiga manusear armas de fogo, fazer objetos de metal cantar, Ajay carece de fluência com o próprio corpo. Embora consiga aplicar cada técnica, dominar as sequências e combinações, Ajay não tem brilho.

— Você se segurar demais — diz Eli com seu inglês incorreto. — Tem que achar o seu lugar violento. Aqui.

E dá um tapa no coração de Ajay.

— De novo.

Ajay, sozinho, agora leva Sunny a todos os cantos de Déli — seu motorista particular, seu faz-tudo. Acumula horas no Audi, no Toyota Land Cruiser. Familiariza-se com o manuseio, a velocidade, os automóveis se tornam extensões do seu corpo e ele se orgulha da maneira como consegue manobrá-los pela cidade, intimida outros carros, sente-se extraordinário. Ajay sai para realizar tarefas no Land Cruiser. Na maior parte das vezes, vai buscar outras pessoas, amigos de Sunny. A maioria são garotas, e ele geralmente as reconhece das festas no apartamento do patrão. Ajay tem boa memória para nomes, rostos, drinques favoritos, humores. Busca as garotas em qualquer lugar, em um mercado, um restaurante, na entrada de um parque, e, na maioria das vezes, as deixa na frente de hotéis de cinco estrelas, sem dizer nada. Vai buscá-las horas mais tarde, a menos que Sunny dê outras instruções, e as leva para onde quiserem ir. Ajay não fala disso com ninguém. Ouve outros motoristas fofocando sobre os patrões e patroas e sobre o que eles estão aprontando, mas Ajay nunca diz nada.

Cada vez mais, Ajay e Sunny viajam para fora de Déli. Em certas ocasiões, de jatinho particular. Ajay é a pulsação do mundo de Sunny. Silencioso, inexpressivo, satisfeito.

11.

Dois anos depois, uma nova garota entra em cena. Surge abruptamente. Aparece uma tarde com Sunny no apartamento, e aquilo é estranho — ele nunca leva garotas para casa no meio do dia. Mascarando a surpresa, Ajay inclina a cabeça em namastê, depois desaparece em direção à cozinha a fim de buscar drinques.

A garota é diferente em muitos aspectos. Não é glamorosa e não está enfeitiçada por Sunny. E, ainda por cima, dirige-se diretamente a Ajay, olha em seus olhos, faz perguntas. Aquilo o incomoda, estar tão visível no ambiente. Ajay serve drinques e aperitivos, depois fica em pé na cozinha, logo atrás da porta, tentando ouvir tudo que pode, tentando descobrir o que está acontecendo. A mulher vai embora uma hora depois. Descobre o nome dela: Neda. Madame Neda. Ajay acompanha Madame Neda até seu carro velho. Vê o adesivo IMPRENSA no vidro traseiro e fica aliviado quando ela se vai.

Semanas depois, Ajay está esperando Sunny do lado de fora do Park Hyatt quando volta a vê-la, saindo do hotel distraidamente, esperando o manobrista pegar seu carro. Ela não o vê, está preocupada, fumando um cigarro, falando ao celular. Ajay reconhece um certo brilho no rosto da moça.

Em pouco tempo, ela se torna uma presença constante na vida de Ajay. Ela sucumbe a Sunny, e Ajay é o transportador, levando-a do hotel para casa. Do seu local de trabalho perto de Connaught Place para qualquer hotel de cinco estrelas onde Sunny estiver esperando. Ela depende de Ajay. Conspira com ele. Obrigada, Ajay, diz ao saltar pela porta traseira no fim da noite.

Certo dia, cerca de seis semanas após o início daquela nova fase, Sunny assiste à TV em casa. Está passando o noticiário, há distúrbios na cidade, alguma favela está sendo demolida. Sunny se endireita e se curva para a frente, olha para a tela com as mãos unidas. Desliga a TV e fica sentado no sofá em silêncio, com uma expressão de concentração intrigada, a testa franzida.

À tarde, Sunny sai sozinho, mas diz a Ajay para ir à fazenda nos arredores de Déli, o lugar onde ele aprendeu a atirar, onde uma nova mansão está sendo discretamente construída.

Horas depois, Sunny aparece com Neda a reboque. Ajay serve vodca com gelo, e o patrão ordena que ele espere do lado de fora.

Algo estranho está acontecendo ali, Ajay sente.

Anda de um lado para outro no escuro entre as árvores, segurando o celular, observando o canteiro de obras vazio.

Pouco menos de uma hora depois, vê os faróis de vários outros carros se aproximando.

Param a alguma distância da mansão.

Ajay sabe instintivamente que deve avisar Sunny. Corre no escuro; nesse momento, várias luzes poderosas se acendem no canteiro de obras lá fora. Quando olha para trás, vê o pai de Sunny saindo de um dos carros.

Uma corrida contra o tempo.

Na beirada da piscina.

— Senhor, seu pai!

Neda e Sunny estão dentro da água.

Não há tempo a perder. Pânico.

Sunny grita para ele puxar Neda da água e escondê-la. Bem a tempo, Ajay a coloca no banheiro externo. Então volta para dentro da casa e sai por uma porta lateral no momento em que Bunty Wadia e seus acompanhantes desconhecidos se aproximam dos fundos.

Ajay não sabe o que está acontecendo, mas sabe que Neda não deve ser vista ali. Então, cumpre seu dever.

Quando a barra está limpa, com os homens dentro da casa, conversando, Ajay sai sorrateiramente com Neda e a leva para casa.

Depois daquela noite, Neda desaparece abruptamente da vida de Sunny. E a própria vida de Sunny sofre uma mudança drástica. Nos dias que se

seguem, todos na casa constatam que algo terrível aconteceu, algum confronto assustador entre Sunny e o pai — as notícias se espalham do andar do pai, são ouvidas por dezenas de empregados e circulam através de murmúrios. Tinu logo liga para Ajay e lhe ordena que vá até seu escritório. Os aparelhos celulares com os respectivos chips e baterias, tudo que Sunny deu a ele, devem ser entregues. Ajay recebe um novo celular e um novo número. Quando retorna ao apartamento, Sunny está sentado em silêncio na sala de estar, olhando para a parede, de costas para a porta, punhos cerrados. Como se estivesse esperando pelo impacto. Alguém bate à porta.
— Abra — diz ele.
Bunty Wadia entra no apartamento, aquele espaço sagrado, seguido por sete homens que Ajay nunca viu na vida, homens brutos fedendo a tabaco e bebida, homens das ruas. O grupo começa a destruir o apartamento, quebrando objetos com bastões e porretes, enquanto Sunny fica imóvel, resignado, e Ajay se vê paralisado pelo choque. Quando os capangas terminam, não sobrou nada. Transformado em destroços, o apartamento fica chocantemente vazio.
Na manhã seguinte, Sunny, pálido, sério, vestindo um terno preto sóbrio, aparece cedo. Ajay o leva de carro até um dos escritórios da família em Greater Noida — o quartel-general das operações imobiliárias —, e Sunny fica lá o dia todo. O dia todo e todos os dias seguintes.

Acabaram as festas. Neda sumiu. A diversão já era. Sunny vai ao escritório todos os dias, volta para casa no fim da tarde e fica emburrado em seu apartamento, sozinho. As noitadas cintilantes e efervescentes desaparecem. Sunny se torna taciturno e reservado.
Semanas se passam, e essa se torna a nova rotina. O humor de Sunny esfria e se solidifica. Ele não demonstra emoção alguma, mas começa a encarregar Ajay de novas tarefas, e Ajay não deve confiar em mais ninguém. Deve sair de carro, se certificar de que não está sendo seguido, depois deve inspecionar vários hotéis de duas estrelas baratos e vagabundos na cidade, cujos nomes lhe são entregues em pedaços de papel. Ele deve verificar a segurança, a privacidade, a impessoalidade e, por fim, apresentar um relatório. A cada hotel é atribuído um codinome: A, B, C, D, E, F. Ao falarem

a respeito, os dois não devem usar os nomes verdadeiros dos estabelecimentos.

Sunny começa a passar horas improváveis nesses vários hotéis baratos. Ajay o leva e fica no carro a várias ruas de distância, esperando o telefonema para ir buscá-lo. No início, presume que Sunny deve estar se encontrando com Neda. Depois, acha que é alguma outra coisa. Correm boatos entre os empregados de uma crise na família, alguma briga horrível. Sunny fez algo terrível. Alguns criados tentam obter de Ajay informações sobre as atividades de Sunny. Mas Ajay se faz de bobo, diz que não sabe de nada. Tinu o chama quando Sunny está ocupado e manda que ele repasse informações sobre o estado de espírito de Sunny, o que ele tem feito, com que garota tem se encontrado. Lembra a Ajay que Sunny não é o patrão. É a Bunty Wadia que ele presta serviços. Relutante, Ajay dá o nome de Neda. Fala onde ela mora e trabalha. Não diz nada, porém, sobre os hotéis que Sunny encontrou.

Ajay sente que ficou preso em uma grotesca guerra civil, cuja causa, de alguma maneira, é Neda. Imagina coisas vagas e terríveis sobre ela. Que apareceu para arruinar de propósito a vida de Sunny, para perturbar a harmonia benévola e luxuosa que havia se instalado. Talvez ela sempre tivesse sido uma espiã.

Os dias são carregados de uma tensão que ele mal consegue suportar, decifrar. Como se estivessem em pé de guerra. Em privado, Sunny permanece raivoso e recluso. Em público, com o pai, com Tinu, no escritório, mantém uma aura de profissionalismo distante, de indiferença robótica.

Em um domingo, Sunny recebe um telefonema que o deixa alarmado. Puxa Ajay para um canto e o manda ir até o escritório de Greater Noida imediatamente.

— Seja discreto. Faça de conta que você está indo a outro lugar. Mas vá agora mesmo e fique na rua vigiando o escritório. Veja se Neda aparece por lá — diz Sunny. — Fique de olho nela. Estou falando sério. Fique atento. Não deixe que nada aconteça com ela.

Algo, de fato, acontece. Ele fica esperando na passagem de serviço perto do edifício comercial. O lugar está situado em uma saída da estrada principal, em uma parte desolada da cidade-satélite nos arredores de Déli, só terras cultivadas e construções. Ele fica sentado por horas, vendo se ela aparece, depois avista seu carro indo na direção de Déli, no escuro. Ajay mantém distância, dirigindo a um ritmo constante algumas centenas de metros atrás dela. O carro de Neda entra em Déli após cruzar a ponte Kalindi Kunj e segue rumo a Okhla.

A distância que Ajay mantém significa que ele não vê o acidente. Só vê os dois carros amassados e parados em lados diferentes de um entroncamento amplo e deserto em uma área industrial. Só vê dois homens cercando o carro de Neda, batendo no capô e nas janelas e gritando para o interior do veículo, enquanto um terceiro homem tira um taco de críquete do outro carro. Ajay nem pensa. Acelera até estar quase em cima deles, os faróis cegando os dois homens. Depois salta correndo e ataca. Ataca com toda a violência que estava à espreita dentro de si, pronta para dar o bote. A ação termina em poucos segundos. Ele nem se lembra do que fez. Só sabe que três homens estão no chão, quebrados e sangrando, sua arma está fora do coldre e ele está olhando para trás, na direção do carro em que Neda se agarra ao volante, encarando-o com os olhos arregalados.

Ajay liga para Sunny, que o instrui a deixar Neda no hotel D. Ela está com raiva, em choque. Quando Sunny abre a porta, ela parte para cima dele. Ele a arrasta para dentro e dispensa Ajay. Ela passa várias horas lá dentro, enquanto Ajay volta ao local do acidente para levar o carro de Neda ao conserto. Depois de ter deixado o carro no mecânico, ele volta ao hotel D e espera. Quando finalmente é chamado e instruído a levá-la de volta para casa, ela está bêbada, calada e terrivelmente triste, mas a raiva foi embora. Ajay fica olhando para ela pelo retrovisor.

Depois desse incidente, Ajay começa a ter sonhos dolorosos, perturbadores. Sonhos violentos. Às vezes sonha com membros quebrados. Às vezes, com corpos em chamas. Às vezes sonha com Neda.

12.

Meses se passam sem Neda. Sunny não menciona o nome dela. Não liga para ela. Não vê outras mulheres. Começa a passar tempo com um novo amigo, um homem chamado Gautam Rathore, um jovem cruel e assustador que zomba de Ajay com um sorriso doentio. Sunny está sempre jantando com ele, bebendo com ele. Raramente vê alguma outra pessoa. Está afundando em um estado de espírito sombrio, uma depressão.

Ele pergunta a Ajay:

— Qual é a coisa mais importante da vida?

— O trabalho, senhor — diz Ajay sem levantar a cabeça.

— A família — corrige Sunny sem convicção.

Sunny vem bebendo mais ultimamente. Bebendo sozinho.

Bebendo com Gautam Rathore.

Usando cocaína com Gautam na cobertura.

Ajay não vê nada.

E logo Ajay deve sair para encontrar alguém à noite em um estacionamento de emergência de alguma estrada, ficar sentado e esperar o tal homem em determinado horário. Um nigeriano jovem e simpático. Ele compra cocaína do homem para Gautam Rathore. Sunny faz questão de dizer isso, de que Ajay saiba.

— Não é para mim.

É novembro. Sem aviso prévio, Ajay e Sunny vão para Gorakhpur de avião na semana seguinte. Sunny na primeira classe, Ajay na econômica. Ajay, que costumava ficar olhando para o céu, admirado com o avião, agora adormece antes da decolagem. Quando aterrissam, a comissária toca no seu ombro, ele acorda com a testa franzida, consegue sentir o cheiro de suor no ar à medida que os passageiros se levantam e pegam a bagagem enquanto o avião taxia na pista. O céu está cinzento e enevoado. O inverno está descendo das montanhas ao norte.

É só então que Sunny diz a Ajay que eles estão ali para se encontrar com o tio dele, Vikaram "Vicky" Wadia, sobre o qual Ajay ouviu falar muito, mas apenas em sussurros. Tomou conhecimento dele por meio dos outros homens dos Wadia. "Vicky está causando problemas de novo." "Vicky está cuidando das coisas em Uttar Pradesh." "O clima entre Vicky e Bunty anda meio tenso ultimamente."

Ajay pega as malas de Sunny na esteira de bagagens. Eles são recebidos na área de chegada por um bando de *goondas* e uma escolta policial armada.

Ajay consegue notar a apreensão em seu patrão. Tenta não a refletir. Permanece empertigado, tirando forças da arma oculta no coldre. Os homens de Vicky, porém, são de outro nível: cascas-grossas, ameaçadores, crivados de ouro. Riem do cabelo gomalinado de Ajay, do seu terno safári. Separam Ajay de Sunny e o colocam em um carro à parte. *O que Eli diria?* Todo o treinamento que recebeu desaparece. Ajay obedece em silêncio.

Eles viajam por três horas pelas plantações de cana-de-açúcar e vilarejos poeirentos caindo aos pedaços. Ajay fica olhando pela janela com uma terrível sensação de *déjà-vu*, uma lembrança que ele não consegue, ou não ousa, localizar.

Por fim, absolutamente no meio do nada, pegam uma saída à esquerda e margeiam uma série de portões de ferro sob um arco de concreto rachado, seguem por uma ampla estrada de terra, passam por caminhões estacionados e tendas de operários, a cana-de-açúcar alta de ambos os lados, passam por acampamentos de trabalhadores, até que chegam a um engenho rústico e insular, estacionando à sua sombra.

Vários seguranças começam a descer dos carros, mudos, as armas emitindo sons metálicos. Pigarreiam, suas cusparadas vermelhas de *paan* caindo na terra, onde engrossam e morrem. Ajay é agarrado frouxamente pelo bíceps, como se pudesse sair correndo. Sente-se estranho, oprimido, enjoado. O sol mergulha atrás das nuvens, criando um halo. Um dos homens de Vicky urina tranquilo ali perto.

Ajay observa o carro principal, esperando que Sunny apareça. Depois de um tempo, tenta ir na direção do carro, mas o aperto em seu braço aumenta.

— Parado aí, *chutiya* — ordena o capanga ao seu lado.

Mais homens saem do engenho, todos carregando AK-47s.

A sensação é de cerimônia.

A agitação do ar antes da tempestade.

E logo Vicky Wadia aparece. De onde, Ajay não sabe dizer. Parece vir pisando duro, uma figura imponente, um gigante forjado na selva, vestindo uma *kurta* preta, o longo cabelo negro repartido no meio e enfiado atrás das orelhas, *tilak* vermelho e amarelo descendo pela testa, os olhos cheios de vida, delineados com *kohl*, um bigode espesso, másculo. Ele anda na direção de Sunny como se tivesse ganhado impulso a vida toda. Ajay o observa impotente, paralisado. O sol aparece novamente e faz reluzir os muitos anéis dourados que Vicky usa. Seus dedos se esticam, como se desejassem agarrar, sufocar e matar. Mas ele apenas abraça o sobrinho, puxa-o para si e aninha o braço atrás da cabeça de Sunny, cujos braços pendem frouxos junto ao corpo. Vicky dá um passo para trás, examina Sunny de um lado, de outro. Em seguida, olha para Ajay.

— O garoto é seu?

A pessoa que segura Ajay pelo bíceps o solta, e os capangas então abrem caminho.

— Bonequinho bonito — diz Vicky com desdém. — Bem-vestido.

Ele pede que Ajay dê um passo. Ajay se vê entrando em uma terra de ninguém. Vicky o observa com malícia.

— Um rosto tão inocente. Ele faz o que mandam?

Sunny não diz nada. Ajay logo é deixado de lado.

— Vamos, garoto — diz Vicky, segurando a nuca de Sunny. — Me conte as novidades de casa.

Vicky o conduz em direção a um pequeno bangalô ao lado do engenho e, simples assim, eles desaparecem.

Ajay fica em pé, sozinho, sob o céu de nuvens rápidas, os homens andando à toa no pátio de terra, carregando suas armas. A linha de tensão entre eles começa a afrouxar à medida que Vicky se afasta. Alguns se mexem e encostam nos veículos ou vão se sentar em cadeiras de plástico, outros se deitam em redes sob uma tela de lona. Ajay sente-se despido, nauseado. Tem uma vontade súbita de se afastar dali. Fingindo indiferença, vira-se e começa a recuar, seguindo a longa estrada de terra. Espera que alguma voz diga para ele parar, mas não ouve nada. Então se afasta e, a cada passo, um peso é tirado do seu peito. Conta cem passos antes de se virar e olhar para trás.

Os homens estão menores, não parecem mais tão ameaçadores. Uma leve brisa começa a soprar. Ele desabotoa o primeiro botão do terno safári e limpa a sujeira da nuca.

Mais cem passos.

Os homens estão encolhendo até a insignificância.

Ajay reserva um momento para observar e sentir os cheiros.

Para observar a cana-de-açúcar que se estende dos dois lados do caminho de terra, os passarinhos voando no céu. Para sentir o aroma carregado do solo.

Ajay reserva um momento para sentir.

Algo se agita. O vento passa pelo canavial. E de repente ele percebe: conhece o lugar. Sabe onde está. Já esteve aqui antes.

Como? Ele vasculha a memória, encontra poços negros e profundos dos quais não consegue extrair nada, vê ravinas longas, obscuras, nas quais se recusa a entrar. Um impulso selvagem lhe diz para se abaixar e tirar as meias e os sapatos.

Ele obedece. Obedece e afunda os pés descalços na terra. Seus pés se tornaram pálidos, macios. Faz tanto tempo assim que caminhava descalço sobre as agulhas de pinheiros das florestas do Himalaia, tomando cuidado com os leopardos? E antes disso... antes disso... agulhas de outro tipo perfuram seu coração.

Que distância percorreu desde então?

Ele afunda mais os dedos dos pés. Pressiona-os com toda a força contra o solo, a terra entrando nas unhas bem-cuidadas. Um pouco além na estrada de terra, as tendas dos trabalhadores temporários se erguem humildes, precárias. Ele é atraído na direção de suas lonas azuis, esquece os sapatos e as meias. Olha para aqueles abrigos aglomerados, para aquelas moradias desordenadas, improvisadas, observa as mulheres esfregando pratos de metal com areia e pedrinhas, cozinhando em panelas de arroz nas fogueiras. Vê as crianças desnutridas perseguindo galinhas e cachorrinhos perdidos, brincando com pneus e varetas. Ele está a poucos passos da beirada do acampamento, olhando para aquelas pessoas. Algumas delas começam a olhar de volta. Os olhos das crianças, vazios e sem expressão, os olhos das mulheres, temerosos. Os homens, desconfiados. Com o canto do olho, ele detecta algo embaixo de si: uma barata grande está correndo na terra. E então, com um propósito cruel, com uma violência surpreendente no coração, ele a pisoteia. Esmaga-a com o calcanhar.

E, no momento em que ela morre, tudo volta à sua mente.

O corpo em chamas do pai.

O corpo chamuscado do pai sendo enterrado pela mãe.

A irmã rodeada por aqueles homens.
Sua covardia diante de Rajdeep e Kuldeep Singh.

Esperando o último voo da noite de volta para Déli, sentados na miserável e resplandecente sala de embarque do aeroporto local recém-construído, o voo atrasado, os dois homens silenciosos e pensativos, Sunny massageia o próprio pescoço, verificando mensagens no celular, e de repente dá um chute na perna de Ajay.

— *Chutiya* — diz ele —, você me abandonou hoje.

Ajay não fala nada.

— Porra, qual é o seu problema?

— Nenhum, senhor.

— Mentiroso. E com que cara eu fiquei?

Ajay olha para baixo.

— Me desculpe, senhor.

— O que eles disseram para você?

— Como assim, senhor?

— O que eles disseram?

— Eles quem?

— Os homens do Vicky. Quem mais seria, seu idiota? Eles falaram de mim?

— Ninguém falou, senhor.

Sunny semicerra os olhos.

— Então o que aconteceu?

— Nada, senhor.

— Fiz um papelão por sua causa.

Ajay assente.

— Você não entende. Não sabe como são as coisas por aqui. Com meu tio. Aqui você precisa ser mais casca-grossa. As coisas aqui não são como em Déli. Nada é igual.

Nada é igual. Há um zumbido em seus ouvidos. Ajay tenta deixar para lá. Mas não consegue apagar o som. Não consegue se livrar da imagem. A barata é uma mensageira, um portal. E agora uma corda o conecta ao menino que ele foi um dia. Tempo e espaço se dobraram, como se tentassem apagar a vida que havia no meio.

13.

Desde a viagem, Sunny se tornou mais pensativo. Bebe mais à noite. Manda Ajay ir comprar cocaína. Às vezes, manda Ajay para a cama à noite e, quando o funcionário volta, ele ainda está acordado na mesma posição. Então dorme até as quatro da tarde e começa a beber de novo antes de sair para se encontrar com Gautam Rathore.

Em uma manhã enevoada em janeiro, Sunny acorda cedo e quer ir correr. Dormiu apenas três horas, está ansioso, agitado, talvez um pouco bêbado. Está com uma aparência péssima, mas diz a Ajay para levá-lo à reserva florestal de Sanjay Van. São sete da manhã. Sunny está usando uma calça de tactel esquisita e camiseta de corrida. Tem ciência disso. Será que quer mesmo ir em frente com aquilo?

— Você vem comigo — diz a Ajay.

Ajay tira o paletó, revelando a camiseta e o corpo. Sunny passa os olhos pela musculatura magra de Ajay, sua juventude. Estaria com inveja?

— Leva a arma — diz ele.

Ajay se dá conta de que Sunny está com medo.

— Você malha? — pergunta Sunny enquanto faz alongamentos.

Ajay faz que sim.

— Toma anabolizantes?

— Não, senhor.

Ajay tira os sapatos e as meias para correr descalço.

— Não tire o sapato. Você vai se cortar.

— Estou bem assim, patrão.

— Não, você vai acabar pisando em uma agulha e pegar essa merda de aids. Não quero que você leve aids para dentro da minha casa. Eu te mato. Calça a porra do sapato.

Eles correm por meia hora, Sunny se esforçando, se punindo até, e Ajay logo atrás, quase sem suar. Mas Ajay está feliz de estar ali com ele, compartilhando aquele momento. Seu cérebro tem estado a mil. Ele sente que estão chegando perto de um fim. Sente que estão ambos à beira de um colapso.

— Patrão?
— O que foi? — Sunny ofega.
Estão de volta ao carro.
Ajay quer falar, mas hesita, então Sunny começa a falar em inglês.
— O que é? Você está me dando nos nervos.
— Senhor, eu queria perguntar...
Ajay não pode...
— Desembucha, porra!
— O que aconteceu com sua mãe, senhor?
A pergunta — sua impertinência — faz Sunny parar imediatamente. Ele congela.
Nem uma vez sequer Sunny falou sobre a mãe na frente de Ajay, e Ajay nunca fez uma pergunta pessoal antes, sobre esse assunto ou qualquer outro.
— Quem falou da minha mãe para você?
— Ninguém.
Sunny dá um passo na direção de Ajay.
— Filho da puta — sussurra ele. — Não minta para mim.
— Ninguém falou nada, patrão.
— Foi Vicky, não foi?
— Não, senhor.
— Não minta.
— Ninguém me disse nada, senhor.
Sunny começa a gritar:
— Quem falou da minha mãe para você, porra? Com quem você pensa que está falando?
Sunny pega a Glock do coldre de Ajay. Sem jeito, aponta a pistola para o rosto dele.
— Eu deveria dar um tiro em você agora mesmo.
Ajay não reage, apenas olha bem nos olhos de Sunny.

— Não esqueça quem você é — diz Sunny.

— Quem eu sou? — retruca Ajay com tranquilidade.

As palavras desestabilizam Sunny mais do que qualquer tiro. Ele abaixa a arma e a coloca nas mãos de Ajay.

— Entra no carro — ordena Sunny.

O próprio Sunny dirige de volta para casa, rápido demais, imprudente demais.

Quando passam pelos portões da propriedade e estacionam, Ajay percebe a respiração pesada de Sunny.

Ainda agarrado ao volante, ele se vira para Ajay.

— Que merda deu em você? — Sunny desliga o carro. — Por que você perguntou sobre a minha mãe?

Ajay fica olhando para o painel do carro.

— Ninguém nunca pergunta pela minha mãe — continua Sunny e acende um cigarro. — Ela morreu — diz, dando um trago.

— O senhor pensa nela? — pergunta Ajay.

Sunny luta contra o instinto de ficar em silêncio.

— Eu costumava pensar muito. Hoje em dia, nunca.

— Eu também parei de pensar na minha mãe depois que vim trabalhar para o senhor — diz Ajay. Então, refletindo, acrescenta: — Talvez até antes. Mas ela existe.

Os dois homens ficam surpresos ao ouvir a voz de Ajay tão nítida.

— Agora estou me lembrando dela.

Sunny olha para Ajay como se o enxergasse como uma pessoa pela primeira vez.

— Achei que você não tivesse mãe.

— Todo mundo tem mãe.

— Achei que ela estivesse morta.

Ajay é tomado pela emoção, parece prestes a sucumbir.

— Eu fiz uma coisa errada — diz ele.

— Que coisa?

— Quando eu era criança — diz Ajay, pronunciando as palavras com grande concentração —, meu pai foi assassinado. Para pagar a dívida dele, fui entregue a um *thekedar* para ser levado até as montanhas e vendido. Eu deveria ajudar minha mãe, mandar dinheiro para casa. O homem a quem fui vendido me disse que meu salário seria mandado para ela. Disse que ela teria dinheiro e levaria uma vida boa graças a mim. Mas ele não mandou o dinheiro. Eu sempre soube, mas fingi acreditar nele. À medida que fui ficando mais velho, de fato comecei a acreditar nessa mentira. Decidi que minha mãe e minha irmã mais velha estavam bem. Quando vim para cá, quando passei a trabalhar para o senhor, finalmente comecei a ganhar dinheiro e, quando enfim poderia fazer algo para ajudá-las, eu as abandonei. Eu as esqueci.

Ajay se recompõe e então conclui:

— Quando vimos Vicky-ji, patrão, me lembrei delas novamente. Agora preciso encontrá-las.

Sunny não suporta mais. Escancara a porta, sai do carro e deixa Ajay sozinho.

14.

Ajay ronda Sunny cautelosamente nos dias seguintes. Sunny se fecha, Ajay executa suas tarefas com um profissionalismo seco. Mas ele mal consegue se olhar no espelho. Não consegue dormir à noite pensando no que fez. Volta à beirada do campo, correndo e se escondendo enquanto a irmã grita por ele. Agora ouve seus gritos quando ela é levada embora. Vê aquela barata na terra. A covardia o define. O pequeno fugitivo. Ele sabe por que a mãe o mandou embora. Sua aparência começa a se fragmentar. Sunny o observa o tempo todo. Ajay teme ser mandado embora. Expulso da casa dos Wadia.

Certa manhã, quando Ajay entra com o café no quarto de Sunny, ele pergunta, do nada:

— Você quer mesmo encontrá-la?

Ajay não hesita.

— Quero.

— Como? — pergunta Sunny. — Como você vai encontrá-la?

— Não sei — diz Ajay.

— Você faz alguma ideia de onde vem?
— Acho que cresci perto daquele lugar.
— Do engenho?
— Eu reconheci a terra.
— Aquele lugar parece com um monte de lugares.
— Mas eu senti, patrão.
Sunny avalia a informação.
— Não posso deixar você ir — diz Sunny. — Preciso de você aqui. Em breve vão acontecer coisas.
Ajay faz que sim uma única vez e se vira em direção à porta.
— Espere.
Ajay obedece.
— Anote tudo de que você se lembra — diz Sunny, por fim. — Nomes. Pontos de referência. Escolas, templos. Nomes de pessoas. Qualquer pessoa.
— Sim, senhor.
— Vou ver o que consigo descobrir.
— Obrigado, senhor.
— Mas, enquanto isso, preciso de você ao meu lado.
— Sim, senhor.
— Vamos voar para Goa amanhã.

Naquela noite, Ajay fica sentado na cama e anota tudo. Anota tudo que acha que sabe, a visão das montanhas a partir do barraco, a forma dos campos, a escola, a terra cultivada e o templo, os nomes há muito esquecidos de lugares próximos, nomes locais, o nome da professora da escola, o nome do pai e o da mãe e, finalmente, os nomes de dois homens importantes: Rajdeep e Kuldeep Singh.

Ele entrega a folha dobrada para Sunny quando embarcam no voo, ao passar por ele na primeira classe a caminho do seu assento na econômica. Ajay não consegue pensar em outra coisa durante a viagem a não ser no nome daqueles dois homens, naquele lugar dos seus pesadelos há muito esquecidos, em todas aquelas coisas que ele passou a vida inteira deixando para trás.

———

Eles se hospedam em um resort de cinco estrelas nos arredores da capital, Panaji, em uma das mansões à beira-mar, com aposentos para os empregados. Ajay passa a quarta e quinta-feira ao lado de Sunny durante várias reuniões na capital. À noite, depois de participar dos jantares de negócios obrigatórios, Sunny fica sentado sozinho no jardim da mansão, observando o mar por cima do muro. Mal fala, não come nem bebe.

Na sexta-feira, Ajay é encarregado de alugar um pequeno carro e uma moto Royal Enfield, a serem pagos em espécie. À tarde, Sunny diz para ele reservar um quarto em um hotel barato da cidade, o Windmill. Depois, dá a Ajay um número de voo.

— Vá ao aeroporto no carro alugado — diz Sunny. — O voo de Madame Neda aterrissa às oito da noite.

É muito reconfortante ver Neda sair do portão de desembarque e avançar com dificuldade entre os taxistas. Ajay estava um pouco afastado, à espera; ele abre caminho em meio à turba e pega a bagagem dela. Neda sorri para ele com timidez e muita familiaridade. Ela põe a mão em seu ombro, sem dizer nenhuma palavra, enquanto se dirigem ao pequeno carro alugado, um Maruti com placa local.

Ajay pede que ela se sente na frente, assim a polícia não vai achar que ele é um taxista ilegal.

É estranho tê-la ao seu lado.

Por um instante, ele pode se deixar levar pela fantasia — escandalosa, insuportável por mais de um segundo — de ser o próprio Sunny, de que Neda é sua, de ter uma vida normal, uma vida na qual ele está no controle.

Com Neda de volta na vida de Sunny, ele sente que as coisas podem ter um desfecho positivo.

— É a primeira vez que você vem a Goa, Ajay? — questiona ela.

A pergunta surge do nada.

Ele gosta quando ela pronuncia seu nome.

— Não, madame.

Há segurança em chamá-la de madame.

Eles voltam a ficar em silêncio.

— Na verdade, madame — diz ele um pouco depois, surpreso por estar falando sem ter sido requisitado —, eu já trabalhei aqui.

— É mesmo? — pergunta ela, genuinamente interessada. — Quando?

Ele fica sem graça.

— Antes.

Ela ri silenciosamente.

— Onde?

— Arambol.

— Praia bonita. Em um quiosque?

— Sim, madame.

— Com amigos?

— Sim.

— Você vai vê-los desta vez?

— Estou aqui a trabalho, madame.

E eles voltam a ficar em silêncio.

Ele a deixa no hotel como planejado e vai embora. Volta para o de cinco estrelas de Sunny, estaciona o carro alugado em uma rua residencial a uma certa distância, ao lado da moto, vai andando até a propriedade, passa pelo detector de metais, põe a arma na bandeja, mostra seu porte de armas. Dirige-se aos aposentos dos empregados na mansão de Sunny e espera. Fica sentado na cama, a postura ereta, mãos nas coxas, olhos fechados, como se estivesse meditando, só que pensando em Neda com ele no carro, o vento quente soprando, nenhuma palavra. Depois visualiza Neda presa no carro enquanto está sendo atacada. Lembra-se da sensação dos punhos golpeando os agressores. Essa é realmente a primeira vez que ele analisa o ocorrido. Ele cerra os dentes, fecha as mãos em punhos. Ele sente cada golpe, repetidamente, o compromisso que Eli mencionou, com a violência. O que é isso que sente em relação a ela? Esse apego. Não é desejo. Um mero instinto protetor? Talvez. Inveja, quem sabe? Ajay sente inveja da proximidade que ela tem com Sunny. Um lugar que ele não pode alcançar. Abre os olhos antes que se perca demais. Encolhe-se na cama. Tenta dormir. À meia-noite recebe uma mensagem de Sunny. Venha de moto ao hotel às cinco da manhã.

É um prazer dirigir a Royal Enfield lentamente pela cidade que amanhece, o vento quente contra o rosto, o ruído do motor poderoso reverberando pelas ruas vazias banhadas pelo brilho sulfuroso da iluminação pública. Ele espera do lado de fora da recepção enquanto o céu empalidece. Depois, lá estão eles. Ajay entrega as chaves. O tanque está cheio. A habilitação de Sunny está na bolsa de zíper sobre o tanque. Tudo foi preparado.

— Ajay, por que você não vai ver seus amigos? — pergunta Neda, e então, virando-se para Sunny: — Tudo bem por você?

— Esteja de volta amanhã à noite. Às sete — diz ele para Ajay.

E, com isso, os dois vão embora.

Ajay espera até que os dois desapareçam do campo de visão, imaginando a si mesmo como uma presença sólida, estoica, caso olhem para trás, caso, por algum motivo, precisem dar meia-volta e retornar até ele. Espera um pouco mais, até o ronco do motor estar inaudível. Só então ele dá meia-volta e entra para pagar a conta. Depois, quando tudo está acertado, caminha cinco quilômetros de volta até o hotel de cinco estrelas.

Ele tem trinta e seis horas.

Trinta e seis horas que são suas, tempo que ele deve matar.

Seu humor se anuvia.

Ele vai mesmo visitar os velhos amigos?

Ajay se senta na cama e espera. Pensa em trancar tudo e ir.

Será que eles são mesmo seus amigos?

Ajay fica na beirada da cama, olhos fechados, costas eretas, palmas das mãos sobre as coxas.

Pensa.

Imagina-se dirigindo até lá.

Ele costumava reimaginar aquela cena. Conseguia visualizá-la muito bem. O que faria no momento em que chegasse. O que diria.

Surgiria em um elegante SUV preto, de uniforme, os botões do colarinho abertos, para mostrar que estava de folga. Seria descolado, um sorriso enigmático que se transformaria em um riso no instante em que eles o reconhecessem. Alguém o abraçaria e sentiria a saliência da sua arma, e todos ficariam pasmados, pediriam para vê-la. Ele a sacaria e removeria a trava, verificaria o tambor, a entregaria. Riria do menino que tinha sido um dia, relembraria os velhos tempos, contaria histórias de Déli, de como as pessoas importantes vivem. Mostraria que é um homem agora, um homem do mundo. E eles diriam: você chegou lá, irmão.

Era assim que ele imaginava.

Mas que histórias ele teria para contar de si mesmo?

Que histórias poderia contar se mal falar ele sabe?

Pronto. Ele vê tudo novamente: a caminhonete de três rodas, a gaiola, a mãe e a irmã olhando enquanto ele era levado embora. Os outros meninos amontoados com ele durante a noite, sua figura assustada e amedrontada, afastando-se da sua casa miserável, desaparecendo nas grandes montanhas azuis.

Ele revê tudo: o cadáver parcialmente queimado do pai.

Está ficando cada vez mais difícil de respirar.

Ao meio-dia ele retira a arma, o coldre e entra na mansão. Começa a limpar, certificando-se de que a cozinha esteja impecável e as roupas de Sunny em ordem. De repente, se vê em pé no meio da sala de estar, na penumbra, sem pensar em nada e sem ter para onde ir. Vai até a cozinha e abre a geladeira, vê a cerveja e o vinho alinhados na porta, os restos da comida que Sunny não quis tocar. Fecha-a novamente. Ajay não bebe. Nem está com fome. Ele não tem nada para fazer.

No fim da tarde, porém, quando o sol está mergulhando no oceano, ele atravessa o jardim da mansão, sai pelo portão de estacas brancas e vai até a praia particular. Há algumas espreguiçadeiras com estrangeiros bebendo drinques, um salva-vidas em uma torre, dois seguranças patrulhando a orla, expulsando vira-latas ou camelôs. A areia branca é área exclusiva dos ricos.

Ele ainda está de uniforme, suando levemente sob a regata que está usando por baixo. Desabotoa os poucos botões superiores, esfrega a pele úmida em volta do pescoço e caminha perto da linha da água. Sente uma necessidade irrefreável de mergulhar. Tira os sapatos e as meias, depois o paletó, colocando-o ao lado dos sapatos bem alinhados. Caminha rumo ao mar, os pés extraindo a umidade da areia molhada. Na primeira onda, ele fecha os olhos e para. Depois, começa a caminhar mar adentro.

Avança lentamente, com os olhos fechados e uma expressão de reverência no rosto. Até a água bater em sua cintura.

Fica em pé em meio às ondas que quebram, abre os olhos e absorve o sol, que se põe.

— Ei — chama uma voz às suas costas. — Ei.

Ele olha ao redor — os seguranças estão em pé atrás dele na praia.

— Você não tem permissão para entrar aqui.

Ajay olha de um para outro antes de voltar a atenção para o mar.

— Você não tem permissão. A praia é privativa.

Ele resiste mais alguns segundos, mas seu êxtase já terminou. Vira-se e vai abrindo caminho na água até a areia, passa entre os dois guardas, pega o paletó, os sapatos e as meias e volta para a mansão.

15.

Ele não volta a ver Neda em Goa. Sunny a deixa no aeroporto antes de voltar. Depois voa com Ajay de volta para Déli. Sunny parece sereno, decidido. Alguns dias depois, está sentado no sofá com o laptop, olhando alguns projetos de arquitetura, quando Ajay leva o café.

— Tome.

Sunny retira um pedaço de papel de seu bloco de anotações e o estende.

— Perdão, patrão?

— Este é o lugar onde sua mãe e sua irmã vivem.

Ajay desdobra o papel e observa.

— Agradeça a meu tio. Foi Vicky quem a encontrou.

Ajay está mudo, sem palavras.

— Estou dando quatro dias de folga para você — diz Sunny. — Depois disso, preciso que volte. Depois disso, tudo vai mudar.

AJAY II

1.

Ajay viaja de Déli a Lucknow de trem, e lá pega outro para Gorakhpur. E, de lá, um ônibus local. Ele se lembra de tudo agora. Toda aquela poeira e fumaça, o cheiro de plástico queimado em todas aquelas cidades, as manadas de búfalos e os campos de mostarda, milho, trigo e cana-de-açúcar, todo aquele óleo de motor pingando no solo poeirento, misturado com legumes e verduras apodrecidos. Todos aqueles fantasmas também. Braços decepados, gargantas cortadas, cabeças perfuradas. Cadáveres atirados nos poços. Fezes humanas. Homens em chamas. Mas Ajay está acima disso agora. Transcendeu. Percorre cada quilômetro como um homem refeito, entrando clandestinamente no próprio passado, um passado dentro do presente, com seu terno safári e seu rosto bonito, seu corpo esbelto e sua arma pressionada contra as costelas. E o dinheiro. Ah, sim, o dinheiro. Ajay está carregando trezentas mil rupias enroladas em papel pardo, em um tecido na bolsa esportiva aos seus pés. Trezentas mil rupias para a mãe, toda a remuneração do mundo, ao lado de uma caixa extra de munição, uma muda de roupas e uma escova de dentes.

Ela verá como ele está agora e tudo ficará bem. *Elas* verão. A mãe e a irmã. E o que mais? A mãe estava grávida quando ele foi embora de sua antiga vida, mas Ajay havia se esquecido disso, assim como se esquecera da dor da partida. O que dirão a ele? Na verdade, Ajay não pensou no que vai encontrar quando se reunir com a família. Só imaginou em linhas gerais — manteve as coisas simples: elas estão vivas, elas existem. Eu existo. Estou indo para casa. Voltando como disse que faria, como previ. Voltando como um homem importante, de recursos, bem-sucedido. Enquanto imagina esse retorno ao lar, uma parte sombria de si sabe que tudo isso é mentira.

O ônibus em que ele está viajando enguiça ao anoitecer. Os passageiros resmungam enquanto dormem sentados, enrolados em xales, esperando que algo aconteça. Nada acontece. Logo são instruídos a descer do ônibus. Muitos se sentam à beira da estrada, espremidos para suportar o frio. Quem conhece o caminho sai andando.

Ajay desce com sua bolsa e começa a caminhar também, faz sinal para um caminhão pedindo carona.

Senta-se ao lado do motorista na boleia, que corre pela estrada noite adentro. Estão na estrada há uma hora e mal trocaram dez palavras. Ajay observa a pista à frente, as luzes que passam por ela. Então começa, ao menos é o que acha, a reconhecer referências, monumentos às lembranças do êxodo que ficaram gravadas na memória.

O caminhoneiro, um homem de pele escura e barba, na casa dos cinquenta anos, fumando um *beedi* atrás do outro, observa a reverência na expressão do jovem.

— De onde você é? — pergunta ele.

— Déli — responde Ajay.

O tempo passa.

— Mas você conhece a região.

Ajay não responde.

— O que você faz da vida?

— *Kaam*.

Trabalho.

O caminhoneiro ri.

— Todos nós trabalhamos — diz ele, e, após uma pausa: — Que tipo de trabalho?

Ajay desabotoa o paletó e deixa que o ar fresco da noite bata um pouco em seu peito.

— *Accha kaam*.

Trabalho bom.

Seguem viagem com essa frase solta no ar, ambígua e estranha.

— Aconteceram algumas situações aqui este mês — diz o caminhoneiro, por fim. — Brigas de gangues. Muitos sequestros. Talvez não seja seguro.

Ajay se vira para ele.

— Seguro para mim?

A pistola de Ajay está visível no coldre dentro do paletó.

O caminhoneiro desvia o olhar.

Por um momento, Ajay esqueceu por que está ali.

Ele se recosta no assento, fecha os olhos, estremece, sente-se seguro com a noção do próprio poder.

— Para quem você trabalha? — pergunta o caminhoneiro.

O tom dele é direto, sem fingimento.

Ele quer mesmo saber.

— Vicky Wadia.

E o silêncio repentino do homem diz tudo.

Eles param em um *dhaba* de madrugada. A fluorescência estranha dos tubos de luz está marcando as árvores. Ajay se senta sozinho a uma mesa bem no fundo, as pernas da cadeira de plástico arqueadas com seu peso. Panelas fumegantes e vozes noturnas embriagadas reverberam em desejos ébrios.

Ele vê que o caminhoneiro o observa de outra mesa, pode adivinhar o que ele está conversando com os outros motoristas, com funcionários do *dhaba*. Estão falando dele, apontando para o homem dos Wadia, o de terno bonito, portando a pistola *pukka*.

Debatendo quais seriam suas intenções.

Ajay não consegue deixar de sentir orgulho.

Temido, respeitado.

Inquestionável.

Ele observa os outros homens, em sua maioria caminhoneiros. Algumas famílias estão ocupadas entre si. Ele corre os olhos pelo *dhaba*. Até que se detém.

Em um menino, um funcionário do *dhaba*. Orelhas de abano, um ninho de cabelo preto, dolorosamente magro, doze ou treze anos. Ele está tomando conta do *tandoor*, gotas de suor se acumulam em sua testa, o rosto contorcido. Ajay segue as linhas do corpo do menino até os tornozelos. Uma corrente. Um dos tornozelos magros está preso à base do *tandoor* por uma corrente grossa. O menino trabalha com os olhos vidrados, as chamas do *tandoor* refletidas neles.

Outra lembrança ressuscitada. O *dhaba*, os campos atrás dele, cobertos de lixo. A parede de concreto que disfarça a vala do banheiro. Como poderia esquecer? O menino fugindo da gaiola que prendia o grupo, correndo para longe da caminhonete de três rodas pelo campo enevoado, perseguido pelo assistente do *thekedar*. O uivo ao longe. A faca ensanguentada. Por um momento, Ajay pensa que está lá. Que isso, o agora, é o passado. O mundo oscila.

É ele? É o mesmo garoto? Trouxeram ele de volta? Ou ele nunca conseguiu escapar?

Ele se levanta, caminhando lentamente entre os clientes, desviando das mesas, e entra, sabendo que todos os observam. Ignorando os protestos dos funcionários, entra na cozinha e se detém na frente do menino. Ele para o que está fazendo e olha para Ajay, tremendo como um cachorro surrado.

— *Behenchod* — diz uma voz vindo de trás. Ajay se vira e vê o cozinheiro gordo com um cutelo na mão. — O que você está fazendo? — pergunta o homem erguendo o cutelo de maneira ameaçadora.

Ajay nem se move. Então, outro funcionário avança para sussurrar algo no ouvido do cozinheiro, puxando-o para trás. O homem abaixa o cutelo, desvia o olhar e sai, deixando Ajay em paz.

O menino retorna ao *tandoor* e Ajay se dá conta de que não o conhece. Só mais um garoto que não conseguiu fugir. *Qual seria o propósito*, se pergunta ele, *em libertá-lo? Tenho minhas próprias coisas para resolver.*

Ajay volta para sua mesa com esse pensamento em mente, e, pela primeira vez, pensa: *Eu sou eu.*

Chai é levado para ele, junto com um prato de arroz e molho de feijões banhado em *ghee* nacional.

— O *chef* mandou — diz o garçom, indicando o homem bem-vestido e tranquilo em uma das mesas perto da caixa registradora. — Por conta da casa.

O motorista espera pacientemente que Ajay termine a refeição. Quando Ajay se levanta, ele se põe de pé também, o homem, e pegam a estrada. Antes do alvorecer o homem informa que estão chegando perto da cidade.

— Pode parar aqui — diz Ajay. — Vou andando.

Assim que estacionam, ele tira seus pertences do caminhão e começa a caminhar. Segue a vala que adentra a favela e suas moradias não planejadas. Cruza uma ponte de telas metálicas até um campo de críquete destruído onde as cabras estão pastando. O dia surge no céu. Ajay vê um grupo reunido perto de uma construção de concreto, aquecendo-se ao redor de uma fogueira. Mostra a eles o pedaço de papel que trouxe consigo. Pergunta onde fica aquele conjunto específico. Os homens observam suas roupas, sua bolsa, seu rosto e apontam a direção, mas avisam:

— Não vale a visita, aquelas pessoas lá são um lixo.

Ele contorna o campo banhado pela luz da manhã, onde as crianças jogam críquete. Uma bola ultrapassa o limite do campo, rola e para perto dos pés de Ajay. Os garotos gritam para ele. Pedem que Ajay jogue a bola de volta. Ele não consegue.

2.

O conjunto de casas é um lugar miserável. São fileiras de barracos de tijolo e madeira, cobertos com lonas ou chapas de metal, construídos diretamente sobre a terra e rodeados de lixo. As mulheres cozinham em pequenos fogareiros do lado de fora dos barracos. Ajay fica ali parado, em estado de choque. Chocado consigo mesmo por ter esperado qualquer coisa diferente. Mas isso vai mudar agora. Tudo vai mudar. Ele segue por uma das fileiras de barracos, desviando dos fogareiros, das crianças e dos cachorros. Homens e mulheres o observam com medo e desdém. Fecham-se em si mesmos. Ajay tenta sorrir. Tenta avistá-la. Sua chegada devia ser uma surpresa. Não devia ser assim.

Uma mulher usando um sári azul imaculado se dirige a ele.

— O que você quer?

Ajay para, se vira e a encara.

Pensa nas palavras que está prestes a dizer.

É como tentar se atirar de um penhasco, a mente não obedece ao corpo.

Ele precisa se obrigar.

— Minha mãe.

As palavras soam frágeis.

Um silêncio, depois sussurros. Ajay repete as palavras, e então uma onda de compreensão percorre o grupo.

Que não parece totalmente amistoso. Não totalmente receptivo.

— Então é você — diz um velho deitado num catre.

Uma outra mulher fica de pé, se aproxima, analisa Ajay por todos os ângulos com desprezo, escárnio.

— Disseram que você está atrás dela.

— Ela está aqui? — É tudo que Ajay consegue dizer.

— Você não tem vergonha na cara.

Ele olha para a mulher, perplexo.

— Onde ela está?

— Você não devia ter vindo.

— Mãe! — grita ele, e então se volta para o grupo de pessoas que vai aumentando. — Onde ela está?

Uma gangue de rapazes se aproxima, mas fica a uma certa distância. São as mulheres mais velhas que expressam o que pensam.

Com hostilidade, uma delas aponta para uma construção de concreto baixa e pequena, no fim da fileira de barracos, de onde um grupo de pessoas está saindo.

— Ela está lá. Mas Mary não quer ver você.

— Mary? Que Mary? O nome da minha mãe é Rupa — diz Ajay.

— Não mais.

Ele fica parado na soleira do salão de teto baixo. Precisa curvar o corpo para dar uma olhada lá dentro. Vê muitas cadeiras viradas para os fundos do salão, onde há uma plataforma e um púlpito, atrás dos quais uma estátua de Shiva e outra de Krishna flanqueiam um quadro enorme de Jesus Cristo sentado em posição de lótus, as mãos em posição de *mudra*.

Uma igreja. O lugar é uma igreja.

Ajay observa o grupo. Sua respiração acelera, o coração lateja nas têmporas. Ele chama:

— Mãe!

Ajay não a vê. Algumas pessoas lá dentro, porém, se viram, se assustam e começam a cochichar, o princípio de uma comoção. Agora quase todos se viram para olhá-lo. Todas as cabeças.

Todas, menos uma.

Ele a vê de costas, o cabelo ralo, grisalho, os ombros magros, fortes, mas caídos.

E a garota ao lado dela, treze anos, olha Ajay nos olhos com aflição. Ajay reconhece os próprios olhos nos dela.

A irmã que ele não conheceu, a que nasceu depois que ele se foi.

— Mãe! — chama Ajay, abrindo caminho pela multidão.

O padre ainda não chegou. A missa não começou. Ajay é a atração do momento.

Ele enfim alcança a mãe, a qual expressa severidade no rosto, de mandíbula cerrada e olhar fixo na imagem de Cristo.

— Mãe!

A igreja está em polvorosa.

Uma voz se destaca:

— Mary, venha ver, ele voltou!

— Voltou dos mortos.

— Seu filho voltou!

— É um milagre, Mary.

— Esse aí é um impostor.

— É o demônio.

— Mãe! — diz ele. — Sou eu. Ajay. Seu filho.

3.

Ela está diante dele, envelhecida e murcha, esvaziada pelo luto, em um sári verde-claro surrado, diferente da mulher radiante e terrível que visitava Ajay em seus sonhos.

— Mãe — diz ele.

A multidão se calou.

— Mãe — repete a menina meiga e assustada que a puxa pelo braço.

A mulher finalmente se vira e, sem fazer contato visual, faz o sinal da cruz, murmura uma prece e passa por ele mancando.

Ajay não consegue suportar. Ele a pega pelo braço.

Ela se solta, furiosa.

— Não encoste em mim! Eu não conheço você.

Ajay fica sem palavras. Deixa a mão cair, sem forças.

A mulher segue mancando pela multidão em direção à saída. Não se vira para olhá-lo.

Algumas pessoas falam em favor de Ajay, tocadas pela cena:

— Mary, é seu filho.

— Perdoe ele.

Ela para. Faz que não com a cabeça.

— Ele não é meu filho.

Ajay é tomado pela raiva e vai até ela.

— Eu estou aqui, mãe! Sou eu, seu filho!

Ela se vira para Ajay, agora com uma raiva nítida, o corpo duro como uma rocha.

— Você está aqui, sim, mas não é meu filho. Meu filho está morto.

Ela ruma para a saída, em direção aos casebres.

— Eu não estou morto.

Enquanto ele tenta segui-la, uma nova confusão começa.

— Padre! Padre! — chamam as pessoas. — Padre Jacob...

Um homem vestindo as túnicas de um padre aparece, calvo e gorducho, os olhos intensos e atentos. Ele se coloca diante de Ajay e estende a palma de uma das mãos num gesto pacificador.

— Padre Jacob... O filho da Mary está aqui.

Mas Ajay simplesmente passa pelo padre.

Ela está parada a uma curta distância, de costas para ele. Sem se mexer.

— Vim por sua causa, mãe! — grita ele, tomado de fúria, sentindo-se injustiçado. Percebe como soa vazio. — Estava procurando você... Nunca me esqueci.

A mente de Ajay gira. Ele tem dinheiro, roupas boas; venceu na vida; contra todas as probabilidades, se tornou um homem importante. E voltou para casa. Dezenas de moradores estão reunidos a essa altura, esticando o pescoço, sussurrando, acotovelando-se para ver o espetáculo.

— Você me mandou embora — diz ele. — Mas, mesmo assim, eu voltei. Sei que você precisou fazer isso, que precisava que eu fosse trabalhar. E trabalhei duro, mãe. Fiz isso por você. Eles disseram... disseram que mandavam o dinheiro para você todo mês...

Ela se vira e vai mancando até ele.

— Ninguém mandou dinheiro — afirma, com desdém.

Ajay olha para baixo.

— Não tinham que mandar. Eu vendi você — emenda ela. — Foi isso que aconteceu. Eu vendi você, mas teria entregado de graça!

A multidão arfa.

— Mary!

— Ele é seu *filho*.

— Ele não é meu filho! — berra ela de volta e, virando-se para Ajay, complementa: — Era melhor que você tivesse morrido.

— Mary!

— Mãe...

— É culpa sua — diz ela. — É tudo culpa sua.

— Não, mãe... Você me mandou para longe. Fiz o que você mandou.

— Tudo culpa sua.

— Não, mãe...

— Você deixou a cabra fugir! Deixou ela sair para o pasto!

— Mãe...

A mente de Ajay rodopia. O que ela está dizendo? Como ele poderia...

— Se não fosse por você, eles não teriam vindo!

Muitos anos de mágoa se desenrolando, pesando naquelas palavras.

A irmã que Ajay não conhecia corre até a mãe, tenta acalmá-la, pede a ela que pare, mas não tem mais jeito.

— E depois... quando... depois eles...

Os olhos dela se enchem d'água.

Ajay enfim se dá conta.

Hema.

Onde está Hema?

— Você fugiu!

Onde está a irmã?

A mãe continua.

— Você fugiu quando eles vieram!

— Não! — grita Ajay. — Eu os enfrentei!

— Enfrentou? Seu covarde. Você fugiu.

A irmã mais nova está chorando.

— Onde está Hema? — pergunta ele em voz baixa.

— Então quando eles voltaram para comprar você, eu vendi.

— Onde está Hema? — repete ele, buscando o rosto da irmã na memória.

— E agora... — diz a mãe, furiosa. — E agora você vem aqui. Teve a audácia de voltar, sem um pingo de vergonha. Todo importante, com essas roupas caras. Trabalhando para os mesmos demônios que fizeram isso com a gente?!

— Do que você...

— Os irmãos Singh! Os mesmos que mataram seu pai. Os mesmos que arruinaram a sua irmã. Os homens deles vieram aqui me dizer que você vinha. Você trabalha para eles agora.

Ela se atira sobre Ajay, arranhando, rugindo.

— Como você se atreve a aparecer aqui?!

As pessoas correm para puxá-la, afastá-la.

E quanto a Ajay?

Ele não faz nada. Só fica ali, parado.

Mudo.

Ajay se senta no chão, na frente da igreja.

Desolado.

Catatônico.

Sua mãe foi levada dali.

Os homens ainda o observam, incertos quanto ao que fazer, incertos quanto ao que ele fará. Debatem a situação, mas Ajay não escuta.

Até que a irmã caçula surge. Ajoelha-se ao lado dele.

— Ela está sofrendo muito — diz a garota.

Eras se passam até que Ajay processe as palavras. Ele vira a cabeça na direção dela.

— Quem é você?

— Sarah.

Ajay sente um aperto no peito, uma tontura. A confusão em sua mente dificulta a fala.

— Cadê ela? Minha irmã?

— Foi embora.

— Embora para onde?

— Para Benares, quando eu tinha sete anos.

— Por quê?

— E nunca mais voltou.

— O que aconteceu? Por que ela foi embora?

— É melhor você ir — diz Sarah.

Ela faz menção de se levantar, mas Ajay a segura pelo braço com firmeza. A garota estremece de dor.

— O que aconteceu?

— Por favor, está me machucando.

Os homens e as mulheres ao redor observam, atentos e expectantes.

— O que aconteceu depois que eu fui embora?

— Não sei.

— O que aconteceu?! — A voz da mãe o alcança e repete a pergunta: — O que aconteceu?

Ela está ali perto, observando.

— O que aconteceu com Hema? — pergunta ele, desesperado, e solta o braço de Sarah, que corre para a mãe.

— O mesmo que acontece com todas as garotas depois que os homens vão embora — responde a mãe.

— Eu não tive culpa — diz ele. — Voltei por causa de vocês.

— Voltou depois de virar um deles.

— Não sou um deles — rebate Ajay, em tom de súplica. — Eu trabalho para os Wadia. Não trabalho para os irmãos Singh.

A mãe balança a cabeça e se vira para ir embora.

— E para quem você acha que eles trabalham?

Ajay observa enquanto ela se vai.

Enquanto Sarah se vai.

Nada restou de sua infância.

Ele se volta para as pessoas, ainda ali, observando.

— Onde estão Rajdeep e Kuldeep Singh?

— Você deveria saber.

— Pergunte para o seu pessoal.

— Eles mandam na gente.

— Botam medo em todo mundo.

Ajay puxa a pistola da bolsa. Pondera.

— Onde eles estão?

Um jovem dá um passo à frente.

— Eles são donos de um hotel na cidade. Palace Grande. Você vai encontrá-los lá.

4.

O Palace Grande é uma monstruosidade de quatro andares no movimentado anel viário da região, bem no começo da cidade. Todo feito de vidros espelhados e painéis de plástico barato, materiais vagabundos mal instalados, mas que transmitem uma ilusão de prosperidade. O saguão de mármore com lampadários cafonas propaga ecos, há uma palmeira triste crescendo em um vaso. Um corredor desemboca em um salão de banquetes, elevadores levam até os quartos. Nos sofás diante da recepção, grudados nos respectivos celulares, homens de prosperidade duvidosa exibem suas joias.

Ajay entra pela porta giratória.

Olhares recaem sobre ele, avaliam-no, tentam fatorá-lo na equação.

Ele se aproxima da recepção, cego de ódio, de vingança, e então olha para cima.

Na parede do fundo, há uma enorme fotografia em uma moldura dourada, retocada para criar um foco suave, um brilho saturado. Venera dois homens em uma cena de rua; uma procissão está acontecendo. Eles estão adornados com guirlandas de flores, puxados animadamente por uma multidão em adoração.

Rajdeep e Kuldeep Singh.

Ajay sente o soco no osso do nariz.

Luzes brancas explodem dentro de sua cabeça.

O recepcionista o observa com malícia e um sorriso bajulador, ardiloso.

— Impressionantes, não acha?

Ajay tenta se controlar, emudece, não deixa que os olhos revelem o que há em seu coração.

— Preciso de um quarto.

— Quantas noites? — pergunta o recepcionista ardiloso.

— Uma.

— Documento.

Ajay entrega a carteira de motorista, a que Tinu fez para ele.

— Está só de passagem?

O recepcionista analisa a carteira de motorista com grande atenção enquanto puxa conversa, mas Ajay não escuta, pois está absorto nos rostos do quadro.

— Os honoráveis irmãos Singh — responde o outro, olhando para cima. — Rajdeep-ji é o dono deste hotel. Status VIP. Um homem excelente.

— E o outro?

— Kuldeep-ji é nosso deputado estadual. Um herói da cidade. Realiza grandes feitos, trouxe prosperidade para todo mundo. Pode perguntar a qualquer um.

A qualquer um.

O recepcionista devolve o documento para Ajay.

— Está vindo de Déli?

— Aham.

— Trabalha com o quê?

Vingança.

— Serviços.

— Serviços?

— Aham. Quero um quarto que dê para a rua.

Por quê? O que você acha que vai fazer?

— Vai ser um pouco difícil...

Ajay retira o prendedor de notas e pega várias de cem, colocando-as em cima do balcão.

O recepcionista sorri e complementa:

— Mas pode ser providenciado.

O quarto 302 cheira a desinfetante e aos fantasmas do desejo humano. O ar-condicionado chacoalha. As janelas estão cobertas com filme, deixando o cômodo às escuras até que se acendam as lâmpadas fluorescentes. Ajay tranca a porta, desliza o ferrolho e vai até a janela, observando a pista engarrafada que segue rumo à linha do horizonte.

Uma onda de tristeza se esgueira sob sua pele. Deixa sua cicatriz.

Ele se senta na beirada da cama.

Ajay Wadia.

Laçador de Cabras.

Cobre a boca com a mão, horrorizado.

Foi ele quem causou tudo isso? Tudo aquilo que ele entende como mundo foi criação sua?

Ajay tenta pensar no passado, tenta visualizar a infância em sua mente, tenta se lembrar, mas sua memória está repleta de ausência. A narrativa de sua vida foi baseada na história do exílio. Uma ficção conveniente que o impulsionara, o socorrera.

Agora, constata que é tudo mentira.

Sua vida é uma mentira.

A dor dessa percepção é insuportável.

Ajay pode duvidar das palavras proferidas por aquela mulher que um dia foi sua mãe, mas não da realidade pela qual ele navega. Ele foi desprezado. Insultado.

O que fazer para consertar isso?

Ajay começa a despir-se, tira o paletó safári e a calça, os coloca sobre a cama. Ele está só de regata, cueca e meias, com o coldre e a arma pendurados. Apaga a luz e se aproxima novamente da janela obscurecida, pressionando a mão contra o vidro, sentindo o calor ameno do sol de inverno. Na rua principal, um morador de rua sem pernas sustenta o tronco com as mãos. Três viaturas Ambassador da polícia com luzes vermelhas vão costurando o tráfego. Homens dormem no gramado da praça. Outros jogam cartas. Um dia como outro qualquer.

Ajay se vira de costas para a janela, retira a arma do coldre, desliza os dedos pelo metal do tambor e aponta para a porta. Vê-se no reflexo do espelho, o corpo magro e musculoso de um homem que ele nunca conheceu de verdade.

O sonho de violências indizíveis desaparece quando ele acorda. Deitado na cama, Ajay se esquece de onde está. Acha que dormiu a noite inteira e já é de manhã em Déli. Sunny deve estar esperando por ele. Ajay fica sentado. Então vê a arma e se lembra.

Ele é seu próprio destruidor.

Está ali para fechar a ferida.

Mesmo agora, Ajay tenta pensar em outra saída. Ele pode ligar para a recepção. Beber um refrigerante, comer *dal* frito. Sair para dar uma volta no fim da tarde. Ficar bêbado. Ligar e pedir que mandem uma garota. Na manhã seguinte, pode pegar o ônibus de volta para Déli. Esquecer tudo. Aceitar quem ele é.

Mas quem ele é? Que serventia vai ter uma garota? O que faria com ela?

Ajay é uma ilha. Está ilhado.

Sem passado, sem futuro.

Com dois nomes agora talhados no coração.

Rajdeep e Kuldeep Singh.

5.

— Pois não? — pergunta o recepcionista, erguendo os olhos do jornal.

— Me fala uma coisa — diz Ajay. — Você sabe como eu posso me encontrar com os irmãos Singh?

O recepcionista empurra o jornal para o lado e apoia o cotovelo na mesa.

— Depende do que você quer com eles.

— Quero trabalhar para eles.

— Muita gente quer — replica o homem, assentindo. — Mas você não precisa se encontrar com eles para isso.

— Quero prestar uma homenagem. Demonstrar meu respeito.

— Entendo — diz o recepcionista.

Ele analisa Ajay, tentando inferir de onde vem a grana.

— Eles costumam estar pela cidade. Muitas vezes somos abençoados com a presença deles bem aqui, neste saguão. Mas... — O homem se inclina. — Agora as coisas andam muito tensas. Aconteceram alguns problemas... Cá entre nós, há muita tensão na cidade. Inimigos dos irmãos Singh andaram mexendo os pauzinhos. E agora os irmãos estão com seus homens discutindo o que fazer.

— Quando eles voltam?

— Impossível dizer — diz o homem com um sorriso e as mãos abertas no ar. — Estamos esperando, feito crianças.

Ajay está aguardando o elevador para voltar ao quarto quando um jovem surge. Tem cara de esperto e está vestindo uma camisa com uma estampa brilhosa. As portas se abrem. Os dois entram no elevador.

— Quer se encontrar com os irmãos Singh? — pergunta ele assim que as portas se fecham. — Ouvi você falando — diz, com pressa de se explicar. — Todo mundo finge que é impossível, mas pode ser arranjado. Não perca seu tempo com aquele *chutiya* da recepção. Ele é cheio de conversa, mas não sabe de nada.

— Quem é você?

— Vipin Tyagi — apresenta-se o homem, unindo as mãos em namastê. — Posso conseguir as coisas.

— Quero conhecê-los — diz Ajay.

— Entendi.

— Pessoalmente, no caso.

— Difícil, mas não impossível.

O elevador abre as portas no andar de Ajay.

— Quanto? — pergunta.

Vipin usa o pé para evitar que a porta se feche.

— Shhhh. Não é assim que pessoas de bem conversam. Por que não nos encontramos hoje à noite? Às nove? Atrás do *mandir* Hanuman. Perto do velho campo de críquete. Um lugar tranquilo. Vá de boa vontade e conversaremos à sombra de Deus.

6.

A cidade está se agitando para a noite. A luz tênue do dia se rompe e afunda no frio noturno. Vendedores mexem nas panelas fumegantes em suas barracas: *aloo tiki, kachori, shakarkandi chaat*, chá doce e quente. Espirais de fumaça dos fogareiros a lenha preenchem o anoitecer. Os sinos dos templos dobram. Ajay toma banho de água fria com um balde.

Sabe que há grandes riscos de estar a caminho de uma armadilha.

Mas o que mais pode fazer?

Às sete ele se veste, confere o volume da arma sob o paletó, coloca o dinheiro na bolsa. Come uma omelete na barraquinha na calçada oposta à do hotel e, para fazer hora, caminha pelas ruas, do modo mais discreto possível. A atmosfera é febril. Alguns grupos de valentões aqui e ali. Policiais fazem a ronda. A quem servem, é impossível saber. Passa longe do *mandir* Hanuman antes de retornar ao mercado, observando tudo das sombras. Às oito e meia, o movimento nas ruas começa a diminuir. Ele refaz os passos, agora rumo a seu destino pelas ruas laterais.

Chega ao *mandir* — trancado, desolado — pouco depois das nove. Sente que alguém o observa da rua de trás. Melhor dar meia-volta, ir embora. Melhor pegar a arma. Melhor...

— Meu amigo, você veio.

Aquele não é um bom local para encontros.

Ajay começa a recuar.

— Aonde você está indo, meu amigo? Você não queria conhecer Kuldeep Singh?

— Eu me enganei.

Ajay se assusta com a própria voz. Esganiçada, fraca.

Dá meia-volta para ir embora, mas se depara com o cano de uma arma.

— Você chama atenção por aqui, irmão — diz Vipin, com uma voz afável. — Todo mundo reparou. Está quase famoso. Melhor entrar e conversar, sim?

O capanga armado acena na direção da voz de Vipin Tyagi e Ajay vai até lá.

— Espero que você não se importe — diz Vipin. — Mas trouxe meus amigos. Afinal de contas, seria tolice se encontrar com um estranho sozinho, à noite, nesta cidade, não acha?

Ajay não tem o que dizer. Que tolo ele foi. Que futilidade de sua parte acreditar que poderia mudar o mundo.

— Melhor você me passar a bolsa, sim?

O capanga ao lado de Vipin segura um facão. O outro pressiona o cano da arma na nuca de Ajay.

— Você não sabe quem eu sou.

Vipin Tyagi ri e os capangas riem também.

— Me passe a bolsa.

Ajay coloca a bolsa no chão, junto aos próprios pés.

— Eu disse para me passar a bolsa, *behenchod*!

— Trabalho para Vicky Wadia.

Vipin para por um momento e semicerra os olhos. Depois ri com mais vontade ainda.

— É mesmo? Você trabalha para Vicky-ji?

Vipin Tyagi balança negativamente o indicador.

— Se trabalhasse para um homem como ele, não precisaria recorrer a mim.

Impaciente e entediado, Vipin apenas mexe a cabeça para o capanga.

— Pegue a bolsa. Depois, pode matar.

Tudo acontece em questão de segundos.

Dos três homens, o que segura a pistola é o primeiro a morrer. É ele quem, ao tentar alcançar a bolsa, tira os olhos da presa. Basta Ajay seguir seus instintos na fração de segundo em que se dá conta de que a arma não está mais apontada para sua nuca, mas para o céu. Ajay se afasta com um rodopio. Não pensa que pode morrer, que seus miolos podem explodir e respingar no chão. Ele se vira e agarra o pulso do capanga, e a arma dispara enquanto ambos caem no chão. Ele é o primeiro a reagir. Deve agradecer a Eli por todas aquelas horas de treinamento estéril, mecânico. A quem deve agradecer pela raiva, porém? A Sunny? À mãe? Eles caem e Ajay quebra o braço do pistoleiro. O capanga com o facão já está indo para cima dele, mas algo no som do osso do braço do outro homem se partindo o faz vacilar, e é tudo de que Ajay precisa para dar um salto à frente e derrubá-lo, prendendo a mão que segura o facão com o joelho e dando vários socos na cara do capanga. Ele segura a cabeça do homem e a bate com toda a força no chão. Pega o facão e corta sua garganta. Dá vários golpes com o facão no pescoço do pistoleiro com o braço quebrado. Quando Ajay se vira, ofegando, sangue nos olhos, Vipin Tyagi está imóvel, os olhos arregalados, boquiaberto.

— Posso levar você até eles, irmão! — berra Vipin.

Ajay, porém, não se importa mais. A névoa vermelha se dissipou. Ele avança na direção de Vipin, ergue a lâmina e desfere um golpe no rosto dele.

7.

São duas da manhã. Ele está sentado no chão do quarto do hotel, as costas contra a parede, a arma apontada para a porta. O barulho acendeu a cidade. Homens cantando e gritando lá fora, circulando em bandos. Latindo por sangue.

Todas as células do corpo de Ajay estão pegando fogo.

Ele é um assassino. Ele matou.

Ele saiu cambaleando da viela com a sacola, ainda segurando o facão, passou aos tropeços pelo campo de críquete, sangue espalhado no rosto e no paletó, o coração em disparada. Deveria fugir naquele momento? Sair da cidade? Não, sair correndo era a pior coisa que ele poderia fazer. Sair correndo seria sua sentença de morte. Três cadáveres e um forasteiro que desapareceu do hotel. Um forasteiro que estava perguntando pelos irmãos Singh. Ajay seria caçado. Seria trazido de volta e morto. Torturado. Torturariam sua mãe e sua irmã. Ele teria fracassado totalmente, e com um resultado muito pior.

Então, Ajay seguiu pelas vielas no escuro até chegar a uma bomba manual, de onde extraiu um pouco de água e lavou o rosto e as mãos. Depois, roubou um xale que estava pendurado no varal na frente de uma casa e se enrolou nele, cobrindo o sangue. E voltou andando para a cidade de cortinas fechadas. Trêmulo de adrenalina, tentando não ser visto.

Observou o saguão do hotel do outro lado da avenida.

Durante vinte minutos, esperou um grupo grande e barulhento sair do restaurante do hotel.

Entrou de fininho enquanto eles deixavam o saguão sob as luzes brancas e fortes.

O recepcionista não estava de serviço.

Ajay achou que havia passado despercebido.

No quarto, arrancou o paletó ensanguentado e o enfiou no fundo da bolsa. Depois ficou em pé embaixo do chuveiro, esfregando a pele, esfregando o cabelo, até a água que escorria dele estar limpa. Mas toda vez que fechava os olhos, via o golpe de facão descendo, o corpo caindo. Toda vez que fechava os olhos, via o rosto de Vipin Tyagi sendo partido ao meio como uma melancia.

Agora são três da manhã e Ajay observa os escombros da sua vida.

Vingança. Ele nem sequer consegue processar direito.

Escuta um vozerio na rua.

Devem ter encontrado os corpos.

Qual a serventia de Ajay?

Ele segura a arma.

Espera que cheguem.

Deve atirar neles? Ou em si mesmo?

Quatro da manhã e as sirenes, os gritos e motores começaram a sumir. Há uma trégua lá fora, uma luz pálida no céu. Talvez, a esta altura, ele já possa fugir? Fazer o check-out do hotel, agir tranquilamente e ir embora. Não. Não. Pareceria suspeito. E, além disso, para onde ir? De volta para Sunny? Não, ele acabaria sendo encontrado. E como poderia continuar trabalhando para os Wadia? Impossível. Então, ele vai desaparecer. Encontrar um abrigo. Nas montanhas? Em Goa? Ou em algum lugar novo? Pode fazer isso. Basta fugir.

Então lhe vem à mente.

Benares.

Ele vai fugir para Benares.

Vai procurar a irmã.

É a única coisa que lhe sobrou.

Ele se agarra à ideia.

Fecha os olhos. A escuridão o engole.

Ajay acorda e a luz do dia é filtrada pelo vidro.

Ele ainda está segurando a arma, sentado com a coluna ereta.

Que horas são?

Consulta o relógio.

Quase nove.

O corpo está dolorido, mas a luz do dia renova o senso de urgência. Ele penteia o cabelo, faz a barba, tenta parecer o serviçal sem graça e discreto que se tornou. Há um arranhão no rosto, uma expressão oca nos olhos. Enfim, não há tempo para pensar nessas coisas. Ele precisa descer e fazer o check-out. Torce muito para não ser desafiado, questionado. Deve levar a pistola? Não. Melhor esperar até tudo estar em ordem para ir embora. Ele tira a tampa metálica da frente do ar-condicionado barulhento e esconde a arma lá dentro.

Quando o elevador o vomita no saguão, Ajay é recebido por um mar de barulho.

Uma TV está ligada em alto volume. O recepcionista está lá, e acena para ele com alegria.

— Drama total, meu amigo! — grita. — Alta tensão, venha, veja.

Nenhum sinal de desconfiança.

— Ouvi uns barulhos durante a noite — diz Ajay, evitando contato visual.

— Como você consegue dormir em um momento como este? — berra o recepcionista, sem perceber o estado de Ajay.

— Quero fazer o check-out.

— Como assim, fazer o check-out em um momento como este?! Mataram três homens de Kuldeep, bem na frente do *mandir* Hanuman. Já imaginou? Tenho certeza de que foi a gangue Qadari.

O recepcionista aponta para a TV pendurada no canto da parede. Um grupinho de homens se reuniu ao redor do aparelho. Um repórter está à luz do dia em pé na cena do crime — os cadáveres estão cobertos com lençóis manchados de sangue. O canal corta para um grupo de cerca de cinquenta homens armados com espadas, usando faixas cor de açafrão na cabeça, protestando alto, marchando pela cidade.

— Deus está com raiva — declara um dos homens no saguão.

— Deus só precisa se preocupar com Kuldeep Singh — diz outro.

— Besteira. Os irmãos Singh estão ficando com medo. Por isso estão se escondendo. Estão se escondendo há dias...

— Cuidado com o que diz — berra o primeiro homem —, ou dou um tiro em você aqui mesmo!

Quando parece que uma briga vai começar, a reportagem corta para Kuldeep Singh.

Ele está do lado de fora da sua propriedade, com sua *kurta* branca e sua echarpe cor de açafrão, óculos escuros removidos para revelar o rancor nos olhos. Fala sobre a onda de violência que está manchando a pureza da cidade, a necessidade de uma vingança rápida, dirigindo-se àqueles que o chamam de covarde. Sim, ele ouviu as mentiras. Vai esclarecer as coisas.

— Não vamos recuar — ruge Kuldeep Singh. — Mostraremos nossa força um milhão de vezes. E, se as pessoas de uma *certa comunidade* se opuserem, vamos abatê-las.

— Drama total — repete o recepcionista, quase esfregando as mãos. — Os irmãos Singh vão fazer uma passeata hoje à tarde. E sabe o melhor de tudo? Ela vai terminar bem aqui na frente.

O homem se vira para Ajay com um sorriso interrogativo.

— Ah, você disse que queria fazer o check-out, certo?

— Não. Vou ficar.

8.

Ajay ouve a manifestação muito antes de vê-la. O ronco de motores, os guinchos das buzinas, dos carros, das motos, o estrondo de alto-falantes gritando slogans em louvor a Deus e a Kuldeep Singh. Do quarto, Ajay os vê surgindo na avenida Mahatma Gandhi, centenas de homens vestidos de amarelo, brandindo facões, espadas cerimoniais, bandeiras e cartazes, alguns com velhos rifles em riste, outros com revólveres e, ao redor deles, outras centenas de cidadãos boquiabertos, observadores animados, uma visão espetacular, uma enorme cobra humana arrastando-se em sua direção. À medida que a marcha se aproxima, Ajay consegue distinguir os irmãos Singh à frente, em jipes separados. Kuldeep está de pé com os braços levantados, absorvendo a adulação da multidão, enquanto Rajdeep brande uma espada. Vão chegando cada vez mais perto do hotel. O barulho se torna ensurdecedor, vozes entoam *Jai Shri Ram. Jai Kuldeep Singh.*

Em meio à multidão, Ajay avista bastantes placas e pôsteres com o rosto sorridente e temente a Deus de Vipin, um cidadão honrado. Os irmãos Singh saltam dos jipes. Tocam nas mãos estendidas de seus apoiadores.

Há cinco fileiras de cadeiras de plástico de frente para o palco, um sofá grande e comprido em uma plataforma elevada logo atrás. Uma barreira de policiais separa essa área VIP da multidão. Um funcionário já está no palco, dando batidinhas no microfone, anunciando a coragem e a honestidade de Kuldeep Singh.

Kuldeep Singh sobe ao palco.

Rajdeep assume seu lugar no sofá VIP, como um leão.

Ali estão os dois, bem diante dele.

No rosto deles, Ajay vê o rosto do pai.

E toda a ideia de fugir desaparece.

Ele nunca mais terá uma chance como essa. Sabe o que isso significa. Ajay terá, enfim, algum propósito.

Ele tira a Glock de dentro do ar-condicionado e a prende na cintura.

Enrola o xale roubado no peito.

Por baixo dele, a mão repousa no gatilho da arma.

Ajay sai do quarto, deixando a bolsa lá.

Segue pelo corredor até o elevador.

Aperta o botão para o térreo.

Quando sai no saguão lotado, pega-se meditando sobre Kuldeep Singh, visualizando seu assassinato. Uma vez sacada a pistola, ele terá o quê? Dois segundos para atirar? Menos? Vai sair correndo na direção dele? Vai andar calmamente? Dizer quem é? Atirar na cabeça? Ajay sente a pulsação acelerar, as palmas das mãos suadas. Cinco segundos? Três segundos? Levará um milésimo de segundo. E então? Rajdeep Singh. Vai haver tempo suficiente para que Rajdeep veja o irmão cair morto. E, se estiver calmo, ele pode alvejar Rajdeep do palco. Descarregar o restante do pente.

Ou será que deve guardar uma bala para si mesmo?

Será necessário?

Certamente os capangas se encarregarão daquilo.

É isso. Ajay vai fazer.

Ele abre caminho no saguão lotado até a frente do hotel. Uma porta lateral dá para o jardim onde o palco foi montado. Alguns funcionários estão por ali.

Ajay dá uma olhada no recepcionista, parado perto da porta, e vai até lá, ficando de pé ao lado dele.

— Ah, aqui está você, meu amigo — diz o recepcionista.

— Eu estava te procurando — comenta Ajay.

— Hoje é seu dia de sorte!

Ele sabe? Será que suspeita?

— Quero chegar mais perto — diz Ajay, deslizando um maço de rupias para a mão do homem. — Para ver Kuldeep da lateral do palco.

— Venha comigo.

De onde estão posicionados, ao lado do palco, é possível ver Kuldeep se preparando para ir à frente, o sofá-trono onde Rajdeep Singh aguarda e, atrás de tudo isso, a turbulenta multidão.

— Incrível, não acha? — pergunta o recepcionista. — Eu falei, nenhum homem aqui é mais poderoso do que...

Contudo, enquanto diz aquelas palavras, o recepcionista parece entrever outra pessoa.

9.

Vicky Wadia chega. Um homem gigante, terrível. Ele abre caminho pela massa humana e pela barreira policial até o sofá VIP, usando uma *kurta* preta, um xale *shatoosh*, o mesmo cabelo preto e longo, o corpo robusto e esguio ao mesmo tempo, os anéis reluzindo. Com o rosto presunçoso distorcido de medo, Rajdeep fica de pé num pulo quando Vicky para diante do sofá. Ele baixa a cabeça e une as mãos, abrindo espaço e indo para o canto do assento, a fim de que Vicky possa se colocar bem no meio, pernas cruzadas, os braços abertos apoiados no topo do encosto.

Kuldeep Singh vai até a frente do palco, até o microfone. Está enaltecendo o próprio poder, a própria posição, a própria ousadia.

— Nossa cultura está sob ataque — diz Kuldeep. — Nosso modo de vida. Eles querem nos matar durante a noite. Querem que vivamos com medo. Todos os males que nos atormentam, os criminosos que desejam atacar nossa boa natureza. Essas coisas estão acontecendo agora. O contrabando, o tráfico das nossas crianças, o estupro das nossas mulheres, o assassinato dos nossos irmãos. Tudo isso tem origem em uma ameaça externa que conhecemos muito bem. Precisamos resistir. Precisamos manter a ordem, mediante o uso da força se necessário. Ficamos em silêncio por muito tempo. Agora, precisamos nos unir e fazer barulho contra um inimigo em comum.

Jai Shri Ram. Jai Kuldeep Singh.

Chegou sua hora, pensa Ajay.

Kuldeep Singh, mãos para cima, ordenha a veneração e a raiva do povo.

Chegou a hora.

Por baixo do xale, Ajay toca na pistola na cintura.

Uma bala já espera no tambor.

Ele sabe.

Chegou a hora.

Ele vai pular em cima do palco.

E disparar.

— *Chutiya* — diz calmamente uma voz vinda do alto.

Um barítono lacônico, tingido com um humor perverso.

Ajay se vira e vê Vicky Wadia sorrindo para ele.

Vê também o recepcionista, com o olhar baixo de medo, recuando.

— Fiquei sabendo que você estava na cidade — fala Vicky.

Coloca o braço nos ombros de Ajay e se posiciona ao lado como um velho amigo, bota um cigarro na boca e aperta o pescoço de Ajay à medida que acende o cigarro.

— Estive de olho em você.

Ajay está congelado. *Ele não estava lá longe?* Olha para a área VIP, torcendo para ver Vicky sentado no sofá-trono. Torcendo para que o diálogo tenha sido uma alucinação. Não.

Não.

Vicky está realmente ali.

— Você andou ocupado — ronrona Vicky, com aprovação. — Reencontrou sua mãe depois de tantos anos. Teve até tempo de fazer novos amigos...

Ele chega bem perto do rosto de Ajay, o bigode roçando a pele do rapaz. Então dá uma risada e solta a fumaça.

— Depois matou os três.

Ajay tenta se afastar instintivamente, localizar uma rota de fuga, mas aquele braço enorme, uma cobra constritora, o mantém imóvel. Assustado, ele olha em todas as direções. Sente que está desaparecendo, desaparecendo dentro daquela criatura enorme que é Vicky. Apenas sua mão, escondida sob o xale, está livre para pegar a pistola.

— Shhh... — diz Vicky, para acalmá-lo. — Não precisa ter medo.

Ele solta Ajay e lhe dá um tapinha simpático no ombro.

— Eu sou bom em guardar segredos.

Vicky joga o cigarro no chão e o apaga com o pé.

Inspirar. Expirar.

Devagar, Ajay toca no cabo da Glock na cintura. Bem, bem devagar, lutando para que o dedo não trema no gatilho.

— O que exatamente você planeja fazer com essa arma? — pergunta Vicky.

Ajay engole o nó na garganta com força e tenta se recompor.

— Porque, se não tomar cuidado — continua Vicky —, você vai acabar atirando nas próprias bolas — diz ele, rindo para si mesmo. — Aí, sim, vou ter que dar algumas explicações.

Uma armadilha.

Você caiu em uma armadilha.

— Olhe só para isso — diz Vicky.

Suspirando, ele gesticula com a mão livre na direção do horizonte, como quem admira um pôr do sol. A multidão em polvorosa ladra ovações a Kuldeep Singh, as armas apontadas para cima, sedenta de sangue.

— Essa gente toda, todos prontos para destroçar os inimigos. Não é lindo? — Vicky respira fundo, o cheiro da raiva e da violência são como o de um perfume caro. — Devemos ter sempre quinhentos homens à mão para destruir um lugar. Mas mais importante do que esses homens são os dez mil atrás deles, todos uns covardes.

Vicky ri e segura a cabeça de Ajay. Então continua:

— Você não faz ideia do que estou falando, não é, garoto?

Ele corre os dedos pelo cabelo de Ajay.

— Mas estou orgulhoso de você. Matar três homens não é pouca coisa. Eu tinha doze anos quando olhei pela primeira vez nos olhos de alguém morrendo. Um garoto. Nunca vou me esquecer do que vi naquele rosto.

Vicky leva um momento para resgatar a lembrança.

— Surpresa. Ele estava surpreso... Mas e esses três que você matou? Como eles ficaram nesses segundos antes de morrer? Surpresos? Tiveram tempo? Com certeza mereciam.

Vicky empurra e puxa Ajay pelo pescoço, como se ele fosse um brinquedo.

— Não se preocupe, ninguém vai sentir falta deles, embora não pareça. Isso, tudo isso aqui, é só para aparecer. Na verdade, você me fez um favor. Esse caos todo é bom para os negócios. Mas, cá entre nós, qual era o seu objetivo com isso? — pergunta ele, gesticulando na direção de Kuldeep. — Chegar até esse bosta? Esse filho da puta? E aí acabar com ele e com o irmão dele? E depois? Você simplesmente ia morrer?

Vicky deixa a pergunta no ar e os dois observam a cena em um silêncio incômodo. Ajay sente como se seu estômago tivesse sido arrancado e jogado no chão.

— Vou contar um segredinho para você — diz Vicky. — Esses homens, esses dois homens, Rajdeep e Kuldeep Singh, não significam *nada*. *Não são* nada. Matar os dois agora seria jogar sua vida fora. Além do mais, eles ainda são úteis para mim. Então, vou lhe dizer o que fazer. Você vai dar meia-volta, pegar suas coisas e voltar para Déli. Volte para Sunny e esqueça tudo isso, continue bancando a babá dele por enquanto.

O dedo de Ajay treme com força no gatilho, lágrimas se acumulam no canto dos olhos.

Ajay sente que está caindo.

Descendo por um longo poço escuro.

— E aí, na hora certa, entrego os dois a você. Rajdeep e Kuldeep Singh. Você vai poder matá-los da forma que quiser. Extrair todos os dentes, decepar a língua, arrancar os olhos, rasgar o peito e remover o coração de cada um. Prometo a você. E, quando essa hora chegar, tem mais uma coisa. Você pode ter perdido sua mãe, mas ainda tem sua irmã. Que está viva, em Benares, e pensa sempre em você. Eu mesmo vi com meus próprios olhos. Vou te levar até ela, mas só se você fizer o que estou dizendo.

10.

Ajay pega um trem de madrugada e chega a Déli na manhã seguinte. Ignora as piadinhas dos vigias, vai direto para o quarto e tranca a porta. Sente, no silêncio do quarto, que ainda não está seguro, que Vicky o observa. Ao tirar a pistola da bolsa, lembra-se das últimas palavras que ele lhe dissera. "Você é quem é, o passado é passado. É o presente que você precisa dominar agora." Ele tira o dinheiro da bolsa e o guarda, trancado. Pega também o paletó amassado e com manchas secas de sangue.

E lá se fora a chance de uma vida, pensa ele. De ser um homem simples. Um homem bom.

Agora ele é um homem dos Wadia.

Apresenta-se a Sunny ao meio-dia.

— Você está atrasado — diz Sunny, já com um copo de uísque na mão.

— Me desculpe, chefe.

— Eu te disse. Precisei de você.

— Entendo, senhor.

Ajay recolhe os copos vazios para levá-los à cozinha.

— E então? — pergunta Sunny.

Ajay para o que está fazendo.

— Perdão?

— Encontrou sua mãe?

Ajay tenta dormir à tarde, mas não consegue. Então vai à academia fazer um pouco de musculação. Sente prazer no esforço, na exaustão causada pelo levantamento terra. Assim que chega ao limite e solta a barra no chão, sente a mão de alguém pousar em seu ombro. Ajay reage com violência: se vira e agarra o pescoço de quem o ataca. Mas é apenas Pankaj, um dos seus amigos da academia.

— Cara, sou eu! — exclama Pankaj, com medo, e então percebe os arranhões no rosto do amigo. — O que aconteceu com você?

Ajay volta ao trabalho às seis da tarde e prepara um *old fashioned* para Sunny. O patrão leva o drinque e a garrafa de uísque para o quarto e bate a porta. Gautam Rathore chega às oito da noite, passa direto por Ajay, instala-se no sofá, folheando revistas, e pede uma garrafa de uísque.

Gautam indica a porta do quarto de Sunny com um movimento do queixo.

— A vagabunda está lá com ele?

Ajay leva para Gautam a garrafa de uísque juntamente com gelo e soda.

— Ele está sozinho.

— Então vá lá e diga para ele vir aqui! Anda, anda!

Ajay bate uma vez, discretamente, e aguarda. Nada.

— O que ele está fazendo lá dentro? — pergunta Gautam.

Ainda nada.

— Patrão, Gautam está aqui.

Sunny aparece, perdido em pensamentos.

— Deixe a gente a sós, Ajay. Chamo quando precisar.

Ajay volta para seu quarto.

Duas horas depois, Sunny liga e pede a Ajay que prepare um carro. Sem motorista. Só ele.

Ajay se levanta da cama, se veste e coloca a pistola no coldre, embaixo do paletó, e vai em direção à garagem, onde pega as chaves do Toyota Highlander. Registra a retirada do carro sem dizer nada, entra e dá partida no motor.

Então sai da garagem, atravessa o portão, para o carro ao lado da Mercedes de Gautam Rathore e aguarda.

RAJASTÃO

O DESPREZÍVEL GAUTAM RATHORE

(Dezesseis horas mais tarde)

1.

Gautam acorda.

Não faz ideia de onde está, muito menos de como foi parar ali.

Deitado de costas, olha as partículas de poeira que flutuam em um facho de luz do sol sem prestar realmente atenção.

Pisca os olhos, feito um lagarto.

O rolo contínuo de sua consciência é interrompido.

E então vem a dor.

Dentro do crânio régio e orgulhoso, o cérebro inchado lateja.

Momentos como esse não são raros.

Quando muito, Gautam fez deles seu esporte.

Hoje, porém, algo está diferente. Há algo muito errado com o cenário.

Gautam nasceu em uma família rica.

Mas não como Sunny Wadia.

A riqueza dos Rathore é antiga, lendária.

Ricos em ativos, pobres em dinheiro.

A maioria não nota; as aparências enganam, e Gautam tem DNA de ilusionista, primogênito dos Rathore de Bastragarh, famosos por seus chinelos crivados de pedras preciosas e pela caça ao tigre. Governam, em todos os aspectos, uma extensa faixa de Madhya Pradesh.

No entanto, Gautam está se apagando.

Virando do avesso.

Distanciando-se.

Ele despreza Sunny Wadia.

Mas estavam juntos na noite passada.

Não estavam?

Então, o que ele está fazendo aqui agora?

Gautam tenta enxergar além da neblina, do buraco em sua mente.

Não há nada no fundo.

Não, espere... Um flash branco.

Um rosto se ergue.

Ah, meu Deus, uma menina vestida com trapos.

Implorando.

Ela arregala os olhos.

Cada vez mais.

Estica a mão no ar.

Que coisa vulgar, isso não pode estar certo.

Gautam estremece, recua.

A menina é engolida pela luz intensa.

Silêncio no cômodo.

Tudo tão majestosamente sereno.

O perfume da riqueza.

Estou bem.

Estou bem.

Ele estava com Sunny na noite passada.

Arrancando uma grana dele. Aham.

E depois?

Pense, cérebro.

Era mais do que isso. Sunny tinha alguma coisa importante a dizer.

Gautam se lembra de chegar ao clube.

Sentindo-se excessivamente confiante por dentro.

Atrás da cortina de veludo.

Veludo mesmo, literalmente. Ele entra na área VIP com seu sorriso pretensioso de sempre. E depois?

O olhar de Gautam recai sobre a parede de laterita, o antigo biombo típico do Rajastão. A imobilidade do ambiente. Está muito claro lá fora.

O rolo contínuo de sua consciência é interrompido.

Mais uma vez, onde você está agora?

Por que está aqui?

Você conhece este lugar?

Homens como ele costumam conhecer.

Gautam percebe que sim, ele conhece.

É a *villa* Jasmine, do Mahuagarh Fort Palace Hotel.

Sim, isso mesmo.

A casa do velho Adiraj.

A duzentos quilômetros de Déli, no deserto do Rajastão.

O que diabos você está fazendo aqui?

Tecnicamente você está banido da propriedade. Depois do incidente com a tirolesa e o lulu-da-pomerânia do emiradense.

O cômodo não dá pista alguma. Nada condiz mais com uma amnésia alcoólica do que um cômodo com nenhum objeto fora do lugar. Nenhum indício de outra presença. Nenhuma peça de roupa jogada no encosto das cadeiras. Nada queimado com brasa de cigarro, nenhum cinzeiro transbordando, nada de copos quebrados e garrafas vazias pelo chão. Nada de sangue. A coisa toda deve ter acontecido em outro lugar.

Gautam só consegue se lembrar de que estava com Sunny.

Deve ter sido uma noite e tanto!

Ele confere, para ver se não mijou ou cagou nas calças; em noites como aquela, é um resultado decidido ao mero acaso.

Mas não! Está limpíssimo.

Deus e seus pequenos gestos de misericórdia.

Entretanto, está, *sim*, usando o pijama de outra pessoa: de listras vermelhas, meio pequeno para ele.

No fundo da garganta, o pinga-pinga da salivação excessiva pós-cocaína.

Normal, dadas as circunstâncias.

Olha ao redor em busca da carteira e das chaves.

Em vão.

Nada.

A narrativa fica mais complexa.

Hum...

Gautam tira o cobertor e coloca os pés no chão de terracota.

Meu Deus, que dor!

Como se ele tivesse caído e depois levado um coice de cavalo.

Em meio a um acesso de tosse, segue cambaleando até o banheiro, onde se abaixa, pigarreia e cospe na pia.

Fica de pé diante do espelho.

Pai do céu.

Não ousa se mover.

Um animal selvagem o encara.

Um ditador, saído dos escombros, pronto para a forca.

Dois olhos roxos horrendos, um nariz completamente enfaixado.

Ele ergue a mão para tocá-lo.

Deve ter sido uma noite e tanto.

— Vinho — resmunga ele ao telefone.

Apoia o aparelho com o ombro enquanto amarra o roupão atoalhado, depois solta um pigarro altivo.

— Pois não, senhor?

— É uma emergência.

— O senhor precisa de um médico?

— Não, eu disse que preciso de vinho.

— Vinho, senhor?

— Quantas vezes vou ter que repetir?

Uma pausa.

— Que tipo de vinho?

— Do tipo líquido.

Uma voz feminina, mais refinada, surge do outro lado da linha.

— Senhor, lamento, mas não podemos mandar bebidas alcoólicas para o seu quarto no momento.

Ultrajante.

— Por que não? Não vejo um motivo plausível.

— Está muito cedo, senhor.

— Que bobagem. O sol já está perfeitamente perpendicular. De acordo com qualquer parâmetro civilizado, já é razoável pedir vinho.

— Senhor, sinto muito, mas...

— O quê? Por acaso tem lei seca hoje? Aniversário de beatificação de Gandhi-ji? Nossa, que belo modo de celebrar... A seco! Você deve ter lido a respeito do que ele fez com as sobrinhas, certo? Temos todos que sofrer por causa das austeridades sombrias desse homem, por sua falta de autocontrole vergonhosa?!

— Senhor?

— Mande um *bloody mary*, então! É uma bebida aceitável no café da manhã. Pode mandar até um mingau com uísque, se for o caso.

— Senhor, já passa do meio-dia.

— Ah, então se ainda fosse de manhã não teria problema?

— Senhor?

— Adiraj está aí?

— O sr. Adiraj?

— Sim, Adiraj! O cavalheiro que pilota este navio que não navega. Coloque-o na linha.

— Senhor, o sr. Adiraj está indisposto.

— Indisposto? Dê um jeito, faça alguma coisa, ou pelo menos tenha a decência de chamá-lo antes que eu mesmo chame! Vamos resolver isso logo!

É realmente isso que deseja?

O que ele vai encontrar lá embaixo?

Mais sujeira.

Sempre mais.

Gautam desliga, força-se a sair da cama, cambaleia até a janela e espia pelas aberturas da persiana, os olhos paranoicos.

— O que estou fazendo aqui? E o quê, em nome de Deus, aconteceu ontem à noite?

Ele vê o terraço, vazio.

Abre a porta, sai.

Já passa bastante de meio-dia. Duas, três da tarde.

O deserto se dissolve em um horizonte imenso e sem graça.

Gautam dá alguns passos incertos.

Sente a pedra quente sob os pés.

Anda até o fim do terreno, para além da piscina privativa, e sobe no muro sólido.

Põe as mãos no quadril.

Da extremidade da fortificação, do alto, ele observa a face crua da rocha. A brisa faz seu roupão esvoaçar. Náusea.

Em sua voz de guia turístico: *Nobremente discreta, a* villa *Jasmine é usada com discrição pela nobreza.*

Observa a fortificação principal, tão distante.

Uma inquietação profunda.

Não se vê ninguém. Não há vivalma à luz suave do inverno.

Todos saíram para passear de elefante, sem dúvida.

Bob e Peggy, de Kansas City.

Fazendo o pacote completo da Índia.

O que ele não daria por um rifle com mira!

Gautam simula o tiro.

E, então, o flash outra vez.

Não o cano da arma, mas uma garota, os olhos dela.

A mão.

A boca.

Meu Deus, preciso de um drinque.

Alguma coisa para estabilizar o navio.

— Volto a insistir — diz ele ao telefone.

— Senhor?

— Preciso beber alguma coisa. E, se isso não acontecer em breve, vou descer aí pessoalmente. E *com certeza* vou fazer um escândalo. É isso que você quer? Porque eu acho que não. Para começo de conversa, estou usando roupas de outra pessoa.

— Senhor, um segundo, por favor.

Trinta segundos gélidos.

— Alô, Gautam, meu caro!

— Adiraj! — diz Gautam, estremecendo. — Parece que acordei no seu hotel por engano.

— É, bem...

— Sei que tecnicamente estou banido, mas não foi culpa minha.
— Não precisa dizer mais nada.
Gautam inclina a cabeça e semicerra os olhos.
— Fica entre nós?
— Sim, meu caro. Águas passadas.
Tem algo de errado aqui.
Adiraj nunca foi tão amável na vida.
— Você por acaso... — diz Gautam, arriscando —... não saberia dizer como é que eu... hum... vim parar aqui?
— De táxi, é claro. Ontem à noite. Bem tarde, quase meia-noite, na verdade. Não, era meia-noite mesmo.
— Meia-noite?
— Isso mesmo.
— De táxi, você disse?
— Isso.
— Você foi avisado com antecedência?
— Ora, foi uma grande surpresa, na verdade. Você estava bem agitado!
— E você simplesmente... me deixou entrar?
— Besteira, meu caro. Besteira.
Gautam semicerra os olhos mais uma vez, quase fechando-os.
— E eu... eu estava sozinho?
— Ah, sim, bem sozinho.
Ele está mentindo.
— Você está dizendo, então, que eu vim de táxi de Déli...
— Totalmente sozinho.
— ... com o único objetivo de vir ao hotel?
— Cem por cento sozinho.
— Sozinho.
Ele está mentindo.
— Totalmente.
— Bem, mas por que diabos eu faria isso?
— Não tenho como saber — responde ele, com um tom subitamente sem graça. — Não sei o que se passa na sua alma.
Gautam passa a mão na cabeça, derrotado.

— Essas roupas não são minhas.

— Bem, quem sou eu para julgar?

— Minhas roupas sumiram. Assim como a minha carteira e as minhas chaves, e não faço ideia de onde deixei o carro. Devo dizer que acho tudo isso bem estranho, e as suas respostas não estão ajudando nem um pouco!

— Quer beber alguma coisa?

— Sim, por favor.

Um suspiro imperceptível.

— Vou providenciar agorinha mesmo.

Pense, Gautam, meu garoto, pense. Mas cuidado!

Aqui vivem monstros.

O que você sabe?

Oquequetusabe?

Você despreza Sunny Wadia, mas se agarra a ele como se estivesse diante de um bote salva-vidas.

Feito um são-bernardo que, com seu barrilzinho de conhaque, vai socorrê-lo na neve.

Sunny, que certa vez apareceu na sua casa ostentando uma garrafa de um uísque japonês raro!

— Ah — disse você, sempre irreverente —, você fala o dialeto? *Zenshin massaji wa ikagadesu ka? Waribiki shimasu!*

Sunny, fingindo ignorar toda a bagunça, a carnificina, a desgraça, as histórias lúgubres. Sunny, o último Príncipe de Déli, o jovem garanhão, o bilhete premiado da cidade, aparecendo sem aviso, oferecendo uísque a um homem que simplesmente... não dá... a... mínima.

Qual é a sua?

Gautam pegou a garrafa. Serviu uma dose do uísque e entornou.

Quando foi isso? Sete, oito meses atrás? Oito meses inteiros. Agosto de 2003, talvez? Meu Deus, sua memória foi pelo ralo, hein?

Faz sete ou oito meses que Sunny se enfiou na sua vida?

Oferecendo dinheiro, uísque e o que mais? Você sabe o que mais.

Em troca de quê?

Conselhos? Amizade?
Consultoria.

— Consultoria?

— Isso — confirmara Sunny.

Ele queria construir hotéis. O papo dele era esse. E Gautam trabalhara no ramo hoteleiro, muito tempo antes, naquele breve e agradável intervalo em sua vida quando ainda não tinha sucumbido aos vícios nem esgotado a linha de crédito do pai. Ah, aqueles dias de glória... Bastante cabelo, um beicinho viril, panturrilhas de caçador e coxas de jogador de polo. O alcoolismo-padrão da classe alta. Ele tivera nas mãos as chaves para o reino! Como tudo pôde ter dado tão errado?

Ora, os apetites, meu bem.
Ele tivera alguns.

Quando nasceu, Gautam drenou as amas de leite. Nunca ficava satisfeito. Tal qual a mãe, que nunca desperdiçou uma gota. Era um *white russian* atrás do outro. E o pai? Prasad Singh Rathore. Um homem perspicaz, cujo único vício era uma imoralidade que apaga o próprio rastro.

Poder.

Era da segunda geração da Índia moderna, o pai de Gautam. Em 1948, o pai dele — avô de Gautam, o venerável marajá Sukhvir Singh Rathore (adorado pelos ingleses, resolutamente indiferente à causa da Independência) — viu seu reino ser dissolvido na república recém-instituída. Como compensar a perda dessa realeza? Bem, um "benefício pecuniário" principesco, uma verba mensal destinada à conservação, que era usada para barganhar poder e controle feudais.

Foi bom enquanto durou, mas os anos 1970 chegaram. Tempos soviéticos. A ditadora Indira extinguiu a concessão, e aos Rathore restou pouco mais do que o chapéu para pedir moedas e algumas fortificações entre as quais pudessem estender seus varais.

Ricos em ativos, pobres em dinheiro.
Deixou cicatrizes em todos.

Apenas Prasad, primogênito, pai de Gautam, foi astuto o bastante para mudar.

Prasad Singh Rathore entendeu que os políticos seriam os reis do futuro. Ignorando a aversão da família por questões tão rasteiras, resolveu entrar na dança e se candidatar a um cargo público, sendo eleito deputado do Parlamento indiano com obediência feudal, convencendo, mais tarde, três dos seus primos a se candidatar a deputados estaduais. O primo de segundo grau de Prasad, de fato, logo se tornou o primeiro-ministro de Estado. Melhor manter os inimigos por perto, certo? E ali estavam eles, a família na posição à qual pertenciam. Foi nesse mundo que Gautam Rathore, filho único de Prasad, nasceu.

2.

No terraço, ao lado da piscina privativa, Gautam se reclina na espreguiçadeira sob o guarda-sol, esperando a bebida com impaciência. Ainda está tentando se lembrar. Ele havia chegado à meia-noite.

Será mesmo?

Porque a conta não fecha.

À meia-noite ele estava com Sunny. Disso ele se lembra.

Mas por que não se lembra do motivo? Por que, quando tenta revirar o lixo mental, não vê nada além daquele rosto simplório?

Mas fato é que aquele rosto o faz se lembrar de alguém.

Gautam não quer se aprofundar na questão.

Em vez disso, se concentra em Sunny.

Não foi na reunião da "cúpula do uísque", entretanto, a primeira vez que os caminhos de Sunny e Gautam se cruzaram, não é mesmo? Tinham estudado juntos, muito brevemente. Era o começo dos anos 1990. Gautam estava dois anos na frente de Sunny. Achava-se melhor do que todo mundo, comportava-se como o filho de família rica que ele era, com uma pitada da influência política do pai. E Sunny Wadia, quem tinha sido? Um zé-ninguém, filho de um gângster de Uttar Pradesh, seu inglês tão bruto quanto seus modos, um garoto menosprezado, queimado entre os demais, um arrivista que havia comprado uma vaga naquela escola, roubando sua boa reputação feito um ladrão.

— Você não durou muito lá, não é? — zombou Gautam, segurando a garrafa de Nikka.

Referia-se à expulsão de Sunny.

Sunny: um sorriso com os lábios contraídos.

Gautam se serviu de outra dose.

— O velho Malhotra nem podia imaginar! Ele nunca mais foi o mesmo depois de você. Tremia só de ver a virilha de um jogador de hóquei. Uma pena que você não tenha ficado para ver os frutos do seu trabalho, teria gostado. Mas acho que ninguém teria saído impune de uma brutalidade daquelas. O que foi mesmo que ele fez com você?

Sunny cruzou os braços, mas não disse nada.

Gautam viu que ele puxava pela memória.

— Ah, me lembrei...

— Não quero falar do passado — interrompeu Sunny. — Vim aqui para falar do futuro.

Depois da escola (Sunny desaparecido, esquecido), Gautam foi mandado para Oxford (Brookes) com o objetivo de estudar finanças. Ele não tinha interesse algum pelos livros; àquela altura, havia desenvolvido um apetite voraz pelos pecados da carne. Na adolescência, conquistou várias empregadas nas propriedades da família, prostitutas locais fora do internato e, com seu jeito vulgar e mordaz no campo de polo, até uma das amigas da mãe. Na Inglaterra, levou para a cama algumas mulheres da baixa aristocracia (a sobrinha de um conde, a filha de um barão etc.) enquanto desenvolvia um interesse paralelo em cocaína transacional sadomasoquista usando os "cartões de visita" de prostitutas encontrados nas cabines telefônicas vermelhas da cidade. Ele gostava do tipo diretora de escola. Suas viagens de fim de semana eram puros bacanais. "Açoitadas de disciplina", seu cartão favorito. Infelizmente, aquela época de devassidão estava com os dias contados. Devido às notas medíocres, foi convocado de volta para o seio familiar e preparado para se casar com a dócil filha de um aristocrata de Himachal que se tornara político. Desesperado para fugir dos horrores da vida doméstica, ele negociou dois anos de perdão, nos quais se ocuparia da transformação de uma das fortalezas arruinadas da família em um hotel butique para a exigente elite mundial.

Foi um triunfo. Pelo menos no início.

Ele se revelou um ótimo anfitrião. Organizou viagens promocionais para a imprensa, durante as quais agradava aos homens e às mulheres da mídia com vinhos de safras preciosas e refeições requintadas, recebendo os convidados para elaborados jantares paramentado de marajá. Gautam, o contador de histórias, posando para fotógrafos com as cabeças de grandes presas caçadas por seu avô, divertindo os jornalistas com relatos dignos do Manual de Indiana Jones: massacres em pátios, devoradores de homens, belas princesas cobertas de joias que se jogavam em poços para não serem desonradas por hordas incontroláveis. Uma mistura de histórias verídicas de outros lugares e lendas da própria mente. Seguiam-se visitas ao vilarejo para ver as dançarinas com seus véus transparentes cor-de-rosa e sorrisos tímidos.

Ele saboreou o próprio sucesso. Ganhou destaque nas revistas certas.

Era o Príncipe Gautam dos Bons Momentos.

O Marajá.

O Rathore Dinâmico e Excêntrico.

O Aristocrata Notável, Transformando Madhya Pradesh, Um Forte de Cada Vez.

Gautam participou de uma estilosa sessão fotográfica para uma bíblia da moda, pousou para um renomado fotógrafo armênio na frente do retrato do seu falecido avô, usando um turbante para complementar seu adorado blazer Versace com estampa Cornini, uma pele de tigre estrategicamente drapeada em volta da virilha.

O retrato deu a volta ao mundo.

A Índia estava brilhando.

No entanto, enquanto isso, os boatos começaram a aumentar, não apenas sobre a quantidade inenarrável de pó que ele servia ao lado do vinho do porto *tawny*, ou os inestimáveis carros *vintage* que ele havia destruído nas ruas esburacadas, ou a arma antiga que ele havia usado para ferir um jornalista em um duelo de bêbados, ou a vez que ele subiu na mesa no meio de um banquete e aliviou a bexiga no cozido de cérebro de cabra, mas também sobre os empregados: garotas que roubavam água dos poços vizinhos e engravidavam. Uma noite, uma dessas garotas se jogou da muralha do forte.

Estava grávida de três meses.

Deixou um bilhete.

A notícia se espalhou.

Turbas se formaram. Veículos foram incendiados.

Os convidados estrangeiros foram evacuados durante a madrugada.

Deram como desculpa alguma obscura rixa local.

A família dela foi indenizada.

A polícia foi usada para calar quem tinha opiniões divergentes.

A mídia foi severamente advertida.

Tudo arrefeceu e sumiu.

Mas o pai de Gautam tomou uma providência decisiva.

Mandou o filho para Déli, para um dos apartamentos da família em um grande edifício de Aurangzeb Road. Ele esfriaria a cabeça com uma mesada modesta — cem mil rupias por mês —, silenciosamente desonrado.

Era de esperar que ele tivesse aprendido a lição.

Isso não aconteceu. Algo tomou conta dele.

Gautam sempre havia sido teimoso, porém, em Déli, a teimosia dobrou. Entrou em contato com um desespero bruto até então desconhecido.

Extrapolou.

Ele se jogou com tudo na cidade. Cedeu aos próprios vícios desenfreadamente.

Buscou as opções mais baratas e sujas, sentindo-se ainda mais gratificado.

Putas da GB Road. Garotos em Connaught Place. Inseriu plugues anais no reto das esposas de colegas de escola. Imagine a repercussão.

Jovens Aristocratas Soltam as Feras: O Musical.

Divertindo-se com a reputação alcançada.

O Grotesco Gautam Rathore.

Sem nenhum pudor.

Ele ainda bebia com os velhos amigos da escola, a galera do polo, e bebia mais, pavoneando-se. A língua solta. Insultos, comentários contundentes, deixe rolar. Inimigos vão surgir. Cenas ultrajantes aconteciam no saguão dos hotéis. Descambavam para as ruas. Ele desejava e cobiçava e agarrava e zombava e cheirava e se mijava, até que seus amigos de outrora começaram a evitar suas ligações. Por ele, tudo bem.

Onde estávamos mesmo?

A mesada terminava na metade do mês e o restante ele passava em desesperada penúria. Suas empregadas.

Salários atrasados.

Molestadas.

Fugiam.

Só o motorista permanecia.

Ele e Shivam se sentavam e assistiam à TV juntos.

Gargalhavam.

E, tarde da noite, ele saía para trazer de volta mais.

Foi durante esses dias de devassidão em Déli que Sunny Wadia entrou em cena. O arrivista, transformado. Com ternos sob medida, a pele orvalhada, as festas, a visão. Mas o que isso importava para Gautam?

— Vou dar um adiantamento para você — disse Sunny. — Trezentas mil rupias por mês.

— Quinhentas mil — replicou Gautam.

— Quinhentas — arrematou Sunny.

— Já que está tudo acertado — ronronou Gautam —, vamos consumar. — Tirou uma trouxinha de cocaína chocantemente branca do bolso interno do paletó e jogou-a na mesinha de centro. — É de origem dúbia. Uma parte de talco para uma parte de aspirina para uma parte de laxante para uma parte de cocaína. E uma parte e meia de anfetamina para completar. Mas, cara, funciona que é uma beleza.

Gautam arrancou a parte superior da trouxinha com os dentes, arrastou para o lado o que restava sobre o vidro da mesa e despejou toda a cocaína, um grama.

— Sirva-se — disse.

— Estou de boa — respondeu Sunny.

— Ah, não, acho que essa não é a questão. Você quer o meu conselho? Sobre *hotéis*? Então precisa ficar todo zoado com a minha cocaína ruim.

Gautam tirou uma nota nova da carteira e a entregou para Sunny.

— Você tem experiência?

— Claro.

Com um cartão de crédito avulso, Gautam começou a separar quatro grandes carreiras.

— Me mostre quem você é.

Sunny ignorou o comentário, mas começou a enrolar a nota bem apertado.

— Sabe — comentou Gautam —, vi aquele anúncio que vocês publicaram. De página dupla. Muito comovente. Todos os melhores homens de negócios salvam a própria reputação atualmente.

Sunny o ignorou.

— Então, sobre o trabalho, o que você me diz? — indagou.

Gautam parou de bater as carreiras, jogou o cartão na mesa e pegou a nota.

— Trabalho? — perguntou, levemente intrigado, rolando aquele termo exótico pela boca. Abaixou-se e cheirou uma carreira, inclinou a cabeça, fungou com força mais uma vez, estufou as bochechas, mostrou os dentes, agarrou a mesa, fechou os olhos por um bom tempo e simplesmente congelou. Depois, procurou um cigarro e continuou: — Quase bom demais para ser verdade. Mas, com licença, preciso cagar.

Gautam esticou a nota para Sunny, se levantou e saiu andando.

Quando voltou, cinco minutos depois, Sunny não havia tocado em nenhuma carreira.

— O quê? — zombou Gautam, debochado, o cigarro pendurado no lábio. — Já terminou?

— Não é isso.

— O que é, então?

— É sua.

— Ah, sai fora. Não enche o saco. É o preço de fazer negócios.

Gautam detectou um leve ar de arrependimento enquanto Sunny aceitava a chateação, pegava a nota e se abaixava para cheirar a cocaína ruim.

Dava para perceber que Sunny não queria estar ali.

Então, qual era o jogo dele?

3.

Um homem aparece nos degraus que levam ao terraço carregando uma bandeja e nela uma garrafa de vinho.

Ele é alto, pele escura, cabelos longos e encaracolados. De Kerala, talvez.

Certamente não é um garoto do Rajastão. Nenhum olhar obtuso, nenhum bigodinho incipiente, apenas óculos escuros envolventes, uma camisa branca bem passada, calça escura.

E um ar de... segurança?

Ele olha do alto para Gautam.

— E quem é você, meu jovem?

É sempre bom assumir um comando indiferente.

Mas o "jovem" não responde. Simplesmente põe a bandeja na mesa e começa a abrir o vinho.

— Você é novo aqui? — pergunta Gautam, e consegue vê-lo trincar o maxilar. — Está muito tenso.

O vinho é aberto com um estouro. O homem põe a garrafa na mesa, começa a tirar a rolha e, ao terminar, a coloca ao lado da garrafa e segura o saca-rolha como se fosse usá-lo como um medidor.

— Vamos lá, então — diz Gautam —, sirva logo essa joça.

O homem põe o saca-rolha na mesa, pega a garrafa, a taça e serve. Serve o vinho lentamente, enche lentamente a taça até a boca.

— Cuidado!

A taça transborda e o líquido começa a respingar na pedra quente.

— Qual é o seu problema?!

Gautam pula da espreguiçadeira e se estica para pegar o vinho.

— Pelo amor de Deus!

O homem, porém, continua a servir. Meia garrafa se foi.

— Você está maluco?! — exclama Gautam.

— Um pouco.

Ele tem um forte sotaque israelense. Oferece a taça para Gautam, que se estica para pegá-la.

A próxima coisa de que se lembra é que está subindo em direção à superfície para tomar ar.

— Que merda é essa? — pergunta Gautam, ofegante. — Você me jogou na piscina!

Gautam se debate, agarra a borda da piscina com os braços doloridos. O israelense se agacha, equilibra os óculos escuros no topo da cabeça. Seus olhos estão enevoados, sua expressão é dura. Indica com a cabeça um pacote amarrado com barbante.

— Essas são as suas roupas. A gente entra e você se veste.

— Se eu não fizer isso, o que vai acontecer?

O israelense olha para a muralha do forte.

— Vamos ver se você consegue voar.

— Eu e você — diz Gautam —, nós dois, sabemos que não consigo voar.

4.

Meia hora depois, o israelense entrega o irritado Gautam após ter cruzado o terreno do forte, seguido por uma trilha marcada como privativa que contorna a encosta do morro, passado por um portão de madeira e descido alguns degraus até um terraço escondido, projetado sobre a planície.

O terraço de Adiraj.

Adiraj, porém, não está lá.

É um homem mais velho, bastante vivaz e bem-apessoado, que está usando um terno de algodão discretamente caro, os olhos protegidos por óculos escuros estreitos. Ele está sentado a uma mesa de ferro fundido no meio do terraço, examinando uma folha de papel. Um decantador cheio de uísque, uma jarra d'água e dois copos estão no centro. Há um envelope de papel pardo perto da mão esquerda do homem.

Outra cadeira está vazia, esperando, ao lado dele.

O israelense para no início da escada e estica a mão, indicando que Gautam deve prosseguir.

— Continue andando.

Gautam, agora vestindo seu terno rosa-salmão, diz:

— Não é bem você que decide.

Ele recuperou a empáfia.

São as roupas.

E também a constatação de que aquilo é um jogo.

O homem bem-apessoado se levanta no momento exato, olha a hora no relógio de bolso, aponta para a outra cadeira e diz:

— Por favor.

Depois, diz para o israelense:

— Obrigado, Eli. Isso é tudo.

Gautam avança, passando as mãos no paletó.

— Você escolheu um dos meus melhores.

— Posso garantir — diz o homem bem-apessoado — que não tive nada a ver com isso. Mas seu motorista foi *muito* prestativo. Ele parece conhecer seu gosto.

O homem tem um leve sotaque de quem estudou em escola particular: entrecortado, impossível de identificar.

— Por favor — prossegue o homem —, sente-se. Temos muito a discutir e o tempo *é* um fator importante.

— Como você entrou no meu apartamento? — indaga Gautam.

Um sorriso agradável.

— Ora, com as suas chaves, sr. Rathore.

— Ah, sim. Eu estava me perguntando onde tinham ido parar. Gostaria muito que fossem devolvidas.

— Tudo em seu devido momento.

Gautam nota as cicatrizes de tuberculose que marcam o rosto do homem.

— E quem é você *exatamente*?

— Meu nome é Chandra — diz o homem. — É tudo que o senhor precisa saber.

Gautam gagueja com alegria forçada:

— Preciso saber de muito mais do que isso!

Chandra sorri, sentando-se.

— Gostaria de um uísque, sr. Rathore?

— Gostaria, sim — responde Gautam, a voz transbordando desdém. — Eu estava prestes a tomar um vinho medíocre antes, mas seu Neandertal nos arbustos achou por bem me jogar na piscina. Sorte sua eu estar com uma ressaca terrível, senão minha ira seria pior.

Chandra pega o decantador e serve uma dose generosa de uísque, acrescenta o mínimo de água e desliza o copo para o outro lado da mesa.

Gautam o pega e o leva até o nariz.

Sorri.

Franze a testa.

— Eu conheço isto aqui.

— Tenho certeza disso. O senhor é, sem dúvida, um *connoisseur*.

Gautam leva o copo até os lábios e deixa a língua brincar com o uísque por um instante antes de engoli-lo.

— Sim, eu reconheceria isto em qualquer lugar. É japonês.

— Muito bem.

Gautam bebe todo o uísque de uma só vez.

— Mais.

— Vamos fazer uma brincadeira. Uísque em troca de respostas. É uma dinâmica maravilhosa.

Gautam bate com o copo na mesa.

— Sirva.

— O senhor *é* ávido.

— Sirva.

Chandra despeja o líquido. Um pouco menos dessa vez.

Gautam não espera a água. Engole, impaciente.

— O senhor não está sendo exatamente prudente, não é? — diz Chandra.

— O que Sunny quer? — atalha Gautam.

— Eu faço as perguntas, sr. Rathore.

— Ele que mandou você, não foi? Ou, pelo menos, você está aqui em nome dele.

Gautam tenta se servir de uísque, mas Chandra afasta o decantador.

— Como o senhor classificaria sua relação com Sunny Wadia?

— Puramente transacional — diz Gautam.

— Em que sentido?

— Presto consultoria para ele.

— Sobre o quê?

— Uma coisa ou outra.

— Pode ser mais específico?

— Fracasso. Dou consultoria sobre fracasso. É a minha especialidade. Sou bom nisso. Percebo que ele também é.

Chandra toma um gole da própria bebida.

— O senhor dá consultoria sobre hotéis.

— Sim. Isso está ficando cansativo.

— O senhor gosta da companhia dele, socialmente?

— Não estamos trepando, se é isso que você quer dizer.

— Essa ideia nunca me passou pela cabeça.

Gautam dá uma risada.

— Agora tenho certeza de que passou.

— De fato — diz Chandra com um sorriso amarelo.

— Pelo amor de Deus, homem, me dá uma bebida. Uma dose decente. Como as doses que servem em Patiala, pelo menos.

— Quanta cocaína usou nos últimos meses, sr. Rathore?

— Tanta quanto Papai me deu.

— Papai?

— O Pai de Todos, no céu.

— Seu relacionamento com o seu próprio pai é...

Gautam solta um assobio e une as mãos.

— Você é um psicólogo!

— Um mero advogado.

— Acha que cheguei à minha posição atual sendo idiota? — pergunta Gautam.

— Seu pai mais ou menos o deserdou, não foi?

— Eu diria que foi o contrário.

— E o senhor está feliz com a sua situação atual?

— Eu não *pareço* feliz? — pergunta Gautam, batendo no copo. — Bebida.

— Diga-me algo a respeito do Sunny.

— Ele odeia o pai.

— Diga algo que ainda não sabemos.

Gautam hesita.

— Ele estava pensando em deixá-lo. Que tal essa novidade?

Chandra serve mais bebida.

— E o senhor o incentivou?

Uma risada amarga.

— Eu ouvi suas queixas, como um bom e leal amigo.

— E a cocaína?

— O que é que tem?

— De onde vinha?

— Uma dama nunca revela.

— Era dele?

— Pff. De jeito nenhum. Eu tenho a minha galera.

— Mas era Sunny quem pagava?

— Claro.

— E também usava.

— Claro. Mas qual o sentido de tudo isso?

— O senhor não tem curiosidade alguma em saber por que está aqui, sr. Rathore? Em saber por que estou aqui com o senhor?

Uma sombra passa pelo rosto de Gautam. Um momento de seriedade. Ele engole o uísque e empurra o copo para a frente.

— Mais.

— Do que o senhor se lembra exatamente da noite passada?

— Mais.

— Preciso de você relativamente sóbrio, Gautam.

— Você vai precisar de muito mais do que isso para me embebedar.

Chandra serve outra dose pequena.

— E um cigarro.

Chandra oferece o próprio maço.

— Pode ficar.

— Fico *bastante* feliz de falar — prossegue Gautam, pegando o isqueiro de ouro de Chandra, acendendo o cigarro, colocando o isqueiro no bolso. — Como eu disse, não sou idiota.

— Eu gostaria que você me devolvesse o isqueiro.

Gautam parece perplexo, mas tira o isqueiro do bolso e o devolve.

— Você tem o hábito de sair pegando o que quer?

— Voltamos à psicologia?

— Você pensa que o mundo é seu, basicamente?

— Fico bastante feliz de falar.

— Na noite passada...

— O que Sunny fez?

— Na noite passada...

De repente, Gautam se ajeita na cadeira.

— Ele não morreu, não é? — pergunta, franzindo a testa. — Ele não...

— O quê?

— O que ele fez?

— O que você acha que ele fez?

— Não sei.

— Vocês estavam na boate juntos, se lembra disso?

Aquele buraco novamente.

Gautam estremece.

— Escuta... Sunny apareceu um dia à minha porta. Ninguém o obrigou. Ele apareceu, abriu uma garrafa de uísque e me perguntou sobre hotéis. Hotéis? Eu não sou idiota. Ele não precisava perguntar aquilo para mim. Conheço a minha reputação, sei exatamente o que as pessoas pensam de mim. Francamente, não me interessa. Não pense que não me perguntei por que ele estava lá.

— Por que você acha que ele estava lá?

— Não sei.

Gautam bate a cinza do cigarro na mesa.

— O que você acha que ele queria de você?

— Não sei. Mas — Gautam abaixa a voz de maneira conspiratória — ele estava fraco. Sozinho.

— Você percebeu isso?

— Percebi.
— E depois?
— Nada.
— Você o explorou.
— Nós nos exploramos mutuamente. Ele precisava de um ombro para chorar. Alguém que entendesse o sofrimento dele. Eu precisava de alguém que comprasse pó para mim. Todos saíram satisfeitos.
— Sunny também usava cocaína?
— *Bien sûr! Naturellement.*
— Quanto ele usava?
— Ah, ele era um demônio.
— E sobre o que vocês dois costumavam conversar?
— Assuntos de garotos. Como seria melhor para nós se nossos pais estivessem mortos.
— Isso seria melhor para você?
— A questão não era exatamente eu — diz Gautam, jogando a guimba para fora do terraço com um peteleco. — Ele morreu?
— Seu pai?
— Sunny.
— Não — respondeu Chandra.
— Ah, tá.
— Você parece decepcionado.
— Acho que estou...
— Você não tem lealdade alguma.
— Teria sido bastante dramático. Lealdade? A Sunny? Não. Não sou leal a ninguém — diz, engolindo o uísque e batendo no copo em seguida. — Bebida.
— Não.
Gautam olha para o copo vazio, o sol ameno, o terraço, o deserto ao fundo.
— Estou cansado.
— Estamos todos cansados.
— Mas ninguém tanto quanto eu.
— O que você sabe sobre o pai do Sunny?

— Bem, *essa* é uma boa pergunta.

O vento sopra suavemente no cabelo sedoso de Chandra. Ele tira um celular do bolso do paletó. Tecla um número e põe o telefone no ouvido. Espera um instante.

— Sim, ele está aqui — diz.

Põe o telefone na mesa, na frente dos dois, e aciona o viva-voz.

Gautam permanece sentado, observando, esperando.

Nenhuma voz.

Em vez disso, Chandra pega o envelope de papel pardo que está ao seu lado, o abre e retira cinco fotografias grandes de dentro. Coloca-as na mesa, viradas para baixo. Mantém o dedo em cima delas por um instante. Depois, empurra todas para Gautam.

Gautam olha com incômodo para o telefone, ouvindo o silêncio do outro lado.

— O que é isso?

— Veja você mesmo.

— Não — diz ele infantilmente —, não quero.

Ninguém fala. Ninguém se mexe.

Até que uma voz lenta, narcótica, surge do telefone.

— Vire-as — ordena a voz.

Gautam sente o estômago embrulhar.

— Não quero — repete, passando a mão pelo cabelo. — Me dê uma bebida.

— Vire-as.

— Eli só precisaria de um segundo — diz Chandra afavelmente — para jogar você lá embaixo. Acho que ele já se ofereceu. E, sinceramente, ninguém teria dúvidas sobre o seu suicídio no momento. Não com esse nível de álcool no seu sangue. Não depois da vida que você levou. Não depois do que fez ontem à noite.

— Me dê uma bebida.

— E, depois, tudo sairia na imprensa.

Gautam está tremendo.

— Eu não fiz nada.

— Vire-as — diz a voz. — E você poderá beber quanto quiser.

Gautam fecha os olhos.
Põe a mão no papel.
Segura as bordas.
E as vira para cima.

Corpos. Fotos de pessoas mortas. Corpos mutilados e espalhados pela rua. Membros partidos e contorcidos, olhos arregalados, lábios contraídos em sorrisos estranhos e horríveis, dentes à mostra, olhos brancos, manchas de sangue em lâmpadas de flash. Fotos policiais. Corpos na calçada da rua, corpos em frangalhos, e um carro, *seu* carro, sua Mercedes, sua placa. Corpos. Uma adolescente em frangalhos, sangue escorrendo do vazio entre as pernas. Corpos. Alinhados no necrotério de um hospital. Cinco corpos. Despedaçados e partidos. Corpos. E, por fim, Chandra lhe entrega uma Polaroid. E lá está ele, Gautam Rathore, o rosto amassado pelo *air bag* do volante.

Ele as vira de volta e as empurra para longe com tanta força que se espalham pelo chão.

— Isso não é verdade.

Agora, Chandra serve a bebida para ele.

Gautam aceita com mãos trêmulas.

Então Chandra pega o telefone, desliga o viva-voz, leva o aparelho ao ouvido, escuta por um instante e depois desliga.

— Não fui eu — sussurra Gautam.

Ele bebe todo o conteúdo do copo, pega um cigarro, tenta ficar de pé, mas está tonto. Volta ao assento, leva o cigarro aos lábios. Chandra se inclina para a frente e acende o cigarro para ele, depois pega as fotos que caíram no chão.

— Seu carro. Suas digitais. Seus ferimentos. Testemunhas que viram você na cena.

— Não fui eu.

— Com certeza você se lembra.

O flash de luz.

A menina esticando o braço.

Gautam sente o corpo ceder.

O peito estremece. Ânsia de vômito.

Chandra observa uma das fotos por um longo momento. Coloca a fotografia na mesa.

— A garota estava grávida — diz ele.

Gautam sente um vazio.

— Não fui eu.

Chandra acende um cigarro.

— Foi. Foi você, sim. Mas... não precisa ter sido.

As palavras levam um longo tempo para fazer sentido.

Gautam olha para cima.

— O quê?

— Sr. Rathore, e se, por um milagre, não tivesse sido você?

Gautam pisca, abobalhado.

— Como é?

— Você será preso muito em breve. Digo, será, se não obedecer. A polícia vai detê-lo, posso garantir isso. Você vai para a prisão. Pode protestar o quanto quiser, inventar histórias esquisitas, tentar colocar a culpa nos outros, mas isso só vai piorar as coisas. Já esteve na cadeia? Não sei muito bem se você se encaixa, sabe? Não sem dinheiro, pelo menos. E, bem, sua família não vai ajudá-lo. Seu crédito com Sunny expirou. Você tem seu status, é verdade, que vai protegê-lo até certo ponto. Mas agora também tem inimigos. Então, eu pergunto: você gostaria de ser inimigo do meu patrão? Sabe o que isso significa? Podemos deixar sua vida bem difícil.

Chandra faz uma pausa e então continua:

— Mas e se não for verdade? E se você pudesse voltar os ponteiros do relógio? — Recoloca as fotos no envelope. — Nesse exato momento há um jovem preso, esperando julgamento. Ele se ofereceu para assumir a culpa, a um grande custo pessoal. Mas ele poderia simplesmente mudar o depoimento, e essa foto sua poderia fácil, fácil ir parar na imprensa, na polícia.

Gautam fecha os olhos e pergunta:

— O que você quer que eu faça?

— Esse é o espírito.

— É só dizer.

— Queremos que você... que você melhore.

Gautam revira os olhos, o rosto contorcido.

— O quê?

— Há um carro esperando lá embaixo. Eli vai levar você até ele. Dentro estão uma mala, seu passaporte, outros pequenos objetos pessoais, dinheiro para ajudar no percurso. Não que você vá precisar, é só para tranquilizar. Você vai dirigir até Jaipur. De lá, vai pegar um avião particular até Bombaim. De Bombaim, vai voar para Genebra. Seu visto está em dia?

— Está?

— Chegando lá, você será acompanhado até uma clínica. Um lugar muito agradável nas montanhas, extremamente propício à recuperação.

— Recuperação do quê?

— Dos seus vícios, sr. Rathore.

— Você está me mandando para uma clínica de reabilitação?

— E você ficará lá o tempo que for necessário. Se empenhará na sua recuperação, deixando gravada em sua mente a lembrança desta noite e da sua liberdade. E, quando estiver totalmente recuperado, em três, seis ou oito meses, dois anos, o tempo que for, você voltará para a casa da sua família. Vai se casar. Vai agir com honra e propriedade. Vai assumir o posto que lhe cabe como herdeiro.

— Não estou entendendo.

— Um dia, lhe será solicitado um favor. Não será nada custoso. Na verdade, fazendo esse favor, você se tornará muito rico e poderoso. Essa riqueza vai crescer como uma bola de neve, tal qual seu poder. A única coisa que precisa fazer é provar para a sua família que se recuperou. Que se tornou digno do sobrenome que carrega.

Chandra se levanta, abotoa o terno e acena para que Eli se junte a eles.

— Não estou entendendo.

— Não é preciso entender, sr. Rathore. Basta ter fé. E alegre-se, sim? Você está com Bunty agora.

AJAY III

Penitenciária de Tihar

1.

Ele é levado ao gabinete do diretor para uma nova cela em um pavilhão diferente. No caminho, passa por muitas celas lotadas, onde os prisioneiros tossem e gritam, riem e cospem, onde alguns se agarram às grades com olhar vítreo, uns sem piscar, outros dormindo, cozinhando, chorando no canto. Todas as celas estão superlotadas, doze, quinze homens em cada uma, mas a cela diante da qual eles param só tem dois. A cena lá dentro é tranquila, clara, caseira, até. Junto à parede, há uma TV sobre uma mesa passando um programa humorístico; em outra mesa, baixa e circular, uma garrafa de Black Label, dois copos, um jarro com água, um baralho muito gasto e um monte alto de notas de rupias. Imagens de montanhas multicoloridas, etéreas e de atrizes de Bollywood enfeitam as paredes. Há duas camas com colchões grossos e um terceiro colchão no chão. Os dois prisioneiros estão ali deitados, assistindo à TV, comendo baldes de frango à changezi.

Um deles é um ogro. Alto, corpulento, sebento, vestindo apenas uma regata apertada demais para a sua barriga e nada mais, apesar do frio. Ele tem olhos porcinos, um rosto espesso com os contornos do crânio exibidos de maneira estranha, cabelo crespo desgrenhado. O outro é um pequeno chacal, com um sorriso de escárnio silencioso.

O guarda abre a porta da cela destrancada.

— O que foi agora? — ruge o Ogro.

— Seu amigo está aqui.

O guarda faz Ajay entrar na cela.

O Ogro desgruda os olhos da tela e olha Ajay dos pés à cabeça.

— Ah, então é você — diz ele, depois arrota e sorri. — Mais bonito do que eu esperava.

Ele dá um tapinha no colchão ao lado dele e volta a olhar para a TV.

— Vem, senta aqui, come alguma coisa. Não se preocupe, você está entre amigos.

Ele indica o outro homem com a cabeça.

— Aquele chutiya ali é Bablu.

Ele pega um prato descartável do chão, coloca vários pedaços de frango com molho e naan.

— E eu sou Sikandar, o Grande.

Ele dá outro tapinha no colchão.

— Seja lá o que você fez, virou um cara importante. Hora de descansar. De aproveitar.

Descansar. Aproveitar. Os ouvidos de Ajay rugem de ira. A pele arde com os cortes, os hematomas e o frio.

— Com certeza você deu uma lição naqueles filhos da puta! — diz Sikandar. — Os caras eram Gupta, sabia? Acharam que iam levar você para uma festinha de calouros! Mal sabiam eles! Mas você deixou bem claro, não é mesmo? Quase matou um deles. Saíram todos correndo. E isso antes mesmo de eles saberem quem você é. Agora todo mundo sabe! Pois é, meu amigo, a notícia correu! E agora está todo mundo com medo. Você mostrou quem manda na parada. Mas não se esqueça de uma coisa — diz ele, balançando o dedo gorduroso —, só uma pessoa manda aqui dentro, e essa pessoa sou eu.

Sikandar é o chefe da gangue Acharya na prisão. Representa os interesses de Satya Acharya lá dentro. Acharya é de Lucknow, começou com extorsão, agora comanda o tráfico de Mandrax. A gangue Acharya controla vários laboratórios nas ruas, os quais produzem centenas de milhares de comprimidos; seu químico, Subhash Bose, é um gênio. O trabalho dele se espalhou pela África do Sul, pelo Quênia, por Moçambique. Eles enviam os comprimidos disfarçados de paracetamol. Também os enviam para dentro da prisão, com a cumplicidade dos diretores e vigilantes. Todo mundo quer uma parte do tráfico de Mandrax. Basta tomar um comprimido para uma viagem rápida. Melhor ainda: você pode pegar uma garrafa de cerveja e quebrá-la no chão. E aí, em vez de cortar a cara de alguém, pode virar o gargalo quebrado para baixo e forrar o bojo interno com papelão dobrado, preencher o centro com tabaco e maconha Idukki

Gold, depois polvilhar o Mandrax em pó, acender, tragar e se preparar para a euforia e a escuridão pegajosa do útero.

Sikandar era vendedor de coco lá fora. Tinha uma barraca nos arredores de Lucknow, uma palhoça, uma mesa e uma luz branca, umas cabras amarradas e umas galinhas correndo soltas. Três esposas. Seu tio era dono de uma barraca de frutas ao lado. Sikandar dizia que tinha uma plantação em Karnataka, dizia que era dono de tanta terra que você podia caminhar durante dias dentro da propriedade, e todos riam, ninguém acreditava. Ele, contudo, sempre tinha os melhores cocos, muitas vezes eram grátis. Alguém comprava quatro e ele dava mais dois de lambuja. "Baksheesh", dizia ele com uma risada. Fazia aquilo com todo mundo. Você pedia um, ele dava dois. "Baksheesh." Você pedia dez, ele jogava quinze no saco. "Baksheesh." Com os olhos fechados, ele jogava um coco de casca macia para cima, pegava-o com a palma da mão esquerda e o abria com seu facão no momento em que aterrissava. Corta, corta, corta. Rindo, manejando a lâmina, fazendo graça com todos que passavam. Os policiais acabaram ficando intrigados. Logo, ele passou a saber de tudo que acontecia na rua. O que as pessoas não sabiam é que, paralelamente, Sikandar era o açougueiro de Satya Acharya.

— Uma cabeça é como um coco humano — diz ele para Ajay.

Reflexivo, ele agita um facão imaginário e fica admirando o cérebro exposto enquanto o corpo cai. Ele sente falta do facão. E também da segunda mulher. Ela morreu.

— Estávamos em Déli — conta ele a Ajay.

A cidade subiu à cabeça dela. Ela flertou com um vendedor de sorvete, Sikandar viu com os próprios olhos. Ele não podia aceitar aquilo. Então a matou ali mesmo, na frente da Porta da Índia. À sua volta, crianças tomando sorvete, casais deitados na grama, e lá estava ele, espancando a mulher até a morte por um sorriso que ela deu. Por isso ele estava na cadeia. Mas tudo bem, ele representa Satya Acharya ali, de dentro da cela. Tem três celulares, a TV, um aquecedor, ar-condicionado, capangas, está numa boa. Só sente falta do facão, dos cocos e da segunda mulher.

Ele é os olhos e os ouvidos e os dentes e os punhos e o martelo e o porrete e a lâmina de Satya Acharya. Comanda tropas com sangue, suor e medo. Eles têm mais de oitenta homens ali. Estão em guerra com alguns, como a gangue Gupta. Têm alianças incômodas com outros, como os Sissodia. Quando é hora de ir para o pátio, as gangues aliadas se juntam para negociar informações e produtos. Os Acharya formam uma massa com Sikandar no centro, recostado em uma poltrona de vime, olhando para o sol de inverno lá no alto com o coração em êxtase.

— É verdade? — pergunta um dos homens. — É verdade que você trabalha para ele?

A pergunta não é para Sikandar. O "ele" em questão não é Acharya.

O aglomerado de homens faz silêncio e espera que Ajay fale.

Ajay, um fantasma de terno safári.

— Cala a boca, seu merda — diz Sikandar. — Quer que eu arrebente a sua cabeça?

— Como você machucou tanto aqueles chutiyas? — pergunta outro. — Onde você aprendeu a fazer aquilo?

— Cala a boca! — berra Sikandar. — Qualquer babaca sabe fazer aquilo. Arrebento a cabeça de todos vocês agora mesmo.

— Mas olha só para ele! — grita um dos homens. — Ele tem metade do seu tamanho. E deu uma baita lição naqueles merdas. De repente pode até matar você!

— Ninguém me mata! — diz Sikandar, levantando-se do seu trono de vime. — A não ser Deus.

— Gautam Rathore — diz Ajay com uma voz oca. — Trabalho para Gautam Rathore.

Silêncio. Olhares confusos.

Sikandar ri.

— Ouviram? Ele trabalha para Gautam Rathore.

— Quem é ele?

Sikandar volta a se sentar.

— É só um merda lá de fora.

A verdade vem à tona. Todo mundo sabe que Ajay trabalha para Bunty Wadia. O telégrafo da prisão é rápido como um raio. Ajay deu uma lição nos Gupta e trabalha para Bunty Wadia. É o que eles dizem. O nome é sussurrado no escuro. Ele consegue ouvir você dizendo. É o que as pessoas dizem. Ele vê tudo. Ele ouve tudo. Está acima de tudo. Sikandar recebeu uma mensagem de Satya no celular. Satya disse: "Estamos recebendo um VIP. Cuide bem dele." "Quem é esse chutiya?", perguntou Sikandar. "Um dos homens de Bunty Wadia."

Ele assobia entre os dentes. Um dos homens de Bunty Wadia. Uma cria de Deus. Mas a cria foi abandonada por Deus, pela vida, pelo destino. Pelo filho, sobretudo. As últimas palavras de Sunny para ele: "Vou tomar conta de você." Antes de o metal da arma aparecer na frente da cara de Ajay.

Agora o mandam ficar quieto, não se estressar. Você está dispensado das tarefas. Então durma. Assista à TV. Bata punheta. Levante pesos. Entre para o time de críquete. Medite. Fume Mandrax se quiser. Vá trepar. Isso pode ser providenciado. Tem sempre carne nova para ser distribuída. Se gostar de um dos garotos chikna, vá fazer amizade com ele. Divirta-se, você fez por merecer. A única coisa que você não pode fazer é ir embora.

Todo dia é miserável. Ele mal come. Mal dorme. Mal fala. Alguns dizem que sua mente se foi. Eles têm medo de Ajay. Especulam sobre o que ele realmente fez. É um assassino, disso eles têm certeza. Mas há uma loucura ali. Não. A loucura é um fingimento. Ele está aqui para matar novamente.

Ele não ouve nada. Tudo parece estar muito longe. As palavras percorrem uma grande distância para alcançá-lo. Toda uma vida está voltando através da lua e da névoa. Sua infância inunda a paisagem da sua mente. Em meio à névoa, sua infância se ergue; em meio à névoa, seu pai arde em sua mente, sua irmã chora e, em meio à noite, ele vai embora. O sol raia e queima. Ele acorda, não se lembra de quem é, por que está ali. Ele acorda e está numa caminhonete Tempo com as montanhas se erguendo à sua volta. Acorda e os corpos estão espalhados na estrada. Ele está acordando para a própria dor, e não pode se esconder. Velhos pensamentos dão rasantes como demônios famintos. Homens mortos em vielas. O som do crânio de Vipin Tyagi se partindo. Um bolo de cabelo macio e ensanguentado em uma das mãos, o som do osso nasal se partindo, cabelo macio com miolos na mão. No sono, ele vira o homem, acorda do pesadelo antes de ver o rosto. Na escuridão da cela, ele vê Neda e Sunny, juntos para sempre na traseira de um carro. O tempo é elástico. Sua mãe se foi. A mulher, Mary, assumiu seu lugar. E sua irmã? Ainda está viva? Ele está observando da caminhonete. Acenou para se despedir?

"O que aconteceu com ela?"

"O que acontece com todas as garotas quando os homens vão embora."

Todos aqueles anos na montanha fingindo que tudo ia ficar bem. Ele se deita na cama de Mamãe e chora. Acorda e se pega socando as paredes. Sikandar precisa agarrá-lo, segurá-lo com um forte e fedorento abraço de urso. Maluco filho da puta. Vá lá para fora. Vá correr no pátio. Brigue com alguém. Veja se alguém tenta matar você lá. Assim você reage e mata alguém. Vá trepar. Saia daqui.

Quinhentas flexões de braço por dia. Quinhentos abdominais. Os olhos atentos. A casca de um corpo, significado erodido. A quem ele pertence? A quem obedece? O que aconteceu com o garoto? O que acontece com todos os garotos quando a família vai embora? À noite, de olhos abertos enquanto Sikandar ronca, ele volta no tempo.

Pensa nos garotos nepaleses.

Purple Haze.

A primeira vez na vida que ele estava livre.

A primeira vez que jogou fora a liberdade.

Algo está endurecendo. Endurecendo dentro dele.

Ele enterra todo o próprio passado.

Enterra a própria gentileza.

Encontra uma nova maneira de viver cada dia.

2.

O clima esquenta, os dias faíscam e assam. Alguns prisioneiros vão embora. Alguns morrem. Outros chegam. Carne fresca. São separados, classificados, ameaçados, coagidos. Os que são fortes vão escolher uma gangue. Os que têm dinheiro vão comprar proteção. Os que têm muito dinheiro podem comprar qualquer coisa.

Os que não têm nada se tornam presas. Podem ser empregados, podem ser feitos escravos. Limpar as latrinas, lavar roupa. Entra um garoto de dezenove anos, magro, pele leitosa, maçãs do rosto altas, olhos afastados, uma boca rosada como um botão de flor. Bonito. Aterrorizado. Preso por roubar um celular. Todos o notam. Uma flor, um prêmio. Sikandar lambe os beiços. Ele parece um novilho, diz. Três homens da Sissodia cercam o garoto no pátio, fazem comentários obscenos, o empurram de um lado para outro. O garoto murcha enquanto eles o acariciam, apalpam, sussurram em seu ouvido, agarram seu pulso e o puxam para longe. No último momento, Sikandar intervém. Empurra os homens da Sissodia para o lado, derruba um deles com um golpe, abraça o garoto e o leva embora.

Sikandar é carinhoso. Ele diz para o garoto não chorar, leva-o para seu lado. Agora ele tem um amigo que vai cuidar dele. Qual é o seu nome? Prem, o garoto diz. Prem. Sikandar brinca com o nome. Oferece um cigarro, comida boa, sabonete para se lavar, algo para aliviar a dor. Dá um jeito para que Prem seja transferido para a cela deles. Recebe-o de braços abertos. A vida é dura lá dentro sem amigos, sem dinheiro, ainda mais tão jovem. Tem muitos lobos lá fora, mas nem todo mundo é mau, nem todo mundo está tentando levar alguma vantagem. Ninguém vai ficar em cima de você agora. Eu sou um cara importante aqui, você viu o que eu fiz. Eles têm medo de mim. Come alguma coisa. Pega um cobertor. Pode ver TV. Prem se senta no colchão e abraça a si mesmo com força. Toma um gole de uísque. Este aqui é o Bablu, ele é seu amigo. Este aqui é o Ajay. Ele é um matador, mas não se preocupe com ele. É só ficar perto de mim.

No pátio, Sikandar mantém Prem ao seu lado. Ouvem-se gozações, gritos de prazer, insultos e zombarias. Sikandar pisca, sorri, assente, banca o palhaço. Para Prem, diz:

— *Não dê ouvido a eles. Estão com inveja. Querem tirar coisas de você.*

Prem está fazendo força para não chorar.

— *O que foi?* — *pergunta Sikandar.* — *Você está com medo? Não, não. Não precisa ter medo. Está vendo ali do outro lado? Está vendo os homens que iam machucar você? Agora eles estão olhando para nós. Está vendo? Agora eles não podem fazer mal a você.*

Prem balança a cabeça.

— *Vamos* — *diz Sikandar, e agarra Prem pelo braço.* — *Não fique com medo. Vamos até lá agora. Vamos juntos, eu e você.*

Ele arrasta Prem pelo pátio. Os homens da Sissodia permanecem imóveis enquanto eles se aproximam: Prem, uma criança; Sikandar, uma matrona que foi dar bronca nos garotos do bairro.

— *Olha só para eles* — *diz Sikandar, e solta um risinho.* — *Olha para eles, são uns covardes.*

Os homens fazem cara feia e estufam o peito quando ouvem as palavras de Sikandar. Mas não fazem nada.

— *Olha para eles* — *Sikandar agarra a cabeça de Prem e estica o pescoço dele.* — *Olha.* — *Um tom agressivo na voz.* — *Está vendo? Eles não vão fazer nada com você.*

Sikandar o solta e dá um passo para trás. Sorri e solta uma risada silenciosa para a multidão.

— *Está vendo? Eles estão com medo. Fica aqui, olha nos olhos desses merdas. Fica onde você está. Fica onde está e olha nos olhos deles. Continua olhando.*

Sikandar atravessa o pátio de volta, em silêncio.

— *Fica olhando, não vira para trás, olha nos olhos desses merdas. Eles não vão machucar você. Está vendo?*

Sikandar mal consegue conter a própria alegria. Dá um tapa na coxa e morde o punho cerrado.

— *Está vendo?* — *grita do outro lado.* — *Você não precisa ter medo de nada!*

Prem fica lá sozinho, em pé, cara a cara com os homens da Sissodia.

— *Agora bate neles!* — *berra Sikandar.* — *Bate neles com toda a força!*

Prem está tremendo.

AAHHHH!

Um deles vai na direção de Prem.

Prem sai correndo o mais rápido possível, cruza o pátio e volta a ficar ao lado de Sikandar; Sikandar o engancha com o braço. E, assim, todos ficam sabendo que ele é o garoto de Sikandar.

Sikandar se embriaga e também dá bebida para Prem. Faz Prem beber enquanto soluça, massagear-lhe os pés enquanto soluça.

— Não chore — diz Sikandar. — Você está a salvo. Ninguém vai te machucar. Você só precisa entender uma coisa. As coisas funcionam de um certo jeito aqui. Todos têm seu lugar. Se quiser sobreviver, precisa conhecer o seu.

Sikandar, cada vez mais bêbado, conta a Prem a história da sua segunda esposa. Como ele a amava mais do que tudo, até que ela o traiu.

— O nome dela era Khushboo — diz ele.

Quando fica bêbado, Prem se levanta para mijar. Sikandar manda que ele se agache.

— Faz como uma garota — diz.

E, quando Prem volta, Sikandar desabotoa a camisa dele, expondo o peito liso do rapaz, e amarra as pontas, de um jeito feminino.

— Qual é o seu nome? — pergunta Sikandar.

— Prem — diz ele, segurando as lágrimas.

— Não — rebate Sikandar —, não está certo.

Ele puxa Prem até a sua virilha, segura-o pelos ombros com sua pegada terrível.

— Khushboo — diz baixinho. — Seu nome é Khushboo. Quer ficar aqui, Khushboo? Ou quer que eu jogue você de volta para os lobos?

Prem vira a cabeça na direção de Ajay.

— Não olhe para ele! — sibila Sikandar. — Qual é o seu nome?

— Khushboo — sussurra Prem.

O nome saindo dos lábios de Prem causa arrepios em Sikandar, ondas de prazer.

— Vou facilitar as coisas para você nesta vida, Khushboo — diz Sikandar baixinho, acariciando os cabelos de Prem.

Ele tira a calça de moletom e força a boca de Prem para baixo.

Quando termina, prepara um cachimbo de Mandrax para Prem, que está soluçando.

— Aqui, a sua recompensa.

Nas primeiras horas do dia, não há mais barulho. Prem está perdido em uma névoa de Mandrax. Sikandar e Bablu roncam, bêbados. Só Ajay está acordado, pensando em morte.

Sikandar, então, manda trazer roupas femininas. Uma salwar kameez *azul e rosa*, um chunni com franjas, tornozeleiras. Ele as dá de presente a Prem com grande cerimônia e manda que os vista. Prem, em silêncio, não oferece resistência. Faz o que mandam. Sikandar arruma batom e kajal e os passa quase com a mesma reverência no rosto de Prem, enfeitiçado pela transformação.

— Bem, Khushboo, estas são as regras — começa.

Diz a Prem que ele realizará as tarefas femininas da cela: varrer, lavar, cozinhar, limpar e cuidar das necessidades de Sikandar. Não falará a menos que falem com ele, não fará xixi a menos que Sikandar permita. Falará como uma garota. Andará como uma garota. Será a mulher de Sikandar na cadeia. Se fizer tudo direito, se retribuir o amor de Sikandar, será uma rainha, coberta de coisas bonitas. Se não fizer, será jogado para os lobos, ou coisa pior.

— Agora me diz: qual é o seu nome?

Prem olha para o chão da cela. Segura as lágrimas.

— Prem.

Sikandar, furioso, o pega pelo pescoço.

— Khushboo! — grita Prem.

Sikandar alivia o aperto e sorri.

— De novo.

— Khushboo.

Sikandar inspira a fragrância do nome.

Abraça Prem com força, fecha os olhos e acaricia o tecido das roupas, sussurrando:

— Khushboo... Khushboo. Nunca mais minta para mim.

O calor vai chegando aos poucos, o sol ardente de dia, os mosquitos à noite. O fedor de suor. Prem é a mulher de Sikandar na cadeia, seu escravo, trabalha, serve e é violentado. Dia e noite. Dias e noites. Chega maio. Violentado por Sikandar e, depois, também por Bablu, com o consentimento orgulhoso de Sikandar.

— Uma boa esposa deve prestar serviços aos amigos do marido.

Sikandar até diz a Ajay para experimentar. Ajay, porém, não morde a isca.

— Você vai mudar de ideia! — diz Sikandar, rindo. — Logo, logo, não é, Khushboo?

Prem, todo dia, com tamanha dor espiritual e física, toda noite, até a dose de Mandrax. Mandrax, em doses que fazem a euforia melancólica da droga tomar conta de tudo.

Chega maio. O calor insuportável. Sikandar suspeita de que um membro da própria gangue está passando segredos para a polícia e outras gangues — vários homens do baixo escalão de Satya foram mortos lá fora. Sikandar mandou Bablu investigar. Acha que descobriu tudo. Eles decidem torturar o suspeito, Shakti Lal. Sikandar manda trazerem um bloco de gelo para a cela, uma placa enorme, um metro e oitenta de comprimento. Começa a pingar assim que chega. Ele diz para a gangue que vai ter uma festa na cela, eles vão poder comer e tomar uísque e bebidas geladas com muito, muito gelo. Está passando críquete na TV, o volume bem alto. Todos ficam intrigados com o bloco de gelo. Prem serve drinques para todos. É uma noite barulhenta. No entanto, com um sinal combinado de antemão, Sikandar e Bablu pegam Shakti Lal e o espancam enquanto os outros assistem, enfiam-lhe um pano na boca, o amordaçam, tiram-lhe a roupa, colocam-no sobre o bloco de gelo, amarram-no até a pele do homem queimar por causa do frio. Mas ele não confessa. Então Sikandar manda Bablu arrastá-lo até os chuveiros. É lá que ele o enforca, e a festa continua. Preparam os drinques com o gelo usado na tortura, até derreter, ensopar os colchões e eles terem uma fresca noite de sono.

Ajay sonha com uma pira ardendo, sonha com o próprio nome. Às vezes, à noite, ele acorda sobressaltado, estava sonhando com uma gaiola, com um quarto solitário, com os faróis na estrada, e, através da névoa de Mandrax, espremido contra a carne de Sikandar, Prem olha para ele e ele olha para Prem, e os dois ficam se observando, os olhos desesperados, suplicantes, arrasados de Prem e as implacáveis poças negras de dor de Ajay.

— Por que você não fica comigo como os outros? — pergunta Prem.

Ajay observa o ronco de Sikandar, procurando um sinal de vigília, mas ele está apagado, bêbado.

— Eu não sou como eles.

— Você tem pesadelos — diz Prem. — Vejo você chorar enquanto sonha.

Ajay vira de barriga para cima e desvia o olhar.

— Você é um matador.

Nada.

— Você me mataria?

— Você devia ter enfrentado os homens da Sissodia — diz Ajay finalmente. — Devia ter enfrentado, mesmo que levasse uma surra. Devia ter enfrentado com tudo que tem, em vez de sair correndo. Aí você não estaria desse jeito agora.

— Sempre fui desse jeito.

No fim das contas, Bablu é o dedo-duro. Satya Acharya passa a informação. Cortam a garganta de Bablu no corredor enquanto todos voltam do pátio. É o próprio Sikandar que se ocupa de tudo.

Agora ele tem um problema. Quem vai cuidar do Mandrax? Era o trabalho de Bablu. O alto escalão se reúne. Sikandar grita com eles. Não confia em ninguém. Ninguém sabe fazer nada direito. Talvez eles soubessem de Bablu o tempo todo. Talvez também sejam dedos-duros. Ele mesmo vai ter que fazer. Lá de onde está, encostado na parede, Ajay diz alguma coisa. Eu faço.

Quem é Sikandar para dizer não a um VIP? É um trabalho bastante simples. Ele deve ir ao médico da prisão. O médico receita alguns comprimidos legais, o diretor assina uma requisição, Ajay pega o Mandrax em caixas na farmácia, leva-as até a cela, distribuindo dinheiro para os guardas no caminho. Depois faz suas rondas e negocia o Mandrax.

Ajay está feliz aqui. Felizmente entorpecido. Feliz por não ser uma presa.
    De qualquer forma, é um matador. Não tem nada a perder.
    Melhor isso do que ser como Prem.
    Ele olha para Prem com...
    Nojo.
    Ou alguma outra coisa.
    Desprezo, defletido de si mesmo.

Sikandar manda Prem fazer "visitinhas" aos próprios amigos. Manda Prem para qualquer um que pague. Uma boa esposa faz o que o marido manda. Membros da gangue deles. De outras gangues. Vários homens da Sissodia. Os três rapazes da Sissodia do pátio, Pradeep, Ram Chandra, Prakash Singh, pagam muito bem, e pagam um valor a mais para apagar cigarros na pele de Khushboo. Prem sente que Prem está desvanecendo, sumindo entre os homens, por trás do Mandrax e da dor, por trás da obediência, do medo e da pressão psicológica.

Ele fuma tudo que consegue obter.
    Faz qualquer coisa por um trago que mande estilhaços de esquecimento para o seu cérebro.
    Às vezes, depois de fazer isso, mal consegue andar.
    Ajay encontra Prem caído no corredor, rindo sozinho.
    Olha para ele.
    Pena, horror.
    Prem se estica, agarra as pernas de Ajay.
    Ajay tenta se desvencilhar, mas não consegue ser tão grosseiro.
    Agacha-se.
    — Prem — diz.
    Prem encara Ajay com os olhos marejados.
    — Prem está morto.

Quando Sikandar bebe, Khushboo bebe ao seu lado. Black Label. Sikandar está na segunda garrafa da noite.
    Agora, frango e roti.
    E quinze homens amontoados na cela, assistindo à TV.
    Está passando o filme Khalnayak.
    Membros da Acharya, alguns da Sissodia também.
    Estão assistindo avidamente.
    Quinze homens, Ajay e Prem.
    Esperando a canção.
    A canção começa.
    "Choli Ke Peeche Kya Hai?"
    — Aumenta! — ruge Sikandar.

É milagroso como Khushboo se levanta quando começa a canção. Como uma marionete erguida de um sono embriagado. Hipnotizada pela música. Olhos banhados de lágrimas. Para em frente à TV e assume o papel de Madhuri. Sorri como se não houvesse nada mais no mundo além daquilo. Sikandar grita com ela, atira ossos de galinha. Ela está muito angustiada. Mas começa a dançar. Uma alma transformada. Os homens adoram, se animam. Ela circula pela cela com muita graça. Dançando. Dançando para afastar a dor. Dança até onde está Sikandar e rodopia e rodopia.

Os homens gritam.

Sikandar está curtindo o espetáculo.

— Estão vendo como minha mulher dança para mim?

— Você deveria ver como ela dança para Karan! — responde um dos homens da Sissodia aos berros.

Em um piscar de olhos, o rosto de Sikandar se transforma. Ele pega uma garrafa de uísque vazia e a vareja na TV. O aparelho cai e a tela se quebra.

— Karan? — brada.

A canção ainda está tocando, Khushboo ainda rodopia e canta, perdida em um transe.

— Você dança para Karan?

Karan Mehta. Um jovem de uma rica família de negócios. Uma anomalia naquele mundo. Bonito, de fala mansa. Barba macia, cabelos batendo nos ombros, olhos amáveis.

Desistiu dos estudos para se juntar aos homens da Sissodia.

Um exímio atirador.

Matou dezoito, segundo dizem.

Sikandar tem um acesso de ciúme.

— Fora! — grita para todos eles. — Fora!

Khushboo ainda está rodopiando, rindo.

Contudo, quando Sikandar começa a surra, é Prem quem grita. À medida que os membros das gangues fogem, é Prem quem leva socos na barriga, chutes nas costelas. Prem agarra, empurra, implora pela vida. Ensandecido, Sikandar grita que ela é sempre igual, sempre o trai, não importa o que ele faça. Começa a socar o rosto de Prem.

— Vou te matar! — diz.

O sangue esguicha do nariz quebrado de Prem. Cabe a Ajay intervir. Ele levanta um haltere do chão e acerta a parte posterior do crânio de Sikandar.

———

Você o matou.

Silêncio, a não ser pela TV quebrada, que ainda toca a música no volume máximo. Sikandar está esparramado sobre estilhaços de vidro. Ajay joga o haltere no chão.

Você o matou.

Curva-se a fim de olhar para ele. Não.

Ele ainda está vivo.

Está respirando.

Vai acordar de manhã com dor de cabeça.

Caiu porque estava bêbado.

É tudo que precisa ser dito.

Ajay arrasta Sikandar e o rola para cima do colchão. Cobre-o com um cobertor e põe uma garrafa de uísque vazia na mão do homem. Para um segundo. Um guarda passa. Ajay olha para cima.

— Ele quebrou a TV. Desmaiou, bêbado. Está dormindo para se recompor.

O guarda aponta para Prem, no chão, e pergunta:

— E aquele ali?

— Vou cuidar disso.

— Quem é você?

Prem está quase inconsciente. Ajay lava o sangue do rosto dele.

— Se apoie em mim.

Ajay prepara o gargalo.

Oferece um trago para Prem, embora as costelas quebradas do rapaz doam quando ele a inala.

— Me abraça — *diz Prem.*

Ajay o põe em cima do colchão.

Dá outro trago para ele.

— Me abraça — *repete Prem.*

Ele o abraça por horas. E, no escuro, Ajay fala:

— Sou de um vilarejo. De Uttar Pradesh Oriental. Sou um dalit. Minha família foi injuriada. Meu pai foi assassinado por um homem poderoso. Eu fui *levado para as montanhas e vendido. Trabalhei em uma fazenda. Me mandaram dizer que sou um xátria.*

Ele se vê.

Está deitado com suas caixas de fósforos e seu brinquedo de pato de corda.

Tentando se lembrar do rosto da mãe.

Papai está lá em cima, atiçando o fogo.

Ele precisa fazer as pessoas felizes para sobreviver.

— *Eu fugi quando tinha catorze anos* — diz Prem, *como se estivesse em um sonho. Articula as palavras muito lentamente.* — *Cresci nos arredores de Kanpur. Eu tinha uma irmã e mamãe. Amava muito minha mãe, mas ela morreu. Meu pai se casou novamente. Eu chorava o tempo todo. A nova mulher dele me odiava. Me pegou dormindo com as roupas velhas da minha mãe. Escondi algumas quando aquela mulher jogou tudo fora. Ela me deu uma surra. Fugi para Déli. Trabalhei em uma loja de doces, fazendo* jalebi. *Minhas mãos eram boas. Mas o dono me forçava a fazer coisas para ele. Falava que, se eu me recusasse, ele diria à polícia que eu era um ladrão e eles me prenderiam. Fugi. Dormi na rua, na estação de trem. Encontrei outros trabalhos. Sempre tinha trabalho em algum lugar. Mas sempre tinha alguém querendo tirar alguma coisa de mim.*

— *No dia em que cheguei a Déli* — diz Ajay —, *levei uma surra de uma gangue. Roubaram tudo de mim.*

Ele fica em silêncio.

— *Não roubaram tudo* — corrige Prem.

Silêncio.

— *Eu tinha um lugar para ir. Um lugar onde haviam me prometido trabalho.*

— *E aí?*

— *Eu fui.*

— *E o que aconteceu?*

— *Eu servi.*

———

Obedecer. Servir. Ser recompensado com proteção, propósito, até amor, no fim das contas. "Vou cuidar de você", dissera Sunny. Poderia ter sido muito simples. Poderia ter existido um mundo em que essas palavras soassem verdadeiras, fornecessem auxílio, dessem a ele sustento, algo em que acreditar. Um mundo no qual só havia dever, no qual ele não tinha cedido àquele prurido para encontrar sua casa. Como teria sido simples. Lealdade, sem questionamentos. Um desejo de agradar. Sunny teria dito: "Você vai levar a culpa. Vou tomar conta de você." E Ajay teria falado: "Sim, sim, sim."

Mas ele precisava ceder àquele prurido sempre presente. Qual tinha sido? Ver Neda e Sunny apaixonados? Ele se lembra de entrar sozinho no oceano em Goa, antes de ter sido mandado embora. Quantas vezes ele estivera a ponto de se despedaçar? Como ele aguentou por tanto tempo?

Quem é você?
    As palavras dão voltas em sua cabeça.
    Quem é você?
    Ajay Wadia. O garoto de Sunny.
    Leal. Pronto para servir.
    Andando em círculos.
    Ele prefere não pensar nisso.
    Prefere estar aqui.
    Um matador VIP.
    Aquele pensamento o surpreende.
    Será que é verdade?

Quando ele deixou a si mesmo para trás?
    Desmanchando-se.
    Ele continua voltando para aqueles quartos. No Palace Grande. Logo após ter matado Vipin Tyagi e seus homens. Esperando que batessem à sua porta. Esperando que a porta fosse destruída. De arma na mão. Esperando a morte chegar. E, quando não chegou, Ajay foi atrás dela. Convencido de que aquele era o fim. Queria morrer. Sim. Ele está vivendo na morte.

―――――

Ajay continua abraçado a Prem por muito tempo após este ter caído em um sono aniquilador.

Toca o rosto delicado e destruído dele com as próprias mãos, outrora bonitas. O frescor juvenil daquele lábio machucado, o maxilar grotescamente inchado. Ajay corre as mãos pelo cabelo escuro e ensanguentado, grudado ao crânio. Não se lembra de ter ficado tão perto de um ser humano antes, exceto quando estava tentando matar alguém ou evitar que o matassem. Começa a bater os dentes. Não quer soltá-lo.

Mas o solta.

Levanta-se e verifica se Sikandar ainda está vivo.

Depois começa a varrer.

Ajay limpou a cela e pôs a TV espatifada ordenadamente no canto.

Está fazendo chai e cozinhando roti na boca de gás.

Sikandar acorda com um sobressalto, o ar preso na garganta. Senta-se como o monstro de um livro de histórias e olha para o uísque em sua mão.

Vê Prem, machucado, surrado e encolhido em um sono drogado.

E Ajay diante do fogão.

Ajay dá uma olhada para ele e volta a olhar para o que está fazendo.

Espera.

Espera o que está por vir.

— Que noite... — resmunga Sikandar.

Ele esfrega o galo na cabeça.

Olha para os restos da TV.

Começa a se lembrar das coisas.

Fica de pé acima de Prem.

Olha para Ajay.

— Mulheres — diz, em tom triste. — São todas iguais.

Prem é mandado para a enfermaria.

Sikandar, emburrado, fica sentado na cela.

Trazem uma nova TV. Ele passa o dia todo assistindo.

Não consegue se lembrar de tudo, mas se lembra do nome.

Prem fica na enfermaria por uma semana.
    Sikandar recebe relatos — Karan foi visitá-lo lá.
    Karan subornou os guardas várias vezes.
    Para visitar Prem.
    Segurar a mão dele na cabeceira da cama.
    Karan.
    Sikandar sabe que foi traído.
    Quer cortar laços com a gangue Sissodia.
    Satya, porém, diz que ele não pode.

Prem volta depois de uma semana.
    Vai silenciosamente para seu colchão, com o nariz quebrado, sem maquiagem, usando roupas masculinas.
    Sikandar o ignora, continua assistindo à TV.
    Prem passa batom, kajal nos olhos e agacha-se aos pés de Sikandar.
    Sikandar o empurra para longe.
    — Não. Você não é Khushboo — diz, como se tivesse acabado de descobrir a verdade.
    No dia seguinte, anuncia que se divorciou. Não tem mais esposa.
    E Prem está à venda.

3.

Um deputado estadual de Uttar Pradesh, Charanjit Kumar, faz uma visita. Está realizando uma inspeção na cadeia. Kumar é do partido de Ram Singh, da situação. Hora de parecer ocupado. Ajay é designado para uma aula de artes que nunca frequentou, só para fazer número e parecer produtivo. O diretor disse a eles: isso é uma aula de artes, desenhem algo bonito, mostrem para o nosso convidado, vai ficar tudo bem. Os prisioneiros seguem a instrução do professor. Desenham naturezas-mortas, flores, frutas de plástico. Depois, desenham de memória, como ordenado, algo que os deixa felizes. Fazem retratos de suas mães, irmãos, famílias. Árvores, campos e rios. Ajay fica sentado com seu bloco e sua caneta, a mão sobre o papel, mas não desenha nada.

4.

O deputado Kumar está impressionado. A prisão é exemplar. Um nível de administração que nem as prisões no Ocidente conseguem alcançar. É o que está dizendo para as câmeras. Trouxe um cinegrafista, um jornalista. Ao final da visita, o deputado pede para falar a sós com alguns dos prisioneiros, com o propósito de receber uma avaliação sincera deles. Os prisioneiros são escolhidos aleatoriamente. As entrevistas são feitas em um dos escritórios da administração. Ajay está entre os escolhidos. Na sua entrevista, Kumar lhe faz várias perguntas banais, que Ajay responde de forma monossilábica. Kumar o dispensa e chama o próximo prisioneiro. Contudo, enquanto Ajay sai, Kumar diz:

— Vicky mandou lembranças.

5.

As pernas de Ajay quase cedem.
    Fora do escritório, o assessor de Kumar puxa Ajay para um canto.
    — *Nosso amigo em comum gostaria que você fizesse uma coisa.*
    Passa um pedaço de papel para Ajay. Manda que ele leia.
    Está escrito: KARAN — SISSODIA.
    O assessor pega o papel de volta.
    — *Você sabe por que está aqui.*

Não existe terreno estável.
    Ele volta para a cela.
    Achou que estivesse seguro.
    Nunca esteve seguro.
    — *Se divertiu?* — *pergunta Sikandar.*
    Ele sabe?
    E Prem?
    Todos eles sabem?

É possível que seja uma coincidência? Ele tem a sensação de que as coisas estão sendo controladas, de que podem ler sua mente, de que é observado o tempo todo. De que Vicky Wadia está conduzindo um jogo complexo.

O motivo para ele ter concordado em ir para a prisão não foi lealdade. Foi medo também. Medo do que Vicky poderia fazer. Do que poderia forçá-lo a fazer. Vigiar Sunny... e o que mais? Prejudicar sua família. Ajay achou que escaparia na prisão. Como foi idiota!
 Ele tem mesmo que fazer aquilo?
 Parece impossível.
 Existe outra saída? Se eu conseguisse falar com alguém, *pensa ele*. Depois se detém. Falar com quem? Com Sunny? E dizer o quê? Sunny está tão distante quanto o Sol, a Lua. Sunny, cuja vida ele costumava conhecer, se foi.

6.

Karan faz uma oferta por Prem. Vinte mil rupias.
 Diga a ele, fala Sikandar para Ajay, que não é o suficiente.
 Vá dizer a ele. Vá fazer suas rondas, pare na cela dele e diga.

É a primeira vez que ele está cara a cara com Karan. Ele tem uma presença que acalma, um olhar pacífico, um sorriso gentil. Manda os companheiros de cela saírem. Diz a Ajay que vinte mil é um bom preço.
 — O preço é bom para qualquer outra pessoa — afirma Ajay. — Mas não para você.
 Ajay está com uma lâmina no bolso. Vê o sangue sendo bombeado no pescoço de Karan.
 Encara-o.
 Poderia fazer naquele momento, poderia dominá-lo.
 Mas Ajay iniciaria uma guerra se agisse assim.
 Muito provavelmente, Ajay morreria.
 — Cinquenta mil — diz Karan. — É mais do que justo, considerando o dano que foi causado.

Ajay assente. Vai levar a mensagem de volta.
Hesita.
Fica se perguntando o que mantém Karan tão calmo.
Fica se perguntando que segredos ele guarda.
— O que foi? — pergunta Karan.
— Por que — indaga Ajay da porta da cela — você quer Prem tanto assim?
— Porque eu o amo — responde Karan.

Ele volta com a oferta. Sikandar ri.
— Está ouvindo, Prem? Ele ama você! Logo vai saber a verdade.
Sikandar diz para Ajay fazer Karan penar. Para não dar uma resposta ainda.

Ainda nenhuma resposta. Karan continua vivo. Chega uma carta para Ajay. É entregue diretamente na cela dele. Nem sequer tem nome, é só um envelope em branco. Um guarda o chama nas grades. Não tem bilhete. Dentro, só uma foto. Uma mulher de vinte e poucos anos deitada na cama de um quarto minúsculo, organizado e limpo, apesar da miséria, com um pequeno altar em uma mesa ao lado da cama e a pintura de uma cachoeira pregada na parede. É um bordel. A mulher está usando um sári florido, mas os seios estão expostos. Um homem está no canto do enquadramento, aos pés da pequena cama da mulher, abraçando as pernas dela de um jeito embriagado. Mesmo depois de tantos anos, Ajay reconhece a mulher.

Hema.
— Ei, chutiya, o que é isso?
Hema, sua irmã.
Sikandar arranca a foto das mãos dele.
Só de vê-la, seu ânimo volta. Assobia por entre os dentes feios e ri.
— Olha só essa vadia. Ela está esperando você lá fora? Então você não é um eunuco, no fim das contas. Mas olha só, acho que ela não está mais esperando você. Já tem caralhos suficientes à disposição para passar o tempo!
Ajay corre para pegar a foto de volta, mas Sikandar o empurra para longe. Solta sua risada horrorosa.
— Deixa eu olhar bem para ela. — *Sikandar vira a foto ao contrário.* — E o que é isso? — *Ele lê as palavras em voz alta:* — FAÇA O QUE MANDAREM.

Aquilo é a gota d'água para Ajay. Ele vai para cima de Sikandar, dá um salto e agarra seu braço, torce seu pulso, tenta tirar a foto dos seus dedos. Dá uma joelhada no peito de Sikandar, que não se abate. Com a mão livre e uma força monumental, agarra Ajay pela garganta. Arremessa-o pelo ar. Fica de pé acima dele. Furioso.

— *Você tem proteção, então não posso te matar. Mas ninguém encosta em mim desse jeito. E você ainda tem que fazer o que mandarem.*

LONDRES, 2006

Ela sempre sonhou em morar fora.

Nunca queria fazer o que mandavam.

— Neda — chamou o professor.

Ela havia se distraído novamente.

— Estamos aborrecendo você hoje?

Ele é americano, jovem, gosta de sair para beber com os alunos, de fazer amizade com eles.

Mas Neda é um muro.

— Não, senhor.

Ela está no segundo período do segundo ano.

Graduação em antropologia social na London School of Economics.

Em geral, só tira dez.

Ele dramatiza para a turma.

— Então sou só eu?

Uma onda de risadas, menos de Neda.

O professor volta ao quadro-negro.

— Talvez uma noite inteira de descanso seja a solução? Menos farras com os rapazes?

Ele a faz se lembrar de Dean.

— Não faço farras com os rapazes.

Agora a risada é por causa dela: dos alunos do curso, Neda é quem tem menos probabilidade de farrear com quem quer que seja.

Sim, ela sempre sonhou em morar fora, em ter um apartamento só dela, uma vida rica e estimulante, casos amorosos complicados, amigos de verdade com quem se abrir. Alguma história para contar ao pessoal de casa. Um lugar que pudesse ser chamado de casa, no fim das contas.

Não aquilo.

———

Ela sai da sala, cabisbaixa, cabelo caindo no rosto, livros fazendo uma barricada diante do peito.

Neda nem sabe por que ainda está ali.

Imagina que, quando chegar a hora, vai abandonar tudo.

Simplesmente sair porta afora na véspera das provas e nunca mais voltar.

Não é como se aquilo fosse importante.

Não é como se o dinheiro fosse importante.

Todo dia, no HSBC, ela verifica a conta para ver se ainda está lá.

Está sempre lá. Cem mil libras.

Não importa o que ela faça: £ 99.878,00 se tornam £ 100.000,00; £ 96.300,00 se tornam £ 100.000,00.

Não importa o que ela faça, quanto gaste, lá está, recarregado precisamente, sem remorsos.

Como se ele a estivesse provocando.

Ela retribuiu a provocação uma vez e fez uma doação de vinte mil libras a uma obra de caridade para pessoas sem teto.

O saldo voltou para cem mil libras no dia seguinte.

Agora ela o provoca não gastando quase nada.

Neda sai do *campus* e sobe a Southampton Row até o bar polonês de vodca atrás de Holborn. Tem pouco movimento no almoço; os executivos gostam de encher a cara à noite, depois do expediente. Ela se senta no lugar de sempre, recostada na parede, observando a porta. Pede śledź, 250 ml de Żywiec, um shot de Chopin. Seu único agrado. A mesma coisa todos os dias. Ela come em um silêncio mecânico, toma a cerveja e deixa a vodca para o fim. Nunca pede mais. Para alguém de fora, é uma disciplina excêntrica.

O hábito é tão preciso, que o dono aprendeu a levar a conta enquanto ela está degustando a vodca. É o que ele faz hoje: entrega-a com um sorriso discreto, simpático.

Mas hoje ela faz algo inesperado.

Pede outro Chopin.

O rosto dele deixa transparecer uma leve surpresa.
— Comemorando? — pergunta.
— Sim — responde ela. — Um aniversário.

Ela chegou a Londres em abril de 2004, arremessada dos escombros de sua vida em Déli, e caiu de paraquedas naquele vazio dourado. O ar não cheirava a nada. Teria sido cômico, se o motivo não fosse a morte.

Ela chegou em abril de 2004, mas hoje é dia 24 de fevereiro — exatamente dois anos desde que sua vida mudou irrevogavelmente. Nesses dois anos, ela conseguiu, mais ou menos, segurar as pontas, manter a aparência de uma vida respeitável, estável. Conseguiu isso por meio de uma forma de abnegação — não somente financeira, mas também espiritual. Mas hoje isso vai para as cucuias. Hoje, 24 de fevereiro, é dia de *nasha*, de esquecimento por meio de intoxicação.

O dono leva o shot. Sem nem tocá-lo, ela ergue o olhar.
— Quero mais dois.
O álcool está em seu sangue.
A hesitação, a curiosidade, até a preocupação dele são respondidas com a desolação fria do olhar de Neda.
Ele assente. Entende algo naquele momento.
Está tão evidente quanto alguém chorando na igreja.

Quando os shots são levados, ela os desliza cerimoniosamente até os lugares vazios na mesa, à esquerda e à direita.
Ergue o copo e faz uma prece silenciosa.
Comunga com seus fantasmas.

É uma e meia da tarde. Um dia sombrio, um dia de guarda-chuvas e faróis. Nuvens encobrem o topo dos edifícios. A chuva rodopia como uma pipa dançante. Ela deixa uma nota de cinquenta na mesa e sai. No caixa eletrônico, saca mais quatrocentas libras.

A caminhada até o Princess Louise é curta. Ela entra pela lateral, puxa um banco em um dos ornamentados cubículos de madeira de frente para o bar, pede uma Alpine e encosta o ombro no vitral. Ninguém lhe olha. Ninguém fala com ela. E, se falassem, se perguntassem o que ela estava lendo, ela mostraria uma impressão da mais recente matéria de Dean, "Lembrando-se dos esquecidos: As mortes solitárias de cinco sem-teto e as vidas que eles deixaram para trás", e então a conversa morreria.

Nem mesmo ela lê aquilo.

Em vez disso, olha para a assinatura da matéria, o nome de Dean, embaixo do expediente da obscura revista na qual ele foi parar, embora ele nunca fosse admitir aquele pormenor, nunca fosse admitir que jogou fora a carreira brilhante por causa de um princípio, um escrúpulo, uma "*boussole morale*".

Ele diria que estava comprometido com a verdade.

Nos e-mails aos quais ela nunca responde, ele afirma que Neda também poderia se comprometer.

Nos e-mails aos quais ela nunca responde, ele diz: "Parece que você encontrou seu lugar."

Mas ela é infiel. Infiel, inclusive, à ideia de si mesma, o que, após uma análise cuidadosa, foi diagnosticado como a causa de todos os seus males. Então, naqueles dois anos, ela encontrou equilíbrio abraçando o nada, um vazio radical. Ela dá duro para manter aquele invólucro sem carisma. Empenha-se em se ater aos fatos e nada mais.

Tem sido um caminho difícil. Os primeiros meses foram os piores. Desamparada, à deriva, sofrendo. Grávida. Bebeu até quase morrer. Agora não gosta de pensar naqueles meses. Consegue bloqueá-los. No entanto, eles voltam quando Neda bebe. E hoje, 24 de fevereiro, ela está bebendo.

Às quatro da tarde já está escuro. Ela sai do Princess Louise após tomar quatro cervejas, depara-se com poças e postes, atravessa a rua e entra no Museu Britânico, passa por montes de turistas cuspidos de ônibus e por cachorros-quentes e castanhas assadas, atravessa a multidão no Grande Pátio, vai até os fundos, desce a escada passando pelo antigo Alcorão e sai em Senate House. Vira à esquerda em Tottenham Court Road, dá meia-volta e atravessa a ruela até o Bradley's. Desce até o porão, que cheira a cerveja velha e urina, e ouve o jukebox enquanto se afunda em uma caneca de cerveja espanhola. Está extrapolando. Atraindo conversa. Lutando consigo mesma. Por que ela faz isso? Assim que chega, quer ir embora.

Nesses dois anos, caminhar a tem ajudado a manter sua frágil estabilidade. Caminhar com seu discman na palma da mão. Ouvir os CDs que trouxe consigo: Björk. Talvin Singh. Nusrat Fateh Ali Khan. Caminhar sem destino, subindo até Hampstead Heath, Golders Green, seguindo para os subúrbios até não aguentar mais. Rumar para o leste até Old Street, Bethnal Green, Hackney, Clapton, Lee Valley, até não suportar mais. Se não está estudando, está caminhando. Enquanto caminha, não se afoga.

Meu Deus, ela sente falta de Déli. Sente falta de *roti*, picles e coalhada ao sol invernal. Garotas cuidando dela em salões de beleza minúsculos e sem janelas. *Golgappas* no Khan Market. As multidões da Antiga Déli. Milho verde na calçada com pimenta, *chaat masala* e limão. Sente tanta falta do pai que chora só de pensar nele. Sente falta da mãe. Eles mal se falam, porém. Neda não atende às ligações deles, não os deixa visitá-la. Ir até lá está fora de cogitação. Ela se desligou. Concordou em se exilar. "Não entendo o que aconteceu com você", escreve a mãe. "Não sei o que mudou. Talvez você sempre tenha sido assim. Está magoando demais seu pai. Partiu o coração dele, meu amor."

Dean esteve na casa dos pais dela. Escreveu e lhe contou. "Não vou desistir", escreveu ele. O que Dean havia lhes dito? O que tinha pedido? De onde os pais deduziram que vinha o dinheiro?

Talvez ela simplesmente se levante e desapareça. Caminhe até algum lugar. Até Edimburgo, por que não? É só pegar o cartão do banco, uma mochila, um bom par de botas para caminhadas e sair andando. Ir de pousada em pousada, como nos velhos tempos. Por que não? Subir até as Highlands. Encontrar um chalé de montanha. Viver em uma cabine à margem de um lago. Nunca mais falar com ninguém. Por que não?

Ela está se balançando levemente com os olhos fechados. Um sujeito grita no seu ouvido. Bradley's. O jukebox, o espaço fechado preenchido pelo vapor da respiração das pessoas no inverno. Ele perguntou de onde ela era e ela cometeu o erro de dizer a verdade. Bem o que ele havia imaginado. Aquilo ou Israel. Mostrou a ela a pulseira de sândalo que comprou em Dharamsala. Ele esteve lá dois anos antes. E em Goa.

— Você já foi lá? Foi onde li o Bhagavad Gita.
— Bom para você.
— Depois de ir à Índia — grita ele —, você não é mais o mesmo. Aquele lugar invade seu corpo.
Você jura?
Ele assente.
— E a filosofia! É tão mais profunda. "A consciência conhece a si mesma." Não foi Krishnamurti quem disse isso?
— Você deveria perguntar a ele.
— Você é engraçada.
Ela põe um cigarro entre os lábios.
— Posso perguntar uma coisa? — diz ela.
— Claro.
— O que você sabe sobre a Festa do Mastro?
— Como?
— Festa do Mastro.
Ele demora um instante, franze a testa e faz que não.
— Nada.
Ela acende o cigarro.
— Então por que eu devo conhecer a porra do Krishnamurti?

Por um instante, na rua, exalando fumaça no frio e na chuva, ela se deleita com o próprio rancor.

Pelo menos é um sentimento.

Dos antigos. Como seu antigo eu.

Ela costumava ter a língua afiada.

Costumava ser, na falta de uma palavra melhor, "atrevida".

Lembrar-se disso é perigoso. Aquela exuberância. Aquela loquacidade. Ela podia ser muito loquaz. Seria fácil voltar a ser loquaz. O que ela mais teme é a alegria.

Neda tenta não pensar nele e no tempo que passaram juntos, ou se alguma parte daquilo podia ser considerada alegria.

Ela quer dizer: espero que você morra.

Morra sofrendo de câncer. Pegue ebola e sangre pelos olhos. Seja destroçado em um ataque terrorista. Ou simplesmente morra sozinho.

Ela lhe escreveu vários e-mails que nunca mandou.

Gritou e uivou naqueles primeiros quatro meses.

Verificava os e-mails todos os dias, esperando, temendo. Exigia algo. Uma carta, um telefonema. *Algo*. Ensaiava o que diria a ele, ensaiava o diálogo. Mas quem era ela para fazer exigências ou esperar que fossem cumpridas? Quem era ela? Ele nunca escreveu. Nunca ligou. Só havia silêncio e aquele dinheiro na sua conta bancária, que o representante do pai dele, o homem que se autodenominava Chandra, havia aberto para ela.

O bar do Dukes Hotel. O lugar ao qual Chandra a levou na noite em que os dois chegaram de Déli, quando ela ainda estava entorpecida, em choque, e a dor ainda não tinha se instalado, quando ela ingenuamente acreditou que poderia recomeçar. O alegre e avuncular Chandra. Ela não havia exigido aquilo? Não tinha sido ideia dela? Não, não, não!

Neda chora no táxi. Sua mente está muito enevoada. Não consegue mais ver aqueles dias com clareza, nem sequer tenta; ela os havia enterrado, e agora, quando escava, vê que a carcaça foi saqueada.

— Tudo bem com você aí, moça? — pergunta o taxista.

Ela assente, enxuga as lágrimas. Assume seu rosto de morta. Recompõe-se. Eles param na frente do Dukes Hotel. Vai ficar tudo bem. Ela ainda não passou *kohl* nos olhos hoje. Vestiu uma camisa bonita, calça preta, botas pretas e um longo casaco preto, porque sabia que estaria ali naquela noite.

Vai até a recepção e, sem emoção, diz que gostaria de um quarto, o melhor à disposição, e uma mesa para uma pessoa no bar dali a uma hora. Desliza seu cartão AmEx pela bancada.

Vomita no quarto. Chora e grita ajoelhada, soca a palma da mão, encolhe-se no chão, depois vai para o chuveiro e esfrega o corpo com força. Veste-se novamente, devagar. Tira o *kohl* da bolsa e passa nos olhos. Traça linhas escuras em volta deles. Em seguida pega a cocaína que está guardando há meses, entra no banheiro e bate uma carreira. Se seus colegas de classe pudessem vê-la agora... Se eles soubessem da missa a metade...

No bar, ela vai até a mesa e pede o Dukes Martini.
    Acende um cigarro.
    Olha para os dois homens de negócios de meia-idade que a estão observando.
    O martíni é servido bem gelado.
    Aquilo não muda nada.

Ela faz o check-out à uma da manhã. Diz que mudou de planos. *Por que você faz isso?*, pergunta-se no táxi a caminho de casa.

O apartamento fica em Angel. Um condomínio moderno, luxuoso. Recém-construído. Não foi Neda quem escolheu. Ela mora no sexto andar. Um loft de um quarto, todo de vidro e metal, com cheiro de estofado novo. Cercada de advogados em início de carreira, banqueiros de investimento, jovens profissionais anônimos. Eles cheiram a chuveiradas depois da academia. Ao entrar, ela joga as chaves na bancada da cozinha, pega uma garrafa de vodca do freezer e bate outra carreira. O cômodo brilha, azul e solitário, em meio à noite.

Ela ouve a porta de um carro abrindo na rua lá embaixo. Quase consegue ouvir a luz que emana dele, sentir o cheiro da risada. São duas e vinte. Está garoando. Alguns pássaros cantam nos postes de luz. O asfalto exala o aroma de chuva. Aquelas vozes atravessam a escuridão, ricocheteiam nos edifícios. Ela está em pé na sacada olhando para baixo. A porta se fecha com força e o carro vai embora; sobram o estalido de saltos e o som da própria respiração novamente. Ela volta à mesa na sala de estar. Tira da gaveta o Vietnam Zippo dele. Lê o que está gravado: "35 mortes. Se você está recuperando meu corpo, vá se foder."

Acende o cigarro com o isqueiro.

— Encantador.

Às vezes, ela acha que esconderam uma câmera no apartamento. Já procurou, mas não encontrou nada. Agora trata aquilo com a mesma indiferença que costumava dedicar a deuses e masturbação. Mesmo que possam vê-la, que diferença faz?

Entretanto, quando se trata do laptop, ela continua pondo fita adesiva para tapar a webcam. Sempre aciona o VPN. Olha para a tela. Acende outro cigarro. Outra carreira, com cuidado. Abre o Gmail, clica em Escrever.

Tudo bem, Dean. Você venceu.

Depois para.

Não tem como evitar.

Abre uma nova aba no navegador.

Fecha os olhos.

Respira fundo.

Abre os olhos.

E pesquisa o nome dele no Google.

NOVA DÉLI, 2003

NEDA I

1.

Sunny Wadia.

Ela andava ouvindo esse nome havia algum tempo. Sunny isso, Sunny aquilo. Altas histórias circulando por cada canto da cidade, até parecer que ele era a própria cidade.

Ele era um *marchand*, um produtor de festas, um dono de restaurantes, um provocador. Era filho de um multimilionário dos Estados Unidos. Ou era, ele mesmo, um milionário do ramo da internet. Ninguém parecia saber ao certo. Mas ele era a vanguarda, o arquiteto, o padroeiro, estava à frente de qualquer coisa nova, empolgante ou estranha. E ela era uma repórter iniciante na editoria local do *Delhi Post* — ao mesmo tempo que se esquivava das tarefas oficiais, assumiu a responsabilidade de rastreá-lo.

Mas não era por esse motivo que ela estava ali, sentada em um círculo com Hari, seu antigo colega de faculdade, em um terraço caindo aos pedaços na South Extension em uma cintilante noite de abril.

Fazia mais de um ano que os dois não se falavam quando ela ligou para Hari — um verdadeiro caso de "oi, sumido". Neda tinha visto uma matéria sobre Hari na revista de cultura de um outro jornal, mas, de início, nem o reconheceu: na foto mal impressa no canto superior direito havia um fac-símile sorridente de um sujeito que ela um dia conhecera como a palma da mão. Só que agora ele usava uma camiseta estonada, cotovelos abertos, um par de toca-discos Technics embaixo das mãos manchadas. E um nome de DJ atrás do qual se esconder.

WhoDini.

Ela olhou um pouco mais de perto a página impressa. Estava sentada no seu velho Maruti, tragando um cigarro com vontade.

— Só pode ser sacanagem.

Hari, um cara tímido, meio nerd, havia passado por uma transformação, como todo mundo na cidade parecia ter passado nos últimos tempos. Todo mundo menos ela. Neda mandou uma mensagem de texto para o antigo número de telefone dele achando que também já teria mudado, mas ele respondeu rápido, o mesmo cara de sempre, empolgado e cortês, bastante disponível para um encontro. Ele até a convidaria para jantar naquela noite (uma novidade), mas só depois que fossem pegar maconha.

— Só vai levar cinco minutos — prometeu Hari, enquanto Neda se sentava no banco do carona do Esteem dele depois de sair do trabalho. — Esse cara está me devendo um favorzão.

Aquilo havia acontecido mais de duas horas antes.

Agora eles estavam no terraço. Ela, Hari e um bando de caras chapados.

Enquanto isso, o calor seco do início do verão em Déli se transformava em um azul astral profundo.

Ela estava tão chapada, que fechou os olhos e todas as vozes se fundiram em uma só.

E lá estava ele novamente.

Sunny.

O nome.

— Ei, você soube da festa do Sunny? Ele mandou trazerem de avião cinco mil dólares de caviar do Irã.

— Não, cara. Foi carne *wagyu* do Japão. Em um jatinho particular. Vinte mil dólares em carne. Loucura.

— Você estava lá?

— Quanta carne dá para comprar com vinte mil dólares? Uma vaca inteira?

— Você estava lá?

— Eles trouxeram a vaca de avião?

— Ha, ha, cala a boca, cara.

— Amarrada atrás da turbina, assada no caminho.

— Ha, ha, ha.

— Imagina só, uma vaca com um *jetpack*.

— Cara, você estava lá?

— Não fala essa história da vaca muito alto, o sr. Gupta vai ouvir.

Ela contemplou o rosto deles.

Quem eram aqueles sujeitos?

— Ouvi dizer que eles voaram até Leh uma vez em um helicóptero particular, pousaram em um mosteiro e fizeram uma rave. Os monges ainda estavam lá dentro. Eles estavam usando máscaras de oxigênio e tudo.

— Mentira. Você não precisa de máscaras de oxigênio.

— Devia ser gás hilariante!

— Você sabia que ele foi criado em Dubai?

— Foi nada.

— A mãe dele é uma atriz famosa.

— Ha, ha.

— Adivinha qual!

— A sua mãe.

— Não, cala a boca. Presta atenção nos olhos dele, você *sabe* quem ela é.

— Eu conheço sua mãe.

— Uuuuuh!

— Ele tem um tigre no banheiro.

— Você nem sabe qual é a cara dele.

— Até parece! Essa é boa. O que você está fumando, cara?

— A mesma coisa que você, babaca.

O *chillum* passou de mão em mão, manchando a gaze, queimando a noite.

Quando chegou em Neda, ela se endireitou e perguntou:

— Mas quem ele *é*?

— Cara — disse uma voz —, achei que ela fosse uma jornalista.

Neda pegou um Classic Mild na bolsa e se esticou para pegar os fósforos no meio da roda.

— Ela trabalha com notícias de verdade — disse Hari. — Crime e essas merdas.

— Não com fábulas e mitos — falou Neda e pôs o cigarro lentamente na boca, então acendeu o fósforo e o viu queimar contra o calor do céu.

— Não leio o noticiário — desdenhou outro. — As notícias de verdade não estão ali.

Ela riu e disse:

— Amém.

Depois, acendeu o cigarro, se recostou no pufe, jogou o fósforo no ar, observando a ponta cintilante do cigarro e o céu acima, as pipas rodando nas correntes ascendentes, os aviões sempre aterrissando ao longe, os sinos ritmados em um templo próximo, a chamada para as orações das várias mesquitas atravessando o céu noturno que se aproximava. Ela amava a própria cidade.

— A culpa não é dela. — Neda ouviu Hari dizer. — Algum *chutiya* a faz trabalhar em qualquer horário. Não a vejo mais.

— Qual *chutiya*?

— Um tal de Dean.

— Quem é Dean?

— O chefe dela.

— Ele não é meu chefe. — Neda se ouviu dizendo.

— Desculpe — disse Hari com sarcasmo. — O *mentor* dela.

— Quer dizer que ela está trepando com ele?

— Cara, ela não está trepando com ele.

— Como você sabe?

— Eu não estou trepando com ele — afirmou ela.

— Ele é um *gora*?

— Não, ele é de Bombaim. Mora em Bandorá.

Com os olhos bem fechados, ela se deixa envolver por tudo.

— Não estou trepando com ele — repetiu ela. — Não estou trepando com ninguém. — Depois acrescentou: — Não hoje, pelo menos.

Por que ela disse aquilo?

Porque parecia descolado. Ela sempre gostava que os homens pensassem que era descolada.

Ela *quase* tinha trepado com ele, não tinha? Pelo menos cogitou. Ele era um bom partido. Dean R. Saldanha. Aquele bom rapaz, certinho e católico, de Bombaim, nascido e criado em Mount Mary: "Se você jogasse uma pedra pela janela do quarto onde eu dormia quando era criança, acertaria um porco, um padre ou um Pereira." Ele foi despachado para Nova York aos treze anos para morar com a tia no Queens e ir estudar na Faculdade de Jornalismo da Columbia e, em suma, voltar a Bombaim como um jovem astro do jornalismo, um pouco ávido demais. Com seu entusiasmo, revelou um escândalo de corrupção ligado às terras da sua antiga comunidade, no coração da arquidiocese. O pai não viu aquilo com bons olhos. "Por que você não faz uma matéria sobre alguma coisa verdadeira?", perguntara. Foi quando Dean se deu conta de que era hora de ir embora.

Viajou para Déli. O *Post* o contratou em outubro de 2001. Ele se viu sumindo dentro dos espaços da cidade com o mundo ainda atordoado pelo 11 de Setembro, obcecado por terra, pelo que ele chamava de "a instabilidade dinâmica da vida urbana marginal". Ele falava dessa maneira. Discorria sobre as tensões entre a classe média e os pobres urbanos, as remoções e demolições das favelas que estavam acontecendo à vista de todos. Falava desdenhosamente do "*discours du jour*" neoliberal, o discurso da "cidade de nível mundial". Ele queria retratar com palavras aquela cidade mutante, instável, queria imortalizar as dificuldades diárias dos cidadãos. Ele tinha um escritório próprio, ouvia rock clássico nos fones de ouvido. Um fedor de tabaco tomava conta do ar. Ele se vestia como um poeta no meio de um jogo de basquete, alto e magricela, de cabelo castanho crespo. Conseguiu rapidamente os nomes e números de telefone de todos os policiais certos, e de capangas e vigaristas também. Comia e bebia nos pés-sujos e nas lanchonetes. Estabeleceu contatos com policiais de todos os níveis hierárquicos, desde o mais modesto guardinha de bairro até o poderoso diretor-geral. E escrevia que era uma beleza. Também não era muito velho. Tinha vinte e sete anos, enquanto Neda tinha vinte e dois. É claro que eles iam transar um dia, certo? Só que não demorou muito para ela ficar entediada.

— Não dê ouvidos a esses babacas — disse Hari.

Eles haviam deixado os chapados para trás. Estavam descendo a escadaria interna do edifício, passando pelas várias portas decoradas com deuses expostos em casas de classe média tementes a Deus.

— Eu nem conheço esses caras direito — acrescentou ele.

— Não tem problema.

— Além disso — continuou Hari —, eles não sabem do que estão falando.

Os dois passaram por uma porta aberta. Lá dentro, os ventiladores de teto giravam tão rápido que pareciam que iam arrancar o telhado. Uma novela estava no volume máximo na TV, chiado e distorcido, tão alto que encobria o barulho dos ventiladores. Em algum lugar, alguém fritava cebolas.

— Estou bem chapada e com larica — disse ela. — Que horas são?
— Nove.
— Kebab?
— Antes vamos tomar uma Coca-Cola.

Atravessaram os amplos bulevares de Lutyens' Delhi, fumando e bebericando Coca-Cola de garrafas de vidro, o cheiro forte de plantas floríferas e grama molhada vindo das rotatórias. Hari tocava músicas novas no aparelho de som. O grave possante se debatia sob o zumbido de uma tambura. Ele falou:

— Estou feliz por você ter ligado.
— Sim.

Neda olhou para ele e sorriu.

— Eu estava pensando em você um dia desses.
— É mesmo?

Ela fechou os olhos.

Se ele simplesmente continuasse a dirigir daquela maneira, tudo ficaria bem.

— Você sumiu do mapa — disse ele. — No início, achei que talvez tivesse finalmente conseguido ir para o exterior.

Ela deu um longo trago no cigarro e franziu a testa.

— Não, eu estava aqui. O trabalho anda... caótico ultimamente.
— É mesmo? Você gosta disso?
— Não foi o que eu disse.
— Sempre procuro seu nome — comentou Hari.

Ela sorriu.

— Claro que procura. Você é muito bondoso mesmo.

Leal, ela quis dizer. Como um cachorrinho.

— Está sempre junto com o dele.
— Meu nome? Com o nome de quem? Você está falando do Dean?
— Dean H. Saldanha. Reportagem adicional: Neda Kapur.
Ela deu de ombros.
— Eu faço o trabalho pesado para ele.

Tudo aquilo era verdade. Mas, às vezes, também era uma aventura. Como aqueles poucos meses felizes em que ela trabalhou infiltrada, investigando a corrupção em uma série de hotéis do Ministério do Turismo administrados como se fossem reinos privados, com festas suntuosas para altos burocratas, famílias de ministros ocupando alas inteiras, carros e móveis dos hotéis sendo contrabandeados e vendidos, tudo à custa dos contribuintes. Ela havia adorado as fofocas e intrigas. E trabalhar infiltrada, fingindo ser outra pessoa.

— Então vocês não estão juntos?
— Hari. — Ela se ajeitou no banco do carro e arqueou as sobrancelhas. — Você está falando *sério*?
— Estou — assentiu ele. — Talvez ele não seja o seu tipo.
Ela relaxou.
— Não é o meu tipo mesmo.
— Eu me lembro dos caras que você paquerava na faculdade. Babacas com carrões.
— Você me conhece, Hari. Na maioria das vezes, eu só dava uma volta. — Ela terminou a Coca-Cola. — E agora, olha só, todo mundo está me deixando para trás, viu?
— Sua antiga turma?
Ela contou nos dedos.
— Londres. Nova York. Boston. Manchester. Durham. Stanford. Genebra. Um deles está em Tóquio! Cheguei a pensar em ir para lá também, ensinar inglês. Mas… estou presa aqui.
— Você não está feliz mesmo, né?
Ela bateu as cinzas.
— Às vezes, simplesmente não dou conta.

— Do quê?

Ela deu de ombros, ficou olhando as luzes passando do lado de fora.

— Seu pai? — perguntou ele. — Eu soube do câncer.

— Pois é, não é segredo.

— E aí? A barra está pesada?

— Não. Ele está bem agora. E se tornou uma pessoa muito tranquila. A calma dele chega a ser quase assustadora.

— O que é, então?

— Minha mãe me irrita. — Neda sabia que estava sendo injusta, mas não conseguiu se conter. — O dinheiro todo acabou na metade da quimioterapia do papai. Quer dizer, já tinha quase acabado antes disso, quando a empresa faliu, mas aí acabou *de verdade*, sabe? Falei para ela vender a casa. Simplesmente vender, mas ela disse que não, que é a casa que nos mantém unidos. Se ela tivesse vendido a casa, ele poderia ter feito uma quimioterapia realmente efetiva *e* eu poderia ter ido para o exterior depois. Todos nós poderíamos estar vivendo nossa vida, mas não, ela está empatando todo mundo.

— Sinto muito.

— Deixa para lá. — Ela suspirou e se esquivou daqueles pensamentos, depois se virou para Hari e sorriu. — Enfim, olha só você, todo radiante e diferente com suas roupas e seu nome. WhoDini. Hari WhoDini. Foi você quem inventou isso?

— Me ajudaram.

— Você é um mestre das escapadas.

— Eu estou me dando bem.

— Bem, eu quero uma cópia desse CD, autografada e tudo.

— Com certeza.

— E um pôster seu para pendurar na parede do meu quarto.

— Bem ao lado do Luke Perry.

— Ah! — Ela jogou o cigarro pela janela com um peteleco e viu a guimba explodir no asfalto quente. — Esse pôster eu tirei anos atrás.

A noite estava com um cheiro forte de jasmim.

— Então, você está saindo com *alguém*? — perguntou Hari.

Ela fez que não.

— E você?

— Ficando — disse ele. — Com umas gatas em festas.

— Ora, ora... — Ela riu. — Olha só. Gatas em festas!

— Mas ninguém especial.

— Está certo, garanhão. E como é que seria esse alguém especial?

— Não sei. — Ele ficou tímido. — Alguém que estivesse presente quando eu volto para casa. Com quem pudesse jantar comida chinesa na frente da TV.

— Não sei se você está debochando ou falando sério.

— Estou falando sério.

— Cara, quem me dera querer o que você quer.

— E o que você quer?

— Não faço a *mínima* ideia.

— Você está sempre olhando para outro lugar, esse é o seu problema.

— Talvez seja por isso que me sinto tão velha.

Ele riu.

— Para de ser tão dramática. Você tem vinte e dois anos. Sabe o que deveria fazer? Sair de casa. Alugar um apartamento, morar sozinha.

— É, talvez. Mas aí seria como assumir um compromisso com Déli.

— E daí? O que isso tem de errado? Você não entende mesmo, né? Tem muita coisa acontecendo. Déli é *o* lugar.

Hari começou a descrever um projeto artístico no qual o envolveram, um "*happening*" em um galpão nos arredores de Déli. Devia ser uma festa grande, louca, gratuita, como as coisas que andavam sendo feitas em Nova York. Não só música...

— Todo tipo de doideira, tudo grátis, comida, bebida, jogos, camas, comida de *chefs* de verdade, bares de drinques, redes, beliches, paredes grafitadas, *laser tag*, carrinhos de bate-bate, tudo bem louco e secreto. Então um cara foi ao meu estúdio, apertou minha mão e começou a falar de um set que eu tinha tocado no ano passado, em uma casa de fazenda perto de Jaipur. Aí, saca só, ele me entregou cem mil rupias em dinheiro vivo ali mesmo. Simplesmente me deu. Para mostrar boa-fé. Queria muito que eu tocasse.

— Parece incrível.

Ele a observou com atenção.

— Agora adivinha o nome do cara.

Neda pensou por um instante.

— Não faço ideia.

— Pensa bem. Começa com S.

— Aaah. O misterioso Sunny Wadia?

— O próprio.

— Então você conhece o sujeito há todo esse tempo?

— Eu disse que aqueles caras não sabiam do que estavam falando.

— Hum. Como ele é?

— Muito legal.

— Mas qual é a história dele? Ele veio dos Estados Unidos?

— Não.

— Não é um milionário da internet?

— Não.

— Garoto rico filho de um político?

— Há, há.

— O quê, então?

— Ele simplesmente é... Sunny.

— Mas é cheio da grana, certo?

— O pai dele é um homem de negócios. Mas ele não é um filhinho de papai. Ele é, tipo... diferente.

— De onde ele é?

— De algum lugar de Uttar Pradesh. Mas nem parece. Ele é muito descolado.

— E o que o pai dele faz?

— Não sei, é fazendeiro. Fertilizantes, aves, essas merdas.

— É muita merda. — Ela acendeu outro cigarro. — Eu estava esperando algo mais romântico.

— Você é muito esnobe.

Neda deu de ombros.

— E o que aconteceu com a tal festa?

— A polícia acabou com a festa antes que ela começasse.

— Depois de tudo aquilo?

— Pois é. Eles chegaram e nos flagraram na primeira noite. Queriam nos prender.

— Mas?

— Sunny deu um telefonema e tudo se ajeitou.

— Subornou a polícia com fertilizantes?

— Cara, não sei. Não nos revistaram nem nada. Ele apenas deu um telefonema e todos nós estávamos livres. O que é bom porque... tinha um monte de paradas com a gente. Enfim, fomos para a casa dele depois e, caraca, o lugar é muito irado. Éramos umas dez pessoas, talvez vinte, o pessoal *hardcore*, os organizadores, sabe? A gente estava pilhado por ter se safado, foram três dias inteiros de festa. Toquei no apartamento dele. Foi uma loucura. Força máxima. Perdi a noção dos dias. Depois de um lance assim, você cria um laço. Ele fundou uma gravadora. Disse que ia fundar, tipo papo de doidão, como as pessoas dizem. Mas, uma semana depois, a gravadora estava funcionando. Ele vai lançar meus discos.

— Você também vai comer comida chinesa na frente da TV com ele?

— Sai fora. Você está com inveja, isso, sim.

— Então, quando é que eu vou conhecer esse cara?

— Para onde você acha que a gente está indo agora?

— Jura? — Ela começou a se ajeitar, olhando-se no espelho. — Eu estou um lixo.

— Você sabe que isso não é verdade — disse Hari.

Neda cresceu no mundo das elites culturais, ambos os pais de origem acadêmica, "empobrecidos", "orgulhosos". Famílias de elevada instrução que ganharam uma sutil proeminência na época colonial. Pós-Independência em uma posição vantajosa. Aspas são sempre necessárias para descrevê-las. Expressões como "com pouca liquidez". Agora eles moravam em um "modesto" lar de cinco quartos em Malcha Marg, arborizado, cercado e perto do Parlamento, um endereço que cheirava a proximidade do poder.

Ganharam dinheiro com a exportação de teares manuais na década de 1980, durante o License Raj. O sucesso deles foi um subproduto do intelecto, do refinamento, da ética de trabalho e da venda por atacado a fim de eludir o labirinto de permissões para obter contratos isentos de impostos por intermédio de amigos bem relacionados.

Mesmo assim, eles eram genuinamente radicais em sua politicagem — marchando, levantando barricadas, angariando fundos. A preocupação deles era a justiça. Viam o dinheiro — nunca a riqueza — como uma leve vergonha da qual sempre queriam se livrar.

A verdadeira riqueza era o conhecimento. Na infância, quando Neda recebia os amiguinhos em casa, filhas e filhos de novos-ricos, a mãe fazia questão de perguntar: "Então, o que você está lendo?"

A verdadeira riqueza era o acréscimo de experiências. Como era comprovado pela elegância do lar da família, com figueiras, palmeiras e periquitos no parque, tapetes persas desbotados forrando o mármore, obras de arte assinadas e dadas por amigos que, por acaso, haviam se tornado famosos. Estantes de livros cobriam quase todas as paredes, as entranhas esfarrapadas emanando nobres perfumes amarelados. Aquela casa, um depósito de lembranças. Um depósito de conhecimento.

Para ela, uma jaula.

"Queremos que você seja o melhor que pode ser", dissera a mãe. "Queremos que seja feliz." Ela deveria ter ficado grata por aquela oração subordinada adjetiva era bastante rara. Mas a felicidade tinha interpretações. A mãe aprovaria que ela levasse para casa um garoto muçulmano pobre (laico) da Jawaharlal Nehru University, a universidade pública de Nova Déli. Mas um sujeito como Sunny Wadia sentado à sua mesa de jantar? De jeito nenhum.

Hari entrou no estacionamento de uma galeria comercial deserta.

— Onde nós estamos?

— Moti Bagh.

Ela logo reconheceu o lugar, havia passado por ali de carro centenas de vezes. Uma daquelas galerias comerciais entre condomínios. De dia, lojas vendendo artigos de plástico e porcarias para a casa. De noite, tudo fechado e, mesmo assim, nada acontecia. O som de Hari foi substituído pela trilha sonora de cachorros latindo, buzinas distantes de caminhões na estrada para o aeroporto, aviões abaixando os trens de pouso.

Ele a conduziu pelo cascalho até a galeria comercial, um quadrado de concreto brutalista de um andar de lojas e com um pátio vazio no meio, também de concreto. Ervas daninhas brotavam das rachaduras. Uma escadaria levava para o porão, onde havia mais lojas. Uma lâmpada solitária pendia sobre a descida.

Hari acendeu um cigarro. A fumaça pairou sobre seu basto cabelo. Neda ainda estava muito chapada. O corpo dele trotava à frente como um guarda em uma floresta. O conforto que havia sentido por estar dentro do carro dele evaporou. Ela estava nervosa. Ouviam-se vozes mais adiante. Hari pulou da escada de concreto e dobrou uma esquina, desaparecendo do campo de visão. Aquele era o mundo dele, no qual ela era uma estranha. Neda prosseguiu, viu uma loja deserta após outra, cada uma com o respectivo número pintado sobre a entrada fechada, depois Hari, de braços abertos, berrando uma saudação. A entrada de uma loja estava escancarada, e música e luzes saíam lá de dentro. Ao se aproximar, ela viu a incrível reconstrução de uma sala de estar soviética, como o corte transversal de um prédio de apartamentos bombardeado. Uma mesa comprida com uma toalha de plástico floral. Papel de parede florido. No alto da parede, uma TV passando um programa do Leste Europeu. A mesa estava cheia de homens e mulheres ocupados em beber. Muitas bandejas de plástico, garrafas de vodca e copos de shot. Grandes travessas de carne cozida, salada de batata, tigelas de *borscht*. E de pé diante da cabeceira da mesa, inclinado para a frente, segurando-se nas bordas do móvel, os olhos brilhando com todas as possibilidades da vida, estava o misterioso, o imaculado Sunny Wadia.

— ... e ouçam, ouçam... Eu estava lá na Inglaterra, eu vi a tal "Cool Britannia". Oasis. Tony Blair. Deus Salve a Maldita Rainha. Mas se você der um peteleco, vê que está desmoronando, está morrendo, não há futuro naquela ilha miserável. A mesma coisa nos Estados Unidos. Vocês acham que a Índia é pobre? Vão lá nos Estados Unidos. Não dava para acreditar. Enquanto isso, um mochileiro qualquer circula por Paharganj e fica gritando sobre a nossa pobreza, balançando a cabeça, sentindo pena de nós, tirando fotos para mostrar às pessoas do seu país. Trate de olhar para o próprio quintal. Estude sua história, cara. Vocês nos saquearam, levaram tudo, roubaram nossos tesouros. Agora olham para nós e dizem: "Vocês são tão espirituais, têm tanta sabedoria, são tão sábios, tão... simples." É, nós somos simples, seu filho da puta. Nós vamos simplesmente destruir vocês. Eles não querem que sejamos fortes, que tenhamos coragem, astúcia, resiliência, engenhosidade, riqueza, poder, mas nós somos, nós temos. Aturamos as merdas deles por muito tempo, agora o jogo está virando. Agora é a nossa vez!

Ele levantou o copo no ar. Todos fizeram o mesmo.

— O que eu estou dizendo é o seguinte... — continuou. — Nós vamos transformar esta cidade, vamos transformar este país, vamos mudar nossa vida, vamos transformar o mundo! Este é o século da Índia. Nosso século! Ninguém vai tirar isso de nós!

— E tragam de volta o Koh-i-Noor! — gritou uma voz embriagada.

— Eu vou trazer de volta o Koh-i-Noor! — bradou Sunny. — Logo depois de enfiá-lo no rabo do príncipe Charles!

Neda assistiu àquele discurso com um distanciamento submerso. Ele estava usando um terno esportivo de linho marrom-escuro, uma camisa branca nova em folha e uma gravata preta. O cabelo preto e estiloso caía sobre o rosto, os olhos escuros e amendoados brilhavam febrilmente. A barba cerrada, bem-cuidada, aparada rente à pele, imprimia uma aparência erudita, revolucionária. Ele ficava jogando o cabelo para trás com a mão. Sunny era alto, esbelto, atlético, mas ela não conseguia sacar qual era a dele. Embora o sotaque parecesse ser de fora, havia um vigor áspero e rústico no discurso que alguns anos de autoaperfeiçoamento não conseguiam esconder. Ela gostava daquilo.

Da tensão dele.

Neda correu os olhos ao redor da mesa e reconheceu alguns dos convidados: um videoartista badalado, uma modelo que virou fotógrafa, um diretor bengalês de curtas-metragens experimentais, um jovem estilista. Ela havia entrevistado alguns deles para o jornal. Lá estavam todos no altar de Sunny. Ela deduziu que ele também os estava bancando. Senão, será que lhe dedicariam o próprio tempo? Neda ficou se perguntando isso. Mas eles estavam lá, Sunny estava lá, e era assim que o mundo funcionava. Além disso, meu Deus, ele era magnético. Hari foi absorvido pelo grupo. Ela sabia que deveria se apresentar, mas ficou relutante, tímida.

— Neda — chamou Hari.

Ela abriu um sorrisinho e acenou. Uma cadeira vazia apareceu ao lado de Hari. A vodca foi passada até eles. Neda e algumas das pessoas que ela havia entrevistado trocaram acenos de cabeça e olhares de reconhecimento. Reconhecimento e o quê? Reprovação? Ela se sentia inferior a todos eles. Todos estavam à vontade e ela estava deslocada. Hari lhe preparou um prato com carnes, salada e bolinhos, e Neda começou a comer porque estava morrendo de fome e chapada. Ela encarou Sunny e desviou o olhar quando ele a olhou de volta.

Ela fez o que sabia fazer. Um truque de colegial. Levantou-se e foi até a entrada do restaurante e acendeu um cigarro, olhando para o concreto da galeria subterrânea deserta. Bateu o cigarro algumas vezes, esperou e enfiou a ponta do sapato nos pedacinhos de cascalho.

Esperou...

Sentiu alguém às costas.

Dava para perceber que não era Hari.

— Tenho uma pergunta — disse ela.

Ela havia especulado... Sim, era Sunny, segurando uma garrafa de vodca e dois copinhos. Deu um para ela e o encheu.

— Qual?

— Por que você enfiaria um diamante no rabo do príncipe Charles?

Ele riu.

— Parece meio exagerado — continuou ela.

— É uma metáfora.

— Sim, mas será que é *mesmo*?

Ele deu de ombros.

— Só estou fazendo uma encenação para a multidão.

— Digamos que sim. — Ela se virou de volta para o salão e seu olhar cruzou com o de Hari por um instante. — Eles comem na palma da sua mão.

— E você?

— Eu sou uma cínica.

— Então você não ficou impressionada?

— Não disse isso. Você com certeza é bom de lábia.

— Mas você quer ver se minhas ações condizem com meu discurso?
Ela estendeu a mão.
— Meu nome é Neda.
Ele esticou o mindinho da mão que segurava a dose de vodca.
— Sunny.
Neda o segurou entre o polegar e o indicador.
— Eu sei quem você é.
— Neda? — disse ele, avaliando o nome.
— É persa.
— E você é...? — Ele se inclinou para trás a fim de reexaminá-la.
— Mais panjabi, impossível.
— Então, deixa eu adivinhar. — Ele franziu a testa como se fosse um telepata de vaudevile. — Seus pais são liberais de esquerda e não acreditam em religião, castas nem classes.
— Nossa! Você é bom nisso!
— Na verdade, interroguei Hari quando ele me perguntou se podia trazer uma amiga.
— Ah, então é assim que ele fala dos meus pais?
— Não, não. Ele só disse coisas boas. Aliás, ele te adora. Como que eu nunca ouvi falar de você antes?
— Ele anda me escondendo, faço parte da vida passada dele. Quando ele não era descolado.
Os dois olharam para Hari. O rapaz estava fazendo palhaçada, contando uma história para as pessoas.
— Se ele era seu amigo, sempre foi descolado.
— Ah, elegante. — Ela mudou de assunto: — Enfim, e quanto ao *seu* nome? Wadia. Você não é pársi, é?
— Não.
— E então?
— Tem uma história aí. Um dia eu conto para você.
— Conta agora.
— É íntima demais.
Ele pegou o maço de cigarros do bolso do paletó — Treasurer London — e ofereceu um para ela.

— Esse cenário é íntimo. — Ela pegou um cigarro e o avaliou: — Parece sofisticado. — Neda esmagou o que estava fumando com uma pisada. Ele acendeu o novo com um Zippo, e ela indicou o isqueiro com a cabeça.
— Posso ver?

Era de prata, gravado. Ela leu o que estava escrito na frente: "70-71."

— É do Vietnã.

— Ah, não brinca. Você lutou na guerra?

Ela falou tão séria, com uma cara tão convincente, que ele quase caiu na brincadeira.

— Muito engraçado.

Ela virou o isqueiro, semicerrou os olhos para enxergar melhor e leu a inscrição do outro lado: "35 mortes. Se você está recuperando meu corpo, vá se foder." Devolveu para ele.

— Encantador.

Ele o abriu para mostrar a chaminé interna, cortada diagonalmente.

— Está vendo isso aqui? — perguntou ele.

— O que é?

— Foi cortada assim para acender cachimbos de ópio.

— Você curte ópio?

— Não, não. Sou só um estudante de histórias.

— Ah, entendi. — Ela teve que disfarçar que tinha achado graça da maneira incomum, canhestra, que ele usou o termo.

Sunny percebeu.

— Então, por que você está em pé aqui fora? — perguntou.

— Ah, não sei. Estava me separando do rebanho.

— Entendi. Você é solitária, que nem eu.

Ela riu.

— É, que nem você. Você é o cara mais solitário do salão.

— De onde você é? — prosseguiu ele.

Sunny estava com aquele olhar que os homens lançam, um olhar de caçador.

— Daqui mesmo. De Déli. Morei aqui a vida toda. Provavelmente também vou morrer aqui. E você?

— Eu? Eu sou um cidadão do mundo.

— Um estudante de histórias *e* um cidadão do mundo — provocou ela. — A próxima coisa que você vai me dizer é que estudou na universidade da vida.

Neda detectou certa mágoa nos olhos dele — ela o havia menosprezado. Virou a dose de vodca porque não sabia mais o que fazer.

Ele ainda a observava atentamente.

Neda sorriu enquanto ele lhe enchia novamente o copo.

— Você parece que quer me matar.

Ele não disse nada.

— Mas gostei do seu discurso — emendou ela. — Estou falando sério. Foi empolgante. Até a cínica que habita em mim ficou empolgada.

— O que você faz?

Ela decidiu parar de brincar. Encarou-o com um olhar firme, calculado.

— Sou jornalista. Escrevo para o *Post*.

Ele a observou.

— É melhor eu medir minhas palavras.

Ela estava ciente — intensamente ciente de que o resto do salão estava ciente — de que eles estavam se encarando.

— Estou de folga — disse Neda.

— Ninguém nunca está de folga.

Antes que ela pudesse responder, uma das garotas à mesa gritou o nome dele.

Neda indicou o salão com a cabeça.

— Estão sentindo falta do herói deles.

Sunny quebrou o contato visual, virou-se para entrar e falou:

— Você também pode fumar lá dentro, sabia?

— Vá na frente — disse ela. — Não queremos dar início a um boato.

Mais pessoas chegaram. Um bonito ator coadjuvante de cinema que estava sempre nas páginas de fofocas entrou com uma estrela da TV que interpretava as mocinhas das novelas. Era um verdadeiro quem é quem do mundo adolescente, nenhuma câmera à vista. Todos demonstravam fidelidade a Sunny, que absorvia a atenção deles e a irradiava de volta. Pegaram mais cadeiras. Trouxeram mais vodca, algumas garrafas de vinho tinto foram abertas. Mais comida. Neda se sentiu como se estivesse nos bastidores de um espetáculo sobre Déli, assistindo aos atores tirando a maquiagem, as máscaras. Ela estava tendo acesso a informações privilegiadas do outro lado. O sujeito perto dela disse:

— Como você conhece Sunny? Ele é o homem do momento. — Ele esticou a mão. — Sou Jagdish. Cheio de ideias.

— Você ou ele?

Mais vozes os interrompiam.

— O que a cidade precisa.

Neda sorriu. Estavam todos bêbados. Ele enrolou o bigode *à la* Dali.

— Mão firme.

— O quê?

— O que você faz?

— Eu escrevo.

— Eu pinto em muros.

— O que aconteceu com o seu nariz?

— Caí de um muro.

Tudo estava girando. Hari estava sorrindo para ela com um orgulho fraternal.

— Murais de uma Déli Futura.

— O quê?

— É o que eu pinto.

— Ele recebe um subsídio da minha fundação! — gritou Sunny.

Ele tinha prestado atenção.

— Ganho um subsídio da fundação do Sunny! — gritou Jagdish.

— Śūnyatā. Gostou do nome? — perguntou Sunny. — Quer dizer nada. Literalmente "Nada". Entendeu? Tudo está conectado.

— É o que eu digo a mim mesmo — afirmou Jagdish — quando gasto todo o dinheiro dele.

O salão era coberto de veludo vermelho com luzinhas psicodélicas. Ela assistia ao *talk show* na TV com grande seriedade, homens fumando cigarros em poltronas e, embaixo de tudo aquilo, Sunny erguendo um copo.

— Neda vai escrever sobre mim…

Uma garrafa foi derrubada. Neda pegou outro copo de vodca e o salão estava saindo de órbita e ela estava girando no próprio eixo. Olhou para cima e Sunny a observava... Viu o abajur vermelho de lado no horizonte...

Neda estava na própria cama. Havia pássaros cantando e era de manhã. A perna estava pendurada para fora, tocando o piso. Ela esticou o braço e desligou o despertador, derrubando-o da mesinha de cabeceira. As roupas estavam espalhadas pelo chão. A boca parecia uma montanha de cinzas; a garganta, cascalho; o estômago, concreto seco...

— Puta merda.

Ela não se recordava de como tinha ido parar ali. Ou o que tinha feito. Depois se lembrou do restaurante. Em pé em cima de uma mesa. Foi até o banheiro e vomitou.

— Cinderela. — A voz do pai retumbou. — Bem-vinda novamente à terra dos vivos.

Ela se jogou por cima de uma das cadeiras da mesa de jantar, pegou uma torrada com manteiga e soltou-a.

— Acho que passei vergonha.

Ele a observou com paciência e muito espanto.

— Não foi a primeira vez, minha filha. A noite foi boa?

— Como cheguei aqui?

— Em casa? Hari deixou você na porta. Ele estava de bom humor. Está um homem-feito.

— Nós acordamos vocês?

O pai fez que não.

— Eu estava vendo TV.

— O que mamãe disse?

— Nada. *Ela* estava dormindo.

— Ainda bem. — Neda suspirou. — Nunca mais vou beber.

— Tome. — Ele levantou o jornal e revelou o maço de Treasurer e o Zippo de Sunny. — Imagino que isso seja seu agora.

— Merda, acho que roubei esse negócio.

— Talvez do sujeito que estava dirigindo o carrão.

— Que carrão?

— Hari não estava sozinho — disse o pai então, melancólico, e indicou os cigarros. — Não posso dizer que não fiquei tentado a fumar um.

— Papai?

Ela se sentou.

— Sim?

— Por favor, pare de falar.

Ele bateu continência.

— Mensagem entendida.

Neda pegou o isqueiro e os cigarros e olhou para o celular.

— Estou muito atrasada para o trabalho.

— Seu poder de recuperação está no apogeu. Aproveite, minha filha. Enquanto isso, já chamei um táxi. Sardar-ji está esperando lá na frente.

Ela o beijou na testa.

— Obrigada, papai.

Neda se sentiu ansiosa e irrequieta a manhã inteira no trabalho, preocupada com o que podia ter dito ou feito, os traumas de sempre de uma ressaca amplificando todos os medos subjacentes. Tinha pavor de ser irrelevante, de ser descoberta, de ser deixada para trás. Todas aquelas pessoas da noite passada a haviam *visto*. Ela pensou que estivesse sendo descolada, mas e se tivesse simplesmente sido ridícula? E se naquele momento, de manhã, todos estivessem pensando em como ela era patética? E se Sunny também estivesse rindo dela, rindo com um deles naquele exato momento? Neda se tranquilizou com os pensamentos de sempre: *Todos estavam tão bêbados quanto você. Mas eles não são como você*, respondeu a si mesma. *São ricos, poderosos ou descolados. O que está fazendo, Neda?* Ela pensou em mandar uma mensagem de texto para Hari, mas estava envergonhada demais. Envergonhada por quê? Não havia feito nada de errado. Flertara com Sunny, mas Sunny não era grande coisa.

Ou *era*?

Lembrou-se das palavras grandiosas, das ideias grandiosas, das promessas e proclamações feitas por ele, que pareciam muito apropriadas à mesa. Mas não, não, era tudo vazio, uma bobagem, e ele era só um cara. Um cara como qualquer outro. Talvez nem fosse real. Tudo a respeito da noite passada era nebuloso, voltava à sua memória como em um labirinto de espelhos distorcidos. Ela pegou o isqueiro e o examinou. Achou-o infantil. Que tipo de idiota carregava um isqueiro de uma guerra distante, estrangeira, encerrada tanto tempo antes? Deixou-o de lado. Decidiu simplesmente continuar a trabalhar. Uma noite estranha relegada à lixeira da sua vida.

A ressaca só piorou. O leve aturdimento do despertar havia sumido, aquela sensação de átomos faiscando. O que sobrou foi o vazio apertado. Um cérebro embalado a vácuo.

Ela trabalhou mecanicamente. Era tolerável que descesse a ladeira em ponto morto. Mudou algumas frases de lugar em uma matéria sobre fraude em que estivera trabalhando, enviou-a, deu alguns telefonemas nos quais não prestou atenção a nenhuma palavra, examinou os boletins policiais e marcou uma entrevista com o chefe de uma associação comercial à tarde.

Às 15h38, seu telefone emitiu um bipe.

Uma mensagem de Hari.

Seu estômago embrulhou enquanto a abria. Mas não era nada horroroso.

ei, que noite!

:)

acabei de acordar, continuamos até as 10h

legal

vc impressionou!!

Enquanto ela pensava no que dizer, ergueu a cabeça e viu Dean em pé na sua frente. Pôs o celular na mesa com a tela virada para baixo.

— Dean.
— Neda. Tudo bem?
— Sobrevivendo.

— Queria saber se você teve tempo de examinar os boletins.

— Sim. Tive, sim. — Ela olhou para as próprias anotações. — Sequestro, sequestro, sequestro, *ghee* adulterado, outro sequestro, um bate-boca em uma loja de *paan*, mais um sequestro, alguns pedidos de resgate, mas a maioria dessas pessoas desapareceu sem deixar rastro. — Neda deu uma folheada nos papéis. — Essa aqui é interessante. Uma "gangue interestadual de ladrões de rádios de carros". Estão procurando principalmente Marutis. Me lembre de não deixar o rádio no carro.

— Não deixe o rádio no carro.

— Obrigada.

— Quer ir fumar?

— Claro.

Em pé no corredor, ela pegou um cigarro do maço de Sunny e acendeu-o com o Zippo dele.

Dean apontou para o isqueiro.

— Posso?

Neda o entregou para ele, que o examinou de todos os lados, abriu, fechou, verificou algo na base. Dean deu um grunhido de aprovação e disse:

— Parece verdadeiro.

— Eu não teria como saber.

Ele apontou para um detalhe.

— Tem um código bem aqui.

— Eu realmente não teria como saber. Só estou guardando para uma pessoa.

— Pessoa de sorte. Isto aqui provavelmente vale uma boa grana.

— Talvez eu devesse vender?

— Em Manhattan, certamente. Aqui não passa de sucata. Enfim, quanto mais você usar, menos valor terá. Diga ao seu amigo que ele deveria guardá-lo.

— Você está deduzindo que é um homem.

Ele olhou para Neda como se dissesse "Ah, pare com isso".

— Enfim — continuou Dean —, quais são as novidades?

— Nenhuma. E você?

— Estive em Nangla hoje de manhã — contou ele, franzindo a testa. — O Supremo Tribunal confirmou mais uma ordem de demolição. É só uma questão de tempo até a executarem, derrubarem tudo. O assentamento nem é citado na documentação. Só é chamado de "a obstrução". A Obstrução. São a vida e as casas das pessoas. Mas, enfim, talvez eu precise que você transcreva algumas entrevistas mais tarde, se não estiver muito ocupada.

— Claro.

— Seu hindi é melhor do que o meu.

— O hindi de qualquer pessoa é melhor do que o seu.

— Vou deixar na sua mesa. Estou indo para o Pushta agora.

Sim, o Pushta. O rio Yamuna, suas margens e seus assentamentos "ilegais", dezenas de milhares de famílias vivendo à margem da existência, dezenas de milhares de casas já demolidas, vidas reassentadas, deslocadas. Dean era obcecado por tudo aquilo. As favelas, as demolições. Os tribunais ordenavam demolições por toda a cidade, destruindo os assentamentos pobres, não planejados, que haviam crescido e se tornado comunidades ao longo das décadas, mas o epicentro eram as margens do rio, o Yamuna Pushta.

Durante toda a sua vida, aquela era uma parte de Déli que Neda via e não via. As favelas sempre estiveram lá: toda vez que atravessava o rio, ela olhava para a cidade precária agarrada às margens lá embaixo. Eram inevitáveis, feias, causavam vergonha, culpa, apareciam em flashes passageiros, mas aquelas pessoas estavam encobertas em sua mente. Se alguma vez pensava nelas, o que lhe passava pela cabeça era que aquilo era Déli, algo feio de ser visto, um sinal de fracasso. Dean, porém, via as favelas como pessoas e sua destruição como uma tragédia.

Ela o ouvia falar, agradava-o, tentava aprender com ele, nunca dava a própria opinião. Ele dizia que o Yamuna era visto como um "não lugar", um local sem história ou cultura que fluía, vazio, através do coração do comércio, um espaço desperdiçado aos olhos do capital global. Em compensação, também dizia que o Yamuna e suas margens não eram um desperdício e tampouco estavam mortos ou vazios, tudo aquilo estava vivo. Ele havia feito uma série de reportagens no local, ao longo das planícies aluviais, entre os pescadores, os agricultores de subsistência e os moradores das favelas que constituíam as classes trabalhadoras, de empregadas, faxineiras e motoristas da cidade. Ele estava monitorando os esforços do governo para despejar aquelas pessoas, seus planos de reassentamento. Havia planos em curso para uma Déli de Nível Mundial, planos para transformar Déli em uma "cidade global". Os tribunais chamavam-na de "a vitrine do país". A zona ribeirinha deveria ser um exemplo para o mundo, um espaço "público", um marco recreativo e cultural. Havia certa animação por conta do futuro rio. No entanto, Dean só enxergava o dano que era feito.

— Então me diga — disse ele, voltando depois de fumar. — Como está a cabeça? Porque reconheço uma pessoa de ressaca quando vejo uma.

— Está tão na cara assim?

Eles entraram na redação.

— Quer saber de uma coisa? Não se preocupe com as entrevistas. Vou arrumar alguém para transcrever.

— Na verdade — falou Neda ao chegarem à mesa dela —, posso pedir uma coisa?

— Manda.

— Tem um cara.

— Ah...

— Não é nada disso.

— Ainda bem, porque sou péssimo para dar conselhos sobre relacionamentos.

— Eu o conheci através de um amigo.

— Ontem à noite?

— Isso. Queria saber qual era a dele, profissionalmente falando. Estava me perguntando se você sabe quem é. Se vale a pena escrever sobre ele. Talvez fazer um perfil.

— Nome?

— Ele está bancando um monte de projetos artísticos na cidade. Patrocinando músicos, pintores, designers. Organizando festas, esse tipo de coisa. Algo diferente, divertido. Achei que talvez valesse fazer uma matéria.

— Neda, qual é o nome do cara?

De repente, ela não queria dizer. Mas falou:
— Sunny.
— Sunny... *do quê?*
Ela se preparou um instante antes de responder:
— Wadia.
— Sunny Wadia? — Dean balançou a cabeça. — Aquele palhaço? Sério, não desperdice seu tempo. É só mais um garoto rico no parquinho. Calorias vazias. Não quero ser estraga-prazeres, ou talvez queira, sim, mas ele não merece sua atenção. Não merece a atenção de ninguém.
— Sei lá... — Neda ficou constrangida. — Só estou dizendo que nem tudo são trevas e sofrimento, poderia ser legal cobrir uma notícia positiva de vez em quando.
— Você sabe quem é o pai dele?
— Um fazendeiro qualquer, eu acho.
Dean bateu palmas, jubiloso.
— Bunty Wadia, um fazendeiro qualquer? Essa é boa!
Ela odiava quando ele se comportava daquela maneira.
Dean prosseguiu:
— Ele faz parte da máfia do Ram Singh.
— *O* Ram Singh?
— Sim, o ministro-chefe de Uttar Pradesh, Ram Singh. O próprio. Bunty Wadia é um dos compadres dele e, pelo que me consta, uma criatura asquerosa.
Ela pensou em Sunny, encantando-a em seu terno, sendo um "cidadão do mundo".
— Mesmo assim, você não pode culpar o filho pelos pecados do pai.
— Olha, eu sei que você me acha antiquado. Ou talvez simplesmente velho. Mas esses sujeitos e seu dinheiro sujo são tratados como deuses agora porque o dinheiro manda, mas ele também fede. Eles são gângsteres, independentemente da roupagem que você queira dar. E caras como Sunny, distribuindo o próprio dinheiro por aí, a despeito do que eles dizem, a despeito do que fazem, no fim das contas são sempre a mesma coisa: estão sempre causando mais danos do que fazendo o bem.

Ela procurou matérias sobre Bunty Wadia na internet. Eram surpreendentemente poucas, e nenhuma tinha fotos. Naquele punhado de reportagens, ele era descrito como "o barão das bebidas alcoólicas". Ou, então, "o controverso homem de negócios" e, uma vez, como "o recluso homem de negócios". Outra matéria falava que ele era o "principal beneficiário da surpreendente vitória eleitoral do ministro-chefe de Uttar Pradesh, Ram Singh". Segundo os relatos, ele havia conquistado vários contratos lucrativos nos anos anteriores, em setores como transportes, extração de areia, bebidas alcoólicas destiladas e construção, além de ter açúcar estatais aparentemente deficitários.

Outro nome continuava pipocando em sua busca. Vikram "Vicky" Wadia. Era um político, um deputado estadual em Uttar Pradesh Oriental, com uma grande fileira de acusações penais: seis de sequestro para extorsão, uma de tortura, quatro de amotinação, três de tentativa de homicídio. Não havia condenações, apenas casos pendentes, acumulando-se sem parar. Sem dúvida, Vicky Wadia era um gângster, um *dada*, um chefão rural durão. Várias matérias falavam do "incidente de Kushinagar", mas nenhuma dizia do que se tratava. Neda acabou achando uma foto granulada dele em uma matéria sensacionalista em um site de notícias em hindi, no qual era chamado de "Himmatgiri", e, meu Deus, ele parecia uma versão mais bruta de Sunny.

Neda desviou a atenção para Sunny, mas não havia nada. Ele parecia perfeitamente anônimo — nem sequer aparecia nas fotos das colunas sociais. E, quando ela procurou o nome da fundação — Śūnyatā Foundation, não era isso? —, ficou decepcionada com a página simples que encontrou, sem links, apenas uma linha de texto banal e com erros gramaticais defendendo o poder transformador da arte na paisagem urbana. Sério? Aquilo era ele? Neda examinou a página com mais cuidado em busca de um sinal, de uma porta oculta, mas estava murada e silenciosa. Imprimiu todas as matérias sobre Bunty e Vicky, guardou-as na gaveta para ler depois e voltou ao trabalho.

Naquela noite, sentada sozinha no carro do lado de fora do Alkauser em Chanakyapuri, de janela aberta, esperando que o garoto fosse buscar seu *kakori* em *roomali*, observando o carvão da churrasqueira brilhando, as centelhas pulando e piscando até sumir, ela sentiu uma ternura vertiginosa pelas complexidades emaranhadas da sua cidade. Tirou uma foto do quiosque com o seu Nokia e mandou uma mensagem de texto para Hari.

Adivinha onde?

Ele respondeu quase imediatamente.

lar longe de casa :)

Ela esperou um minuto.

Ah, sim, eu queria perguntar. O que vc quis dizer quando falou que eu impressionei?

O kebab foi entregue. Ela mergulhou a ponta no chutney, fez uma guirlanda de cebola e deu uma mordida.

vc sabe o q eu quis dizer

Hari sabia ser difícil.

Não sei mesmo o que vc quis dizer. Passei vergonha?

Ela terminou a refeição.
Finalmente o telefone emitiu um bipe.

pra sua informação, ele tá saindo com a Kriti

Kriti era a atriz de TV da noite passada.

    É, eu sabia

    Ela não sabia. Achava que a atriz estava saindo com o astro do cinema.

q bom

    De qualquer forma, ele não faz meu tipo

ah, claro

Sunny se encaixava na longa lista de garotos com os quais ela flertara na escola, dormira na faculdade, todos aqueles garotos com quem dera uns amassos dentro de carros em ruas desertas, cujos pais eram homens de negócios ricos, que representavam a nova Índia vulgar que sua mãe insultava. Ele se encaixava naquela lista, a transcendia. Embora a tivessem atraído por serem tão diferentes dela, aqueles garotos sempre a decepcionavam no final. Eram conservadores e insensíveis, ou dolorosamente burros, ou simplesmente chatos. Haviam sido sua rebelião, mas eles mesmos não se rebelavam contra nada, e aquelas relações nunca iam para a frente. Sunny... era diferente. Sua família veio da terra. A família dele era perigosa, ou pelo menos o tio era. E o que ele próprio representava era radical. Será que ele conseguiria se sair bem? Será que ela podia observá-lo tentar? Mesmo observá-lo fracassar seria uma emoção. À medida que os dias passavam, ela fumava os cigarros de Sunny na janela do quarto e ficava imaginando o que ele estaria fazendo, quais aventuras devia estar vivendo. Por que ele não ligava para ela? Neda sentia que havia vislumbrado através das nuvens um mundo fantástico lá embaixo, mas que as nuvens já tinham se fechado novamente. Previra outra festa em breve, à qual ela também seria convidada, mas nenhum convite chegou. Hari não voltou a entrar em contato. Toda vez que seu celular emitia um bipe ou tocava, ela prendia a respiração, mas não era nada. O que ela deveria fazer, então? Finalmente mandou uma mensagem para Hari, perguntou se ele queria se encontrar com ela para fumar, mas ele já estava nas montanhas, em Kasol, onde ficaria por três semanas. Ela conseguiu se conter e não perguntar se Sunny também estava lá. Depois se recompôs. Deixa para lá. Ele que dê um jeito se quiser entrar em contato, se quiser o isqueiro de volta. Era melhor deduzir que seja lá o que aquilo pudesse ter sido havia terminado. Depois de duas semanas, Sunny começou a sumir da sua mente. Talvez fosse possível ouvir o nome dele na noite voluptuosa, mas, na dura luz da cidade em que ela morava, em meio a despejos e boletins policiais, *ghee* adulterado e gangues de ladrões de rádios, ele desaparecia.

Então ela cruzou com Sunny no Khan Market. Tinha sido mandada até lá pelo editor do caderno da cidade para realizar uma enquete: "Os novos shoppings vão matar os mercados tradicionais de Déli?" Mais do que qualquer outra coisa, ela estava matando tempo, caminhando pelos corredores, comendo *chaat*, fumando cigarros, batendo papo com os comerciantes que conhecia desde a infância. De vez em quando, parava um cliente: algumas adolescentes, uma dona de casa rica, um militar da reserva; brancos, para constar. Em uma de suas voltas, olhou para dentro da sofisticada loja de aparelhos eletrônicos que fora uma loja de brinquedos quando ela era criança. E lá estava ele, usando um terno de algodão cor de palha, o paletó jogado no ombro, ocupado em guiar os vários garotos que escalavam as prateleiras sob seu olhar imponente e pegavam volumosas caixas de papelão que continham todo tipo de aparelho e equipamento de alta qualidade. Ela ainda o observava quando o sr. Kohli, o dono, acenou do lado de dentro.

— Neda, querida!

Sunny virou-se para trás e a olhou casualmente. Ele a conhecia? Pareceu não revelar surpresa alguma.

Bem, ela também podia fazer aquele joguinho.

— Oi, tio — disse ela ao sr. Kohli. — Como você está?

— Muito bem, minha querida, muito bem. E você? Como está sua mãe?

— Ela está ótima. — Neda entrou na loja. — Os negócios vão bem, pelo que estou vendo.

— Sim, o sr. Wadia aqui é um dos meus melhores clientes.

— É mesmo? — Ela parou ao lado de Sunny. — Olá, sr. Wadia aqui.

Sunny olhou para ela e acenou com a cabeça de maneira bastante formal, mas sorria com os olhos.

— Srta. Kapur — cumprimentou ele.

— Estou entendendo... — comentou o sr. Kohli. — Vocês se conhecem.

— A srta. Kapur é uma jornalista famosa — disse Sunny.

— E o sr. Wadia é um inveterado... — o sr. Kohli se virou para encará-la — ... paquerador.

— Eu poderia pensar em outras palavras.

O sr. Kohli captou a deixa e mergulhou em seus livros.

— Você está ótima — disse Sunny.

Não era verdade, a menos que ele gostasse daquele visual masculinizado de escritório. Vai saber... Talvez ele gostasse, então ela deu trela.

— Obrigada. Você está elegante, como sempre. Nunca imaginei te encontrar de dia assim.

— Fico lisonjeado por você ter imaginado alguma coisa comigo. Devo me desculpar — disse rapidamente — por não ter entrado em contato.

Os olhos de Neda percorreram as caixas de equipamentos eletrônicos, e ela falou:

— Você claramente anda ocupado com coisas muito importantes.

Ele riu.

— Gosto de comprar tudo que é novo, saber o que está no mercado. Em geral, doo tudo rapidinho.

— Você visita orfanatos?

— Na maioria das vezes deixo as pessoas que vão ao meu apartamento levarem as coisas. Sou bom nisso. Não me apego.

— Entendi. Me lembre de visitar seu apartamento.

— Não vejo a hora.

Ela riu.

— Um dia, quem sabe.

— Por que não agora?

— Porque *eu* estou trabalhando. Aquela coisa que a maioria de nós tem que fazer, sabe? — Ela se corrigiu: — Não que você não trabalhe...

Neda ficou sem graça e corou. Sunny apenas olhou para ela, observando-a, intimidando-a com a sua calma.

— É só que nem todo mundo é seu próprio chefe. Alguns de nós devemos prestar contas a outras pessoas — emendou ela.

Ele apenas sorriu.
Esperou.
Sorriu.

— O que foi? — perguntou Neda.

— Nada. Você é fofa, só isso.

— Ah, meu Deus. — Ela revirou os olhos. — É a última coisa que quero ser.

— Mas estou falando sério, por que você não vai lá em casa? Nosso encontro foi uma feliz coincidência. Estou com a tarde livre. Não conseguimos conversar muito naquela noite. Foi praticamente — ele refletiu sobre a lembrança e ela se preparou para o que vinha — só gritaria.

— *Gritaria?*

— Sim, gritaria. Muita gritaria. Risadas também. Coisas sendo derrubadas. — Sunny esquadrinhou o rosto inexpressivo de Neda. — Você não se lembra de nada, não é?

Ela se encolheu.

— Eu me lembro da manhã seguinte.

Com a nota pronta, o sr. Kohli atraiu a atenção de Sunny, que sacou um rolo obscenamente grosso de cédulas e começou a contá-las.

— Com licença — disse ele —, só vou resolver isso aqui.

— Espero lá fora.

Do lado de fora da loja, ela avaliou os prós e os contras de ir ao apartamento dele. O único contra é que ela *devia* estar trabalhando. Os prós eram muitos. Principalmente satisfazer sua curiosidade, conseguir uma audiência privada com aquele misterioso jovem deus de Déli. Observou as costas de Sunny enquanto ele pagava. Muito à vontade, mas também muito artificial. Será que ela só estava projetando? Estava transpondo os contornos do pai, do tio, para o corpo de Sunny? Mais uma vez, a pergunta surgiu em sua mente: quem é Sunny Wadia? Neda não sabia dizer. Ele saiu da loja, seguido por quatro garotos, cada um carregando várias caixas. Duas TVs, diversos consoles de videogames, uma máquina de cozinhar arroz, um liquidificador sofisticado. Sunny acenou para ela e apontou para o estacionamento.

— Pelo menos me acompanhe até o carro.

— Claro.

Ela imediatamente percebeu que estavam sendo observados. Ou melhor, Sunny estava sendo observado. Nem todo mundo sabia quem ele era, mas algumas pessoas certamente reconheciam o rosto dele. Era mais por causa do porte, uma mistura de estatura e estilo. O porte, ela pensou, dos astros do cinema. E havia o não insignificante séquito de garotos carregando objetos caros, o que confirmava a riqueza dele. Ninguém a via, ela estava simplesmente em sua órbita; por um instante, Neda se sentiu como se fosse sua secretária, sua assistente. Não era uma sensação desagradável, mas, mesmo assim, ela achava que devia se impor de alguma forma, voltar ao trabalho, pelo menos...

— No que você está pensando?

Ela percebeu que ele a estava observando.

— Que deveria voltar para o trabalho.

— No que você está trabalhando?

Dizer que era em uma enquete ia parecer meio simplório.

— Bem... — Pigarreou. — Estou avaliando o impacto socioeconômico do cenário comercial em transformação através dos testemunhos verbais dos consumidores.

Simulando concentração, ele articulou as palavras para si mesmo.

— Quer dizer que você está realizando uma enquete?

— Uma pesquisa de opinião, para ser mais precisa.

Ele riu.

— Vou dar uns depoimentos suculentos para você. Nós inventamos alguns juntos. Aí você não vai ter desculpa para não ir até minha casa comigo.

Eles atravessaram os corredores até o estacionamento.

Neda semicerrou os olhos por causa do sol e virou-se para ele.

— Posso fazer uma pergunta séria?

— Claro.

— Por que tanta avidez?

Sunny parou e olhou para ela.

— Não está na cara?

O sorriso dele insinuava o resto.

Então ela foi salva. O motorista de Sunny os viu chegando, saiu correndo, começou a se ocupar das caixas, voltou rapidamente até o Land Cruiser e abriu o porta-malas. Sunny obviamente tinha comprado mais do que o motorista ou o SUV podiam aguentar.

— Além disso — prosseguiu Sunny —, não tem lugar no meu carro. Preciso que você me dê uma carona.

Era estranho ver Sunny Wadia espremido no banco do carona do Maruti vermelho surrado de Neda. Os joelhos dele pressionavam o painel de plástico. Logo à frente, o motorista de Sunny conduzia o SUV abarrotado de caixas.

— Gostei do seu carro — disse Sunny.

Ela apoiou suavemente a mão na buzina e deu uma apertadinha.

— Sei que você está sendo sarcástico, mas eu adoro este carro. É temperamental e me leva de A a B, o que mais você pode querer?

— Um pouco mais de espaço para as pernas. — Ele sorriu, tentando empurrar o banco para trás.

— Ah, sim, isso aí está quebrado.

Ele parecia desajeitado, o que a divertia um pouco. Aquele era o espaço dela.

— Você gosta de coisas velhas, não é?

— Gosto de coisas boas.

— Isso é mais subjetivo.

— Você não acha o meu carro bom?

— Digamos o seguinte: eu não ia dar conta. É preciso estar no topo da cadeia alimentar para isso.

— As palavras do Príncipe de Déli.

— Não, não. Você está muito acima de mim. Eu não chego nem perto do seu nível.

— Que mentira.

— É sério. Você pode fazer quase tudo e se safar. Aposto que insulta policiais quando eles te param, não insulta?

O silêncio de Neda dizia que ele tinha razão.

— E você nem precisa de dinheiro. É algo arraigado. Olhe para este carro de merda.

— O que tem ele?

— Aposto que você pode chegar em um hotel de cinco estrelas, saltar e entrar sem que ninguém nem pisque.

— Nunca pensei nisso.

— A pessoa olha para você, neste carro de merda, e todo mundo sabe. Você está no topo. Não sabe a sorte que tem.

— Eu sei que tenho sorte — disse ela.

— Não me entenda mal — continuou ele —, eu admiro isso. É muito fácil para você. Para mim, não. Eu tive que me construir. Todo dia, quando me olho no espelho, lembro que não sou nada sem meu terno, sem meu carro, sem meu relógio. Sem esses adereços, mal existo.

— Falando de adereços, você tem mais daqueles cigarros deliciosos? — perguntou Neda.

— Claro.

— Aliás, acabei com os seus.

Ele pegou o próprio maço. Ofereceu um para ela.

— Você mudou de assunto.

Ela pôs o cigarro na boca.

— Acho que fiquei sem graça.

— Não deveria ficar.

Ela olhou para a rua e falou:

— Para mim, é difícil acreditar que você é apenas um construto. Não penso nas pessoas assim.

— Você não precisa.

— Acho que você está... se menosprezando de propósito.

— Não, eu me valorizo.

— Tipo falsa humildade.

— Nunca disse que sou humilde.

Ela tentou seguir aquela linha de pensamento, encontrar algo perspicaz para dizer. Afinal, aquilo *era* um flerte, certo?

— Então, qual é a sensação — indagou ela finalmente — de andar no meu carro de merda?

— De verdade? — Ele sorriu. — Fico meio nervoso.

Ela riu.

— Você pode sair *quando quiser*.

Os dois ficaram em silêncio.

Tudo havia sido zerado.

Neda pegou um isqueiro de plástico do compartimento e acendeu o cigarro.

— Ai, merda! — gritou, dando um tapinha na testa. — Eu precisava devolver seu isqueiro. Está na minha gaveta no trabalho.

— Tudo bem — respondeu ele suavemente. — Dei de presente para você.

Ela analisou a situação. Deu um breve respiro, como se fosse falar, inclinou a cabeça, mas se conteve.

Ele, no entanto, percebeu.

— O que foi?

— Só verificando: você está namorando a Kriti, certo?

Ele acendeu um cigarro.

— Onde você ouviu isso?

— Tenho minhas fontes.

— Hari.

— Talvez.

Sunny sorriu.

— Ele só está com ciúme.

— É mesmo? — perguntou ela, inocentemente. — Ele está a fim dela?

— Tonta. Ele está a fim de você.

— Aham... Eu não compro essa.

Na frente deles, o motorista de Sunny acelerou para passar em um sinal amarelo. O sinal ficou vermelho e Neda desacelerou até parar, enquanto o Land Cruiser sumia no tráfego à frente.

— Babaca — murmurou Sunny. — Ele devia ter esperado.

Sunny pegou o telefone.

— Relaxa. — Ela esticou o braço e afastou o telefone. — Você conhece o caminho de casa.

Ficaram em silêncio até o sinal abrir. O atropelo de trânsito e buzinas ribombava em volta deles enquanto o carro avançava rangendo. Ela era uma mestra na direção, entrava e saía dos espaços, sempre com o cigarro queimando nos lábios.

A fumaça estava entrando nos olhos dela.

— Posso? — Ele estendeu a mão para tirá-lo da boca de Neda, bateu as cinzas fora da janela e o recolocou cuidadosamente no lugar. — Vire à direita aí na frente — disse. — Para o Safdarjung Enclave.

Neda sorriu, mas não disse nada. Aquele era um momento especial. Quinze minutos depois, guiando-a pelas ruas, ele apontou para um portão enorme na frente de um bloco monolítico de cinco andares.

Neda embicou o carro no portão. Dois seguranças uniformizados portando pistolas automáticas se aproximaram, um deles com a mão levantada para que ela parasse, e olharam desconfiados para dentro do carro, até verem Sunny e assumirem rapidamente a posição de sentido. Uma ordem foi vociferada e o portão foi aberto. Do outro lado, dois outros guardas bateram continência enquanto o carro entrava.

— O que vocês fizeram? — perguntou ela. — Roubaram um banco?

A pequena via de acesso na frente do edifício estava cheia de carros. Dois empregados correram para abrir as portas.

— Deixe ligado — disse Sunny. — Eles estacionam.

Conduziu-a até a lateral do imponente edifício. Os dois entraram por uma porta pequena, comum, e atravessaram um corredor que parecia a área para funcionários de um hotel. Passaram brevemente por um saguão bem iluminado com chão de mármore, mesinhas modernas, sofás de espera e flores frescas, depois seguiram por outro corredor até um elevador. Sunny manteve um ar sério o tempo todo, como se estivesse acompanhando uma convidada para ver "o gerente". Ela guardou aquilo na mente, junto com a prevalência de câmeras de segurança que forravam as paredes.

Dentro do elevador, subindo silenciosamente até o quinto andar, ele foi formal como sempre. Neda poderia ter rido; em vez disso, esperou, impassível, e, quando as portas do elevador se abriram, acompanhou-o pelo corredor sem janelas, coberto por um carpete vermelho, até uma única porta robusta que foi aberta por dentro enquanto eles se aproximavam. No luminoso aposento à frente, um funcionário uniformizado cumprimentou os dois, curvando-se levemente, unindo as mãos em namastê.

Depois da subida estranha, sufocante, o apartamento parecia um refúgio. O cômodo principal era iluminado, minimalista, as paredes pintadas de um branco de galeria de arte, adequadamente adornadas (ele disse mais tarde) por obras de arte construtivistas e De Stijl em uma lateral comprida e por uma enorme peça de expressionismo abstrato na parede dos fundos, onde geralmente ficaria uma TV. Um gigantesco tapete Bokhara fazia as honras da casa, e em cima dele havia uma antiga porta de madeira afegã, reaproveitada como mesa de centro, cercada por poltronas e sofás.

À esquerda, portas pretas levavam para o que ela supunha que fosse um terraço, enquanto arcos sem portas sugeriam outros cômodos.

Ele abriu as mãos e perguntou:

— Então, o que acha?

— É... bastante especial.

— Fico muito feliz que tenha gostado.

Ele a levou até o sofá.

— Sente-se, por favor — disse, e pôs os cigarros na mesa enquanto se acomodava em uma cadeira Falcon de couro ao lado de Neda.

Enquanto ela se equilibrava na beirada do sofá, o empregado que havia aberto a porta e logo em seguida desaparecido em um dos arcos voltou segurando uma bandeja com copos d'água.

— Obrigado, Ajay — agradeceu Sunny. Para Neda, disse: — Vamos, experimente.

Ela examinou o copo.

— O que é isso?

— Experimente.

Ela experimentou. Era muito bom.

— Você nunca tomou uma água igual a essa, não é?

Ela pensou que tinha que concordar.

— Acho que não.

— Adivinhe de onde vem.

Ela sorriu.

— Não sei.

— Da Bélgica — disse Sunny.

— Viu? Eu nunca teria adivinhado mesmo.

Ele chegou mais para a frente na cadeira.

— Atravessa rochas pré-históricas. É purificada por uma nascente termal — explicou.

Sunny parecia um garotinho, maravilhado, querendo compartilhar sua sabedoria. Ela achou aquilo enternecedor.

— Vai me curar dos meus pecados?

— Fique aqui — disse ele. — Já volto.

Ele sumiu por um arco e ela ficou sozinha. Acomodou-se melhor no sofá, notou como o ar era fresco, como o ar-condicionado ficava escondido, igual a um hotel de luxo. Sim, a sensação era aquela, uma mistura de galeria e hotel. Fez um inventário das revistas e dos livros dispostos com bom gosto na mesa de centro: um conjunto de livros da série *Living In*, da Taschen; edições antigas da *Architectural Digest*, da *Robb Report* e da *National Geographic*; *O conto de Genji*; *A câmara clara*; e *A arte da guerra*.

Pegou um livro da Taschen, *Living in Japan*, e folheou-o preguiçosamente.

— Madame?

O empregado, Ajay, estava em pé à sua frente, cabisbaixo.

— Uma bebida, madame? *Chai*, café, suco, refrigerante?

Sunny se aproximou.

— Algo mais forte? — Havia trocado de roupa, vestido uma camisa branca limpa, calça de lã. — Que tal um spritz? Ajay faz um spritz ótimo.

— Eu... não sei o que é isso.

Ele voltou a se sentar na cadeira Falcon.

— Sprezzatura — disse com ar grandioso.

— Ah, certo, também não sei o que é isso — falou ela, então olhou para Ajay. — Quero uma cerveja.

— Heineken. Asahi. Peroni... — listou Ajay.

— Não, não — Sunny balançou a mão desdenhosamente —, ela vai experimentar um spritz veneziano com... — inclinou a cabeça, avaliando com suavidade — ... Mauro Vergano Americano.

— Sim, senhor.

— Não posso ficar bêbada — disse ela.

— Não vai ficar — afirmou Sunny. Para Ajay, disse: — E eu quero uma Asahi. Bem gelada.

Ela observou Ajay ir embora.

— Ele é dos bons.

Antes que Sunny pudesse responder, a porta de entrada se abriu com um clique e o motorista que estivera no mercado entrou, seguido por uma procissão de serviçais carregando as caixas da loja.

— E aí estão os brinquedinhos.

Ajay surgiu da cozinha para dirigir os trâmites, repreendendo o motorista com uma voz baixa e calma por causa de algum novo deslize cometido, e então voltou para concluir os drinques.

— É — afirmou ela —, você sem dúvida deve mantê-lo por perto.

— Eu o resgatei — disse Sunny.

Ela pareceu intrigada.

— De onde?

— Das montanhas.

— Como assim? De uma avalanche?

— Não. — Ele riu. — De um café de mochileiros.

— Ah... Então ele enrola seus baseados?

— Na verdade, foi o café que me fisgou. Ele faz o café mais incrível de todos. Na *macchinetta*. Aprendeu com um italiano.

— Eu não sabia que café era tão difícil de fazer.

— Você deveria experimentar o do Ajay. Ele tem um jeito, um quê internacional, uma... Como posso dizer? — Sunny estalou os dedos com impaciência.

— Sensibilidade?

— Exatamente.

— E, no fim do dia, ele ainda enrola seus baseados, certo?

Sunny sorriu.

— Se ele enrolasse, você não ficaria sabendo.

— Discrição é algo muito importante no seu ramo.

Ele assentiu, como se estivesse afirmando um princípio básico.

— É importante que eu recrute o meu pessoal — explicou.

— Eu diria que é essencial — disse ela, e pensou: *Ele está brincando comigo? Será que fala assim com todo mundo?*

— Meu pai é... Ele tem o jeito dele.

— Todos os pais têm — respondeu ela, encorajando-o a continuar, mas pensando no próprio pai e no jeito dele, ou na falta de jeito, e em como era abençoada.

— Ele traz pessoas dos vilarejos — prosseguiu Sunny. — Os trabalhadores. Traz dos nossos... — escolheu a palavra seguinte com cuidado — ... territórios. Eles são muito leais, têm uma rede de lealdade, mas... — Sunny acendeu um cigarro e ofereceu outro a ela, que aceitou — ... são leais a ele, e eu prefiro...

— Alguém leal a você.

— Este é o meu refúgio. Me recuso a viver uma vida dupla aqui dentro.

Ela assentiu e comentou:

— A vida dupla lá fora é mais do que suficiente.

Neda levava uma vida dupla o tempo todo. Até em seu coração. Quase todo mundo levava. As coisas eram assim. Alguém estava sempre observando, registrando o que podia ser usado contra você mais tarde. Quem não gostaria de ser livre no próprio lar?

— Índia... — Ela suspirou. — Terra de traidores e agentes duplos.

— Me diga uma coisa — pediu ele. — Seja sincera.

Ela finalmente acendeu o cigarro que segurava.

— Talvez.

— Você gosta do seu trabalho?

— O quê?

— Seu trabalho. Você gosta? — perguntou Sunny.

As muralhas dela se ergueram.

— Não é a minha vocação, se é isso que você está perguntando. Mas, claro, tem seus bons momentos.

— Qual é a sua vocação?

— Não tenho uma.

— Todo mundo tem. Eu acredito nisso.

— Eu, não. Mas acho que isso não é importante para você.

— Você tem uma vocação, tenho certeza. Só precisamos descobrir qual é.

— Qual é a sua? — Ela queria falar sobre ele.

Sunny balançou o dedo.

— Tudo tem seu tempo, srta. Kapur. Eu estou fazendo as perguntas.

— Que palhaçada. Você não pode fazer isso. Diz que todo mundo...

Ajay entrou com bebidas e alguns tira-gostos. Pôs um descanso para copos na mesa, serviu a bebida dela e anunciou:

— Spritz veneziano.

Neda examinou Ajay com interesse — ele tinha uma corporatura poderosa, mas o rosto era receptivo como o de uma criança. Ela sorriu com afabilidade e apontou para um dos tira-gostos.

— E o que é isso?

— Madame — respondeu o empregado em inglês, sério. — São anchovas salgadas fritas em flores de abobrinha.

Ele olhou para Sunny em busca de aprovação.

— Obrigado, Ajay — disse o patrão. — Chamo você se precisar.

— Ele te adora — falou ela enquanto Ajay se afastava. Ergueu a própria bebida e examinou a cor. — E isto aqui é lindo.

— Experimente.

Ela tomou um gole.

— Caramba.

— Bom?

— Amargo. Mas bom.

— Seu paladar vai se adaptar. E o tira-gosto?

— Você adora isso, não é?

— Gosto de proporcionar novas experiências às pessoas.

— Sabe — disse ela, examinando o prato —, nunca comi anchovas. — Neda deu uma mordida, mastigou por um instante e balançou a cabeça em sinal de aprovação. — Sim, é incrível. — Apontou para o prato dele. — O que é o seu?

— Ah — ele deu de ombros —, é japonês.

— Japão. — Ela apontou para o livro da Taschen. — Eu adoraria ir ao Japão.

— É uma loucura.

— Você já foi? Claro que foi. Como é?

— Uma loucura. Impossível de descrever. Mas, sabe — ele gesticulou na direção do drinque na mão de Neda —, eu prefiro a Itália. A comida, a cultura, a paixão, o estilo. Todos os meus ternos são feitos lá. Tenho um alfaiate em Milão, outro em Nápoles. E tudo... como eu disse...

— Sprezza-alguma coisa?

— Sprezzatura.

— Isso.

— Significa "ser descolado sem fazer esforço".

— Você poderia me dizer que significa "babaca" e eu não saberia a diferença.

— Mas você acreditaria em mim?

— Não. — Ela balançou a cabeça.

Ele riu.

— Você é engraçada.

— Sou?

— E respondona.

— Bem, sabe...

— Ninguém retruca. Não mais.

— Ninguém?

— Não comigo.

— Nem mesmo os seus amigos?

— Nem mesmo os meus amigos.

— Nem mesmo os seus maiores e melhores amigos?

Ele fez que não solenemente.

— Bem, é porque eles têm medo de você — disse ela e riu.

— Eles têm medo do meu dinheiro — rebateu Sunny.

— Não — revidou ela. — Tenho certeza de que eles adoram o dinheiro. Têm medo é de perder o acesso a ele. Isso é uma coisa básica da escola. Você é o garoto novo e descolado. Nunca assistiu a *Barrados no baile*? Quer dizer, quem não gostaria de ficar na aba confortável de Sunny Wadia?

Ele olhou para a mesa por um momento.

— Não sei. — Depois olhou para ela. — Eu?

Ela estalou a língua fingindo compaixão.

— Ah, o pobre menino rico está triste?

Ela não comia desde o café da manhã e sentiu o álcool fazendo efeito no corpo. Às vezes, era o que acontecia: o álcool soltava sua língua e ela atacava as características que considerava intrigantes nas pessoas quando estava sóbria. Ao ver o rosto dele, Neda tentou se conter, assumiu uma expressão apropriada e continuou:

— Agora estou me lembrando. Estávamos conversando no restaurante naquela noite. Você disse que era solitário. Eu não acreditei. Achei que você estivesse querendo ser fofo. Mas talvez seja verdade.

— Você é perspicaz — disse ele.

Ela rebateu:

— Tenho dois olhos e um cérebro.

— É uma qualidade atraente.

Ela sabia que aquilo era um jogo, mas, mesmo assim, sentiu o rosto corar.

— Tudo bem, chega — falou ela, pondo o drinque na mesa e afastando-o. — Tenho um trabalho a fazer, e você prometeu.

— Prometi?

— A enquete.

— Certo.

— A menos que fosse só uma artimanha para me trazer até o seu quarto.

Ele a observou com um sorriso manhoso nos lábios.

— Preciso de respostas — disse ela. — Você me arrastou para longe do trabalho, tenho que entregar um texto. Então, sem desculpas. — Neda esticou o braço para pegar a bolsa. — Ah, vou gravar suas respostas.

Ela viu a hesitação nos olhos dele, mas, mesmo assim, pegou o ditafone.

— Não se preocupe — falou Neda —, vamos mudar seu nome. — Ela posicionou o aparelho na mesa. — Tudo bem?

Ele assentiu, os olhos calmamente fixados nela.

— Tudo bem.

— Primeiro, qual é o seu nome?

Ele respondeu prontamente:

— Vijay.

— Idade?

— Vinte e três.

— Certo, vamos continuar.

Ela apertou GRAVAR e a luz vermelha se acendeu.

— Estou aqui com Vijay, de vinte e três anos, e estamos no Khan Market, onde o assunto do dia são shoppings e mercados. Vijay, por favor, me diga o que você faz.

Ele deu uma longa tragada no cigarro, franziu a testa por um instante e pôs o cigarro no cinzeiro. Quando ergueu os olhos, havia não apenas mudado de personalidade, mas também de idioma.

— Trabalho em um *call center*, madame — respondeu em hindi com um forte sotaque de Uttar Pradesh Ocidental.

Aquilo a surpreendeu, a voz sincera, esperançosa, confiante. E ocorreu-lhe: talvez aquela fosse sua voz *de verdade*, aquele fosse seu sotaque *de verdade*.

— Certo, Vijay, vinte e três anos, operador de *call center* — respondeu ela, continuando a falar em inglês. — A pergunta é: os novos shoppings de Déli são o prenúncio da morte dos mercados tradicionais da cidade?

— Madame — disse ele —, os shoppings são muito empolgantes para mim.

— Por quê?

— Tantas coisas, tudo sob o mesmo teto, com as melhores marcas. Sem marca, madame, você não tem estilo.

Ela teve que refrear um sorriso que provocava seus lábios.

— Madame — Vijay se encolheu —, qual é a graça?

— *Kuch nahi* — disse ela. — Nada.

— Madame, a senhora está gozando de mim, mas não entende a sensação de ir ali, ir acolá, tentar encontrar todas as coisas que um sujeito precisa em vários mercados diferentes. Além disso, o shopping tem ar-condicionado. Clima bom.

— Certo, certo — disse ela. — Então os shoppings vão destruir *mesmo* os mercados tradicionais? É o que você acha?

— Não, madame. — Ele sorriu. — Sempre vão existir homens e mulheres importantes como a senhora que gostam de frequentar esses mercados, saltando de seus carros bonitos com motorista.

— Eu não tenho motorista! — exclamou Neda.

Ele levantou a mão para que ela esperasse.

— E sempre existirão pessoas comuns que não têm dinheiro para ir ao novo shopping, e elas também vão usar o mercado. Mas, no meio, agora existem pessoas como eu. — Ele passou para o inglês e disse uma palavra com um forte sotaque: — Ambicioso.

Ele a observou em silêncio, com o rosto muito sério, praticamente sem se alterar.

— Ah, para com isso — disse ela, enfim. — Você está fazendo seu discurso de vendedor.

— Madame — falou ele, quase rindo —, o que a senhora está dizendo?

Ela ergueu as mãos, rendendo-se.

— Não importa!

— Além disso — retomou ele, pegando o cigarro e voltando a ser Sunny Wadia —, você sabe como o Khan Market começou?

Ela parecia perdida.

— Claro que não sabe — continuou ele. Agora ela procurava pequenos traços naquela voz melíflua, internacional, mas era impecavelmente vaga. — Começou com os refugiados da Partição. Eles vieram para Déli e foram parar naquele lugar deserto. E se adaptaram porque foram obrigados. Se não se adaptassem, morreriam. Então eles, mais do que ninguém, não deveriam se surpreender quando a cidade muda. E, se não conseguem manter os clientes satisfeitos, por que devem continuar a funcionar? Eles não têm um direito divino.

— Então, a moral da história é se adaptar ou morrer? — perguntou ela.

Ele se recostou na cadeira.

— Tipo isso.

— Então vamos lá — encorajou ela. — Diga.

— Adapte-se. Ou morra.

— Vijay, vinte e três anos, então...

— Olha aqui — disse ele, interrompendo-a. — Falando sério, os mercados têm seu lugar. Mas há milhares, milhões de jovens indianos que não podem ir a um lugar como o Khan Market, que não conseguem circular pela Antiga Déli o tempo todo. Que não querem, que não têm tempo. Jovens de todas as partes, de todas as origens, estão conseguindo empregos, estão morando sozinhos ou com amigos, têm renda disponível e querem seguir a vida. Nossa pesquisa de mercado mostra que uma alta porcentagem dos que estão entrando no mercado de trabalho quer uma experiência de consumo mais concentrada, imersiva, conveniente, *em todos os lugares*, em cidades pequenas, cidades-satélites, em lugares aos quais pessoas como você nem sonham em ir.

— *Sua* pesquisa de mercado?

— Sim.

— Você está construindo shoppings, não está?

— Claro — disse ele.

— Você tem vinte e três anos.

— Vinte e quatro.

— Uau. — Ela olhou para o ditafone a fim de ver se ainda estava ligado. — E eu pensando que você era um mecenas.

— As duas coisas não são mutuamente excludentes — rebateu ele.

— É, n-não — gaguejou ela.

— Quem você acha que financiava a arte, historicamente? Os Médici eram banqueiros.

— Sim, quer dizer, claro.

— Além disso, tenho em mente planos que vão além de shoppings. Quero transformar Déli em uma cidade realmente global.

— Você?

— Sim, eu.

— Bem, isso é meio loucura.

— Você está satisfeita em morar aqui?

— Como?

— Ouvi dizer que você não está feliz, que quer ir embora.

Ela ficou surpresa. Hari devia ter contado para ele.

— E você não está errada — prosseguiu Sunny. — Acredite, eu não cresci com o Ocidente sendo transmitido na minha sala de estar que nem você, mas eu viajei, vi como as pessoas vivem em outras partes do mundo, vi o que está disponível, o que está aberto, o que é possível. Estamos muito atrasados aqui. Temos todo o potencial, o capital humano, só precisamos aproveitar isso.

Ele fazia isso com todos? Não conseguia se conter?

— Quero perguntar uma coisa — continuou Sunny. — O que Londres, Paris e Cingapura têm em comum?

— Não sei. Diga para mim.

— Não, estou perguntando para você. O que essas cidades têm em comum?

Ela deu de ombros.

— São capitais?

— Elas têm rios.

— Ok. E daí?

— E o que nós temos aqui em Déli?

Ela estava se cansando rapidamente daquela ostentação retórica.

— Um rio.

— Agora ouça — disse ele, lançando-se em um monólogo. — Ao longo da história, rios e cidades se entrelaçaram. Um rio é a linha vital de uma cidade, sua artéria. — Enquanto Sunny falava, ela sabia que ele havia ensaiado, que tinha preparado aquele discurso. Ele continuou: — Primeiro comércio, depois indústria, em seguida lazer. E todas as melhores cidades do mundo têm algo em comum. Elas *estão voltadas* para seus rios. Os rios se tornam sua peça central. — Talvez até fosse um texto que ele escrevera alguma vez. — E o que nós fazemos? Bem aqui em Déli? Com o Yamuna?

Ela balançou a cabeça, pois sabia que devia apenas escutar.

— Damos as costas para o nosso rio. Pense nisso — disse ele, saindo do discurso preparado e descambando para o evangélico. — Imagine a cidade de cima, visualize. Está conseguindo ver? Consegue vê-la atravessada pelo Yamuna? Agora pense em todos os condomínios, nas coisas que todo mundo faz todos os dias. Alguém olha para o rio? Alguém tem algo a ver com o rio? Não, nós o rejeitamos, nós o ignoramos. O Yamuna deveria ser *sagrado*, mas se torna profano, todo cagado de esgoto, margeado por favelas. E nós aceitamos isso. Certo?

— Certo.

— Agora imagine o Yamuna resplandecendo de tão limpo. Imagine *nadar* nele. Imagine passar de barco nele. Imagine marinas e calçadões. — Sunny foi ficando mais animado à medida que falava. — Imagine reservas naturais, brejos, teatros de ópera! Imagine um distrito comercial, arranha-

-céus, bondes, parques, cafeterias. — Ele pintou uma paisagem com as mãos. — Imagine sair do trabalho e ir até o rio para tomar um coquetel, comer uma refeição com estrelas Michelin, depois ir ao teatro, em seguida dar um passeio ao longo da margem do rio.

Ela o observou: parecia satisfeito com a imagem evocada.

— Você pode fazer isso em Londres — disse ele. — Por que não aqui?

— Não sei.

— Você vai poder — afirmou ele. — Porque eu vou construir.

E, assim, ele concluiu.

— Bem — começou ela —, isso é...

— Ambicioso.

— Podemos chamar assim. Ou podemos chamar de loucura.

— Você não acha que sou capaz.

— Não é isso — disse ela. — É só que, sabe, lá é Londres, aqui é Déli. Quer dizer, como você espera...?

— Isso é comigo.

Algo no jeito que ele falou a antagonizava.

Neda sabia instintivamente que ele estava enganado, que havia mais coisas em jogo, mas não tinha munição para combater a bravata vagamente desenhada. Mesmo assim, ele havia começado a irritá-la. Neda pensou: *O que ele quer de mim?*

— O que você está pensando? — perguntou Sunny.

— Por quê?

— Como assim "por quê"?

— Não importa.

— Você não acha que sou capaz?

— Não, é só que... Porque o que eu acho tem importância?

— Porque estou perguntando a você.

— Então eu acho que é uma ideia legal.

— O que significa que é papo furado.

— Não — respondeu ela. — É uma ideia legal.

— Mas?

— Nada.

— Por que você não vem trabalhar para mim?

Ela riu alto.

— O que foi?

— Está na cara que você está sendo desperdiçada no seu trabalho.

— Ah, entendi.

— Você poderia se unir a mim, me ajudar com as relações públicas, algo assim.

— Sim, você pode ser a minha vocação — provocou ela, zombeteira.

O veneno surtiu efeito. Eles ficaram em silêncio.

Ela não conseguia entender bem a situação, não sabia dizer se ele estava falando sério, sendo sincero, ou se estava delirando, brincando com ela; se aquela era apenas uma tática complicada para levá-la para a cama (malsucedida!), ou se ele estava simplesmente exercitando a própria arrogância com ela.

O silêncio continuou, e Sunny estava com todas as cartas na mão.

Então ela pensou: *Dane-se*.

— Sabe — disse —, depois que nos conhecemos naquela noite fiquei pensando se deveria ou não fazer um perfil seu. Para a minha não vocação. — Aonde ela estava querendo chegar? — Estava empolgada. Seria algo borbulhante, divertido, mas com um quê de seriedade, para o suplemento cultural, sobre as festas, os restaurantes, sabe? Sobre como a cidade está mudando.

Neda o observava enquanto ele a escutava.

— Certo.

Ela ia mesmo fazer aquilo?

— Aí perguntei sobre você a um colega.

Ele uniu os dedos e tocou os lábios.

— Certo.

— Sabe o que ele me disse?

Por que ela estava fazendo aquilo?

Ele permaneceu sentado, imóvel, esperando.

— Ele disse: "Sunny Wadia? Aquele palhaço?"

Neda sentiu a descarga de adrenalina subir pela espinha, uma escassez de oxigênio nos pulmões.

Ele continuou imóvel.

— Logo depois, ele disse: "Você sabe quem é o pai dele?"

Assim que ela pronunciou aquelas palavras, sentiu o estômago dar um nó. Ficou enjoada. E viu de rabo de olho a luz vermelha do gravador. Ele com certeza sabia que ainda estava ligado, certo?

— E você sabe? — perguntou ele, virando-se a fim de olhar para ela. Os dois se encararam. — Ou seu colega disse para você?

— Ele me disse algumas coisas.

Sunny inspirou longa e lentamente.

— Sabe, venho lidando com isso desde que nasci. — Ele acendeu mais um cigarro e deixou-se levar para uma terra particular de contemplação. — Toda a minha vida.

Ela não ousou se mexer.

— Então... O que ele disse? — indagou Sunny.

— Meu colega?

— É.

— Ele disse que seu pai era... — Ela não conseguiu terminar.

— O quê?

Neda decidiu ser direta.

— Ele disse que seu pai era um dos compadres de Ram Singh.

— Ram Singh... — Ele fechou os olhos, sorriu novamente e assentiu. Então começou a falar: — Meu pai é um homem de negócios, pura e simplesmente. Ele não nasceu com dinheiro nem conexões; não conhecia pessoas influentes. O pai dele foi um alcoólatra, um mercador de grãos. Papai largou a escola e assumiu os negócios aos quinze anos. Meu avô morreu logo depois. Meu pai fez o que tinha que fazer para sobreviver. Lá em Uttar Pradesh. Onde ninguém ajuda se você não ajudar a si mesmo. Onde as probabilidades estão sempre contra você. Ele trabalhava todas as horas que Deus mandava. Trabalhava nas horas que deveria dormir. Mas não era como as outras pessoas. Tinha visão. Tinha talento para ganhar dinheiro. Em cada nota de rupia, ele conseguia ver três moedas de cinquenta *paisa*. Isso é crime?

— Não — disse ela.

— A única culpa dele é a ambição. De subir de sua classe social. Meu pai pegou atalhos pelo caminho? Sim. Estamos na Índia. As cartas são marcadas, as regras são manipuladas, vocês fazem as regras, para começo de conversa.

Vocês já têm tudo e não querem dividir. Então, às vezes, as coisas devem ser tomadas. Mas, no fim das contas, ele dá às pessoas o que elas querem. Pessoas como você e seu colega sempre falaram dele pelas costas. Era o que eu ouvia o tempo todo na escola. Ele me mandou para uma boa escola, sabe? Queria que eu me aperfeiçoasse, me misturasse com pessoas como você. Fui expulso. Meus colegas falavam alto o suficiente para que eu ouvisse. Me lembravam de que eu nunca seria como eles. O lance é que o mundo mudou. Não os ouço mais sussurrando. Em vez disso, eles vêm me pedir emprego. Vêm farrear. É claro, seu colega nunca vai mudar de opinião, tenho certeza disso. Ele pode se dar a esse luxo. Aposto que ele nunca teve que lutar, não é?

— Não sei. Todo mundo tem as próprias lutas.

— Não como nós. — Ele apagou o cigarro. — É uma luta para chegar ao topo. Para chegar lá, você precisa aprender a ser implacável. Mas uma vez lá, pode começar a fazer o bem. Meu pai é uma pessoa limpa.

— E quanto a Vicky?

Houve um estremecimento à menção daquele nome.

O rosto dele era imperscrutável.

— Não o vejo há anos.

— Ele faz parte da sua família — disse ela.

— Mas ele não tem nada a ver com o nosso futuro. — Sunny se inclinou para a frente, desligou o gravador e então falou: — Nos libertamos dele há muito tempo.

— O que você quer que eu faça com isso? — perguntou ela.

Esperava que Sunny retirasse a fita, colocasse-a no bolso ou a queimasse no cinzeiro, mas ele simplesmente a empurrou sobre a mesa até ela.

— Fica a seu critério. — Ele se levantou da cadeira, ajeitou a camisa e a calça e concluiu: — Com licença, estou atrasado para uma reunião. Foi um prazer falar com você, srta. Kapur. Ajay a acompanhará até a saída.

Em casa, no seu quarto, deitada na cama e usando fones de ouvido, ela escutou a fita. Rebobinou-a até o Khan Market. Primeiro as entrevistas, o barulho da rua ao fundo, depois um clique e o silêncio estrondoso do apartamento dele. Fechou os olhos e voltou para o sofá, ouviu Vijay, vinte e três anos, operador de *call center*; ouviu aquela voz e não conseguiu ligá-la ao rosto, às roupas, ao apartamento. Depois o despiu mentalmente dos adereços, vestiu-o com camisa e calça baratas, posicionou-o no canto da rua, sentado em uma motocicleta ao lado de uma barraquinha de *chai*, e estava quase lá, quase conseguiu vê-lo. De repente, tudo sumiu. Afinal, ele não estava fingindo? A voz dele não era uma caricatura de todos aqueles homens cujas dificuldades cotidianas ele conhecia tão pouco quanto ela? Ele simplesmente representara o papel de um dos seus clientes em potencial, pondo as palavras que queria ouvir na boca do seu duplo. Neda pausou a fita. Ficou pensando em como ele havia chegado longe. E com que rapidez. Todo aquele papo de Itália e Japão. Quanto daquilo era verdade? Reduzido ao essencial, desprovido dos adereços, quem era ele?

Ela continuou a ouvi-lo falar do rio, dos teatros de ópera, de distritos comerciais e calçadões. No apartamento, tudo que ela escutara fora a argumentação dele, mas agora ouvia a esperança, o entusiasmo, a energia. Em retrospecto, livre da tentação de intervir, zombar, corrigir, desafiar ou ajustar, livre para ouvir e se solidarizar, ela achou tudo fascinante. Ele realmente acreditava naquilo, pensou Neda. Aquele era o outro lado da miséria, da destruição, da pobreza, do mundo que Dean percorria. E ela por acaso não queria que Déli fosse *daquele jeito*? Não seria muito mais fácil do que a luta? A voz fria de Dean subiu até a sua consciência. "Luta?", dizia a voz. "Você nem faz parte da luta." Neda continuou a escutar. Ouviu a própria voz dizendo: "Aí perguntei sobre você a um colega." Encolheu-se. As palavras chegaram aos seus ouvidos. "Sunny Wadia? Aquele palhaço?" Ela parou a fita por um instante, preparou-se e apertou o play. "Você sabe quem é o pai dele?"

Analisou as respostas, o discurso que Sunny fez sobre as lutas do pai e percebeu que ele havia se esquivado, na verdade não havia respondido nada. Ela permitiu, estava com medo. Houve uma brecha, quando ele perguntou o que Dean havia dito. "Um dos compadres de Ram Singh", a voz dela respondeu. Se ela tivesse sido esperta, não teria feito menção alguma a Ram Singh — o nome era ao mesmo tempo direto e vago demais; em vez disso, ela deveria tê-lo pressionado. Um criminoso. Um gângster. Observado a resposta. Neda amaldiçoou a si mesma por ser tão impulsiva, insuficientemente crítica e objetiva. Mesmo assim, havia conseguido fazer aquela pergunta sobre o tio. Ouviu a si mesma: "E quanto a Vicky?"

Havia dito o nome com tal informalidade, com tal intimidade, como se estivessem falando de um amigo de família. Parecia transgressivo. Rebobinou a fita e ouviu a si mesma, tentou analisar o segundo de silêncio após a pergunta. Sunny, porém, não deixara nada transparecer.

No entanto, ele a havia colocado para fora.

Neda tentou descobrir o que diabos acontecera ali. Um flerte, sem dúvida; havia química entre eles. Será que ele tinha dado um passo maior do que a perna? Apesar de ter dito que gostava do fato de ela ser respondona. Com certeza não esperava que ela fosse falar sobre o pai dele, o tio. Talvez ele não pensasse em si próprio como alguém "conhecido" por aqueles motivos. Talvez estivesse ocupado demais tentando ser conhecido por si mesmo, pelos seus feitos. Muitas perguntas. Ela havia ficado com a imagem de um jovem egoísta, cercado de riqueza e luxo, louco para ser importante, mas amaldiçoado por uma insegurança fatal. Exatamente o tipo de homem por quem ela ficava caidinha.

Esticou o braço até a gaveta da mesinha de cabeceira e pegou o Zippo dele. Acendeu um cigarro.

Neda passou o resto da noite transcrevendo as entrevistas realmente feitas para a pesquisa de opinião e inventando as que não fizera. Nomes falsos, citações falsas.

Por último, redigiu a de Sunny.

Vijay, vinte e três anos. Acrescentou uma frase dita depois, quando Sunny falou usando a voz verdadeira.

— Adaptar-se ou morrer? — gritou seu editor da mesa dele no dia seguinte. — Esse sujeito realmente disse isso?

— Disse — respondeu Neda.

— Meu Deus, essa cidade está ficando cada dia mais difícil.

2.

Ela ficou a semana toda esperando uma mensagem de Sunny, algum sinal. Ficou pensando se era ela quem deveria contatá-lo, pedir desculpa. Por quê?

Desculpe por ter insultado sua família. Quanto mais ela pensava a respeito, mais parecia ter sido um encontro ruim. Mesmo assim, sentia-se atraída por ele. Por um lado, pensava nele o tempo todo. Por outro, estava sempre prestes a começar um diálogo com Dean. Dizendo: olha, aconteceu uma coisa, acho que você deveria saber. Na sua cabeça, ela entregava a fita e Dean a ouvia em seu escritório, ela sentada ao lado, observando a expressão dele. Será que se orgulharia dela?

"Bom trabalho", disse Dean na versão ruim na sua cabeça. "Aproxime-se dele. Descubra seus planos."

Na verdade, Dean talvez dissesse: "Aquele palhaço? Não perca seu tempo."

Um dia, ela perguntou a Dean sobre as demolições. (Outra coisa em que andava pensando. Por que não havia mencionado as demolições para Sunny? Por que não havia articulado uma visão da cidade em que a terra não está simplesmente esperando para virar uma *commodity*?)

— São terríveis, eu sei.

— Mas?

— Dando uma de advogada do diabo...

— Vá em frente.

— O Yamuna Pushta. Essa terra não seria melhor usada para, sei lá, a cidade?

— Ela está sendo usada para a cidade. Pessoas moram lá.

— Estou falando da cidade como um todo. Como Londres ou Paris. Todo mundo é atraído pelos rios lá. São o coração da cidade. Aqui nós viramos as costas para os rios.

Percebeu que estava papagueando as palavras de Sunny.

Dean lançou um olhar longo, piedoso.

— A Índia não é a Europa — disse. — O Yamuna não é o Tâmisa.

Cerca de duas semanas haviam se passado quando seu editor cutucou seu ombro.

— Neda, quais são seus planos para hoje à noite?

— Nenhum, senhor.

— Tome. — Ele lhe entregou um comunicado de imprensa. — Sridhar não pode ir. Vá você.

Ela olhou para a folha de papel brilhante: "Dinesh Singh Kumar, presidente, Ala Jovem do Partido Democrata Radical, convida para a inauguração da Iniciativa Turística de Uttar Pradesh: Rumo ao Nível Mundial."

— Rumo ao Nível Mundial — repetiu ela.

— As besteiras de sempre. Não perca seu tempo. Entre e saia, escreva poucas centenas de palavras, envie e tome um drinque grátis, se tiver sorte.

Dinesh Singh, filho de Ram Singh. Quais eram as chances de aquilo acontecer? Quais eram as chances de Sunny estar lá? À espreita, na retaguarda. Se os pais trabalhavam juntos, os filhos certamente faziam o mesmo, apesar dos protestos de Sunny.

Ela havia visto Dinesh nos jornais com frequência nos últimos tempos, em uma campanha firme de relações públicas, tentando lustrar as credenciais de progressista do governo declaradamente nada progressista do pai, e fazendo um trabalho que não era de todo ruim. Sua imagem se distanciava da figura comum do filho de político paparicado e, francamente, burro. Ele havia estudado história e política no Canadá, absorvido as lições sobre a arte de governar, era tão requintado e elegante (de uma maneira rural, campestre, professoral, intelectual) quanto o pai era um capanga político que sujava as próprias mãos. Tinha uma boa lábia, queria aproveitar a vitória inquestionável do pai e modernizar o estado. Naturalmente, estava de olho no cargo de ministro-chefe. Mas, por enquanto, sua missão era promover o turismo em Uttar Pradesh. Turismo para além do Taj Mahal. Turismo Rumo ao Nível Mundial.

Neda foi falar com Dean antes de sair. Mostrou a ele o comunicado de imprensa.

— Rumo ao nível mundial — disse ele distraidamente. — Que fofo.

— Alguma pergunta? Estou aceitando pedidos.

Ele devolveu a folha.

— Pergunte quantos hotéis no estado são de propriedade de políticos afiliados ao pai dele, e, desses hotéis, quantos estão envolvidos em atividades ilegais como prostituição e tráfico de pessoas.

— E se eu conseguir gravar isso?

— Levo você para jantar.

A entrevista coletiva foi em um dos salões de banquete do Park Hyatt. Drinques eram servidos: havia um bar decente e quatro funcionários uniformizados estavam em uma lateral do salão, atrás de uma comprida mesa de banquete coberta por uma toalha de linho branco. Havia taças já cheias de vinhos tinto e branco ao lado de suco de laranja e refrigerantes, garrafas de gim, uísque e vodca sob os olhos atentos dos barmen, além de baldes de gelo, coqueteleiras e tudo mais.

— Muita variedade — sussurrou um jornalista tarimbado no ouvido de Neda.

Ele cheirava a talco e Old Spice. Cerca de cinquenta cadeiras estavam dispostas em oito fileiras, todas de frente para um tablado com três cadeiras e um atril em um dos lados. Projetor e tela haviam sido montados, conectados a um laptop. Neda pegou uma taça de vinho branco e encontrou um lugar na lateral da penúltima fila. Nem sinal de Sunny.

Dinesh Singh apareceu na hora marcada e começou com uma apresentação. Estava em pé atrás do atril, a imagem de um jovem sério, engajado, civicamente comprometido. Tinha um charme levemente frágil, insistente. Parecia deslocado no palco, mas não tímido. Começou bastante bem: reconheceu que Uttar Pradesh tinha um longo caminho pela frente, que o estado tinha problemas de todo tipo, questões mais prioritárias do que o turismo. Mais especificamente educação, saúde, segurança, empregos. O turismo, porém, era um setor que poderia ser promovido concomitantemente, ligado à educação, para estimular progresso e crescimento. Depois começou a perder a atenção de Neda. Começou a se tornar monótono. Ela ficou decepcionada. O salão estava quente, apesar do ar-condicionado. O vinho subiu-lhe à cabeça. Ela se distraiu enquanto ele mostrava slides das várias maravilhas arquitetônicas do estado. Depois do que pareceu uma eternidade, ele passou para a diversidade ecológica. Estava escuro no salão. O bar havia fechado inesperadamente. Ela deslizou para a frente da cadeira e pensou em mandar uma mensagem para Dean. Digitou: "Isso é burrice." Quando estava prestes a enviar, as luzes se acenderam. Tossidas educadas, o farfalhar de papéis. Hora das perguntas. Ela continuava a dizer a si mesma para ir embora depois da próxima pergunta, simplesmente se levantar, andar até a porta e sair. Mas acabou ficando. As perguntas pareciam pré-aprovadas. Qual era a cronologia para o sucesso? Qual era seu prato preferido? Ela estava ficando irritada. Levantou a mão. Ele a viu, sorriu e apontou.

— Sim, a jovem ali atrás.

Neda pegou o microfone do assistente.

— Neda Kapur, *Delhi Post*.

— Por favor, prossiga.

— Antes de convidar o mundo para ir visitar Uttar Pradesh, o senhor vai analisar o número de hotéis no estado envolvidos em atividades criminosas como prostituição e tráfico de pessoas?

Dinesh não hesitou nem se sobressaltou.

— Ótima pergunta, essa é uma questão importante.

Ela sentiu uma de onda adrenalina e continuou:

— Sobretudo porque muitos desses hotéis são supostamente de propriedade de sócios do seu pai.

Dava para ouvir a respiração das pessoas, o falatório, mas Dinesh se manteve calmo.

— Haverá uma avaliação abrangente dos hotéis, e aqueles que forem considerados dignos de turistas internacionais receberão uma certificação especial. Obrigado.

E encerrou o assunto.

Ela o observou sendo rodeado por um grupo de lacaios, que acorreram do palco. Sunny não estava entre eles. Neda tinia de adrenalina. Sentiu os olhares dos outros jornalistas voltados para ela. Havia sido ousada demais, imprudente. O jornalista Old Spice se inclinou na direção dela.

— Esse foi um lance cabuloso!

Ela juntou seus pertences e saiu apressada. De repente, sentiu-se enjoada. Estava quase fora do salão quando uma voz a chamou.

— Srta. Kapur?

Ela se virou e viu ninguém menos do que Dinesh Singh.

— Estou correndo para uma outra reunião, mas queria saber se podemos conversar.

— Claro.

De repente, ela se viu entrando no saguão do hotel ao lado dele.

Esperando ser repreendida, até ameaçada.

Isso não ocorreu.

— Eu admiro você — disse ele. — É preciso ter coragem para fazer uma pergunta como aquela. E tem razão em fazê-la. Cá entre nós, há muita coisa que podemos fazer para limpar o estado, e muitas das irregularidades acontecem debaixo dos nossos narizes. Mas você entende a natureza da política em Uttar Pradesh. Não é possível obter poder sem dinheiro e força, e isso vem atrelado a concessões. Entende que estou falando extraoficialmente, certo?

— Sim.

— A verdade é que quero limpar tudo, mas não posso fazer isso sozinho. Precisamos de ajuda, e você é exatamente o tipo de jovem que estamos procurando — afirmou ele, enquanto entravam no saguão. — O governo deve ser transparente. Deve ser sincero, vigilante, corajoso.

Os assistentes e auxiliares de Dinesh Singh seguiam atrás deles.

Ele pegou um cartão de visita.

— Gostaria de chamá-la para ir a Lucknow, como minha convidada. Teremos um encontro de jovens em breve. Precisamos de jornalistas para transmitir a nossa mensagem.

— E se a sua mensagem não condisser com a sua prática?

— Julgue-me pelo meu histórico. — Ele escreveu um número de telefone no verso do cartão. — E entre em contato em qualquer momento. Este é meu número pessoal.

Ela pegou o cartão.

— O que seu pai diria disso?

— A pergunta que define a minha vida...

Foi naquele momento que ela o viu.

Sunny.

Em pé no saguão, rijo, usando um terno azul-marinho pesado e uma gravata cinza, o rosto com uma expressão fixa de solenidade contemplativa. Estava manuseando seu BlackBerry. O coração de Neda disparou e o estômago deu um nó.

— Ah — disse Dinesh —, meu colega de jantar.

Sunny ergueu o olhar com a mesma expressão vazia do Khan Market, fitou Dinesh, Neda, e voltou os olhos para o telefone.

Ela sentiu uma onda de náusea. E raiva.

— Neda Kapur, esse é Sunny Wadia — apresentou Dinesh Singh.

Sunny não levantou a cabeça.

— Neda é jornalista — disse Dinesh.

— Bom para ela — replicou Sunny. — Vamos?

Dinesh apertou o ombro de Sunny e falou:

— Meu amigo aqui é tímido.

— E a timidez o torna grosseiro, uma característica infeliz.

— Nossa mesa está esperando — rebateu Sunny.

— Parece que ele se levantou da cama com o pé esquerdo. Mas, por favor, entre em contato. Organize aquela viagem. E, se precisar de algo, seja o que for, é só me ligar.

— Obrigada.

— Agora queira me desculpar — disse Dinesh enquanto Sunny se virava —, mas preciso perguntar: o que você vai escrever?

— Não se preocupe — respondeu ela, olhando para Sunny. — Um texto-padrão. — Voltou-se para Dinesh e sorriu. — Não há motivo para criar inimizade com você. Ainda.

Ele riu.

— Vou ficar esperando seu telefonema.

E lá se foi ele, levando Sunny embora. Ela os observou irem até o restaurante japonês do hotel, esperando que um deles se virasse. Não aconteceu.

O que ela havia esperado de Sunny? Civilidade, pelo menos? O modo como ele falou parecera cruel. No entanto, uma parte dela se sentiu reconfortada — ele se importava o suficiente. Neda saiu pela porta principal, passou pelos detectores de metal e acendeu um cigarro. Pegou o tíquete do estacionamento, entregou-o ao manobrista e ficou esperando o carro. O cigarro já tinha quase acabado quando seu Maruti veio rangendo e espipocando pelo caminho. Neda pensou nas palavras de Sunny, sobre como ela podia entrar em qualquer lugar sem dificuldade, mas, agora que alguém havia apontado tal fato, sentia-se constrangida, envergonhada.

Quando estava prestes a entrar no carro, ouviu uma voz atrás de si.
— Srta. Kapur?
— Sim?
— Meu nome é Amit. — Ele abriu um sorriso simpático. Na mão estendida havia um envelope com um cartão-chave do hotel. — O sr. Wadia gostaria de informar que vai se atrasar para o encontro.
— Encontro?
— Na suíte dele.
Ela disfarçou a surpresa.
— Quanto tempo ele vai demorar?
— Não mais do que uma hora.
— Uma hora?
Ostentou raiva, mas, secretamente, estava radiante.
— Vai ser difícil para mim, Amit. — Pegou o cartão. — Mas vou dar um jeito. Qual é o número?
— Oitocentos.
Amit mandou que o manobrista estacionasse o carro dela de novo e a levou até o saguão.
— Eu a acompanho. — Acenaram para que ela passasse direto pelo detector de metais. — O sr. Wadia pediu que eu dissesse à senhorita para ficar à vontade.
Conduziu-a pelo saguão até um elevador à espera.
Ela esticou o pescoço a fim de olhar para dentro do restaurante.
— Se desejar algo mais, será um prazer assisti-la. Aqui está meu cartão e meu número pessoal. Pode me ligar a qualquer momento.
— Obrigada, Amit — disse ela enquanto pegava o cartão e entrava no elevador.
— Para a Suíte Comercial do sr. Wadia — informou Amit ao ascensorista.
Enquanto subiam, ela ficou feliz pela sem-gracice das roupas de trabalho e pelo álibi que ofereciam contra as acusações no olhar do ascensorista.

———

O cartão-chave abriu com um clique a porta da suíte 800, decorada com o luxo anônimo de sempre, mosaico de mármore, uma escrivaninha de mogno, uma sala de estar espaçosa, um escritório, um quarto ao lado. No entanto, não havia nenhuma daquelas parafernálias comuns hospitaleiras, nenhuma cesta de frutas de brinde, nenhuma garrafa de vinho com um recado "personalizado". A suíte havia sido usada, a tensão da presença de Sunny estava no ar. Livros, revistas. A escrivaninha no canto estava abarrotada de trabalho, livros sobre urbanismo e história, projetos arquitetônicos, designs de logomarcas. Ela folheou os vários documentos: o layout preciso de um shopping de três andares, um esboço a lápis de um elegante edifício baixo que cobria o flanco de uma colina. Outro mostrava uma galeria de arte modernista grande e bojuda à margem de um rio largo, ladeado por junco, uma versão sanificada e embelezada do Yamuna. Embaixo, uma renderização arquitetônica da margem de um rio cheia de indianos modernos e sorridentes, tomando sorvete, andando de mãos dadas, com sombras de prédios comerciais e bondes ao fundo. Ao lado havia um caderno aberto com um lápis na transversal, mas a caligrafia, em uma mistura de hindi e inglês, era totalmente indecifrável.

No nicho embaixo da TV havia uma coleção de bebidas alcoólicas. Black Label, Woodford Reserve, Wild Turkey, Patrón, Hendricks. Dentro da geladeira, umas poucas garrafas de Asahi, água tônica Schweppes, refrigerante, mais algumas da preciosa água mineral belga de Sunny, uma garrafa de Cocchi Americano, duas garrafas de Veuve Cliquot. Ela pegou um dos copos enfileirados e serviu-se de uma dose grande de Woodford. Cheirou a bebida enquanto a levava até o quarto. Só uma olhada rápida.

A cama estava feita, imaculada, nenhum sinal de vida, nenhum sinal de pressa. Neda abriu o guarda-roupa. Oito camisas brancas, três azuis, várias outras de diferentes cores. Oito paletós, cinco calças, vários jeans. Ela passou a mão pela alfaiataria, pelo tecido caro. Inclinou-se para a frente e inalou o aroma. Ficou estranhamente comovida pelo desamparo das peças penduradas, pela passividade das roupas. A ausência de corpo dentro delas. Fechou a porta do guarda-roupa. Pegou o uísque, foi até o banheiro e examinou a colônia dele: Davidoff Cool Water. Borrifou-a no pulso. Ah, sim, era ele.

De volta ao cômodo principal, Neda esperou. Encontrou um maço de cigarros em uma das gavetas, acendeu um, arrastou uma cadeira até a janela e abriu a cortina. Eram seis e meia. O tráfego se arrastava, um carro grudado no outro, os faróis nas ruas distantes piscavam em intervalos regulares. Era de longe que Déli mostrava seu esplendor. O auge da sua beleza era visto dali, ou do alto, quando se chegava de avião à noite, contornando a cidade oculta da cordilheira, a espinha dorsal pré-histórica onde nenhuma luz brilhava, as ruas regulares de Secretariat, o enxame de South Delhi. De longe, ou bem de perto, em pé em uma barraquinha de *chai* cercada de barulho. Sem meio-termo. Que lugar era aquele? Ela tomou um gole do uísque e fechou os olhos. Que lugar era aquele? O cheiro de Sunny no fundo da garganta. O ar-condicionado não estava ligado, só algumas luzes laterais brilhavam no aposento. Estava quase tudo escuro ali dentro. Ela não tinha inserido o cartão na fenda. Deveria se levantar e fazê-lo. Mas era melhor não. Era melhor só ficar sentada ali na penumbra, esperando. O uísque descia por sua garganta. Por que ela estava ali? O que ele esperava dela?

Neda viu uma sombra por baixo da porta e ouviu um cartão deslizando para dentro da fechadura. A porta se abriu, o cartão foi inserido no dispositivo interno e todas as luzes se acenderam, o ar-condicionado foi ligado e o crepúsculo do recinto desapareceu. Sunny entrou abruptamente e o devaneio de Neda foi interrompido. Agitado, ele lhe olhou como se estivesse surpreso, como se tivesse se esquecido de que ela havia sido mandada para lá. Sem dizer nada, serviu-se de uma dose grande de Black Label, virou-a de uma só vez e preparou outra. Uma energia sombria, tensa, irradiava dele. Neda não se mexeu.

Sunny tirou o paletó e o jogou no chão, depois levou o drinque para o quarto ainda sem dizer nada.

Ela o ouviu se sentar na cama.

Contou até vinte.

Nada.

Contou mais dez segundos, então andou até a porta de entrada.

— Aonde você vai? — perguntou ele.

Ela congelou.

— Para casa.

— Venha cá. — Havia crueldade na voz dele.

— Não.

Ela o ouviu suspirar.

— Por favor — disse ele, e daquela vez suas palavras estavam encharcadas de solidão.

Neda caminhou até a porta do quarto e ficou em pé na soleira, olhando para dentro do aposento.

Ele estava sentado na beirada da cama, curvado, os punhos cerrados sobre os joelhos.

Estava tentando se controlar.

— O que aconteceu? — perguntou ela.

Ele parecia incapaz de falar.

— Sunny.

Ele ergueu a cabeça.

— O que aconteceu? — repetiu ela.

— Eu não o suporto.

— Quem? Dinesh?

Afrouxou a gravata e desabotoou a camisa.

— Ele se acha a pessoa mais inteligente do mundo.

— Também tive essa impressão — disse ela, apoiando-se no umbral.

Ele esfregou a cabeça com as mãos.

— Imbecil...

— Está tudo bem — disse Neda.

— Não, não está.

Ele se recompôs e falou com a voz suave, calma:

— O que você está fazendo aqui?

— Você mandou me chamar.

— Não, quero dizer aqui com ele.

— Ele deu uma coletiva de imprensa. É meu trabalho.

O celular de Sunny apitou. Ele olhou a tela e o pôs na cama. Levantou-se, passou por ela e foi para o cômodo principal.

— Preciso de uma bebida — disse ele. Ela o observou diante do bar. — Você não está com pressa, está?

— Não, não tenho nenhum compromisso urgente.

Ele serviu duas doses grandes de Woodford. Passou por ela e entregou-lhe uma.

· 258 ·

— Preciso relaxar.

Ela olhou em volta e elogiou:

— Gostei do seu escritório. Seu esconderijo.

Ele tomou um gole do uísque.

— Tenho alguns.

Sentou-se à escrivaninha, pegou os cigarros na gaveta e acendeu um.

Ela se aproximou e sentou-se na borda do móvel.

Pegou um dos desenhos, o esboço a lápis da casa na lateral da colina.

— O que é este aqui?

— Uma casa na região do Himalaia — respondeu ele, o orgulho se insinuando na voz. — Eu mesmo a projetei. Um plano para a aposentadoria. Um hotel, talvez. Ainda não tenho certeza. — Sunny pegou o desenho das mãos dela, colocou-o na mesa e pegou um lápis na escrivaninha. Desenhou duas linhas paralelas atrás da estrutura, fez o mesmo na frente. — Eu queria construir próximo a um riacho, ter energia hidrelétrica além de solar. — No fundo, desenhou cumes de montanhas, com traços pontiagudos que representavam a neve nos picos. — Eu queria que ficasse mais no alto. Em algum lugar perto de Rohtang. Ou de Auli, quem sabe. — Observando-o, Neda se comoveu com a atenção que ele dedicava ao trabalho. Sunny largou o lápis e empurrou o papel para longe. — Mas é difícil construir em Himachal. Permissões, objeções locais. As divindades locais falam através de homens locais, e os homens locais são difíceis de agradar.

— Seu pai não pode ajudar?

Ele se ofendeu com a pergunta.

— Ele não é Deus.

Ela estudou o rosto de Sunny.

— Esse seu plano para o Yamuna é bastante divino. Andei pensando a respeito.

— É mesmo?

— Andei pensando muito a respeito. Trabalho com alguém que só enxerga o outro lado. As pessoas sendo despejadas.

— Foi esse alguém que me chamou de palhaço?

— Na sua perspectiva — continuou ela —, para onde vão aquelas pessoas?

— Na minha perspectiva, elas já se foram.

— Isso é conveniente.

— Porque já estão sendo realocadas. Você sabe disso, não sabe? Elas estão recebendo novos lotes de terra, casas de verdade, eletricidade, água corrente, banheiros dignos. Não precisam viver em favelas. Elas só moravam lá porque o governo não construiu moradias suficientes, mas isso foi resolvido.

Ela queria acreditar nele.

Sunny continuou:

— Todos podem sair ganhando aqui. Romantizamos demais a pobreza. A Índia não precisa ser assim. Podemos melhorar a vida de todo mundo.

Ela pegou um cigarro do maço dele e o acendeu. Balançou a cabeça e suspirou, admirada.

— Sunny, Sunny, Sunny...

Ele pareceu surpreso com o tom de Neda, com a ternura com que disse seu nome.

Ela saiu de cima da escrivaninha e foi até a janela.

— Somos *tão* jovens. — Enquanto ela observava Déli à noite, ele a observava. — E você faz com que eu sinta que tem muita coisa que nós podemos fazer.

Sunny não falou nada, mas ela podia sentir seu olhar envolvendo-a.

— Sabe — prosseguiu Neda —, eu não tinha certeza de que veria você de novo.

— Eu estava esperando — respondeu ele após um instante — que alguma matéria cheia de baboseiras fosse publicada.

Neda olhou para ele.

— Eu não faria isso. Você deveria saber. Não mostrei aquela fita a ninguém. Está na minha gaveta, em casa.

— É mesmo?

— Eu a ouço. Fico ouvindo você falando hindi.

— Aquele não sou eu.

— Você falando do seu pai.

— Você está bonita.

— Essa é uma maneira de desconversar.

— Quero transar com você.

Neda olhou para ele, receosa.

— É assim que começa?

Ele se levantou e se aproximou dela por trás, lentamente.

— Se você quiser.

Ela podia ouvir a respiração dele.

— E depois? — perguntou.

Neda sentiu a mão direita de Sunny na cintura.

A esquerda.

O corpo dele pressionando o dela.

A boca dele no pescoço dela, através do cabelo.

— Gosto de ficar bêbada — disse ela, olhando a cidade resplandecente lá fora. — Gosto de ver a cidade de longe, bem de longe. Isso é muito errado?

— Não.

— Estou cansada de ser boazinha.

Ela fechou os olhos.

— Aonde você vai?

Ela estava deslizando para fora da cama.

— Me limpar da sua porra.

Ele franziu a testa e acendeu um cigarro.

— Não seja tão vulgar.

Ela riu, porque ele estava falando sério.

Aquilo não a surpreendeu. O que a surpreendeu foi a intensidade. Ele mal a havia puxado para dentro do quarto, mal havia tirado suas roupas, sua calcinha, quando a montou por trás, segurou-a pelos pulsos com os punhos cerrados e prendeu as pernas dela entre as dele. Ela já estava molhada, e ele totalmente excitado. Ele a penetrou e ela caiu sobre o edredom, enterrou a cabeça no travesseiro, se deixou levar.

— Quero que você me amarre. Me vende. Tire todos os meus sentidos.

Ela sentiu uma centelha de desejo dentro dele, como um metal incandescente ao sol.

— Por que você não trabalha para mim? — perguntou ele.

Ela estava no banheiro tentando ajeitar o kajal que contornava seus olhos.

— Não. Não é uma boa ideia.

Neda voltou para o quarto e acendeu um cigarro, deitando-se de bruços com as pernas levantadas, como as garotas que havia visto em filmes.

— Por que não?

— O que eu faria? Seria sua secretária?

— Seja o que você quiser.

— Não é uma boa ideia.

— Por que não? — Ele passou a mão na bunda dela, deu um tapinha. — Já transei com você. Não precisa mais se preocupar com isso.

— Cala a boca. — Ela se virou e ficou de barriga para cima. — E quando você não quiser mais transar comigo?

Ele não tinha resposta para aquela pergunta.

— Vamos manter as coisas simples — disse ela.

— Você vai mudar de ideia.

O celular dela começou a tocar na sala, dentro da bolsa.

Ela ficou ouvindo e revirou os olhos.

— Deve ser minha mãe.

Provavelmente era Dean.

— Você não vai atender?

— Não é nada urgente.

O toque parou.

Sunny fechou os olhos e Neda passou os dedos nos pelos pubianos dele, segurou o pau mole.

— Maior do que eu esperava — comentou ela, sorrindo.

Ele reagiu ao toque ou às palavras dela.

— Pronta para mais uma?

— O que aconteceu hoje mais cedo? — perguntou Neda.

Eles estavam bebendo uísque. Ela bocejava. Andaram cochilando.

— Como assim?

— Por que você estava tão agitado?

Ele abriu os olhos e encarou o teto por muito tempo.

Então, de repente, começou a falar.

— Um dia, quando eu era pequeno, meu pai me levou ao bazar Lala Ka. Ainda morávamos em Meerut. Lembro que estávamos em um riquixá, eu encostado no corpo dele, nunca tínhamos ficado tão perto. Saltamos e caminhamos pelos corredores. Ele nunca tinha me levado para passear daquela maneira. Nunca me levava a lugar algum. Eu estava muito animado, muito feliz. Tinha sido ignorado a vida toda. Chegamos a uma loja de brinquedos e os demais clientes foram convidados a sair. Lá estávamos nós, ele, eu, o dono da loja. Meu pai me disse para pegar qualquer brinquedo que eu quisesse, quantos eu quisesse. "Vá", ele disse. E lá fui eu. Saí correndo. Fiquei um tempão procurando e finalmente escolhi algumas coisas: um caminhão vermelho com luzes que piscavam, uma bola amarela, pequena e dura, que quicava muito bem nas paredes e uma arma de brinquedo que fazia sons diferentes quando era disparada. Meu pai não disse nada, mas deixou todos de lado. Depois fomos embora. Fiquei confuso, mas não ousei perguntar por que não tínhamos levado os brinquedos. Me convenci de que iam chegar na nossa casa. Esperei. Dias. Semanas. Mas os brinquedos nunca chegaram. Nunca esqueci. Nunca parei de desejar.

Sunny fez uma pausa, enredado nas próprias memórias.

— Hoje à noite — prosseguiu ele, a voz tornando-se fria —, Dinesh me disse: "Seu pai foi como um pai para mim quando eu era criança. Em todos os momentos importantes da minha vida, lá estava ele." Ele achou que estava sendo elogioso. Achou que estava me lisonjeando. Depois descreveu um aniversário específico, quando conheceu o tio Bunty. Disse que nunca se esqueceria dos presentes. Uma arma, um caminhão, uma bola amarela que quicava muito.

— Isso é horrível. Você contou a sua história para ele?

— Você está louca? Por que eu me humilharia assim?

— Não sei.

Os dois ficaram em silêncio por um tempo.

— E a sua mãe?

Ele respirou lentamente.

— O que você quer saber dela?

— Ela não fez nada?

Ele fez que não.

— Ela já estava morta.

— Quando ela morreu?

— Quando eu tinha cinco anos.

— Sinto muito.

Ele se sentou, saiu da cama.

— Não precisa sentir. A megera se enforcou.

O telefone de Neda começou a tocar. Ela o ignorou.

— Você deveria atender — disse ele.

— Não quero. Não é importante.

O aparelho parou de tocar e ficou em silêncio. Dez segundos depois, recomeçou a tocar.

— Atenda — disse ele. — Ou vou jogar pela janela.

Era Dean. Ela estava em pé, nua, com o celular na mão, olhando para as cintilantes luzes sulfúreas de Déli. Ele perguntou onde ela estava, falou que queria encontrá-la para jantar no 4S. Disse:

— Como você pode resistir a frango picante e cerveja gelada?

Ela não conseguia pensar em nada que lhe apetecesse menos naquele momento. Calibrou a voz como se estivesse falando com a mãe. Disse a Dean que estava tomando um drinque com uma amiga, que retornaria a ligação mais tarde, quando terminasse. Ainda estava tonta com as palavras de Sunny. A frieza ensaiada que não conseguia ocultar a dor. Neda queria saber mais.

Quando ela voltou ao quarto, Sunny estava falando ao BlackBerry.

— Tem uma pessoa vindo para cá — disse ele —, então é melhor você se vestir e ir embora.

Ela ficou magoada.

— Tudo bem.

— É trabalho.

— Eu disse que está tudo bem.

Os dois começaram a se vestir em silêncio.

Após ter colocado a calça, ele parou para observá-la.

— O que foi? — perguntou ela.

— É o Dinesh. Eu deveria ficar com ele a noite toda. Me desvencilhei dele por algumas horas para ver você.

— Eu deveria ficar grata?

— Não fique com ciúme.

— Não estou com ciúme.

— Eu tenho uma vida.

— Eu também.

— Então, tudo certo.

Ela acabou de se vestir.

— Olhe, sobre a sua mãe... — começou ela.

— Não quero falar sobre isso.

— Bem — prosseguiu Neda, com um sorriso falso, alegre —, foi divertido. A gente se vê por aí.

Ela foi até a porta de entrada e pôs o cartão-chave no aparador. Estava quase saindo quando ele a alcançou. Agarrou-a, virou-a e a pressionou contra a parede.

— O que foi? — perguntou ela. — O que foi? Me solta, você está me machucando.

Sunny procurou os olhos de Neda.

O que ele queria dizer? Fazer?

Ele a estava machucando mesmo?

Ela não sabia.

— Você não é... — disse ele — ... como as outras pessoas.

— Me poupe.

— É sério.

Ele tentou beijá-la, mas ela virou o rosto.

— É sério — repetiu ele.

Depois a beijou, e ela não resistiu. Em seguida, Sunny a soltou.

Neda encarou os olhos dóceis do ascensorista. Inalou o aroma nulificante de jasmim e capim-limão. Sentiu dor em volta dos pulsos. Uísque demais em seu sangue. A cabeça girava. Ficou grata pelo saguão. Ficou grata pelo ar quente do verão. Ficou parada no mesmo lugar de antes, com o manobrista, esperando que seu Maruti espipocasse pelo caminho, mas tudo havia mudado. Ela saiu dirigindo e acelerou impetuosamente pelas ruas até voltar a se controlar e parar no acostamento. Sua mão tremia. Acendeu um cigarro. Do nada, o dia havia se intensificado, explodido. Trabalhadores passavam ao longo do acostamento no escuro, fumando *beedis*, olhando para ela inexpressivamente. Neda ligou para Dean.

— Oi. Sim. Estou a caminho. Sim, consegui me livrar. Chego em vinte minutos.

Dean já estava sentado no andar de cima do 4S esperando por ela. Havia ocupado uma das duas mesas frontais, onde a luz do letreiro do lado de fora rebatia e reluzia através da janela de vidro laminado, banhando seu rosto em néon. O espaço apertado estava apinhado de estudantes, como de costume. Escuro, um pouco encardido e muito reconfortante para ela — os garçons a conheciam de vista e a cumprimentaram enquanto ela chegava e subia a escada curva e apertada.

Dean a viu surgir no topo da escada e já estava com a mão levantada, acenando.

Ela sorriu ao vê-lo, um garoto mais velho no meio de todos os universitários, um professor amável.

Ele já havia pedido dois Old Monks com Coca-Cola e um prato de rolinhos primavera. Ela pegou um dos rolinhos enquanto se sentava e deu uma mordida grande.

— Nossa, estou morrendo de fome.

— Então — disse ele —, como foi com o garoto-prodígio?

Ela enfiou o rolinho na boca e falou — de algum jeito, era mais fácil mentir de boca cheia:

— Ah, você sabe, não sei o que de nível mundial, não sei o que lá de nível mundial, um monte de baboseira.

Ele balançou a cabeça e disse:

— Se eu ouvir essa merda de expressão mais uma vez, vou gritar. Estive em uma reunião da associação dos moradores de Sarojini Nagar, e eles não pararam de falar sobre isso, sobre a necessidade de fazer de Déli uma cidade de nível mundial. Essa expressão de merda. Cidade global, de nível mundial. A vitrine do mundo. Mas, enfim, chega disso. Ouvi dizer que você fez mesmo aquela pergunta.

— É, deve ter sido o vinho.

— Estou impressionado. Como ele reagiu?

A mente de Neda voltou para Sunny. Ela o sentiu dentro de si, o cheiro da colônia e do suor dele em sua pele, a língua dele na sua. Conseguia sentir o peso dos braços dele como membros fantasmas. Lembrou que precisava comprar a Pílula 72. A mente dela se fixou nele penetrando-a, a sensação inebriante de ser preenchida e possuída.

— Hein?

— Como Dinesh reagiu?

— Na verdade, ele se ofereceu para me levar a Lucknow. Disse que eu era o tipo de repórter destemida de que o mundo precisa, ou alguma bobagem do tipo. Não vou de jeito nenhum. Não caio nessas conversinhas. — Neda acenou para o garçom. — Vamos pedir?

Alguns dias depois, numa manhã, ela recebeu uma mensagem no celular.

21h Park Hyatt. Japonês. Jantar.

Terminou o trabalho às sete e meia. Tinha levado uma muda de roupas. Um vestido preto. Carregou no kajal, mas não passou batom. Ficou constrangida ao entrar. Sentiu-se estranha, visível. Hesitante, falou com o maître do restaurante japonês, disse que estava ali para se reunir com os convidados de Sunny Wadia. O maître se tornou excessivamente solícito: acompanhou-a por um corredor dentro do restaurante e atravessou um outro corredor particular até uma passagem com várias portas corrediças de laca com lindas pinturas. Parou diante de uma delas e abriu-a. Lá dentro, havia uma longa mesa para vinte pessoas, mas só Sunny estava atrás dela.

O maître disse:

— Bom proveito, madame.

Ela entrou e ele fechou a porta corrediça.

3.

Assim começou um breve período dourado. Dois estilos de vida muito diferentes. De dia, a cidade escaldante, estridente, e, à noite, Sunny Wadia. Os carros a pegavam e transportavam em alta velocidade para os refúgios de Déli, para além de preços, questionamentos ou dor. Ela se dividiu em duas. As monções chegaram no início de julho. Os despejos na cidade continuaram velozes. Ela estava desconectada, planava. Dean ficava fora, entrevistando, gravando, coletando evidências, testemunhos, lutando contra a maré. A cidade estava mudando de forma e temperamento diante dos olhos dela, sendo esvaziada, eviscerada. Dean acompanhava cada demolição, seguida de despejos, mapeava as rotas dos centros brunidos até os lotes de reassentamento. No escritório, Neda transcrevia os testemunhos que ele coletava, uma entrevista após outra de cidadãos cujas vidas estavam sendo partidas como rochas em uma pedreira, para serem usadas em outro lugar, blocos para construir outras vidas, mais rentáveis. Em sua escrivaninha, ela turbilhonava no vórtice daquelas palavras. Sentia pena, tristeza, mas, quando terminava, guardava suas coisas e dirigia noite adentro para ficar com ele. Sabia que aquilo estava errado.

Aquela primeira refeição foi perfeita. Ela nunca mais teria algo igual. Sozinhos naquele salão de banquete, carne de Kobe, um Romirasco Barolo de 1993, batatas fritas gourmet, os olhos dele se deleitando com cada mordida de Neda, cada gole de vinho, vivenciando os próprios prazeres através dos dela. Passaram para um saquê deslumbrante, servido em copos quadrados de madeira, seguidos de charutos cubanos, os pés sobre a mesa, taças de rum venezuelano aninhadas na palma das mãos, enquanto Sunny a presenteava com histórias de suas viagens pela Europa, seu despertar para o sexo, as drogas e as melhores coisas da vida. Entraram em um elevador particular e se recolheram em outra das suítes dele. Bêbados, rindo, donos do mundo. No quarto, transaram e quase não se falaram.

Ela foi engolida pelo grupo de Sunny.

— Como Paris — disse alguém uma noite —, Sunny Wadia é uma festa móvel.

O caso deles, porém, era mantido em uma zona cinzenta. Neda entendia. Ele tinha uma persona, uma corte. Ela não sentia vontade alguma de se tornar a rainha. Contentava-se em observar dos cantos, guardando aquele segredo. Chegava àquelas refeições grandiosas, às vezes em pequenos restaurantes, às vezes em salões de banquete de cinco estrelas, sempre um pouco tímida, um pouco reticente, sempre sozinha, sempre atrasada. Hari voltou para a cidade. Estivera em Bombaim depois de Kasol. *Ele* notou a mudança. Às vezes, eles se entreolhavam de lados opostos da mesa, de lados opostos da cobertura quando a festa estava bombando. Ela sabia que ele sabia, e o rosto dele estava triste, pois a havia perdido novamente, mas Hari estava feliz por Neda estar viva para o mundo. Os dois não se ligavam, não conversavam mais. Ela era outra pessoa.

Com o tempo, Neda entendeu que fazer uma refeição com Sunny não tinha nada a ver com a comida. Nada a ver com a bebida. Nada a ver com o tamanho da conta no fim, que ninguém jamais via. Aquilo era performance, era esperar para ver o que aconteceria a seguir naquela cidade deles, naquele mundo que eles haviam conjurado. Sunny os convocava e eles iam, pediam enlouquecidamente e mal tocavam nos pratos, bebiam e bebiam, riam e gritavam, berravam e contavam histórias, eram escandalosos e ficavam afrontados, faziam exigências ao local, ameaçavam seus alicerces, depois Sunny pagava a conta das suas crianças mimadas e elas iam embora.

Da sua cadeira, ele estava olhando para ela, bebendo, rindo, observando, observando. Alguns homens debatiam sobre imóveis. Outros falavam de trotes que costumavam passar na escola. A comida continuava a chegar, um prato extravagante após outro, ondas de alimentos finos; era incessante. À uma da manhã, a mesa era um campo de batalha.

Às vezes, ela chegava de riquixá ou de táxi. Ele desaparecia depois da refeição, às vezes se desculpava, sempre pagava com discrição, às vezes simplesmente desaparecia sem dizer nada e uma nuvem pairava sobre a noite sem Sunny, novatos nervosos sem saber que rumo tomar. Ele os havia incitado. Neda esperava até um horário apropriado e ia embora. Às vezes, eles tentavam fazê-la ficar, levá-la para o próximo local. Ela alegava cansaço ou trabalho no dia seguinte. Sabia que, depois de sair, eles ficavam falando dela, principalmente depois que Kriti foi embora. Talvez, então, pressionassem Hari. *Ela é sua amiga, foi você quem a trouxe. O que ela está fazendo com ele?*

Às vezes, Neda fazia questão de sair muito antes de Sunny. Às vezes, Sunny ficava um tempo provocando-a, insultando os jornalistas em geral. Acusando-a de ser uma espiã. Não digam nada na frente dela! E ela simplesmente sorria e conversava com outra pessoa. Depois, os dois sumiam.

Para onde você acha que *eles* foram?

Ela não se importava.

Ajay a levava. Se Sunny já havia ido embora, Ajay a pegava do lado de fora e a entregava em qualquer hotel no qual ele a estivesse esperando. Se ela saía primeiro, Ajay a levava até o hotel e ela recebia o cartão do quarto, para que pudesse esperar. O silencioso e leal Ajay, olhos baixos, sem dizer uma palavra sequer. Eles cruzavam a noite em alta velocidade. Ajay nunca ligava o som do carro, notara ela. Às vezes, ela punha os próprios fones e ouvia música bem alto, ficava olhando para as ruas desconexas, os montes de lixos queimando na lateral da estrada, os trabalhadores dormindo. Os meses de julho e agosto, assim. Queimando em ambas as extremidades, nunca cansada. Ressacas douradas. Iridescentes de champanhe.

Ela sabia como absorvê-lo. Queria tudo dele. Preencher-se dele. Não havia outra maneira de dizer. Ele falava da Itália naqueles momentos depois do sexo quando ficavam deitados na cama fumando cigarros. O ateliê em que seus ternos eram feitos, o sol atravessando o ar do Mediterrâneo, partículas de poeira na claraboia. Os cafés em que ele passava o dia, o tilintar de colheres, xícaras de café e pires. Ele tinha ido para lá aos dezoito anos. Retornava sempre a essa lembrança. Havia a loja de brinquedos em Meerut e a Itália. Às vezes, Sunny exalava uma exaustão ao ir se encontrar com ela, que o estava esperando havia uma ou duas horas, bebendo uísque e assistindo ao Star Movies na TV com o ar-condicionado ligado e o calor do lado de fora batendo em ondas contra a janela. Ele não tivera tempo de se recompor. As coisas eram diferentes, então. Ela queria cuidar dele. As pessoas me cansam, dizia ele. Me esgotam. Você é generoso demais, falava ela. Neda estava perdida nele, e só nele. Queria o cheiro dele. Usava as camisas dele na cama.

A maldição da porra do dinheiro, dizia ele, elimina todo o trabalho árduo. Antes você tinha que ser gentil, engraçado ou divertido. Interessante, inteligente. Tinha que arrumar tempo para conhecer as pessoas. Solidarizar-se com elas. Então você fica rico e isso aniquila tudo. Todo mundo é gentil com você. Todo mundo quer sua presença. Você é a pessoa mais popular do lugar. É tão fácil ser encantador quando se é rico. Todos riem das suas piadas, ficam esperando suas palavras. Você esquece e acha que é mérito seu. Então, às vezes, vai a algum lugar e não gasta dinheiro, e é muito triste, é horrível voltar à estaca zero, e você se esqueceu de como ganhar a confiança ou o amor de alguém, e sabe que é mais fácil com um ou dois atalhos, então saca a grana no final, a bolada, o prendedor de notas, o cartão, e a animação é maior porque eles não sabiam e agora sabem. Você é rico. Você está no comando. Eles amam você. A porra do dinheiro é uma maldição.

— Meu avô — disse ele certa noite na cama — era um Walia. Esse era o sobrenome dele. Ele trocou para Wadia depois de conhecer um mercador persa que estava se dando muito bem. Isso faz muito tempo, foi logo depois da Independência. Meu avô achou que a mudança traria sorte. É isso. Essa é a história. Não é uma história.

— Isso mudou a sorte dele?
— Duas gerações depois.
— Ele era religioso?
— Ele morreu antes de eu nascer. Não sei nada dele a não ser a história que Tinu contou.
— Quem é Tinu?
— Tinu é Tinu. O braço direito do meu pai.
Ela fez uma pausa, depois perguntou:
— No que seu pai acredita?
— O quê?
— No que ele acredita?
Ele ficou pensando.

— Por que você está perguntando isso?

— É só uma pergunta.

— Dinheiro — disse ele.

— Lakshmi?

— Não. Só dinheiro.

— E para quem ele reza?

Ele pensou novamente.

— Para si mesmo.

— Você o ama?

Ele ficou pensando por mais tempo ainda, e o silêncio era longo demais para suportar.

— E o seu tio Vicky? — perguntou ela.

Sunny ficou tenso. Neda notou que ele se retraiu.

— Não falamos sobre ele.

— Por que vocês não falam sobre ele?

Sunny não se abria.

— O que foi o incidente de Kushinagar?

— Onde você ouviu isso?

— Parece que foi algo sério.

Ele ficou calado por muito tempo, sem se mexer, sem olhar para ela.

— Apenas política local. As coisas são diferentes por lá.

— Aposto que sim. Eles têm outro nome para ele, certo? Como uma montanha. Como era? Himmatgiri?

Ele desviou o olhar.

— Nunca mais pronuncie esse nome.

Foram só seis semanas, mas parecia uma vida inteira. De quando acordava até a hora de ir dormir, aquilo a consumia. Eles se encontraram em suítes de hotel, não mais do que vinte vezes. Ele levava joias para que Neda usasse. Roupas, às vezes. Ela se vestia devagar. Saía daquela maneira para a noitada, uma pessoa diferente. Desaparecia por um tempo. Voltava a ser ela mesma quando o deixava, quando retornava ao próprio mundo. Mas carregava algo consigo.

Algo que a erodia.

———

Lá fora, a cidade estava submergindo, desmoronando. As monções enchiam ralos e calhas. As ruas transbordavam de buzinas. Eles nunca falavam sobre isso. Havia protestos. Despejos. Demolições. Eles nunca falavam. Ela transcrevia para Dean. Eles nunca falavam. Ele falava com ela deitado na cama. Sentado do outro lado da mesa. Havia uma necessidade. Sunny citava a lei. *Almitra H. Patel contra a União da Índia.* O tribunal opinou: Déli devia ser a vitrine de toda a nação. Um batedor de carteiras deveria ser recompensado por roubar?

A mãe de Neda perguntou:
— Você está saindo com alguém?
— Estou — respondeu ela, sentada à mesa do café da manhã.
— Hari?
Ela riu diante do cereal.
— Meu Deus, não.
— O que tem de errado com Hari?
— Nada.
— Dean?
— Não é o Dean.
— Nós vamos conhecê-lo?
— Duvido.
— Você está tomando precauções?
— Claro.

4.

Mesmo com todas as precauções do mundo, tudo estava fadado a mudar. Aquele estilo não podia se sustentar. As monções amainaram. Eram quatro da manhã de uma sexta-feira. Eles estavam deitados na cama, meio adormecidos. Sunny disse que partiria para Lucknow no dia seguinte, a trabalho. Dinesh Singh, falou. Quando estava com Sunny, ela perdia a noção dos dias. Os dois adormeceram, e quando Neda acordou eram seis e meia e ele já estava se vestindo.
— O que aconteceu?

— Mudança de planos. Aqueles babacas estão vindo para Déli hoje à noite.
— Quem?
— Dinesh e o *behenchod* do pai dele. Preciso me preparar.
— Como você se prepara?
— Basicamente me lembrando de que não devo falar.
— O que você faz com eles? Nunca me diz.
— São negócios do meu pai.
— E seus?
— Como assim?
— O que está acontecendo com você, o rio?
— Não pergunte.
— Acabei de perguntar.
Ele, entretanto, já estava de saída.

Naquela manhã, Neda saiu do hotel logo depois das sete e meia.
Estava dirigindo de volta para casa com o intuito de trocar de roupa antes do trabalho quando Dean ligou. De início, ela não atendeu. Achou que aquilo podia esperar. Segundos depois, ligou novamente, sem fôlego.
— Onde você está? — perguntou ele, mas, antes que ela pudesse responder, disse: — Preciso que você vá imediatamente para o Acampamento Laxmi.
— Agora?
— Uma demolição vai acontecer hoje de manhã, as escavadeiras já estão lá. O Tribunal Superior acabou de mandar um aviso.
— Ok.
— Preciso que você cubra. Não posso ir para lá, estou em Meerut.
— Agora?
— É! Agora!

Houve protestos durante meses no Acampamento Laxmi, um vaivém de ordens judiciais, mas agora as escavadeiras estavam chegando. Era verdade, uma equipe de demolição já estava no local. O oficial encarregado anunciou que o trabalho começaria assim que ele terminasse de tomar o chá. Um mercado seria construído naquela área. Alguns moradores corriam para se organizar, tentar salvar a própria vida, desmantelando as respectivas moradias improvisadas pedaço por pedaço; outros só enchiam sacos com seus pertences, abandonando as estruturas para que fossem destruídas. Durante a noite, chovera rapidamente, mas, naquele momento, só estava quente e úmido. Muitos homens haviam ido para o mercado de mão de obra em busca de trabalho, deixando suas casas desprotegidas. Não acreditaram nas ameaças, ou não podiam se dar ao luxo de tirar folga. Neda chegou lá quando o oficial estava fazendo o anúncio. Foi abordada por alguns moradores do condomínio próximo. Um cavalheiro empertigado, de colarinho branco, com seu labrador gordo, queria dar um depoimento oficial. Ashok, da Associação de Moradores. Trinta e nove anos. Anote aí. Essas pessoas são um incômodo, uma ameaça, emporcalham a cidade, atraem crimes, defecam nos jardins. Anote. Construímos um muro, mas eles abriram um buraco. Passam por ali e o usam como caminho durante a noite. Já passou da hora de tirar esse pessoal daí. Por que deveriam ser recompensados por invadir terreno público? O mundo está observando, disse. Anote. Batia com o dedo no bloco enquanto a observava tomar notas. Uma mulher da favela, roliça e abatida, ouviu o que ele estava dizendo. Eu me chamo Rekha. Anote aí! Nós ajudamos a construir as casas de vocês! Cozinhamos a comida de vocês! Vigiamos suas casas à noite! Afastamos ladrões quando eles apareceram! E é isso que vocês fazem! O cachorro de Ashok começou a latir para ela. Sem aviso, as escavadeiras foram ligadas. As pessoas começaram a gritar, de um lado e de outro. E é assim que vocês retribuem? Para onde vamos? Quem vai trabalhar para vocês agora? As escavadeiras seguiram imperturbáveis seu caminho, esmagando tudo à frente. Casas de lona e bambu e chapas de metal e tijolos soltos foram esmagadas, sustentos destruídos e vidas inteiras sumariamente apagadas. Depois um grito de outro tipo rasgou o ar. Foi tão alto e nauseante que todos pararam. Os motores das escavadeiras foram desligados e a marcha interrompida, polícia e cidadãos correram para a fonte do barulho, a última casa, parcialmente destruída. O cachorro de Ashok continuou a latir. Uma jovem em trapos foi tirada das ruínas, gritando e dizendo palavras sem sentido. Os homens escavaram os destroços freneticamente, mas era tarde demais. Os corpos esmagados de dois irmãozinhos foram retirados, erguidos no ar, esbranquiçados, cobertos de pó e argamassa; estavam mortos. Neda viu tudo com os próprios olhos. Ouviu as pessoas começando a gemer e viu garotos atirando pedras na escavadeira.

Neda escreveu um relato em primeira pessoa naquela tarde — o caos, a cadeia de acontecimentos, o choque visceral. Até havia conseguido coletar alguns depoimentos. A demolição havia sido suspensa, um protesto eclodiu — ganhou força, quase se tornou uma rebelião. No entanto, o texto para o jornal foi seco, funcional, comunicava o essencial da situação e um pouco mais.

Ela percebeu que estava na TV. A demolição havia sido filmada por uma equipe do noticiário. O momento da morte das crianças estava registrado. Neda aparecia arfando, chorando.

Dean queria levá-la para jantar naquela noite, mas ela declinou. Disse que queria ficar sozinha. Ele disse que ligaria mais tarde para verificar como ela estava.

Os pais enlutados estavam trabalhando em um canteiro de obras quando aconteceu. Haviam garantido para eles que a demolição seria adiada. Eles assumiram o risco, foram trabalhar, deixaram os filhos em casa. Uma vizinha tinha ficado lá para tomar conta das crianças, mas foi espancada pela polícia. Naquele único episódio, os dois perderam os filhos, os pertences, a vida.

A mãe de Neda analisou-a com o cuidado e a atenção minuciosos que geralmente usava contra o mundo. Nada escapava ao seu olhar. Ela era um falcão que nunca atacava, mas cuja presença Neda sentia.

— Você é tudo que nós temos — disse a mãe, segurando a mão dela. — Sabe disso, não sabe?

— Não — respondeu Neda, tentando se desvencilhar.

A mãe não a soltava.

— E temos orgulho de você.

— Não deveriam.

— O que você está fazendo é importante.

Neda piscou e as lágrimas escorreram.

— Nada é importante.

Sua mente era uma névoa.

— Shhhh.

— Não aguento isso — disse ela e, quando ergueu os olhos para encarar a mãe, sua voz se transformou em uma súplica. — Posso ir agora? Quero dormir.

A mãe assentiu.

— Devo mandar alguém subir com um chá?

— Não.

— Uísque?

— Não.

— Quer fumar um cigarro comigo antes de subir?

Neda foi para o andar de cima e sentou-se na beirada da cama por um instante, enjoada, imóvel. Depois, tirou a roupa, entrou no chuveiro e ficou embaixo da água quente, forçando a mente a se desligar das repetições do pesadelo — a mulher gritando, os corpos minúsculos, o latido frenético dos cães, o motor gutural da escavadeira, o brilho das câmeras de TV. Reviveu o momento, observando a si mesma ao ver a devastação, e sua memória foi enxertada na câmera de TV, tornando o acontecimento uma experiência extracorpórea, desconectada de qualquer realidade discernível. A água quente acabou, a água do chuveiro se tornou fria, mas Neda continuou ali embaixo, deixando o fluxo entorpecer seu corpo e sua mente. Perdeu a noção de espaço e tempo; talvez seja uma selva; talvez sejam as montanhas; mas não era Déli.

Ela não fazia ideia de como fugir daquilo. Ouviu murmúrios no andar de baixo. A mãe falando. A voz de um homem. Só podia ser Dean.

Sim, Dean estava lá.

Vestiu um cafetã e desceu devagarinho, parou na curva da escadaria de mármore, espiando como uma criança.

Não era Dean.

Era Sunny. Sentado com a mãe de Neda atrás da mesa redonda bem no meio da casa, ele vestia uma camisa branca simples e calça cáqui, e tomava chá com cara de cansado, esgotado. Ele ouvia a mãe dela falar, respondia. A mãe estava receptiva, calma, assentindo.

Sunny deve tê-la ouvido, percebido ou visto de esguelha. Ergueu os olhos e estabeleceu contato visual, e Neda abraçou a parede um pouco mais forte. Por fim, desceu alguns degraus, tentando ser ousada.

— O que está fazendo aqui?

— Vi você no noticiário — disse ele.

Não parecia real, Sunny sentado ali, atravessando a própria fronteira, invadindo a vida dela.

— Me perdoe — disse a mãe. — Minha filha sabe ser muito mal-educada.

— Tudo bem — respondeu Sunny. — Ela teve um dia difícil.

Neda balançou a cabeça, incrédula.

— Um dia difícil?

— Vou descansar — disse a mãe, e, virando-se para Sunny, acrescentou: — Cuide dela.

Sunny se levantou e estendeu a mão.

— Foi um prazer conhecê-la, sra. Kapur.

Ela deu a mão para Sunny.

— Ushi. Meu nome é Ushi.

Ela olhou para a filha, mas não disse nada; virou-se e se recolheu para os seus aposentos, enquanto Neda, imóvel, a observou sair. Só se sentou à mesa depois que a mãe tinha ido embora. Sunny também se sentou.

— Ela é como eu imaginava.

— Ela perguntou quem você é?

— Eu disse que sou seu amigo.

— Você não é meu amigo — disse Neda baixinho, fechando-se. — O que está fazendo aqui? Não deveria estar com Dinesh?

— Ele pode esperar.

Ela meneou a cabeça.

— Estou me sentindo muito idiota.

— Por quê? — perguntou Sunny.

— Preciso de uma bebida.

Neda pegou uma garrafa de Teacher's e dois copos de conhaque do aparador.

— O que você disse a ela? — perguntou, servindo doses grandes em ambos os copos.

— Nada.

Neda virou um dos copos. Olhou para o outro. Virou aquele também.

— O que minha mãe perguntou?

— Nada.

Ela se serviu novamente.

— Vai com calma.

— Sem sermão.

— Não é sermão.

Neda serviu uma dose para ele também.

— Não é coisa fina, eu sei.

— Posso fumar?

Ela acenou com a mão.

— Claro.

Sunny pegou o maço e o isqueiro. Ofereceu um para ela.

— Você foi criada nesta casa?

Neda pegou o cigarro e acendeu.

— Você sabe que fui.

— Você tem sorte.

— É o que dizem.

Ele viu marcas a caneta na tinta branca de uma das pilastras. Linhas com datas escritas ao lado, marcando um processo de crescimento.

— São suas?

Ela assentiu.

Sunny se levantou e se encaminhou para examiná-las. A data da última era 26/7/97. Ele passou o dedo em cima.

— O que aconteceu depois disso?

— Eu cresci.

Ele voltou à mesa.

— Não quero brigar com você.

Ela serviu mais uísque no próprio copo.

— A bebida vai bater — disse ele.

— Eu vou bater. Em você.

Ela virou a dose.

— A sensação que eu tenho é de que estive sonâmbula — falou Neda após um longo silêncio. — E que acordei em outro pesadelo.

— O que você quer fazer?

— Quero sair daqui. Sair da cidade. Da minha vida.

— Então, vamos.

— É tão fácil para você, não é? Não tenho para onde ir.

— Me deixa levar você para algum lugar.

— Não quero ir para um quarto de hotel com você.

— Não estou falando disso.

— Nem para esses restaurantes privativos ou bares VIP de merda.

— Não.

Sunny se levantou e andou até a porta.

— Não precisamos nem trocar de roupa para ir a esse lugar. Você vem?

Enquanto Sunny corria com o Audi pela noite, Neda permaneceu deitada no banco traseiro, um pé pressionando uma das portas. Ela queria aquele casulo. O ar-condicionado estava ligado bem forte, o estofamento estava limpo, o carro era uma ilha. Ela sentia o motor nos ossos. Batia os dentes de frio e adrenalina. Ele falava baixinho ao telefone, uma das mãos no volante. Neda observava a noite se desenrolar como uma bobina de fita de tinta enquanto Sunny ganhava a estrada. Ela se sentia como se tivesse sido drogada. Estavam indo para o sul, rumo ao Qutb Minar. O carro percorria as retas em alta velocidade, os trechos entre os semáforos devorados pelo motor.

Atravessaram a periferia sul de Déli até Mehrauli. Um mundo incipiente de fazendas sem fazendeiros, suas terras sequestradas e consumidas pelos discretos, pelos sortudos, pelos aventureiros, pelos estranhos, um labirinto de estradas de terra e propriedades pequenas, mansões sombreadas com muros altos adornados por arame farpado e mansões caindo aos pedaços com cabras pastando. Estivera ali em uma festa de casamento certa vez, da irmã mais velha de uma colega de escola. O que a surpreendeu foi o espaço. Terra. Muita terra desconhecida. Que agora estava sendo colonizada pelos ricos, pelos super-ricos. Ela devia ter imaginado aquilo que aconteceria.

Chegaram a um portão resplandecente vigiado por dois velhos rajastanis de bigode e portando escopetas. Ao reconhecerem o carro, assumiram posição de sentido e correram para abrir o portão. Bateram continência enquanto o veículo passava. Mais à frente, o asfalto escuro e liso de uma estrada particular. Era e não era Déli — canteiros viçosos, o pipilar noturno dos pavões, o silêncio dos funcionários cuidando de floreiras, nenhum lixo, nada quebrado. O motor roncava enquanto o carro se deslocava com um ritmo majestoso, virando à direita e à esquerda como se rodasse sobre trilhos, como se aquilo fosse o brinquedo de um parque de diversões. A desorientação era inebriante. Neda abriu a janela e até o ar tinha um cheiro diferente, úmido e doce, carregado de dama-da-noite. Observou os portões, as cúpulas altas e os pináculos góticos, as guaritas iluminadas com luz branca, vigias lendo jornais, ouvindo rádio, bebericando *chai*, erguendo os olhos para espiar o carro que passava. Não havia casas nem portões à direita, apenas um muro escuro e ininterrupto, quase tão alto quanto as árvores que preenchiam o outro lado. Percorreram aquele trecho inexpugnável até chegar a um portão de metal robusto, quase da largura exata de um carro, banal diante das outras entradas grandiosas. O carro parou diante dele e, segundos depois, uma tranca foi liberada do outro lado. O portão se abriu para dentro. À luz dos faróis, Neda conseguia vislumbrar um bosque, uma trilha sombria que desaparecia em um arvoredo confuso. Antes de serem tragados para dentro, ela avistou Ajay segurando o portão.

Seguiram lentamente pela trilha interna da propriedade, atravessando o bosque, Ajay trotando ao lado deles. Viajaram por uns bons minutos assim. Depois a trilha se abriu, as árvores sumiram e eles foram parar em uma clareira gramada com outra trilha que saía no lado oposto. Sunny parou o carro no meio. Desligou o motor e os faróis. Saiu do veículo e abriu a porta traseira. Neda também saiu, sentiu a grama sob os pés, uma pureza macia. A lua despontou e a clareira se iluminou. Estava limpa e vazia. Ele a pegou pela mão.

— Que lugar é este?
— Um momento — disse ele.

Ele a conduziu por mais um trecho de bosque até um enorme espaço aberto no qual havia um canteiro de obras de proporções monolíticas. Estavam diante dos alicerces de um edifício extraordinário, como se uma nave alienígena tivesse caído ali. Em sua volta, havia montanhas de areia e brita, pilhas de tijolos e placas de mármore abrigadas embaixo de lonas. Havia várias retroescavadeiras, um trator, uma enorme betoneira, um acampamento de operários inativo e braseiros. O canteiro, porém, estava vazio.

Sunny a guiou com uma lanterna por um campo muito bem-cuidado rumo a uma construção baixa a cem metros do canteiro principal. Quando se aproximaram, Neda viu que se tratava de uma mansão térrea, com portas corrediças de vidro e lajes horizontais de pedra talhada rústica, ligeiramente estragada, um marco mais antigo na terra.

— Ai — disse ela, encolhendo-se e levantando o pé ao pisar em algo pontiagudo. — O que é isso no meu pé?

Sunny apontou a lanterna para baixo e viu que o pé dela estava sangrando. Ela havia pisado em um caco de vidro.

Ele retirou um pedaço que ainda estava dentro da pele dela.

— Você consegue andar?

Ela assentiu.

Caminharam até a mansão. Sunny apontando a lanterna para o chão, fazendo uma varredura do caminho à frente dela. Ele destrancou o portão lateral, conduziu-a por um corredor após outro. Do lado de fora do portão, abriu uma caixa de luz e acionou vários interruptores. Luzes se acenderam fora do campo de visão deles, e, quando viraram a esquina, uma piscina brilhava nos fundos. Ao lado havia um bar, e suas várias geladeiras foram ativadas quando Sunny acionou mais interruptores. Ele a levou até uma das espreguiçadeiras e sentou-a ali com a perna para cima.

— Vou procurar algo.

Começou vasculhando alguns armários embaixo do bar. Neda observou a água da piscina. Algumas folhas boiavam.

Ele levantou a cabeça.

— Não trago ninguém aqui — disse.

Ela voltou a olhar para a água. Ao longo da borda mais comprida, rumo à escuridão, arbustos altos, floridos e palmeiras apareciam atrás do topo do muro. Uma guarita assomava na noite, inativa. Sunny ficou de pé, pôs uma garrafa de uísque pela metade no balcão e foi até um dos congeladores.

— Os babacas desligaram — comentou. Procurou um interruptor, mas não conseguiu achar. — Vou dar uma olhada lá dentro.

Desapareceu em uma entrada fora do campo de visão de Neda.

Algumas luzes se acenderam na mansão.

Neda se levantou da espreguiçadeira e foi saltitando até a piscina. O pé estava sangrando bastante. Quando ela o virou para cima, o corte latejou e o sangue pingou no concreto morno. Neda puxou o cafetã para cima e mergulhou as pernas na água até o joelho. Morcegos esvoaçavam acima dela. Ouvia-se o leve rugido de Déli. Estava observando o sangue vazar do pé para a água quando uma nova voz chegou aos seus ouvidos.

— Madame.

Ajay carregava uma bandeja grande, o conteúdo escondido sob um pano branco. Ele olhou para Neda com uma expressão muito séria.

— Onde está o patrão?

Ela apontou para dentro da mansão. Ajay entrou correndo, saiu dez segundos depois e desapareceu novamente. Outro minuto se passou, e então Sunny reapareceu carregando a mesma bandeja, agora descoberta, revelando uma garrafa de vodca, um balde de gelo, dois copos, algumas fatias de limão e um pano de prato limpo.

Ele deixou a bandeja no bar e levou a garrafa consigo.

— Você não devia pôr o pé aí. Me deixe ver.

Neda tirou o pé da água e ele passou o pano de prato nele, enxugando a pele em volta do corte.

— Foi bastante profundo.

Ela o observou de perto.

— Não estou sentindo.

— Vai sentir em um segundo. Está pronta?

Sunny inclinou a garrafa e despejou vodca no pé de Neda.

— Stolichnaya — disse ele, sorrindo. — Só do bom e do melhor.

Ela riu e depois começou a chorar.

— Qual é o nosso problema?

Ele apertou bem o pano de prato em volta do pé dela e então o apoiou no próprio ombro.

— Tem que manter suspenso — disse ele.

Mas ela ainda estava soluçando.

— É sério. Qual é o nosso problema?

Neda afastou-se dele. Ficou deitada ao lado da piscina olhando para as árvores. Ele voltou até o bar com a garrafa, lavou as mãos na pia e começou a preparar drinques.

— Por que você está fazendo isso? — perguntou ela.

Ele espremeu o limão, jogou fora as cascas, acrescentou fatias frescas, misturou o gelo, despejou a vodca livremente e levou os drinques até ela.

— Que anfitrião eu seria se deixasse você sangrando?

Sunny apoiou os drinques, tirou os sapatos e as meias, enrolou as pernas da calça e se sentou ao lado dela com os pés na água.

— Meu sangue está aí dentro.

— Eu sei.

Ela olhou para o pano de prato, o vermelho começando a encharcá-lo.

— Ainda está sangrando.

— Gostei da sua roupa — disse ele.

— Não mude de assunto.

Mesmo assim, ela examinou o cafetã.

— Minha mãe comprou em Jaipur. Eles exportavam — explicou, segurando o tecido de qualquer jeito entre o polegar esquerdo e o indicador. — Seria vendido por trezentos dólares em Nova York. Foi o que me disseram.

Ela inclinou a cabeça em direção ao céu.

— Parece que vai chover — disse. As nuvens haviam encoberto a lua. — Espero que sim.

Neda fechou os olhos e se sentiu péssima outra vez. Tomou o drinque todo.

— Não estou sentindo nada.

Rolou o copo devagar até a piscina, fazendo-o cair e afundar.

Sunny não reagiu, apenas pegou o maço do bolso e acendeu um cigarro.

— É isso que a vida deveria ser? — perguntou ela.

— Você teve um dia difícil. Vai se sentir melhor amanhã, depois de dormir.

— Por que você me trouxe aqui?

— Estou tentando ajudar.

— Não existe ajuda para nós.

Sunny tentou segurar a mão dela, mas Neda recusou.

— Pega outro drinque para mim — exigiu ela.

Assim que Sunny se levantou, ela desamarrou o pano de prato do pé, jogou-o para o lado, tirou o cafetã pela cabeça e deslizou, nua, para dentro da água, desaparecendo, submersa. Os sons do mundo se atenuavam e se distorciam no calor da noite de monções. Prendeu a respiração o máximo que pôde.

Em pé ao lado do bar, Sunny observava.

Quando voltou à tona, Neda não fez som algum ao romper a superfície. Só boiou, de bruços, os membros espraiados, ainda prendendo a respiração, soltando pequenas bolhas. Quando não conseguiu mais, levantou-se e respirou fundo.

Ele havia se reaproximado da borda da piscina, onde esperava em pé com um novo drinque para ela.

Neda recuperou o fôlego.

— Imaginei que, quando eu voltasse à tona, você não estaria mais aqui.

— Você teria dificuldade em voltar para casa.

— Não, eu ficaria bem.

Ela começou a cruzar a piscina em nado livre.

— Você é uma boa nadadora.

— Meu pai me ensinou — respondeu ela ao chegar novamente à borda.

Seu cabelo se espalhou em volta dos ombros. Neda nadou de novo até o meio da piscina e ficou lá, movimentando os pés para se manter à tona. Depois, voltou a falar:

— Vi duas crianças morrerem hoje. Esmagadas, dentro da própria casa miserável. Daria para pôr cinquenta barracos como aquele dentro desta piscina, juro. Os corpos estavam cobertos por uma poeira fininha. Não tinha sangue nenhum, mas elas devem ter sido destroçadas por dentro. Achei que eu fosse imune, só que nunca tinha ouvido nada como o grito daquela mulher. Eu diria que não era humano, mas não é verdade. Era humano demais. Não me lembro de nada do que fiz naquele momento, mas depois, na TV, vi que chorei. E aí senti vergonha, porque eu não sou digna de chorar. E, depois de tudo isso, aqui estou com você, assim. Não tenho coragem, não tenho coração.

— Não havia nada que você pudesse ter feito.

— Não havia nada que eu pudesse ter feito! E tudo simplesmente continua acontecendo.

Ela soltou um soluço de frustração. Seu sangue flutuava pela piscina.

— O que estamos fazendo, Sunny? Não podíamos fazer nada. Podíamos fazer tudo. Somos todos culpados. Somos todos iguais. Mesmo que a gente se importe, não conseguimos nos afastar. Especialmente se a gente se importa. Como a gente faz para dormir à noite? Só sendo um santo, sabe? Só expiando os pecados com um cilício, se flagelando com galhos de bétula, renunciando a todos os bens materiais, andando descalço, dormindo na rua. E ainda assim não vai ser suficiente, não vai mudar nada. É isso ou, simplesmente, seguir adiante.

Ele tirou a camisa e a jogou no chão, depois a calça e caminhou pela borda da piscina até a parte mais funda. Ficou ali, em pé, por um instante, como se tomasse uma decisão, em seguida mergulhou, perfurou a água e nadou submerso até o lado oposto.

Subiu, ofegante.

Depois de um tempo, disse:

— É melhor ter um plano.

— Ah — disse ela, com uma risada sarcástica. — Um plano? Você fez essa entrada triunfal para dizer isso?

Sunny nadou na direção dela.

— Vamos melhorar a vida de todos. Assim todo mundo pode sonhar.

— Pelo amor de Deus, me poupe! Isso é ridículo.

— Você não pode se perder naquele mundo.

— Nossos sonhos permitem que as pessoas morram — disse ela, dando-lhe as costas. — Amanhã seguimos em frente.

Naquele momento, iniciou-se uma comoção do lado de fora, na direção do canteiro de obras. Luzes poderosas foram acesas com um barulho industrial, como se fosse um set de filmagem ou uma batida policial. Sons de motores de carros, vozes.

Assustada, Neda olhou para Sunny, mas ele parecia mais surpreso do que ela.

— Merda.

O portão lateral se abriu de repente.

Ajay surgiu, em pânico.

— Senhor, seu pai! — disse, desaparecendo rapidamente outra vez.

— Merda — repetiu Sunny.

Em pânico, ele olhou para Neda.

— Você não pode ficar aqui.

— Por quê?

— Sai da piscina, agora!

O medo dele era contagioso.

— Saio e vou para onde, porra? Estou pelada.

Ela nadou até a borda.

— Senhor! — gritou Ajay, voltando. — Eles estão vindo para cá!

Sunny apontou para o cafetã de Neda.

— As roupas dela. Ajuda aqui, Ajay!

Ajay correu para pegar o cafetã, tirou Neda da água com o rosto virado de lado e enrolou o corpo dela na roupa. Sunny gesticulou para um pequeno vestiário no muro da mansão.

— Vão!

Ajay saiu correndo com ela, arrastando-a pelo bar até o vestiário. Neda pegou a garrafa de vodca no caminho. Ajay a empurrou para dentro.

O cômodo tinha o cheiro consumado do desuso, pungência de cloro velho, ralos entupidos e plantas em decomposição, mas, quando ela trancou a porta e acendeu a luz, viu que estava limpo e era bastante moderno, forrado de madeira clara. Recuperou o fôlego, tirou a tampa da vodca e tomou um longo gole. Depois, apagou a luz e começou a tremer. Havia pequenos buracos na parede onde a madeira havia empenado. Ela se ajoelhou e ficou espiando por um deles: espaço suficiente para ver os fundos da mansão e parte da piscina.

Sunny estava dentro da água, atordoado. Congelado.

Que droga é essa que está acontecendo?

Ajay apareceu com um balde e jogou água sobre as pedras que davam acesso ao vestiário para encobrir o rastro de sangue.

Isso é loucura.

Então, Neda ouviu vozes.

Sunny, que também ouviu, ficou rígido na hora. Ele estava totalmente exposto. Ajay retornou às portas de vidro nos fundos da mansão e ficou à espera. Passos. Muitos passos. Muitas vozes. Do outro lado da piscina, Neda avistou três homens entrando pelo portão posterior. Bunty Wadia os liderava. Ela o reconheceu na mesma hora, embora jamais tivesse visto uma foto nítida dele. À primeira vista parecia bonachão, quase como um tio, mas, ao mesmo tempo, exibia uma autoridade fria que induzia ao pânico. Ao lado dele, caminhava a famosa figura do ministro-chefe de Uttar Pradesh, Ram Singh, e atrás, pacientemente, com deferência, Dinesh.

Bunty e Ram conversavam. Bunty lançou um olhar rápido para a piscina e seguiu em frente, abrindo caminho para todos. Passou por Ajay, que estava empertigado, como se Sunny nem estivesse presente.

Sunny permaneceu paralisado enquanto os três homens adentravam a mansão.

Silêncio.

Ela ficou imaginando se conseguiria fugir dali correndo.

Não conseguia desviar os olhos.

No espaço vazio, Bunty reapareceu.

Foi até a beirada da piscina e olhou para baixo.

Neda percebeu que estava prendendo a respiração.

Tudo que ela podia fazer era observar.

Bunty e Sunny ali tão perto, os dois encarando-se em silêncio, sem se moverem.

Foi Sunny quem quebrou a imobilidade.

Avançou lentamente pela água.

Chegou até a borda.

Disse algo que Neda não conseguiu ouvir.

Pôs as duas mãos na borda para se erguer.

Tudo aconteceu muito rápido.

Quando Sunny estava com metade do corpo fora d'água, Bunty ergueu o pé. Pôs a sola do sapato preto no peito do filho. Empurrou-o de volta para a piscina.

Depois, virou-se e foi embora.

Ela queria correr até Sunny.

Em vez disso, voltou-se para a escuridão e tomou um gole de vodca e fechou os olhos.

Havia quanto tempo que ela estava sentada ali naquele chão úmido? Minutos ou uma hora? Embora fosse uma noite quente, Neda tremia, os dentes rangiam. Por mais vodca que tomasse, não ficava entorpecida. Nenhum som vinha da piscina. Nenhum som vinha do lado de fora. Quando ela se permitiu inspecionar, não viu nada além da superfície plácida da água, as luzes quentes da mansão. Para onde Sunny tinha ido? Teria entrado na casa? Fugido?

Ela estava presa nesses pensamentos quando ouviu baterem à porta.

— Madame — sussurrou uma voz.

Ajay.

Ela mordeu o lábio e pôs a mão na maçaneta lentamente.

— Madame, vista-se. Venha, por favor.

Ela abriu uma fresta da porta.

— Madame — disse ele —, por favor, se apresse.

Ela vestiu o cafetã e saiu devagar, ainda agarrada à vodca. Calado, Ajay a guiou para que contornassem os fundos da piscina, advertindo-a para também permanecer em silêncio. Ela ouviu risadas e conversas dentro da mansão, viu a luz que vazava e, por uma janela lateral, vislumbrou Bunty e Ram Singh. Depois, tudo sumiu e eles passaram pelo portão rumo à quietude sombria do gramado. O chão irregular a fez se lembrar do pé machucado. Seguiram no escuro pelo bosque até a clareira onde o carro de Sunny ainda estava estacionado. As luzes se acenderam quando ela abriu a porta, intensas demais na escuridão da noite. Ajay sacou um kit de primeiros socorros. Com deferência e cuidado, desinfetou o machucado de Neda e pôs um esparadrapo grande, depois uma atadura. Em silêncio, ela o observou fazer o curativo.

Depois disso, Neda entrou no carro, bateu a porta, pressionou com força o corpo contra a frieza do assento de couro e esperou, sem falar nem se mexer, enquanto Ajay dava a partida e o interior do carro escurecia.

Seguiram em silêncio até o portão dos fundos.

Déli voltava.

Homens de bicicleta, ruas esburacadas, néons.

Barulho.

Foram rumo ao Qutb, pegaram a avenida principal e se juntaram ao tráfego. Era só mais um carro entre os demais.

Neda se posicionou de modo que Ajay não pudesse vê-la, abaixada com as costas contra a porta, as pernas esticadas sobre o assento.

— Ajay — disse ela por fim, enquanto o carro esperava em um sinal vermelho do viaduto IIT.

— Sim, madame.

— Sunny está bem?

Uma breve hesitação.

— Está tudo bem.

O silêncio pairou até o sinal abrir.

O movimento aliviou ambos.

Ajay ligou o rádio baixinho. A estação tocava músicas de filmes antigos.

Neda pediu que ele aumentasse bastante o volume.

Ao reconhecerem o carro, os seguranças na entrada do condomínio de Neda abriram o portão sem questionar. Ajay, que sabia onde ela morava, estacionou do lado de fora e ficou esperando que ela saísse do carro. Então, era assim que terminava.

Neda abriu a porta.

— Ajay.

— Sim, madame.

— Obrigada.

Ela saiu, segurando a garrafa de vodca, fechou a porta com a mão livre e foi mancando rumo à segurança da própria casa, descalça e desgrenhada.

Entrou usando a chave que ficava embaixo do vaso de babosa, a garrafa de vodca escondida atrás das costas. Ouviu o Audi ir embora. O pai estava acordado, sentado à luz do abajur na sala de estar, em sua poltrona favorita, remendada várias vezes ao longo dos anos, assistindo a um DVD. Olhou por cima dos óculos de leitura.

— Cinderela...

Não disse nada sobre as roupas e os pés descalços da filha.

— O que você está vendo, papai?

— *Apur Sansar*.

Neda se aproximou e beijou-o na testa. Ele enrugou o nariz.

— Você está cheirando a Olimpíada de Moscou — disse ele, puxando o braço que ela escondia e analisando a garrafa. — O que é isso? A medalha de ouro?

— O prêmio de consolação.

— Bem, então vamos tomar um pouco, minha filha. Só um copinho antes de irmos dormir, sim? Também podemos fumar um dos cigarros da sua mãe enquanto você me conta mentiras sobre suas aventuras noturnas.

Ela pegou dois copos do aparador ao passo que ele abria a garrafa e a farejava.

— Quer gelo? — perguntou Neda.

— Não, não, senão ela vai acordar. Pode ser pura.

Ela serviu duas doses grandes até a garrafa esvaziar, passou uma para o pai e pegou os Classic Mild da mãe. Em seguida, puxou uma banqueta até junto da poltrona.

Na tela, um Apu sofredor vagava pelas minas de carvão da Índia central, espalhando seu romance aos quatro ventos.

— Então? — perguntou ele, apreciando a ardência da vodca nos lábios.

— Então... Mamãe contou para você?

Neda acendeu um cigarro.

— Que um rapaz veio buscar você?

— Não, não isso.

— Ah, sim, aquela outra coisa. Ela contou, sim. Sinto muito, minha filha. Lamento que você tenha visto aquilo.

— Se eu pudesse, desapareceria.

Ele a examinou.

— Você está metida em alguma encrenca?

— Não — disse ela, balançando a cabeça, mas mudou de ideia. — Talvez.

Passou um cigarro para o pai. Ele tragou uma vez, muito profundamente, segurou a fumaça nos pulmões, inclinou a cabeça para trás, de olhos fechados, e soltou anéis de fumaça.

Ela riu com um prazer infantil.

— Você ainda consegue.

— Consigo.

— Você fazia isso para mim o tempo todo.

— Fazia você parar de chorar — disse ele, passando os dedos pelo cabelo dela. — Não posso mais proteger você.

Ele virou o resto da vodca.

Não havia mais nada a ser dito.

O pai voltou ao filme e ela levou os copos para a cozinha, apagou o cigarro e subiu. Tomou um banho bem quente. Caiu no sono assim que se deitou na cama.

Neda acordou de sonhos violentos com a cabeça a mil e foi direto para o banheiro vomitar. Demorou um tempo para se lembrar do que era real e onde estava, e, quando se lembrou, ficou com mais medo do que nunca, mas não havia ninguém com quem pudesse conversar sobre o que tinha acontecido na noite anterior. O pai dele, meu Deus, o pai dele. O pé no peito de Sunny, empurrando-o de volta para a água. Logo Dean mandaria uma mensagem, perguntando se ela iria à redação. Havia muito trabalho a ser feito.

Ela e Dean voltaram ao local da desapropriação na manhã seguinte. Estava um caos, parcialmente demolido, cheio de funcionários do governo, funcionários de ONGs, jornalistas. Por causa das mortes e dos protestos da imprensa, a empreitada fora interrompida, mas quase todos os ex-moradores já haviam ido embora. Alguns, aptos ao reassentamento, foram levados de ônibus para fora da cidade; outros simplesmente se dispersaram ou fugiram. Alguns poucos permaneciam ali, remexendo nos destroços. Neda se sentia alheia, distante. Esquecia o tempo todo das coisas. Mais tarde, Dean a pôs em um riquixá e a mandou de volta para a redação.

Dean escreveu uma matéria sobre as demolições, as mortes das crianças: "Tragédia e a releitura neoliberal do espaço público". Tarde da noite na redação, antes de ir para casa, Neda começou a passar os olhos pela primeira edição do jornal do dia seguinte. Ali, na página oito, a apenas algumas páginas de distância da matéria de Dean, um anúncio colorido estampava uma página inteira:

A Fundação de Caridade Wadia vem anunciar a indenização de um milhão de rupias (por criança) para os pais das crianças tragicamente mortas na evacuação do Acampamento Laxmi. Lamentamos profundamente essa perda.

O olhar intenso, atencioso, de Sunny estava estampado na página. Ele estava em pé atrás do pai, que, sentado atrás de uma escrivaninha, caneta na mão, lançava um olhar amistoso, como se tivesse sido pego desprevenido enquanto assinava um decreto.

Dean jogou um exemplar da mesma edição na mesa de Neda.

— Dá para acreditar nessa merda?

Ela estava paralisada.

— Está em todos os jornais — continuou ele. — O custo de todos os anúncios juntos é maior do que a indenização oferecida.

— É muito dinheiro.

— É muita conversa fiada, Neda. Olha só para eles.

Dean abriu seu exemplar amassado na mesma página e enfiou o dedo no rosto de Bunty.

— Quem esse cara pensa que é?

Ela pensou: *Foi Sunny. Isso é coisa dele.*

— Se eles estão achando que se deram bem, estão muito enganados. Isso aqui fede a consciência pesada. E sabe o que mais? — perguntou ele, pegando seu exemplar amassado e deixando o de Neda virado para cima. — Vou descobrir qual é a deles, pode apostar.

Ela enviou uma mensagem para Sunny do banheiro.

Vi o jornal

Olhou para o celular por alguns minutos, esperando.
Nada.
Escreveu novamente.

Sei que foi você

Ficou olhando longamente para a tela. Mas nada chegou.
Silêncio.

Não te pedi para fazer isso

Nada.

Você ainda não entendeu, né?

Nenhuma resposta.

NEDA II

1.

Nenhuma resposta. O celular continuava silencioso como um túmulo. Dias se passaram. Ela viu a fúria de Dean contra os Wadia entrar em metástase enquanto o próprio coração estava confuso. Sentiu que seria descoberta a qualquer momento. Trabalhou nas matérias subsequentes de Dean, focando na indiferença da polícia e nas falhas judiciárias à luz dos despejos Dean, porém, era uma voz solitária no jornal. Artigos de opinião de partes interessadas logo começaram a aparecer, defendendo ou justificando as demolições. Dean a encarregou de descobrir o paradeiro dos pais das crianças mortas. Enquanto isso, Neda aguardava a ligação de Sunny. No dia seguinte, no outro, ficou esperando por notícias dele, que ele a procurasse. Mas nada acontecia. Em dado momento decidiu ligar, porém a chamada dizia que o número não existia. Ligou para Ajay e o resultado foi o mesmo. Esperou uma semana sem nenhuma palavra ou sinal, e, como não havia ninguém com quem pudesse desabafar, tudo aquilo começou a parecer um sonho.

Neda relembrou a noite na casa da fazenda, aquela visão terrível do pai de Sunny à beira da piscina. O pé implacável no peito do filho, jogando-o na água. A viagem de volta para casa com Ajay, fluida e obscura, como se ela mesma estivesse submersa.

Acordou de manhã com raiva de si mesma. Sentia falta dele. No porta-luvas do carro, Neda mantinha uma cópia do jornal no qual Sunny publicara o anúncio da indenização. Dobrou a página e sentou-se no meio-fio com um cigarro, olhando para o rosto dele. Tentou descobrir indícios. Tinha certeza absoluta de que aquilo era obra de Sunny. Ele havia publicado o anúncio para ela, uma espécie de mensagem? Um gesto tolo de um homem apaixonado? E depois? Lamentou, arrependeu-se, sumiu? Tudo se complicava por causa do pai dele. A crueldade. O pé implacável. Sunny também tinha publicado o anúncio como um ato de rebeldia? Para enfrentar o pai? Faltavam muitas peças, ela estava às escuras. Examinou os rostos no anúncio. A expressão dele, a do pai, o olhar dos dois, a ambientação, o espaço. Contudo, não havia dica alguma. Ela não reconhecia a escrivaninha — não reconhecia o terno que Sunny vestia. "Mas conheço você", disse para ele. Virou-se para Bunty. Parecia tão agradável, tão generoso na imagem. Ela tragou o cigarro até a ponta ficar em brasa e o apagou no rosto dele.

Três semanas se passaram. Ela dormia, acordava, trabalhava em meio a uma névoa de fumaça de cigarro. Dean manteve a palavra: começou a pesquisar Bunty Wadia e seu império comercial mais a fundo, suas bebidas alcoólicas, sua mineração, sua construção, sua madeira em Uttar Pradesh; buscava uma prova concreta que ligasse a família ao que estava acontecendo na cidade naquele momento. Com Sunny, ela oscilava entre raiva, medo, culpa, mágoa. Sentia falta dele, odiava-o. Qual era a grande dificuldade de entrar em contato? Qual era a grande dificuldade de apenas dizer que estava bem? Ou talvez ele não estivesse bem, talvez estivesse...

Aquele seria o momento para ela confessar. Vá até Dean, conte tudo para ele. "Dean, fui uma idiota. Eu não queria que isso tivesse acontecido..."

Mas o que ela contaria? Que teve um caso com Sunny? Ou que Sunny tinha planos para a cidade, a evidência de que ele talvez precisasse... Podia contar uma coisa sem contar a outra? "Descobri uma coisa... Uma amiga me procurou..."

E depois o quê? Desmascarar Sunny?

A troco de quê? Afinal, Sunny não tinha nada a ver com as demolições. Os planos dele não eram para aquele condomínio. Não, ele era inocente!

Ela oscilava entre os extremos.

E se ela traísse Sunny e ele entrasse em contato no dia seguinte?

Não.

Ela esperaria.

Afinal, *ela* havia feito Sunny publicar aqueles anúncios.

Ela alfinetara a consciência dele.

Ela era a ligação.

———

Neda finalmente foi até o Park Hyatt, entrou no saguão, pegou o elevador. Reconheceu o ascensorista. Enquanto subiam ao oitavo andar, ela disse casualmente:

— O sr. Wadia apareceu hoje?

O ascensorista olhou para ela com indiferença e não respondeu.

Ela percorreu o corredor silencioso e ficou em pé do lado de fora da suíte 800. Eram quatro da tarde. Encostou o ouvido na porta. Algum barulho lá dentro? Achou que estivesse ouvindo a TV. E se ela tocasse a campainha, batesse à porta? Seguraria a onda se Sunny atendesse? Se alguma mulher atendesse? Qual seria o resultado aceitável? Neda se preparou. De uma maneira ou de outra, ela precisava saber. Levantou o punho, estava prestes a bater na madeira quando ouviu vozes e risadas abafadas se aproximando do outro lado. Recuou, pronta para fugir, quando a porta se abriu. Um casal estrangeiro olhou para ela com surpresa. Americanos, imaginou ela. Saindo para ir ver o Taj Mahal. Alvoroçada, ela se virou e saiu andando. Virou na escada e parou no vão para recuperar o fôlego. Quando teve certeza de que o casal tinha ido embora, voltou e pegou o elevador de volta para o saguão.

Ela o viu do lado de fora.

— Amit — disse.

— Sim, madame — respondeu ele em sua voz agradável.

— Amit, sou a amiga do sr. Wadia. Você ajudou a marcar minha entrevista com ele há alguns meses.

— Lamento, madame.

— Na suíte dele. Você me mandou subir. Me entregou o cartão-chave.

— Madame, estou muito ocupado no momento.

— Você o viu?

— Madame, por favor, preciso ir.

Amit deslizou para trás do balcão da recepção e desapareceu.

Neda foi ao restaurante japonês. Passou pelo maître, ignorou sua recepção educada, seguiu o fluxo do restaurante passando pelo bar e pelos garçons, pelas mesas principais, e entrou nos espaços privativos. Começou a abrir cada porta corrediça, mesmo sabendo que aquilo era loucura. Fez sua busca com bastante calma, mas os protestos dos funcionários, do gerente, do maître, dos garçons foram se tornando cada vez mais incisivos. A maioria das salas estava vazia. Era cedo demais. Duas estavam ocupadas com reuniões de negócios. Ela espiou lá dentro e fechou as portas. No fim das contas sentiu-se uma boba, saiu andando sem olhar para trás. Embora Neda conhecesse os funcionários, todos olhavam para ela inexpressivos, como se nunca a tivessem visto. Repetiu a busca em outros hotéis. Outras suítes, outros restaurantes. Com os mesmos resultados. Apareceu no restaurante soviético místico onde eles se conheceram, mas estava fechado definitivamente, como as outras lojas.

Mandou uma mensagem para Hari.

Ei, e aí?

Um dia inteiro sem resposta.

Estou em Bombaim. Meio ocupado.

Quando você volta? Precisamos colocar o papo em dia.

Ele não respondeu.

Como alguém podia desaparecer daquele jeito? Era muito fácil, visto que eles não tinham nada sólido, nenhuma ligação formal. Sunny e Neda sempre se encontraram de acordo com as condições dele, nos espaços dele. Ela habitara as bolhas que ele havia criado na cidade.

As desocupações na cidade mantiveram o ritmo. Os jornais alardeavam a transformação do espaço urbano. Os pobres não eram mais vítimas de um estado incompetente e corrupto. Eram invasores e ladrões. A miséria deles não era humana. Estavam sendo apagados.

— O que aconteceu com aquele garoto? — perguntou a mãe dela uma noite, já bem tarde.

Neda estava à mesa de jantar, comendo frango frio.

— Que garoto?

— Você sabe muito bem. O que veio aqui naquela noite. Você saiu com ele, sem suas roupas.

— Sem minhas roupas?

— Sim, aquele garoto.

— Ele não é um garoto.

— Não banque a espertinha.

— A gente não tem se visto mais.

— Não me lembro do nome dele.

— Não importa, ele foi embora.

— Entendi.

Neda deu de ombros e continuou a comer.

— Ele parecia simpático — disse a mãe.

— Seu radar está falhando.

A mãe se sentou na cadeira diante dela.

— Como estão as coisas no trabalho?

— Não sei bem se quero continuar trabalhando lá. Quero estudar mais.

A mãe processou as palavras.

— Estou cansada do trabalho.

— Cansada — repetiu a mãe.

Neda ficou em silêncio.

O pai entrou em casa.

— Ela quer largar o emprego! — gritou a mãe.

— Amor da minha vida — resmungou o pai. — Me deixe pôr os dois pés dentro de casa.

Neda se levantou e saiu da mesa.

— Eu não disse isso.

— Você está indo embora?

— Estou.

— Ela quer pedir demissão.

Neda passou de carro pela mansão de Sunny aquela noite. Fez o retorno e estacionou um pouco mais adiante na rua, de onde ficou observando a entrada. Já havia feito aquilo antes. Ficou ali sentada no carro, fumando um cigarro, observando o entra e sai de funcionários, fornecedores, homens e mulheres, o entra e sai de carros com vidros escuros. Criou uma regra para si mesma: após três cigarros, iria embora.

A pedido de Dean, Neda foi aos lotes de reassentamento para tentar conseguir algumas declarações, ver o clima do local e procurar os pais das crianças mortas. Saiu de carro ao raiar do dia, eram cinquenta quilômetros de estrada até aquela Déli desolada, empoeirada, cheia de complexos industriais caindo aos pedaços e fazendas de laticínios com gado livre. Uma série de valas fedorentas bifurcava a terra. No terreno designado para o reassentamento dos moradores da favela, os novos moradores se entreolhavam, confusos. O que deveriam fazer ali? Neda começou a gravar.

— Eles dizem que esta terra vai valer alguma coisa daqui a quinze anos. Que vamos ter tudo de que precisamos. Tínhamos tudo de que precisávamos lá. Fomos nós mesmos que construímos tudo. Quem pode esperar quinze anos?

— De que adianta terra se não tem trabalho por perto?

— Vou levar quatro horas para chegar ao trabalho na cidade. Eu levava vinte minutos. Como vamos viver assim?

Um dos homens disse que estava vendendo seu registro de posse para um corretor de imóveis.

— Precisamos de dinheiro. Não dá para morar aqui e passar fome, terreno não enche barriga.

Muitos ali estavam fazendo a mesma coisa. Disseram que vários corretores visitavam aquelas terras todos os dias, comprando registros de posse em espécie, oferecendo dinheiro suficiente para as pessoas recomeçarem em outro lugar ou voltar para Déli e construir suas casas em outra favela. Apontaram para o outro lado do assentamento, a cerca de duzentos metros, onde um corretor estava com seus homens. Neda agradeceu e foi até lá. Um homem gordo e careca, de camisa branca e calça preta, estava em pé no meio de um grupo de capangas. Ela acenou ao se aproximar. Será que podia fazer algumas perguntas? O homem careca deu as costas e começou a se afastar devagar. Não por medo, mas por desprezo. Neda o seguiu. Queria fazer algumas perguntas. Para quem ele trabalhava? De repente, um braço se esticou para impedir que ela se aproximasse mais. Pertencia a um rapaz com um olho preguiçoso. Ele parecia um sapo, era gordo, o cabelo muito cacheado. Lembrava os jovens sensuais das pinturas de Caravaggio. Ela se encolheu.

— Não encoste em mim.

O corretor estava se afastando e o capanga estilo Caravaggio a encarava. Ela tentou contorná-lo, mas ele a seguiu.

Vários homens pobres dentre os despejados foram ajudá-la. Pediram que ela voltasse para o carro, eles a acompanhariam. O rosto do capanga estava paralisado em um esgar. Neda recuou. Perguntou a seus protetores sobre os pais das crianças que haviam morrido. Ela precisava se distrair. Será que alguém ali os conhecia? Eram trabalhadores migrantes, só estavam na cidade havia três anos. Tinham ido parar ali também? Não, eles não tinham direito a reassentamento. E quanto ao dinheiro da indenização, o dinheiro anunciado nos jornais? Não, ninguém sabia nada a respeito. De qualquer forma, ela anotou alguns nomes e o número de um deles, que tinha celular. Prometeu voltar.

— Por que se dar ao trabalho? — perguntou um homem. — Qualquer pessoa com dois neurônios já vai ter ido embora daqui.

— Você também vai vender seu lote?

— Claro.

— Você tem os nomes dos corretores? Os cartões de visita? Alguma coisa?

— Não. Eles simplesmente aparecem com a grana e pegam nossos registros de posse.

Neda informou tudo a Dean.

— Interessante. E quanto aos pais?

— Nada. Sumiram.

— Tudo bem. Quero que você faça uma coisa para mim — disse ele. — Entre em contato com Sunny Wadia. Vocês se conhecem, então suponho que tenha o número de telefone dele. As linhas oficiais estão desligadas, mas vamos tentar descobrir o que ele tem a dizer.

— Não nos conhecemos tão bem assim.
— Peça ao seu amigo.
Ela esperou até o fim do dia para dar uma resposta a Dean.
— Disseram que o número dele mudou.

Após algumas semanas, Neda tentou novamente falar com Hari.
Enviou uma mensagem animada.

Ei! Quanto tempo! Já voltou? Quer colocar o papo em dia e tomar um drinque?

Ele respondeu uma hora depois.

Estou aqui. Vou embora amanhã.

Nossa! Como assim?

Duas horas se passaram, até que ele mandou:

No Market Café. Hoje. Às seis.

O tom era seco. Não tinha nada da antiga afetuosidade.

Neda foi ao pequeno terraço do Market Café, aonde todos iam para fumar maconha. Hari estava encostado na grade, sozinho. Parecia cansado. Hesitou um instante antes de abraçá-la. Havia chovido uma hora antes, o finalzinho das monções. Os carros no estacionamento brilhavam.
Velhos amigos, que logo se tornaram estranhos, ficaram ali, lado a lado, sem dizer uma palavra sobre aquilo que os havia afastado.
— Aconteceu alguma coisa? — perguntou ela finalmente.
— Só estou tentando descobrir quem são meus amigos de verdade.
— Como assim?
— Deixa para lá.
— Você vai embora amanhã?

— Vou.
— Você anda requisitado...
— Encontrei um apartamento.
— Onde?
— Bombaim.
— Mas você adora Déli. Vinha planejando tantas coisas...
— Os planos mudam. A gente pode deixar de gostar de um lugar.

Ela acendeu um cigarro.

— Tem a ver com alguma garota?

Ele a olhou estranho.

— Não.
— Tem a ver com o quê, então?
— As pessoas fazem promessas que não conseguem cumprir.
— Definitivamente, parece que tem a ver com uma garota.
— Com você?

Havia rancor na voz dele.

— Hari, eu fiz alguma coisa que te chateou?

Ele fechou os olhos e balançou a cabeça.

— Por que está fingindo que não sabe?
— O que eu deveria saber? — respondeu ela baixinho.
— Diga para o seu namorado que ele é um babaca.

O choque a fez rir.

— Meu o quê?
— Seu namorado.
— Não tenho namorado.
— Sunny.
— Ele não é meu namorado.
— Ok.
— Juro. Não tenho nada com ele. Nada.
— Aham, claro.
— Não o vejo há meses.
— Qual é, Neda, todo mundo sabe que você está trepando com ele.
— Transei com ele uma vez, Hari, e foi um erro. Eu odeio aquele babaca.

— É mesmo?
— Olha, me diz o que aconteceu?

Era outra história de desaparecimento. Sunny havia criado a tão falada gravadora. Tinha contratado dezenas de funcionários e andavam gastando muito dinheiro, divertindo-se. Hari estava no comando. Responsável por recrutar DJs e artistas, com o futuro garantido. Até que um dia, de repente, Sunny desapareceu. Parou de atender ao telefone, parou de responder às mensagens, parou de pagar salários e contas. Seu telefone foi desligado e tudo foi interrompido. O escritório foi esvaziado por uns capangas, equipamentos e móveis foram retirados e o espaço, lacrado. Desesperado, Hari entrou em contato com outros amigos, achando que ele próprio tivesse feito algo errado. Mas a história era a mesma. Sunny tinha sumido. E todos os outros projetos que ele financiava, aqueles restaurantes e galerias, todo o dinheiro e o apoio foram interrompidos da noite para o dia.

— Ele realmente fodeu com a gente — disse Hari.
— Eu não sabia — justificou Neda.
— O cara é um babaca. Cansou dos brinquedinhos.
— Deve ter algo mais por trás disso. Alguém o viu?
— Ninguém viu, ninguém teve notícias.
— Você não acha isso estranho?
— Ele deve estar em algum lugar por aí. Cingapura, Londres. Sunny sempre foi misterioso. Eu devia ter imaginado que ele ia abandonar a gente.
— É por isso que você está indo para Bombaim?
— É. Foda-se Déli. Este lugar anda pesado demais ultimamente.

Foda-se Déli. Naquela noite, Neda voltou à mansão de Sunny e estacionou o carro um pouco depois do portão. Hesitou em acender o primeiro cigarro. Abaixou a janela e desligou o motor, recostou o assento como um motorista qualquer esperando o patrão e fixou o olhar no vaivém das dezenas de funcionários que entravam e saíam do lugar. Para onde Sunny tinha ido?

Sunny logo começou a reaparecer na vida pública, mas nunca pessoalmente. Ele era uma imagem, uma projeção. Neda viu as fotos dele nos jornais, o corte de cabelo mais curto, mais preciso, acentuando a austeridade de seu semblante, as maçãs do rosto proeminentes e o maxilar marcado, mas Neda achou os olhos inexpressivos. E lá estava ele nas colunas sociais, em algum evento badalado, em um casamento grandioso no Rajastão, na inauguração de um hotel novo, em um evento no Clube de Polo, em um baile de gala para uma obra de caridade, cumprimentando alegremente a todos. Com um sorriso forçado. Sua jovial elegância napolitana havia desaparecido. Ele fora comprimido e blindado por ternos da Saville Row.

Mais uma noite e lá estava ela, estacionada na frente da mansão de Sunny, fumando. Terminando o terceiro cigarro. O que esperava? Ele nunca sairia a pé. Ela só veria carros. Todas as janelas escurecidas. Ela podia escolher algum dos veículos, segui-lo, esperar que fosse o dele. Aquilo lhe daria algo para fazer. Talvez, quem sabe, pudesse ter sorte. Mas e depois?

Neda sentia raiva de si mesma, mas não conseguia deixar aquilo para trás. Agora que sabia que Sunny estava bem, ela queria confrontá-lo por ter desaparecido daquela maneira. Por ser um covarde. Ao mesmo tempo, não conseguia esquecer a imagem do pai com o pé no peito dele. Que pai fazia aquilo com o filho?

Terminou o quinto cigarro. Estava ali fazia uma hora. A regra dos três cigarros foi quebrada. Aquilo era uma idiotice. Ela estava perdendo tempo. Jogou a guimba pela janela e quase acertou um transeunte, que a encarou brevemente antes de seguir caminho. O sangue de Neda gelou. Ela o reconheceu de imediato. Era o capanga com cara de sapo dos lotes de reassentamento, o garoto estilo Caravaggio. Estava usando uma calça jeans justa e camiseta. O corpo infantil parecia grotescamente musculoso. Ele deu dez ou doze passos, depois parou de novo, virou-se devagar e ficou absolutamente imóvel, olhando o para-brisa do carro. Estava escuro. Ele não conseguia enxergar lá dentro, mas a encarava. O que ele estava fazendo? Decorando a placa? Tentando se lembrar de onde já tinha visto o rosto dela?

Neda não ousou se mexer. Não ousou ir embora. Contudo, por via das dúvidas, levou a mão à ignição. Pensou ter detectado um sorriso no rosto do garoto enquanto ele acendia um cigarro e saía andando na direção da mansão dos Wadia. Os guardas abriram o portão sem questionar. Ela ficou olhando depois que o garoto entrou.

E a ficha foi caindo. Neda estava fazendo as conexões — o capanga, os lotes de reassentamento, os Wadia —, quando Caravaggio reapareceu, daquela vez acompanhado de outros homens. Foram direto para o carro dela. Neda entrou em pânico, deu a partida e saiu dirigindo em alta velocidade, deixando o grupo para trás na rua. Virou à esquerda e acelerou, virou à esquerda, à direita e novamente à esquerda em meio ao labirinto do condomínio, rodando por vários minutos antes de enfim parar em um acostamento. Ainda assim verificou o retrovisor e manteve o motor ligado. O coração estava a mil por hora. Acendeu um cigarro. Era ele, sem dúvida. Aquilo era uma prova. Mas do quê?

2.

Naquele domingo, ela recebeu uma ligação no celular. Um cavalheiro com um sotaque pausado, de quem estudou em escola particular.

— Boa tarde — disse ele.

— Quem está falando?

— É a srta. Neda Kapur?

— Sim — respondeu ela, sentada na cama, observando a rua.

— Muito bem — disse o homem com voz delicada. — Estou ligando em nome do sr. Wadia.

Ela já esperava algo do gênero, mas mesmo assim foi pega de surpresa.

— Sr. Wadia?

— Sunny — esclareceu o outro. — Ele gostaria de vê-la.

Neda verificou a rua com atenção redobrada, respondeu cautelosamente, tentou não se entregar.

— Ele quer me ver?

— Exatamente.

— Quem é você?

— Um empregado.

— Poderia me dizer seu nome?

— Sr. Sengupta.

— Certo, sr. Sengupta, tem alguma ideia do que ele quer comigo?
— É um assunto particular.
Ela hesitou. Era melhor desligar.
— E onde ele quer me encontrar?
— Ele gostaria de vê-la no escritório.
— Qual escritório?

Ele deu o endereço de um lugar fora de Déli, cruzando o Yamuna e entrando em Uttar Pradesh Ocidental, na rodovia Greater Noida. A árida região agrícola que estava sendo incorporada por Ram Singh.

— Que escritório é esse? — perguntou ela.
— A sede da divisão imobiliária.
— A divisão imobiliária de vocês?
— Exatamente. A Wadia InfraTech.
— E é lá que ele está trabalhando?
— Exato.
— Por que ele mesmo não pode me ligar?
— Como eu disse, ele está ocupado. Eu marco os compromissos dele.
— E quando ele quer se encontrar comigo?
— Hoje.
— É domingo.
— De fato. É o único momento livre dele.
— Esse escritório fica um pouco distante para mim.
— É muito fácil de achar. Há sinalização ao longo de todo o caminho. Posso confirmar, digamos, às quatro horas?

Ela verificou o relógio de parede. Eram duas e meia da tarde. Com as estradas ruins, ela levaria uma hora ou mais para chegar lá. Era o tipo de lugar no qual ela não queria ficar dirigindo sozinha após o anoitecer.

— Eu insisto em falar diretamente com ele.

Ela conseguia ouvir o medo e a tristeza na própria voz, e aquilo a fez estremecer.

— Minha querida — disse o empregado, rindo. — Ele é um homem muito ocupado e só tem uma breve janela de tempo. Se não puder vir, vou cancelar e damos tudo por encerrado.

— Não — respondeu ela. — Eu vou.

— Excelente. Informe seu nome na recepção ao chegar.

Ela desligou e amaldiçoou a si mesma, e depois a ele.

Neda sabia que aquela era uma má ideia. *Que ideia de merda*, disse a si mesma enquanto acendia um cigarro e cruzava o Yamuna para entrar em Déli Ocidental. Após o rio, virou para o sul e entrou em Noida. A nova cidade ainda começava a despontar; havia torres e prédios residenciais entremeados de lotes vazios e campos. Quando ela chegou à rodovia, eram três e quinze. O sol já mergulhava aos poucos no horizonte. Seguindo pela rodovia, a ordenada construção da estrada começou a desaparecer e, dos dois lados, o cenário foi se transformando em terras degradadas e abandonadas, montes escavados por máquinas e operários. Em seguida vieram longos trechos desertos, com alguns campos e lavradores transportando carga em carros de boi. Ela estivera ali algumas vezes, mas não recentemente e nunca sozinha. Seguindo a rodovia sentido sul, passou por trechos de asfalto esburacado pelos quais precisou dirigir muito devagar. Em alguns desses pontos, avistou homens em pé na margem da estrada ou sentados embaixo de barracas, protegendo-se do sol com guarda-chuvas, segurando folhetos de empreendimentos imobiliários. Todos fixavam os olhos nela, sozinha no carro. O que estava fazendo ali?

Finalmente, cerca de trinta quilômetros mais à frente, ao lado da rodovia, um cubo preto horrendo no meio do nada surgiu, o quartel-general da Wadia InfraTech. Neda entrou no complexo e passou por um guarda, que gesticulou para que ela fosse até o estacionamento. A diferença em relação ao mundo exterior era gritante: o estacionamento era perfeitamente pavimentado com asfalto escuro, com vagas demarcadas por linhas amarelas e brilhantes. Havia vários carros parados, a maioria SUVs reluzentes. Neda trancou o carro e se dirigiu à entrada principal. O edifício era imponente, mas não se destacava. Com exceção das portas de vidro da entrada principal — através das quais ela conseguia ver um saguão cheio de plantas tropicais —, todos os vidros e janelas eram espelhados, impedindo a visão do interior.

O recepcionista, um jovem com olheiras, testa grande e cabelo penteado com gel, olhou para Neda sem sorrir.

— Vim me encontrar com Sunny Wadia.

— A senhora tem hora marcada?

— Ele está me esperando — disse ela.

— A senhora não pode vê-lo sem hora marcada.

— Tenho hora marcada. Falei com alguém ao telefone.

— Com quem a senhora falou?

— Com o sr. Sengupta. Ele me disse que Sunny queria me ver hoje — respondeu ela, tentando adotar um tom de autoridade.

— Não conheço o sr. Sengupta.

Naquele momento, o telefone da recepção começou a tocar. O homem atendeu e ficou ouvindo. Olhou novamente para Neda.

— Srta. Kapur?

— Sim.

Ele desligou o telefone e esticou a mão.

— Por favor, sente-se. O sr. Wadia virá recebê-la assim que estiver livre.

Ela cruzou o saguão até a área de espera, decorada como se fosse a sala de estar de um apartamento de luxo. O toque de Sunny ali era visível. Havia poltronas de couro cor de creme, um sofá, uma mesa de centro de mogno com tampo de vidro cheia de revistas e panfletos. Pequenos dutos atravessavam todo o ambiente e água corria por eles; árvores e plantas como em uma selva. Ela se sentou em uma das poltronas. Um garoto surgiu do nada carregando uma bandeja com um único copo d'água. Perguntou se ela desejava chá ou café. Um lanche? Ela pegou a água, sem desejar mais nada, e aguardou. A TV em uma parede lateral ligou sozinha, como em um passe de mágica. Neda virou a poltrona para assistir. Era um vídeo institucional. Sunny, usando um terno de executivo, encarando a câmera. Atrás dele, imagens sobrepostas de apartamentos de luxo em intervalos regulares.

O vídeo tinha vinte minutos. Ela o viu duas vezes e franziu a testa diante da aparência banal e do discurso sem imaginação de Sunny, então foi até a recepção para perguntar quanto tempo ainda teria que esperar. Já eram quase cinco e meia; ela não podia aguardar mais. O homem deu um telefonema.

— Ele está a caminho — disse o recepcionista, por fim. — Por favor, sente-se.

Neda voltou à poltrona.

Não feche os olhos, disse a si mesma.

Só um minuto.

— Senhora?

O recepcionista a olhava de pé. Ela abriu os olhos e ergueu-se da poltrona em pânico.

— Estou acordada.

— Senhora, lamento, mas estamos fechando o escritório. A senhora precisará ir embora.

— Que horas são? — perguntou ela, olhando em volta.

— A senhora precisará ir embora.

Estava escuro lá fora.

— Que horas são?

— São sete e quarenta e cinco.

— Está brincando comigo?

— Não, senhora.

— É sério isso? Onde diabos está Sunny?

Ela estava ficando agitada.

— Temo que o sr. Wadia tivesse outros compromissos.

— Nada disso!

Ela se levantou e começou a olhar em volta, ensandecida.

Procurou as câmeras de segurança e começou a falar para elas.

— Isso é uma palhaçada!

— Por favor, senhora, acalme-se.

— Vai se foder! — disse Neda para o recepcionista, e depois olhou para as câmeras. — Sunny! Seu babaca filho da puta!

— Senhora, receio que tenha que se retirar.

O jovem acenou para dois seguranças.

Ela ficou em pé ao lado do carro no estacionamento. Os seguranças estavam por perto, esperando que ela fosse embora. Ela olhou para o edifício, tentando ver quais luzes estavam acesas. Aquilo não era brincadeira. Ela estava em pânico. Pegou o celular e ligou para o número do tal sr. Sengupta. Uma voz eletrônica informou que o celular estava desligado.

— Babaca!

Neda entrou no carro e deu partida. Saiu depressa, com raiva, e, de repente, se sentiu muito sozinha.

Entrou na rodovia. Deserta, escura e sem movimento naquele horário. Os homens que ficavam no acostamento entregando folhetos e vendendo sonhos já tinham recolhidos as coisas e ido embora havia muito tempo. Ela sabia que não devia estar ali. As estradas não eram seguras. Havia sequestros o tempo todo. Amaldiçoou a si mesma por ser tão burra. Continuou seguindo rumo a Déli, olhos bem abertos, adrenalina a mil. A ausência de outros carros era incômoda.

Depois de uns quinze quilômetros, Neda percebeu um veículo na sua traseira. Estava com os faróis altos ligados, talvez a meio quilômetro de distância. Ela manteve o ritmo constante, sempre checando pelo retrovisor. O veículo parecia manter a distância, mesmo que ela acelerasse ou reduzisse, longe demais para ser qualquer outra coisa além de um par de faróis, perto demais para ser ignorado. Cinco quilômetros se passaram.

— Vai à merda, Sunny.

Neda finalmente chegou ao trecho da rodovia perto de Noida onde a iluminação pública estava acesa. Acelerou; vários carros iam surgindo das estradas secundárias e entrando na rodovia, tráfego normal novamente. No retrovisor, ela via vários faróis e não conseguia distinguir os que sem dúvida a estavam seguindo. Sentiu-se uma idiota. Sunny era um babaca, ponto final. Certo?

Decidiu cruzar o Yamuna mais cedo, pela ponte Kalindi Kunj, e, quando chegou do outro lado e entrou em Déli, sentiu um alívio enorme. O corpo relaxou, ela estava leve e inebriada. Começou a rir de puro nervosismo. Decidiu que contaria tudo a Dean, revelaria tudo do início ao fim, explicaria como havia ido parar tão longe e prometeria consertar tudo. Entrou nas ruas vazias, com suas unidades industriais de ambos os lados. Ela esqueceria Sunny e todos os seus joguinhos. Atravessou um cruzamento.

... o carro rodopiava violentamente, de modo que sua cabeça bateu na estrutura da porta. Neda sentiu a força gravitacional no estômago. Tudo ressoava nos ouvidos dela. Depois o movimento cessou e veio o silêncio. A imobilidade. Ela tentou ligar o motor. Levou a mão à cabeça e sentiu o calor do sangue escorrendo. Onde ela estava? Tentou ligar o motor. Rangido e clique, mas sem partida. Olhou para cima, em volta. Percebeu que havia se envolvido em um acidente. Estava vagamente ciente de outro carro, talvez um Esteem, com a frente amassada, a quinze metros. Não havia mais ninguém por perto, era um distrito industrial em uma noite de domingo. Era melhor ligar para alguém. Para a mãe. Enquanto tentava se lembrar de como tinha ido parar ali, ouviu um ruído metálico e vozes altas, e percebeu que as portas do outro carro estavam sendo abertas. Os ocupantes começaram a sair com dificuldade. Dois jovens saíram da frente e um idoso robusto saiu de trás. Tropeçaram, atordoados, e em seguida se viraram para olhar em sua direção. Entreolharam-se.

Eles bateram no meu carro, pensou Neda. *Bateram em mim.*

Os homens começaram a atravessar o cruzamento, indo na direção dela.

Ela percebeu que um deles carregava uma barra de metal.

Neda tentou dar partida mais uma vez, girando freneticamente a chave, implorando para que seu carrinho a levasse embora, mas o motor se recusava a funcionar.

Os homens estavam se aproximando, protegendo os olhos da luz dos faróis. Ela tentou ligar o motor várias vezes, sentindo o sangue pingar da cabeça. Quando chegaram a alguns metros da frente do carro, os homens pareceram hesitar. Talvez não enxergassem quem estava dentro do veículo.

Ela enfiou a mão na buzina.

Trancou todas as portas.

Os homens, porém, pareciam ter tomado uma decisão.

Avançaram para cima dela.

Estavam se aproximando do carro, cercando-o, olhando para dentro.

— Sinto muito — disse ela.

O homem com a barra de metal olhou para ela.

— Sinto muito — repetia Neda. — Me desculpe.

O homem bateu com a barra de metal no capô.

— Está vendo o que você fez?

— Me desculpe.

Neda novamente tentou dar partida, mas aquilo pareceu deixá-los com mais raiva.

— Piranha! Acha que pode fugir?

— Por favor. Eu sinto muito.

Ela continuou tentando ligar o carro.

— Não tenho dinheiro nenhum!

— Sai do carro!

— Sou jornalista!

Era algo absurdo de se dizer.

O homem com a barra de metal começou a rir. O riso contagiou os outros homens. Um deles voltou até o próprio carro.

— Você bateu no nosso carro — disse o cara da barra de metal. — Vai ter que pagar.

— Eu mando o dinheiro — disse ela. — Por favor, me deixem ir embora.

— Vai ter que pagar! — repetiu o homem, e golpeou a estrutura da porta com a barra.

O terceiro homem abriu a traseira do próprio carro e voltou com um taco de críquete. Neda continuava a apertar a buzina, indefesa, aterrorizada. O homem mais velho foi para o outro lado. Estava bêbado ou lesado pelo acidente. Sacudiu a porta e olhou maliciosamente para ela. O jovem com a barra gritava, e ela implorava para que a deixassem ir embora. Ele a chamava de piranha, de puta. O homem do taco de críquete estava na metade do caminho entre os carros. Neda começou a chorar. O homem com a barra estava começando a erguer o metal...

Foram todos pegos de surpresa. Uma nova inundação de luz, um veículo cantando pneu até parar, uma figura marchando na direção deles. Desprevenido, o sujeito com a barra de metal subestimou a rapidez do rapaz que se jogava sobre ele. O homem chegou a se virar e erguer a barra sobre a cabeça, mas a próxima coisa que Neda viu foi ele encolhido no chão. O velho deu a volta até a frente do carro, punhos erguidos, mas não fez diferença. O recém-chegado avançou sobre ele, desferiu uma série de socos e chutes e, assim como o amigo, o velho desabou no concreto com um estrondo. E foi nesse momento que Neda viu com nitidez seu salvador, iluminado pelos faróis.

Ajay.

Era Ajay.

Àquela altura, o homem com o taco de críquete estava paralisado.

Ajay sacou um revólver do paletó e o último dos três atacantes deu meia-volta e saiu correndo.

Ajay apontou a arma para o sujeito com a barra de metal. Chutou a barra para longe, arrastou o homem até a luz dos faróis e examinou-o de perto. Neda estava esperando ver Caravaggio, mas não. Era simplesmente um sujeito qualquer da rua. Ajay deu-lhe uma coronhada na cabeça. Virou-se para o velho, olhou para ele no chão com uma raiva refreada. Ela observava tudo, trêmula. O velho se levantou e recuou. Ajay guardou a arma.

— Madame.

E era novamente o doce e leal Ajay.

— Abra a porta — disse ele.

Neda obedeceu. Destrancou a porta e abriu-a. Ajay pegou-a pelo braço, ajudou-a a sair do veículo, e ela se apoiou nele enquanto era guiada até o SUV.

Neda ficou sentada em estado de choque no banco do carona, ao passo que Ajay voltava até o carro dela e o empurrava para o meio-fio. Depois, pegou os pertences dela, limpou os assentos, desligou os faróis e trancou o veículo. Ela ficou simplesmente observando, sem palavras. Ajay havia machucado aqueles homens para valer, mas o rosto dele parecia intacto.

— O que acabou de acontecer?

Ele não respondeu.

— Ajay...

Ouvi-la dizendo o nome dele pareceu acordá-lo.

— O que acabou de acontecer? — repetiu Neda.

— Não sei.

— Eles iam me machucar.

— Eu não ia deixar.

— Preciso do meu carro — disse ela.

— Não se preocupe, madame.

Ajay pareceu se recompor. Discou um número. Começou a falar baixinho.

— É o Sunny?

Ajay falava baixinho.

— É o Sunny? — gritou Neda. — Me passa o celular!

Ela se esticou para pegar o aparelho, mas ele desligou.

Ajay dirigiu até Sarita Vihar, que ficava ali perto. Ele parou o SUV em uma ruela estreita com agências de turismo fechadas e pequenos depósitos. Só havia uma luz brilhando, vinda de um letreiro com uma pintura desbotada: HOTEL OTTOMAN. Ele parou e saltou do carro, correu até o lado do carona, conduziu Neda pelo ombro, dando a volta no SUV, e ambos entraram no hotel. A luz branca e brilhante era ofuscante e forte. Havia um elevador, e Ajay apertou o botão enquanto o recepcionista perguntava com uma voz irritada o que estava acontecendo. Ajay sacou seu prendedor de dinheiro, retirou algumas notas e as pôs no balcão, acalmando o homem, e disse algo inaudível antes de voltar.

À medida que o elevador subia, ela ia se encolhendo.

— Ele está aqui?

— Está — disse Ajay.

Ela não sabia mais o que dizer.

A ponta do elevador se abriu para um corredor sem janelas, com chão de mármore sujo e um papel de parede cujo desenho lembrava pedras preciosas verdes. No terceiro quarto à direita, número 406, Ajay bateu três vezes, com o mesmo ritmo, codificado. Neda sentiu a raiva subir e começou a socar a porta. Outra porta no corredor se abriu de repente e um homem barrigudo de camiseta e cueca saiu para olhar. Um instante depois, a porta do quarto 406 foi escancarada, e lá estava Sunny, assombrado, ofegante e desgrenhado. Olhou para o homem do outro lado do corredor. Olhou para Ajay.

— Cuide dele.

Depois agarrou Neda pelo pulso, puxou-a para dentro e bateu a porta.

Ela quase caiu no chão.

— Ei! Que merda é essa?

O quarto era pequeno, abafado. Luzes fluorescentes imprimiam um tom doentio ao lugar. Só havia uma cama de solteiro com almofadas em formato de coração, uma colcha de tecido sintético com detalhes de renda, uma mesinha de canto com uma moringa de água, um maço de cigarros, um copo e uma garrafa plástica de bebida barata. Um ar-condicionado decrépito rangia na parede. Ela se levantou, pronta para confrontá-lo, mas então viu o rosto dele. Como ele parecia abatido e patético, consumido. Sunny agarrou-a pelos braços.

— O que aconteceu?

Um novo tipo de medo se insinuou em meio à raiva e ao choque que ela já sentia.

— Eles tentaram me matar.

Neda permaneceu em pé, enrijecida, a mente presa na lembrança da violência.

— Mas Ajay... machucou os três. Meu Deus, ele fez um estrago de verdade.

Ela franziu a testa e ergueu os olhos em uma espécie de assombro doloroso.

— O que ele estava fazendo lá, Sunny?

— Você está falando sério? — perguntou ele.

Seu tom de incredulidade a trouxe de volta para o quarto. Neda se desvencilhou de Sunny e começou a caminhar.

— Sim, estou falando sério. O que ele estava fazendo lá, Sunny? O que você está fazendo aqui, por onde diabos você andou?! Que MERDA está acontecendo? Eu fui te ver. Você me chamou!

Ela congelou, levou as mãos à cabeça.

— Você não me chamou. Não foi você, não é? Ah, meu Deus, eu sou muito idiota.

— Quem ligou para você?

— Mesmo assim, puta merda, Sunny! Você sumiu. Você simplesmente desapareceu da minha vida.

Ele se aproximou e tentou acuá-la.

— É muito importante que você me responda. Quem ligou para você?

Ela estava tremendo.

— Eu quero ir para casa.

— E depois?

— Depois, nada, esquece que um dia a gente se conheceu. Sério!

— Você não pode simplesmente ir para casa.

— Eu posso ir para onde eu quiser!

— Neda, você precisa me dizer quem ligou para você.

— EU NÃO SEI! Ok? EU *NÃO* SEI! Nossa, eu sou muito idiota. Qual é o meu problema, meu Deus...

Lágrimas começaram a brotar nos olhos dela. O efeito da adrenalina estava passando, o estado de choque chegava depressa. Ela precisava de algo de Sunny, mas não havia nada que ele pudesse lhe dar, não naquela situação.

— Não encosta em mim — sussurrou Neda enquanto passava por ele e se sentava na lateral da cama.

Pegou um dos cigarros de Sunny da mesinha de cabeceira e acendeu-o com mãos trêmulas. Fumar a acalmou. Ela examinou a garrafa de bebida, levantou-a contra a luz.

— Você está mesmo se esbaldando.

Ele a observou do outro lado do quarto, imóvel.

— Alguém ligou e mandou você ir ao escritório — tentou Sunny. — O que ele disse?

Neda abriu a garrafa, tomou um gole e se encolheu por causa da sensação desagradável. Depois, fechou os olhos.

— Ele disse que você queria me ver.

— Por quê?

— Como eu vou saber, caralho? Porque você se importava comigo?

— Não, por que ele diria isso? Por que ele ligaria dizendo para você ir para lá?

Ela rangeu os dentes de frustração.

— Eu não sei. Você não estava lá. Ficou tarde. Voltei. Sunny, quem eram aqueles caras que me atacaram?

— Não sei, só uns caras.

— Você não está falando sério, né? Só uns caras, e Ajay estava passando por ali, e você, por acaso, estava aqui. Jura? Eu devo mesmo acreditar nisso? Que merda, Sunny. Os caras iam me matar. Ou coisa pior.

— Ninguém ia matar você.

— Vai se foder.

— Dar um susto, talvez.

— *Talvez?* Bem, o que você acha que aconteceu? Eu fiquei com medo. Neda respirou fundo.

— Meu Deus, Ajay foi tão... — disse ela, mas franziu a testa ao se dar conta de uma coisa. — Se você não me chamou, por que ele estava me seguindo?

— Porque você esteve no escritório! Tenho pessoas lá. Elas disseram que você esteve no escritório. Mandei Ajay ir até lá para ficar de olho em você.

— Puta merda, Sunny.

Eles conversaram de maneira conflitante por um tempo, repetindo-se, cada um tentando relatar o lado de uma história que não fazia sentido, que girava em círculos. Ela esteve lá porque tinha sido chamada. Ajay a estava seguindo porque ela esteve lá. Neda não contou que estivera espionando a mansão, nem que havia sido vista pelo mesmo capanga que a encontrara nos lotes de reassentamento. Recusava-se a fazer essas revelações. Mesmo assim, lentamente a coisa toda foi fazendo sentido em sua cabeça. Eles a estavam sacaneando, mandando um aviso, ou talvez tentando se livrar dela de uma vez por todas. Neda pensou nos capangas cercando seu carro, os rostos sanguinários. Sua mente começou a tecer hipóteses terríveis, ela se viu sendo arrastada para a rua, gritando, indefesa, perdida, sabia que tinha ido longe demais em algo que não havia previsto.

E Sunny, ali naquele quarto de hotel... Que diabos aquilo queria dizer? Bem, isso era outra história.

— É sério, Sunny. Por onde você andou? A última coisa que vi foi seu pai te chutando para dentro daquela piscina. Foi um pesadelo. Um pesadelo total. E você simplesmente me abandonou.

Ele estava sentado na beirada da cama. Ela o via de perfil.

— Eu não tive escolha.

— Você podia ter me ligado.

— Você não entende.

— Acho que entendo. Entendo eles. Entendo você.

— Não queria colocar você em perigo.

Ela riu amargamente.

— Se estou em perigo é porque fui procurar você.

Ele se virou para encará-la.

— Está tudo uma merda.

— Ah, é mesmo? E a culpa é de quem?

— Minha — disse ele.

— Meu Deus, você é todo errado.

— Por quê? Eu nunca deveria ter publicado aquele anúncio. Fui fraco.

— Você estava sendo humano — disse ela. — Mas é verdade, talvez você não devesse ter publicado. Talvez não devesse ter feito um monte de coisas.

Neda balançou a cabeça devagar e continuou:

— Nossa, que confusão do cacete! Não quero essa violência. Não quero estar envolvida nisso, Sunny. Eu só quero...

— Sinto sua falta — disse ele.

— Ah, sai fora.

— Mas eu sinto.

Ele esticou a mão para Neda.

Ela a segurou.

— Você está mesmo com uma cara péssima — disse ela. — O que está fazendo aqui?

— Não sei. Me dá um gole.

Ela passou a garrafa para Sunny, que bebeu. Neda se deitou na cama e ele se esticou ao lado dela. Os dois ficaram ali, olhando para o teto.

— Sunny, o que ele fez com você na mansão, na piscina... Aquilo não é normal. Pais não fazem aquilo com os filhos.

— Você vive em um mundo diferente.

— Talvez. Ou talvez eu não viva mais.

Ele abriu um sorriso vazio, triste.

— A piscina foi só o começo — disse Sunny. — Depois que publiquei o anúncio, ele veio para cima de mim com tudo. Mandou que destruíssem meu apartamento. Acabaram com tudo, e ele simplesmente entrou e ficou lá em pé, olhando. Pegou meus telefones, meus laptops. Fechou a minha empresa. Tirou meus cartões. Me pôs no cabresto. E disse: "Nunca mais exiba nosso nome e nosso rosto daquela maneira."

— Por que você acha que ele fez isso?

Sunny ficou em silêncio por muito tempo, sem responder.

Ela se virou para encará-lo.

— Eu vi uma coisa, Sunny. Fiz uma descoberta.

— Que coisa?

— Essas demolições, esses reassentamentos. As casas são destruídas, os terrenos são tomados e as pessoas são enviadas para os arredores de Déli, para terrenos baldios cheios de mosquitos, perto de lixões, sem nada, sem esperança, sem futuro. E aí, quando as pessoas chegam lá, são recebidas por uns capangas, uma gente aterrorizante, que fica pressionando para que elas vendam aquele pedacinho de terra inútil por um punhado de rupias. Os terrenos que as pessoas recebem após as desocupações compulsórias estão sendo comprados por incorporadores por uma ninharia.

— E daí?

— Eu fui até lá. Falei com algumas pessoas em um desses lugares. Fui ameaçada por uns capangas. Um sujeito que nunca vou esquecer, com uma cara que parece a de um anjo grotesco. Dei a ele o apelido de Caravaggio. Eu o vi lá no assentamento e depois, de novo, em outro lugar. E ele me viu também.

— Onde?

— Onde você acha?

Ele não queria dizer.

— O cara trabalha para a sua família. Ele estava saindo da sua mansão e me viu do lado de fora. Logo depois, recebi a ligação para ir me encontrar com você.

— Não.

Ele balançou a cabeça.

— Como assim, não? Por que é tão difícil acreditar? Sua família é violenta. Vocês são homens violentos.

— Não.

Neda começou a rir de tão absurdo que era aquilo tudo.

— E agora eles estão atrás de mim. Estão atrás de mim porque acham que eu estou atrás deles. Mas eu só esbarrei com tudo isso porque estava procurando você.

Sunny não tinha o que dizer. O que podia ser dito, afinal? Aquela era a verdade e os dois sabiam disso.

Neda fechou os olhos e adormeceu antes de ter tempo para se ver caindo na escuridão.

Foi acordada por três batidas fortes na porta.

Pensou que só havia dormido um minuto.

Estava prestes a falar quando viu Sunny com o dedo diante dos lábios, um revólver na mão.

Neda refreou a vontade de gritar enquanto Sunny se aproximava devagarinho da porta.

— Senhor — disse Ajay do outro lado.

O alívio se espalhou pelo quarto.

Sunny abaixou a arma e abriu uma fresta da porta.

— Senhor, já cuidei do carro.

— Ótimo. Espere lá embaixo.

Enquanto reunia suas coisas e Sunny a observava em silêncio, Neda se deu conta de que havia dormido por quase três horas. Quando estava pronta para ir embora, Sunny a segurou pelo braço.

— O que foi?

— Você não pode falar sobre nada disso com ninguém.

Ela hesitou, pensou a respeito.

— Com quem eu falaria?

— Com o cara que trabalha com você.

— Você acha que eu quero que ele saiba de tudo isso, Sunny? Por onde eu começaria? Mas fique sabendo que, de uma forma ou de outra, ele está de olho em você.

— Não há nada que ele possa fazer.

— É. Você deve ter razão. Mas tem algo que você poderia fazer, sabe? Você poderia simplesmente largar tudo.

— Isso não é realista.

— Sunny, sejam quais forem seus sonhos, seu pai vai destruí-los, e vai destruir você também. Você quer transformar Déli, quer renovar a cidade, embelezá-la, quer mostrá-la para o mundo. Mas o que ele quer?

Ele não respondeu.

— Sunny, seu pai é um homem, não é um deus. Se você decidir ficar do lado dele, eu não vou ficar do seu. Você só precisa largar tudo.

— Não posso. Seria suicídio.

Ajay estava esperando por ela na recepção. Virou a cabeça assim que ela saiu do elevador.

— Um segundo, vou trazer o carro.

Ajay dirigia com grande precisão. Neda observava as mãos dele no volante, os nós dos dedos ensanguentados e inchados. Ficou se perguntando no que ele estava pensando. Começou a montar a versão da história que ela contaria. O carro quebrou. Ela pegou uma carona com amigos. Seus pais provavelmente nem iam perguntar. Eles eram assim. No entanto, à medida que se aproximava de casa, Neda ficava com mais medo.

— Ajay.

— Sim, madame.

— Obrigada.

— Madame, seu carro fica pronto amanhã.

À porta da casa de Neda, Ajay se virou e olhou para ela.
— Madame — disse ele, o motor rangendo.
— Sim?
— Ele é um homem bom.
Aquilo partiu o coração de Neda.
— Você também é.
Ele evitou o olhar dela.
Depois, ela saltou e fechou a porta. Ajay ficou olhando até ela entrar em casa e depois foi embora.

3.

Como prometido, o carro voltou no dia seguinte, algumas horas depois de ela ter tomado o táxi de Sardar-ji para ir trabalhar. Todos os amassados haviam sido consertados e a pintura, refeita. Não sobrou nenhum arranhão. Foi entregue por um mecânico alto, magricela e alegre de macacão azul e um corte de cabelo de brâmane; um garoto que o seguia em uma motoneta o levou de volta. Como se nada tivesse acontecido.

Ela vasculhou o jornal à procura de relatos de algum acidente perto de Jamia, Shaheen Bagh ou Kalindi Kunj. Nada. Nenhum acidente de carro. Nenhum ferimento. Nenhuma morte. Tudo apagado. Tudo resolvido. Como se nada tivesse acontecido.

Neda continuou esperando a terrível surpresa. Não sabia o que seria. Uma visita da polícia. De um capanga. Um telefonema como nos filmes: eu sei o que você fez. Encontre-me em tal lugar. Traga dinheiro. Se falar qualquer coisa, você morre. Ela continuava esperando receber notícias de Sunny. Ver Ajay. Mas nada. Evitou Dean naquele primeiro dia de volta à redação. Por sorte, ele estava ocupado demais para falar com ela.
Ela ia contar para ele, não ia?
Era só ir ao escritório dele, entrar, fechar a porta, sentar-se e começar a explicar.

Era o que ia acontecer, certo?
Mas o que ela diria?
Tinha sido um acidente?
Tentaram assustá-la?
Ela ainda não fazia ideia.

Quando tentava dormir, Neda revia tudo em sua mente. O telefonema que a fez sair. A volta apreensiva para Déli. A colisão repentina, o carro girando, os faróis em seu rosto, os homens à sua volta. Todos os dias ela inventava desculpas para ir trabalhar de táxi. Riquixás aqui e ali pela cidade para realizar tarefas. Deixava o carro estacionado fora de casa, à sombra de uma figueira-de-bengala no parque. Ainda não havia contado nada a Dean.

"A propósito", escreveu Dean em um e-mail passados quatro dias. "Esta história feliz talvez alegre seu coração." Suas palavras estavam recheadas de ironia. Era o link para uma matéria do *Times*, primeira página, colorida: "Recolhendo os cacos: Uma família dá sentido à perda." Os pais das crianças mortas haviam sido descobertos em seu vilarejo natal, perto de Kanpur. Lá estavam eles, Devi e Rajkumar, tristes mas esperançosos, deixando o passado para trás. Devi estava grávida de novo. Rajkumar havia usado a indenização da Wadia Foundation para comprar terras agrícolas. Construíram uma casa de verdade. Algo bom nasceu da tragédia, observou o jornalista. Rajkumar esperava que um dia seu filho estudasse em Déli, falasse inglês e morasse na casa de um homem importante. Disse que Déli era para pessoas modernas, que o progresso era necessário e Deus estava tomando conta deles agora.

— Mistério resolvido — disse Neda.

A rotina continuou. Ela estava grata pela monotonia descomplicada daquelas pequenas histórias. Se podia, evitava o sudeste da cidade. Evitava dirigir sozinha tarde da noite. Mesmo quando fez as pazes com o carro, voltar para casa no fim do dia a deixava nervosa. Achava que estava sendo seguida. Começou a imaginar que era Ajay. Ele a seguia por toda parte. Ele a protegeria. Aquilo a fazia se sentir melhor, mas a sensação nunca durava, e logo Neda se via invadida pelas mesmas perguntas.

Em seus sonhos, às vezes ela via o brilho dos faróis e sentia a violência de Ajay. Certa manhã, reuniu coragem para ir até a área do reassentamento e a encontrou cercada por alambrados com avisos que diziam: PROPRIEDADE PARTICULAR.

O inverno baixou sobre Déli. Roupas de lã foram tiradas de armários e baús de aço. Manhãs frias de neblina erguiam-se com o sol pálido em uma imensidão de céu azul. Lodhi Garden estava cheio de pessoas caminhando vigorosamente. Nas ruas, os desabrigados acendiam fogueiras em latões de metal, agachados na calçada. Uma viagem até a Antiga Déli para comer *nihari* de manhã. O Diwali se aproximava com seus fios de luz dourada. Déli explodia em um frenesi de compras e comida. Dean não se abria mais com ela. Sunny não estava lá. Neda passou o Diwali com os pais. Acendeu lamparinas pela casa, fez uma pequena prece, observou as crianças no parque do outro lado da rua com seus foguetinhos, depois, foi até o terraço e assistiu aos fogos de artifício sobre a cidade. Na manhã seguinte, uma nuvem de fumaça pairava sobre os telhados. A temperatura despencou, o frio penetrou nas casas, se instalou e se recusou a sair. Neda começou a pensar em fugir. Seu coração estava pesaroso e feroz, uma tempestade sob a superfície. Pensou em fazer o curso de formação de professores de inglês no British Council. Ensinar inglês no Japão. Uma amiga tinha ido e nunca mais voltara.

Natal. Decorações de Papai Noel em Connaught Place. Louvores ao consumo. Religião praticada da boca para fora. Neda foi com os pais à igreja de St. James para a Missa do Galo. Todos os anos eles cumpriam aquela tradição familiar laica. Ficavam os três ali no banco da igreja, sem entender bem o que estava acontecendo. Neda fechou os olhos e fez uma prece. Achou que tinha visto Ajay em meio à congregação, sentado um pouco à frente, rezando também. Na hora da comunhão, viu que era outro homem.

A desolação de janeiro. A cidade sufocada pela poluição. A temperatura quase chegando a zero em certas madrugadas. Sua primeira matéria no novo ano: a falta de abrigo adequado para os sem-teto, a máfia organizada dos cobertores. Havia máfias para tudo. Neda começou a cursar a formação de professores de inglês depois do trabalho. Desistira de Sunny. E de si mesma. Sabia que era tarde demais. Não procuraria Dean. Só planejava ir embora da Índia para sempre.

4.

Na manhã do último dia de janeiro de 2004, ela convidou Dean para almoçar no China Fare. Queria contar a novidade: ia pedir demissão naquela tarde. Ele concordou em ir almoçar com ela, mas talvez se atrasasse um pouco, tinha uma manhã atribulada pela frente. À toa diante de sua mesa, Neda viu o escritório dele trancado. Foi até o Khan Market cedo e perambulou pelas lojas, vendo as pessoas enroladas em suéteres e xales. Neda não sabia o que diria até ficar cara a cara com ele, não sabia ao certo se confessaria, ao menos até que Dean desse alguma pista da parte dele. Tudo que ela sabia era que não aguentava mais. À uma hora, sentou-se a uma mesa no China Fare e ficou esperando o colega. Comeu rolinhos primavera e bebeu chá verde.

Quando ele chegou, Neda percebeu que havia algo errado. Ele se sentou e agarrou as beiradas do tampo da mesa como se fosse a borda de um penhasco. Ele nem sequer olhava para ela, preocupado demais em controlar a própria respiração. Neda achou que Dean já sabia. Mas sabia do quê, exatamente? Não importava. Ela estava indo embora. Dean soltou o tampo, esfregou os olhos por baixo da armação de metal dos óculos, depois tirou-os, colocou-os na mesa e cobriu o rosto com as mãos. Finalmente ergueu a cabeça; os olhos dele estavam brilhantes e distantes.

— Acabei de me demitir — disse ele.

De todas as coisas que Neda tinha imaginado, aquela era a última que ela esperava ouvir.

— Jura?

— Ou talvez eu tenha sido demitido — corrigiu ele, franzindo a testa e parecendo falar consigo mesmo. — Não sei. Ou talvez eu tenha pulado antes de ter sido empurrado.

— Dean...

Ele olhou para ela.

— Vamos tomar uma cerveja.

Foram ao Chonas. Ele começou a falar.

— Você sabe que eu comecei a investigar Bunty Wadia, certo? Então, descobri tanta sujeira que você não acreditaria. Subestimei o cara quando falei que ele era um dos mafiosos de Ram Singh. Na verdade, o rabo estava abanando o cachorro. Ram Singh é que trabalha para ele. — Dean fez uma pausa e então acrescentou em um tom contemplativo: — Parece que quase todo mundo trabalha para ele.

Neda esperou que ele prosseguisse.

— Tive um mentor, um velho editor de um dos jornais daqui que não vou mencionar o nome. Mas era um cara respeitado, correto até o final. Eu o conheci pessoalmente um tempo atrás, mas, antes, nós nos correspondíamos, eu lia os artigos dele. Foi ele quem me ensinou a ser jornalista, a ser repórter. Acho que não seria exagero dizer que ele me ensinou a ser homem. Pelo menos na minha cabeça. Como é mesmo aquele ditado? "Se você encontrar Buda na rua, mate-o"?

— Dean, você está divagando.

— Terminei minha reportagem semana passada. É grande para cacete. E não serviu para absolutamente nada.

— Por quê?

— Na noite em que terminei, esse meu mentor me ligou. Dez da noite. Me convidou para tomar café da manhã com ele na manhã seguinte no Yellow Brick Road. Nada de estranho nisso, certo? Só uma coincidência de *timing*. Eu estava empolgado com a matéria, aquela animação que a gente sente quando descobriu uma coisa importante, algo que vai repercutir. Então me animei com a ideia de ir me encontrar com ele. Mas não disse nada pelo telefone.

— O que tinha na matéria?

— Espera, escuta até o fim. Fui ao local combinado e lá estava ele, esperando, tomando suco de laranja, um café ao lado, sentado a uma das mesas atrás da vitrine, a que dá para o gramado e para a entrada, em que bate sol.

Ele estava de frente para o salão. Eu me sentei diante dele. No ano passado ele andou meio doente, mas agora está bem melhor. Parecia arrumado, bronzeado. Aquilo era incomum, vê-lo bronzeado. Perguntei se havia tirado férias, mas ele disse que não, que andava nadando muito ultimamente em uma piscina ao ar livre, que estava pegando sol e achando agradável, embora a esposa vivesse reclamando com ele. Amenidades, coisa e tal. Até que de repente ele me perguntou: "E então, o que você tem feito?" E eu contei que estava prestes a enviar uma matéria para o meu editor, uma matéria importante.

Dean tomou um gole de cerveja e tocou a testa com a mão.

— Ele assentiu e disse: "Bem, a respeito disso..." E aí meu estômago embrulhou.

— Ele sabia.

— Ele sabia de tudo, Neda: parágrafos, frases, o assunto, a estrutura da matéria.

— *Como?*

— Porque ele já tinha lido. Eu não tinha mostrado para ninguém, mas ele já tinha lido.

— Como?

— Eles entraram no meu computador — disse Dean, jogando as mãos para cima. — Ele disse que eu não tinha nada a ganhar arrumando aquele tipo de encrenca. Nada. Falei que não estava pensando em ganhar nada. Que lucro não é uma questão para mim, como ele certamente se lembrava. Ele disse: "Mas pode ser." Lucro *pode ser* a questão. Aquele sujeito, que era como um pai para mim, que foi um modelo para mim, cuja ética me inspirou, me disse que lucro *poderia ser* a questão. Afinal, eu havia feito um ótimo trabalho e devia ser recompensado, ou seja, a parte interessada estaria disposta a comprar a minha matéria, já que, no fim das contas, se tratava da história deles e eu só tinha realizado o trabalho árduo de amarrar tudo. Pois é, eles comprariam. Ele viu como eu estava enojado. Acho que cheguei a vislumbrar um instante de vergonha no olhar dele, mas ele só me disse que o mundo tinha mudado. Que o jornalismo era um negócio como todo o resto.

Dean balançou a cabeça. Então continuou:

— Era impossível transpor a distância entre as nossas maneiras de pensar. A distância entre o homem que havia me formado e o homem que estava à minha frente era incalculável. Mas era o mesmo homem. Casado com a mesma esposa. Dono do mesmo cachorro que ele levava para dar os mesmos passeios. Tinha a mesma rotina, os mesmos amigos, comia nos mesmos restaurantes. Na verdade, ele sempre havia sido aquele homem. Foi o mundo que mudou. Mas eu não sou assim. Eu sei quem sou. "O que aconteceu com você?", perguntei. Ele pareceu analisar a pergunta seriamente, como se ninguém a tivesse feito antes, mas não respondeu. Em vez disso, escreveu um valor em um guardanapo e o passou para mim, disse que era a oferta do cliente dele.

— Quanto?

— Nem vou me dignar a repetir em voz alta. Era obsceno. Rasguei o guardanapo. Deixei os pedaços em cima da mesa e fui embora. Levei a matéria para Venkatesh naquele dia. Ele leu. Achou que estava bem fundamentada. Passou para o jurídico. Eles ficaram nervosos, mas analisaram minhas provas e, sim, estavam bem fundamentadas. V. disse que iam publicar, mas também disse que eu devia me preparar. E então...

Dean apontou para o teto.

— Deus. O homem no andar de cima. O diretor-executivo. O conselho. O proprietário. Todos intervieram. Se recusaram a publicar. E, por mais bizarro que seja, tenho que dar o crédito a *ele*, afinal, ele me procurou com a cenoura primeiro. Só depois veio com o porrete. Fiquei sem saída. A matéria foi descartada hoje de manhã e me colocaram de aviso prévio. Então eu pedi demissão. Ou fui demitido. Não sei. Só sei que estou livre.

Neda observou o rosto dele, tentando ler seus pensamentos.

— O que havia de tão ruim na matéria?

Ele abriu um sorriso estranho, educado, depois pôs a mão na pasta perto da sua perna direita e jogou sobre a mesa um monte de folhas impressas presas com um clipe.

— Me diga você.

Ela começou a correr os olhos pelas páginas, contando-as. Parou em quinze, pulou para o final, pulou de volta para o início.

Leu o título em voz alta.

— Escondido embaixo do nariz?

— Não é muito atraente, eu sei. Era provisório — explicou ele, entornando cerveja. — V. ia mudar.

Devia ter umas cinco mil palavras ou mais. A narrativa era clara: Bunty Wadia era o maior personagem de Uttar Pradesh. Apesar de não ocupar o cargo, ele era, de fato, o ministro-chefe, e muito mais. Seus interesses comerciais se espalhavam por todo o estado. Bunty detinha uma parcela significativa do mercado de bebidas alcoólicas local, no atacado e no varejo. Para manter as aparências, comandava os negócios por meio de testas de ferro, que às vezes se apresentavam em público como rivais, mas, no fim, eram todos seus subordinados. Autodenominavam-se "o consórcio".

Ela leu em voz alta.

— O consórcio?

— Eu sei, parece coisa de romance policial barato. Mas, olhando bem, tecnicamente é isso mesmo.

Neda continuou lendo. Não era apenas atacado e varejo. Era da cana-de-açúcar ao engenho, à destilaria, ao distribuidor, ao atacado, ao varejo, tudo amarrado, no estado inteiro, todas as centenas de milhões de pessoas, da cabeça aos pés. Não era apenas integração vertical; era um monopólio. Claro, havia outros personagens, outros produtores no estado, mas, controlando os alvarás de atacado e varejo, o Consórcio Wadia determinava quem vendia para os consumidores ou não. Se você não pagasse muito bem, em dinheiro vivo, era marginalizado, sumia. Nos pontos de venda, as marcas de Wadia, tanto as que ele produzia quanto as que importava, ganhavam destaque. Se você quisesse entrar no jogo — e, no fim das contas, a maioria queria —, precisava pagar o preço, em espécie. Então, para cada caminhão de bebidas que chegava, uma mala de notas ia para os cofres de Wadia/Singh. Meio a meio. O que se podia fazer? Denunciar à polícia? Procurar o Departamento Fiscal? Eles também estavam levando uma parte. O setor gerava bilhões de dólares por cima e por debaixo dos panos, mantinha tudo em ordem e todos pagos.

E aquilo era só o começo.

As primeiras duas páginas.

Ainda havia muito mais.

Passava pela extração de areia, transporte, pedágios e infraestrutura. Pelo controle da polícia e do Judiciário.

Em cada etapa, os Wadia e os Singh desviavam dinheiro de cima, de baixo, do meio.

O esquema dos transportes era de uma simplicidade diabólica. O governo do estado sistematicamente reduzia e fechava rotas viáveis e lucrativas dos ônibus públicos com a finalidade de outorgar licenças para operadoras privadas que exploravam as mesmas rotas com um preço consideravelmente mais alto para o usuário. No início, essas operadoras privadas pareciam ser concorrentes, mas, após uma inspeção, oito das dez eram de testas de ferro dos Wadia e as duas restantes eram administradas por membros da família estendida de Ram Singh.

Ela folheou tudo e pôs as páginas na mesa. Pegou de volta. Folheou de novo. Havia uma parte biográfica, contando como Bunty Wadia, outrora um mero mercador de grãos em Meerut, chegara à posição atual. Como ele dera a Ram Singh o impulso inicial na política. Como ele passou à produção de *daru* com a ajuda do irmão mais velho, Vikram. Como Vikram "Vicky" Wadia se tornou agente da lei em Maharajganj, em Uttar Pradesh Ocidental, e depois deputado estadual. Os olhos de Neda bateram em algo familiar.

— O incidente de Kushinagar?

— Sim — disse Dean, e riu. — Isso foi difícil de descobrir. Acabei conseguindo as informações direto da fonte.

— Qual fonte?

— Vicky Wadia. Ele preencheu muitas lacunas.

— Ele falou com você?

— Para ele, esse artigo é propaganda positiva.

Neda leu o parágrafo lentamente.

— Ele fez isso mesmo?

— Acho que sim. As únicas pessoas que sabem de verdade eram as que estavam lá. Eu procurei o ex-magistrado distrital. Contei o que Vicky tinha me dito. Ele disse: "Se é o que Vicky diz, é verdade." No fim, não importa se é verdade ou não, mas se as pessoas acreditam. E elas acreditam. Elas acham que ele é uma espécie de enviado divino, que faz uma magia macabra poderosa.

— Ele queimou uma pessoa viva no mercado de hortaliças?

Um jovem havia roubado a correntinha de ouro de uma dona de casa e saído correndo pelo mercado. Vicky, que estava caminhando por lá com seu séquito, viu o ladrão indo na direção dele. Segundo dizem, Vicky deu um puxão tão forte que suspendeu o garoto, depois o jogou no chão, já inconsciente. Em seguida, recuperou a correntinha de ouro, despejou querosene em cima do garoto e riscou um fósforo. O garoto saiu correndo em chamas, tropeçou na barraca de tomates. E isso tudo aconteceu diante do mercado inteiro.

— Vá em frente, leia a declaração dele.

Ela leu as palavras de Vicky na página.

— "Ele era um ladrão. O distrito estava infestado de ladrões naquela época e alguém tinha que defender o povo, alguém tinha que fazer os ladrões entenderem que os crimes têm consequências." Final da declaração. Meu Deus.

— Vicky foi eleito naquele mesmo ano. Deram um apelido para ele por lá. Himmatgiri.

Ela largou as folhas, queria mudar de assunto.

— Fiquei exausta só de ler.

— Imagine como eu me sinto.

Imagine como Sunny se sente.

O peso daqueles homens, a violência da vida deles. Aquilo a oprimia havia dias, semanas, meses. Desde a sua primeira lembrança, o que agora pareciam anos, anos e mais anos, centenas de quilômetros de estrada obscura. O dinheiro que ela havia consumido, o vinho, o uísque, os carros com vidros escuros, a sola negra do sapato de Bunty Wadia empurrando Sunny para o fundo da piscina.

— Esses homens — disse Dean — são heróis para o povo que *eles* roubam, cujas vidas *eles* destroem.

Ela sentiu o pé.

Viu o rosto dele.

— Tem alguma coisa sobre Déli? — perguntou Neda.

Dean riu. Era o riso dos derrotados, de um homem no fim da linha, sem nada a perder, de um homem que havia sido abandonado pelos deuses.

— Claro que tem. Vá até a penúltima página.

Ela o observou de perto enquanto folheava as páginas. Ele sabia?

Neda se preparou.

Mas não havia nada sobre demolições e lotes de reassentamento nem grilagem de terras.

Era sobre Sunny.

— Leia em voz alta — pediu ele.

Ela pigarreou:

— "Bunty Wadia não investe em nenhum dos símbolos típicos de construção de marca. Nenhum contrato de patrocínio, nenhum outdoor, nenhuma entrevista, nenhum evento; absolutamente nenhum perfil público. Ele não está construindo uma marca, mas uma rede silenciosa, invisível. Como tantos homens supostamente importantes, porém, o ponto fraco parece ser o filho. O desejo de estabelecer uma dinastia ofusca nesses homens as falhas evidentes e óbvias causadas pela replicação imperfeita da natureza."

Neda ergueu os olhos para Dean, depois voltou a ler, dessa vez em silêncio. Com eloquência, a matéria seguia discorrendo sobre a ordem global do neoliberalismo e o clamor ensurdecedor para transformar Déli. Depois, Dean chegava ao ponto central. Alegava estar de posse de uma cópia de uma proposta — preparada por um aluno do MIT que Sunny Wadia havia contratado — para substituir as favelas às margens do Yamuna por um "Destino de Negócios e Lazer de Nível Internacional". Pintava a mesma imagem utópica que ela havia visto e ouvido, com alamedas, marinas, parques de biodiversidade, centros culturais, lagos navegáveis e calçadões. Ostentava imagens geradas por computador de famílias bem-arrumadas e felizes, de pele ligeiramente escurecida, desfrutando o céu azul e as águas limpas de um Yamuna "despido de sua própria essência, de sua própria natureza". Dean destruía toda aquela idealização. "Os planos, segundo pessoas bem informadas, foram ridicularizados. São considerados politicamente inviáveis e ambientalmente inconsistentes. Como uma autoridade que não quis revelar o nome comentou na matéria, 'o Yamuna é um rio himalaio não canalizado em uma planície aluvial, sujeito a pressões das monções e à mercê dos caprichos da natureza. Imaginar outra coisa é uma fantasia e uma loucura grosseira'."

Chega. Neda decidiu que já tinha lido o bastante. Ela virou a pilha de páginas, meneou a cabeça e pegou a cerveja.

— Viu? — disse ele. — Eu disse que Sunny Wadia era um palhaço.

5.

Justamente no Dia dos Namorados, um número desconhecido ligou para o celular de Neda.

Ela reconheceu a voz de Sunny imediatamente.

— Neda.

Ele parecia muito distante, sofrendo.

Ela esperou que ele falasse, mas só ouviu sua respiração pesada na linha.

Não sob o peso de uma ameaça, mas do esquecimento, da autodestruição. Ela estava na cozinha de casa fazendo *chai* quando o celular tocou, então saiu para atender no jardim da frente, onde os pássaros brincavam no ar gelado. Estava frio a ponto de incomodar à sombra; Neda parou em um trecho com sol.

— O que foi?

— Preciso de ajuda.

Ela balançou a cabeça. Lágrimas brotaram em seus olhos.

— Não tenho como te ajudar.

— Não aguento mais — disse ele, em nítido desespero.

— Não aguenta mais o quê?

— Você sabe.

Ela piscou, e as lágrimas escorreram pelo rosto.

— Achei que você fosse dar um jeito nisso.

— Não tenho como.

Os ombros dela pesaram.

— Onde você está?

— Em Goa.

— Por quê?

— Não aguento mais. Preciso de ajuda.

— Tudo bem. Acalme-se.

— Vem para cá.
— Sunny...
— Pega um avião hoje. Preciso ver você. Preciso falar com você. Pessoalmente.
— Por quê?
— Não posso falar ao telefone. Só vem, e eu juro que nunca mais peço nada.
— Sunny.
— O quê?
— Sério? Isso parece uma armadilha.
— Não é.
— Você está de sacanagem comigo?
— Reserva uma passagem. Manda os detalhes para esse número aqui, Ajay vai pegar você no aeroporto. Por favor, Neda. Eu juro que nunca mais vou te incomodar.

Ela amaldiçoou a si mesma. Esperou uma hora. Depois ligou para o agente de viagens e o mandou reservar uma passagem para aquela noite. Foi trabalhar, mas não havia nada de urgente a ser feito, suas matérias já tinham sido enviadas e, como pedira demissão, não havia nada novo na pauta. A passagem foi enviada para a redação na mesma tarde. Ela mandou uma mensagem com os detalhes para o número do qual Sunny tinha ligado. Nem foi para casa trocar de roupa ou fazer a mala. Deixou o carro estacionado no trabalho e pegou um táxi para o aeroporto. Ligou para casa no caminho; a mãe atendeu.

— Oi, sou eu. Vou a Bombaim por alguns dias. Pesquisando para uma matéria. Ah, eu e Hari estamos saindo. Volto no domingo.

Só um quarto das poltronas do voo estava ocupado. Cerca de uma dúzia de homens de negócios e um casal de mochileiros, já cansados de viajar, traindo a Índia ao embarcar no avião. Neda se acomodou em uma fileira vazia, deitou-se sobre as três poltronas, se cobriu com o casaco de inverno e tentou dormir. Não queria pensar em nada. Tinha sido bem-sucedida com essa abordagem recentemente. A verdade é que ela estava morrendo de medo de encontrá-lo. Quando o avião começou a descer, esperou que Ajay não estivesse lá. Era possível. Havia uma chance. O que ela faria? Ela pegaria um táxi para Vagator, se hospedaria no Jackie's Day Night, comeria curry de caranguejo no Starlight e voltaria para casa. E aí seria o fim.

Neda chegou no início da noite. A terra retinha o calor do dia, temperado pela brisa que soprava do mar Arábico. Ela tirou o casaco, pendurou a peça em um braço, passou pelos outros recém-chegados na esteira de bagagem e despontou no saguão de chegada, agitado pelos promotores de hotéis e taxistas. Todos avançaram em massa ao vê-la, tentando vender produtos. Táxi, madame. Hotel, madame. Venha, madame, por aqui. Ela parou na frente deles, abriu a bolsa e tirou um maço de cigarros. Pegou um lentamente, acendeu-o e tragou-o profundamente, depois soltou a fumaça para cima, na direção das mariposas e dos mosquitos que dançavam nos feixes de luz dos refletores.

— Madame.

Aquela voz familiar.

Aquele rosto.

Ele a conduziu para longe da multidão, até o estacionamento. Um Maruti vermelho, igual ao dela. Placa local. Ele disse que ela deveria se sentar na frente, ao lado dele, assim a polícia não pensaria que era um táxi ilegal. Ali era necessário adotar alguns truques.

Eles seguiram por quilômetros às margens de um rio grande, com palmeiras e pequenas capelas caiadas com suas luzes noturnas, cães latindo contra a luz dos faróis, desaparecendo no mato. Alguns bares de beira de estrada estavam abertos, biroscas minúsculas de concreto, com velhas portas de madeira e lâmpadas fracas no interior. Neda abaixou o vidro da janela e sentiu o ar doce encher seus pulmões, balançar seu cabelo. Um sedativo. Seguiam em silêncio. Ela observava as mãos de Ajay no volante, as cicatrizes nos nós dos dedos. Depois de um tempo, entraram em uma estrada movimentada e passaram por um posto de verificação da polícia. O tráfego aumentou e o caminho era poeirento, lento, esburacado. Quando ficaram presos atrás de um caminhão, ela se sentiu obrigada a falar.

— Ajay?

— Sim, madame.

— Está tudo bem?

— Sim, madame.

— Sunny está bem?

— Está — respondeu, mas não parecia ter tanta certeza.

Neda pensou em continuar naquela linha, mas achou melhor parar e se calou. Um tempo depois, Ajay conseguiu ultrapassar o caminhão e a velocidade a deixou empolgada.

— Você dirige como se conhecesse as estradas.

— Eu já trabalhei aqui, madame.

— Trabalhou?

— Sim.

— Onde?

— Arambol.

— Você trabalhava em um quiosque?

— Sim.

— Antes do Sunny?

— Antes do sr. Sunny.

Ela acendeu outro cigarro.

— Você esteve aqui novamente? Para visitar seus amigos?

Ele sorriu, tímido, e balançou a cabeça.

— Estou aqui a trabalho, madame.

Eles ficaram em silêncio novamente e cruzaram outra ponte.

A imagem daquele sorriso ficou gravada na mente de Neda.

Eles entraram na capital, Panaji. Pequena, colonial. Fez com que ela pensasse em um conto de fadas. Ajay seguiu pela zona ribeirinha antes de entrar na cidade. As ruas estreitas eram cheias de edifícios coloniais, pintados de amarelo e cobertos com telhas largas, sacadas de madeira e janelas feitas com conchas de ostras. Serpentearam ladeira acima até um hotel chamado Windmill, que, outrora glamoroso, agora não passava de um estabelecimento barato de três estrelas. Ajay encontrou uma vaga ali perto, trancou o carro e pediu que ela o seguisse. Na pequena recepção, um jovem de cabelo crespo, com acne e um ridículo bigodinho ralo cumprimentou Ajay calorosamente. Depois, olhou para Neda e se dirigiu a ela em inglês:

— E a senhorita deve ser nossa hóspede. Seu amigo está aguardando — disse ele, apontando para o elevador. — No terraço.

— Madame, vou indo — disse Ajay.

E, antes que ela pudesse responder, ele já havia saído pela porta da frente.

Ela entrou no elevador apertado e barulhento, que subiu e se abriu para o terraço. Cadeiras empilhadas, mesas viradas para o alto em cima de outras, luzes apagadas. Neda viu um barman de pé em meio a uma luz baixa atrás do bar e, quando avançou, distinguiu a figura de Sunny sentada, pés em cima do beiral de concreto, olhando para o céu ora encoberto, ora enluarado.

Aproximou-se em silêncio. Ele estava vestindo uma velha camiseta de algodão com a publicidade de uma marca de gel de cabelo, do tipo que você compra em cidades de mochileiros na Tailândia. Conseguia ver o volume da barriga sob a calça de alfaiataria. A barba crescera e estava desalinhada. Ele estava usando um boné de beisebol.

Uma cadeira vazia esperava ao lado.

Ela parou ao alcançá-lo, acendeu um cigarro, mas não se sentou.

Olhou para as ruas estreitas e as calçadas de paralelepípedos, as velhas igrejas de pedra, as avenidas ladeadas de palmeiras. O ar estava fresco e cheirava a maresia. Para além da cidade, traineiras atravessavam a larga e plácida foz do rio. Na margem mais distante, a exuberância de cartazes publicitários, flamingos de néon sobre uma vila de pescadores, irradiando o céu.

— Senta aí — disse ele.

— Ainda não. Fiquei sentada o dia todo.

Sunny ofereceu o drinque que estava segurando, mas Neda foi fria.

— O que é isso?

— Long Island Iced Tea.

— Você está de férias agora?

Ele deu de ombros.

Neda pegou o drinque e tomou um gole.

— Caramba, está forte.

— Pois é.

— A gente tomava isso na faculdade, no *happy hour* no TGIF, eu e as garotas, quando eu tinha amigas. Parece outra vida — comentou Neda.

— Eu nunca tinha tomado.

— Jura?

— Passei direto de *desi daru* nos campos de cana-de-açúcar para martínis no Dukes.

— Por que estou aqui? — perguntou ela.

— Porque eu sou um palhaço — disse ele, e olhou para ela. — Certo? A matéria não publicada de Dean.

— Você leu?

— Li.

— Tudo?

Sunny assentiu.

— Talvez seu amigo tivesse razão.

Neda se sentou.

— Acho que não... Quer dizer...

Neda não sabia o que dizer.

Sunny pegou o drinque de volta e virou tudo.

Estava a caminho de um porre.

Neda também estava com vontade de se embebedar.

— Pelo menos agora eu sei o que seu tio fez em Kushinagar — disse ela, e ergueu as sobrancelhas. — Política local, certo?

— Eu amava tanto ele... Ele sempre tinha boas histórias.

Sunny soltou um longo suspiro. Estava prestes a falar, mas se conteve.

— O que foi?

— Não sei.

— Não... — insistiu ela, com gentileza. — O que você ia dizer?

Ele, porém, não se deixou levar.

— O *chutiya* do Dean devia ter aceitado o dinheiro.

Ela moveu os lábios em um sorriso sem alegria.

— Ele nunca teria aceitado.

Sunny não conseguia esconder a irritação.

— Cem milhões de rupias eram mais do que suficiente.

Caramba. Cem milhões de rupias. Suficiente para comprar toda uma vida nova.
— Seu pai acabou com a carreira dele — disse Neda. — Você entende?
— Faz parte do jogo. Ele sabia dos riscos.
— Você está ouvindo a si mesmo? Percebe que está falando como um babaca? Na boa, Sunny. Por que estou aqui? Por que você me trouxe até aqui?
— Para dizer que, para mim, já deu.
— O quê?
— Tudo isso.
— Seja mais específico, Sunny.
— Aquilo que você disse. Que eu não preciso aceitar. Que posso simplesmente me afastar.
— Pois é...
— Estou me afastando.
— Do quê?
— Dele, do dinheiro dele, da pressão que ele faz na minha cabeça, da violência, da maneira dele de fazer as coisas. Seja como for, todos os meus sonhos são uma besteira. Você viu o que o seu amigo jornalista disse a meu respeito. Estou cansado, Neda. Estou preso entre as merdas que meu pai faz e as coisas que eu não posso fazer.
— O que você vai fazer?
Ele fechou os olhos.
— Estou exausto — disse ele. — Amanhã eu conto tudo. Amanhã. Tenho um quarto para nós aqui. Temos que sair de manhã cedo.
— Por quê?
— Vamos até um lugar onde eu possa falar. Onde ninguém vai encontrar a gente. Chegando lá, eu conto tudo para você.

A suíte no quarto andar era meio desbotada e bolorenta, apinhada de objetos e móveis portugueses antiquados, mas, ainda assim, charmosa. Ela tomou banho sob a luz branca do banheiro enquanto ele fumava na sacada. Neda tinha perguntas. Muitas perguntas. Estava louca para ouvir Sunny falar, mas, quando saiu do banheiro, ele estava deitado de bruços na cama, já dormindo, ainda calçado. Ela imaginou que Sunny havia usado toda a sua reserva de energia para recebê-la, para dar a notícia; cumprido isso, desabara. Neda tirou os sapatos e as meias dele, apagou as luzes, despiu-se da toalha e se deitou ao lado, puxando o cobertor. As luzes lá fora faziam a cidade brilhar. Quase não se ouvia som. De vez em quando, o latido de um cachorro, o ronco de uma motoneta na rua. Sunny se mexeu. Sem abrir os olhos, murmurou:

— Amanhã é meu aniversário. Dia dezesseis.

A próxima coisa da qual se deu conta foi que eram cinco e meia da manhã e Sunny estava de pé. Ele fervia água na pequena chaleira sob a luz fraca da mesinha de cabeceira, despejando sachês de café instantâneo nas canecas trincadas sobre a cômoda.

— O que houve?

A princípio, Neda não se lembrou de onde estava, ou o que Sunny estava fazendo em seu quarto.

— Vamos sair em meia hora.

— Não — disse ela, puxando as cobertas para cima. — Quero dormir.

Ele despejou a água quente, acrescentou um envelopinho de açúcar, mexeu e segurou um dos cafés sob o nariz dela.

— Acorda.

Sunny pegou a câmera Polaroid que estava em cima da mesa e tirou uma foto dela com flash.

— Está frio — disse Neda. — Quero dormir.

Ela o observou sacudir a foto.

— Aposto que fiquei horrorosa.

Ele acrescentou uma dose de Old Monk ao próprio café.

— Ei! Também quero.

Neda quase conseguia fingir que aquilo era normal. Eles estavam na recepção do hotel às seis e dez. Amanhecia; pinceladas de âmbar em meio ao lilás, os contornos das nuvens que se deslocavam rapidamente. Sunny entregou a chave para o recepcionista e pagou a conta.

Ajay os esperava na rua, ao lado de uma Royal Enfield Bullet 500, segurando o casaco de inverno de Neda embaixo do braço, um xale azul grosso e um capacete. Ela vestiu o casaco e se enrolou no xale. Ajay passou o capacete para Sunny. As chaves estavam na ignição. Sunny subiu na moto, verificou o amperímetro e deu a partida.

— Vamos.

Neda montou na garupa.

Sunny se virou para Ajay e gritou por cima do ronco do motor:

— Voltamos em dois dias! Eu ligo para você. Se alguém ligar para mim, você sabe o que dizer!

Percorreram as ruas estreitas de Goa ao amanhecer, passando por casas sonolentas e gatos que disparavam pelas vielas desertas. Foram perseguidos por uma matilha de cães latindo à beira do rio, saíram da cidade e pegaram a rodovia rumo ao sul, na direção do aeroporto. Ela agarrou a cintura de Sunny e afundou o rosto no ombro dele enquanto ganhavam velocidade, enquanto o ronco gutural do motor se transformava em um crescendo agudo e contínuo. Conforme Sunny acelerava, Neda observou a névoa que pairava sobre os campos de arroz. Não havia nada mais lindo do que o rugido da Royal Enfield em uma estrada vazia. Uma hora se passou. Uma hora vazia. Palmeirais, capelas caiadas, poças cheias de mosquitos e búfalos em repouso, o disco completo do sol explodindo no horizonte, despejando ouro sobre tudo, deixando-a deslumbrada. Seguiram pelo platô do aeroporto e desceram rumo à cidade de Margão. A vida começava a despertar, o tráfego surgia aos poucos nas vias, os bares abriam para o café da manhã, os idosos se exercitavam nos parques. Atravessaram os trilhos do trem, saíram da cidade e entraram novamente na rodovia. Pouco tempo depois, Sunny pegou uma saída, virou rumo ao litoral, passando por algumas estradinhas com igrejas empoeiradas e campos de futebol, cruzando vilarejos nos quais estudantes de maria-chiquinha caminhavam de braços dados e gatos famintos e donas de casa esperavam pela buzina do carrinho do peixeiro. Sunny tirou o capacete, entregou-o para ela enquanto entravam em um vilarejo cheio de palmeiras e corvos, e, de repente, lá estava uma gloriosa praia, visível apenas por um segundo, antes de eles virarem em direção à selva e começarem a subir. Durante a meia hora seguinte, ascenderam pelas colinas da costa de Canacona, fazendo curvas fechadas, subindo e descendo. Neda tirou o xale, o casaco e colocou-os no colo com o capacete, deixando-se banhar pelo vento quente, fechando os olhos e se entregando à imensidão da estrada. Sentia-se feliz por estar perdida. Chegaram ao topo de uma colina. De repente, Sunny desligou o motor e fez-se silêncio. A moto desacelerou, em seguida ganhou velocidade novamente. Ela abriu os olhos. A selva se espalhava por quilômetros à sua volta, e, na frente, o mar, resplandecendo a distância, com um punhado de ilhas rochosas em volta da terra firme, ondas arrebentando em suas inúmeras enseadas, os respingos refratados pelo sol. A gravidade conduzia a moto ladeira abaixo, fugitiva, o rangido da suspensão parecendo precário sem o torque do motor, e, naquele momento, ela entendeu como são ilusórias as fontes da força.

Pararam em uma cidadezinha mercantil, pediram *poori bhaji* e *chai* na Udipi e comeram, fumaram cigarros, quase sem se falar. Ele pagou a conta, deixou vinte rupias de gorjeta, deu cinquenta rupias à pedinte que esperava pacientemente ao lado da moto. Para um grupo de crianças, não deu nada. E lá se foram eles de novo.

Viajando de barriga cheia pelos vilarejos de uma rua só, com casas de telhado emborcado, galinhas ciscando e altares com alfavaca sagrada, levaram mais meia hora até chegar ao destino. Cruzaram uma estreita ponte de ferro sobre um rio ladeado de palmeiras com uma água azul-turquesa como Neda jamais vira.

E depois a praia, o oceano, a pungência da maresia. Quilômetros de areia intacta, cujos únicos sinais de vida eram apenas alguns barcos de pesca e cabanas simples. Ele desacelerou e enveredou por uma trilha de areia rumo a um grupo de cabanas com telhados de folha de palmeira.

— Chegamos — disse.

— Santosh!

Sunny gritava esse nome enquanto caminhava entre as cabanas. Um garoto que jogava futebol com uma bola murcha saiu gritando e pulando ao avistá-lo. Logo em seguida, um rapaz alegre surgiu de uma das cabanas. Compacto e musculoso, com pele macia e agradável, vestia apenas uma bermuda, e uma correntinha com um Om de prata pendia do pescoço.

— Sunny, meu amigo! — cumprimentou ele, abraçando Sunny.

— Santosh, como você está?

— Agora que você chegou, muito bem. Esperei tempo demais.

Ela viu como Sunny estava tímido, como estava feliz.

— Você cresceu. Santosh, esta é Neda.

— Seja muito bem-vinda — disse Santosh, esticando a mão de maneira muito formal para cumprimentá-la.

Conduziu-os pelas cabanas, subindo rumo a uma duna e a um pinheiral. Ela ouvia o mar atrás de si.

— Onde estão suas coisas?

— Está tudo aqui.

— Tudo? Só isso? Ok, muito bem. É tudo de que vocês precisam. Quanto tempo vão ficar? Uma semana, um mês, um ano?

— Só uma noite — respondeu Sunny.

Ele estalou a língua.

— Nada bom. Faz quanto tempo? Três anos desde a última vez? Olhe só para você. — Ele se afastou e examinou Sunny, rindo com alegria. — Agora você parece próspero — avaliou ele, apalpando a barriga de Sunny. Santosh virou-se para Neda e falou: — Antes, ele nunca comia. Era fraco demais.

Uma faixa de pinheiros castigados pelo vento, os troncos inclinados como traços de caligrafia, separava a cabana da praia. Ao sul, os pinheiros terminavam em um lagamar que conectava o manguezal ao oceano. Sob as árvores, havia uma mesa de plástico vermelho, duas cadeiras e duas redes. A areia da praia era macia e dourada, cheia de montículos. A maré alta varria a costa.

— Venham. Sentem-se — disse Santosh.

O garoto que estava brincando com a bola de futebol apareceu cambaleante, carregando um enorme balde de cerveja e gelo. Colocou-o na sombra ao lado de uma das árvores.

— Viram só? — comentou Santosh enquanto o garoto saía correndo novamente. — Estou preparado.

Sunny tocou no braço de Santosh com grande afeto.

— Obrigado.

— Para você, meu amigo, tudo isso e muito mais.

Sunny tirou os sapatos e as meias e se jogou em uma das cadeiras. Acendeu um cigarro.

— Este aqui está sempre trabalhando demais — disse Santosh, agarrando os ombros de Sunny com as mãos fortes. — Agora trate de relaxar.

Neda jogou o casaco, o xale e a bolsa sobre uma das cadeiras, deu alguns passos e esquadrinhou a praia.

— Que horas são? — perguntou Sunny.

— Nove, talvez — respondeu Santosh.

Um punhado de barcos de pesca oscilava na arrebentação.

Neda se espreguiçou.

— Santosh, este lugar é incrível.

— Eu nasci aqui.

O rapaz tirou duas Kings do balde e abriu-as em uma fileira de pregos martelados em uma das árvores. Entregou uma cerveja para Sunny e outra para Neda.

— Estão com fome? Talvez a comida esteja pronta, vou dar uma olhada.

Santosh saiu caminhando na direção das cabanas.

— Acabamos de comer — disse Neda.

— Tudo bem — comentou Sunny. — Mesmo que esteja pronto, Sushma vai demorar mais uma hora.

— Sushma?

— A mãe dele. Ela trabalha no ritmo de Goa.

Neda se sentou, pôs a cerveja na mesa e tirou as botas e as meias. Afundou os dedos dos pés na areia fresca e acendeu um cigarro. O cachorro da praia chegou e se enroscou embaixo da sua cadeira.

— Como você descobriu este lugar?

— Passei alguns meses aqui uns anos atrás. Santosh era um menino. Ele fez sinal para a minha moto enquanto voltava da escola e exigiu uma carona. Acabei morando um tempo com a família dele.

— Bons tempos, imagino — disse ela.

Ele assentiu.

— Eles vão voltar, Sunny.

Passaram a manhã suspensos em luz e calor. Sunny se retirou para a outra rede e continuou bebendo cerveja. Neda deu umas cochiladas enquanto Santosh fazia sua ronda ocasional, abrindo uma cerveja gelada para Sunny, agradando-o. Em pouco tempo Sunny também cochilou. Na vez seguinte que ela acordou, Santosh estava sorrindo enquanto observava o mar.

— No que você está pensando?

— Em pescaria. Vamos pescar mais tarde.

Ela se espreguiçou.

— Você sabe nadar?

— Não — respondeu ele, rindo.

— É seguro nadar aqui?

— Não se você não souber nadar.

Ela riu.

— Eu sei nadar, mas não tenho nada para vestir.

— Não tem problema. Aqui você pode ficar como quiser, ninguém se importa.

Por volta do meio-dia, ele chegou com bandejas de camarões empanados, curry de cação, arroz, *paparis* e mexilhões com pão fresco. Sunny e Neda devoraram tudo com limões e pimenta verde fresca, bebendo mais cerveja. Quando começaram a comer, ela se deu conta de como estava com fome. Santosh disse que, enquanto eles faziam a refeição, ia dar uma saída e só voltaria mais tarde. Sunny abriu a carteira, tirou mil rupias de dentro e lhe entregou.

Neda esperou que Sunny retomasse a conversa da noite anterior. Aquele era o único assunto sobre o qual ela queria falar, mas não conseguia reunir coragem para começar. Não sabia se eram o sol e o ar marinho que a estavam deixando letárgica ou se era sua relutância em cutucar feridas, em arruinar aquele idílio que Sunny havia evocado, que parecia o fim de algo. Neda percebia a tensão nele. A viagem até ali tivera o efeito contrário ao esperado. Sunny parecia mais aflito do que nunca. Abria uma cerveja atrás da outra.

— Não é melhor pegar mais leve?

Ele a ignorou.

Neda se deitou na rede e dormiu.

———

Quando acordou, Sunny ainda estava à mesa, de óculos escuros. A maré baixava, revelando um banco de areia enorme que fazia as ondas se chocarem com violência. Neda desceu da rede.

— Vou para a água. Vem também?

Sunny balançou minimamente a cabeça, parecendo muito incomodado. Neda se virou e tirou a roupa sem dizer nada, ficando só de calcinha e sutiã. Ela deu uma olhada na praia, certificando-se de que ainda estava deserta. Correu pela areia, que lhe queimava a sola dos pés. Avançou pelas ondas, livrou-se da contracorrente, mergulhou e emergiu depois da rebentação, onde o mar estava plano e calmo. E então saiu nadando rumo ao horizonte até os braços começarem a doer. Ela ficou boiando, olhando para a praia; daquele ponto, a faixa de areia vasta, parecia muito diferente mas insignificante em relação à selva e aos Ghats Ocidentais que se erguiam em ondas verdes, cada vez mais altas, até as montanhas no interior. Ela conseguia avistar Sunny sentado atrás da mesa, de óculos escuros, a camisa aberta, fumando, cercado de garrafas de cerveja vazias. Rastros de fumaça escura se erguiam de casas escondidas ao longo da praia. Neda ficou boiando, deixando-se levar, e a única coisa que ouvia era o suave estalido das ondas se chocando contra sua pele. Toda vez que o cérebro tentava fazer perguntas necessárias, o oceano intervinha. Neda sentia como se sua memória estivesse sendo apagada. Ela fechou os olhos e tentou sair do próprio corpo, olhar para si mesma do alto, enxergar-se como apenas um pontinho, uma coisa insignificante, um nada. Do céu de sua mente, ela olhava para a costa lá embaixo. Bombaim ao norte. O Sri Lanka ao largo da extremidade sul, cada vez mais alto, rumo ao espaço, a Península Arábica, a costa do leste da África, a Europa, as Américas, a curva do planeta, o profundo e impenetrável vazio.

Neda saiu do mar renovada.

— Você deveria entrar.

Sentou-se ao lado de Sunny, pingando, formando poças d'água na areia em volta da cadeira de plástico. Não conseguia enxergar os olhos dele atrás dos óculos escuros.

— Eu vou.

— Desanuvia a cabeça.

Sunny não disse nada, não se mexeu. Parecia uma pedra. Ela passou os dedos pelo cabelo e começou a espremê-lo para tirar o excesso de água.

— Vai ajudar.

— Já disse que vou.

— Em algum momento, vamos ter que conversar.

— Não faça isso...

— Não faça isso o quê?

— Não estrague este momento.

Ficaram em silêncio, em seguida Sunny se levantou e saiu caminhando por entre as árvores sem dizer uma palavra, rumo à praia. Ele atravessou a areia na direção das ondas, agachou-se e mijou no mar. Quando terminou, tirou a camiseta e mergulhou. O corpo dele se tornara flácido nos últimos seis meses. Ela sentiu muita tristeza ao vê-lo, inchado e abatido, boiando pouco além da rebentação.

O dia foi passando. Neda trocou de vestido e Sunny ficou sentado na praia com a camiseta e a calça sobre o corpo úmido, observando o oceano. Ela se acomodou à mesa e ficou lendo uma cópia do *Rough Guide*, um guia de Goa. Algumas páginas haviam sido arrancadas. As pessoas às vezes as usavam como papel higiênico. Eram quase cinco horas. O sol descia ao encontro do mar, tornando-se âmbar.

Santosh surgiu das cabanas.

— Cadê o Sunny?

Neda apontou para a areia.

— O que aconteceu?

Ela não respondeu.

Santosh pôs as mãos nos quadris.

— Ele pensa demais.

Esperou que ela reagisse. Como não aconteceu, perguntou se ela queria uma cerveja.

— Só água.

— Sunny quer uma cerveja?

— Espere até o pôr do sol — disse ela, e abriu um sorriso fraco. — Por favor. Não é bom para a cabeça dele.

———

Ela caminhou pela praia no pôr do sol, acompanhada do cachorro desgrenhado que se recusava a sair do seu lado. Ao voltar, foi até Sunny segurando dois cigarros acesos e se agachou ao lado dele na areia.

— O dia passou — disse ela, entregando um cigarro para ele. — E você ficou o tempo todo me evitando.

— Não sei o que eu estava esperando.

— Por que você simplesmente não conversa comigo?

— Não sei. Não sei de nada.

Ela afastou o cabelo do rosto de Sunny.

— Ninguém sabe de nada.

— Meu pai sabe — afirmou ele com muita convicção. — Ele sabe quando, o quê, por quê, onde e como.

— Você esqueceu o quem.

— Ele sabe isso também.

— Ele sabe que estamos aqui agora?

— Provavelmente.

Ela pensou a respeito.

— Afinal, o que ele quer de você?

— Controle. — Sunny pegou um punhado de areia. — O filho perfeito, que pense como ele, aja como ele. Mas eu não sei o que é isso. Não sei ser essa pessoa. A pessoa que ele quer.

— Você não deveria de forma alguma ter que ser essa pessoa.

— Eu queria agradá-lo. Queria que ele sentisse orgulho de mim. Se eu conseguisse desvendar o código, tudo se encaixaria. Mas não consigo.

— Então você precisa ir embora.

Ele assentiu lentamente.

— Pois é.

— Ele vai deixar?

Sunny jogou a areia que tinha na mão.

— Não sei — respondeu ele.

— Você já o confrontou antes?

— Publiquei aqueles anúncios.

— Sunny... Aquilo não foi um confronto. Aquilo foi para magoá-lo.

— Eu já contei o que aconteceu depois, não contei? Meu pai mandou os homens dele ao meu apartamento, eles quebraram tudo na minha frente. Móveis, quadros, esculturas.

Ela observava enquanto Sunny relembrava tudo.

— Coisas que eu havia comprado, colecionado, coisas que tinham algum significado para mim, que tinham beleza. Só as coisas bonitas. As inestimáveis. Não em valor material, mas inestimáveis para mim. E ele ficou lá, vendo os capangas destruírem tudo. Não disse uma palavra sequer enquanto tudo acontecia, mas estava me dizendo algo, me mandando uma mensagem, eu podia ouvi-la na minha mente, tipo telepatia. Não há espaço para a beleza, não há espaço para erros. Era ele dizendo que eu havia esquecido quem eu sou. Que eu havia esquecido que era cria dele.

— Mas você *não é* cria dele.

— *Sou*, Neda. Sou. Dele e do Vicky. Sou o que sou graças a eles. Como posso fugir disso?

— Indo embora.

— Sinto como se eu estivesse sempre tentando nadar até a praia, mas toda hora acabo arrastado para mais longe pela maré. Estou exausto.

— Eu sei.

Ele se virou para olhá-la.

— Sabia que você foi a primeira pessoa a me perguntar sobre Vicky? Ninguém nunca tinha perguntado.

— As pessoas não sabem que ele existe.

— Sabem, sim. Mas elas têm medo dele.

— E você?

Sunny abriu um sorriso estranho.

— Quando era garoto, eu o via o tempo todo. Me lembro dele, antes de a minha mãe... Antes, volta e meia... Ele era... animado, gentil e corajoso. Acho... E depois que ela... — Ele não conseguia verbalizar. Continuou: — Passei a vê-lo menos. Uma vez por ano. Até que fui para o internato e não o vi mais.

Sunny desenhava figuras na areia.

— Ele se tornou uma lenda na minha cabeça. Um herói... Muito diferente do meu pai. Quando terminei a escola, sabia que meu pai era um homem importante. Tínhamos uma mansão em Meerut com paredes brancas, cercada de grades, segurança, pessoas influentes visitando noite e dia, procurando por ele. Ram Singh ia visitá-lo. E eu tinha todos os brinquedos que queria. Mas, para mim, meu pai não tinha nada de herói. Talvez ele soubesse disso, não sei. Então ele me mandou para o campo, para Uttar Pradesh Ocidental, onde Vicky morava. Para aprender a ser homem.

Sunny parou de falar por um instante e refletiu sobre aquelas palavras. Quando recomeçou, sua voz se tornara fraca, Neda tinha que se esforçar para entender o que ele dizia.

— Eu morava ao lado de um engenho dele. Ficava em um chalé na propriedade. Fazia a minha comida, lavava as minhas roupas, deixei crescer uma barbinha ridícula. Corria todas as manhãs. Todas mesmo. Fiquei magro, forte e rápido. Eu levava uma... vida pura. Corria pelos campos todas as manhãs, passava pelos trabalhadores, sentia o cheiro da comida nas fogueiras de lenha, via suas filhas. Que me observavam. Bonito. Eu tinha um desejo... Eu nunca tinha ficado com ninguém.

Sunny sorriu.

— Eu fazia tudo isso. Não parava. Fiquei lá por meses, vivendo com os trabalhadores do engenho como se fosse um deles, feliz, humilde. Escrevia tudo isso no meu diário. Minhas esperanças, meus sonhos, meus desejos. Durante todo aquele tempo fiquei esperando Vicky, mas ele nunca apareceu. Nunca. Ninguém sequer falava o nome dele. Então, uma noite, ele chegou com seu séquito. Os jipes desceram a longa estrada e pararam fora do engenho.

Sunny atirou o cigarro na areia. Prosseguiu:

— Ele saiu do carro. Um sujeito enorme. Todos os trabalhadores estavam aterrorizados, intimidados. Fiquei atrás do grupo, esperando. Esperando que ele olhasse para mim. Mas ele não me deu a mínima. Saiu com seus homens para inspecionar o acampamento dos trabalhadores e eu voltei para o meu chalé. Continuei esperando. Ficou tarde. Deviam ser onze horas quando ele entrou. Vicky é uma montanha. Seus homens também estavam presentes. Uns caras... selvagens. Encheram todo o espaço. Enfim, Vicky me dava medo. Ele pegou uma cadeira, me passou uma garrafa e me mandou beber. Contou aos homens histórias da minha infância, da minha mãe, depois começou a ler meu diário, começou a ler trechos em voz alta, coisas íntimas, coisas que me magoavam. Mas eu não podia fazer nada. Alguém...

A lembrança estava se tornando muito dolorosa.

— Alguém bateu à porta. Entraram mais homens dele, acompanhados de três garotas. Eram jovens, uns quinze anos, talvez, não sei, mas eu as reconheci do acampamento dos trabalhadores. A terceira era... desafiadora. Ela parecia desafiadora... Encarou todos nós, um de cada vez. Olhou para Vicky. Ele se levantou e foi até ela. Virou-se para mim. Disse que eu podia ficar se quisesse ou...

— Sunny... — disse Neda, e pôs a mão no braço dele.

Sunny passou a mão pelo cabelo.

— Eu saí correndo. Simplesmente saí correndo em direção ao campo e fiquei escondido por horas. Não reconhecia aquele homem. Vi os jipes indo embora de manhã bem cedo e voltei sem fazer alarde. O chalé estava uma bagunça, vazio. Cheirava a bebida, suor e coisa pior. Abri um espaço no meio da bagunça, no chão, me encolhi e dormi. Quando acordei, lá fora estava um caos. Os homens do engenho estavam gritando, berrando, queriam destruir tudo.

— Meu Deus.

— A polícia estava lá. Eles me levaram para um local seguro. Me mandaram de volta para o meu pai.

Sunny ficou em silêncio, olhando para o oceano.

— O que aconteceu?

— Duas das garotas foram achadas penduradas em uma árvore. A terceira nunca foi encontrada.

Neda estava tremendo, sem palavras.

— Depois disso, me mandaram para Londres. Meu pai disse que eu "tinha feito por merecer". Ganhei uma passagem de primeira classe. Cartões de crédito. Fui até um homem que me deu dinheiro em espécie e me disseram que eu podia fazer o que quisesse. Ninguém falou sobre o que havia acontecido. Então tentei esquecer tudo. Tentei mudar. Farreei. Muito. Usei muitas drogas. Ácido. MDMA. Fui a galerias, museus. Tentei construir um novo eu. O das esculturas e dos quadros. O das grandes ideias. E me saí bem. Trouxe esse Sunny de volta comigo para Déli e funcionou durante um tempo. Achei que poderia ser esse homem para sempre. Mas olha só para mim. Não consigo ser esse homem. Não consigo continuar. Não consigo mais. Era tudo mentira... Eu amo a beleza. Quero criar coisas bonitas, Neda. Mas beleza é a última coisa da qual eles entendem. Querem que eu tenha uma bela superfície e seja podre por dentro, como eles são.

Os corvos voaram em torno dos pinheiros, o vento correu sobre a maré, o sol mergulhou no mar Arábico. Depois de um longo silêncio, ele descreveu a bioluminescência do oceano como se nada tivesse sido dito antes. Estava ficando frio. A pele de Neda se arrepiou. Sunny continuava sentado na areia abraçando os joelhos à medida que o céu escurecia mais a cada segundo. Ela se levantou e se arrastou até a água, que estava mais quente do que o ar. Entrou no mar e logo deixou que a maré puxasse e empurrasse seu corpo. Quando voltou, Sunny permanecia lá, como um nobre petrificado nas cinzas de um vulcão. Neda o puxou pela mão e disse:

— Vamos fazer uma fogueira.

Santosh cavou o buraco. Uma cesta de lenha foi trazida das cabanas. Um cachorro da praia apareceu e ficou observando. Logo tudo começou a chiar, crepitar e estalar, rugindo magnificamente, centelhas se soltando e piscando pela noite. Quando o fogo amainou, mais lenha foi acrescentada à parte de cima e os três se levantaram, admirando o trabalho que mergulhava o resto da praia ainda mais na escuridão.

Santosh foi o primeiro a ir embora, voltando para as cabanas. Neda se deitou em uma das redes e sentiu o calor se espalhar por um lado do corpo enquanto o outro recebia o ar fresco. Quando fechou os olhos, viu a impressão vermelha das chamas. Santosh retornou logo depois com três outros homens. Ela não sabia de onde eles haviam saído. Estavam arrastando almofadas e colchões, espalhando-os em volta da fogueira.

— Minha mãe vai trazer comida em uma hora.

Outro homem trouxe cobertores.

— Vocês não vão precisar disso?

— Nós não vamos dormir — respondeu ele.

— Como assim?

Ele apontou para o mar.

— Esta noite, vamos pescar.

A fogueira se tornou robusta, estável. Eles continuavam acomodados em suas redes enquanto Santosh e os homens arrastavam os barcos para as ondas. Não eram mais de oito. Quando a noite caiu, caiu de verdade.

Com um acordo tácito, Neda e Sunny saíram das redes e se ajeitaram nos colchões próximos da areia que, àquela altura, estava quente, os cobertores envolvendo folgadamente seus corpos. Os pés de Neda brincaram com a areia gelada, longe do fogo, até que ficasse frio demais, depois ela aproximou os pés das chamas. O cachorro se aconchegou do outro lado e se enroscou para dormir. Santosh havia deixado uma garrafa de água e outra de Old Monk. Sunny serviu doses generosas de rum em dois copos trincados, espremeu um limão pequeno, deixando os caroços caírem na bebida, jogou as cascas dentro, entregou um copo para ela e fincou a garrafa na areia.

— Tenho um pouco de maconha. Podemos fumar.

Ela se imaginou levantando-se, espreguiçando-se e olhando para o mar, embora continuasse deitada, imóvel.

— Eles estão lá agora. No escuro. Sempre tive medo do mar. Não da superfície, mas do que tem embaixo.

Sunny passou o baseado para Neda, que se apoiou no cotovelo para fumar.

— Eu comprei aqueles barcos — disse ele.

— O quê?

— Os barcos onde eles estão. Fui eu que comprei.

— São seus?

— Não, eu dei de presente. Para que eles conseguissem ganhar dinheiro. Eles vendem os peixes no mercado em Karwar, ele e os irmãos.

— Irmãos de verdade?

Ele riu baixinho.

— Não sei.

Ela passou o baseado, enrolou o cobertor nos ombros e esticou as mãos na direção do fogo.

— Caramba, está frio.

— Você alguma vez pensou em algo assim? — perguntou ele.

— Assim como?

— Comprar um terreno, ter um filho, construir uma casa, aprender a pescar.

— Vender peixes em Karwar?

— Estou falando sério.

— Vou logo avisando que sei pescar.

— Estou falando sério. Você pensa em algo assim?

— Não.

Ele fez uma pausa.

— Não é uma vida ruim.

— É uma fantasia — disse ela.

— É. Eu provavelmente morreria de tanto beber.

Neda esperou um tempo, depois foi fazer xixi na água. Por alguns minutos, ficou perdida na negritude do mar. Quando voltou para perto de Sunny, tirou o vestido, pendurou-o na borda da rede e ficou em pé diante dele, em sua nudez resplandecente. Ele estava fumando outro baseado, sorrindo para ela, absorvendo seu corpo à luz da fogueira.

— Faz um tempo que não vejo isso — disse ele.

Neda pegou o baseado quando Sunny ofereceu. Cambaleante, ela se deixou cair e se enrolou no cobertor.

— Desliguei meu telefone no caminho para cá. Só Deus sabe o que vai acontecer quando eu ligá-lo de novo — disse ela, e estremeceu. — Mas foda-se.

Neda gesticulou como se estivesse expulsando os pensamentos da mente.

— Gostei da sua mãe — comentou ele.

As palavras demoraram muito tempo para fazer sentido.

Neda se virou para ele e disse:

— Seja lá quem eles forem, eles não são você. Eles não são você. Você está aqui comigo agora, você é real.

Sunny olhou para Neda, mas não falou nada. Ficou em silêncio por aparentemente uma hora. Ela recolocou o vestido.

— Você já ouviu falar de um cara chamado Gautam Rathore? — perguntou ele por fim.

— Sim, todo mundo já ouviu falar dele. Um degenerado, cheirador. Já vi você com ele no jornal.

— Sabia que ele é de uma família real de Madhya Pradesh? Eles têm um monte de terras. Tipo, metade do estado. Dizem que as terras deles perto da divisa com Chhattisgarh têm jazidas de minério de ferro. Gautam é o herdeiro. Filho único. Meu pai achou que eu podia influenciá-lo. Alinhá-lo ao nosso modo de pensar. E foi assim que Gautam virou meu castigo. Meu teste. Ele tinha se afastado totalmente daquela vida, jamais voltaria para casa, então a missão de colocá-lo na linha recaiu sobre mim. Eu tinha que fazer ele ficar limpo, precisava atraí-lo com... sei lá, poder? Assim Gautam poderia voltar para a família como procurador do meu pai. Ele quer uma fatia da mineração. Quer se expandir para fora de Uttar Pradesh, mas Gautam não quer se misturar com a família. Não quer fazer nada dessas coisas. Então, temos conversado.

— Você e Gautam?

— É. Temos dito "foda-se" para os nossos pais.

Ela se sentiu enjoada.

— E então?

— Nós vamos sair dessa juntos. Vamos abrir um negócio juntos.

— Com o quê?

— Com o nosso cérebro. As nossas economias. Os nossos contatos.

— E?

— Ele administrava um hotel. Vamos construir um novo, nas montanhas. Um lugar especial. Se lembra do esboço que mostrei para você uma vez, meu plano para a aposentadoria? Projetado no flanco de uma colina, um riacho atravessando tudo, atravessando o pátio, grandes tapetes Bukhara aquecendo os quartos no inverno, uma linda vista do Himalaia, um solário no terraço com uma piscina aquecida por painéis solares, túneis na encosta conectando saunas subterrâneas e banhos turcos, árvores crescendo dentro da própria estrutura.

Neda sentia que ele estava esperando que ela dissesse algo.

— Parece um sonho.

— Vai se tornar realidade. E nós estaremos livres.

Houve um longo silêncio antes que ele voltasse a falar.

— Uma vez, levei uma garota — disse ele. — Kriti, você sabe quem é.

Neda sorriu suavemente.

— Ela é interessante.

— Eu a levei comigo a Himachal uma vez, de carro. Foi péssimo. Ela era cheia de não me toques.

— Vai ver ela achou que precisava se comportar dessa maneira.

— Ela sabia que estava me irritando.

— Ela estava tentando agradar você.

Sunny deu de ombros.

— Passamos por Shimla, eu queria ir a um vilarejo. Sarahan. Não a Sarahan que todo mundo conhece, mas outra, pequena, lá em cima, difícil de chegar. Lá tem uma cachoeira e um antigo templo de madeira. Estávamos dirigindo pela região à tarde, tinha um bando de cabras na estrada embaixo do pico Hatu. Chamei o pastor para comprar uma cabra, levá-la até o vilarejo e oferecê-la para um banquete. Era a coisa certa a se fazer.

— Era?

— Claro. Você sabe o que acontece quando chega de mãos abanando?

— O quê?

— Nada.

— Mas quando você chega com uma cabra tudo muda? — perguntou ela, rindo.

— Exatamente.

— Então, o que aconteceu?

— Comprei a cabra e joguei no banco de trás. Ela cagou o carro todo e Kriti não parava de reclamar, depois resolveu me dar um gelo. Eu quase parei e joguei a cabra montanha abaixo, só de pirraça. Chegamos ao vilarejo estressados. Fiquei em um galpão anexo a uma das casas, dormi na palha, bebi uísque, entreguei a cabra para ser abatida.

Sunny riu sozinho.

— Eu disse para todo mundo que a cabra se chamava Kriti. Kriti acabou dormindo no carro. Conseguiu uma carona na manhã seguinte para descer até Kullu. Não ligou por dois meses.

— Essa história tem uma moral? — perguntou Neda, confusa.

— A moral é: eu queria que você estivesse lá.

Ela sorriu e assentiu.

— Eu teria adorado.

— Eu sei — disse ele e, depois de um tempo, acrescentou: — Venha morar comigo. Não vá para o exterior.

Sushma trouxe comida com ajuda de uma lanterna. De sári roxo, era muito magra e forte, consumida por uma vida de trabalho. Pôs a bandeja em uma mesa um pouco afastada da fogueira, fez o caminho de volta e voltou carregando debaixo do braço um balde de metal, que colocou na areia. Neda estava chapada e imóvel, pensando em uma vida nas montanhas, parecida e ao mesmo tempo diferente da vida de Sushma. Sempre interrompida por Gautam Rathore. Pelo pé no peito de Sunny. Pelos escombros de favelas e impérios. Pelo próprio coração. As chamas da fogueira estavam baixas. Sushma se retirou sem dizer nada. Quando Neda se levantou para pegar comida, viu que havia uma garrafa de champanhe no balde, fincada no gelo. Sunny se sentou e pôs outra tora na fogueira.

— De onde veio isso? — perguntou ela, segurando a garrafa.

Ele sorriu.

— Mandei Santosh comprar no Marriott aqui perto.

Eles beberam o champanhe solenemente em xícaras de porcelana trincadas enquanto comiam travessas de cavala grelhada e montanhas de arroz vermelho. E tinha mais: camarões empanados e uma tigela enorme de curry de caranguejo apimentado. Eles pegavam os pedaços de caranguejo com as mãos, partindo-os e sugando a carne de maneira ruidosa. Neda jogava as cabeças de peixe para o cachorro, que as comia diretamente na areia. Beberam mais champanhe, lavaram as mãos e se instalaram perto da fogueira.

———

Quando ela acordou, Sunny estava sentado observando o fogo que queimava baixinho. Neda temeu que a noite estivesse se dissolvendo, que o mundo real estivesse se aproximando outra vez. Enrolou-se mais no cobertor.

— Que horas são?
— Já passa das três.
— Eu apaguei.
— Tudo bem.
— Está frio.
— Tem mais madeira para queimar.

Sunny esticou a mão, atiçou o fogo, depois se afastou e se deitou.

— Vem cá.

Neda se arrastou para o espaço entre o corpo dele e as chamas. Sunny a abraçou, ela estremeceu e se aconchegou. Sunny deslizou os dedos quentes sob o cobertor, sob as roupas, parou em volta do umbigo dela, brincou com a pele fria. Ela fechou os olhos novamente e a respiração ficou entrecortada. Sunny deslizou a mão para dentro dela.

— As coisas não podem ficar assim — disse Neda.
— Não. Podem ficar melhores.

Ela se virou para ele.

— Promete?

Ele ergueu os dedos e os levou à língua.

— Você tem gosto de mar.
— Uma ostra.

Sunny pôs as mãos no quadril de Neda.

Ele não podia lhe prometer nada.

Mas Neda sentiu a excitação dele.

— Eu amo — disse ele — o fato de você nunca ter me perguntado se eu te amava.

— Eu amo — disse ela — o fato de você nunca ter precisado que eu dissesse.

Eram cinco da manhã. Sunny havia gozado dentro dela, e depois os dois dormiram abraçados. Agora os corvos crocitavam nos pinheiros.

— Eles estão voltando.

Sunny abriu os olhos.

Santosh e os irmãos arrastavam os barcos para a praia.

Neda ainda estava nos braços de Sunny.

Até que se desvencilhou e se virou para ele.

— As correntes da existência precisam ser suficientemente fracas para se partir — disse ela, e o beijou. — Mas suficientemente fortes para nos carregar.

E então, virando-se para as estrelas, acrescentou:

— A propósito... Feliz aniversário.

LONDRES, 2006

DE: NEDA.KAPUR@XXXXXX.COM
PARA: DEAN.H.SALDANHA@XXXXXX.COM
DATA: 25/2/2006
ASSUNTO:

Dean,
Sabe quantas vezes elaborei este e-mail? Elaborei esta merda deste e-mail para você mil vezes, na minha cabeça, de várias maneiras, enquanto ando, que é o único momento em que meus pensamentos fluem, então enquanto ando consigo explicar tudo, mas para escrever preciso parar de andar, e aí a página me rouba. É pior ainda quando começo a digitar. Cada uma das belas frases que pensei se torna uma armadilha. Não consigo dizer a verdade. Não sei mais como fazer isso. E eu era boa nisso, em dizer a verdade. Era tão boa que descobri que era fácil mentir. Você me entende? Contei muitas mentiras para você. No fim das contas, não sabia distinguir uma coisa da outra.

O que estou tentando fazer agora é contar sobre Sunny Wadia.

Odeio esse nome. Sempre que posso o evito. Essas sílabas. Mas não posso evitá-las hoje. Estamos na manhã do dia 25. Dois anos desde aquela noite em que tudo foi destruído. Os fantasmas apareceram hoje à noite. Estou bebendo vodca. Lembrando. Quando me lembro, fico péssima. Mas esquecer é ainda pior; o esquecimento é o forro da memória. Achei que pudesse fugir, andei apagando páginas, mas não funciona.

O que estou tentando dizer... Estou tentando dizer o que você já sabe. A Índia está muito distante. Muito distante, mas eu estou lá todos os dias.

Você queria saber o que aconteceu comigo, queria saber por que eu desapareci, onde eu estava. Você já adivinhou. O que estou tentando dizer é que eu estava lá, estava lá no final, no acidente. Eu estava lá na rua. Estava lá com Sunny. Com Gautam. Com Ajay. Estava lá com a garota. Ela morreu nos meus braços. Eu não sabia o nome dela. Li depois, nas reportagens. Uma das suas matérias, uma matéria de outra pessoa que eu não conheço. Você sempre estava lá para registrar os nomes, não é? Todos eles. Eu vi os corpos destruídos. Dean, não me lembro de tudo exatamente... De repente, me vejo de volta a Déli, adolescente, no meu quarto. Os macacos desceram das colinas e estão pulando nas árvores do parque. Meu pai costumava levar um bastão toda manhã quando ia caminhar. Quero voltar para lá. Quero, mais do que tudo, voltar para aqueles tempos, para aquela Déli, seguir outro rumo. Mas não posso. É impossível. Sonhar com isso é insuportável. Não aguento mais. Sei que não mereço a sua solidariedade, e imagino a sua decepção... Bem, vamos esclarecer tudo, então... Sei que você quer entender. Primeiro eram Sunny, Bunty, os Wadia, o que você descobriu, o que eles fizeram com você, e eu estava lá ao lado, até que a coisa toda mudou. Você quer saber tudo, quer saber como eu me envolvi. Sei que ainda fica confuso com isso. Ainda está faltando uma peça. Então aqui vai. A primeira coisa que posso dizer é: eu não deveria estar naquele emprego. Você sabe que minha mãe mexeu os pauzinhos e arrumou aquele trabalho para mim. O bom e velho nepotismo. Ou alguma coisa ligada a mente vazia. Meu pai estava doente, então eu não podia sair do país. Você já ouviu essa história. E, pelo menos no papel, eu me encaixava. Tinha estudado humanas. Meu inglês era irrepreensível. Sou de uma casta superior, tenho pele clara. Como não gostar de mim? Então comecei a trabalhar e, é claro, não tinha nenhuma ética. Nem sabia que existia ética no jornalismo. Sabia reconhecer injustiças em romances, em notícias, mas nunca entendi o processo que as criava. Nunca pensei em cumplicidade, nem na obrigação de se proteger dela. Eu estava especialmente interessada em conseguir boas matérias e ponto. E mesmo assim você foi atrás de mim. Ou me deixou ir atrás de você. Muitas vezes fico pensando que você não atendeu ao seu chamado. Você deveria estar trabalhando com os leprosos no leste de Déli, deveria estar dando sermões na igreja em Tis Hazari. Você viu em mim algo que valia a pena salvar? Não sei como você durou tanto tempo. Seu problema era decência e meu problema era uma mistura tóxica de curiosidade e passividade. Passividade é normal, a maioria das pessoas sofre disso. Simplesmente veem uma mulher ser espancada na rua. Veem um acidente da janela do carro. Ficam congeladas, esperando que outra pessoa intervenha. Eu sou igual. Só que fico parada ao lado do espancamento fazendo anotações. Lembre-se disso. Lembre-se disso. Anote. Lembre-se da luz. Sim, eu só quero ver onde a história vai parar, é meu privilégio observar a futilidade da vida. Mas a vida não é fútil quando vivida da maneira certa. E eu quero viver da maneira certa, quero, só que não consigo! Vou confessar mais uma coisa: fiquei interessada no Sunny desde o início. Ele era a fumaça que me dizia que havia fogo. Me sentia entediada em Déli, no trabalho. Você me entediava. Me sentia irrequieta. Queria mais. Tinha vinte e um anos e ele estava prometendo tornar Déli o centro do mundo. Acreditei nele. Por que não? Lembro-me de que você o chamou de palhaço da primeira vez, o menosprezou, como se ele fosse só mais um garotão rico, e aquilo doeu, doeu como se você tivesse insultado a mim. Você estava chegando dos Estados Unidos. Não tinha passado os anos 1990 em Déli. Não tinha visto como aquela cidade era poeirenta, chata e sonolenta. Você não tinha como entender o que alguém como Sunny me fazia sentir. Eu também estava saindo dos anos do câncer do meu pai, da decepção de não poder fugir quando todo mundo à minha volta tinha ido embora. Aí ele apareceu com aquelas ideias, aquelas palavras, a riqueza e o glamour, e tudo pareceu o truque de mágica mais incrível do mundo. Você acha que algum de nós se perguntava de onde havia saído a riqueza dele? Jura? Nós crescemos assistindo a *Barrados no baile*. Tratávamos nossos empregados com gentileza, mas eles continuavam a ser nossos empregados. As coisas eram assim. Mais do que tudo, queríamos viver como as pessoas do Ocidente. Nunca pensamos nas consequências, na tristeza sobre as quais nossos desejos se apoiavam dentro do contexto indiano. O que você esperava que eu fizesse? Que eu me martirizasse? Que eu abrisse mão de tudo e fosse morar em uma favela? Não. Ele olha para você e diz: "Vamos." O que você faria? Então comecei a sair com ele, e não vi nenhum conflito de interesse nisso. Eu não tinha nada a declarar. Mesmo quando você o sacaneava, perguntava sobre as origens dele, eu simplesmente pensava: *Lá vem o Dean com isso. Dean, o americano.* Igual quando os estrangeiros vinham, descobriam a pobreza e choravam, começavam a distribuir dinheiro na rua, davam os próprios sapatos. Eles podiam fazer isso. Mas eu sou indiana. Eu conseguia aceitar nosso trabalho de dia e estar com Sunny à noite, e tudo bem. Tudo certo, até não estar mais certo. Tive várias vidas e as vivi separadamente. É isso que uma mulher, uma mulher com recursos, faz em Déli. Tudo certo, até não estar mais certo. Então comecei a sair com Sunny e havia uma pequena janela de alegria. Você sabe qual é a sensação de ter poder? Poder de verdade. Sentar-se de repente atrás das engrenagens do poder e cruzar a cidade de olhos arregalados, observando tudo, estabelecendo contato visual com tudo. Era inebriante. Zunir pela cidade em alta velocidade e não ter medo, e enxergar, ser capaz de enxergar como um homem, ser capaz de encarar sem piscar, meu Deus. Não sei, talvez, por ser homem, você não consiga entender. O medo surge das coisas que fazemos, não das coisas que nos são negadas. Sunny me deu a cidade. E eis o que você não entendia nele: ele não era o pai. Sunny queria deixar o pai para trás. Ele odiava Bunty. Queria se desligar. Queria seguir um caminho próprio. Eu queria ajudá-lo. Por que eu contaria essas coisas a você? Por que eu o abandonaria? Eu não estava vivendo como uma jornalista. Estava vivendo como uma pessoa apaixonada. O que deu errado? Foram as mortes no canteiro de demolição? Os anúncios que ele publicou depois? Ficamos todos presos em uma espiral de morte. Você ficou ofendido pelo que achava que fosse hipocrisia. Achou que aquilo fosse coisa do pai dele, mas você não estava olhando pelo ângulo certo. Tudo aquilo era Sunny. Ele estava tentando me aplacar. Tentando me impressionar, para afrontar o pai. Fiquei perturbada, como você viu. Naquele momento, senti um pouco de raiva, um pouquinho de você já havia se infiltrado em mim. Repeti suas frases. Só que as usei de forma cínica, para feri-lo. Comecei a questionar o mundo dele sem acreditar de verdade no questionamento. Só para provocá-lo.

Só a minha tristeza era real. Eu havia ficado imune à cidade por tanto tempo e, de repente, lá estava eu, confrontada por ela sob a forma daquelas crianças mortas. Mortas não na TV, mas diante dos meus olhos. Seus corpos sem cor. Eu estava péssima, e ele queria me proteger. Com sua perspicácia, ele me levou para longe, me contrabandeou para a fazenda dele, onde eu poderia fugir de Déli, ficar imune e isolada por um tempo, me refestelando em luxo. Não funcionou, só me deixou ainda mais chateada. Deveria ter me afastado, deveria ter procurado você. É o que eu teria feito, talvez, se algo não tivesse acontecido naquela noite, se eu não tivesse visto o pai dele e entendido tantas coisas…

… não vou falar daquela noite. Não cabe a você…

Mal o vi depois. Eu o vi em três ocasiões ao longo de sete ou oito meses depois daquela noite, e, depois da última, nunca mais, embora ele tenha me assombrado durante todo esse tempo…

Por que devo me desculpar com você? O que tenho a confessar? Criei desculpas para mim mesma, tentei fazer com que você entendesse por que eu estava com ele, por que não o traí, como cheguei àquele ponto. No entanto, tudo que você quer saber de mim é o que realmente aconteceu naquela noite.

Amanhã eu talvez conte esta história de outra maneira. Terei mudado novamente. Só vão restar as palavras, e não sei se conterão alguma verdade. Não me lembro. Não sei mais o que dizer. Então vou contar. Sunny havia tomado uma decisão nas semanas anteriores. Ele finalmente ia deixar o pai. Ia seguir o próprio caminho. Pegar o que podia e começar do zero. Ele havia me convencido de que Gautam era amigo dele. Ah, é tão ridículo… Mas isto é o que eu entendo: o pai, para puni-lo, para controlar todos os aspectos da vida de Sunny, encarregou-o de domar Gautam, torná-lo leal a eles para algum uso futuro, tinha algo a ver com as terras da família do Gautam em Madhya Pradesh. Essa era só um dos milhares de manobras do Bunty, que, por acaso, escolhera o filho para essa em particular. Gautam, porém, só puxava Sunny para baixo. Hoje, para mim, está claro que foi ele quem fez Sunny começar a cheirar. Ah, esses homens, essas merdas de homens... Dois herdeiros que odiavam os pais, um usando o outro para fugir. Da maneira que Sunny falava, eles sobreviveriam. Naquela noite, ele me ligou. Chamou a mim e a Gautam para irmos ao clube, e estava animado. Fui até lá com alguma esperança, mas, assim que entrei, saquei que todas as coisas que Sunny havia dito a respeito do Gautam para me convencer não batiam com a realidade. Dava para ler nos olhos dele. Olhei para Sunny, que parecia patético. Eu percebi o que estava por vir, era claro, nítido. Sunny pediu mais uma garrafa de champanhe. Quando a bebida chegou, ele segurou os ombros do Gautam com um braço, os meus com o outro, puxou-nos para perto e disse: "Bem, está na hora..."

— Bem, está na hora — diz ele.
— Sunny...
— Nós estamos dando o fora.
— Sunny...
Ela tenta impedi-lo, mas impedi-lo naquele momento seria como matá-lo. Mesmo assim, ela tenta.
— Sunny, não faça isso.
Inchado, exausto. À flor da pele.
— Você não sabe o que passa pela minha cabeça. Mas nós falamos disso exaustivamente. Amanhã de manhã eu vou fazer. Vou dizer que estou deixando ele para trás. Tentei provar meu valor, tentei fazer o que me pediram, e nada funciona, nada o deixa feliz. Não sobra nada para mim. Não preciso viver assim.
Ele está olhando para a garrafa na mão; a garrafa na mão dele está tremendo.
— Podemos começar do zero — diz ele. — Podemos construir nosso próprio mundo.
Ele nunca pareceu tão nu e amedrontado, nunca pareceu tão vulnerável, e ela nunca o amou tanto quanto naquele momento.

Sunny estoura a rolha e enche a taça dela, a de Gautam e a própria.

Ela olha para Gautam.

Gautam olha para ela.

E ela sabe.

Simplesmente sabe.

Sunny vê a náusea no rosto dela.

— O que foi?

Ela fixa o olhar em Gautam.

Gautam, nela.

— Vamos, conte para ele — diz Neda.

Sunny franze a testa.

— Contar o quê?

Ela nem tem certeza.

Gautam, porém, morde a isca.

— A Neda.

Ele faz um brinde, engole o champanhe e enche novamente a própria taça.

— A vadia mais inteligente deste lugar.

O olhar de confusão no rosto de Sunny parte o coração dela.

— Contar o que para mim?

Gautam começa a rir.

— Que você é um idiota.

Sunny também ri. Por um segundo, é uma piada. Depois, ele tem a sensação de que está exposto.

— Por que eu sou um idiota?

Gautam diz para ele:

— Não está na cara? Você acha mesmo que eu quero abandonar tudo e montar um hotel com você? Um hotel? Do zero? Com você? Sunny, meu caro, você sozinho não é nada. Acha que conseguiria sobreviver um minuto neste mundo sem seu pai? Você seria uma causa perdida. Você é ingênuo, não tem o que chamamos de vantagem competitiva. Só estou aqui sentado com você por causa do Querido Papai. Tire o Papai e você não passa de um...

— Mas nós...

— Mas nós — repete Gautam, e se levanta. — Mas, mas, mas... Mas você disse que era meu amigo.

Ele ergue a taça, sai caminhando pelo salão e vira-se na porta.

— Foi bom enquanto durou, meu caro Sunny. Você me reergueu, isso é verdade, mas está na hora da próxima aventura.

Ele podia parar ali, mas continua:

— Quer saber? Talvez eu saia daqui agora mesmo e vá acordar o Querido Papai. Contar como o filhinho dele tem sido idiota. Você acha que ele vai me adotar? Acha que vai me receber de braços abertos?

Sunny está sentado, em silêncio, ouvindo Gautam falar. A ficha começa a cair: acabou. Todas as estradas estão fechadas. Um novo pensamento: talvez sim. Talvez ele receba você de braços abertos. Neda o chama. Tenta segurar a mão dele, mas Sunny se afasta.

— O que você fez? — pergunta Sunny, talvez para si mesmo.

Ele se estica para pegar a garrafa e agarra-a pelo gargalo.

Neda está gritando o nome dele. Sunny a afasta e passa por ela. Ela grita o nome dele sem parar enquanto ele segura a garrafa como se fosse um taco, afasta as cortinas e entra no salão principal. Ela pensa: *Ele vai matá-lo*. Ou vice-versa. Neda apoia a cabeça entre as mãos. Depois ouve os gritos. Não um, mas vários. Som de vidro quebrado. Uma briga. Um homem cai por entre as cortinas na sala VIP, o rosto sangrando. Ela corre.

Neda entra no caos. Vinte, trinta homens suados e bêbados esmurrando e chutando uns aos outros, caindo uns sobre os outros, camisas sendo rasgadas. Uma dúzia de mulheres também, usando vestidos justos, chutando, puxando, arranhando. Sangue no chão. Como aquilo aconteceu tão rápido? Ela é jogada no chão. Entre a confusão de pernas, avista Gautam correndo escada abaixo rumo à rua. Sunny não está muito atrás.

Quando Neda chega à calçada, Sunny está sendo atacado por alguns homens. Ele consegue derrubar um com um soco, mas os demais o nocauteiam. Mais brigas estão eclodindo. Mais gritos. Homens e mulheres correndo. Homens e mulheres entrando em seus carros. Um tiro ecoa. Um clarão na noite. Todos congelam. Todos dispersam. Ajay está apontando sua Glock para a multidão. Ele pula em cima deles e bate com a pistola no primeiro. Os outros fogem. Ajay põe Sunny de pé. Arrasta-o para longe, na direção do SUV.

Gautam está entrando em sua Mercedes, empurrando o motorista porta afora e jogando-o na rua.

— Não deixe ele fugir — diz Sunny, mesmo sangrando.

Está apontando para Gautam. Ajay vê. Neda podia tê-lo deixado naquele instante. Podia ter corrido para o próprio carro. Ela corre para o SUV de Sunny. Entra no banco traseiro com ele enquanto Ajay assume o volante.

Gautam atravessa as ruas desabalado, procurando a saída do condomínio, virando esquinas na velocidade máxima atrás do portão aberto. No outro carro, Neda está no banco traseiro, suplicando para que Sunny pare. Simplesmente pare. Desista. Pense bem. Ele a afasta com um empurrão. Pula para o banco dianteiro. Ela então tenta a sorte com Ajay, encosta a mão nele, puxa-o pelos ombros enquanto ele dirige, diz seu nome, manda que pare, mas Ajay se vira e olha para Neda com tanta sede de sangue que ela fica com medo.

Eles saem do condomínio e entram na perimetral. Neda espera que a polícia apareça. Vai surgir uma blitz. Ela espera que aquela loucura termine, que o bom senso prevaleça. Isso não acontece. Gautam está acelerando na frente e não tem ninguém na estrada, ninguém na noite, nada além do ronco dos motores, o rosto vazio e vingativo de Sunny, o rosto vazio e vingativo de Ajay, parecendo gêmeos na dor. Por um instante, o tempo desacelera, velocidade e distância não têm sentido, como naqueles sonhos ou pesadelos em que você simplesmente está caindo sem parar, no infinito. E então algo acontece. Um vira-lata atravessa a estrada.

Ela se lembra do pai. Neda tinha sete anos, era a primeira vez no carro novo, um Ambassador. Ele a deixou ir no banco da frente. Ela nunca havia sentado na frente com ele. Foram dar uma volta em Lutyens' Delhi. No caminho, o pai disse algo que ela nunca esqueceu: não importa o que você fizer, não importa o que acontecer, por mais que ame cachorros, por mais que se importe, nunca pare nem desvie por causa de um vira-lata na estrada, simplesmente siga em frente e passe por cima; tem vira-latas demais por aí, não vale a pena. Mesmo que isso parta seu coração.

Uma marca de pneus na estrada. Um rastro vermelho de luzes de freio. A Mercedes desvia, guina para o meio-fio, levanta voo na noite. Homens e mulheres estão dormindo bem na frente. A imagem congela. Depois o carro aterrissa.

Se pelo menos Gautam tivesse a mesma compaixão por Sunny que teve por um vira-lata. Minha memória depois disso torna-se turva. Fragmentada. Estou na rua, de quatro, gritando na direção da calçada. Coberta pelo sangue de outra pessoa. Embalando a garota que está morrendo. Vejo que ela está grávida. Sinto a mão dela segurando a minha com força. Ainda a sinto. Às vezes, acordo e acho que a estou segurando. Às vezes, acordo e acho que ela está em pé ao lado da minha cama, olhando para mim, mas é só a minha consciência. Na rua, olho para baixo e ela está morta. O bebê ainda podia ser salvo. Sunny está atrás de mim, olhando de cima para todos nós. Eu me levanto. Cambaleio para longe dele. Vejo Gautam inconsciente na Mercedes. Acho que ele também está morto. Posso continuar a dizer o que vejo e sinto, mas que diferença faz agora? E eu mesma não sinto nada. Não está acontecendo comigo, está acontecendo com outra pessoa. Digo para Sunny chamar uma ambulância. Tento tirar o celular do bolso dele. O meu ainda está na minha bolsa, no carro, devo ter deixado lá. Ele me empurra. Grito com ele. Porra, o que está fazendo? Chame uma ambulância. Chame uma ambulância. Chame alguém. Faça alguma coisa. Estou de volta ao lugar em que estive antes. Em vez disso, ele se vira para Ajay e o manda tirar algo do carro. É uma câmera Polaroid, a que eu vi em Goa. Sunny tira uma foto do Gautam no carro, depois manda Ajay puxá-lo para fora. Acho que eles vão colocá-lo no acostamento. No entanto, o tiram, o carregam e o colocam na traseira do SUV, e eu penso: *Será que isso está acontecendo mesmo? É assim que acontece?* Eu me levanto e saio cambaleando atrás deles. Ajay e Sunny se encaram na estrada. Sunny pegou uma garrafa de uísque do porta-malas do SUV. Ele tem sempre uma garrafa ali. Acompanha Ajay até a Mercedes. Eles conversam. Ajay entrega a arma e pega o uísque. Depois entra na Mercedes e começa a beber, bebe a garrafa até o fim. E, quando termina, Sunny pega a arma e dá uma coronhada no rosto de Ajay. Quando eu grito, Ajay e Sunny olham para mim. Depois Sunny vem na minha direção. Não há nada em seus olhos. Sinto medo dele. Ele cerra o punho. Ergue a mão.

A próxima coisa de que me lembro é que estou em um quarto. Um quartinho branco, limpo, luminoso, com um jardim do lado de fora e passarinhos cantando. Era o meio da manhã e eu estava na cama, olhando para um homem estranho, mas que agora sei que era Chandra. Uma pequena TV está pendurada na parede; há uma chaleira elétrica, uma mesinha de cabeceira com um telefone. Uma hospedaria do governo. Era o que parecia. Ele está sentado em uma poltrona. Acho que estivemos conversando, mas não sei sobre o quê. Percebo que não sei onde estou, não me lembro de como cheguei ali. Estou vestida com um pijama e meu rosto está dolorido e machucado, mas, fora isso, estou limpa. É do que eu me lembro. Ele era excepcionalmente educado. Aquilo gerava alívio. Estava explicando tudo para mim. Dizia: "Não havia nada que você pudesse ter feito, e não adianta ficar remoendo tudo. Aconteceu, minha querida. Decisões foram tomadas no calor do momento e nenhuma delas foi sua, você pode se sentir grata por isso. E fique tranquila, as decisões que foram tomadas eram do interesse de todos." Olhei para ele, inexpressiva. Nenhum pensamento me ocorria. Depois me lembrei. Ele deve ter notado. Disse que foi uma noite ruim para todos. Eu devo ter exprimido o desejo de ir para casa, porque ele me disse que eu ainda não podia. Por que não? Ele me falou que eu estava em Amritsar. Que eu havia ido de carro para Amritsar com amigos por puro capricho naquela noite. Queríamos ver a fronteira ao amanhecer e comer *chole kulcha* no café da manhã. Assim é a vida de uma jovem indiana sem preocupações. Em seguida, me entregou o celular e me advertiu para não complicar a vida dos meus pais, sabendo como meu pai estivera doente. Achei surpreendentemente fácil mentir quando minha mãe atendeu. Não demonstrei nenhum medo ou pesar. Só a exaustão de uma jovem que vai de carro até Amritsar por um capricho. Depois da ligação para os meus pais, ele me disse que ligasse para o trabalho e dissesse que eu estava doente, que fosse breve. Fiz o que ele mandou. Então ele me deu um copo de *nimbu pani*. Bebi tudo. Devia estar misturado com sedativos.

Quando acordei, já era fim de tarde. O sol estava se pondo, os pássaros lá fora cantavam a toda. Eu estava grogue. Uma senhora gentil me trouxe uma tigela de *khichdi*. Perguntei à mulher onde eu estava, mas ela não disse. Quando foi embora, eu a ouvi trancar a porta por fora. Então eu era uma prisioneira. Não tentei fugir. Chandra voltou pouco antes de anoitecer. Demorou um pouco a entrar no personagem. Deve ter percebido o meu olhar. Cruzou as pernas e passou a palma das mãos nas coxas. Disse: "Você quer confessar, eu sei. Quer ir à polícia e contar tudo para eles." Não concordei nem discordei. "Mas o que você vai dizer? O que vai dizer realmente? E quem vai acreditar em você?" Tudo já se resumia a uma questão de credibilidade. Perguntei onde estava Sunny. "Sunny? Ele está em uma viagem de negócios em Cingapura. Está lá há três dias." Vi o rumo que aquilo estava tomando. Gautam? "O sr. Rathore", respondeu ele, "está longe". Ajay? Ele apenas sorriu e balançou a cabeça. "O motorista do sr. Rathore está na cadeia."

A luz lá fora já havia quase sumido, alguém estava acendendo lampiões em volta do jardim, acendendo um incenso. "E você vai voltar de Amritsar dirigindo. Logo estará em casa." Ele começou a se levantar e acendeu a luminária na mesinha de cabeceira. Lançava uma sombra profunda em seu rosto. Perguntei o que ia acontecer comigo. Ele respondeu: "O que você quer que aconteça?" Eu não sabia o que dizer. Realmente não sabia. Então ele continuou: "Está na hora de você ir embora, Neda. É o que você sempre quis. Queria ir estudar e morar no exterior." Eu disse que sim, que vou para o Japão. Ele perguntou por quê. "Você pode ir para qualquer lugar agora." Ele então falou que eu havia sido arrastada para uma situação que eu não criara, que eu não entendia totalmente, e que poderia facilmente destruir a mim e à minha família. Ou então eu poderia ir para qualquer lugar. Qualquer lugar mesmo. Eu receberia dinheiro, um apartamento, meu curso seria pago, os vistos seriam providenciados. Eu podia ter uma vida. Uma vida feliz. "O que você acha? Acha razoável?" Estou cansadíssima. "Acha que seria algo que você gostaria de fazer?" Ele me entregou um lenço que tirou do bolso para que eu secasse minhas lágrimas. "Que tal? Minha querida Neda, você acha razoável?" Chandra era só gentileza. Disse que tudo que eu precisava fazer era esquecer aquela noite, esquecer Sunny, esquecer o último ano da minha vida, nunca falar sobre aquela noite, nunca mais entrar em contato com ele. Recomeçar do zero. Eu estava cansada. Disse sim...

Eu disse Londres, é para lá que quero ir. Ainda não sei por quê. Não sei mais nada. Nunca soube, mas pelo menos podia mentir para mim mesma, dizer que algo bom estava a caminho. Agora. Não. Estou sofrendo. O sofrimento não passa. Mas o que é meu sofrimento comparado com aquelas vidas? Dean, o que é meu sofrimento comparado com a verdade? O que Sunny fez e por quê? Essa é a pergunta que fiz a mim mesma mil vezes. Toda noite antes de dormir, e só durmo quando o dia nasce. Por que ele salvou Gautam? Naquele momento, na estrada, ele tomou a decisão de salvar a vida do Gautam, de sacrificar Ajay, a mim e a si próprio para preservar Gautam. Por quê? Se ele tivesse deixado Gautam à mercê do próprio destino, se tivesse chamado a polícia, a ambulância, se tivesse simplesmente ido embora, estaria livre. Teria encontrado a solução que desejara. Tudo que Gautam alegava se tornaria vazio. Ele teria resolvido o problema insolúvel da própria vida. Poderia ter deixado o pai, poderia ter ficado comigo, poderia não ter ficado comigo. O tempo todo sempre foi o pai dele. Eu não entendi antes, mesmo quando ele falou a respeito, mesmo quando o pai o empurrou para a escuridão. Desde o início, sempre foi o pai. Sunny só se importava com o pai. As pistas estavam todas lá. Ele disse ao Gautam na minha frente: "Nunca consegui provar meu valor para ele." Sunny não conseguia achar o código, a combinação para abrir o coração do Bunty. E, finalmente, por acaso, por pura sorte, a resposta estava lá, na sua frente, na estrada. O corpo estendido do Gautam. Sunny podia demonstrar a crueldade que lhe faltava, que ele achava que não podia ser expressa através de projetos. Ele podia jogar fora todas aquelas coisas que amava para salvar a vida de alguém que não significava nada além de lucro para o pai, e, ao fazer isso, conseguiria o que nunca havia obtido até então. Eu nunca chamaria aquilo de amor. Não sei o que é. Não pensava nisso na época. Não me lembro o que eu pensava. Queria me afastar da dor. Queria aproveitar a oportunidade para fugir.

Tudo depois passou muito rápido. Eu havia concordado e tudo foi providenciado, e mal me lembro dos acontecimentos. Recebi uma carta. Fui agraciada com uma bolsa de estudo falsa. De repente a bolsa de estudo até era verdadeira, vai saber. Chorei ao lê-la. Meus pais acharam que fosse de alegria. Estavam extasiados, me consolaram e eu fugi para o meu quarto. Arrumei minhas malas e, logo em seguida, fui embora. Em algum ponto no meio do caminho, eles souberam que havia alguma coisa errada. Não me lembro de metade das coisas. O que eu sei é o seguinte: um mês depois, descobri que estava grávida do Sunny. Você deve estar sentindo muito nojo. Eu estava em Londres. Chandra se encontrava comigo frequentemente, me levava a um restaurante caro. Diante dos garçons, me chamava de sobrinha, era a sua piada. Era o sétimo ou o oitavo encontro. Comecei a chorar, eu havia acabado de fazer o teste naquela manhã. Fiz três vezes para ter certeza. Só podia ser do Sunny, de mais ninguém. Chandra tentou me fazer falar. Confessei; embora eu quisesse mantê-lo às escuras, como era possível? Eles sabiam de tudo. Ele não riu. Ficou muito sério. "Conte para Sunny", eu disse. "Conte para ele. Pelo menos conte para ele, diga para mim o que ele falou." Se ele quisesse, eu também queria ter. Eu ainda estava... Chandra me procurou novamente no dia seguinte. Muito simpático. Disse: "Sunny falou que não é dele. Ele não quer ter nada a ver com isso. E, se você tiver a criança, ele vai parar de prover tudo isso..."

Chandra tomou todas as providências para mim. Cuidou de tudo para mim. Não discuti. Estava arrasada. Estava bebendo muito, sofrendo muito. Meu coração endureceu porque foi preciso, Dean, mas nunca endureceu o suficiente. Fico consumida por muito remorso e horror por causa do rumo que a minha vida tomou, como eu a deixei chegar a este ponto. Só podemos ser julgados pelas nossas ações. Mas meu Deus! Há muito mais do que isso, não é? Não sei o que me resta. Não sei para onde ir, o que fazer. Quando cheguei aqui, eu estava de luto. Sem atalhos para me ajudar a processar a vida. Sem consolo para me ajudar a suportar. Vi minha vida ser destroçada. Vi a vida que eu poderia ter tido evaporar. Por que fiz o que fiz? Mas não sou uma vítima. Todos se veem como vítimas, Dean, e não como cúmplices. Lá estava eu, no entanto. Não tenho mais direito a nada. Preciso sofrer...

Vejo Sunny por toda parte, sabe? Eu o vejo em muitos rostos na rua. Homens do Punjab com seus bonés de beisebol e barbas, vestindo jeans e camisetas apertadas sobre suas barrigas de arroz. Ele podia simplesmente ter sido homem. Leia a respeito dele nos jornais. Não conheço esse homem. Parece que ele está prosperando, embora eu o conheça o suficiente para saber que está condenado. Já Gautam... duvido que Gautam passe uma noite sequer em claro. Ele nasceu para governar, e se safar é seu direito divino.

Vou parar de escrever agora, chega. Estou sozinha nesta cidade solitária e cinza, no escuro, longe de casa. Você pode fazer algo com este relato? Tem alguma serventia para você? Ou só vai causar mais dor? Pode usar se quiser. Eu autorizo. Não sei se ainda vou estar por aqui para encarar as consequências porque já decidi ir embora. Se você usar alguma parte do que disse aqui, só tenha em mente que nada vai mudar, esta é a Kali Yuga, a era da perda, uma era imoral. As pessoas na estrada vão continuar mortas. O bebê nunca vai nascer. Os Gautams deste mundo vão prosperar. Os Ajays deste mundo vão continuar pagando o pato. E Sunny? Eu não sei, não sei de mais nada. A roda continuará girando rumo à dissolução que engolirá todos nós.

O dedo de Neda para no trackpad, desloca o cursor para enviar. Mais uma vez, porém, ela não tem coragem. Descarta o rascunho. Ainda não vai se posicionar.

MEHRAULI, 2004

SUNNY

1.

Na tarde após o acidente, ele acordou na mansão da fazenda.

Estava no quarto, com os janelões que dão para a piscina e as claraboias no teto feito olhos de um cadáver observando o sol.

O sol estava forte. Vidro quente ao sol. Ar frio, vazio. Enrolado no edredom branco. Os lençóis cor de creme banhados de suor. Uma perfeita tarde de fim de inverno.

Lembre-se. Vire a cabeça para olhar para fora. Árvores peladas. Folhas caindo na piscina. Lembre-se. Nuvens passam rapidamente pelo azul e encobrem o sol. Brilho atenuado, calor disperso, escondendo-se. Os lençóis úmidos o fazem lembrar-se. Sua percepção não está conectada aos sentidos. Um zumbido ainda ressoa. O sol voltando.

Ele se virou. Se fixasse bastante o olhar, a piscina tremulava.

Ele conseguia ver o vento entre as árvores.

Mas não podia ouvi-lo. Pensou no oceano, distante.

— Ajay...

Chamou seu nome, impaciente, esquecendo que Ajay agora era apenas um nome, nada mais. Sunny estava acordando de um vazio medicado. Valium, trinta miligramas. Xanax, cinco miligramas.

O êxtase de um vácuo. Afastou o corpo dos lençóis úmidos, mas o restante da cama também estava frio. Sentou-se e se esticou para pegar os cigarros. O isqueiro. Artefatos da noite.

A cocaína de Gautam ainda estava no bolso da calça.

O paletó havia caído do espaldar da cadeira.

Ele perambulou pela mansão de samba-canção com um pesado cobertor azul em volta dos ombros, uma das mãos puxando-o por cima da barriga, ouvindo o cigarro queimar.

E se foi um pesadelo?

Havia uma crosta de pó e sangue no nariz.

Abriu a torneira da cozinha e cuspiu sangue seco e grudento.

Assoou cada narina.

No congelador, uma garrafa de Gray Goose.

Despejou a bebida viscosa goela abaixo.

Um acesso de tosse. O corpo curvado. Vômito.

Engoliu mais vodca, esperou até os ângulos pontiagudos da alma começarem a ceder e embotar. Ele precisava fazer algo.

A imagem voltava o tempo todo.

A curva.

O rio.

As cartas na mão.

A mão da sua vida.

2.

E o percurso pela noite de Déli no SUV com os dois corpos inconscientes no banco traseiro, Gautam e Neda, e os mortos deixados para trás. Os mortos e Ajay. Nem depressa demais, nem devagar demais.

Espera as sirenes.

O posto de controle.

Mas ninguém está vindo. Ninguém o está mandando parar.

Seu carro não está amassado.

Ele não bateu; ele não matou ninguém.

Não fez nada de errado.

Seu carro está intacto.

Não difere em nada do caminhão que passou.

Do carro que passou.

Nenhuma culpa.

Ele atravessa a cidade.

Nada mudou.

Ainda somos todos estrelas em extinção.

Ele passa por um posto de controle.

Os policiais olham para o carro, sonolentos.

Mais um carro de rico.

Ele quase os cumprimenta.

Agora segue em velocidade reduzida pelas ruas mais tranquilas, entrando em uma via de serviço encoberta por carvalhos, parando o carro, desligando os faróis, segurando o volante.

E agora?

Ele remexe na porta. Salta, se inclina e vomita. Alguns puxadores de riquixá estão dormindo. Alguns cães latem. Nada mais.

Ele encontra água no bolsão da porta, enxágua a boca, cospe e volta a entrar no carro.

Olha para os dois, Neda e Gautam.

Gautam está mais perto dele, o rosto esmurrado, sangrando pelo nariz, o semblante desdenhoso e sereno apesar de tudo.

Neda, maquiagem borrada, cabeça inclinada para trás, quase roncando, péssima aparência, a boca aberta revelando os dentes. Podiam ser duas crianças exaustas após um dia fora.

Sunny ouve sirenes. A cidade, porém, segue seu curso.

E o que ele fez?

Olha para o banco do carona e vê a arma de Ajay.

O que fez?

Estica o braço para pegá-la, sente o peso, abre a porta traseira do lado de Gautam, pressiona a arma suavemente contra a bochecha de Gautam. Seria tão fácil apertar o gatilho.

Não.

A mão está começando a tremer. Ele está com medo do peso, de repente não consegue se lembrar se tem alguma bala no tambor. Sente o cérebro anuviando-se, desligando. Com grande esforço de concentração, remove o pente, coloca-o no bolso, puxa o ferrolho e retira do tambor o projétil, que cai na rua, rola no escuro.

Merda.

Ele deve ficar de quatro?

Não.

A questão não é o tempo. É a dignidade.

Ele vasculha os bolsos de Gautam e pega duas trouxinhas.

Senta-se novamente no banco do motorista, põe a arma descarregada e o pente no porta-luvas. E no brilho sulfúreo da iluminação pública usa a chave do carro para retirar um montinho de cocaína.

Ele disca o número.

    Tinu acorda. Geme.

— O que foi?

Sunny está tremendo.

— Aconteceu um acidente.

Tinu faz uma pausa, acende a luminária na mesinha de cabeceira.

— Conte.

— Algumas pessoas morreram.

Acende um cigarro.

— Quem morreu?

— Pessoas. Na estrada.

— Foi você quem matou?

— Não. Não fui eu. Foi Gautam. Ele as atropelou.

— Você está com a polícia?

— Não.

— Onde você está?

— Na rua, em outro lugar.

— Longe?

— Longe. Estou a salvo.

— Tem certeza?

— Tenho.

— Quantos mortos?

— Não sei.

— Tem certeza de que estão mortos?

— Tenho.

— Onde está Gautam?

— Comigo.

— No seu carro? Ou no dele?
— No meu.
— Onde está o dele?
— Lá na estrada. Destruído.

Tinu apaga o cigarro.

— Ok, recapitulando: ele bateu com o carro, você o tirou de lá e saiu com ele no seu carro. Foi isso mesmo?
— Isso.
— E ninguém mais viu vocês? Nenhuma aglomeração, nenhuma cena?
— Nada.
— Onde aconteceu? Onde *exatamente*?
— Na Perimetral Interna, perto de Nigambodh Ghat.
— Qual dos carros dele?
— A Mercedes.
— E você está em qual?
— No Toyota. O Highlander.
— Quem mais está aí com você?
— Gautam, eu, uma garota.
— Neda?

Uma pausa de medo.

— Sim.
— E onde está Ajay?

Sunny se prepara.

— No carro.
— No carro com você? Me deixa falar com ele.

Silêncio.

— Passa o telefone para ele...
— Não posso.
— Sunny...
— Ele está no carro lá na estrada.

A ficha de Tinu cai.

— Você o deixou lá?

Olhos fechados.

— Precisei deixar.

— Ele está vivo?
— Eu o fiz beber uísque...
— Sunny, ele está vivo?
— Está!
Tinu se recompõe.
— Tudo bem. Pode ser que dê tempo. Preste atenção.
Sunny começa a soluçar.
— Fiz isso por ele, Tinu!
— Não desmorone.
— Diga ao papai. Eu fiz isso por ele.
— Preste atenção.

Foi como se estivesse acontecendo com outra pessoa. Tinu informou um endereço em Amrita Shergill Marg.
— Um homem chamado Chandra vai encontrar você lá. Faça tudo que ele disser.

O homem chamado Chandra estava esperando no gramado da propriedade cercada por um muro alto com um chalé de três andares, sentado em uma espreguiçadeira sob a luz do luar, fumando um cigarro. Usava um casaco de lã de camelo por cima de um pijama azul-bebê. O rosto rechonchudo embaixo da franja exibia uma expressão de perplexidade cansada. Sete ou oito homens de calça e túnica compridas e escuras, usando luvas cirúrgicas, esperavam em uma via de acesso na frente. Quando o SUV estacionou e os portões se fecharam, eles abriram as portas do carro e começaram a trabalhar.

Primeiro, Neda e Gautam foram tirados do banco traseiro, os celulares, as respectivas carteiras e outros pertences removidos e colocados na mesinha de madeira ao lado de Chandra. Gautam foi carregado até o outro lado do gramado, para uma segunda via de acesso. Havia dois carros lá: na frente, um Ambassador branco do governo; atrás, uma BMW. Gautam foi colocado na traseira do Ambassador. Um motorista da polícia e um agente da Guarda Nacional estavam sentados dentro do carro. Um policial fardado se sentou no banco de trás ao lado de Gautam, escorou-o e fechou as cortinas enquanto o motorista dava a partida. Depois os portões foram abertos, o Ambassador se afastou e Gautam havia ido embora.

Enquanto isso acontecia, dois homens deram a volta pela lateral do edifício principal carregando Neda, ainda inconsciente.

Sunny agarrou o volante do SUV e a observou ir embora.

Chandra se levantou da espreguiçadeira, abotoou o casaco e parou ao lado da janela do motorista. Bateu no vidro.

— Meu caro, seria aconselhável que você descesse agora.

Sunny fez o que ele mandou.

— Eu não a machuquei.

Chandra assentiu de maneira inexpressiva.

— Isso não me diz respeito.

— O que vai acontecer?

— A ela serão proporcionadas todas as cortesias.

— O que vai acontecer comigo?

— Você está portando alguma arma de fogo?

— No painel.

— Drogas?

Ele apalpou as trouxinhas de cocaína no bolso.

— Joguei fora.

— Onde?

— Na estrada.

— Onde na estrada?

— Em um lugar qualquer, uns arbustos.

Chandra examinou Sunny friamente.

Apontou para a BMW.

— Entre no carro e vá embora.

A BMW deslizava pelas ruas com uma calma funérea. A cidade escorria atrás do vidro negro, sinais da manhã surgiam no céu.

Ele começou a vasculhar a parte de trás do veículo.

O motorista olhou pelo retrovisor.

— Está procurando algo?

Era Eli, o israelense, o judeu de Cochim. Um membro da equipe de segurança do pai de Sunny. O que havia treinado Ajay.

— Preciso de um drinque.

Eli ergueu uma sobrancelha.

— Nós dois, companheiro.

— Você tem alguma coisa?

— Isso vai além da minha função.

Um minuto depois, entretanto, sacou do paletó uma garrafinha de bolso e a passou para trás.

— Não beba tudo, ok?

Sunny a abriu, cheirou, recuou.

— O que é isso?

— Áraque de Israel, meu amigo.

Sunny tomou um gole e torceu o nariz.

— Não gostou? — perguntou Eli.

— Tem gosto de merda.

— Então devolva.

Eli esticou a mão.

Sunny esvaziou a garrafa mesmo assim.

Eles entraram na fazenda pelo portão de serviço no meio do bosque. Eram quase cinco horas, e a BMW avançava lentamente pela trilha sombreada, os faróis iluminando mariposas e buracos, o céu azul-escuro fugidio atrás das árvores. O áraque queimava, mas era um alheamento. O celular de Eli tocou. Ele atendeu, escutou e o estendeu para trás, na direção de Sunny.

— É para você.

Era Tinu.

— Você esteve na fazenda a noite toda, na mansão. Ponha isso na cabeça. Tem Valium ao lado da sua cama, a dose correta. Vá se deitar, tome os remédios e feche os olhos.

— Você contou para o papai?

— Contei.

— Disse que fiz tudo por ele?

— Vá dormir.

— O que ele disse?
— Devolva o celular para Eli.
— O que ele disse?
— Em breve ele estará com você.

3.

Sono.
   O sol do meio-dia descia pelo horizonte.
   Os raios ainda banhavam a cama.
   Os lençóis úmidos secavam.
   Na cozinha, a vodca gelada goela abaixo, até ele não aguentar mais.
   Sunny abre a porta corrediça e anda descalço até a piscina, sente o sol na pele e pensa em coisas como um novo amanhecer. Bebe no gargalo e dá três voltas na piscina, andando devagar. Retorna ao quarto, leva a cocaína e a carteira para o banheiro. Tranca a porta e retira o grande espelho da parede, pousa-o no chão, limpa-o com papel higiênico úmido, seca-o meticulosamente com mais papel e despeja nele meio grama. Agachado de cueca, um pé de cada lado do espelho, fedendo a vodca, preparando carreiras, olhando para si mesmo, murmurando, bufando. Ajoelhado. Uma carreira comprida. Uma talagada de vodca. Uma carreira comprida. Um gole de vodca. Uma carreira. E o choque da piscina. Os batimentos do coração. O que ele estava buscando? A água fria, o sol forte, a mente ardendo, o corpo descompassado, a vodca entorpecendo a dor, a cocaína tornando-o corajoso. Ficou submerso o máximo que pôde, o coração em disparada, ele olhando para o sol lá em cima...
   ... olhando para os destroços da Mercedes de Gautam lá embaixo, Gautam inconsciente dentro do veículo, Neda chorando sobre os cadáveres, falando para ele fazer alguma coisa. O que Sunny podia fazer? O que devia fazer? O que mais? O que podiam esperar dele? Assumir o controle, chamar uma ambulância, chamar a polícia, tentar ajudar os mortos e moribundos enquanto aguardava a chegada das autoridades?
   Sério?
   Risível.

Absurdo.

Talvez na Suécia.

Mas aqui é a Índia.

Se ele tivesse ficado, uma turba os teria atacado.

Aqui é a Índia.

Yeh India hain.

Outra versão: eles assistem ao acidente e simplesmente... seguem em frente. Como se nada tivesse acontecido. Nenhum contato. Nenhuma intervenção. Gautam largado à própria sorte.

Isso teria sido interessante.

Continuar dirigindo noite adentro. Até Chandigarh. E depois? Até as montanhas, parar para tomar café da manhã no Giani Da Dhaba, prosseguir até Jalori, até Baga Sarahan. Eles abatem uma cabra. Ficam lá uma semana, um mês.

E depois?

Ficar lá em cima para sempre? Fugir para mais longe? Ele e Neda. Começar uma nova vida, livre de tudo? Outro país, outra cidade, uma vida humilde.

Um trabalho comum.

Imagine isso.

Neda chega em casa e descobre que ele se demitiu, está bebendo o dia todo. Ela não aguenta mais. Grita com ele. Ele lhe dá um tapa. Ela cospe nele, joga um prato. Com o punho esquerdo, ele agarra a mão dela erguida e lhe dá um soco nas costelas.

Viu como foi acabar?

Não, não tem saída.

Não tem jeito.

Ele emerge da água. E o pai está lá em pé, ali perto, do lado da mansão, o sol no rosto, um terno azul-marinho, óculos escuros pretos, uma figura sólida, forte, na bruma do inverno. O pai o observa. Há quanto tempo? Quanto ele sabe?

Nenhum dos dois se mexe ou fala.

Até Bunty levantar a mão e fazer um gesto discreto para que Sunny se aproxime.

Não é preciso mais nada.
Sunny desliza na direção dele.
Tudo é agudamente sentido.
A água fria, o sol fraco nas costas, a luz cintilando na superfície, refletindo no vidro das janelas da mansão. E o pai, o centro de tudo, luminoso, obscuro.
Sunny chega até a borda e olha para cima.
— Papai...
Então acontece.
Bunty estica a mão.
Imóvel, palma aberta, esperando.
Que Sunny a segure.
A fim de ser puxado para uma nova vida.

Ele sente uma nova certeza fria e dura brotando dentro de si, a qual espera que nunca vá embora. A mão do pai em sua nuca, guiando-o para dentro da casa.
No banheiro, ele olha para o espelho no chão, os resquícios das carreiras, a trouxinha ainda pela metade.
— Esse veneno — diz o pai. — Você não precisa mais desse veneno.
Sunny não diz nada, só observa a cocaína.
— Jogue na privada. — Sunny ouve a ordem.
Mesmo naquele momento, ele está pensando em salvar um pouco de alguma maneira.
Uma última carreira.
— Ponha o espelho de volta na parede.
Ele põe.
Evita ao máximo olhar para si mesmo.
Quando enfim olha, vê.
Não há nada ali.
Toma um banho com água pelando depois que o pai vai embora.
Penteia o cabelo.
Veste uma camisa branquíssima e uma calça de lã.

Quando chega na sala de estar, o pai está sentado em uma das poltronas fumando um cigarro, sua grande massa corpulenta muito à vontade, pernas cruzadas, a cabeça inclinada para o teto em uma postura de contemplação.

— Sente-se.

Sunny se senta no apoio para os pés, pequeno demais, diminuindo a si mesmo.

— Papai, eu...

Bunty levanta a mão.

— Não fale. Não há nada a ser dito.

Silêncio. Na sombra quente.

Ele continua:

— Você não pode desfazer o que está feito.

Sunny sente a garganta estreitar, se fechar, queimar.

— Fiz isso por você — diz ele.

Talvez ele desabe. Quer sobretudo que o pai acredite naquelas palavras.

— A Polaroid foi uma boa ideia — diz Bunty, batendo a cinza do cigarro. — Você dormiu?

Sunny se recompõe, assente, manso.

Bunty também assente.

— Foi uma noite ruim. Mas poderia ter sido muito pior. E agora sei algo muito importante.

Os olhos de Sunny dardejam pelo chão enquanto ele espera. Bunty, sem pressa, fica apenas olhando para o rosto angustiado do filho.

— O quê, papai? — sussurra Sunny.

Bunty se inclina para a frente.

— Que você sabe o que significa ser implacável.

Sunny fica com os olhos marejados, quase chora.

Satisfeito, Bunty se recosta na poltrona.

— Por que você não prepara um drinque?

Sunny faz que não.

— Eu estou bem.

O pai estuda sua expressão triste, os olhos baixos.

A cocaína está perdendo o efeito.

Está sendo engolido pelo vazio crescente.

— Onde ele está? — pergunta Sunny.

— Ele quem?

— Gautam.

— Ele está longe agora.

— O que vai acontecer com ele?

— Vai se tornar útil.

Sunny não tem coragem de perguntar.

No entanto, precisa fazê-lo.

— O que ele disse?

Bunty finge ignorância.

— Sobre o quê?

Sobre o quê? Sobre como eu fui idiota, me expondo para ele, um mero joguete com o qual ele se divertiu.

— Sobre ontem à noite.

Bunty sorri.

— Isso importa? Você não acha que, de todo modo, eu já sei de tudo? Seus planos com ele. Seus planos com a garota. Você acha que eu não sabia?

Então é isso. O pai sabia de tudo. Ficou observando silenciosamente, esperando que Sunny se arruinasse. Esperando, esperando, até...

— Mas você deixou tudo isso para trás — diz Bunty e se levanta. Aproxima-se de Sunny, que ergue os olhos enquanto ele fala.

— Sempre me preocupei com você. Achei que não tinha estofo para ser meu filho. Mas você destruiu tudo que lhe era caro em um piscar de olhos.

Leva a mão grande até o rosto de Sunny, segura sua bochecha.

— Você se saiu bem, filho.

Lágrimas brotam e caem. Depois, de maneira igualmente repentina, Bunty vai embora, caminhando pela mansão.

— Você não perguntou pela garota — diz ele, alegremente. — Ela também não perguntou por você.

Bunty faz uma pausa junto às portas corrediças.

— Você vai ficar aqui na fazenda por quatro noites. Para o resto do mundo, você está em Cingapura.

— Sim, papai.
— Eli vai ficar de olho em você aqui.
— Sim, papai.
— E, quando você voltar para casa, vamos começar a trabalhar.

4.

Sunny voltou para a mansão na cidade no quinto dia, levado por Eli. De volta à sua cobertura, ainda praticamente vazia depois de ter sido destruída, ele entrou e ficou feliz por todas as lembranças terem desaparecido. Agora ele estava com o pai. Comia com o pai, sentava-se com o pai, ouvia as ligações do pai à noite na grande sala de jantar revestida de painéis de mogno, só os dois.

Sunny contou a si mesmo uma história. Havia interpretado diferentes papéis a vida toda, testado personagens, como fazem todos os jovens. Vendo quem poderia ser. Vendo qual se encaixava melhor. Por um tempo, gostou de construir uma cena, projetando-se, de certa maneira, como um filantropo de vanguarda, um patrono das artes, um homem bom com um código moral. À sua volta, florescia um culto à sua personalidade, algo que lhe dava muito prazer. Ele apreciava e, ao mesmo tempo, almejava a atenção, a importância que um pequeno grupo lhe dava, um substituto para o que ele realmente precisava. E retribuía esbanjando generosidade.

E, quanto mais exercitava essa incrível generosidade, mais sentia o desejo de corromper crescendo dentro de si. Era algo que ele havia percebido diversas vezes. Presenteava os amigos com vinho, uísque, champanhe, refeições de cinco estrelas. Dizia que tudo era grátis, tudo era por conta dele, eles não precisavam se preocupar com aquela coisinha ridícula chamada dinheiro, que continuaria a brotar do seu corpo, da sua carteira, do seu cartão, do seu pai. Sunny observava o prazer deles, especialmente daqueles que não eram acostumados à riqueza, que tinham que contar rupias. Em cima deles, despejava luxo e prazer. Era inevitável que a tolerância e o patamar deles aumentassem. Que eles parassem lentamente de expressar prazer, culpa e alegria em relação ao que provinha de Sunny. Que passassem lentamente a esperar tudo. Era quando Sunny acabava com a festa.

Agora, quando aqueles velhos amigos o procuravam, nas semanas e nos meses seguintes, enquanto Gautam se desintoxicava nos Alpes, enquanto Neda sumia em Londres, enquanto Ajay se tornava apenas um nome juntando poeira, enquanto o acidente era esquecido, jamais citado, jamais mencionado, jamais sequer registrado, enquanto toda a tensão do último ano ia esvanecendo, ele observava com um prazer entorpecido aqueles parasitas devorarem tudo à sua volta sem pensar duas vezes, e aqueles que ele havia rejeitado de maneira cruel e arbitrária apareciam novamente como se nada tivesse acontecido, e farreavam sem questionar, consumiam sem pestanejar, tiravam tudo dele. Agora, porém, ele sucumbia ao desejo íntimo de vê-los sofrer, de vê-los cair nas garras dos próprios vícios. Observava aqueles falsos amigos, os desprezava, e ficava secretamente feliz porque os estava corrompendo. Dava, dava, dava, sabendo que, quando mais precisassem, ele tiraria tudo.

Em um mundo globalizado entregue ao consumo solitário, os desejos de Sunny encontraram expressão na anonimidade das vias expressas e das suítes de hotéis de luxo, prazer em sua facilidade ágil, libertação em sua navegação sem atrito. Ele só precisava sacar o cartão, dar instruções ao motorista, recostar-se e fechar os olhos, deixar que o brilho azulado do futuro o envolvesse. O carro faria o resto, o cartão faria o resto, o motorista faria o resto. Ele detestava contato com pessoas, poeira, barulho, derrota, tristeza. Sonhava em acordar em uma cidade do futuro, desabitada, cheia de passarelas elevadas, trilhas para lugar algum nas quais ninguém caminhava.

Quando o pai o convocou, disse que ele seria recompensado. Agora Sunny construiria. Não em Déli. Déli estava morta para ele. Construiria do outro lado da fronteira de Uttar Pradesh. Lá havia terra, terra dada para eles, terra que Ram Singh havia adquirido, que Dinesh Singh supervisionaria, esse era o trato. Era uma tela em branco sobre a qual Sunny finalmente construiria seus sonhos.

AJAY IV

Penitenciária de Tihar

1.

Era uma lição para ele. A foto da irmã. Você nunca está confortável. Nunca está feliz. Achar que tem poder, que está no controle, é um erro. Nunca mais cometa esse erro. Ele não larga a foto do bordel, fica na sua mão o dia todo, a noite toda, uma faca de dois gumes, uma moeda de duas faces, que é o preço da vida. Obediência e escravidão. Ele não consegue reunir forças e olhar para o rosto dela. Não tolera as palavras no verso. Mas não a solta. Atormenta a si mesmo o dia todo. Simplesmente a segura, desvia os olhos. Um ato de tortura, de austeridade. Sua irmã. Ele quer vê-la novamente. Não a julgaria. Ele a salvaria. À noite, antes de dormir, permite que os olhos pousem na imagem.

É possível se retirar? Desaparecer? Ser apagado? É possível fazer isso sem fazer nada? Ou temos que fazer a escolha? Temos que dar o passo drástico? Pronto, esse é o pensamento que o persegue, que fica no encalço dele a vida toda. Ele, Ajay, pode morrer. Ele pode simplesmente morrer. Seria rápido. Só levaria um instante, e toda a dor acabaria.

A ideia, atraída para a luz, se torna sua amiga. Ele cuida dela com carinho. Onde? Quando? Um caco de vidro de garrafa nos pulsos. Um lençol em volta do pescoço no chuveiro. Ou uma overdose de Mandrax. Mas ele precisa fazer direito. Não pode escorregar, perder a coragem, ser descoberto e salvo. Se for feito, tem que ser até o fim. A morte seria um alívio para ele. Justiça, talvez, por tudo que fez. Pelos homens que matou e por aqueles que viu mortos à beira da estrada, que, embora não tenham morrido por culpa de Ajay, ele traiu. Pensamento estranho... Agora esses pensamentos correm soltos em sua mente, outros também. Opções que ele nunca achou que tivesse. Dizer não a Sunny — esse é o primeiro pensamento que ele nutre. Sunny o manda entrar no carro, beber o uísque. E ele, Ajay, diz não. Esse simples pensamento é extasiante. Ele diz não. Ele diz: não. É como uma pessoa cega sonhando que enxerga. Uma pessoa surda sonhando que pode ouvir. Uma pessoa muda sonhando que pode falar. Tudo se torna berrante, colorido. Não.

    Por que você não entra no carro?

Ele vê a própria vida de trás para a frente.
    A cada vez, dizendo não.
    Não, ele não vai perseguir Gautam.
    Não, ele não vai dar um tiro para o alto.
    Não, ele não vai decidir matar os irmãos Singh.
    Não, ele não vai tentar encontrar sua casa.
    Não, ele não vai para Déli trabalhar para Sunny Wadia.
    Não, ele não vai entrar naquela caminhonete.
    Não, ele não vai deixar a cabra desamarrada.

Ele está lá outra vez, oito anos de idade, com Hema. Ele deveria estar amarrando a cabra. Deveria estar amarrando a corda. Ele não amarra a corda. A cabra fica solta. Ele a vê ir embora. É isso que ele percebe. Ele a vê ir embora, e ela come o espinafre do campo do vizinho. Hema, onde ela está? Ela vê e vem correndo. Não o repreende. Corre direto para a cabra. Puxa-a para longe, mas a cabra não quer ir. Ele observa. Tenta vê-la na mente. No entanto, tudo que vê, agora, é a mulher da foto.

E ele está aqui outra vez, sim, com o mesmo problema intratável. Quanto tempo pode esperar? Quanto tempo antes que a próxima foto chegue? A irmã deitada naquela mesma cama de bordel, de olhos sempre abertos, o sangue das feridas abertas formando poças nos lençóis. Tudo se resume a isso. A irmã precisa viver. Ela é a última parte dele que é real, a última parte que é verdadeira. Todo o resto lhe foi tirado. O pai está morto, a mãe é outra pessoa, a irmãzinha é alguém que ele nunca conheceu. Mas Hema, não, ela é parte dele. Ela não pode morrer. Ele não pode morrer. Ele precisa matar Karan e salvá-la.

2.

Parece ser seu destino inevitável.
    O preço por Prem foi estabelecido.
    Karan vai pagar cinquenta mil rupias.
    A entrega deverá acontecer no dia seguinte.
    Essa é a sua chance.
    Só que Sikandar quer fazer a entrega ele mesmo.

Ajay se aproxima de Sikandar, pede para falar com ele.
    Prem observa, cauteloso.
    — Fala — diz Sikandar.
    Ajay sussurra algo no ouvido do homem.
    Longo. Sério.
    Fala por um tempo.
    Depois, Sikandar explode em uma gargalhada.
    Dá um tapinha nas costas de Ajay.
    — Ele vai levar você — diz Sikandar.

Naquela noite, enquanto Sikandar ronca, Prem está acordado.
    — O que você disse para ele?
    — Nada.
    — Por que você vai me levar?
    — Estou tentando proteger você — diz Ajay.
    — Não preciso de você. Karan vai tomar conta de mim.
    Os ventiladores fazem barulho.
    — Ele me ama.
    O tempo passa, carregado de palavras não ditas.
    A voz de Prem, uma ínfima embarcação de tristeza em um vasto oceano de dor.
    — Quem é ela? A garota.
    Ajay sente o coração bater na garganta.
    — A garota da foto — diz Prem.

— Minha irmã — responde Ajay.
— Sua irmã? — repete Prem, surpreso. — Eu pensei que...
Mas se cala.
Não resta nada a ser dito.

A manhã nasce. Nada mais a dizer.
Sikandar está esperando ao lado da porta da cela.
Assente para Prem e estica a mão.
Como se eles tivessem se encontrado uma ou duas vezes e feito negócios juntos.
— Comporte-se — diz ele, depois dá um tapinha no ombro de Ajay e ri enquanto o empurra porta afora. — Não deixe de pegar o dinheiro antes.

Seguem pelo corredor.
Ajay com uma lâmina embaixo da língua.
E Prem parecendo a esperança, o amor em pessoa.
— Obrigado — diz Prem.

A entrega está acontecendo em um dos blocos de banheiros, longe dos olhos de todos.
Karan tem um homem consigo.
Ajay faz que não com a cabeça.
— Só nós.

O capanga revista Ajay procurando armas.
Nada.
Então Prem, Ajay e Karan entram em um dos compartimentos com chuveiros.
O dinheiro está em um saco de juta.
Ajay o conta primeiro.
Empurra Prem na direção de Karan ao terminar.
Prem não olha para Ajay.
Observa o rosto de Karan enquanto ele pega sua mão.
Abraça sua cintura.

— *Agora deixa a gente em paz* — *diz Karan.*
O que Ajay está sentindo?
Ciúme.
Uma solidão toda sua.
A coragem vacilando.
Ele deveria agir.
Entretanto, naquele momento, não consegue.

Do lado de fora, Ajay e o homem de Karan se olham, assentem. Mas, assim que passa por ele, Ajay solta o saco de juta, se vira e pega-o pelo pescoço com uma chave de braço. Enquanto o homem reage, Ajay o derruba, o arrasta para uma latrina e o põe para dormir.
Despe-se rapidamente e fica só de cueca.
Tira as sandálias.
Volta de fininho até os chuveiros.

Karan está de costas para a porta, nu da cintura para baixo. Prem está em cima da pia, de frente para ele, as pernas abertas, enganchadas em volta da sua cintura. Karan está dentro dele. Ajay está com a lâmina em uma das mãos.
Aproxima-se descalço, tentando acalmar o próprio coração.
Prem está de olhos fechados de alegria, recebendo Karan em seu corpo.
Abre os olhos.
Vê Ajay.
Lâmina na mão.
Ajay põe o dedo na frente dos lábios.
Em que mundo ele achou que Prem reagiria de outra maneira que não fosse gritando?
O corpo de Karan se retesa.
Depois ele entende o olhar de Prem.
Mas, antes que Karan possa reagir, Ajay dá o bote.
Agarra o cabelo de Karan e o puxa para trás, corta o homem selvagemente com a lâmina. Sangue começa a espirrar da garganta, mas as artérias são profundas demais. Karan está reagindo, tentando se proteger enquanto Prem se debate, grita e chora embaixo dele. Ajay segura a cabeça de Karan na dobra

do cotovelo, aperta-a enquanto penetra a lâmina cada vez mais fundo, sangue brotando e jorrando àquela altura. Karan, gorgolejando, cai, e Ajay cai junto.

— O que você fez? — grita Prem.

Karan está se contorcendo embaixo de Ajay, a vida sendo drenada do seu corpo, a lâmina alojada na garganta.

— O que você fez comigo?

Prem cai no chão, abraça Karan, beija-lhe o rosto, tenta estancar o sangramento com a palma das mãos.

Mas Karan se foi.

— Por quê?

Ajay não diz mais nada.

Prem está tremendo, o rosto contorcido.

Ajay abre a boca para falar.

Prem, contudo, não lhe dá chance.

Faz a única coisa que acha que pode fazer.

A única coisa que lhe resta.

Retira a lâmina da garganta de Karan e a enfia em si mesmo, no pulso esquerdo. Corta-o. Faz a mesma coisa com o direito.

Deita-se ao lado de Karan.

Fixa os olhos nos de Ajay.

Ajay olha para baixo e vira as costas.

Sai andando.

LUCKNOW, 2006

DINESH E SUNNY

— Então? — pergunta ele.

— Então o quê? — retruca Sunny.

— Você conseguiu o que queria...

Estão sentados em uma sala privativa do restaurante do hotel de cinco estrelas, Sunny e Dinesh Singh, o som abafado pelo ar-condicionado, olhando pelo espelho falso para a elite de Lucknow que desfruta a vida.

— Mas está feliz?

Sunny faz uma careta, como se tivesse engolido algo ruim.

— O quê?

— É uma pergunta bastante simples — diz Dinesh. — Você está feliz?

— Agora? — pergunta Sunny, e encosta os lábios no uísque. — A conversa está meio pobre.

Dinesh sorri.

— Você entendeu o que eu quis dizer.

— E você é quem? — indaga Sunny depois de uma longa pausa. — Meu terapeuta?

— Você tem um? — devolve Dinesh. — Você *quer* um?

— Cruzes.

— De qualquer maneira, a pergunta procede.

Sunny olha para a frente, tritura o gelo, faz sinal para o garçom trazer mais um.

Dinesh repete o gesto enquanto Sunny acende um cigarro.

Confirma o pedido de Sunny.

Como um bom anfitrião.

Afinal, estão em Lucknow. Território de Dinesh.

Além disso, já aconteceram problemas. No passado, Sunny, embriagado, causou confusão, às vezes alegre, às vezes irado, antes de apagar.

A certa altura, Dinesh talvez tenha que tomar uma decisão: cancelar os drinques de Sunny Wadia.

Quando for a hora, ele vai tomar essa providência.

Em relação à pergunta: Sunny Wadia está feliz?

Deve arquivar isso em *Quem Diabos Sabe Isso?*.

Se Sunny não está subindo, está em queda. Sempre passando bruscamente de uma posição para outra, evitando o horror de um equilíbrio capaz de revelar o rosto dele no espelho.

Aos vinte e poucos anos, já começando a parecer velho. Gordo e velho. Sustentado por resquícios de sofrimento, energia sombria e ternos caros. É incrível como ele está se entregando.

Sunny vira a cabeça.

Ainda consegue fazer uma expressão que diz:

Tenho mesmo que ficar aqui sentado? Ouvir isso de você?

E o rosto de Dinesh está dizendo:

Tem, sim.

Àquela altura, já desenvolveram um pouco de telepatia.

— Relaxa, só estou sacaneando você — diz Dinesh.

Sunny foi até Lucknow para finalizar a compra das terras. O negócio tinha sido concluído naquele dia. As terras em Greater Noida seriam inteiramente deles. Os fazendeiros iam vender tudo. A tal Megacidade criaria raízes.

Os detalhes já haviam sido acertados pelos pais dos dois. Sunny só tinha que assinar os papéis. Dinesh precisava estar presente para facilitar. Não tinha que fazer nada excepcional.

Dinesh, entretanto, também tem os próprios planos. Nos últimos anos, ele havia crescido de várias maneiras. Tornara-se um jovem notável. Um futuro líder ambicioso e eficiente.

Antes, ele só interpretava esse papel.

Estava, de várias maneiras, imitando Sunny Wadia. A verdade é que Dinesh era um pouco bronco. Um pouco "interiorano". Sunny sempre foi o mais estiloso, o mais sofisticado. Depois Sunny estagnou e Dinesh se aprimorou. Viajou muito. Foi a seminários, museus, galerias, leilões, desfiles de moda, óperas. Fez amizade com escritores e pensadores, e os encheu de perguntas sobre assuntos que desconhecia. Seu inglês ganhou nuances. Ele aprendeu a se expressar coloquialmente, modulando a oratória com jocosidade, ironia, alegria. Antigamente as pessoas riam pelas costas dele, o achavam "esforçado". Não riem mais. Para refletir toda essa transformação, ele também aprimorou o estilo. Ainda veste *kurtas*, mas as valoriza com echarpes elegantes, broches preciosos, alfinetes e lenços de lapela. Ostenta óculos de grife feitos sob medida, um aspecto aprovado e elogiado pelo dr. Ambedkar.

Sim, ele é alinhado.

É bem-apessoado.

Isso está nítido.

Agora, ao lado de Sunny, sem dúvida está nítido.

— Mas não vou deixar passar — afirma Dinesh. — Quero saber o que está se passando na sua cabeça.

É a manhã seguinte.

Nuvens de monção carregam o ar.

Eles estão na Pajero 4x4 de Dinesh.

Sunny está fumando um cigarro, olhando para a estrada à frente, pegajoso na camisa branca cara, os joelhos levantados, os pés no painel, uma das mãos na barriga. Em intensa negociação com a própria ressaca.

Na noite anterior, ele ficou sentado obstinadamente no compartimento privativo do restaurante. O séquito de Dinesh se juntou a eles, falou de boatos, política, justiça social, táticas eleitorais, hip-hop e, por fim, "das vadias", enquanto Sunny ficava encolhido em sua tristeza. O bar do hotel tornava-se cada vez mais movimentado fora daquele pedaço isolado, e Sunny, cada vez mais retraído.

No salão principal, outro homem bêbado começou a tocar piano mal, agredindo as teclas no que só podia ser chamado de um ato de provocação. *Free jazz*, brincou Dinesh.

Quando uma jovem meio embriagada reclamou de maneira insolente, o homem puxou um revólver para ela e agitou-o para a multidão. Em um piscar de olhos, Dinesh se levantou e foi acalmar os ânimos.

Dinesh, o Pacificador.

Ele desarmou o cara na frente de todos, abraçou-o pelo ombro e o levou até a saída, ouvindo suas lamúrias, entregando a arma para o segurança, tudo testemunhado por um grupo de jornalistas da cidade que estava enchendo a cara no canto.

Sunny aproveitou o incidente com o revólver como desculpa para escapulir. Subiu de fininho para a suíte sem se despedir e abriu a garrafa de uísque que havia mandado Eli comprar. Bebeu uns dois terços antes de apagar.

Acordou com os próprios gritos às quatro e meia da manhã.

Um pesadelo. Alguém o empurrava para um lugar ao qual ele não queria ir.

Na verdade, enquanto dormia de bruços, Sunny tentava separar as mãos entrelaçadas com força sobre a cabeça. Sentou-se na beirada da cama tentando recobrar a memória, afastar o medo. Serviu-se de um copo grande de uísque, virou tudo de uma vez, acendeu um cigarro, fumou metade, serviu-se de mais uísque, virou essa dose também, foi para a cama e se concentrou no zumbido do ar-condicionado.

— Não tem nada acontecendo comigo. Nada.

A manhã se torna resplandecente com o sol entre as nuvens torrando a terra, fazendo a pele de Sunny coçar, transformando as poças na estrada em espelhos ofensivos.

Dinesh o analisa de cima a baixo, duvidoso.

— Ok, né? Quer dizer, você está péssimo.

— Claro, você me arrancou da cama.

Eles estão a uma hora de distância de Lucknow.

Na zona rural. Os campos verdejantes, as bicicletas, o búfalo. O ar vivificante da monção entrando pelas janelas — como uma corrente marinha — sobre aquela terra luxuriante e generosa.

Dinesh está com roupas informais, calça chino APC azul-marinho, camisa polo de lã vermelha Loro Piana e mocassins de camurça Loro Piana.

Ele está dizendo algo.

— O quê?

Dinesh balança a cabeça.

— Você pelo menos sabe quem você é?

Eles haviam ligado para o quarto de Sunny às sete horas.

O telefone tocou várias vezes até ele despertar.

Recepção na linha. Depois passam o telefone para Dinesh.

Ele foi esperto o suficiente para não ligar para o celular de Sunny.

— Ei, irmão, preciso que dê um pulo aqui embaixo. Quero mostrar uma coisa para você.

— Quanto tempo isso vai levar?

Sunny não esperava ir para o campo. Viajar de carro sozinho, sem guardas, sem seguranças, sem um motorista? Em Uttar Pradesh?

Seu pai não aprovaria.

Há uma ameaça real e contínua de sequestro, foi o que lhe inculcaram.

Sunny joga fora o cigarro. Acende outro quase imediatamente.

— Ah, por quê? — questiona Dinesh. — Existe algo que você precisa ser?

Sunny escorrega ainda mais para baixo no banco, fecha totalmente os olhos e se concentra no cigarro entre os dedos e nos lábios. O cigarro totalmente real e tangível, a fumaça que entra e sai dos pulmões. Ele está dormindo?

— Gosto de dar umas fugidas — diz Dinesh. — Ir a vilarejos e cidadezinhas. Saber como está a vida do homem comum. Você deveria experimentar. Talvez aprenda algo.

O motor parou. O clima está temperamental, carregado de monção.

Eles estão em uma viela de uma cidadezinha mercante pobre. A opressão das buzinas e dos corpos que passam. O fedor. Como eles...?

— Você estava apagado — diz Dinesh. — Mas parecia um anjo. Então pensei: vou deixar ele dormir.

Sunny se senta direito. Ainda vulnerável. Momentaneamente senil.

Ele olha para os dedos.

— O que aconteceu com o meu...?

— Eu tirei da sua mão, cara. Você estava prestes a se queimar. Vamos.

Dinesh desce do carro, animado, pronto para o mundo.

Pegam uma mesa em um *dhaba* simples que dá para a rua principal, silenciosamente movimentado, cadeiras de plástico vermelhas, toalha de mesa manchada, garçons diligentes e carrancudos. Um deles se aproxima e Dinesh pede um prato de *parathas*, dois *nimbu panis*.

Eles parecem duas pessoas da cidade grande a caminho de outro lugar.

— É engraçado, estou sem uniforme, então ninguém me reconhece. Percebi que todo mundo me conhece pelas *kurtas*. Se eu aparecesse ao lado do meu pai, tudo bem! Aí eles saberiam quem eu sou. Todos reconhecem a figura dele. Meu pai e seu famoso bigode. O segundo homem mais famoso deste estado. Você poderia desenhar aquele bigode em um bonequinho sem olhos, orelhas ou nariz, e juro que os eleitores saberiam de quem se trata. Eu dizia a ele: "Você deveria pôr esse bigode na urna eleitoral." Uma vez, quando era criança, eu o vi sem bigode. Não me lembro por quê. Um dia, ele apareceu lá em casa sem bigode. Comecei a chorar sem parar. Não o reconheci de jeito nenhum!

Sunny não diz nada.

— Mas sabe o que me interessa de verdade?

Ainda nada.

Dinesh bate com o dedo na mesa.

— O homem mais famoso.

Sunny abaixa os óculos escuros e olha para ele atentamente.

— Aposto o que você quiser — diz Dinesh — que ninguém aqui sabe como ele é. No entanto... — Ele pressiona a ponta do dedo até que fique branca. — No entanto, se eu me levantasse e gritasse o nome dele, o que você acha que aconteceria? Devo experimentar? Quer ver o que acontece quando grito o nome do seu pai?

Sunny olha para ele com cara de ódio.

O garçom chega com as *parathas* e as bebidas.

— Quanto mais cedo você me disser o que quer... — diz Sunny.

Dinesh se inclina para a frente e apoia os dois cotovelos na mesa. Rasga suavemente um pequeno triângulo de *paratha* e o põe na boca. Come com gestos mínimos, controlados.

— O que eu realmente quero, *de verdade* — diz ele —, é saber o que diabos está acontecendo com você.

Sunny esfrega o rosto, ficando mais agitado.

— E eu continuo a repetir.

— Então repita mais uma vez.

— Não tem *nada*. Não está acontecendo nada.

Uma longa pausa. Uma pequena concessão.

— O que você acha que está acontecendo? — pergunta Sunny.

Dinesh assente uma vez, com firmeza.

— Acho que você está deprimido, cara. É sério.

— Ah, não fode.

— E quer saber? — prossegue Dinesh. — Essa merda me afeta. Não só na nossa relação de negócios. Quer dizer, me afeta aqui — diz ele, batendo com a mão no coração. — Bem aqui. Me dói te ver desse jeito. Talvez você não saiba, mas eu te admirava. Prestava a maior atenção em tudo que você dizia, cara. Você *sabia* das coisas. Estou falando dos bons tempos em Déli. Eu estava preso aqui, sonhando, aprendendo o meu ofício, e você estava em Déli feito um... feito um meteoro rasgando o céu.

— Me poupe.

— Não, cara. Conversar com você era como viajar pelo mundo. Mas olha só como você está agora. Está parecendo... Francamente, nem sei dizer com o que está se parecendo. *Olha só para você.* Sua aparência está péssima, Sunny. Sim, é verdade, não adianta me olhar desse jeito. Em vez disso, olha para essa barriga aí. Faz alguma coisa, cara. Porque você está péssimo mesmo. Tem gente que engorda porque ama a vida. Você sabe. Elas comem, bebem e são felizes. Mas você? Não é o caso.

Dinesh agita o indicador e cruza as pernas.

— Você não ama mais nada. Está infeliz. É isso. Você está *deprimido*. E não pode continuar assim. Escuta — diz Dinesh, abaixando a voz para um sussurro em meio à balbúrdia da manhã, encarando o que ele sabe que são os olhos de Sunny por trás da lente preta dos óculos escuros. — Escuta, eu *sei* o que é. Eu sei o que aconteceu. Aquela noite, aquele lance com Rathore. Não é um grande segredo.

Ele observa Sunny cerrar a mandíbula.

— Essas coisas corroem a gente.

Sunny balança a cabeça e olha na direção da rua, para o nada.

— Você não sabe de porra nenhuma.

No entanto, Dinesh tem faro.

— É a garota, não é?

— Que garota?

— Que garota!

Dinesh dá uma risadinha de falsa surpresa e une as mãos.

— Você estava apaixonado por ela.

Sunny solta uma risada anasalada.

— Você é um imbecil.

— Como é mesmo o nome dela?

Sunny não diz nada.

— Neda — diz Dinesh. — Esse é o nome dela.

Ele observa Sunny, esperando por uma reação.

— Ah, sim, aquela vagabunda — comenta Sunny, como se estivesse se lembrando de uma conhecida esquecida havia muito tempo. — Foi só uma foda ruim. Nada mais. Dispensei.

— Certo — fala Dinesh.

Ele joga migalhas no chão e pega outro pedaço de *paratha*.

— Fico feliz por você ter esclarecido isso. Faz *muito* mais sentido do que a história que eu ouvi.

Dinesh está esperando que ele morda a isca.

Demora um tempo.

Mas acontece.

— O que você ouviu?

— Ah, não, esquece, não foi nada.

— Não fode, o que você ouviu?

— Você quer mesmo saber?

— Desembucha ou cala a boca.

— Seu pai mandou a garota para longe. Foi o que eu ouvi. Com, perdoe a expressão, uma oferta irrecusável. Muito generosa, financeiramente falando.

Sunny é um reflexo do vazio.

Dinesh empurra o prato para ele.

— Por que você não come uma *paratha*?

— Por que você não enfia sua *paratha* no cu?

O comentário faz Dinesh rir.

— Você se acha, não é? — solta Sunny.

Dinesh o ignora, pega o *nimbu pani*.

— Quando estava aprendendo sobre arte sozinho — diz —, achei que fosse o que as pessoas modernas faziam, pessoas como você. Estava estudando arte de forma autodidata, como quem vai riscando uma lista de compras. Mas achei fascinante. E descobri nos Antigos Mestres, nas galerias silenciosas e depois em certos fotógrafos algo que mais tarde viria a descobrir em mim. Empatia. No início, fiquei com medo. Guardava isso para as telas. Mas, depois, eu saía do hotel às vezes e ia caminhar. Fiz isso em Paris, nos arredores da Gare du Nord, vi os moradores de rua, os fracassados. Olhei para eles como se estivesse olhando para uma pintura, depois levei essa pintura para o mundo. Disse a mim mesmo: "Esses homens e mulheres, eles têm autonomia, são completos, consigo vê-los, entender sua dor."

— Que porra de devaneio é esse?

— Empatia, Sunny. Quando voltei daquela viagem, comecei a pensar. Sobre as coisas que dissemos no passado e o que realmente queríamos dizer, e sobre o que é realmente possível com o poder que temos. Você quer ouvir a minha conclusão?

— Tenho escolha?

— Eu escolho a moralidade no lugar da estética. Escolho a empatia. Essa é a minha conclusão. No momento atual, a moralidade deveria estar acima de tudo.

— O que é o "momento atual"?

— O momento dos nossos pais.

Dinesh se recosta, fica em silêncio.

A mente de Sunny está enevoada.

— Talvez eu a procure — diz Dinesh. — Da próxima vez que eu for a Londres. Sempre gostei dela. Fiquei sabendo que ela está bem. Com o apartamento que recebeu e o dinheiro... Mesmo assim deve ter sido difícil para ela enfrentar tudo sozinha.

— Não enche.

— O verdadeiro tolo — diz Dinesh —, aquele desdenhado ou arruinado pelos deuses, é o que não conhece a si mesmo.

— Que beleza! Citando Shakespeare para mim agora.

— Não é Shakespeare.

— E nós não estamos tendo esta conversa.

— Tudo bem — responde Dinesh, animado. — Vamos falar de outra coisa. Me conta o que você anda fazendo ultimamente. Vamos falar de arquitetura, coquetéis, relógios. Me fala das grandes cidades que você vai construir nas terras que meu pai deu para o seu.

— Vai se foder.

— Mas esse é o nosso momento, Sunny!

Sunny apenas olha para longe.

Do outro lado da rua, uma lojinha de bebidas alcoólicas está abrindo as portas.

Homens fazem fila na frente das grades de metal, agitando notas de rupias para a escuridão lá dentro, até que as notas vão sendo retiradas e substituídas por garrafinhas e saquinhos de plástico transparente com bebida.

A voz de Dinesh se torna dura, sem emoção.

— Você não está gostando de nada disso, né? Fala para mim. Qual foi a última vez que você gostou de alguma coisa?

— Não enche.

— Diz para mim, o cara que eu conheci um dia, que queria mudar o mundo, ele ainda existe?

— Ele cresceu.

— O cara que queria melhorar as coisas.

— Eu nunca quis melhorar nada.

— Porque é algo que a gente pode realmente fazer. Você sabe disso, não sabe? Dinesh se anima e fala apaixonadamente.

— Você entende que está nas *nossas* mãos fazer algo bom, não cometer os mesmos erros deles. Fazer a coisa certa. Escuta o que estou dizendo. Olha para mim. Tira esses óculos. Olha para mim.

Sunny abaixa lentamente os óculos escuros.

Seus olhos estão injetados.

— Você nunca vai ser seu pai.

As palavras atingem Sunny de forma terrível. Partem o cérebro dele m dois.

— Você nunca vai ser seu pai, e isso é bom. É *bom*, ouviu? Eu nunca vou ser o meu e você nunca vai ser o seu. Mas podemos ser mais do que eles dois.

— O que você quer?

— Você sabe quantas pessoas existem neste estado? — pergunta Dinesh.

— Mais ou menos duzentos milhões. Se fôssemos um país, teríamos a quinta maior população do mundo. E é tudo nosso. *Tudo* nosso, você e eu devemos herdar tudo. Mas olha ao seu redor! Olha só. As pessoas são infelizes. Este estado é quase tão infeliz quanto você!

Dinesh faz uma pausa significativa e abaixa o tom de voz.

— Qual é o denominador comum? Nossos pais. Nós dois sabemos do pacto que nossos pais fizeram: o seu banca a subida do meu ao poder, depois o meu faz com que os dois sejam inimaginavelmente ricos. Esse é o trato. Esse era o sonho, certo?

— Se você diz...

— Mas se tornou um pesadelo. Por quê?

— Porque seu pai cresceu o olho.

— Não! Porque seu pai é implacável.

— Agora você está culpando meu pai por ganhar dinheiro demais?

— Estou culpando seu pai por tentar controlar o mundo. Ele quer tudo, todo o poder. Ele é um vampiro. Um gafanhoto. Consome tudo. Assistência médica, educação, infraestrutura, mineração, até a mídia. Tudo tem o dedo dele. Mas ele tira as coisas do povo.

— Ele não tira nada de ninguém.

— Não seja tão ingênuo. Os hospitais não têm remédios. Por quê? São roubados, vendidos no mercado clandestino. Para quem? Hospitais particulares? Quem rouba? Quem vende? Quem é o dono dos hospitais particulares? Você sabe quem. Está surgindo um padrão. Tudo que é público é desmontado, vendido, eliminado. Mas me diga uma coisa que existe em abundância? Bebidas alcoólicas. As bebidas alcoólicas do seu pai, da cana-de-açúcar que ele planta, das destilarias que ele tem, da distribuição que ele controla, das lojas que ele possui. Como aquela ali do outro lado da rua. Olha lá. Nem deveria estar aberta a esta hora da manhã, mas está. Com elas, as pessoas podem se esquecer de sua vida infeliz. É um círculo vicioso. Os pobres se ferram, e dá para ver na sua cara que você age como se não se importasse. E acho que não se importa mesmo. Então vou tentar explicar de outra maneira. Os pobres se ferram, mas os pobres também votam. Podemos tentar comprar os votos. Mais álcool, carne, dinheiro. Mais cedo ou mais tarde, porém, eles vão acabar enxotando a gente.

Sunny faz uma careta estranha, satisfeito consigo mesmo.

— Eu fui contra esse seu acordo das terras — prossegue Dinesh —, esse acordo para dar a você sua cidade fantástica. É bom que você saiba. Fui *totalmente* contra. É um suicídio político. É autoflagelo. Vai ser o nosso fim. Os fazendeiros não vão nos perdoar. Vão derrubar tudo. Quando chegarem as eleições, vai ser o nosso fim.

— Correção: vai ser o fim *de vocês*. Eles vão voltar e botar *vocês* para fora. Mas o próximo que entrar vai farejar o dinheiro, correr para o meu pai e entrar no jogo.

— Você acredita nisso, não é? — responde Dinesh. — Só que, mais cedo ou mais tarde, as pessoas vão eleger alguém que não pode ser comprado.

Sunny se levanta da mesa.

Acende um cigarro.

— Todo mundo pode ser comprado.

Ele enfia a mão no bolso e joga várias notas de cem rupias em cima da mesa.

Dinesh balança a cabeça.

— Você não conhece os monstros para os quais está abrindo a porta.

Sunny, porém, já está andando na rua.

Atravessando-a para ir à lojinha de bebidas alcoólicas.

Ele se vira, dá de ombros e abre um sorriso amargo que diz: *Eu. Não. Dou. A. Mínima.*

2007

DEVELOPMENT BEAT

Histórias de Terras Preciosas

DEAN H. SALDANHA | QUARTA-FEIRA, 7 DE FEVEREIRO DE 2007

A Aquisição Forçada serve a investidores privados à guisa de "interesse público", mas os fazendeiros de todas as castas em Greater Noida estão se reunindo para reagir

A viagem até o vilarejo de Maycha, no distrito de Gautam Buddh Nagar, em Uttar Pradesh Ocidental, chacoalha os rins. O caminho de terra cheio de buracos revela o desastroso nível de desenvolvimento dessa fértil zona agrícola, porém nem a estrada, nem o assentamento testemunharão a melhoria merecida: ambos estão situados na zona de captação da rodovia com oito pistas planejada para ligar Déli a Agra. Quando completada, essa "maravilha da modernidade" reduzirá o tempo de viagem entre a capital nacional e o Taj Mahal a pouco mais de duas horas. Paralelamente, o vilarejo de Maycha será destruído.

Os aldeões, de modo geral, haviam aceitado esse fato. Quando o governo de Ram Singh comprou Maycha e milhares de outros vilarejos agrícolas no fim do ano passado, valendo-se da controversa "Cláusula de Urgência" da Lei de Aquisição de Terras de 1894, aos fazendeiros afetados foi oferecida uma compensação no "valor de mercado", variando entre 250 e 400 rupias por metro quadrado, o que transformou muitos proprietários de terras em milionários da noite para o dia. Enquanto boatos em Nova Déli falavam das ligações desconfortavelmente próximas entre o governo de Ram Singh e a Wadia InfraTech Ltd. (a empresa privada por trás do contrato da rodovia), a oposição local era, na maior parte, leve, limitando-se a resmungar sobre o cálculo dos preços. Quando muito, os fazendeiros aceitavam de má vontade que um projeto tão moderno e prestigioso seria para o bem da Índia.

A situação, porém, explodiu durante uma rodada de aquisições apenas três meses mais tarde. Outros 400 vilarejos foram notificados, em certos casos, a até cinco quilômetros de distância da rodovia. Foi anunciado, então, que uma empresa chamada Shunya Futures começaria a construir a primeira "Tech City" do estado, um enorme projeto "baseado no modelo de Cingapura", repleto de condomínios residenciais "de elite", unidades comerciais e industriais, escolas, hospitais, reservas naturais e até um parque aquático. Investigações revelaram que o CEO da Shunya Futures era ninguém menos que Sunny Wadia, filho diletante do obscuro Bunty Wadia, chefe da Wadia InfraTech.

Logo surgiram raiva e agitação, com os fazendeiros recusando a compensação que havia sido oferecida, relativamente baixa se comparada com as receitas projetadas da Shunya Futures. Alguns até sugeriram que a rodovia era uma cortina de fumaça para beneficiar os compadres de Ram Singh.

Em posição de desvantagem — com manifestantes fechando estradas —, o governo tentou cortar os protestos pela raiz. No entanto, a caixa de Pandora já havia sido aberta; em resposta às táticas draconianas, em uma demonstração de solidariedade sem precedentes, fazendeiros de diferentes castas começaram a se organizar, com os *jat* e *thakkur*, proprietários de terras, unindo forças com os *gujjar*, criadores de gado, e com os pobres e não remunerados *jatav* e *dalits* que cultivam suas terras.

Segundo Manveet Singh, um dos líderes da agitação, "os fazendeiros não são radicalmente contra as aquisições. No passado, muitas coisas positivas já aconteceram. O problema é que esse projeto não beneficia o homem comum. Trabalhamos na terra há gerações, agora fomos enganados para abrir mão do nosso direito inato. Mas não desistiremos das nossas terras sem lutar".

Deve-se notar que esta não é a primeira vez que a família Wadia demonstrou ambições tão insensíveis. Há muitos anos, a visão proposta por Sunny Wadia em seu "Projeto de Reabilitação do Yamuna", em Déli, foi abertamente condenada antes de ser engavetada sem a menor cerimônia. Só o tempo dirá se os tão decantados sonhos "tecnoutópicos" do herdeiro dos Wadia poderão ser realizados na mais favorável Oligarquia Singh-Wadia em Uttar Pradesh.

DEVELOPMENT BEAT

Uma História de Dois Singh

DEAN H. SALDANHA | SEXTA-FEIRA, 8 DE JUNHO DE 2007

O projeto da Shunya Futures Megacity na Rodovia Expressa Yamuna foi objeto de feroz oposição nos últimos meses; o impasse parecia não ter solução, mas, de repente, um agente improvável resolveu intervir

O maciço protesto contra o polêmico projeto Shunya Futures Megacity tomou um rumo surpreendente. Enquanto as manifestações violentas não davam sinal de arrefecer, o filho do ministro-chefe de Uttar Pradesh, o vice-líder Dinesh Singh, entrou na arena.

Em uma reviravolta dramática, Singh chegou ao vilarejo de Chanyakpur ontem pela manhã com um séquito de jovens afiliados ao partido e membros da mídia simpatizante. Os manifestantes foram avisados de antemão da sua chegada, enquanto o famigerado criminoso local Shiny Batia garantia sua passagem. Uma vez no vilarejo, com as câmeras de TV em ação, Singh fez este discurso explosivo:

"Nós que estamos no poder não podemos mais tratar nossos concidadãos com desprezo. Não podemos mais nos enganar pensando que vocês não conseguem enxergar nossas más intenções. Vocês merecem mais. Não tenho problemas com o desenvolvimento, eu o defendo. Mas isto? Isto não é desenvolvimento. Isto é roubo. Se terras devem ser compradas, tudo deve ser feito de forma justa. As pessoas devem ser compensadas, não apenas financeiramente, mas com empregos, com dignidade, com um futuro. Não um futuro Shunya, mas um futuro de verdade, um futuro para pessoas. Vocês sabem o que Shunya significa? Nada. Significa vazio. Os sonhos venenosos e vazios de Bunty Wadia. Eles não podem continuar. Estou aqui em solidariedade aos homens que lavram esta terra e que estão sendo colocados de lado. Mando uma mensagem clara para o meu partido e para o meu pai: não se esqueçam de onde vocês vieram. Não se esqueçam das pessoas a quem vocês servem, das pessoas que deram poder a vocês. Elas também podem retirá-lo."

GREATER NOIDA

ELI

Sexta-feira, 8 de junho de 2007, 15h18

— Aquele filho da puta.

Eli olha para o rosto trêmulo de Sunny pelo retrovisor, luta com o grande volante do Bolero, conduzindo o patrão por terrenos baldios isolados, com seu maquinário abandonado, que agora é seu reino.

Mato despontando.

Templos negligenciados.

Cães sarnentos à toa embaixo das árvores.

A expressão turva no rosto.

A tez parecendo um caixão aberto.

— Ele passou do limite. Passou da porra do limite. Quem esse merda acha que é?

— Patrão. Patrão! Notou algo diferente em mim? — pergunta Eli.

Sunny acende um cigarro.

Suas mãos estão tremendo.

Ele pega uma garrafinha no bolso da calça e toma um gole de vodca.

— Você depilou os pentelhos.

— Muito engraçado. Não, isso eu fiz semana passada.

Sunny quase ri, toma outro gole de vodca e olha para a terra lá fora. Acalma-se um pouco.

— O que é? O que tem de diferente em você?

— Vou dar uma dica. Você viu *O Exterminador do Futuro 2*?

— O quê?

— *T2: O julgamento final*. Você viu?

— E eu lá sou o Osama bin Laden? Moro numa porra de caverna? Claro que vi.

— Então?

Eli sorri e toca os óculos de sol.

— Olha só! Viu? Recebi hoje de manhã. Persol Ratti 58230. Conta, cinco-oito-dois-três-zero. Muito raro. Difícil de achar. É o mesmo do filme.

Silêncio. Depois...

— Que filme?

Eli está prestes a explodir de exasperação.

Contém-se.

— Aaaah, muito engraçado, patrão. Que filme?

— Então — diz Sunny. — Quanto você pagou?

— Ah — responde Eli, balançando a cabeça. — Comprei em um leilão. Não se encontra em loja.

— Ok, mas quanto?

Eli suspira.

— Nem você pode pagar.

Aquilo faz Sunny rir de verdade.

Antes de o silêncio o engolir novamente.

Eles seguem em frente.

Mais arbustos.

— Você acha que é o Exterminador do Futuro? — pergunta Sunny.

Eli dá de ombros.

— Sou bem durão.

— Se você é o Exterminador do Futuro, quem sou eu?

— Fácil! Você é o garotinho.

— O garotinho que diz a você o que fazer.

— Isso! Eu sei disso. Este é o meu trabalho. Fazer o que você manda. Fazer você feliz. Você pede que eu fique de pé em uma perna só, eu faço. Atirar naquele babaca? Claro, por que não? Entrar de carro no território do seu inimigo? Poxa vida, é isso que a gente está fazendo agora. Quer que eu limpe a sua bunda? Quer que eu bata uma punheta para você?

— Vai se foder.

— Não! Obrigado! Esse é o meu limite.

Quilômetros de poeira e vazio.

Eli balança a cabeça.

Chupa os dentes.

— Patrão, aonde estamos indo? Porque uma coisa assim — diz ele, e bate na arma na cintura —, só com Eli e o sr. Jericho como companhia, é uma ideia de merda. Você não vê o que eu vejo.

— O que você vê?

— Armadilha.

Eles passam por um pequeno assentamento de lotes semiacabados.

Trabalhadores rurais acenderam fogueiras; varais estão esticados entre pedaços de pau.

— Preciso saber o que aquele filho da puta está fazendo.

— Então pega o celular e liga. Sério!

Sunny faz que não com a cabeça, abre a janela e joga o cigarro fora com um peteleco.

— O celular não é seguro.

— Isso aqui é que não é seguro, dirigir sozinho nesta merda sobre rodas — reclama Eli, e começa a mexer no som. — Nem tem Bluetooth!

— O carro é seu, seu merda.

— Eu sei — diz Eli. — O que eu uso para ir a lojas, comprar leite. — Ele desiste de mexer no som. — Não para participar de um tiroteio armado com uma faca. Eu devia ter trazido o Porsche Cayenne. Cayenne tem Bluetooth. Cayenne é à prova de bala.

— Porsche Cayenne é chamativo. Entende o que isso quer dizer?

— Sim, entendo o que quer dizer.

— Como se diz em hebraico?

— *Bolet*.

— Boleto?

— Não, babaca. Boleto, não, *bolet*.

Mais à frente, em um cruzamento deserto, um quiosque coberto por uma tenda. Um homem está do lado de fora.

Ele vê o carro se aproximando e estica, esperançoso, o braço cheio de folhetos.

Folhetos de empreendimentos imobiliários.

— Um dos seus?

— Não — responde Sunny, enojado.

— Quer, por acaso, que eu atropele ele?

— Na volta, talvez.

— Ha! Mas meto medo nele, não?

Eli acelera o Bolero no cruzamento, a carroceria metálica quadrada balançando na estrada, virando na direção do homem antes de finalmente desviar.

Sunny observa com prazer o pobre coitado se atirar para fora do caminho.

E quando a poeira baixa...

— Sério, patrão. Eu devia ter ligado para Papai. Tio Tinu. Contar para eles. Sunny está maluco.

Uma motocicleta sai de trás de um monte de terra em uma estrada paralela a dez metros de distância.

Dois homens em cima dela, a cabeça enrolada em tecido branco.

Ambos se viram a fim de olhar para o carro.

— Não olhe — diz Eli, a mão deslizando lentamente para a arma.

A moto, porém, se distancia ao entrar em outra trilha e segue para oeste.

E os dois estão sozinhos novamente.

Quilômetros de nada.

Vinte minutos depois, lá estão eles. O esconderijo de Dinesh, uma mansão nos arredores de um vilarejo agrícola, fortificada, protegida por homens leais a Dinesh.

Mais à frente, a estrada está bloqueada por tratores e homens portando rifles.

Eli desacelera.

— É, essa ideia é péssima.

Sunny pega um celular Nokia barato e disca um número.

— Estou aqui, filho da puta. É, um Bolero. Deixa a gente passar.

Desliga.

Eli desacelera e avança bem devagar, o bloqueio da estrada está a cem metros, os homens e suas armas estão ganhando forma. Depois, movimento, os tratores começam a recuar, abrindo caminho.

— Lá vamos nós — diz Sunny.

Eli prossegue ao longo da estrada de destroços até a mansão, uma trilha mais alta coberta de terra fresca, macia. E, de ambos os lados, hortaliças.

— Esse merda acha que é fazendeiro.

Quando eles chegam perto, o portão de metal se abre e surgem oito homens com rifles de assalto.

— Isso é ruim — diz Eli. — Muito ruim.

— Cala a boca.

E lá está Dinesh, saindo da mansão de *kurta* branca e óculos redondos, as mãos unidas atrás do corpo, uma expressão séria no rosto.

Eli para o Bolero.

Sunny abre a porta.

— Fique aqui — diz, e depois para, incerto. — É melhor que esse filho da puta tenha algo de bom a dizer.

Duas horas se passam

Eli está sentado sozinho em um estrado baixo sob uma cobertura de tecido branco, fumando seus Marlboros vermelhos, o cabelo comprido solto, as pernas cruzadas despreocupadamente, o pulso mole como o de um dândi enquanto o cigarro queima entre os dedos. No entanto, os olhos por trás do Persol Ratti 58230 são como tubarões observando os guardas que patrulham a entrada. Eles usam camisas brancas com o colarinho aberto e ternos pretos, óculos escuros estilo máscara, joias de ouro; estão vestidos para parecer seguranças do governo, mas não são. Portam rifles de assalto Type 56. Miras frontais totalmente embutidas. Nenhuma placa de montagem lateral. Provavelmente estoque da Guerra do Vietnã, ou compradas do Exército de Libertação Popular do Nepal.

Seja como for, Eli percebe que eles não sabem usá-los. Se for necessário, ele pode matar quatro com o seu Jericho antes que disparem um único tiro. Ele imagina a cena: dois morreriam antes mesmo de saber o que estava acontecendo e os outros dois teriam a sorte de vê-lo disparar. E depois? Depois tudo dependeria da sorte, da habilidade e do destino. Ele se permite um sorrisinho amarelo. Mas quantos outros estão lá dentro? E o que fazer com Sunny?

Além das fronteiras da objetividade profissional, Eli vacila entre pena e desdém quando pensa no patrão. Mesmo com mil e oitocentos motivos em dólares para ficar — transferidos para uma conta em Zurique —, ele começou a repensar seu emprego. Ser a sombra de Sunny Wadia tem algo que destrói a alma. Seu rottweiler. Seu bobo da corte. Sua babá. Eli quase sente saudade dos bons e velhos tempos de juventude, quando tudo que precisava fazer era atirar e ficar vivo. Tinha visto muita merda nos últimos anos a serviço dos Wadia. Mais do que ele esperava quando aceitou o trabalho.

Tudo começou muito bem.

"Organizar reservas e horários para uma rica família de Nova Déli", dizia o anúncio. Uma monotonia bem paga, com todas as regalias. Nos dias de folga, Eli passeava pelos shoppings vestindo camisas floridas de colarinho grande, os cachos espalhados sobre os ombros, as pernas de pantera dando passos largos, sorrindo para as garotas.

Depois foi escolhido — devido ao tom da pele, ele apostava — para ensinar alguns serviçais selecionados a atirar, a lutar, a reagir de maneira eficaz em uma situação tática. Ficava de boca fechada (de todo modo, seu hindi era quase inexistente) e executava. Havia certo orgulho em garantir que aqueles garotos não explodissem os próprios rostos ao carregar a própria arma.

Depois veio Ajay.

Obediente, diligente, um fogo oculto ardendo dentro dele.

Ele treinou Ajay para ser o guarda-costas de Sunny, para lutar *krav maga*, jiu-jítsu brasileiro, ou pelo menos para conhecer o básico. Também o treinou especificamente para usar armas de fogo. Tornaram-se próximos, Eli sentiu orgulho de vê-lo desabrochar. Sunny era apenas o babaca que ficava lá em cima. Ele se lembra de uma vez que Sunny também decidiu aprender *krav maga*, entrou de penetra em algumas aulas de Ajay de braços dados com uma modelo lesada e usou Ajay como saco de pancadas humano, Ajay nunca reagindo, nunca encostando um dedo no patrão, só agachando-se como um cachorro com o rabo entre as pernas, recebendo as lambidas. Eli queria que Ajay tivesse revidado apenas uma vez, para tirar aquele sorriso de santinho da cara de Sunny. Queria ver Sunny sentindo dor.

Depois queria vê-lo morto. Foi na manhã seguinte após ele ter sido chamado à casa daquele advogado e levado Sunny para a fazenda, mesmo sem fazer ideia do que estava acontecendo.

Só ao ligar a TV na mansão, enquanto Sunny dormia, é que ficou sabendo. Quando viu o rosto de Ajay projetado na tela, as mãos dele algemadas enquanto era levado por policiais. Eli entendeu o suficiente para saber que Ajay havia sido oferecido como boi de piranha. Com ódio, desligou a TV e entrou sorrateiramente no quarto enquanto Sunny dormia seu sono de sedativos. Ele poderia ter feito qualquer coisa naquele breve momento. Colocado um travesseiro em cima do rosto do patrão e pressionado. Mas não, não. Ele era um profissional. Dava valor à própria vida. Saiu do quarto, jogou cartas e esperou ordens. Às onze horas, uma nova diretriz: ir com o advogado até o Rajastão. No SUV, disseram para ele: pode descontar sua raiva em Gautam Rathore.

Incrível como esses filhos da puta leem a mente das pessoas.

A carreira de Eli seguiu a trajetória geralmente reservada a uma bomba guiada a laser. Sua tarefa era proteger Sunny o tempo todo. Vigia, babá, protetor, espião, qualquer coisa. Certamente acabaria levando a pior. Ao menos não precisava usar gravata-borboleta e preparar drinques. E por que ele? Não tinha certeza. Achava que era porque estava sozinho com Sunny na ribanceira escura daquela noite fatídica. Ele já havia visto o pior (ou pelo menos era o que achava), e eles haviam criado um vínculo de áraque e sangue. No início daquela missão, foi concedida a Eli sua única audiência com Deus em pessoa.

Bunty Wadia, perambulando pela sauna com aquele seu jeito tortuoso e melífluo, disse:

— Sunny só precisa ser protegido de si mesmo.

— Só isso? — perguntou Eli, impassível.

— E, se alguma vez ele falar da tal garota, Neda...

Eli terminou a frase na mente.

Estava entendido.

E é claro que, no fundo, ele ainda estava com raiva de Sunny, mas aquele desejo de matá-lo rapidamente desapareceu. Quer dizer, Sunny era *tão* infeliz, tão patético, tão perdido. Então, Eli, o adaptável, ainda mantinha uma chama acesa para o malfadado Ajay, mas trocou de lealdade na mente e desempenhava a missão que lhe fora dada com o mesmo senso de humor estranho pelo qual era famoso entre os amigos em sua terra natal. *Risus sardonicus*, podia-se dizer. Sarcasmo sob fogo.

Verdade seja dita, as respostas insolentes e as tiradas cínicas agradavam Sunny. Talvez fosse disso que ele mais sentisse falta na vida. Talvez ele precisasse de um saco de pancadas que reagisse. Não, não. Sunny precisava de muito mais do que isso. Mas era um começo. Em seus diálogos sombriamente revigorantes — sem assuntos que fossem tabus (exceto Papai, Neda, Ajay, acidente), sem limites para piadas (vide essas exceções) —, aquele companheirismo deformado e inexplicável entre os dois foi crescendo. Na verdade, Eli era a única pessoa que restava na vida de Sunny Wadia, presente em todos os minutos da farsa, segurando a língua, desviando o olhar, falando merda quando falar merda era necessário, vendo Sunny comer, beber, se drogar e trepar no caminho de ida e volta até as montanhas. Ele nunca havia conhecido alguém que demonstrasse tão pouco prazer, tão pouca alegria diante da vida. Eli dizia isso a Sunny quando estavam sozinhos e, invariavelmente, ouvia um "vai se foder" como resposta.

Depois havia as vezes que eles não estavam sozinhos, e Eli tinha que ficar em silêncio e não passar dos limites. Esse, sim, era um trabalho realmente exaustivo. Sim, havia algo de corrosivo em Sunny Wadia. Algo de corrosivo em montar guarda enquanto Sunny insultava, usava, sacaneava seus supostos amigos. Instigava, humilhava. E também era necessário levar em conta os surtos repentinos de violência maníaca. Quantas vezes ele havia arrastado Sunny para longe de um quarto de hotel destruído, de uma briga em uma boate? Depois do ocorrido, Eli acalmava os ânimos com uma bolada de dinheiro, uma pitada de humor, a lateral afiada da mão direita no osso de algum nariz. Certa vez, para divertimento grotesco de Sunny, todas as opções anteriores (nessa ordem). E tinha também as estadias em Dubai. Em Dubai, tudo que Sunny queria fazer era chegar ao limite. Aquela vez com a garota de programa siberiana... Meu Deus, certas imagens a gente não consegue apagar da mente. Se vai pagar tanto dinheiro para uma mulher bonita, o mínimo que você pode fazer é transar com ela.

Eli balança a cabeça, cospe no chão com tanto veneno que todos os seguranças olham. Ele faz um aceno desdenhoso e zombeteiro com a mão.

Maldito Sunny Wadia! Cara maluco!

Dinesh, por sua vez, sabia o que fazia. Eli tinha certeza de que essa merda com os fazendeiros era um lance inteligente, uma jogada de mestre.

Afinal de contas, quem queria construir aquelas merdas de prédios residenciais? Sunny, na verdade, não queria. No fundo, Sunny parecia odiar tudo aquilo. No fundo, Sunny parecia odiar... bem... não... Eli não ia manifestar aquele pensamento.

Afinal, os caras liam mentes.

Verdade seja dita: se pudesse, ele trabalharia para Dinesh Singh sem titubear. Dinesh, um homem calmo, resoluto, com um plano. Entretanto, Eli também sabia que, se *por acaso* fosse para o outro lado, muito provavelmente acabaria com uma bala enfiada no...

Sexta-feira, 8 de junho de 2007, 17h28

— Estamos de saída!

Eli está fumando o sétimo cigarro quando Sunny sai cambaleando pela porta da frente.

Cambaleia como se tivesse levado uma facada entre as escápulas, os olhos selvagens, o rosto sem cor. Eli se põe de pé, os seguranças de Dinesh também avançam, e Dinesh vem logo atrás de Sunny, puxando-o pelo ombro, sussurrando calmamente algo em seu ouvido, empurrando um envelope A3 de papel pardo para as suas mãos. Sunny olha incrédulo para o envelope, depois recua em direção ao carro enquanto Eli corre do oposto, entra, dá a partida e manobra o automóvel. Um dos seguranças vai andando até o portão, um pouco informalmente demais.

— Filho da puta! — grita Sunny, subindo no banco do carona e enfiando a mão na buzina.

— Patrão...

Sunny tenta acender um cigarro.

O segurança abre o portão e dá um risinho.

Eli vasculha o horizonte à procura de ameaças. O céu arde com um azul intenso. Sunny ainda está tentando acender o cigarro, cada vez mais agitado, a ponto de abrir a janela e atirar o isqueiro longe. Então Eli tem que o acender para ele, os olhos dardejando entre o cigarro, a estrada e a testa suada e pegajosa do patrão. Sunny traga até o cigarro virar guimba, em tempo recorde. Tudo em silêncio. E, quando termina, desvia a atenção para o envelope no colo.

— Patrão, o que aconteceu?
— Aquele merda ficou maluco — resmunga Sunny.
— Quem? Dinesh? É, claro, ele ficou maluco. Já sabemos.
— Ele surtou.
— Pois é, ele surtou. Mas o que tem no envelope, patrão?

Sunny passa a mão pelo envelope e se encolhe.

— Eu não...
— O quê?

Sunny pega sua garrafinha de bolso e desenrosca a tampa.

— Eu não quero...
— Não quer o quê?

Sunny engole toda a vodca que sobrou, põe a língua para fora e limpa até a última gota, então fecha a tampa, se joga no banco do carro e cerra os olhos.

— Não quero saber.

Há quarenta minutos Sunny não fala nada. Eles estão a três quilômetros da rodovia expressa, quase de volta à civilização. As palavras *não quero saber* chacoalharam, vazias, no cérebro de ambos.

Sunny está momentaneamente entorpecido pela vodca. Ele está lerdo, os olhos vidrados.

— Eli?
— Sim, meu amigo.
— Quantas pessoas você já matou?

Eli suga o ar entre os dentes, demora um pouco para organizar os pensamentos.

— Com todo o respeito, isso não se pergunta.
— Eu estou perguntando — diz Sunny, a fala arrastada.
— E eu estou dizendo que isso não se pergunta.
— Mais de dez?

Eli olha para Sunny, todo largado, a perna em cima do painel, escorregando de vez em quando. Ele contra-ataca.

— Com quantas pessoas você fodeu?

— Vinte? — insiste Sunny, ignorando a pergunta.

— Com quantas pessoas você fodeu?

As palavras chegam atrasadas a Sunny.

— O quê?

— Você me conta com quantas pessoas fodeu e eu digo quantas matei — diz Eli com firmeza.

— Literalmente? — pergunta Sunny, parecendo surpreso. — Ou metaforicamente?

Eli balança a cabeça.

— Você está péssimo. Por que estamos fazendo esse joguinho?

— Porque eu quero saber — diz Sunny.

Eles estão se aproximando da rodovia expressa.

— Mas de que adianta?

Conseguem vê-la a distância.

Caminhões, carros e bicicletas.

— Eu quero saber!

Eli suspira.

— Quem você quer que eu mate?

Há um breve momento em que Sunny parece ter apagado. Em seguida ele se levanta, respira fundo, abre os olhos e parece animado, até maníaco.

— Foda-se.

Ele abre o envelope de papel pardo.

Tira o que tem dentro.

Uma única folha de plástico escuro.

Um raio-X.

Sunny olha.

E, atrás da folha, várias fotos, algumas de uma câmera de um circuito interno de segurança, outras tiradas com uma teleobjetiva.

Eli estica o pescoço, mas não consegue discernir sobre o que se trata.

Seja como for, a reação de Sunny é inconfundível.

Choque.

Náusea.

Ele começa a tremer.

— Patrão?

Sunny enfia rapidamente a folha de volta no envelope. Sóbrio, instantaneamente.

— Quero que você pegue isso aqui.

— O que é isso?

— Guarde em um lugar seguro. Ninguém jamais deve ver. Jamais.

— Tudo bem, patrão.

— Se alguém tentar ver, mate.

— E se eu tentar ver?

— Se mate.

— E se você tentar ver?

— Eli, eu não estou brincando.

— Tudo bem, tudo bem — diz Eli, assustado. — Mas e se o seu pai tentar ver?

— Aí eu mato você.

— Tudo bem, patrão.

O Bolero entra lentamente em uma passagem subterrânea.

Eli acende os faróis.

Breu e buracos profundos onde o concreto cedeu.

Sunny começa a falar no escuro.

— Dinesh Singh quer acabar com o pai. E se meu pai for junto...

Quando eles voltam para a luz, rodando em cima de um pavimento recém-asfaltado, Sunny está encarando Eli com olhos atormentados.

Eli o está encarando de volta.

São 17h49.

Sexta-feira, 8 de junho.

Eli não vê o homem mascarado saindo de trás do caminhão estacionado, empunhando uma espingarda antiga.

Sunny vê.

Mas, quando grita, já é tarde demais.

O GALPÃO

Um sonho que ele continua tendo.
    Eliminado da vida.
    De volta a Meerut, cinco anos de idade,
    dormindo ao lado da mãe,
    o zumbido do ventilador de teto,
    o algodão da camisola dela embolado no punho dele.
    É um sonho que ele continua a ter.
    Só que é real.

Ele tem cinco anos e está acordado, a mãe não está mais lá.
    A mão vazia aperta o punho vazio.
    O lençol ainda tem a forma do corpo, do cheiro dela.
    Ele a chama, mas sua voz é engolida pelas pás que giram no teto.
    Ele precisa pular para chegar ao chão.

Tinu está dormindo na cozinha.
    No estúdio, a luz está acesa. A figura do pai através do vidro martelado.
    Ele se afasta, grita pelos cômodos.
    Dada a violência do giro das pás, sua voz não é ouvida.
    Mas, ao entrar na sala de estar,
    o ventilador não está girando.

Ela está pendurada nele pela própria dupatta,
    a língua de fora,
    os olhos esbugalhados,
    vazios.

Ele desperta como se estivesse desesperado por ar.
    Saindo da turbulência do fundo do mar.
    Amarfanhado.
    Arfando.
    Berrando.
    E o sonho que ele teve está retrocedendo,
    sugando rochas, atirando-as na direção da costa.
    Só deixando oxigênio suficiente
    para o grito.

— *Namaste ji* — diz o Íncubo. — Você se mijou.

E Sunny se debate como um animal enjaulado naquele cômodo abafado e úmido, com aquela presença monstruosa à sua frente e as cordas que o amarram à cadeira.

O Íncubo observa a raiva dele.

Uma mancha de tinta usando jeans preto e camisa quadriculada azul.

— Por um instante, achei que você estivesse morto — diz a coisa. — Aí você começou a gritar. E se mijou.

Rangendo os dentes, arquejando. O branco dos olhos. Os dentes à mostra.

Sunny sai daquele crepúsculo.

Respirando, arfando, exausto.

O Íncubo segura a cabeça dele e despeja-lhe água nos lábios rachados.

Sunny engasga e depois começa a gemer.

O pôr do sol vazando através das paredes.

O fedor de esterco, búfalo, sangue.

A dor atravessando os nervos, dentro dos ossos.

Tirando-o de si mesmo.

— Eu perguntei — diz o Íncubo — que sonho é esse que o deixa com tanto medo. Já tive sonhos assim.

Sunny tenta reunir as partes fraturadas.

— Onde estou?

O corpo não responde.

— Você está aqui.

— Aqui onde?

— Você não sabe?

Ele não sabe.

— O que está acontecendo?

— Você tem sorte de estar vivo — diz o Íncubo. — Você não devia estar na frente.

Na frente do quê? Sunny não se lembra. Tenta se levantar.

— Se você tivesse morrido, Sunny Wadia, o mesmo teria acontecido comigo.

Os olhos de Sunny tremem ao ouvir o próprio nome.

— Não conheço você.

— Mas eu conheço você — retruca o Íncubo, colocando a mão na bochecha de Sunny. — Conheço esse rosto.

Ele tira um comprimido do bolso e o coloca na boca de Sunny.

— Tome seu remédio.

Despeja mais água, cobre a boca de Sunny e aperta seu nariz com a mão comprida e fina.

— Papai vai matar você — diz Sunny.

O Íncubo passa a mão pelo cabelo de Sunny. Encharcado de suor e sangue. Pressiona o polegar no corte profundo na borda do couro cabeludo.

— Ele pode tentar.

Ele está na suíte de um hotel.
Sem localização e hora.
Podia ser a Europa.
Milão.
Zurique.
Ou podia ser Paris.
Ele está no banheiro de mármore, embaixo do chuveiro.
Um banho longo, quente.
Os apitos e roncos do tráfego lá fora.
Noite, ópera. Noite, restaurante.
Vicky diz:
— Você nasceu em um dia de eclipse solar.
Vicky segura seu rosto.
Sua mãe foi cremada.
Ele sai do chuveiro, fica pingando no chão de mármore, a toalha branca enrolada na metade do peito.
Olha para o espelho. O espelho coberto de vapor.
Alguém poderia estar no quarto, na cama.
Poderia ser uma mulher.
No banheiro, porém, ele está sozinho.
Tranca a porta.
Torneiras de ouro. Mármore.
Desliga todas as luzes com exceção de uma, pequena e recuada, assim o cômodo fica parecendo um útero, quente, com cantos escuros e o exaustor zumbindo na parede.
O ruído da ventoinha é o aspecto importante aqui.
Ele pega outra toalha e a enrola na cabeça.
Ajoelha-se lentamente e se arrasta, como um penitente, até o canto.
Ali, deixa entrar uma fresta mínima de luz.
Só pensa naquela luz, que cresce até ficar do tamanho do universo.
Ele pode ficar ali.
Ali ele está seguro,
sob a mesa embaixo do espelho,
enquanto a mãe se penteia e canta para ele.

Ele gostaria de poder ficar ali.

No entanto, ele está acordando.

Acordando.

O que mudou?

A dor arrumou a cama para si mesma.

E ele está de volta ao mundo.

Uma espécie de galpão.

Maquinário agrícola, sacos de fertilizante, ração animal.

O chão de terra batida, as paredes de alvenaria.

Uma lâmpada fraca pendurada por um fio.

Que dia é hoje?

Ele tenta levantar a cabeça. Está em um colchão imundo.

Mordido por mosquitos e pulgas, olhando para cima, na direção de um telhado de metal corrugado.

Os pulsos amarrados com uma corda. O fedor de corpos sujos, a calça e a camisa cobertas de sangue seco.

As costelas quebradas, certamente.

O nariz também. Talvez a mandíbula.

Ele foi sequestrado, isso está evidente.

Não consegue se lembrar como, quando ou onde.

Um grande vazio no lugar onde ficava sua memória.

Ele vira a cabeça.

Um homem com cara de idiota está encostado na parede, os membros longos como pás, orelhas e nariz enormes. Está usando um agasalho azul desbotado, uma falsificação barata.

Uma espingarda antiga ao lado.

Um Idiota, pensa ele.

Um Idiota que está dormindo.

Então Sunny tenta se levantar.

As pernas, porém, estão fracas e dormentes, e o tornozelo esquerdo está preso a um metal enferrujado, acorrentado a uma máquina velha.

Agora o Idiota está puxando até a boca o trapo branco pendurado em volta do pescoço.

Pegando a espingarda.

Desaparece porta afora.

Um clarão do céu no fim da tarde, um campo dourado, vento quente.

Um velho, o corpo dobrado como um ponto de interrogação, conduzindo uma manada de búfalos.

Pense. Pense.

É difícil pensar para além da imediatez da dor, mas ele tenta costurar os pensamentos, criar um fio condutor.

Onde estava?

Onde esteve?

Que dia é hoje? Que mês?

Ele se agarra a Dinesh Singh.

Dinesh Singh, os fazendeiros e sua Megacidade. Toda aquela baboseira, aquelas coisas relacionadas à Shunya. Dinesh reafirmando sua posição em seu escritório, assistindo a tudo pela TV.

Bebendo vodca da garrafa que fica na última gaveta, as persianas fechadas, um clichê.

A partir dali, Sunny atravessa o fosso.

Eli.

Ele estava com Eli em seu SUV velho.

Indo se encontrar com Dinesh Singh.

É melhor que esse filho da puta tenha algo de bom a dizer.

Passaram-se minutos. Ou teriam sido horas? A porta do galpão se abre. O Idiota entra novamente. Tem um outro homem atrás dele. Ele o reconhece como se fosse de um sonho. Sim, é o Íncubo, pavoneando-se, pegando um telefone Nokia.

— Já estava na hora, Sunny Wadia — diz o Íncubo. — Não temos tempo a perder. Diga o número.

— Que número?

— O número que vai fazer tudo isso sumir.

Dois toques, três toques.

Um clique do outro lado.

O Íncubo fala.

— Boa noite. Tem alguém aqui que quer falar com você.

Ele empurra o telefone até o ouvido de Sunny.

— Papai... eu... — balbucia Sunny, buscando palavras.

O Íncubo puxa o telefone para longe dele.

— Ouviu? — pergunta ele. — Seu garoto está vivo. Mas por quanto tempo só depende de você. Ligo novamente em uma hora com as nossas exigências.

Desliga, retira a bateria e o chip e olha para o Idiota.

— Vou ficar fora um tempo. Fique de olho. Dê comida para ele.

Dito isso, o Íncubo cai fora.

Sunny fica sozinho com o Idiota.

Mas não está realmente lá.

Está mais uma vez deslizando pelo penhasco da consciência rumo ao mar bravio.

Foi Vicky quem lhe contou sobre a data do seu nascimento.

A data auspiciosa. Dezesseis de fevereiro de 1980.

O dia de um grande eclipse solar.

Ele estava lá. Viu com os próprios olhos.

Foi Vicky quem falou para ele sobre as mulheres-demônio que desceram nuas do céu, caninos à mostra, quando o sacrifício de sangue foi feito, dando poder àqueles que as haviam invocado, senão os destroçariam. Um Sunny menino estava sentado na coxa rígida do tio, perdido em meio àquelas palavras enquanto as longas mechas de cabelo negro se espalhavam como água noturna caindo.

— Um dia — sussurrou Vicky no ouvido do menino —, você será mais forte do que todos eles.

Mas ele está murcho.
   Murcho.
   Tudo é seco, apertado e sólido.
   Uma parede de rocha nua de onde um dia a água brotou.

Existe um fosso que ele não consegue transpor.

    Uma distância percorrida que ele nunca mais poderá voltar.

    Ele sacrificou tudo.

    Amor, adoração, respeito, lealdade, companheirismo.

    Ele não tem mais nada, a não ser a crueldade.

    Uma crueldade passageira que ele não consegue reter.

Ele está de volta àquela estrada. Àquela estrada eterna.
Ajay o está ajudando, carregando o corpo flácido de Gautam Rathore.
Ajay ainda não entregou a própria arma.
Sunny ainda não deu um soco no rosto de Neda. O rosto eterno.
Por que ela estava lá?
Por que tudo aquilo?
O tempo corre nos dois sentidos.
Ele está lá na estrada.
Ela está chorando na estrada.
Ele está com raiva dela.
Acha que ela está fingindo tristeza.
Ele nunca irá embora.

O Idiota volta algum tempo depois carregando uma bandeja de metal. Uma jarra de *lassi*, um copo de barro, três *parathas*.
O Idiota despeja o *lassi* no copo de barro.
— Beba — diz, e a voz é resmungona, hesitante, talvez até assustada.
— O que aconteceu com o cara que estava comigo? — pergunta Sunny.
Nenhuma resposta.
— Quem é você? — Sunny tenta novamente.
Nenhuma resposta. Só aqueles olhos tristes, solitários, penetrantes.
— Você não é um monstro — diz Sunny.
Uma faísca naqueles olhos.
— Cala a boca.
— Você não precisa fazer isso — prossegue Sunny, sem nada de útil a dizer.
— Cala a boca!
— Você provou que é um homem importante. Agora podemos conversar. Um homem como você pode nos ser útil. Um homem como você pode ficar rico.
O Idiota se levanta com dificuldade e anda lentamente até a porta.
— Ei! — grita Sunny.
O Idiota para, congela, dá meia-volta.
— Onde está seu patrão?

O Idiota responde, irritado.

— Ele não é meu patrão.

— Você vai acabar morrendo por causa dele.

— Ele não é meu patrão.

— Quem é ele?

— Cala a boca.

— Você acha mesmo que vai se safar? Sabe que ele vai pegar o dinheiro e fugir. E, mesmo que ele não faça isso, quanto tempo você acha que vai durar? Você vai estar morto logo. Pior do que morto. Ou você poderia viver e ficar rico. Poderia me ajudar. Poderia ajudar a me libertar.

O Idiota cobre os ouvidos com as mãos.

— Cala a boca! — grita.

E depois vai embora.

As horas passam lentamente.

A noite cai e o Idiota volta.

Senta-se no chão ao lado de Sunny e olha para ele, emburrado.

Parece mais calmo agora.

Ele e Sunny também.

— Por que você está fazendo isso? — pergunta Sunny.

O Idiota finalmente o encara, a voz sem emoção.

— Porque você arruinou minha vida.

— Eu arruinei sua vida?

— Você arruinou minha vida — repete o Idiota.

— Como?

— Tirou nossa terra.

— Você é um fazendeiro.

— Você arruinou minha vida.

— Você foi pago.

— O dinheiro não ajudou em nada! — rebate o Idiota. — E, seja como for — diz ele depois de um tempo —, o dinheiro acabou.

— O dinheiro acabou — repete Sunny, avaliando as palavras.

— Acabou.

— Quanto você recebeu?

— Oitocentos milhões.

Sunny solta um assobio comprido e lento.

— Oitocentos milhões de rupias. Isso deveria ter mudado sua vida.

— Mudou. Para pior.

— Onde esse dinheiro foi parar?

O Idiota fecha os olhos enquanto fala.

— Casamos nossas irmãs, grandes festas. Compramos carros, TVs, máquinas de lavar. Construímos grandes mansões, feito o seu pessoal. O vilarejo inteiro se encheu de mansões. Mas todos os nossos campos se foram. Depois de toda a comemoração, o que sobrou? Todo mundo ficava largado o dia todo, sem nada para fazer. Sem campos para lavrar, sem um objetivo comum. As pessoas começaram a beber. Usar drogas. Eu só sabia trabalhar junto com os outros. De repente, todo mundo estava em um mundinho próprio. Comprando mais carros. Eram tantos carros novos que nem dava para a gente rodar. Às vezes as estradas ficavam paradas por horas e as pessoas brigavam, trocavam tiros. Todo mundo estava doente. Meu irmão comprou um carro bacana em Déli.

— Que carro?

— Um carro veloz.

— De qual marca?

— Lambu... Lam...

— Lamborghini — diz Sunny e sorri. — Ele comprou um Lamborghini.

— Isso aí.

— Deve ter custado quanto? Uns vinte e cinco?

— Vinte e oito milhões.

— Foi um Gallardo.

— Não sei.

— O que seu irmão fez com ele?

— No mesmo dia em que ele comprou, o carro ficou preso em uma viela entre duas mansões. Quanto mais ele tentava tirá-lo de lá, mais imprensado ficava. O barulho do motor era tão alto que todo mundo saiu para ver e dar palpite. Mas meu irmão estava bêbado e com raiva e continuava forçando o motor. Estava tão quente que o motor pegou fogo.

— E?

Os olhos do Idiota esboçaram um sorriso.

— O carro inteiro queimou.

— E o que seu irmão fez?

— Ele voltou à concessionária e disse que o carro estava com um problema. O vendedor falou que não, que tinha sido mau uso. Meu irmão ficou com raiva. Sacou uma arma. Exigiu o dinheiro de volta. Só que eles não queriam dar.

— E então?

— Meu irmão deu um tiro na cabeça do homem.

Sunny assimila a informação.

— Cabeça quente o seu irmão, hein? — diz Sunny, depois para um instante e pensa. — Como eu posso chamar você? Qual é o seu nome?

— Não vou dizer meu nome.

— Invente um. Tenho que chamar você de alguma coisa.

O Idiota hesita, corre os olhos pelo cômodo.

— Manoj — diz, finalmente.

— O que aconteceu depois, Manoj?

— Ele foi preso, e toda semana eu tenho que ir lá levar a propina. Quatrocentos mil por mês para ele ficar bem. Para ter comida boa e cobertores. Precisei ir a Lucknow várias vezes para subornar pessoas e conseguir uma fiança para ele. O dinheiro acabou em dois tempos. Ficamos sem nada e ele continuou na cadeia.

— Isso é muito ruim.

— Eu fui lá muitas vezes, e em todas ele estava com muita raiva. Até que um dia cheguei lá e o humor dele tinha mudado. Ele estava sorrindo. Disse que tinha conhecido um amigo que também tinha sofrido, e esse amigo sabia como recuperar nosso dinheiro. Ele me disse para confiar nesse cara, pagar a fiança dele. Que ele iria tomar conta de nós.

Sunny sorri e assente.

— Esse é o homem com quem você está agora?

— É.

— E esse era o plano dele?

Manoj olha para baixo.

— Era.

— Ele fugiu com o dinheiro, Manoj. Ele já se mandou, está indo embora neste exato minuto com o dinheiro, ou já está morto. E logo, logo meu pai vai estar aqui. E aí você também vai morrer. Nada do que eu disser vai evitar isso. Mas você poderia simplesmente me soltar, Manoj. Me solta e eu te faço ficar rico.

— Não quero ser rico.

— Então por que você me sequestrou? O que você quer?

— Quero minha vida de volta.

— Ninguém consegue recuperar a vida de antes.

Ninguém consegue recuperar a vida de antes. Ela simplesmente escapa. Nunca volta, por mais que você tente, por mais que você queira. Essa é a lição que deveria aprender: ou você se adapta, ou morre.

— Minha decisão está tomada — disse Dinesh Singh.

Sunny havia ido de carro até a mansão naquela manhã.

Ligou para Eli do escritório e disse para ele aprontar o Bolero.

O Bolero, não o Porsche.

Está tudo voltando.

Eli entrou com o Bolero na propriedade.

Está tudo voltando.

Dinesh saiu para recebê-los.

— É melhor que esse filho da puta tenha algo de bom a dizer.

Está tudo voltando.

Algo que Dinesh disse para ele.

— Minha decisão está tomada.

— Pois é. Você decidiu se foder. E está me fodendo junto.

— Eu estou tentando salvar você.

Sunny engoliu o uísque.

— Vai se foder.

— Eu avisei — disse Dinesh. — Isso não deveria ser uma surpresa.

— Você está destruindo a si mesmo.

— Não, eu estou fazendo a minha jogada.

Está tudo voltando. Através da neblina, está voltando.

Algo que Dinesh sabia.

— Se aliando a uns fazendeiros de merda?

— Sim. E você também vai se aliar a eles.

— Você ficou louco.

— E, depois que a gente se livrar dos dois, vamos mudar o mundo.

— Se livrar dos dois?

— Do meu pai. E do seu.

— Vai se foder. Por que eu faria isso? Não vou trair meu pai por você.

— Então faça por você mesmo.

Dinesh foi até a escrivaninha e pegou um envelope de papel pardo.

— Ele nunca esteve do seu lado.

— Ele sempre esteve do meu lado.

— Não, nunca. E eu tenho como provar.

Ele esticou o envelope para Sunny.

— O que é isso?

— Sei que você não liga para o mundo nem para o sofrimento que está acontecendo em nosso nome. Mas talvez você se importe com isto aqui: seu pai mentiu para você. Controlou você. Tirou a única coisa que você realmente criou.

Como uma enchente poderosa, tudo volta.

O envelope em seu colo enquanto ele e Eli iam embora.

O envelope aberto, os documentos caindo lá de dentro.

Nome da paciente: Neda Kapur.

E o ultrassom.

A imagem do filho dele nunca nascido.

E também as fotos de Neda e Chandra na clínica em Londres onde o filho voltou a ser átomos e estrelas.

Ele fica sentado, atordoado, no escuro.

Quando o dia finalmente nasce, uma figura está sentada em um banco à sua frente, tomando aguardente de uma garrafa de plástico.

— Manoj? — geme Sunny, em meio à dor e à tristeza.

— Ah, não — responde alguém. — Manoj foi embora.

É o Íncubo. A voz áspera é inconfundível.

— Foi embora?

Sunny sente o pânico inundar o peito.

— Embora para onde?

— Foi receber o primeiro pagamento, é claro — diz o Íncubo, e ri. — Seu pessoal salvou sua pele.

Sunny fecha as pálpebras com força.

— Eles vão matá-lo.

— Não, não, não — responde o Íncubo. — Você é o herdeiro do reino. Você é precioso demais para que eles se arrisquem.

Ele desce do banco, joga a garrafa de bebida no chão e dá uma volta por trás de Sunny lentamente.

— Além disso, é você quem vai matá-lo.

— Não estou entendendo.

O Íncubo tira um pano longo e engordurado do bolso enquanto sai do campo de visão de Sunny, como um mágico sem talento fazendo um truque ruim.

— Mas não ainda.

— O que você está fazendo?

Incapaz de enxergar.

Incapaz de se virar ou de se soltar.

Contorcendo-se nas cordas.

Até o Íncubo pairar sobre ele, um pesadelo de carne e osso.

— O que você vai fazer?

Ele abaixa o pano até a boca escancarada de Sunny.

Amarra-o com força.

— Vou contar a minha história para você.

TODA A GLÓRIA DEVE IR PARA OS DEUSES

1.

É a história da minha vida, Sunny Wadia. Aqui estou eu, Sunil Rastogi, deformado e cheio de cicatrizes. Mas, não muito tempo atrás, eu era um garoto de dezenove anos na garupa da Pulsar nova em folha do meu irmão, enquanto ele, vinte e cinco anos na Terra, pilotava. Naquele dia, era pouco antes do anoitecer, aquele momento em que os pássaros cantam mais alto sobre os campos e o sol é uma bola de fogo no céu. Estávamos andando devagar. A estrada tinha sido asfaltada três meses antes, mas já estava caindo aos pedaços. A vida é assim. Pois bem, Sunny Wadia, escute. Um homem fez sinal para que a gente parasse no entroncamento Bulandshahr, deu um passo à frente e acenou, em pânico. Vimos que havia um outro homem deitado, imóvel, na estrada ao lado dele.

— Não pare — falei. — É uma armadilha.

Antes que meu irmão pudesse reagir, o primeiro homem sacou uma arma e o segundo deu um pulo e se levantou. Meu irmão parou a motocicleta com calma e, enquanto nós descíamos, disse:

— Faça o que eles mandarem. — Depois, sussurrou para mim: — Podemos matá-los mais tarde.

Uma rajada de vento deve ter levado as palavras do meu irmão até eles, como uma centelha perdida iluminando minha vida, porque o que estava com a arma na mão riu e falou:

— Ah, é mesmo? — E então deu um tiro no peito do meu irmão.

— *Bhenchod!* — gritei enquanto eles pulavam para a nossa moto e fugiam em direção ao pôr do sol.

Meu irmão ficou ali, caído.

Outros homens de moto passaram enquanto eu mantinha a mão na ferida, tentando estancar o sangue que jorrava. Um desses homens deu meia-volta e foi correndo chamar uma patrulha da polícia que eles haviam visto pouco antes na estrada. Enquanto esperávamos, meu irmão perdeu a consciência.

— Por que você fez aquilo? — perguntou ele.

— O quê? — indaguei, mas eu nunca descobriria, já que essas foram as últimas palavras dele.

Os policiais chegaram logo em seguida em um jipe. Olharam para nós de cima, como se fôssemos cachorros. Implorei para que nos levassem ao hospital.

— Leve você — disse um deles.

O outro falou:

— Acha que fazemos caridade?

— Mas, seu guarda, sua viatura está logo ali — gritei. — Ele está morrendo. — Os dois continuaram olhando. — Por favor, seu guarda — berrei. — Não custa nada para você, mas é a vida do meu irmão!

— Ah, não custa *nada*? — perguntou o primeiro policial em tom de escárnio.

Depois se virou e o outro o seguiu. Eu corri atrás deles, Sunny Wadia. Me ajoelhei.

— Por favor, levem meu irmão para o hospital, por favor... Por que não querem levá-lo?

O primeiro olhou para mim e disse:

— Não queremos o sangue dele no nosso carro.

Eu argumentei:

— Seu guarda, eu limpo o sangue se for preciso. Esfrego com as minhas próprias mãos, vocês não vão ver nem uma mancha quando eu terminar.

Sabe o que ele falou?

— Mas onde a gente vai se sentar enquanto espera?

2.

A vida é assim, Sunny Wadia. Meu irmão morreu lá na estrada. Minha mãe me culpou pela morte dele, depois caiu e morreu de choque durante a cremação. Meu pai já tinha morrido de intoxicação alcoólica quando eu era pequeno, então fiquei sozinho com a viúva do meu irmão e o filhinho deles. Meu tio morava na casa vizinha com sua mulher gorda e seus filhos idiotas, e, com o pretexto de ajudar, eles vieram e se apossaram dos nossos animais, da nossa terra e da viúva do meu irmão. Ela não parava de chorar na casa do meu tio, e eu a ouvia à noite. Eu logo soube que um dos filhos do meu tio ficaria com ela.

Ah, Sunny Wadia, eu estava com muita raiva, olhando para o teto. Você consegue imaginar o quanto essa raiva ardia? Eu queria matar todos eles, esmagar a cabeça deles com pedras, cortar as gargantas, matar todos os policiais do mundo. Mas quem era eu no mundo? Sem dinheiro, sem poder, sem nem mesmo uma moto, uma arma ou uma barra de ferro que me pertencesse. Então eu disse a mim mesmo: *Preciso dar um jeito de sair deste lugar ou vou acabar com a minha vida.* Então sabe o que fiz? Eu me candidatei para entrar para a polícia.

Você parece surpreso, Sunny Wadia, mas entenda, eu sabia como era a vida lá fora. E não queria ser o próximo da fila. Em vez disso, queria ficar sentado na viatura, distribuindo multas a torto e a direito. Enquanto isso não acontecia, comecei a circular pela área, roubando correntinhas de ouro. Era tão fácil! Os policiais não se importavam com coisas desse tipo, estavam ocupados demais protegendo homens como você, enchendo os próprios bolsos. Eu ficava nos mercados, e um dia um homem deixou a motoneta ligada enquanto comprava remédio. Eu roubei a motoneta, vendi, depois usei o dinheiro para comprar uma velha Pulsar igual à do meu irmão. Depois, com o dinheiro das correntinhas, comprei um revólver. Comecei a circular com a minha moto e uma arma enfiada na calça. Era muito fácil. Pois é, pensei, *isso é que é vida!* Só que, em casa, continuavam implicando comigo e eu ficava com muita raiva, vendo aquele pessoal me menosprezar. Então fui embora. Na minha moto eu me sentia livre, roubava correntinhas.

Só que eu não conseguia tirar a viúva do meu irmão da cabeça. Sempre a via olhando para mim. E comecei a pensar que ela devia ser minha. Me peguei sonhando acordado com isso, matando todos eles e pegando-a de volta, fazendo um filho com ela. Certa noite, enquanto eu estava na estrada, vi uma garota andando bem na minha frente. Uma empregada de um dos novos prédios residenciais, que devia ter uns quinze, dezesseis anos. Ela não era daqui, era de Bihar. Pensei comigo mesmo que era tarde demais para ela estar andando sozinha, aquilo não era bom, e, quando me aproximei, vi o jeito como ela andava, vi suas tranças compridas e... Ah, não me olhe assim, Sunny Wadia, com seus olhos cheios de desprezo, você conhece esses desejos. Fazia muito tempo que eu estava sozinho, era natural que eu satisfizesse minhas necessidades.

Desacelerei a moto e a acompanhei bem devagar, sorrindo, até ela se virar e olhar para mim. Eu estava usando minha camisa boa, meu cabelo estava penteado com gel. Perguntei se ela estava cansada de andar sozinha. Ela manteve a cabeça baixada e desviou o olhar. Perguntei se queria uma carona. Não, ela disse, mas, quando se virou novamente, notei que queria, sim, então avancei e bloqueei o caminho.

— Irmã — falei —, este lugar é perigoso, está cheio de criminosos e ladrões, posso levar você aonde quiser bem depressa, não tenha medo.

Perguntei o nome dela. Era Asha.

— Levo você para qualquer lugar que quiser, Asha *didi*. Seus irmãos não precisam saber.

Ela ficou vermelha. Como eu era encantador! Imaginei que ela nunca tivesse subido em uma moto. Ela tentou passar direto, mas, naquele momento, percebi que já estava no jogo. Estiquei a mão para pará-la e ela congelou, então mostrei minha arma e a mandei subir na moto, sentar-se na minha frente. Ela fez o que eu mandei.

Enquanto partíamos assim, fiquei excitado e com raiva ao mesmo tempo. Eu sentia o cheiro do suor dela, das roupas lavadas e da pele, sentia seu cabelo no meu rosto. Nunca havia ficado tão perto de uma mulher. Senti vontade de vomitar. Continuava me perguntando por que ela não tinha corrido. Se ela tivesse alguma honra, teria resistido até o último suspiro. Aí pensei na viúva do meu irmão e percebi o que ela sentia, como ela estava feliz com meu tio e os filhos. Uma puta! Eu a imaginei dormindo com todos eles. E aquilo me deixou furioso. Me senti enojado, traído, humilhado. Então aumentei a velocidade. Acelerei a moto o máximo que pude na estrada. Nos minutos seguintes, não havia mais nada além da velocidade, nada além do cabelo dela no meu rosto, e ela reclamando e chorando, e o motor entre as minhas pernas enquanto eu corria de um lado para outro naquelas estradas esburacadas. A qualquer momento, nós dois podíamos ser arremessados e espatifar a cabeça em uma pedra. Mas aí a loucura passou. Parei a moto ao lado de um campo. Depois eu a mandei descer antes que fosse tarde demais.

3.

Ah, Sunny Wadia, eu me sentia tão impotente. Em casa, me encolhia no escuro e sonhava com a garota da moto, sentia o cabelo, o fedor do suor, o amargor do hálito dela sobre o meu. Cerrava os dentes e conseguia senti-los rasgando sua pele, podia ver em minha mente sua *dupatta* enfiada na boca enquanto eu a arrastava para o campo e jorrava meu sêmen nela. Por que eu a havia deixado ir embora, por que eu não tinha pegado o que era meu? Mesmo tendo uma arma, uma moto, eu era um fraco, um covarde. Não, não. Eu estava muito atormentado, Sunny Wadia. Vivia pelas ruas, vagando pelos campos, em busca de algo. Então cometi um erro. Estava circulando com a minha moto quando vi outra garota. Ela estava correndo, usando roupas estranhamente reveladoras. Uma desavergonhada. De início, não percebi, mas era uma daquelas garotas ricas que a gente vê nos filmes e em Déli, sabe? Correndo por diversão, como os ricos fazem. Era burrice dela correr pelas ruas tão longe de casa. Talvez ela achasse que ser rica a mantinha segura.

Bem, eu a segui. Mantive distância e a segui por bastante tempo, até ela passar por um trecho isolado. Naquele momento, acelerei, parei a moto na frente dela, depois sorri e disse:

— Oi, irmã.

Algo naquele sorriso deve tê-la assustado, porque ela me deu um tapa na cara com força e começou a correr por um terreno baldio em que minha moto não conseguia ir. Desci da moto e a persegui a pé, para lhe dar uma lição, porque ela havia me batido, mas a garota era rápida demais, fugiu para uma estrada movimentada. E ali eu não podia fazer nada. Ela devia ter uma boa memória, porque em pouco tempo a polícia apareceu. Eles me levaram para a delegacia e me deram uma surra. Quando a garota e o pai chegaram lá, devem ter ficado com pena ao ver todos aqueles hematomas e cortes na minha cara, porque ela começou a me defender. Disse que eu só tinha sorrido e ela havia me batido. A queixa contra mim desmoronou e eu fui liberado.

Mas, quando voltei para casa mais tarde naquele dia, encontrei policiais me esperando. Meu tio ficou rindo com sarcasmo enquanto eles me levavam.

Eu não disse nada, só olhei para ele. Em silêncio, saí com eles e fiz o que mandavam. Entrei no banco traseiro da viatura, comentei como o estofado estava bonito e sem manchas, mas eles não entenderam a piada. No caminho, os policiais, um de cada lado, seguraram minhas mãos e meus ombros, e o que estava na frente pôs um saco de juta na minha cabeça. Tudo ficou escuro e nós circulamos por muito tempo, aqui e ali. Eu esperava que eles fossem me arrastar para fora e me surrar ou me matar; achei que seria o meu fim. Finalmente chegamos a uma propriedade e eles me tiraram do carro e me levaram para um cômodo. Só então tiraram o saco de juta da minha cabeça.

Em vez de ser torturado, fiquei sentado sozinho em um escritório regional da polícia, diante de uma bela escrivaninha de madeira. Olhando para mim do alto da parede à minha frente estava um quadro de uma oficial fardada. O retrato era tosco, mas, mesmo assim, dava para notar que ela era muito íntegra, ética e linda. Pela insígnia, vi que era uma superintendente e, na escrivaninha, li o nome dela: Superintendente de Polícia Sukanya Sarkar. Eu nunca tinha visto uma mulher superintendente de polícia, muito menos em um quadro na minha frente. Depois de uma longa espera, a porta ao lado da escrivaninha se abriu e a versão em carne e osso dela apareceu. Ah, Sunny Wadia, senti o sangue correr nas veias. Eu a observei atentamente enquanto ela se sentava atrás da escrivaninha, sua natureza feminina envolta na farda cáqui. Ela passou um bom tempo sem olhar para mim, agiu como se eu não estivesse no cômodo, e eu esperei, feliz em desempenhar meu papel naquele jogo. Depois ela pegou o que percebi ser minha carteira e olhou meus documentos de identidade.

— Você é um homem mau, Sunil Rastogi — falou.

Gostei de ouvir meu nome saindo daqueles lábios.

— Sou, sim, senhor.

— Senhora — corrigiu ela com um olhar esmaecido.

— Sou, sim, senhora — respondi.

Ela me perguntou se eu sabia por que estava ali e não em uma cela, que era o lugar de um ladrão de correntinhas. Fiz que não com a cabeça.

— Porque agora você trabalha para mim — disse ela.

— Sim, senhora. Sim!

Aquilo era música para os meus ouvidos!

4.

Ela disse que uma gangue violenta estava circulando por lá, roubando, estuprando, assassinando. Vinte e dois estupros e dezesseis assassinatos em oito meses; eles sequestravam carros à noite, tiravam os passageiros, violentavam as mulheres, cortavam a garganta dos homens, levavam joias e dinheiro. No início, as notícias foram abafadas, mas a cada novo caso os detalhes começaram a se espalhar, e as pessoas ricas como você, que viviam em mansões sofisticadas, estavam ficando nervosas, então a polícia estava louca para solucionar o caso. O que tornava tudo mais assustador era a aparência da gangue. Eles viajavam em bandos, descalços, vestindo só regatas e cuecas, a pele besuntada de graxa para motor, uns homens infames e fedorentos, enegrecidos, escorregadios como peixes, o branco dos olhos brilhando no escuro. Os jornais os chamavam de a gangue Chaddi Baniyan. Ah, sim, estou vendo que você já ouviu falar deles, certo? Pois bem, eles eram muito temidos. Alguns diziam que eram um lendário grupo criminoso, centenas ou milhares de homens, vivendo entre nós de dia e atacando à noite. Outros diziam que eles eram seres sobrenaturais, demônios que agiam para causar o caos.

— Encontre uma maneira de se infiltrar nessa gangue — disse a superintendente Sarkar. — Quando conseguir, me passe informações sobre eles para que a justiça possa ser feita rapidamente.

Fiquei surpreso.

— Mas, senhora, como vou me juntar a essa gangue? — perguntei.

Ela me lançou um olhar frio e disse:

— Um homem como você vai dar um jeito.

Confesso que fiquei confuso, Sunny Wadia. Um homem como eu? O que ela sabia a meu respeito? Será que ela havia pegado a pessoa errada? Quis protestar. Eu tinha certeza de que não conseguiria dar um jeito, mas não queria desagradá-la, não queria que ela me jogasse na rua, então reuni todas as minhas forças, assenti e concordei que daria um jeito.

— Muito bem — disse ela, e sorriu. — Eu sabia.

E eu me senti poderoso novamente, senti o sangue correr nas veias enquanto ela continuava me olhando com desdém. Ela disse que me daria uma ajuda de custo mensal. Depois acenou com a cabeça para seu assistente, levantou-se e saiu. O assistente me encapuzou de novo, me levou para a viatura e me jogou no meio do nada com um bolo de dinheiro e um número de telefone para o qual eu devia ligar quando tivesse algo a relatar. Se eu estava inebriado? Voltei andando para a fazenda, esnobei meu tio, ri, peguei minhas coisas e, sem olhar novamente para nenhum deles, fui embora para Kasna, onde aluguei um quarto barato e me enturmei com os jogadores de cartas, os bêbados e os ladrões.

5.

Então, lá estava eu, Sunny Wadia, me misturando com aqueles criminosos nefastos a serviço da Sra. Superintendente, vendo quais informações sobre aquela gangue eu conseguia obter. O único problema era que ninguém falava sobre a gangue, nem uma palavra sequer, ninguém dava a mínima, e, quando eu tocava no assunto, todo mundo só ria, dava de ombros e dizia que a tal gangue era coisa do passado, se é que realmente havia existido, e devia estar longe àquela altura, em Haryana ou no Rajastão, e não voltaria antes de pelo menos um ano. Um ano? Sim, um ano. Eles seguiam as estações, como pastores, como o próprio gado, pastando na terra. Para mim, aquilo foi uma bênção e uma maldição. Por um lado, enquanto não acontecessem mais ataques, a Sra. Superintendente não poderia me acusar de fracassar na missão, mas, por outro, eu não tinha como agradá-la, não tinha nada a dizer. Seis semanas se passaram assim, bebendo e jogando, me entregando a pequenos delitos. Fiquei desanimado. Minha luxúria e meu ardor diminuíram, fui ficando deprimido. Tudo me parecia sem propósito. Eu não conseguia me animar para fazer nada. Sonhos de assassinato e fuga começaram a se acumular na minha cabeça que nem nuvens escuras. Eu fazia pouco caso de todas as pessoas com quem me relacionava. Tinha vergonha de ligar para a Sra. Superintendente, mas, por outro lado, desejava ver rosto severo dela, ouvir as repreensões, as ordens para que eu fizesse mais ou sofresse as consequências. Então liguei para o número. Foi o assistente que atendeu. Eu disse que não tinha nada a relatar.

— A Sra. Superintendente está muito decepcionada com você — disse ele. — Se você não tem serventia para nós, vamos mandá-lo direto para a cadeia.

Tentei protestar, exigi ver a Sra. Superintendente pessoalmente. Ele ficou ofendido.

— Tenha mais respeito, Sunil Rastogi. Se não tomar cuidado, vamos jogar toda a culpa da gangue em cima de você.

Falou como se fosse uma grande ameaça, mas foi um momento de grande empolgação para mim porque, naquele instante, eu resolvi o caso.

6.

A partir daquele momento, durante todas as noites de bebedeira com meus novos amigos comecei a instilar a ideia: uma bela noite de lua nova... não seria inteligente imitarmos aqueles demônios, atacar o público desavisado como a gangue Chaddi Baniyan? Eles gargalharam.

— Sunil Rastogi, você é doido!

No entanto, eu continuei a plantar a semente no cérebro deles deteriorado pelo álcool, explicando repetidamente como podíamos usar o medo e o terror daquela notória gangue a nosso favor. Como fazia tempo que a gangue tinha ido embora, nós, pequenos criminosos, ladrões, jogadores, viciados, eventuais estupradores, assassinos ocasionais, poderíamos nos apoderar da identidade deles. Foi um golpe de mestre, Sunny Wadia! Você não acha? Uma maneira perfeita de sair do buraco. Fui fazendo a cabeça deles aos poucos, não deixava a ideia esfriar. Disse que as pessoas ricas que andavam de carro tarde da noite ficariam com tanto medo ao ver a gangue que entregariam tudo sem dar um pio. Não precisávamos machucar ninguém. Continuei fazendo a cabeça daqueles homens. Quando estavam no auge da bebedeira, eu enchia a mente de cada um de luxúria, cobiça e orgulho ferido. Todos aqueles ricaços, rindo de nós, tendo o que nós não podemos ter. Que mal faria ensinar uma lição para eles? Devagarinho, a ideia foi criando raízes, até que, um belo dia, meus novos amigos estavam falando a respeito como se a ideia tivesse sido deles.

Em uma noite de lua nova, alguns dias depois, após várias garrafas de *daru* nos corpos, com *charas* no sangue, apresentei o plano que já havia arquitetado, o trecho da estrada, o método preciso. Eu ficaria de tocaia; quando o veículo certo aparecesse, daria o sinal e eles jogariam um pedaço de ferro na estrada, embaixo das rodas, forçando o carro a parar. Depois, roubaríamos os passageiros, levaríamos tudo e desapareceríamos na noite. Eles gritaram:

— Vamos lá! Vamos lá!

Alguém foi buscar graxa de motor, e em seguida saímos em disparada até a estrada secundária, escondemos as motos um pouco mais distante nos campos, tiramos as roupas até ficarmos só de *baniyan* e *chaddi* e cobrimos nossos corpos com graxa. Peguei as carteiras e as identidades deles e as guardei por precaução em um saco e, quando a transformação chegou ao fim, os entupi ainda mais de bebida e *charas*, e eles uivaram, gritaram e dançaram na estrada, parecendo demônios. Fiquei um pouco mais atrás, sóbrio, a mente aguçada, espantado com a fraqueza daqueles homens. Vários carros passaram até eu avistar a presa certa, um veículo cheio de mulheres roliças e homens de aparência fraca. Pisquei a lanterna três vezes para os meus companheiros, e o pedaço de ferro foi jogado na estrada embaixo do carro. Enquanto os pneus cantavam e o automóvel parava, a nova gangue atacou. Cercaram o carro enquanto os ocupantes gritavam. Barras de ferro e tacos golpeavam a carroceria e as janelas, mãos ávidas faziam a limpa nos homens e nas mulheres presos lá dentro. O medo das vítimas inebriava ainda mais os meus homens. Um dos membros da gangue pegou uma pedra pesada e a jogou no crânio de uma mulher. Quando um dos homens gritou e tentou salvá-la, outro da gangue começou a enchê-lo de pancadas, e, incitados pela violência e pelos gritos, os outros fizeram o mesmo. Sunny Wadia, eles não paravam. Era um frenesi de metal, olhos e dentes. Cortaram a garganta dos homens, os esfaquearam nos olhos e na barriga, arrancaram as roupas. Arrastaram as mulheres para os campos e as violentaram antes de estrangulá-las e esmagar seus miolos. No final, não sobrou ninguém vivo. Então meus homens se entreolharam, aturdidos. Arrastaram-se em silêncio por um tempo, esfregando a graxa e o sangue, saqueando os corpos e o carro antes de pegar as respectivas motos e ir embora.

7.

O frenesi não me pegou de surpresa. Eu sei o que mora no coração de todos os homens. Então, acordei de manhã e fui comer uma omelete em uma barraca próxima. Ali, sentindo o sol da primavera, fiquei observando os meninos jogando bombinhas nos vira-latas. Depois, liguei para o assistente da superintendente de polícia. Mas, antes que eu pudesse dar as boas novas, a Sra. Superintendente pegou o telefone e começou a me destratar com palavras duríssimas. Já estava em todos os noticiários. Ela continuou falando. Eu tinha fracassado, a gangue havia sido mais brutal do que nunca, tinham matado todo mundo, nenhum sobrevivente, você não fez seu trabalho.

— Mas, Sra. Superintendente... — falei. — Eu estava lá.

Ela ficou em silêncio por um tempo.

— Você estava lá? — perguntou.

— Eu estava de tocaia, Sra. Superintendente.

— Então isso é culpa sua, Sunil Rastogi. Por que você não ligou para mim?

Eu disse que só fiquei sabendo no último minuto e tive que entregar meu telefone.

— Isso é ruim — disse ela. — Isso é muito ruim. Me deixe pensar. Ligue daqui a uma hora.

Ela desligou e eu esperei, então fiz o que ela havia mandado. A Sra. Superintendente queria que eu contasse tudo, quem eles eram e como eu havia conseguido me infiltrar. Eu tinha previsto as perguntas. Me mantive próximo da verdade. Disse que era uma gangue de criminosos, jogadores e drogados que se passavam por um grupo secreto para amedrontar as pessoas. Ela ouviu em silêncio por um tempo enquanto eu falava; parecia cética.

— Eles se tornaram mais brutais. Da próxima vez que a gangue decidir atacar, ligue para mim, dê um jeito, e vamos armar uma emboscada para eles — disse ela, então me deu o número pessoal.

— E quanto a mim? — perguntei.

— Não se preocupe — disse ela. — Vou manter você em segurança.

Queria acreditar nela. Queria ser seu cão leal. Sonhava acordado com cenas dela se vingando daquela gangue infame, arma em riste, me libertando.

8.

Contudo, eu sabia que não estava seguro. E agora estava no meio de um dilema. Se a minha gangue cometesse outro crime e eu não os entregasse, ela viria atrás de mim. E, se eu os delatasse, também estaria envolvido. E se eu não fizesse nada? E se eles nunca mais atacassem e eu simplesmente fugisse? Era a opção sensata, Sunny Wadia. Mas e quanto à Sra. Superintendente? Ela não resolveria o caso, e tudo que eu queria era que ela ficasse feliz. Então fiz a minha escolha. Fui me encontrar com a gangue naquele dia. Vi que estavam todos impressionados pelo que haviam feito. As notícias não paravam de surgir. Os canais em hindi mostravam horripilantes reconstituições animadas na TV. Meus homens começaram a se embriagar para tentar conviver com as próprias lembranças. Eu me juntei a eles a uma mesa nos fundos de uma baiuca, nosso segredo bem guardado, e os observei beber cada vez mais. Lentamente, à medida que o álcool se instalava, eles começaram a falar, insultar, xingar, relatar a empolgação, as sensações de poder que tiveram. A TV dizia que a polícia não tinha pistas, absolutamente nada, e eu sorri ao ouvir aquilo, porque significava que aqueles homens estavam livres para agir. Aos sussurros, todos concordaram em ficar quietos por um tempo, uma semana, mais ou menos...

9.

... e depois atacar novamente. Como demônios famintos, eles estavam loucos para agir de novo. Cuidado com o que você deseja, Sunny Wadia.

Quando a noite caiu, eu os reuni, incitei-os com bebidas e drogas e marquei um encontro em um galpão, exatamente onde estamos agora. Por fim, liguei para a superintendente, triunfante.

— Sra. Superintendente, consegui — disse, animado. — Eles vão atacar novamente.

Contei onde a gangue estaria esperando. Ela ficou empolgada.

— Sunil Rastogi, pela primeira vez na vida você fez algo certo.

Ela, obviamente, já tinha arquitetado um plano. É o que estava esperando. Disse que ela e os colegas estariam em um Maruti vermelho, vestidos como convidados a caminho de um casamento, cheios de joias. Seriam um alvo impossível de ignorar. Então eu daria o sinal e a gangue atacaria. E depois? Bem, a emboscada começaria.

— Vocês vão atirar? — perguntei.

— Não, Sunil Rastogi. Eu respeito a lei. Vou prendê-los — disse ela. Depois, vacilou e complementou: — A menos que eles atirem primeiro.

10.

Era o que eu esperava ouvir. Foi como música para meus ouvidos. Tudo que eu precisava, então, era de um gatilho; um gatilho que eu já havia visto na rua. Veja, eu tinha que eliminar minha gangue, Sunny Wadia, por ela e por mim. Quando fui me encontrar com meus homens, descobri que eles não estavam loucos de luxúria e raiva, mas nervosos e assustados; eram criaturas humanas fracas, e isso não me serviria de nada. Dei-lhes bebida, fiz um discurso provocador, falei das putas e dos *chutiyas* que estavam rindo deles, que levavam um vidão enquanto eles sofriam. Fiz com que bebessem cada vez mais, consegui deixá-los exaltados. Eu os seduzi, peguei seus documentos de identidade, prometi prazeres, riquezas e sangue, depois os levei para o esconderijo no campo em plena noite. Incentivei que se despissem e se besuntassem de graxa, e eles obedeceram com uma solenidade ansiosa.

Então me esgueirei para o meu ponto, onde fiquei de tocaia e esperei por muito tempo enquanto vários carros passavam no escuro, rezando para que a gangue não saísse em disparada. Tudo estava silencioso e calmo, quando então vi, em meio à neblina, o carro com as luzes internas acesas; vi a Sra. Superintendente sentada atrás, vestida para um casamento, em um sári vermelho, como se fosse uma deusa. Eu queria fugir com ela.

Pisquei minha lanterna para a gangue enquanto o carro passava. Três sinais. Juro que vi a Sra. Superintendente virar a cabeça e olhar para mim.

— Esse aí! — gritei, só por precaução.

Saí correndo pelo campo em direção aos meus homens. Como planejado, eles jogaram o pedaço de ferro na estrada e o carro parou cantando pneus, pouco antes de onde a gangue aguardava. E então tudo aconteceu muito devagar e muito depressa ao mesmo tempo, Sunny Wadia. Os falsos convidados saíram rapidamente pelas portas do carro com as armas em riste enquanto meus homens surgiam com suas barras de ferro e facas, patéticos diante dos faróis, cobertos de graxa, vestindo só camisetas e cuecas. Largaram as armas e ergueram as mãos, rendendo-se.

Então foi minha vez de entrar em ação. Pus em prática meu plano: acendi bombinhas — como as que as crianças nas ruas usavam para atormentar os cães — e lancei várias, que explodiram em centelhas aos pés dos meus homens. Aquilo causou pânico. A noite se tornou uma chama. Não apenas por causa dos policiais no carro indo para um casamento falso, que atiraram, mas também porque, do outro lado da estrada, dezenas de outras armas abriram fogo. Um grupo de policiais de elite estava escondido ali desde o início. Massacravam meus homens, matando-os sem piedade. Me virei e saí correndo pelo campo, com o coração em disparada, noite adentro.

11.

Embosquei um homem de motocicleta por volta do amanhecer. Desferi um golpe na cabeça dele, peguei as roupas e o dinheiro e viajei por horas a fio. Depois, me livrei da moto e peguei carona em um caminhão, chegando a Benares quando já estava escuro. Fui até o Ganges sagrado, me banhei, joguei no rio as identidades de todos da gangue junto com outras relíquias de minha vida passada e fiz uma prece.

Àquela altura, a ação policial estava em todos os noticiários. Vi em canais de TV por toda parte. A temida gangue Chaddi Baniyan havia sido trucidada, seus integrantes mortos em um tiroteio enquanto tentavam cometer outro crime hediondo. Em todas as reportagens, em todas as TVs, lá estava ela, a jovem policial Sukanya Sarkar, a Sra. Superintendente, durona com seu sári de casamento e um revólver na mão, a heroína do momento. Mais tarde, ela estava novamente de uniforme, limpa e séria — eu a preferia assim —, em pé junto aos cadáveres enfileirados no acostamento da estrada, cobertos por lençóis brancos. Eu conseguia reconhecer cada um dos homens da minha gangue pelos dedos dos pés.

Passei dias em bordéis, torrando todo o dinheiro, mas logo fiquei entediado. Sunny Wadia, decidi ligar para a superintendente. Entrei em uma cabine telefônica e disquei o número que ela havia me dado.

— Fale — disse ela assim que atendeu.

— Parabéns, Sra. Superintendente — cumprimentei-a. — A senhora resolveu o caso.

Ela ficou em silêncio. Parecia amedrontada.

— Sunil Rastogi, é você? — perguntou, por fim.

— Sim, Sra. Superintendente, o próprio.

— Onde você está? — indagou ela.

— Sra. Superintendente, seria burrice minha dizer — respondi.

— Por quê? — questionou ela.

— Porque a senhora virá me matar — respondi prontamente.

Eu devia ter parado por aí e desligado, mas queria continuar a ouvir a voz dela. Achava importante que soubesse tudo que eu havia sacrificado por ela. Então resolvi confessar tudo.

— Sra. Superintendente, me ouça mais uma vez, por favor. Tenho algo importante a dizer.

E contei tudo: que a gangue era uma mentira, que eu a havia criado com meus amigos.

— Por quê? — perguntou ela, com a voz um pouco mais alta que um sussurro.

— Eu estava com medo — respondi. — Era pressão demais. Além disso, queria te agradar. Deixar você feliz. Queria que a senhora resolvesse o caso.

Ela ficou em silêncio quando terminei, o que durou muito tempo.

— Sra. Superintendente? — chamei-a.

Então ela falou.

— Você está me dizendo a verdade, Sunil Rastogi? — perguntou ela, com uma voz aguda e solitária.

— Estou dizendo a verdade, juro — garanti. — Faço qualquer coisa pela senhora.

Ela ficou em silêncio.

— *Bhenchod* — disse ela, por fim.

Uma única palavra.

— Sra. Superintendente — respondi com o coração alegre.

— Nunca mais ligue para este número e nunca mais fale a respeito disso com quem quer que seja.

12.

Comecei a perambular por aí. Primeiro no sul, até Bundelkhand; depois, leste, rumo a Bihar, vagando de uma cidade a outra, roubando quando precisava, cometendo pequenos delitos. Acabei em Ballia, na divisa com Bihar, um lugar perfeito para um homem como eu. Comecei a trabalhar para um dos deputados estaduais locais, Ajit Singh. Ouvi falar que nada acontecia na cidade sem a aprovação dele, então apareci na sede do seu partido numa manhã e disse que era um homem que gostava de trabalhar com afinco. Um velho funcionário me mandou falar com um homem em outro escritório, a poucas ruas de distância. Esse homem me perguntou o que eu queria, e eu respondi que faria qualquer coisa por um pouco de dinheiro e bebida, embora não fosse um bêbado. Ele me entrevistou brevemente e perguntou que tipo de experiência eu tinha. Falei que havia trabalhado para um partido local no oeste do país, ensinando uma lição aos inimigos. Era tudo que ele precisava ouvir.

— Qual é seu nome? — perguntou ele, por fim.

— Chotu Raj — menti.

E pronto, estava contratado.

Aprendi muito sobre política. Ajit Singh era o principal chefão da cidade. Tinha muitos interesses: dragar o leito dos rios para obter areia para construção, desmatar árvores em terras do Departamento Florestal para obter madeira, explorar pedreiras, roubar medicamentos dos hospitais do governo. Desde que fizéssemos o que ele mandasse, tínhamos proteção para qualquer outra coisa que aprontássemos, exceto matar policiais. Foi um ótimo aprendizado para mim. Entendi como a engrenagem do Estado funciona; como policiais, políticos e burocratas trabalhavam juntos para manter a engrenagem girando; como cada dente da engrenagem é importante; como a engrenagem é o próprio sistema. Como homens comuns são a merda que gruda na engrenagem. Como a engrenagem esmaga tudo que aparece na frente. *Ah, e como esmaga!*

Cometíamos extorsão, recolhendo dinheiro para proteger negócios que, se não pagassem, eram incendiados. Realizávamos vários sequestros para embolsar o resgate. Matávamos nossos adversários, planejávamos rebeliões, organizávamos protestos. Se as comunidades pequenas e pobres começavam a prosperar, incendiávamos seus bairros. Se algum cidadão equivocado tentava se queixar de nós, procurando a mídia ou o novo magistrado distrital, quebrávamos as pernas dele, ou então matávamos os jornalistas. Tínhamos que garantir que a mensagem fosse clara: se você souber qual é seu lugar e não tentar interferir, as engrenagens vão girar bem; mas, se quiser ser um herói, *adeus*!

No entanto, mesmo com tudo isso, eu não estava satisfeito. Era um trabalho monótono, sem nenhum arroubo criativo. Não tinha chance alguma de me destacar. Mas isso mudou quando um dos rivais em ascensão de Ajit, um homem chamado Govind Chaudhary, um gângster que começou negociando sucata, ganhou destaque, pretendendo concorrer e vencer as eleições seguintes. Qualquer homem que se candidatasse na nossa parte da cidade era uma ameaça. Ele tinha dinheiro e apoiadores. Então, Ajit Singh quis mandar uma mensagem. Houve uma reunião para debater que tipo de mensagem seria mandada.

Govind Chaudhary tinha um braço direito: Shiv Kumar. Kumar era um velho companheiro de Ajit que havia mudado de lado. Sabia-se que, sem ele, Chaudhary estaria perdido. Então foi decidido que Shiv Kumar seria assassinado na frente do tribunal em três dias, quando um processo por extorsão seria julgado em seu favor. Seria, de fato, uma mensagem poderosa. A única coisa a ser decidida era quem executaria o crime e como. Ah, meu Deus, Sunny Wadia, o debate não chegava a lugar algum no quartel-general de Ajit, todo mundo falando só por falar, amando o som da própria voz. Não sou muito de falar, então fiquei ouvindo em silêncio, no fundo da sala. Quando fiquei de saco cheio das falsas bravatas, me levantei e disse que o mataria, depois saí. Eu, no entanto, não esperaria três dias nem me limitaria a Shiv Kumar.

13.

Voltei para o meu quarto e passei o resto do dia com várias garrafas de *daru* e um pouco de *charas*, me preparando. Alguns dos homens de Ajit foram me procurar para dizer que tinham seus próprios homens, que eu não fazia parte do plano; ri e os mandei embora. "Façam como quiserem", disse a eles.

Terminei a última garrafa e esperei o anoitecer, e, quando meu sangue estava em *nasha*, saí alegre pela cidade, na escuridão, evitando todos, inclusive as delegacias de polícia. Quando estava perto da casa de Shiv Kumar, em um condomínio de luxo, entrei num beco escuro e me escondi entre as árvores até tarde da noite. Depois me despi e fiquei só de *chaddi* e *baniyan*, ocultei minhas roupas, esfreguei no corpo a graxa que havia levado comigo, limpei as mãos e as enrolei em trapos limpos para conseguir escalar.

A rua em volta da casa de Kumar era vigiada por policiais, e o imóvel tinha dois seguranças armados. Então subi no telhado de uma residência a certa distância e me arrastei sobre os telhados de outras até chegar à dele. Pulei para a sacada, onde caí sem fazer barulho. Era uma bela casa, do tipo que todos os homens importantes têm hoje em dia. Mas, para mim, não fazia diferença. Tirei do trilho a porta da sacada e entrei. Atravessei o mármore frio do chão do corredor até encontrar o quarto e, lá dentro, olhei para Shiv e a mulher dele, que dormiam. Foi tão fácil, Sunny Wadia. Shiv Kumar era apenas um homem — só isso. Não perdi tempo. Cortei a garganta dele enquanto ele dormia. O sangue jorrou por toda parte e ele gorgolejou em sua última respiração. A mulher dele acordou sobressaltada, e eu pressionei a mão sobre sua boca. Ela arregalou os olhos de terror e me mordeu, como uma cadela raivosa. Fiquei tão indignado que tive que refrear meu impulso de retalhá-la — para meu plano funcionar, era necessário que ela ficasse viva.

Lutei com ela. A mulher, em seu desespero para sobreviver, era mais forte do que a maioria dos homens. Mordeu minha mão com tanta força que tirou sangue, mas, assim que ela soltou, consegui me virar e esmurrá-la. Bati até que ficasse inconsciente, depois amarrei-a e vasculhei o resto da casa. O som dos ventiladores de teto abafou o barulho da nossa luta, de maneira que ninguém na casa ouviu um pio.

Havia dois empregados dormindo no andar de baixo, dois seguranças na frente da casa e duas crianças. Shiv Kumar tinha sido abençoado com dois meninos. Primeiro cortei a garganta dos dois empregados; depois, entrei de fininho no quarto das crianças e as observei. Devia matá-las ou deixá-las viver? Pensei por tempo demais, e esse foi meu erro. A mulher de Shiv Kumar havia acordado e, enquanto eu estava em pé na frente das crianças, ela começou a gritar. Os meninos despertaram e me viram olhando para eles de *chaddi* e *baniyan*, coberto de graxa e sangue. Os gritos deles foram ensurdecedores. Àquela altura, os seguranças estavam entrando na casa, então eu fugi. Saí pela janela, avancei desajeitadamente pelos telhados até as árvores vizinhas, evitando os tiros por um triz. Peguei minha roupa nos arbustos e consegui atravessar a cidade, me escondendo na floresta a noite toda.

14.

Na manhã seguinte, a notícia já estava circulando. A temida gangue Chaddi Baniyan havia reaparecido, matando o notório Shiv Kumar. Os seguranças, a mulher e as crianças relataram a mesma coisa. Eram pelo menos cinco, disseram. Homens horrorosos cobertos de graxa, os olhos brilhavam no escuro. Só se falava nisso. O medo que tomou conta da cidade era extraordinário. O lugar sucumbia ao caos. Os assassinos foram descritos de maneira exagerada. Não eram humanos. Os olhos vermelhos brilhavam e tinham garras no lugar dos dedos. Depois, vazou a informação de que a mulher de Kumar havia mordido um dos monstros. Todos diziam que ela ia se infectar com o sangue dele, que se tornaria um deles. Eu ria de tanta idiotice.

Voltei ao quartel-general de Ajit Singh à noite. Entrei de mansinho, no escuro, para ouvir o medo e o terror dos membros da gangue.

— Você ouviu? *Você ouviu?* — gritavam. — A gangue Chaddi Baniyan está aqui! Chegaram em Shiv Kumar primeiro! Quem sabe qual será o próximo alvo?

Enquanto me aproximava, ouvi a voz descontente de Ajit Singh, furiosa com o tolo que havia feito aquilo. Shiv Kumar deveria ter morrido em público! Sua morte seria uma mensagem política, uma declaração do poder e das intenções de Ajit Singh, e não uma história de fantasmas para assustar o povo.

— E se — falei, saindo da escuridão — o povo pensar que a temida gangue Chaddi Baniyan trabalha para o senhor?

Então ergui a mão e desenrolei as ataduras para mostrar as profundas marcas de dente.

— Ela lutou mais que os homens — disse e ri.

— Quem é você? — perguntou Ajit Singh, sua voz amedrontada.

— Meu nome verdadeiro é Sunil Rastogi — respondi. — Minha gangue espreita nas sombras e vive para matar.

Quando acabei de falar, todos fizeram silêncio; as expressões endurecidas mudaram e eles se afastaram de mim. Foi uma sensação boa receber o respeito que eu merecia, Sunny Wadia.

Mantendo as aparências na frente dos seus homens, Ajit Singh me agradeceu muito pelo que eu havia feito. Todavia, pediu que eu me retirasse; os policiais iam fazer marcação cerrada em cima de todo mundo. Disse que as atividades seriam interrompidas por um tempo, que eu teria que ficar na surdina, pois não haveria nada para divertir um homem como eu.

— Eu crio minha própria diversão — respondi, deleitando-me com a cortesia dele.

Um dos homens de Ajit Singh murmurou algo em seu ouvido. Eles conversaram por algum tempo, lançando olhares astutos em minha direção. Quando terminaram, Ajit Singh disse que tinha uma nova proposta que revelaria sozinho, em uma hora.

— Revele agora — exigi.

Ele disse que precisava falar com alguém mais importante que ele, portanto, eu precisaria esperar. Tomando cuidado para não forçar a barra, concordei. Passei a hora seguinte fumando enquanto esperava, extasiado, os homens de Ajit Singh me encarando de longe, como delicados raios de sol em uma tarde de inverno.

Quando uma hora se passou, fui levado ao salão privativo de Ajit Singh, e ele me disse o seguinte: no norte do estado, nas florestas do Terai, que fazem fronteira com o Nepal, ficava a obscura *dera* de um homem grande e poderoso que havia ouvido minha história e queria me conhecer.

— Quem é ele? — perguntei.

— Ele se chama — respondeu Ajit Singh, a voz tornando-se um sussurro, embora não houvesse mais ninguém no cômodo — Himmatgiri. É um comandante militar, e seu conhecimento das artes sombrias, *kala jadoo*, é maior que o de qualquer outro homem vivo.

Kala jadoo? Magia macabra? Tive que conter o riso. Não havia magia macabra no mundo, só a ação dos seres humanos. E lá estava um vigarista se escondendo na floresta e se aproveitando da idiotice de homens tolos. Para ser sincero, eu estava rindo da estupidez de homens como Ajit Singh, mas gostava muito da ideia de conhecer o tal Himmatgiri. Para alívio de Ajit Singh, falei que ficaria feliz em viajar para me encontrar com aquele homem e avaliá-lo. À noite, eu já havia partido.

15.

Então lá estava eu, Sunny Wadia, no auge da carreira, passando de uma gangue para outra como um ídolo — alimentado, venerado e temido. Minha reputação sempre me precedendo. Muitas vezes, ninguém falava comigo, só me observava de longe ou lançava olhares furtivos, como se não conseguisse acreditar em quem eu era e no que eu havia feito.

Afinal de contas, quem era eu? Um assassino? Um demônio? No fundo, eu era um jovem, enganado muitas vezes, que simplesmente havia sobrevivido. Pensava nos meus feitos, nas dificuldades da minha jornada e na Sra. Superintendente. Ficava imaginando que fim ela havia levado. Mas, conforme me aproximava do meu destino, todos esses pensamentos foram se dissipando. Em vez disso, comecei a pensar no tal Himmatgiri. Quem era ele exatamente? O que havia feito?

Meus transportadores faziam relatos conflitantes, muitas vezes vagos. Alguns se encolhiam ao ouvir o nome, olhavam ao redor como se os cômodos tivessem olhos e ouvidos. Outros murmuravam que ele era um grande *rishi*, um sábio ou a reencarnação de santos guerreiros antigos. Só vez ou outra um capanga mal-humorado, cínico ou corajoso ria e declarava que o tal Himmatgiri era uma fraude, ou que nem sequer existia, e conversas desse tipo desencadeavam debates intensos. Como você sabe? Não é óbvio? Como pode dizer algo *assim*? Cuidado quando for dormir à noite. Himmatgiri vai pegar você.

— Como ele é? — perguntei.

— É um gigante — responderam —, o cabelo escuro caindo como cordas da testa alta, com olhos animalescos e anéis brilhando nos dedos. Ele carrega um machado do tamanho de um homem. Não, carrega uma espada. Não, ele não carrega nada, pois nenhuma arma mortal pode tocar nele!

Morri de rir com esse último absurdo. Eles se calaram à minha volta. Foi nesse clima de incerteza que entrei nas florestas do Terai, ao norte de Maharajganj, e é aí que minha história se torna estranha.

16.

A gangue em que entrei fazia parte da máfia da madeira, muito poderosa na região. Estava envolvida no desmatamento e na venda ilegal de *Acacia catechu*. Talvez você tenha na sua casa, Sunny Wadia. Todas as pessoas importantes têm. Ou, quem sabe, talvez tenha nos apartamentos luxuosos que você está construindo por toda parte. Seja como for, me levaram até uma equipe de madeireiros. Caras durões e experientes. Eles deveriam me acompanhar a uma parte da floresta onde minha viagem chegaria ao fim, onde me encontraria com Himmatgiri. Em troca, eu garantiria a segurança ao longo do caminho, enquanto eles desempenhassem as missões de derrubada de árvores durante a noite.

— Onde fica esse lugar? — perguntei. — Onde vamos encontrar o misterioso Himmatgiri?

Eles responderam que isso só ficaria claro com o tempo. Achei incompreensível, mas não questionei nada, pois sabia que o silêncio era meu amigo. No entanto, depois de um tempo caminhando pela floresta à luz do fim da tarde, decidi provocá-los.

— Sabe, tem gente que acha que esse tal Himmatgiri nem existe de verdade — disse entre risadinhas.

Senti um arrepio coletivo correr pelo grupo de homens.

— Vou fazer uma prece por você hoje à noite — disse um velho madeireiro.

Nada mais foi dito a respeito. Viajei em silêncio, com um rifle a tiracolo.

E foi assim que o trabalho começou. Era uma atividade muito meticulosa, e só podíamos realizá-la à noite. Havia ciclos nos quais a madeira era carregada por trilhas na floresta até estradas, depois era transportada em caminhões e misturada com madeira legal comprada em leilões do Depósito do Governo. Mandávamos esses caminhões para postos de controle selecionados, onde os oficiais de serviço de certos turnos haviam sido subornados para permitir o contrabando. Se isso parece enfadonho, não dá nenhuma indicação sobre a terra em que estávamos.

Nunca fui religioso, Sunny Wadia. Minha mãe e meu irmão eram. Mas eu, não. Me banhava e fazia *puja* como todo mundo, mas nunca senti Deus no coração. Não até estar naquele lugar.

Você já viu a floresta do Terai à noite, Sunny Wadia? Tenho certeza de que já viu muita coisa, mas homens como você não vão a certos lugares nem experimentam certos estilos de vida. Se você fosse, iria de terno, em algum dos seus carrões e cercado pelos seus homens. Não caminharia sozinho nas profundezas da noite.

Existem espíritos e deuses de todo tipo lá dentro. Leopardos, elefantes, tigres... E lá também estava Himmatgiri. Quanto mais adentrávamos a floresta, seu nome, mesmo sem ser pronunciado, parecia pairar no ar. Apesar do nosso poder de fogo — AKs chineses, submetralhadoras Sten, granadas, espingardas, revólveres e facões —, parecia que poderíamos encontrar nosso fim a qualquer momento. Os homens supersticiosos carregavam amuletos, faziam preces e ofereciam sacrifícios em nosso acampamento. Abatiam cabras e galinhas para as divindades locais e rezavam antes de sair para derrubar as primeiras árvores da noite.

Como eu tinha ido parar lá? Para onde estava indo? Não conseguia me lembrar com nitidez. Tinha vagas lembranças da jornada que havia empreendido, dos assassinatos que havia cometido, mas, naquele momento, até isso parecia irreal, como se tudo tivesse sido um sonho, como se tivesse acontecido em outra vida. Me sentia apartado do eu ao qual era tão apegado. Quando conversava com os madeireiros, era como se eles estivessem falando com outra pessoa, alguém que estava com eles na floresta havia muito tempo, que vivia com eles havia anos. Às vezes, eu até esquecia meu nome. Sunil Rastogi. Tinha que repetir o nome para mim mesmo quando voltávamos ao acampamento, na segurança da luz matutina. Sunil Rastogi. Sunil Rastogi. No entanto, até esse nome perdeu o significado, separado do seu objeto, como qualquer outra palavra repetida sem parar.

Foi na quinta noite, ou talvez na quinquagésima, que tudo aconteceu. Cortávamos madeira no silêncio da noite, às três da madrugada, no ar frio. Estávamos um pouco além da fronteira, no lado do Nepal. Àquela altura, já estávamos cortando árvores havia duas horas. Eu patrulhava os arredores da nossa zona, fumando um cigarro, observando a selva, procurando guardas-florestais e animais selvagens. Chegou a hora da pausa, e então os homens pararam de cortar madeira; as serras e os machados ficaram em silêncio. Assim que isso aconteceu, percebi a neblina chegando sorrateiramente por todos os lados, e, de repente, eu não conseguia enxergar mais nada. Uma sensação incômoda tomou conta de mim — algo muito ruim estava próximo. Fiquei ouvindo sem me mexer ou falar, semicerrando os olhos na direção da floresta, tentando enxergar algo, até começar a imaginar coisas se mexendo na escuridão. Entrei em pânico e saí correndo pelo nevoeiro chamando pelos homens, mas estava sozinho ali. Fui me afastando cada vez mais até a neblina se dissolver, e me vi perdido e sozinho. Então, ouvi uma voz ao vento. Sunil Rastogi, disse a voz.

Eu não queria mais estar ali. Não queria conhecer aquele homem. Queria ir para casa. Queria correr. Me virei para correr, para encontrar uma trilha. Segurei com força a arma que estava na minha mão. E foi então que eu a vi. Uma visão impossível de se imaginar em mil anos. Lá estava uma garota — nua, com um longo cabelo negro, correndo entre as árvores. Correndo, a não mais que dez metros de mim, pálida como um fantasma ao luar. Parecia linda, mas havia algo terrível pairando sobre ela. Quando entrevi seu rosto, entendi do que se tratava: embora não emitisse som algum, estava contorcido em um grito. Fiquei paralisado enquanto ela cruzava meu caminho e, quando me virei e a vi correndo para longe de mim, notei um grande quadrado rosa borbulhando nas costas dela onde a pele havia descascado. Assombrado, observei-a desaparecer na neblina, e, quando ela se foi, todo o som do mundo me atingiu novamente. Então percebi que eu estava gritando, aterrorizado, e disparando meu AK noite adentro.

Com o barulho dos tiros, os homens da equipe de madeireiros largaram as ferramentas e correram na minha direção. Sim, eles estavam lá o tempo todo!

— O que foi? — gritaram. — Um elefante? Um leopardo?

Olhei para eles, incrédulo. Eles não tinham visto? A neblina? A garota? Eles se entreolharam.

— Aonde vocês foram? — gritei. — Onde estavam?

Eles ficaram reticentes. As expressões eram de compreensão e temor.

— Estamos aqui — disse um deles.

— Onde? — questionei.

— Não vamos mais nos afastar. — Veio a resposta.

— Deixe-me ver sua arma — pediu um dos seguranças. — Parece que emperrou.

Assim, a arma foi retirada das minhas mãos e, imediatamente, eu estava sendo agarrado por todos os lados, puxado em direção a uma árvore e amarrado no tronco com uma corda grossa. Minha boca foi amordaçada e meus olhos, vendados. Não conseguia me mexer, enxergar ou gritar. Só conseguia ouvir os homens indo embora, até a floresta voltar ao seu silêncio. *Estou sendo sacrificado*, pensei. E, depois, ouvi passos se aproximando pelo chão da floresta, chegando cada vez mais perto, até pararem na minha frente e eu sentir uma respiração constante e um hálito quente. Estremeci ao ouvir meu nome emitido das profundezas do peito de um estranho.

— Sunil Rastogi — disse a voz. — Então você é o homem que não morre.

E suas mãos retiraram a venda que cobria meus olhos.

17.

Essa foi a última coisa da qual me lembrei. Acordei quatro dias depois, deitado ao lado de um canal, entre moradores de rua, em uma cidade mercantil desconhecida, vestindo roupas esfarrapadas e coberto pela minha sujeira, uma garrafa de bebida vazia na mão. Meus pés estavam em carne viva e meu corpo, machucado. Era o meio do dia e o sol estava forte. O mercado estava movimentado e eu era ignorado, como se fosse um bêbado, um louco. Uma velha sem pernas gritou comigo.

Em agonia, levantei-me com dificuldade e saí cambaleando. Enquanto me arrastava, tentando me lembrar do que me levara até aquele lugar, parei para examinar meu rosto no retrovisor de uma moto. Meu espírito quase deixou meu corpo. Minhas bochechas haviam sido arranhadas, meus lábios haviam sido queimados e agora estavam com bolhas. Parecia que eu tinha envelhecido muitos anos. O que eu vi é o homem que você está vendo agora. Percebi, naquele instante, que algo havia sido tirado de mim. Algo na minha cabeça. No meu coração. Até nos meus colhões. Me esforcei para me lembrar de como acabei assim. Tudo que eu conseguia me lembrar era do meu nome: Sunil Rastogi. Mas eu não era mais o mesmo. Não era o homem que eu costumava ser. Estava sem um tostão e assustado. Sem sorte. Tentei mendigar e recebi cusparadas. Tentei *muito* mendigar, e fui espancado por policiais. Fui abandonado sangrando. Me arrastei por valas, fui mordido por vira-latas. Eu! Eu? Não... não existia eu. Eu havia sido esvaziado.

Me escondia à noite e caminhava pelos campos. Dormia em templos e edifícios antigos. Não suportava ficar na presença de pessoas. Comecei a dormir ao ar livre. Mas odiava dormir. Meu sono era cheio de monstros. Mesmo quando estava acordado, sentia algo me observando por trás de minhas pálpebras, dentro de mim. Quando eu tentava entender o que havia acontecido, meu cérebro precipitava na escuridão. Só conseguia ver vida com o canto do olho. Sabia que tinha que fugir.

18.

Mas fugir para onde? O único lugar em que eu conseguia pensar era o oeste, em casa, onde tudo começou. Você precisa entender, Sunny Wadia, eu estava desesperado e assustado naquele momento. A amnésia que me assombrava era o pior de tudo. O que você acha? Voltar para casa não era arriscado também? Lá queriam me prender, certo? Era possível. Mas, na época, eu duvidava. A única pessoa que me conhecia como criminoso era a Sra. Superintendente, porém, para se proteger, ela jamais pronunciaria meu nome. Além disso, eu achava que anos haviam se passado, que velhos pecados tinham sido esquecidos. É, eu ia voltar para casa, mostrar humildade, pegar a terra da minha família. Viver uma vida de solidão e trabalho simples. Esse pensamento me sustentava enquanto eu percorria o caminho para oeste mendigando e roubando. Muitas semanas mais tarde, cheguei.

Imagine minha surpresa, Sunny Wadia, quando cheguei a Greater Noida e descobri que toda a terra cultivada e vilarejos inteiros haviam sumido, enormes complexos de apartamentos estavam sendo erguidos e mansões para ex-fazendeiros despontavam do solo. Com certa dificuldade, localizei o lugar onde eu havia nascido, descobri que a casa simples tinha sido substituída por uma propriedade com altas grades metálicas e câmeras de segurança. Chamei o nome do meu tio e não obtive nenhuma resposta. Apertei a campainha ao lado do portão e uma voz me respondeu. Quem eu era? O que eu queria? Se eu não fosse embora, soltariam os cães. Embora não estivesse mais vestindo trapos, minha aparência era triste diante daquela mansão iluminada. Uma parte de mim queria dar meia-volta e partir. Outra dizia: *Não, esta é a sua terra*. Na minha indecisão, uma porta se abriu e um dos meus primos mais jovens saiu, vestindo um terno brilhante, óculos escuros, relógio grande e carregando uma grande arma americana.

— Ah — falei. — Então está no sangue da família!

— Do que está falando, seu louco? — retrucou meu primo.

Perguntei se ele não me reconhecia; especialmente porque estava no lugar onde eu havia nascido. Ele me ameaçou, dizendo que, se eu não caísse fora, atiraria em mim. Consegui sorrir com certo esforço.

— Sou seu primo — repliquei.

— Sunil? — ouvi a voz de uma mulher atrás dele.

Era a viúva do meu irmão. Roliça e coberta de joias, usando jeans! Seus modos eram os de uma rainha, ela era a responsável pela casa...

Minhas entranhas arderam ao vê-la, meu coração se enfureceu...

19.

Ela disse aos meus primos para me deixarem entrar. Dentro da propriedade, ao lado de palácios de mármore novos em folha, ainda estavam nossas velhas casas de tijolos. O búfalo ainda bufava ao lado dos SUVs. E, no pátio, nossa velha avó desdentada dormia em um estrado baixo.

Meu tio apareceu em meio à comoção. Estava muito grande e gordo. Usava tanto ouro que não sei como não caía. Todos os meus primos fizeram fila para me observar. Estavam loucos para brigar.

— Sunil — disse meu tio —, seu imprestável, seu ladrão... O que quer?

Eu disse que não queria encrenca. Vinha de muito longe e, após essa jornada, só queria voltar para casa.

— Aqui não tem nada para um ladrão! — respondeu ele.

Logo fiquei de cabeça quente e perdi o controle.

— O ladrão aqui é o senhor, tio, já que esta terra é *minha* — falei. — O senhor a tirou de mim.

Ele riu com escárnio.

— Terra alguma pertence a um animal como você.

Fiquei lá em pé, humilhado, vendo que eles não arredariam pé. Percebi quanto as coisas haviam mudado, quanto eu havia me tornado fraco, inútil e azarado. Todos começaram a rir de mim. Eles viam em meu rosto a constatação de que meu futuro estava na estrada, vivendo como um vagabundo. O que eu podia fazer? Baixei a cabeça e me dirigi à porta para retornar à estrada. Mas, antes de cruzar a soleira, ouvi a viúva do meu irmão chamar meu nome. Me virei mais uma vez, e lá estava ela, tirando a pesada corrente de ouro.

— Leve isso aqui — disse —, pelas coisas que você fez no passado.

Aceitei humildemente. Ela se lembrava da pessoa que eu havia sido. Quando ela estava na cama do meu irmão, eu, envergonhado, mal conseguia encará-la. Mesmo naquele momento, era difícil olhar para seu rosto. Com aquela corrente de ouro na mão, porém, eu começaria uma vida nova.

Meu devaneio foi fugaz. Dez minutos mais tarde, enquanto caminhava pela estrada de terra, um policial apareceu e bloqueou meu caminho. Um homem que correspondia à minha descrição havia roubado a corrente de uma mulher.

20.

Sim, meu tio mandara a viúva do meu irmão fazer o trabalho sujo por ele. A polícia me levou, registrou a queixa, me espancou na cela e depois me transferiu para a cadeia de Jasna. Após tantos anos, após tudo que eu havia feito, era um destino condizente. Ser pego onde tudo começara. E o que eu sentia a respeito disso? Alívio, nada mais. Um peso tinha sido tirado dos meus ombros. Eu era apenas um ladrão de correntes de ouro, afinal.

Decidi me entregar. Abandonar a vida e deixar a prisão se apoderar de mim. Por dentro, perdi todo o desejo; não precisava de mais nada. Fui deixado no meu canto. Meu rosto, minhas cicatrizes e meu ar de decadência faziam com que ninguém me desafiasse. Não fui caça nem caçador. Vivia como um asceta. Era ignorado pelos homens que procuravam carne nova. Se por acaso eu entrevisse meu reflexo, sabia que não haveria rastro do Rastogi "Chaddi Baniyan", e não procurava ver meu reflexo de forma alguma. Assumi um ar de desinteresse. Era alguém que podia rir com desdém das loucuras da juventude.

Foi assim que encontrei Sonu, irmão de Manoj. Ele era cabeça quente, como eu havia sido na idade dele. Estava sempre ansioso para encontrar alguém que escutasse sua história. E eu o escutei. Ele disse que havia matado um homem em uma briga. Havia entrado em um *showroom* em Déli e brigado com o vendedor por causa de um carro; a briga culminou com a morte do vendedor. Sim, Sonu atirou na cabeça dele. Ele não tinha esperança de ser solto, a menos que conseguisse uma enorme quantidade de dinheiro, o suficiente para subornar todos e conseguir uma fiança.

— Como arrumar tanto dinheiro? — perguntei a ele.

— Só tem uma maneira — respondeu ele, me encarando com uma expressão violenta. — Vou mandar o inútil do meu irmão sequestrar e pedir resgate pelo *bhenchod* responsável por toda a nossa infelicidade. Esse filho da puta chamado Sunny Wadia.

21.

Talvez as coisas estejam ficando claras agora. Você acha que minha história enrolada só vai levar a isso? Está muito enganado! Estamos mais entrelaçados do que você pensa. Quando Sonu me revelou o plano, mal dei atenção. Parecia algo que eu teria feito nos velhos tempos, mas aqueles tempos tinham acabado. Eu não pensava mais naquelas coisas. Não me importava com aqueles sonhos de vingança e fuga, apesar da insistência dele. Mas tudo mudou quando vi sua cara, Sunny Wadia. Na tela da TV de uma cela de um dos vovôs da prisão.

— Lá está ele! É ele! — gritou Sonu. — Lá está o filho da puta que roubou minha vida. Eu vou me vingar dele!

E todo mundo começou a rir dele.

— Como você vai se vingar? Não sabe quem ele é? — perguntaram.

— Ele é o filho da puta que arruinou minha vida! — berrou Sonu. — Comprando nossas terras com seu dinheiro, mimando todos nós.

— Não, não, não. — Veio a resposta. — Ele não é isso.

— Quem é ele, então?

— Ele é o filho do Bunty Wadia!

Não falei nada enquanto o debate se desenrolava. Mas, de volta à cela, eu era um homem possuído. Puxei Sonu para um lado e olhei nos olhos dele.

— Arrume a fiança para mim.

Ele me empurrou.

— Arrumar a fiança para você? Por quê? — perguntou, zombeteiro.

— Arrume a fiança para mim — repeti.

— O que deu em você? — gritou ele.

— Nada — respondi. — Voltei a ser eu mesmo.

— Você está falando coisas sem sentido — respondeu ele.

— Não, o que estou dizendo faz sentido. Agora trate de usar todo o dinheiro que tiver para pagar minha fiança. Vou sequestrar Sunny Wadia para você.

22.

Até um homem burro como Sonu queria saber por que eu queria fazer aquilo. Precisava inventar algo, e então o distraí com a história da minha vida. Contei que era um criminoso temido tentando ficar na surdina, cujos feitos ainda não haviam sido descobertos, e que estava ficando nervoso por estar lá dentro por tanto tempo. Então, por uma pequena porcentagem do resgate, eu faria o sequestro perfeito, deixaria o restante do dinheiro com o irmão dele e daria o fora. Depois de horas de persuasão, consegui convencê-lo. A partir de então, eu tinha que mantê-lo por perto, contando histórias dos meus feitos todas as noites enquanto ele combinava com o irmão o pagamento da minha fiança, até que finalmente aconteceu.

Isso foi há três semanas. E agora aqui estamos nós, Sunny Wadia, cara a cara. E você deve estar se perguntando: o que aconteceu naquela cadeia? Quando você, Sunny Wadia, apareceu naquela TV, o que aconteceu comigo? Qual é o verdadeiro motivo para eu estar aqui?

Você acreditaria se eu dissesse que foi seu rosto? Alguma coisa no seu rosto me convenceu. Alguma coisa nele me deixou estupefato. A partir daquele exato momento, me senti obrigado, para além da minha própria razão, a fugir e conhecê-lo pessoalmente. Você, Sunny Wadia, era tudo em que eu pensava. Tinha que encontrar você e não sabia por quê. Mesmo durante aquelas semanas em que fiquei na sua cola, arquitetando um plano, esperando pelo momento certo, não conseguia entender a verdadeira razão para tudo isso. Nem sabia o que faria quando pegasse você. Aí surgiu uma oportunidade: você e seu amigo, sozinhos naquele Bolero, no meio do nada. Então nós aproveitamos. Atiramos no seu amigo, fizemos seu carro bater e escondemos você aqui. Quando tirei sua venda e te olhei nos olhos, finalmente entendi por que estava fazendo isso. Eu me lembrei daqueles quatro dias perdidos.

23.

Como eu pude deixar cair no esquecimento aqueles dias que foram tirados de mim, em que roubaram minha vida, quando passei de um homem livre a não mais do que uma casca? Por que não investiguei? Por que fugi de volta para casa, como um vira-lata com o rabo entre as pernas? Vou dizer por quê, Sunny Wadia: foi porque aqueles dias foram como buracos deixados na minha vida.

Agora, porém, eles retornaram à minha memória — a neblina soprada para longe, deixando aqueles dias claros à minha frente. Senti novamente a mão retirar a venda dos meus olhos. Senti meu corpo libertado da corda e da árvore. Vi homens à minha volta, todos de preto, carregando espadas e armas — armados até os dentes, como dizem —, todos com olheira e cabelo escuro longo e enrolado no alto da cabeça, preso com *chakrams* afiados, com muitos outros *chakrams* em volta da testa e do pescoço, como acólitos ou monges.

Algo foi soprado em meu rosto e, em segundos, não conseguia me mexer nem falar. Por algum motivo, não senti vontade de gritar. Fui erguido por várias mãos, carregado através da floresta e perdi a noção de tempo e espaço. Não dava para saber se tinham se passado horas ou minutos. Eu sentia que havia sido carregado por cem quilômetros e, ao mesmo tempo, ficado no mesmo lugar.

Chegamos a um acampamento na floresta, na fenda de um penhasco, composto por casernas com guarita e cercas de arame farpado. Ao amanhecer, atravessei os portões carregado e fui colocado em um pequeno aposento com um colchão e um cobertor. O sol raiou e eu observei sombras no teto, depois as vi sumir novamente; um dia inteiro havia se passado, e em momento algum consegui falar ou me mexer. Eu estava com medo, Sunny Wadia; nunca tinha sentido tanto medo. Não ser capaz de gritar ou se mexer é algo insuportável, um pesadelo. Mas não saber o que me aguardava era ainda pior. Para meu alívio, à noite meus membros começaram a recuperar o movimento; primeiro os dedos das mãos, depois os dos pés. Eu os mexia sem parar, extasiado com a capacidade de movê-los novamente. Só que a alegria duraria pouco e seria substituída por um novo medo. Me lembrei da garota fantasmagórica correndo pela floresta, sem fazer barulho, com a pele machucada.

Ainda não conseguia falar. Eu teria o mesmo destino daquela garota? Tentei me acalmar. Você é Sunil Rastogi. O homem vivo mais sortudo de todos. Mantendo isso em mente, acalmei meus pensamentos mais desesperados e me consolei com mais uma simples verdade: eu era um homem, não uma garota. Isso tranquilizou minha alma.

Tentava ouvir algo que me desse alguma dica de onde estava. No dia anterior, enquanto estava paralisado, não conseguia ouvir nada além de cantos de pássaros e sons de outros animais. Fiquei me perguntando se aquele acampamento estava deserto, se eu havia imaginado tudo que vira. Então ouvi vozes humanas, o burburinho de uma empreitada. Me levantei devagar. Me arrastei, vacilante, até as barras de metal que me proporcionavam uma visão reduzida do mundo. Vi aqueles homens de preto em volta de um lampião, empunhando armas, e, para além da cerca, uma procissão de corpos femininos sendo retirados de uma das barracas e colocados em um caminhão. Não estavam mortas, mas, sim, escravizadas. Então a maçaneta da porta girou. Fui pego bisbilhotando o acampamento.

— Então você é o tal — disse a mesma voz que eu ouvira antes, na floresta. Foi então que eu o vi, aquele homem gigante. — O tal cara que não morre.

O que eu deveria responder? Congelei. Senti como se tivesse sido pego em flagrante. Ele entrou — vestia uma longa *kurta* negra, o cabelo caindo sobre o ombro, os olhos parecendo carvões por causa do contorno de *kohl*, uma *tilak* vermelha e amarela riscada na testa. Eu precisava olhar para cima e esticar o pescoço para vê-lo. Estava hipnotizado por ele e pelo brilho dos anéis nos dedos. Himmatgiri, ladeado por dois de seus homens. Um carregava um banco de madeira e o outro, um lampião. Himmatgiri fez um sinal e então eles se foram e fecharam a porta, deixando-nos a sós com o banco e o lampião.

Enquanto ele caminhava pelo cômodo, percebi que tinha modos suaves, quase felinos. Parecia que me conhecia. Ele se aproximou. Eu estava em silêncio, ainda me apoiando nas barras de metal. Havia um estranho azedume metálico no hálito dele.

— Como é — perguntou, colocando a mão na minha cabeça — que você não morre?

24.

Sentado em um banco, ele me interrogou a noite inteira. O que eu podia dizer? Eu tinha *sorte*. Aquela era a única coisa que eu tinha para dizer. Era sortudo. Ele queria saber cada vez mais. Disse que um homem como eu deveria ter morrido havia muito tempo. Ele acompanhava meu progresso desde Ballia, quando assassinei Shiv Kumar. Como eu tinha feito aquilo? Nem eu sabia. O que eu sabia da gangue Chaddi Baniyan?

— Nada — falei. — Era tudo inventado.

— Aquela gangue conhecia certas coisas — disse ele. — Eles praticavam certas austeridades, certos sacrifícios.

— Não sou um deles — repliquei.

— Mas, Sunil Rastogi — disse ele, sorrindo —, você é um assassino.

Ele me fez voltar no tempo. Me obrigou a contar a história da minha vida, desde o nascimento até aquele instante. Por isso conto tão pormenorizadamente minha história para você, Sunny Wadia — já ensaiei. Ele não me deixava descansar. O interrogatório durou a noite toda. Não me lembro de nada exceto a voz dele. Enquanto o dia raiava, me entregaram uma bebida especial, grossa e pungente, em um copo de barro. Ele bebeu comigo. Voltou em pontos específicos. O que eu havia pensado em certo momento de crise? Como tomei determinada decisão? Eu não sabia, definitivamente não sabia. Ele parecia estar buscando alguma coisa. Quando a luz do dia preencheu minha cela, ele se foi. Fiquei acordado, paralisado sob a luz, com flashes da minha vida. Só voltei a vê-lo na noite seguinte, quando ele voltou com lampiões e comida e se sentou no mesmo banco.

— Decidi que você está falando a verdade — disse ele. — Você é um receptáculo.

25.

O telefone está tocando.

— Um momento — diz Rastogi.

Ele se afasta do banco e atende ao telefone.

— Alô? — Sorri. — Sim.

Olha novamente para Sunny.

— Manoj logo estará aqui. Tudo isso já vai acabar para você. Enquanto isso, deixe-me terminar minha história.

26.

Onde eu estava? Ah, sim, Himmatgiri. Ele se sentou à minha frente e sorriu.

— Decidi que você está falando a verdade — disse ele. — Você não sabe de onde vem essa magia, não sabe por que não morre. Mas veio a mim por um motivo, Sunil Rastogi.

Ele se levantou do banco, aproximou-se de mim, agachou-se e pegou uma corrente pendurada por dentro das roupas. Na ponta da corrente, havia um anel de ouro e, incrustado no anel, uma pedra de um verde tão resplandecente que era tudo que eu conseguia enxergar.

— Sua vida toda o guiou até aqui, e agora você é meu servo — disse ele.

Percebi que eu estava tremendo. Não podia discordar.

— Mas — continuou ele — logo você irá embora.

— Para onde eu vou? — indaguei, piscando para conter as lágrimas, pois estava comovido por sua fé em mim.

— Para o oeste — informou ele. — Para o lugar onde você nasceu. Você seguirá o destino, o mesmo destino que o trouxe até aqui.

— Sim — sussurrei.

— E, uma vez lá — prosseguiu ele —, você vai esquecer tudo até ver um rosto; esse rosto vai guiá-lo. Você vai procurar por esse rosto e dar um recado.

— Que recado vou dar? — perguntei.

27.

No galpão, com essas palavras, Rastogi se levanta do banco, tira do bolso um cabo de marfim e, com dedos hábeis, revela a lâmina mortífera que está no interior.

— Ele me disse: "Primeiro você vai dar o recado da dor."

Sunny começa a se contorcer e gritar.

— Depois você contará a história da sua vida.

Sunny luta contra as cordas, contrai cada músculo para encontrar um fio de liberdade. Tenta se levantar com a cadeira amarrada ao corpo, tenta jogá-la contra o chão para quebrar as pernas do móvel.

Alguma coisa.

Qualquer coisa.

No entanto, ele está fraco e tomado pela agonia, de modo que nada funciona.

— Sua vida é dor. A dor que é nativa da nossa terra.

Rastogi se agacha bem perto de Sunny e esquadrinha seus olhos.

— "E depois? Vou matá-lo?", perguntei a ele. "Ah, não! Deixe-o viver", ele respondeu. Então questionei: "Por quê?"

Rastogi estende a mão e aperta a bochecha de Sunny.

Sunny só escuta o martelar do próprio coração. Não escuta o som da motocicleta a distância.

— Está ouvindo? — indaga Rastogi, levantando-se de repente. — Manoj está aqui.

Ele se afasta de Sunny e vai até a porta, distanciando-se cada vez mais. O som da moto correndo a toda velocidade se torna quase palpável.

Rastogi apoia as costas na parede ao lado da porta.

— Enquanto Himmatgiri me colocava de pé e me abraçava, perguntei: "Por quê? Por que tudo isso para deixá-lo viver?"

A moto está muito perto agora. Sunny vê a luz do farol entrando por debaixo da porta.

— Sabe o que ele respondeu, Sunny Wadia?

O motor é desligado. Há som de passos no chão de terra.

— Sunil *bhayia*, Sunil *bhayia*! — Manoj entra correndo cheio de alegria, segurando uma bolsa junto ao peito, passando às pressas por Rastogi, que está escondido. — Sunil *bhayia*, está tudo comigo!

Ele desacelera o passo até parar. Vê Sunny amarrado e tentando gritar mesmo com a mordaça na boca.

Antes que Manoj consiga pensar, Rastogi dá um passo à frente e o agarra pelo cabelo, puxa sua cabeça para trás e corta sua garganta. Enfia a lâmina fundo e com força até a artéria jorrar sangue.

Manoj larga a bolsa, leva as mãos à garganta e tenta dizer algo, mas está se afogando no próprio sangue. Rastogi puxa sua cabeça para trás e empurra seus braços para longe.

Sunny vê a vida se esvair de Manoj, os olhos do homem arregalados de surpresa e tristeza, as pernas se dobrando. Ele está gorgolejando. Tentando, em vão, alcançar a arma no cinto, mas ele já está deixando este mundo.

Rastogi o coloca no chão. Solta Manoj desfalecido, pega a arma e a bolsa com o dinheiro e caminha até a porta. Vira-se uma última vez.

— "Porque o rosto que você verá", disse Himmatgiri, "é o rosto do meu filho".

NOVA DÉLI, JANEIRO DE 2008

O REI ESTAVA EXTREMAMENTE ALTERADO

MANHÃ

1.

Sunny acorda nu ao lado das garotas da noite anterior. Maria e...? Ele nem se lembra do nome da outra. Deu a elas tanta vodca e LSD que, no fim das contas, nem elas se lembravam. Convenceu-as a transarem uma com a outra enquanto ele admirava, como se as duas estivessem naquela cena de *Réquiem para um sonho*. Aquilo o deixou excitado, sabendo que elas teriam que se ver de manhã.

Ele é um cão cavando um buraco inexistente. Uma agulha rasgando a pele para encontrar uma veia.

Agora a luz dói, o dia dói, a porra toda dói. Ele se esforça para sair da cama e cambaleia pelo chão de mármore até o banheiro, que é maior que o apartamento de Maria em South Ex. Entra em um dos boxes que vão do chão ao teto, desenhados para parecerem estações de teletransporte, mas que hoje lembram as jaulas místicas às quais Bacon condenou seus papas. Mija com força, por muito tempo — um jato de pura malícia, as mãos apoiadas no vidro, a cabeça erguida em um grito silencioso, vendo a própria vida descer pelo ralo. Ele sai do chuveiro e se enrola em um dos roupões Langham pendurados em uma arara portátil no meio do cômodo.

Quando volta ao quarto, as garotas não se mexem. Ele olha para Maria, de bruços. Não sente nada. Entediado até com o próprio vazio, separa duas cápsulas de cinco miligramas de Xanax que estão na mesinha de cabeceira, engole-as com o resto de uma cerveja, pega um maço de Dunhill, sai pela porta vaivém do quarto — um monstro silencioso de quase três metros de altura — e entra nos corredores arejados da sua ala da mansão, um labirinto que lembra um museu, com caixas de vidro lacradas contendo obras de arte: estatuetas macabras do deserto de Mojave, um pedaço do Muro de Berlim, um manequim feminino com um quimono de seda e máscara de esgrima suspenso no ar por cordas de *kinbaku* no estilo de Araki.

Abre a porta de um salão de festas enorme e cafona, com cinquenta metros de comprimento e teto adornado por muitas lâmpadas mapeando as constelações do céu noturno. Um arquipélago de sofás de veludo, grandes como camas, pontilha o espaço, com corpos adormecidos espalhados parecendo vítimas de envenenamento de um culto. Música suave está tocando baixinho no sistema de som instalado nas paredes; o grave reverbera nos painéis embaixo do chão. Ele abre caminho pela bagunça, passa a mão pela ampla curva do bar, a forma platônica de todos os clubes noturnos que conheceu. Na ponta, atrás do balcão, está Fabian, o gestor de patrimônios parisiense que Ashwin trouxe. Está largado, encostado na parede, olhando para o nada, uma balestra carregada nos braços. Sunny passa por cima dele e pega uma garrafa de tequila da prateleira.

Aproxima-se de uma das janelas imponentes que dão para o terreno da mansão. Como um imperador aprisionado, supervisiona os gramados perfeitamente aparados, o anfiteatro mais à frente, o bosque protegido no horizonte, as centenas de operários sob o sol cristalino da manhã de fevereiro montando tendas, pondo mesas, levantando o palco onde os artistas vão se apresentar, construindo e abastecendo os bares, montando a roda-gigante em miniatura e os brinquedos de parque de diversões — a casa dos espelhos, o trem fantasma, o tiro ao alvo.

Sunny abre a garrafa e despeja tequila garganta abaixo. Respirando fundo.
— Porra.

Despeja novamente, primeiro garganta abaixo, depois na cabeça, ensopando o cabelo, a tequila escorrendo pelos olhos dele, pela barba, por dentro do roupão. Joga a garrafa no chão, depois pega o maço de Dunhill do bolso, põe um cigarro na boca, avalia as prováveis consequências de tequila e fogo juntos...

Fomp!

Um dardo da balestra atinge o teto.
Ele acende o cigarro assim mesmo.
Hoje é o dia do casamento de Sunny.

Na cela da prisão, Ajay olha para baixo e vê o terno safári novo em folha sobre o colchão. A pele de outra vida. Dizem a ele para vesti-lo. Um acompanhante chegará em meia hora. Vão levá-lo à mansão dos Wadia e depois trazê-lo de volta à prisão antes do anoitecer. Um compadecido dia de liberdade.

Não cabe a ele decidir, sua presença foi exigida. Ele não sabe por quê. Também não sabe o que deverá fazer quando estiver lá.

Será que vão mandá-lo servir drinques? Ficar ao lado de Sunny? Ou só ficar ao fundo, cabisbaixo, fora do campo de visão?

A recompensa absurda por quatro anos de um leal silêncio ao ser indiciado por aquele fatídico acidente.

— Divirta-se! — grita Sikandar.

Ele sentiria o mesmo prazer se matasse todo mundo.

Na foto da irmã no bordel, o homem que também aparecia no enquadramento teve a imagem rasgada. Agora as palavras no verso dizem apenas O QUE MANDAREM. Ele guarda a foto no bolso interno. Pega o gargalo com papel-alumínio novo, perfura-o com um palito de dente, espalha o tabaco, polvilha o Mandrax esmagado, acende e inala.

Sunny retorna ao quarto e as garotas ainda estão lá. Ele não suporta vê-las. Olha para o relógio na parede: 8h52. A cerimônia de casamento está marcada para o meio-dia na *gurdwara*. E ali está ele, ensopado de tequila, fumando um cigarro e observando Maria de costas.

A outra está deitada sozinha, encolhida, abraçando o próprio corpo.

— Sei que vocês estão acordadas — diz ele.

Levanta-se e pega a caixa ornamental da Caxemira que fica guardada na estante, leva-a para a cama, retira um espelhinho da gaveta da mesa de cabeceira, um velho cartão AmEx e uma cédula de iene nova. Só quando abre a caixa é que ele descobre que a cocaína para emergências acabou.

São 3h22 em Londres, e Neda está sentada atrás de uma comprida mesa de madeira no salão do loft de Old Street que agora ela chama de casa.

Noite de sábado, manhã de domingo. Esperando... Não esperando...

Não conseguia dormir. Universitários estavam cantando, bebendo e derrubando latas de lixo lá fora. Ela ligou o rádio baixinho, fumou um cigarro, ralou gengibre e cúrcuma em uma panela, ferveu a água e deixou em infusão.

Agora está sentada atrás da mesa com a caneca entre as mãos, olhando para as paredes de tijolinhos aparentes, os tapetes persas gastos sobre o assoalho, a iluminação elegante e as plantas tropicais, pensando em como foi parar ali.

Seu companheiro, Alex, é diretor de arte de uma pequena agência de publicidade no Soho, onde ela agora trabalha como redatora. Tem trinta e cinco anos e é escocês. A mente dele é organizada, mas divertida. Gosta da natureza e de *snowboard*. Notou-a desde o primeiro dia. Era gentil, encobria seus erros, olhava como se quisesse ver quem ela era. Simplesmente aconteceu. E ela permitiu. Mas ela não o ama. Ou talvez ame. Não importa.

Ela trabalha muito. Não revela seus pensamentos. Observa as palavras como um gavião. Também tenta ser organizada.

— Às vezes, acho que você está dormindo ao volante — diz ele.

— Muito poético.

— Flutuando em direção aos faróis de um carro.

— Você é o carro? — pergunta ela, acariciando o cabelo dele.

— Acho que é mais provável que eu seja o carro de trás.

— Isso faz de você um *voyeur*.

Há muito tempo ela não toca no dinheiro dos Wadia. Cortou os cartões de crédito e de débito. Parou de se encontrar com Chandra e ele parou de ligar. Ela até parou de pesquisar o nome de Sunny no Google. Esperou uma reação dura, mas eles simplesmente pararam de persegui-la e deixaram-na em paz. Era como se a vida de antes nunca tivesse existido.

Aí ela ouviu a notícia: Sunny ia se casar. A merda do Facebook. Toda aquela gente de Déli que a adicionou nos últimos anos... Aquela havia sido sua fraqueza, a ligação que ela mantinha com o passado. Agora ela viu as fotos postadas. O *mehendi*, a *sangreet*. A mansão da fazenda e a piscina.

Aquilo desencadeou tudo. E agora ela está acordada, esperando o dia D. Esperando por alguma coisa. Vivendo na Índia outra vez.

Neda ouve a chave na porta de entrada. É Alex, voltando para casa depois de uma noite de pôquer com os amigos.

— Caramba — diz ele ao vê-la. — A segunda noite seguida.

Está agradavelmente bêbado. Cheira a colônia, uísque e cigarro.

Ela se vira suavemente.

— Não estava esperando você acordada, se essa é a sua preocupação.

Ele vai cumprimentá-la, segura o cabelo dela e a beija na nuca.

— Ainda não consegue dormir?

Ela dá de ombros e ignora a pergunta.

— Alguma novidade?

— Só que estou ficando velho e sem grana.

— Quanto você perdeu? — pergunta ela.

— Bastante — diz ele. Depois se corrige: — Não, falando sério, está tudo bem.

— Pelo menos você está com cheiro de quem teve uma noite divertida.

Ele se dirige ao bar.

— Quer uma saideira?

Ela balança a cabeça.

— Não.

— Posso fazer uma pergunta? — indaga ele, a embriaguez soltando sua língua. — Você era alcoólatra?

Ela abre um sorriso calmo e plácido.

— De onde você tirou isso?

— É uma pergunta razoável.

— Se eu tivesse sido, ainda seria.

— Viciada em drogas?

— Não.

— O quê, então?

Ele se serve de uma taça de conhaque, inala o aroma agradável e anda até o quarto.

— Uma covarde em recuperação — diz ela.

———

Maria acorda e vê Sunny recostado em uma poltrona de couro vintage, o roupão aberto, fumando e olhando para o nada.

— Teresa — diz ela, e vira para acordar a amiga.

Maria é da Cidade do México e está administrando um restaurante em Déli há um ano. Teresa é de Madri e está fazendo um mochilão pelo sul há três meses. Quando voou para Déli, há três noites, foi depenada pelo taxista e largada em um local ermo, depois uns caras assustadores a seguiram até seu hotel em Paharganj. As pessoas a advertiram sobre a cidade, que era um lugar perigoso. Ela foi a uma agência de turismo na manhã seguinte e comprou uma passagem de ônibus para Jaipur. Depois, foi a uma *lan house* e procurou qualquer coisa que parecesse acolhedora. Um restaurante mexicano em South Ex já estava de bom tamanho. Passou o dia em Lodhi Gardens, no Khan Market e na tumba de Humayun, depois saiu para jantar às sete da noite.

Quando entrou no restaurante, ficou surpresa ao ver o design moderno e uma moça mexicana administrando o local. Aquilo não tinha nada a ver com a Déli que ela esperava. Como era cedo e o local ainda estava vazio, Maria foi diretamente a ela. A autoridade de Maria e o alívio do idioma em comum derreteram a exaustão e a solidão de Teresa. Maria fez questão de oferecer tudo de melhor para Teresa, *gorditas*, *taco* de cabeça de cordeiro e *tamales oaxaqueños*. Toda vez que o movimento dava uma acalmada, ela se sentava à mesa com Teresa e tomava uma cerveja. Elas conversaram sobre a Índia; já cansada de Déli, Maria ficou feliz em ouvir as reclamações de Teresa e, sabendo que não podia ser entendida pela clientela indiana rica que falava inglês, também desfiou seu rosário. Após desabafarem, elas passaram a falar do que gostavam no país. Ainda estavam conversando quando os outros clientes foram sumindo. Maria pegou uma garrafa de mezcal.

— Tenho que ir a Jaipur amanhã! — exclamou Teresa.

Maria disse que era impossível.

— Você vai ficar comigo — falou. — Pelo menos esta noite.

Teresa só riu e aceitou.

No carro, a caminho do apartamento de Maria, Teresa achou que estava pintando um clima entre elas.

— Tenho alguém — disse Teresa, sentindo-se boba assim que as palavras saíram de sua boca.

Maria olhou para ela com ar de interrogação.

— Alguém? — perguntou Maria.

— Lá em casa.

— Garoto ou garota?

— Garoto.

Maria assentiu e sorriu, mas não disse mais nada.

Quando chegaram, Teresa desmaiou no sofá.

De manhã, Maria levou café para ela e disse que mandaria Teresa com um dos seus motoristas até o hotel para pegar as coisas.

— Fique aqui comigo algumas noites — pediu. — Sem compromisso. Só uma coisa: tenho que ir ao casamento do meu financiador. Preciso de uma amiga para me acompanhar.

— Um casamento indiano! — exclamou Teresa. — Fui a um em Kottayam!

Maria pisca em meio à névoa da ressaca e sacode Teresa para acordá-la.

— *Oye.*

Teresa abre os olhos e encara Maria sem esconder o nojo. Levanta-se da cama e começa a se vestir.

— *Ya me voy.*

— *¿A donde?*

— *A la recamara.*

— *Yo también.*

Teresa não olha para ela.

— *Quiero estar sola.*

Sunny olha para Maria enquanto Teresa se retira.

— O que ela disse?

Maria se levanta da cama, cobre os seios e junta a própria roupa.

— Ela quer ficar sozinha.

— Por quê?

— Eu também quero.

— Por quê?

— Por que você fez isso?

— *Você* fez isso.

Ela se irrita com Sunny.

— É o dia do seu casamento!

— E daí?

— Eu não queria fazer isso.

— Não era o que me parecia.

— Você é doente.

Ele apenas sorri.

— Tem algo errado com a sua cabeça — continua ela. — Se tenho que fazer alguma coisa, faço porque são negócios. Mas por que fazer isso com ela?

— Não sabia que você era tão sapata — diz ele.

— Você não sabe nada sobre mim. Ela nunca mais vai falar comigo.

— E eu com isso?

— *No mames, güey.* — Ela põe o vestido, pega o sutiã e a calcinha e vai até a porta. — Nunca conheci alguém tão doente quanto você.

— Fanchona do caralho — xinga ele.

— *Chinga tu madre!* Chupa meu pau!

— Chupa o meu! — responde ele.

Ela escancara a porta.

— Não, sério — diz ele com a voz fria e distante. — Vem chupar meu pau ou fecho seu restaurante, expulso você do apartamento e mando revogarem seu visto.

Ela congela à porta.

— Você não pode fazer isso.

— Você sabe que eu posso.

Ela se vira para encará-lo.

— Por que você faria isso?

— Meu pau não é bom o bastante, é isso?

— Por que você está fazendo isso? — sussurra ela.

— Porque você é uma puta.

— Você não pode fazer isso com as pessoas.

Ela balança a cabeça e sai porta afora.

———

Eli está sentado ao balcão de metal na cozinha dos funcionários, tomando um Nescafé, quando vê Teresa fugindo na tela do circuito interno de TV pendurada no canto do cômodo. Gira o ombro dolorido, cheio de estilhaços, onde a parte mais pesada do tiro de espingarda foi sentida, e murmura para si mesmo:

— Esse filho da puta do Sunny Wadia. — Vira-se para os *chefs*. — Vocês não viram nada, ok?

A porta do quarto de Sunny tem sido uma fonte de grande diversão para os *chefs* nos últimos meses. Eli observa como eles olham por reflexo para a TV enquanto trabalham. Outra tela, em outro canto, mostra a entrada para o salão de festas, mas nunca os distrai. O quarto de Sunny é onde a magia acontece.

Naquela manhã, eles são recompensados pela visão de uma garota estrangeira seminua saindo correndo. Sorriem entre si em um momento de glória compartilhada.

— Selvagens — murmura Eli.

Ele pula do balcão e se encolhe devido ao resquício de dor da clavícula quebrada e do pneumotórax. "Você tem sorte de estar vivo", dissera o médico.

Ele não achou que tinha sorte quando acordou naquele hospital sem saber se Sunny estava morto, tendo que se explicar para a família, fingindo amnésia por um tempo. Não se considerou sortudo até ouvir que Sunny havia sido resgatado com vida. Até conseguir recuperar o envelope no compartimento oculto do carro.

Mesmo assim, ele havia sido preterido por um tempo. Achou que seria despedido. Também pensou em pedir demissão, mas descobriu que não podia deixar Sunny para trás. Precisava ir até o fim.

Ah, merda.

Na tela, Maria aparece indo embora, pisando firme.

São necessários quarenta e dois segundos para chegar ao quarto de Sunny. Sessenta passos. Eli conta cada um deles, andando com as mãos entrelaçadas nas costas. Passa pela garota no vigésimo sétimo passo, acena respeitosamente com a cabeça enquanto ela enxuga as lágrimas e, quando alcança a porta, respira fundo, cobre os próprios olhos e espia por entre os dedos.

— Toc, toc — diz. — Posso entrar?

Ele espera um grito como resposta. Quando não ouve nenhum barulho, abre uma fresta da porta. Tenta parecer brincalhão.

— Sunny Wadia, última noite de liberdade! Está se sentindo como um leão, não está?

Lá dentro, ele vê Sunny na beirada da cama, uma nota enrolada enfiada no nariz e, embaixo, uma carreira de pó azul sobre um espelhinho.

— Ah, não, meu amigo! — Eli corre até ele. — Isso não é normal.

Quando alcança Sunny, a carreira azul já foi aspirada.

— O que é isso? Você cheira Xanax agora? Ficou maluco? — Eli pega o espelho enquanto Sunny se deita e fecha os olhos. — Quanto você já cheirou?

Eli revista os bolsos do roupão de Sunny procurando a embalagem.

— Você está suando tequila, *baba*! *Como*? Preciso pegar flumazenil?

— Flumazenil — responde Sunny, meio arrastado.

— Você vai entrar no templo em três horas.

— *Gurdwara*...

— Templo, *gurdwara*... tanto faz. Caramba, olha só para você! Deus que me ajude!

— Me deixa.

— Vem. Vamos tomar um banho frio.

Eli carrega Sunny em direção ao banheiro. Puxa-o para o box e liga os jatos frios.

Eli não se incomoda diante da nudez drogada de Sunny, a barriga cheia de pneus e as cicatrizes recentes. Retira a própria carteira e o telefone e entra vestido no chuveiro, junto com Sunny. Pega o sabonete e começa a esfregá-lo.

O que o incomoda é o desejo de Sunny de se aniquilar.

Ainda assim, tenta pegar leve.

— Estive atrás das linhas inimigas no Líbano, certa vez — grita por cima do barulho da água. — Só eu. Extraoficial. Fui enviado porque pareço árabe. Sabia? Na verdade, não tive escolha. Isso fica só entre nós dois... Fiz coisas muito erradas, então me disseram: cadeia ou Líbano, você decide. Escolhi o Líbano. Quase morri. Duas vezes! — Ele bate no rosto redondo de Sunny. — Mas quer saber? Até o Líbano é melhor que esfregar o cu de Sunny Wadia.

Nada. Sunny não se mexe.

Eli desliga a água e olha para a massa disforme que é Sunny.

— Dormindo feito um bebê. Hora do flumazenil.

O flumazenil se tornou um componente essencial na vida de Sunny desde seu sequestro.

Flumazenil, antagonista da benzodiazepina que inibe a atividade do complexo receptor de benzodiazepina/GABA, vulgo corretor das overdoses de Xanax de Sunny. Início da ação em um ou dois minutos; oitenta por cento da resposta em três minutos.

Eli puxa Sunny para o chão do banheiro e pega uma ampola, uma seringa e um torniquete de borracha da geladeira de medicamentos.

Quantas vezes ele fez aquilo em quase sete meses desde que Sunny foi libertado? Cinco? Oito? Já perdeu as contas.

Eli prepara a seringa e amarra o torniquete para encontrar a veia. Enfia a agulha.

O telefone do quarto começa a tocar.

Eli libera a solução na corrente sanguínea de Sunny e imediatamente desata o torniquete.

A extensão no banheiro também começa a tocar.

— Acho que é para você — diz Eli.

E Sunny começa a rosnar como um cão.

— Tudo bem, eu atendo. Vou dizer que você está cagando, ok?

Eli se levanta e pega o telefone com um sorriso largo e falso.

— Alô — diz bem alto —, Eli falando. — Ouve por um tempo. — Sim, senhor. Sim, senhor.

Sunny abre os olhos. Respira fundo e se senta, pelado. Esfrega o rosto.

— Quero uma Coca-Cola Zero — diz.

— Sim, senhor, um segundo. Ele acabou de entrar. — Cobre o fone e sibila: — É seu pai. Quer falar com você.

Sunny suspira, baixa a cabeça e pega o telefone.

— Sim. Já vou descer.

2.

Sunny está diante de Bunty Wadia, mais ou menos desperto, com os olhos, o rosto e a ressaca esperados para o dia do próprio casamento. Massagistas e esteticistas servem para fazer esses consertos estéticos. O que fazer, entretanto, com a alma?

Desde o resgate, Sunny e Bunty mal se falaram. Bunty adotou um comportamento tolerante e compadecido. Deu espaço e tempo a Sunny. Jurou encontrar Rastogi.

Assistiu ao interrogatório de Sunny, ao seu tratamento para desidratação, costelas luxadas, pulso fraturado e feridas infectadas.

Um dispositivo de rastreamento havia sido colocado na bolsa de dinheiro. Foi encontrada sem o dinheiro, ao lado da moto de Manoj.

Chamaram um desenhista para fazer um esboço do rosto que Sunny viu. Mas e os rostos que ele vê quando fecha os olhos? Manoj, esvaindo-se em sangue; palavras perdidas gorgolejando, bolhas rosadas de sangue na boca. E o outro rosto, cujo nome ele não pronuncia em voz alta.

Sunny disse a Bunty, aos policiais e a todos que queriam ouvir que o motivo de tudo eram as terras. A história batia.

O irmão de Manoj estava preso. O tio de Rastogi foi encontrado. Sukanya Sarkar também, com seu terrível segredo, foi rapidamente localizada. No entanto, apesar de tudo isso, apesar dos policiais, dos informantes, dos infiltrados, dos disfarçados e dos dedos-duros, Rastogi desapareceu. Só foram informados de uns poucos avistamentos e alguns rastros.

Por quê? Como ele conseguiu fugir tão facilmente? Talvez uma parte vital da história tenha sido deixada de fora. A parte que começa com Ajit Singh e termina com...

— Eu sei — diz Bunty — que tem sido difícil para você desde o incidente com o... — Sunny estremece diante da ausência do nome. — Mas nós vamos encontrá-lo — continua Bunty. — Vamos pegá-lo.

— Eu quero ele morto — diz Sunny.

Bunty encara Sunny.

— É uma questão de tempo.

Eu quero ele morto. É uma frase que não sai da cabeça de Sunny, um refrão infinito. Espalha-se pelo seu cérebro. Há muitas outras coisas que não são ditas.

— Mas não é disso que eu quero falar — diz Bunty. — Quero falar do futuro. Você já é um homem faz tempo, mas, hoje, com essa união, vai se tornar meu herdeiro.

Sunny desconfia, óbvio. Suspeita que Bunty saiba mais do que deixa transparecer. E, embora o pai tenha se tornado mais gentil, Sunny olha para ele com um desprezo justificado. E esse sentimento toma conta do seu ser.

Você matou meu filho. Você não é meu pai.
Ou talvez você não tenha matado. E seja meu pai.

Ele não sabe o que é pior. Não dá para aguentar. Por isso o Xanax e o flumazenil. Por isso a propagação da dor.

— E eu queria dizer — prossegue Bunty — que você tinha razão sobre nosso futuro, sobre deixar Uttar Pradesh para trás. Esse é, em parte, o motivo dessa união. Com esse casamento, nos alinhamos a Punjab. E, depois do que você fez para mim com Gautam Rathore, Madhya Pradesh pode ser nosso. O que você decidir fazer... Não se apresse. Você não está apenas entrando para uma família hoje, está se casando com uma mulher. Espero que ela cuide de você. Espero que ela lhe dê um filho. Mas o que você fizer a seguir será escolha sua. Podemos deixar Uttar Pradesh para trás. Ram Singh é notícia velha.

— E quanto a... — Sunny cerra os punhos. — Vicky?

— Hoje será a última vez que você terá que o ver.

— Por quê?

— Vou vender os engenhos.

— Por quê?

— É algo que eu deveria ter feito há muito tempo.

Sunny entrelaça as mãos atrás das costas e respira fundo.

— Preciso ir — diz, virando-se para ir embora.

— Eu devia ter protegido você. — Bunty enuncia as palavras com mais emoção que Sunny jamais sentiu. — Eu devia ter protegido você — repete.

— Quando? — retruca Sunny.

— Quando mandei você para o engenho. Quando Vicky...

Sunny fecha os olhos com força por um instante.

— Eu sabia o que ele estava fazendo — diz Bunty. — Não devia ter mandado você.

— Mas mandou.

— Tudo, desde então, foi para proteger você.

Sunny assente sem emoção.

— Preciso ir — repete.

— Posso parecer austero...

Sunny não vai aguentar muito mais.

— Vou me atrasar — diz, então se vira e caminha até a porta.

— Mas eu sou seu pai e você é meu filho.

De volta ao quarto, Sunny encontra o próprio telefone. Liga para Eli.

— Traga uísque e coca.

Sentado, balança o corpo para a frente e para trás enquanto espera.

3.

Nas últimas horas, Neda ficou lendo as fofocas on-line. Fragmentos de informações nos tabloides de Déli e nos jornais de Punjab. Já sabe tudo sobre a noiva, motoqueira e jogadora de golfe. Farah Dhillon, rebelde rainha da cena social de Chandigarh, com um rosto em forma de coração e sorriso torto.

Neda está chateada consigo mesma por sentir aquela tristeza.

Relembra a Déli de final de inverno. Ar frio, finos céus azuis e uma névoa preguiçosa molhando os gramados sob o pálido sol da manhã. Seu pai fumando um cigarro em algum lugar. Sunny em algum lugar.

Abre novamente o laptop, verifica mais uma vez o Facebook e olha as fotos da festa na fazenda de Sunny que foram postadas durante a noite. Não reconhece quase nada, mas lá está aquela piscina novamente. Algumas pessoas do velho grupo estão lá com garrafas nas mãos. Mais estrangeiros do que antigamente. Nenhuma foto de Sunny.

Ela pensa naquela piscina. Pensa em Ajay; considera-o seu.

São quatro e meia da madrugada.

Acende um cigarro, caminha até a porta do quarto e ouve Alex roncando baixinho. Dá meia-volta e fica em pé ao lado da janela. Observando a chuva cair. Esperando o nascer do dia. Esperando o fim do dia. E depois? Seguirá em frente, supõe.

Estuda o carrinho de bebidas, escolhe uma garrafa de Absolut, coloca-a no congelador e acende outro cigarro.

Eli abre a porta cinco minutos depois, vestindo roupas novas — uma camisa florida de colarinho largo e calça jeans *skinny* preta. Carrega uma bandeja com uma garrafa de Yamazaki cinquenta anos, um balde de gelo, um copo e duas latas de Coca-Cola. Deixa tudo na mesa de centro.

— Como pedido.

— Cadê a coca?

Eli aponta para as latas.

— Bem aqui, seu merda.

— Babaca — diz Sunny, pondo gelo no copo e abrindo a garrafa de uísque. — Quero *cocaína*.

— E eu sou o quê? Traficante? Não tenho.

— Então arrume.

— Onde?

— Com um daqueles idiotas no salão de festas. É tudo meu, afinal de contas.

Enquanto Eli caça a cocaína, Sunny toma um copo grande de uísque. Pretende chegar até o limite do esquecimento, depois voltar a si com uma carreira enorme. A força da cocaína será como emergir entre ondas.

Quando Eli volta, ele está no terceiro copo.

— Você está se matando — diz Eli, sentando-se ao seu lado.

Sunny encara o chão com olhos inexpressivos.

— Não me importo. — Ergue a cabeça. — Onde está o pó?

Eli pega uma trouxinha no bolso superior e a coloca na mesa.

— Sabe o que tive que fazer para conseguir isso? Um cara tentou atirar em mim com uma balestra.

Sunny segura a trouxinha contra a luz. Há quase um grama inteiro ali dentro.

— Babacas. — Seus movimentos são lentos. Ele arrasta as palavras. — Pegue um espelho e um cartão.

— *Por favor...?*

— Vai se foder.

— Que tal *obrigado*?

— Vai se foder.

— Quer saber de uma coisa? — indaga Eli, pegando o que Sunny precisa. — Você não pode falar assim com as pessoas e achar que vai sobreviver. — Aponta para o próprio peito. — Tomei um tiro por você. Menti no hospital. Menti para seu pai. Guardo seu segredo. Faço tudo que você pede. E você nunca agradece.

Eli limpa o espelho com um lenço de papel, joga a cocaína, faz três carreiras enormes e enrola uma nota.

— Vai se foder — xinga Sunny.

— Por que você faz isso? — questiona Eli, entregando a nota a ele. — Quando alguém fala assim comigo, corto a língua da pessoa, sabia?

Sunny abre um sorriso cínico. Inclina-se para cheirar a primeira carreira de olhos fechados e erra.

— Você acha que eu estou brincando — diz Eli. — Mas não estou. É sério, eu realmente faço isso. Corto a língua, enfio na garganta e vejo a pessoa sufocar. Tranquilo. E durmo muito bem. Sonho com gatinhos.

Sunny fica na posição certa dessa vez. Cheira toda a carreira.

— Mas você... — prossegue Eli. — Com você, não faço nada. Sabe por quê?

Sunny ergue o olhar para ele com a falsa clareza de um cérebro explodindo de cocaína.

— Por quê?

— Porque você já se destrói sozinho.

Sunny se recosta e fecha os olhos.

— Sei o que é sofrimento quando vejo, meu amigo — diz Eli.

— Pode ir embora agora.

Eli vai em direção à porta.

— Sabe de uma coisa? Eu achava que você era um cara legal.

Sunny faz que não com a cabeça.

— Você não sabe quem eu sou.

Agora, em sua mão, está o ultrassom do filho que nunca nasceu. Ele segura o laudo. Nome da paciente: Neda Kapur.

Há uma última coisa, uma dúvida. Ele precisa saber.

Sunny pega o telefone e tecla o número de celular listado no laudo.

Ela está diante do telefone sobre a mesa. O cigarro queima em sua mão. Quando o telefone toca — um número desconhecido —, ela atende imediatamente.

Clarividência.

Desespero.

Leva-o ao ouvido. Escuta o silêncio de um quarto fechado, uma mente fechada. E todos aqueles anos passados. E se ele tivesse ligado uma vez? Só uma?

Ela ouve a respiração dele. Pesada, mas regular. Tão brutal.

O oceano, a areia, o fogo.

— Sunny — diz ela. A última coisa que quer fazer é chorar, então força um sorriso. — Soube que a ocasião pede parabéns.

Nada. Ela espera por um tempo. Ele continua apenas respirando. Vai ficar em silêncio depois de todos aqueles anos?

Então, ele fala:

— Preciso que você me diga uma coisa. — Sua voz é muito comedida e fria.

Ela sente que está perdendo a consciência novamente. A agulha do anestesista em sua veia. As entranhas sendo puxadas para fora.

Apaga o cigarro, levanta-se e caminha até o congelador, apoiando o telefone com o ombro. Pega a vodca gelada e um copo e volta para a mesa.

A vida, tão inesperada...

Vira a garrafa e despeja a vodca no copo. Toma tudo.

— O que você quer saber?

Ela se serve de outra dose.

— Você matou meu filho?

A brusquidão, a impropriedade das palavras... Aquilo a faz rir.

— Você acha engraçado? — indaga ele.

— Não — responde ela. — Nunca foi engraçado. Nada daquilo.

Caminha até a janela que dá para a rua molhada e as luzes alaranjadas. O ônibus N55 passa, com trabalhadores tristes sentados no andar de baixo e alguns farristas no andar de cima. Ela vira mais uma dose.

— Você realmente me ligou por causa disso? No dia do seu casamento?

— Você o matou?

Silêncio.

Ela se recompõe. Sente a vodca lhe queimar a garganta e aquecer o estômago lentamente.

— Você deveria ter me contado.

Neda está incrédula.

— Vai se foder! — pragueja ela. — Eu deveria ter contado? *Eu* deveria ter contado para *você*? Vai se foder! Você me *abandonou*. Depois de tudo que fizemos, dissemos e vivemos, você me abandonou. Pensei que você me amava. Pensei *mesmo*. Achei que você não precisasse dizer porque era óbvio. E o que você fez? Me largou lá.

Uma pausa. E, então, uma voz sem emoção, insensível:

— Eu não sabia.

— Ouça o que está dizendo! — Ela retorna à cozinha, pega um copo maior, senta-se à mesa e se serve de vodca. — Estou cansada, Sunny.

— Eu não sabia — repete ele, a voz revelando um fio de emoção.

Neda fecha os olhos. Então é verdade.

Naquele momento, o choque é profundo. Mas passa.

— Agora não importa mais — diz ela. — Quando você descobriu?

A chuva escorre pela janela.

Sunny não responde.

Neda acende outro cigarro.

— Ela é bonita, a sua mulher.

— Me diz mais uma coisa — pede ele, calmo. — Ele obrigou você a fazer aquilo?

Ela já passou por isso um milhão de vezes.

— Ele forçou você?

— Você quer pôr a culpa em alguém — diz ela. — Eu entendo.

— Ele te obrigou? Foi ele? Ou foi você?

Ela o ouve cheirando uma carreira de cocaína.

— Que importância isso tem?

— Meu filho está morto.

— Meu filho também está morto. Todos nós temos que pagar de alguma forma.

— Foi ele? — questiona Sunny. — Ele obrigou você a fazer?

— Vamos fazer um joguinho, Sunny: uma resposta em troca de outra. Assim, digo o que você quer saber. Só precisa me responder uma coisa também: valeu a pena? Tudo que você fez, a vida que leva, todas as pessoas que amaram você e você descartou, pulando de uma coisa para outra, sempre colocando a culpa em alguém... mostrando seu coração partido, mostrando o que haviam feito com você, depois fazendo o mesmo com elas... No fim das contas, valeu a pena?

— Ele ou você?

— Você parece achar que tudo depende disso. Quem tomou a decisão, ele ou eu? *Ele ou eu?* Qual de nós matou nosso filho? Você está triste, Sunny? Está perdido? Saber disso vai fechar sua ferida? Bem, aqui está minha resposta, Sunny. Aqui está a verdade. — Ela ergue os olhos e vê Alex, que a observa da porta, mas é tarde demais para parar. — Seu pai não matou nosso filho. Também não fui eu. Foi você quem matou nosso filho, Sunny. *Você.*

No vazio do quarto, Sunny encara o telefone por um instante. Depois, se recompõe e liga para Dinesh Singh.

— Meu irmão! — atende Dinesh, alegre. — Por que você está me ligando? É o dia do seu casamento!

— Está de pé? — pergunta Sunny.

— Seu casamento? Me diz você, cara.

— Está de pé?

— Para com isso — diz Dinesh.

— Está. De. Pé? — insiste Sunny.

— Sai da porra do telefone.
— O telefone é seguro.
— Nenhum telefone é seguro, seu idiota de merda.
— Mete bronca — ordena Sunny. — Mete bronca. Quero que ele morra.
— Meu irmão — diz Dinesh, incrédulo. — Reza para ninguém estar ouvindo. Porque já está feito.

TARDE

1.

Eles estão casados. Sunny e Farah Wadia.

Estão sentados um ao lado do outro no *gurdwara*, Farah resplandecente em um *lehenga* vermelho, coberta de joias maravilhosas, sorrindo, recatada, o queixo perfeitamente posicionado para a ocasião, lábios delineados entreabertos revelando aquele sorriso torto perfeito naquele rosto em forma de coração. E Sunny, de turbante e *sherwani*, o rosto impassível atrás dos óculos escuros Ray-Ban, parecendo um galã de Bollywood, ou sua estátua de cera no Madame Tussauds.

Na fazenda, Tinu está sentado na beira da cama, fumando e aguardando. Há três telefones sobre a mesa em frente a ele. Três telefones, por três motivos diferentes.

Um começa a tocar.

Tinu dá mais um trago no cigarro e se levanta.

O carro da polícia atravessa o sul de Déli com Ajay no banco traseiro, vestindo seu novo terno safári, como se nada jamais tivesse dado errado. Seus olhos estão fixos à frente em uma névoa de Mandrax e seu pulso está algemado ao do guarda.

O furgão para em frente ao posto de polícia de Mehrauli, a meio quilômetro da propriedade. Seguranças extras foram colocados nos arredores. Os portões que dão acesso à fazenda contam com meia dúzia de seguranças particulares esperando para verificar identidades, abrir porta-malas e usar espelhos telescópicos para examinar a parte inferior dos carros. Cães farejadores andam pela pista.

Logo haverá uma torrente de carros de luxo. Agora, há apenas um Land Rover preto seguindo no sentido contrário. Os seguranças batem continência enquanto o carro se aproxima e correm para abrir o portão.

Tinu passa depressa e vira rumo ao posto de polícia, ao sul. Quando se aproxima, desacelera, buzina uma vez e vira em uma das vias secundárias.

O furgão com Ajay o segue. Ambos param, os motores estalando e esfriando. E Ajay é levado para fora, sem algemas. Ele observa Tinu sair do Land Rover, dar a volta até a porta do lado do carona, abri-la e fazer sinal para ele entrar.

— Pode ir. Divirta-se — diz o guarda.

— Você comeu? — pergunta Tinu.

Ajay está sentado ao lado de Tinu no Land Rover enquanto este o examina. Nota os olhos vazios e a expressão séria de Ajay. Agora ele é um soldado. Ou uma casca.

— Por que estou aqui? — pergunta Ajay.

— O que eu quero que você faça — responde Tinu — é descansar. — O Land Rover entra pelo portão da mansão. — Aproveite o dia. Sinta-se em casa. Você é nosso convidado de honra.

Eles seguem até uma área gramada cheia de estátuas, fontes e canteiros de flores. Ao fundo, há a mansão de três andares e setenta quartos. Eles param na entrada de cascalho. Tinu desliga o motor e sai do carro, seguido por Ajay, que não espera ser chamado.

Um motorista da casa corre para levar o Land Rover embora.

— O que você quer? — pergunta Tinu, quando o carro vai embora. — *Chai? Pani?* Refrigerante?

— Um cigarro — pede Ajay.

Tinu avalia a resposta com um sorrisinho e lhe oferece um maço de Classic Mild. Ajay pega um, arranca o filtro e olha em direção ao gramado ao lado, às mesas de comida e bebida, aos palcos e brinquedos de parque de diversões.

Enquanto Tinu acende o cigarro, seu telefone toca. É uma ligação importante.

— Por que você não espera aqui? — sugere ele, apontando para o primeiro conjunto de mesas. — Coma algo, tome *chai*. Já volto, não se afaste.

Tinu sai apressado em direção à mansão com a mão em concha no microfone do celular.

Isso é um teste? Ajay caminha pelo cascalho até o gramado e olha para baixo. Grama verde. Tira os mocassins e as meias. Dá um trago bem longo no cigarro, fumando-o de punho cerrado, como um presidiário.

O que estou fazendo aqui?

Eles o estão observando, Ajay sabe.

Continua andando. Para entre um grupo de funcionários, gente sofisticada e alguns estrangeiros. Entope-se de *samosas*, *pakoras*, sanduíches e fatias de pizza. Bebe latas de refrigerante, garrafas de água mineral, xícaras de café e *chai*.

Três baldes de gelo estão cheios de Heineken. Um estrangeiro sorri para ele, ansioso.

— Pode me dar uma dessas?

O homem, porém, logo, se irrita com o olhar imóvel de Ajay, percebendo que aquele jovem não é tão servil quanto pensava.

Ainda assim, Ajay pega uma garrafa, abre-a com os dentes e passa para o estrangeiro. Depois pega uma para si mesmo. Olha na direção do bosque distante e da velha mansão com piscina. Abre a cerveja e a toma de uma só vez, de olhos fechados.

Dobra os dedos dos pés na grama. A brisa leve e o sol de inverno tocam seu rosto — de um jeito suave, perfeito e alheio...

Ele se sente entorpecido pelo momento.

Mas seu devaneio é interrompido por uma onda de aplausos: o comboio do casamento chegou.

Dez Audis pretos avançam serpenteando; quatro param fora da mansão e seis se afastam por uma pista aberta em meio ao gramado, dirigindo-se às casas de hóspedes a duzentos e cinquenta metros de distância, próximo ao modesto zoológico.

Ajay mantém os olhos fixos nos quatro carros que ficaram fora da residência dos Wadia. Seguranças de preto e óculos escuros saem dos dois primeiros e se dispersam. Do terceiro, sai Bunty, sozinho, de terno Armani e óculos escuros. Ele para e acende um cigarro, que some entre as mãos enormes e a barba. Com toda a calma, olha ao redor — para seu mundo — e sobe os degraus da mansão. Do quarto carro, sai o casal feliz: primeiro Farah, ainda rindo, alegre, acenando para os funcionários e subindo rapidamente os degraus para alcançar o sogro. Ela murmura algo no ouvido de Bunty, que também ri, e põe a mão na lapela para que todos vejam. Após exibir sua nova posição, ela se vira e desce rapidamente os degraus com a graça de um felino, atravessando o gramado com leveza e suscitando suspiros ao passar. Bunty a observa, depois se vira e entra na mansão.

O carro preto continua parado sobre o cascalho.

Ajay o observa. Não consegue identificar o que sente.

E, finalmente, *ele* sai do carro.

Sunny Wadia. Impenetrável atrás dos óculos escuros.

É uma figura solitária.

Ele acende um cigarro e entra na casa sem olhar para ninguém.

2.

Os parentes de Farah estão acomodados nas casas de hóspedes, duas maravilhas com catorze quartos conectadas por academia, sauna, sala de cinema, cozinhas industriais, spa e piscina olímpica aquecida.

Os empregados ficam alojados em um humilde edifício na parte de trás.

As crianças correm, gritando e pulando na piscina. O avô paterno de Farah abre um uísque. A maioria dos parentes próximos dela — a mãe, o pai, os avós paternos, duas das tias maternas, quatro dos tios paternos com os filhos, os primos e primas, o irmão e as duas irmãs com os respectivos cônjuges e filhos — vai residir ali pelos próximos dois dias.

O único que não está ali é o avô materno de Farah. Ele já está voando de volta para Amritsar, em um dos aviões particulares de Bunty. Não importa. O trabalho dele ali terminou. Foi ele quem oficializou o casamento, lendo as palavras do guru Granth Sahib.

Seu avô é o grande Giani Zarowar Singh, um líder religioso de autoridade inigualável e um dos homens mais respeitados e reverenciados na sociedade indiana. É o conselheiro moral e espiritual do primeiro-ministro do Punjab, um parente paterno não muito distante de Farah.

Na verdade, para Bunty Wadia, a união foi com Giani Zarowar Singh. Farah foi só uma porta de entrada.

A família dela estava arruinada. O pai era um homem generoso, esperançoso e desleixado; um sujeito alegre e voraz, viciado em jogo e alcoólatra, engolido por negócios fadados ao fracasso. Queria manter a riqueza a qualquer custo.

Ousou sonhar jogando na roleta da vida e perdeu tudo mais de uma vez. Dentre suas loucuras, estava uma empresa de suprimentos médicos mal concebida, fabricante de peças para aparelhos de ressonância magnética. Mal administrada e dispendiosa, custou uma fortuna para ser montada e foi dinheiro jogado fora desde o início. Em vez de dar ouvidos a Lovely, sua esposa, ele tentou compensar as perdas comprando fazendas em Serra Leoa — um fracasso que lhe custou cento e cinquenta milhões de rupias —, postos de gasolina em Nova Jersey — que tiveram um escândalo de gasolina adulterada e foram multados em oitenta milhões de rupias — e uma mina de diamantes em Gana. Esse último foi o pior investimento de todos. Ele mandou o primogênito cuidar de todo o negócio — e o filho voltou seis meses depois com uma perda de cinquenta milhões de rupias e toda a equipe de gestão ganense viciada em cocaína.

Farah viu tudo isso acontecer enquanto se tornava uma mulher adorada por todos os homens. Foi enviada para um internato no sopé das montanhas do Himalaia aos três anos de idade. Aos sete, as férias de esqui na Europa acabaram. As viagens de avião na primeira classe pararam aos oito. O apartamento em Mayfair foi vendido quando Farah tinha dez anos e a casa em Zurique, quando estava com treze. Na adolescência, ela e os irmãos tiveram que se contentar com férias em Shimla, jogando *Banco Imobiliário* e pondo casinhas de plástico nas mesmas ruas em que um dia tiveram apartamentos de verdade.

Eles faziam o possível para manter as aparências. Todo domingo, jantavam no hotel Taj. E ainda tinham o bangalô, com seu gramado viçoso, e empregados que não iam embora porque aquele também era o lar deles e não tinham para onde ir. Todos viviam juntos em pobreza assimétrica, a mãe e as tias sentadas no gramado tomando gim embaixo do guarda-sol, tendo casos com jovens militares musculosos enquanto os homens da casa estavam fora esbanjando seus últimos bens.

Farah aprendeu a se virar, controlando namorados broncos, saltando de parapente, caçando, andando de motocicleta, jogando cartas e trapaceando. Na sociedade, seu charme, sua inteligência e sua crueldade encantavam homens autoritários. Seu professor de ginástica abriu mão da tarifa usual. Seu instrutor de tênis estava sempre livre. E também havia o venerável avô. Ela era a menina dos olhos dele. Por causa da ligação entre eles, ninguém podia se dar ao luxo de se desentender com ela.

Quando Bunty estava preparando sua abordagem, ela já era uma bela jovem de vinte e quatro anos. Bunty a vira uma vez, um ano antes, em um casamento VIP em Chandigarh. Ele observou a família primeiro, depois fez uma anotação mental sobre a moça: ela era inteligente, sensual e imperiosa; bebia e fumava, mas não em excesso, e não para se exibir. Era ambiciosa e controladora. Quanto mais ele analisava, mais ela parecia perfeitamente adequada.

Enquanto Sunny estava se recuperando no hospital, Bunty voou para o Butão, onde Farah estava de férias no hotel Aman com um amigo rico e misterioso. Então, mandou uma mensagem para ela, convidando-a a se encontrar com ele em Paro Lodge — um lugar discreto e cercado por pinheiros —, pois ele tinha uma proposta de negócios a fazer.

Sentada no deque, bebericando um Château de Montifaud X.O., olhando para o vale enevoado e a montanha coberta de mosteiros, Farah sorriu.

— Isso é estranho — disse ela.
— Eu sei — concordou Bunty.

3.

No gramado, Ajay joga fora o cigarro com um peteleco, olha para a garrafa de cerveja vazia e a descarta também. Anda descalço pelo gramado e pelo cascalho, indo em direção aos degraus da mansão.

Entra, procurando por Sunny. Não há ninguém lá, nenhum segurança para impedi-lo. Apenas silêncio e frescor. Vê a escadaria de mármore curvando-se dos dois lados do enorme salão, no qual um lindo tapete persa de trinta metros se estende rumo a uma piscina ornamental. Na parede, há um retrato de Bunty de cinco metros de altura. Ao longe, alguns empregados andam para lá e para cá.

Ajay segue seu instinto. Ainda tem vagas lembranças da disposição dos cômodos da mansão. Sobe pela escadaria da direita até um mezanino, vira à direita novamente e abre uma porta forrada de couro. Em frente, há um labirinto de corredores — todos vazios, frios e com eco, repletos de obras de arte. Ele caminha devagar, pisando com cuidado sobre o mármore, esperando ser detido a qualquer momento, sem se importar com isso. Atravessa várias portas fechadas e ouve o som indistinto de risos. Passa por uma sala de bilhar e outra cheia de jogos eletrônicos e máquinas de *pinball*, vazias e sem uso. O riso aumenta.

Por fim, ele encontra a fonte do som: uma cozinha industrial com três *chefs*. Um deles encena uma história em que alguém está fugindo. Eles continuam a rir e olham para uma tela de vídeo no canto do cômodo. Depois, veem Ajay e param.

Ele está em pé na soleira da porta, mas não os vê. Está olhando para um pote de geleia de figo, um naco de presunto de Parma e uma peça de queijo *cheddar*. Ele se lembra daquela combinação. Era um dos sanduíches favoritos de Sunny. Só que o presunto está cortado fino demais e eles deveriam usar queijo *gruyère*.

Ajay entra e os *chefs* olham para ele, surpresos. Aquele uniforme estranho, quase familiar... aquele rosto abatido e envelhecido...

— Quem é você? O que você quer?

Um alarme suave soa.

Ajay não responde. Só vai até a pia, arregaça as mangas e lava as mãos.

— Vocês estão fazendo errado — diz ele.

Descansado após um cochilo, um baseado e um teco de anfetamina, Eli veste uma nova camisa florida. Está ansioso pela recepção daquela noite. Decidiu algo importante e libertador — pela manhã, vai pedir demissão. Aquela merda já foi longe demais. Seus dias de babá chegaram ao fim.

É hora de voltar para a cozinha e pegar uma cerveja.

A primeira coisa que ele vê são os *chefs* horrorizados e boquiabertos. Depois, vê o homem na bancada destruindo as fatias de pão, passando a faca de manteiga sobre elas para a frente e para trás até arruiná-las. Vê o presunto cortado grosseiramente, jogado em cima do pão por mãos furiosas, que sufocam o alimento.

Mãos que param, cerram-se em punhos, levantam o prato no ar e o soltam, estilhaçando-o contra a bancada.

O silêncio paira sobre o cômodo.

— Esperem lá fora — ordena Eli aos *chefs*. — Agora.

Eli estica a mão devagar, como se Ajay fosse um animal perdido que voltou da selva.

— Ajay? Você se lembra de mim? Eli. Seu amigo.

Ele observa Ajay respirar fundo.

— Você não deveria estar aqui — diz Eli. — Aqui não é lugar para você. Mas eu entendo. Compreendo que eles lhe fizeram mal... Por que você e eu não vamos dar uma volta lá fora? Podemos nos sentar no telhado, talvez. Desde que você não me empurre lá de cima... Está me ouvindo?

— Onde ele está? — questiona Ajay.

Eli balança o dedo em negativa.

— Isso não é mais problema seu.

— Onde?

— Ajay, devo me preocupar com você?

Ajay se vira para encará-lo e, ao fazer isso, seu olho passa pela tela de TV. E lá está ele: Sunny Wadia, caminhando pelo corredor e entrando no quarto. Sem avisar, Ajay sai rumo à porta da cozinha e Eli se surpreende ao perceber que está recuando, deixando-o passar. Os *chefs* lá fora ficam mais alarmados.

— Encontrem Tinu — ordena Eli. — Agora.

— Você precisa falar comigo — diz Eli, ultrapassando Ajay e andando de costas enquanto Ajay procura obstinadamente o quarto de Sunny. — Vai fazer alguma loucura? Se você fizer alguma loucura...

A frase paira, incompleta, na tensão do ar.

Ajay segue marchando.

— Talvez você queira matá-lo. Na boa, não culpo você. Às vezes eu também quero matá-lo.

Ajay olha de um lado para outro, vira em um corredor e vê a porta do quarto de Sunny.

Eli estica a mão para tentar impedi-lo.

— Sei o que eles fazem com você — diz Eli. — Sei o que fazem. E não está certo.

Ajay para.

Eli está entre Ajay e a porta. O homem, antes amigável, agora desfaz o sorriso do rosto e assume uma postura de luta.

— Deixa ele entrar — diz Sunny, parado à porta.

4.

Na casa de hóspedes, Farah não perde tempo em acomodar sua família.

Circula dando ordens aos empregados e familiares, comandando os funcionários dos Wadia com uma autoridade tão natural que eles não apenas obedecem, mas também se apaixonam.

O que faltava nessa família era uma firme mão feminina.

Quando se dá por satisfeita com a organização das coisas, Farah, vestindo o sári de seda de Benares que ganhou de Bunty, joga a garrafa de cerveja vazia para a empregada, sai rápido da casa de hóspedes e vai para a mansão que é praticamente dela.

Contudo, quando está prestes a entrar, é interceptada por um dos seguranças de Bunty.

Bunty a está esperando na estufa. Um carrinho de golfe a levará até lá. Eles seguem serpenteando pelo caminho entre as árvores. Quando chegam lá, ela vê outros dois seguranças montando guarda na entrada.

Farah caminha em direção à estufa com a cabeça erguida.

— Papai! — diz ela quando vê Bunty lá dentro.

Dá um abraço grande e demorado no sogro, encosta o rosto no peito dele e inala sua colônia.

— Vamos dar uma volta — diz ele quando os dois se separam.

Passeiam em silêncio.

— No que você está pensando? — pergunta Bunty.

— Em como estou feliz hoje. — Farah olha para ele. — Aqui, com o senhor.

— Você não precisa me adular. — Ele sorri. — Sei que está se perguntando: o que esse velho quer comigo?

Ela faz uma expressão de horror.

— Papai, o senhor não é velho.

Ele franze um pouquinho a testa.

— Hoje estou sentindo a idade, depois de todos esses anos.

— É natural em um dia como este.

Ele assente.

— Marca uma nova fase na vida.

Eles continuam andando. Farah percebe que algo paira na mente do homem.

— No que o senhor está pensando, Papai?

— Tudo isso vai ser dele um dia.

— E o senhor está preocupado.

— Com muitas coisas.

— É normal.

— Eu falei do acidente no ano passado? — pergunta ele.

— Falou.

— Aquilo o fez mudar. Ele está irritado. Nunca está satisfeito.

— Qual homem está? — replica ela.

Ele toca no braço dela.

— O homem que está casado com você.

— Não brinque, Papai.

— Ele é emotivo demais. — Faz uma pausa. — Puxou à mãe nisso.

Ela assente, solidária.

— Por sorte, não sou assim. Não consigo fazer milagres, mas prometo — ela para e bate continência de brincadeira — que vou colocá-lo na linha.

Ele ri.

— Tenho certeza de que vai.

— Lidei com homens como Sunny a vida toda — diz ela. — É brincadeira de criança, e sou boa com crianças. Quando estou no controle, elas nunca se comportam mal.

— Ele é sortudo por ter você.

Eles andam sem parar.

— O que mais me preocupa — diz ela — é aprender com o senhor. Lembra-se do que me disse no Butão?

— Eu falei muitas coisas.

— O senhor disse: "Não espero que você se case com o homem ou com a família, espero que você se case com os negócios." O senhor foi sincero desde o início, e eu gostei disso. Encarei como uma oportunidade.

Ela aponta para uma planta.

— Que planta é essa?

— *Solandra maxima*. Também chamada de trepadeira-do-cálice-amarelo.

— E aquela?

— Lírio-de-fogo. Gloriosa.

— É linda.

— E venenosa. Esta é a minha favorita — diz ele, tentando impressioná-la. — A orquídea-shenzhen-nongke.

— É bastante simples.

Ele sorri.

— Não está florida. Mas é muito cara. Sabe por quê?

— Porque é rara?

— Porque é criada pelo homem.

Ele põe a mão no bolso e tira uma caixa de joias.

— O que é isso, Papai?

— É para você.

Dentro há um enorme anel de brilhante.

— Papai!

— Um presente para uma garota sem sentimento.

— É lindo.

— Fiz questão de escolher. Veio de Serra Leoa.

Ela olha para Bunty com uma expressão travessa.

— Onde os sonhos da minha família morreram.

— Considere-os renascidos. — Ele retira o anel do estojo e o põe no indicador de Farah. — Tamanho perfeito.

— Agora — diz ela, tirando um maço de cigarros da bolsa —, vamos falar de negócios.

Ele ergue as mãos.

— Prossiga.

— Não sou muito bonita — diz ela —, e qualquer tola pode dar à luz um filho. O senhor quer expandir seu território. Certo?

Ele sorri.

— Certo.

— Já que é assim... — prossegue ela. — Uma decisão precisa ser tomada.

— Uma decisão? — replica Bunty, divertindo-se.

— O senhor quer dominar só o comércio de bebidas alcoólicas do Punjab? Ou quer tudo?

5.

Eles estão sentados frente a frente, Ajay e Sunny Wadia.

Nas cadeiras de plástico vermelho em volta da mesa de café.

Sunny está usando seu Ray-Ban. Ajay não faz esforço algum para desviar o olhar.

— Um drinque? — oferece Sunny. Não espera uma resposta. Serve dois copos grandes de uísque. — Em nome dos velhos tempos.

Põe cubos de gelo nos copos e desliza um deles até o outro lado da mesa. Quando Ajay estica o braço para pegá-lo, a manga de seu paletó se retrai e revela parte de uma tatuagem.

— O que é isso? — pergunta Sunny.

Ajay fica imóvel por um momento e, então, puxa a manga da roupa.

Uma adaga grosseira com uma cobra grosseira enrolada.

— Você mesmo fez? — indaga Sunny.

Ajay abaixa a manga sem dizer nada, leva o copo aos lábios e toma um gole tímido, depois toma um maior. Põe o copo na mesa.

— Me dá um cigarro — pede.

Sunny oferece o maço aberto, observa os olhos injetados de Ajay e vê a mão ligeiramente trêmula dele.

— Nós dois mudamos.

Ajay pega um cigarro.

Sunny se inclina para a frente com o isqueiro.

— O que você ia dizer? — Sunny acende o próprio cigarro e eles ficam sentados em silêncio por um tempo. — Você sabe, por acaso?

Ajay continua em silêncio, encarando-o.

— Você ia me machucar?

Ia?

— Ouvi dizer que você matou um homem lá dentro.

Ajay corre os olhos pelo quarto.

— Um ou dois — diz.

Sunny tira os óculos escuros.

— Sei que você não trabalha mais para mim — afirma Sunny. — Mas logo tudo vai mudar.

— Foi o que você disse da última vez.

— E um homem como você pode ser útil para mim.

Tinu entra correndo pela porta e se depara com a cena. Olha incrédulo para os dois homens bebendo uísque.

— *Você* — rosna. — Mandei esperar lá fora. — Depois suspira e balança a cabeça. — Venha comigo, Bunty quer conversar com você.

Sunny começa a se levantar.

— Você, não — diz Tinu. Aponta para Ajay. — Ele.

6.

Ajay está em pé diante da escrivaninha de Bunty. Tinu monta guarda logo atrás dele.

— Esta é a primeira oportunidade que tivemos de conversar — diz Bunty, em meio a uma névoa de fumaça de cigarro.

Ajay observa Bunty. Olha para Tinu, resignado.

— Não há nada a dizer — responde Ajay.

— Você não está em apuros — tranquiliza-o Bunty com um sorriso. Depois, acena para Tinu com a cabeça. — Pode nos deixar a sós agora.

———

Na ampla varanda da mansão, Sunny fuma outro cigarro e admira o horizonte. Verifica as discretas guaritas com os atiradores ocultos na cerca externa. *É melhor Dinesh fazer tudo certo*, pensa.

Tenta alinhar tudo na mente. *Quem, o quê, quando* e *onde*. A única coisa que ele tenta não saber é o porquê.

Ouve uma porta se abrindo dentro da casa e vê Tinu saindo e atendendo ao telefone.

Bunty se levanta e vai até a frente da escrivaninha, a centímetros do rosto de Ajay. Mede-o de cima a baixo.

— Tenho uma pergunta para você e gostaria que dissesse a verdade. Antes daquele incidente infeliz com meu filho, você voltou para o seu vilarejo natal. O que aconteceu quando estava lá?

Ajay o encara.

— Matei três homens.

— Por quê?

— Eles tentaram me roubar.

— O que eles tentaram roubar?

— Dinheiro.

— E você não foi pego?

— Voltei para cá.

— Entendo. E na prisão?

— Matei novamente.

— Para quem?

Ajay vacila.

— Para mim mesmo.

Bunty reflete a respeito.

— O que meu filho fez com você foi errado — diz, por fim. — Não vou negar. Mas foi parte de um plano maior. E seja lá o que tenha acontecido na prisão, sei que você ainda é leal a mim. — Bunty põe a mão no ombro de Ajay. — Os motivos da sua prisão são complicados, mas em breve isso vai chegar ao fim. Logo será feito um trato que vai garantir sua liberdade. Minha pergunta é: o que um homem como você faria depois?

Ajay pensa na irmã. Lembra-se das palavras de Vicky.

FAÇA O QUE MANDAREM.

Aquela, porém, é uma oportunidade para confessar.

Ele está prestes a falar. Mas... é tarde demais...

Sunny está perdido em seus pensamentos turbulentos quando Tinu o chama urgentemente da porta do escritório de Bunty.

— Sunny, venha cá, agora! — E desaparece no interior do recinto.

Quando Sunny o segue, Tinu está sussurrando no ouvido de Bunty.

Será que eles sabem?

— Temos novidades — diz Bunty. — Algo que não podemos ignorar.

Tinu se vira para Sunny.

— Nós o achamos.

Sunny sente um frio na barriga.

— Acharam quem?

Sunil Rastogi. Ele foi avistado nos becos da Antiga Déli. Primeiro foi um boato de um informante, agora os homens de Tinu confirmaram. Ele foi visto em Darya Ganj e seguido até uma antiga comunidade cristã, um grupo de bangalôs esquecidos pelo tempo, escondidos atrás de roseirais e sebes em Civil Lines.

— Ele está usando um apelido: Peter Mathews — diz Tinu.

Suor brota na testa de Sunny.

— Temos gente observando o perímetro e as rotas de fuga. Temos olhos nas ruas mais amplas. Precisamos tomar cuidado para não o assustarmos, senão ele vai fugir de novo, como fez em Saharanpur.

— Em Saharanpur — acrescenta Bunty — ele não fugiu sozinho.

Passando pelo portão principal, seis SUVs Subaru pretos se dirigem à mansão. Elegantes, potentes e cobertos de poeira.

— Mate-o — diz Sunny.

Bunty olha para Tinu.

— Podemos trazer Shiva ou Dadapir de avião de Bombaim.

Tinu levanta a mão, cauteloso.

— Devemos observá-lo primeiro.

— Não há nada a ser observado — diz Sunny. — Quero que ele morra.

Tinu olha para o próprio telefone e propõe uma alternativa:

— Podemos trazer alguns contatos de Uttar Pradesh hoje à noite. Posso dar alguns telefonemas.

Pelo canto dos olhos, Ajay vê as telas de vídeo penduradas na parede.

SUVs pretos chegando na frente da mansão. Vicky sai do carro que está na dianteira, vestindo um longo traje *pathani* preto, a testa pintada com uma *tilak* vermelha e laranja, os olhos cobertos por óculos escuros envolventes e os dedos brilhando com anéis.

Bunty olha de Ajay para a tela e então de volta para Ajay. Nota que os olhos do homem estão arregalados e as mãos, trêmulas.

— Ele vai fazer — diz Bunty.

Ajay demora um instante até perceber que todos estão olhando para ele.

— Ele não pode — protesta Tinu. — Ele só está aqui para o casamento. Ainda está na prisão.

— Ele vai fazer — insiste Bunty. — Vai matar esse Rastogi para mim. — Bunty olha para Sunny. — Para você.

No entanto, o olhar de Sunny já havia desviado para a parede, para a distração lá fora. Vários capangas saíam dos outros carros, com Vicky no centro de tudo.

— Eu faço — diz Ajay. — Mas, senhor, faça uma coisa para mim.

Ele põe a mão no bolso interno e tira a fotografia rasgada e surrada. A irmã. Nua. Sozinha.

Estica o braço.

Bunty examina, impassível, a fotografia da mulher na cama. Vira a foto e lê as palavras recortadas: O QUE MANDAREM.

— O que é isso?

— É a minha irmã.

— O que você quer?

— Ela está em Benares. Dê segurança a ela.

Há vozes do lado de fora. Um tumulto.

Bunty encara Ajay e devolve a foto a ele.

— Traga isso para mim assim que o trabalho estiver feito. Depois, vamos encontrá-la. Você tem minha palavra.

Logo em seguida, Vicky Wadia entra, imponente.

— Parece que a festa começou sem mim — ronrona Vicky. — Mas onde está o uísque, irmão?

Sunny aparenta sofrimento. Põe os óculos escuros.

— Preciso ir.

Ele se vira para passar por Vicky, mas o tio o segura pelo braço.

— Parabéns, filho.

Sunny puxa o braço sem dizer nada.

— Não achei que você viesse — diz Bunty, em um tom comedido.

Vicky se aproxima da escrivaninha.

— Se enganou.

Vicky para ao lado de Ajay.

— Como está sua mãe? — pergunta, em tom de zombaria. — E suas irmãs? Elas estão bem?

— Vamos — diz Tinu, olhando torto para Vicky e puxando Ajay pelo braço.

— A gente põe o papo em dia depois — diz Vicky.

7.

No escritório de Bunty, os olhos de Vicky sondam com especial interesse as fotografias na parede: Bunty diante de um engenho de açúcar; Bunty em um canteiro de obras; Bunty e Ram Singh... Ele admira uma foto amarelada de dois adolescentes posando na frente da cabine de um caminhão, um protegendo os olhos do sol e o outro com um revólver na mão.

— Ah, aí estamos nós. — Vicky sorri. — Achei que eu tivesse sido completamente apagado.

Bunty se senta na beirada da escrivaninha.

— Você nunca foi muito chegado a fotos.

— Olhe só para nós — diz Vicky, quase saudoso.

— Éramos garotos.

De repente, com um brilho nos olhos, Vicky se vira.

— E o que você queria com esse outro garoto?

— Ajay.

— É esse o nome dele?

— Você sabe que é. — Bunty se senta atrás da escrivaninha e acende um cigarro. — Queria agradecer, só isso. Ele tem sido um empregado leal.

— E um bom soldado.

Bunty lança um olhar cortante na direção de Vicky.

— Para você, talvez.

Vicky agita a mão.

— Você não deixa passar nada.

Bunty estuda Vicky com um olhar demorado.

— Então... Me diga, irmão, o que mais você tem feito?

— Feito?

— Pelas minhas costas.

— Impossível, meu irmão. Você vê tudo.

— Não nas sombras, onde você escolheu viver.

— Escolhi? — Vicky dá as costas para a foto. — Se bem me lembro, fui exilado.

— Você se exilou. Não estava bem — diz Bunty, a voz inexpressiva.

— E sempre era você quem decidia. — Vicky se controla. Sorri e abre os braços. — Mas olhe para mim agora!

Bunty suspira, puxa a cadeira para perto da escrivaninha e examina os papéis sobre ela, como um pai que está farto do filho impertinente.

— Certas coisas que você está fazendo precisam parar — diz Bunty.

— O quê, por exemplo?

— Você acha que eu não sei do tráfico? Daquelas garotas? — questiona Bunty.

— Deduzi que você estava fazendo vista grossa.

— O que você ganha com elas?

— Nada que seja da sua conta — responde Vicky, parado no meio do cômodo. Ele endireita o corpo e une as mãos à frente, como se, de repente, a coragem tivesse surgido. — Mas, no fim das contas, dinheiro não é tudo.

Bunty meneia a cabeça.

— O mundo mudou. Não somos mais capangas.

— Nunca fui um capanga — replica Vicky.

— Esqueço que você era um homem de Deus — diz Bunty, sorrindo.

— Deus está em toda parte.

Bunty abre uma gaveta, pega um objeto de metal e o joga para cima.

— Deus é uma moeda de um *paisa*.

Vicky pega a moeda e, com um truque de mágica, a faz desaparecer. Essa discussão deles é tão velha quanto o truque que a aplaca.

Bunty se acalma e se recosta na cadeira.

— Você sempre foi cabeça quente.

Vicky se aproxima do irmão.

— E você sempre foi racional. Mesmo assim — ele se inclina sobre a escrivaninha — foi sua violência que deu início a tudo.

Bunty o encara, impassível.

— Você sabe o que eu quero — diz Vicky. — Mostre para mim.

Bunty balança a cabeça com desdém.

— De novo isso?

— Pelos velhos tempos — insiste Vicky. — Mostre para mim. Me mostre suas mãos.

Bunty hesita, encarando Vicky. Depois, apaga o cigarro e estica as mãos. Vira-as lentamente, como cartas secretas, revelando duas grandes cicatrizes — cânions rasgados diagonalmente nas palmas.

— Me lembro desse dia — diz Vicky com os olhos brilhando. Estica o braço e segura as mãos de Bunty, passando os polegares com reverência pelas cicatrizes. — Isso me deu poder. Mas deu muito mais a você.

Bunty não diz nada, mas os olhos dele não discordam.

— Você ainda tem? — pergunta Vicky.

— A pipa? — Bunty assente. — Óbvio.

Vicky fecha os olhos.

— Lembra como voava?

Na mente, ele vê a pipa da infância dos dois, voando em um céu azul e sem nuvens. A pipa e seu longo fio encerado, dançando e sacudindo, lutando com outras pipas no céu acima dos telhados, cortando-as e tirando-as do céu.

Vê o rosto grotesco de um garoto em suas lembranças.

— Daquele dia, quem ainda está vivo?

— Tinu. Eu. Você — responde Bunty.

Um garoto, coberto de sangue.

— Éramos selvagens. — Vicky ri e abre os olhos novamente, desenganchando as mãos.

— Fizemos o que tínhamos que fazer — diz Bunty. — E seguimos em frente.

— Sim — concorda Vicky, indicando o cômodo com a mão. — Agora você vive neste buraco sufocante, se escondendo do mundo. — Ele tira a moeda de trás da orelha e a joga para o outro lado do aposento. — O poder pelo poder. — A moeda quica na escrivaninha de Bunty. — É isso que você deseja. Para mim, o poder sempre foi outra coisa. Prazer. Dor.

Bunty acende outro cigarro.

— E foi por isso que você não cresceu.

— Ah, meu irmão, eu cresci. E me afastei. Essa é a tragédia. — Vicky respira fundo, fazendo questão de mostrar que está revisitando o passado. — Penso com frequência nos velhos tempos. A memória é uma coisa engraçada, não acha? Quem pode dizer o que de fato aconteceu? Não os livros de história. Nem os mortos. Deve haver registros *em algum lugar*, é claro. Das coisas que nós fizemos.

Aquelas palavras fazem com que Bunty se retraia.

— Chega de brincadeira — diz Bunty. — Tenho trabalho a fazer. Vá aproveitar a noite.

Vicky vai até a porta.

— É um dia auspicioso. Os corpos celestes estão alinhados.

— Só tente não arrumar confusão.

Vicky sorri e dá de ombros.

— Não planejei nada.

No lado tranquilo da mansão, longe das luzes, dos funcionários e das tendas movimentadas, um Bolero está estacionado. Ajay e Tinu surgem de uma porta lateral. Ajay recebeu roupas novas — calça jeans *skinny* preta e camiseta preta lisa —, um celular, um mapa desenhado a mão com um esboço do alvo no verso e um bolo de dinheiro.

— Não gosto disso — diz Tinu. — Não sei por que estamos mandando você. Mas já está feito. — Ele olha nos olhos injetados de Ajay. — Como está se sentindo?

— Bem.

— Você tem tudo de que precisa — conclui Tinu, abrindo a porta traseira. — Atire de primeira. O motorista está com sua arma.

Ajay entra no carro.

— Ele vai levar você a Kashmiri Gate, depois você segue a pé.

Tinu fecha a porta de Ajay e se vira, afastando-se.

— O mundo enlouqueceu — comenta.

NOITE

1.

A escuridão desce como uma cortina e os convidados chegam, espalhando-se como uma camada de gelo pelo terreno, acompanhados por recepcionistas siberianas, altas, loiras e simpáticas, que exibem a quantidade necessária de pele. Homens poderosos formam círculos confidenciais. Drinques e canapés são servidos. A estrada que passa por fora está abarrotada de carros brilhantes, buzinando impacientemente. Dentro da propriedade, tudo está coberto de flores e luzes. A recepção é um festival, um *mela*.

No reino de Sunny, há homens e mulheres, bêbados, drogados e ressacados. Seus amigos — aqueles homens que ele instigou, cortejou e arruinou; aqueles que ainda serão arruinados, mas que estão à espera, curiosos e imprudentes; aqueles que se menosprezaram por tempo suficiente para serem nada mais que parasitas inconvenientes; aqueles insignificantes, que são ignorados; e aqueles que têm poder suficiente para não se importar. Eles tomaram conta da mansão e da piscina. Seu cansaço foi massageado o dia todo por empregados. Agora, começam a surfar a próxima onda de intoxicação.

Saem da mansão, beirando o grande gramado no escuro, dirigindo-se ao bosque lá atrás, onde, em uma clareira escondida, a festa paralela está prestes a começar. DJs de Tóquio e Berlim tocam *psytrance*, *deep tech* e *tech house*. Mixologistas do bar Death&Taxis criam coquetéis personalizados com ingredientes exóticos. Randy, primo de Farah, arrumou as drogas: cem gramas de cocaína, cinquenta gramas de MDMA, metanfetamina trazida de Malana, maconha de Kerala, colírio de LSD vindo de Amsterdã. Algumas das drogas foram guardadas dentro de ovos ornamentais de madeira, esperando para serem encontradas. Outras são distribuídas em sacolas de lembrancinhas, com relógios, perfumes e, na sacola premiada, a chave de um Maserati Quattroporte.

O gramado principal é um ambiente mais tranquilo, onde há sessenta mesas de doze lugares. Em cada mesa, há quatro garrafas de Johnny Walker, seis garrafas de Pol Roger no gelo e caixas de Montecristo nº 4, tudo a ser reabastecido em um estalar de dedos.

Há mais de uma dezena de barraquinhas com comida de rua do mundo inteiro. E um bar compridíssimo, com uma infinitude de bebidas.

A decoração é composta por esculturas de gelo e cinco mil lanternas de papel posicionadas nas árvores, distribuídas ao longo de fios invisíveis. Atrás do mar de mesas e luzes, dois palcos dominam os gramados, gerenciados por uma empresa de Tel-Aviv encarregada pela iluminação, áudio e cenografia. Um dos palcos traz músicos clássicos e o outro, astros de Bollywood. Agora é a vez dos clássicos, que tocam uma suave *raag* noturna.

A lista de convidados é cheia de personalidades da Índia moderna. Há altos burocratas, chefes de polícia e ministros de todas as orientações políticas e todas as áreas — Ministério da Aviação, do Meio Ambiente, da Saúde, dos Transportes, da Mineração, só para mencionar alguns —, há líderes religiosos, burocratas aposentados, ricaços que detêm o monopólio da mídia, editores e colunistas de todas as linhas editoriais e jornalistas investigativos conhecidos por desvendarem casos de corrupção; há diversos nomes do cinema, de diretores e produtores a atores e atrizes, consagrados e principiantes; há representantes de multinacionais estrangeiras e grandes ONGs; há capitães da indústria, chefões da mineração, bilionários da siderurgia, incorporadores e magnatas do ramo da navegação. Há ministros que estão presos, mas se encontram ostensivamente de licença médica. Há membros da realeza, é claro. Há reis das granjas, pilotos de Fórmula 1, jogadores de críquete, astros do hóquei, lutadores, atiradores, âncoras de TV, cirurgiões de renome e cardiologistas, todos esbaldando-se com charutos grandes e pomposos.

Todos sabem que aquela é uma visão rara, que provavelmente nunca mais acontecerá. Bunty Wadia e qualquer um que algum dia contou com o apoio dele ou serviu de apoio a ele, todos no mesmo lugar. Naquele exato momento, eles podem tentar adivinhar até onde a fama e o poder de Bunty Wadia vão.

2.

Ajay se agarra aos seus preciosos minutos no banco traseiro do carro, sabendo que logo chegarão ao fim. Ele se libertou de todos os patrões em seu coração. No entanto, ali está ele mais uma vez, escolhido para ser entregue à morte. Por que está fazendo aquilo? *Ah, sim.* Olha novamente para a foto da irmã, a única coisa no mundo que o mantém sob controle. No entanto, mesmo quando ele tiver conseguido resgatá-la, será que estará livre dos Wadia? À deriva? Não, eles sempre terão algo para fazê-lo obedecer. Podem levá-la embora quando quiserem; a mãe e a irmã caçula também. A única coisa que ele pode fazer é fingir que não se importa.

A cidade e suas luzes flutuam dentro de sua cabeça. Ele não vê a cidade noturna desde aquela noite em que tudo mudou. Agora, a vê através do Mandrax, do uísque e dos olhos assassinos. Observa o mundo passar, contando o dinheiro que Tinu deu a ele: duas mil rupias.

Será que é suficiente para...?

Ele volta a atenção para motorista.

— Me mostra a arma.

O motorista olha pelo retrovisor.

— Quando a gente chegar.

Sunny e Farah Wadia estão sentados lado a lado no trono sobre o tablado, no gramado principal, recebendo as bênçãos dos convidados. Os presentes são colocados por vários carregadores nas mesas ao lado, que rangem com o peso.

— Você poderia pelo menos sorrir — diz Farah entredentes. — Por que não pode ficar feliz? Você tem tudo que poderia querer ou precisar.

Sunny não responde. Aceita em silêncio a bênção e o presente de cada convidado, unindo a palma das mãos em agradecimento.

— Você é o filho da puta mais miserável do mundo.

Ele está esquadrinhando a multidão por trás dos óculos escuros, procurando Dinesh e Eli. Tenta evitar um ataque de pânico.

Está acontecendo agora. Não tem mais volta.

Gautam Rathore se levanta, deixa a mesa e entra na fila para cumprimentar os recém-casados. Um garçom passa e oferece a ele uma taça de champanhe, que ele recusa ostensivamente. Está sóbrio há quatro anos. Os olhos dele brilham, cheios de energia, e há alguns cabelos brancos e certa respeitabilidade, adquirida após a morte do pai em um acidente de helicóptero. Agora é um magnata imobiliário — seus contatos políticos compram e transformam terras agrícolas, nas quais as cidades adoram se expandir. Em breve ele vai ter riqueza e conexões suficientes para se tornar uma das pessoas mais influentes do seu estado. Quando os homens certos entrarem em jogo, quem sabe aonde podem ir parar as licenças de mineração?

Ele está em pé diante de Sunny, com um envelope simples nas mãos, e demora-se um instante, talvez esperando ouvir alguma palavra. Sunny, no entanto, só assente e une as mãos em agradecimento. Olhando para ele pela primeira vez depois de anos, Gautam tem um repentino impulso pavloviano de dizer algo contundente e grosseiro. E então se lembra dos Doze Passos. Passos Um a Doze: Bunty Wadia.

Parabeniza Farah com sinceridade e vai embora.

— Preciso de uma bebida — diz Farah durante um momento de calmaria. — Até pensaria seriamente em uma dose de alguma outra coisa.

Sunny não esboça reação.

— Acredite — ela dá um tapinha na coxa dele —, eu tenho tudo de que você precisa.

Depois se levanta, acena para todos e olha uma última vez para Sunny.

— Vou estar no lago, entre esse lugar e o bosque — avisa ela, indo embora.

Sozinho. Agora Sunny está sozinho naquele trono, olhando para os convidados. Ele nunca se sentiu tão sozinho antes.

Então bate o ataque de pânico que ele tentou evitar o dia todo, a semana toda, o mês todo. O pânico de anos. A solidão de uma vida. A ira. A consciência de que, nesta noite, tudo vai acontecer. Tudo com certeza vai acontecer. E ele nem sabe o que é esse *tudo*. Só sabe que deixou *tudo* nas mãos de Dinesh Singh. Só tem ciência de que seu pai e o de Dinesh serão postos de lado, envolvidos em algo que vai acabar com os dois, permitindo que Sunny e Dinesh tomem a coroa.

A coroa.

Meu Deus! O trono e a coroa.

Ele nem consegue ficar sentado *neste* trono, quem dirá naquele.

Sunny olha e compreende a vastidão do mundo do pai. A complexidade do livro contábil que Bunty carrega na mente.

E Sunny...

Ele nem sequer consegue antecipar dois lances no xadrez.

Por que ele está fazendo isso?

Por quê?

Dinesh, sim, sabe por quê: poder. E talvez até esteja fazendo isso pelo bem do estado, por uma crença na democracia, no Estado de direito, ou seja lá o que isso signifique. Mas por que ele, Sunny Wadia, está fazendo isso? Por vingança e ódio. Por um coração partido? Talvez. Tem que ter um motivo. Quem sabe seja pela esperança de destruir tudo relacionado aos seus erros passados. Sim, mais uma vez ele está acabando com a própria vida. Ateando fogo aos oceanos e à atmosfera de seu mundo, transformando-o em uma estrela em extinção. E o que sobrará quando ele tiver terminado?

Será que eles vão conseguir?

Não, ele não serve para isso.

Ele olha para Bunty à mesa com um charuto na boca, enquanto os convivas lhe dão tapinhas nas costas e sussurram no seu ouvido.

Ele não pode fazer isso. Nem consegue respirar. Suor escorre pela sua testa. *Meu Deus.*

Uma coisa é nutrir rancores dentro de si, outra é transformá-los em uma vingança concreta.

Será que ele consegue pegar o telefone e cancelar tudo? Não. Não.

Irmão, está feito.

E se Farah tiver razão?

Você tem tudo que poderia querer ou precisar.

Por que você não consegue ser feliz? Por quê?

Então se lembra. O ultrassom. A imagem flutuante do filho, perdido para sempre no espaço e no tempo.

Em um instante, ele está submerso no oceano obscuro e frio da própria mente. A areia, o mar, o fogo... O instante no qual ele acredita que o filho foi concebido. Ele não pode ficar ali? Não.

É levado para a noite do acidente.

Sangue. Uísque. Cocaína. Raiva. O cheiro de metal e gasolina. O rosto ensanguentado de Ajay. O rosto partido de Neda. E as palavras do pai que o perseguiram sem cessar desde então.

Implacável. Você *precisa* ser implacável.

Sim, pai, aqui estou eu.

Meu Deus.

Pai.

Sunny está afundando na própria mente sem parar, afogando-se.

Tudo que eu sempre quis foi aquela vida.

Ele cerra os punhos e diz a si mesmo para ficar calmo. É quando vê Ram e Dinesh Singh chegarem.

Foda-se.

Sunny se vira e foge rumo ao bosque.

Farah está observando o lago, a lua refletida nele. Não encara Sunny.

— Não tinha certeza se você viria.

— Preciso de uma coisa — diz ele, cambaleando para a frente, tirando os óculos escuros e revelando um olhar assustado.

— Uma coisa é sempre melhor que nada — diz ela com uma voz suave e tranquilizadora, e sorri.

Ela segura a mão úmida dele e o puxa para perto das árvores.

Na direção da mansão, a festa está brilhando. E, na clareira escondida, a batida grave do *psytrance* é levada pelo vento. Ali, entretanto, estão só os dois.

Ele estremece.

— Preciso de algo — repete ele.

— Shhh. — Ela acaricia seu rosto e tira dos seios uma trouxinha de pó.

Ele analisa a opção e balança a cabeça.

— Preciso de outra coisa. Preciso...

— Me diz do que você precisa.

— Eu preciso...

— Diga.

— Ser feliz — diz ele, a voz falhando.

— Ah, meu amor — sussurra ela, guardando novamente o pó e deslizando a mão em direção ao pau dele. — Eu posso fazer você feliz.

Ele fecha os olhos. Tenta conter o pânico.

Com dedos experientes, ela abre caminho, esfregando o polegar suavemente para cima e para baixo no pau sem vida.

— Comigo — diz ela — a felicidade é garantida.

— Preciso de outra coisa — replica ele. — Não disso.

— Eu tenho o que você precisa.

Com a mão livre, ela abre a bolsa e procura uma caixa de comprimidos.

— Abra — instrui ela. Sente o pau amolecer enquanto ele se concentra na caixa, e então o aperta um pouco. — Na-na-ni-na-náo, você só vai ganhar o presentinho se for bonzinho comigo. *Concentre-se.*

Mas não adianta.

— O que é isso? — pergunta ele.

Seis bombas de MDMA.

— A felicidade — responde ela — que você está procurando.

3.

Ajay está próximo a Kashmiri Gate, o terminal rodoviário fortemente iluminado atrás dele, com várias famílias envoltas em xales, dormindo em meio a bolsas, esperando a partida na noite gelada enquanto outros ônibus saem. Foi naquele lugar que ele chegou, cheio de esperança, com o cartão de Sunny Wadia na mão. Agora ele está segurando o mapa — entregue por Tinu — da propriedade na qual deve se infiltrar, a arma que deve usar e o desenho do homem que deve matar. De um jeito ou de outro, ele chegou longe.

Ele olha para o outro lado da rua, na direção do cemitério Nicholson e do viaduto sob o qual os drogados vivem, à direita. Anda depressa, esquivando-se do tráfego. Pula a mureta e chega ao outro lado. Compra um maço de cigarros e uma caixa de fósforos e entra no bairro de Civil Lines.

Na recepção, Ram e Dinesh Singh ocupam suas mesas com os respectivos séquitos.

Os boatos sobre um atrito entre pai e filho foram calados. Dinesh fez um acordo com os fazendeiros que deixou todo mundo satisfeito. A dinastia está caminhando para as próximas eleições combalida, mas ainda forte.

Ram Singh vai direto falar com Bunty enquanto Dinesh toma um refrigerante e circula entre as mesas.

Na escuridão de uma calçada, sob uma árvore de *neem*, Ajay fuma um cigarro e analisa a arma — uma Luger 8 tiros com o número de série raspado. O motorista dissera a ele: "É resistente, vai dar conta do recado." Ele verifica a trava perto da coronha e desliza a arma para o cós da calça jeans. Abre novamente o mapa para se orientar e ruma na direção do beco em frente. No meio da viela, à esquerda, uma diferença entre os tijolos marca o local onde uma propriedade se transforma em outra — esse é o ponto para escalar e entrar. Uma vez lá em cima, ele pula nos arbustos e se agacha, tentando ouvir se há algum cachorro. Sente o coração e a cabeça pulsando.

Com muito cuidado, olha para o gramado imaculado e o bangalô colonial ao fundo. O lugar parece quase deserto, com apenas algumas luzes acesas na parte da frente do imóvel.

Ajay se agacha em silêncio.

Espera um pouco.

Espera.

Sente o peso tranquilizador da arma.

Sunny está sentado sozinho no topo do morro que esconde dos olhos curiosos a festa mais animada, olhando para a clareira iluminada por luzes estroboscópicas, equipada com bar, tenda e fogueiras, cheia de corpos suados, rostos sorridentes e gritos animados. Ele não pode nem sequer chegar perto de nada daquilo. Está aguardando nervosamente que o MDMA faça efeito.

O MDMA.

Sim.

Ele tomou uma dose heroica. Consegue sentir a droga pelo enjoo, os olhos trêmulos, as moléculas esmorecendo...

Está esperando que o MDMA diga que vai ficar tudo bem.

Ele sente a presença do homem antes de poder vê-lo.

— Você está olhando na direção errada — diz Vicky. Senta-se na grama com um gemido surpreendentemente vulnerável e justifica: — Estou ficando velho. — Olha com ternura para Sunny.

Seu tom direto faz Sunny estremecer.

— O que você quer de mim?

Ajay segue pelo perímetro até a frente do bangalô. A porta está aberta, revelando as luzes acesas lá dentro.

Quanto tempo ele deve esperar? Deve subir no telhado? Deve espiar em cada janela? Ou deve simplesmente entrar?

Tenta reconstruir a própria história, mas não tem uma. Só abstinência de Mandrax e uma arma. Dá um passo na via de acesso ao bangalô, e um cão preto sai trotando de trás da porta. Vai gingando em sua direção, sacudindo a perna.

— Vejo que você fez um amigo!

Do jardim à direita, um jovem atarracado e barbado aparece enrolado em um xale pesado. Não demonstra surpresa nem medo. Não parece achar que Ajay não deveria estar ali.

Ajay não sabe o que dizer.

— Não se preocupe, ela não morde. Só peida! Mas é um preço baixo por me manter aquecido à noite. — Ele une as mãos. — A propósito, sou o Irmão Sanjay. Você está perdido?

— Sim. — Ajay ouve a própria voz responder.

— Você consegue falar?

— Sim.

— Quem sabe você precise descansar?

— Gostaria de um pouco de água.

— Sim, sim! Um direito fundamental de todos! — Ele guia Ajay pelo braço para dentro da casa. — E de onde você vem, meu amigo?

— De lugar nenhum — responde Ajay.

— Poxa vida! — replica o Irmão Sanjay. — Um lugar ruim para se estar! Embora digam que ignorância é felicidade, não é mesmo? Mas eu prefiro o conhecimento, sabe? Bem, você certamente precisa de um banho e de uma refeição. Acredite, você não é o primeiro!

Após a sala de recepção, há um cômodo com as paredes cobertas de livros, iluminado pela luz tremeluzente de uma lareira. A paz de espírito reina ali.

— O que eu quero de você? — Vicky finge surpresa. — Nada! Absolutamente nada!

— Então me deixa em paz! — grita Sunny. Fica enojado por parecer uma criança malcriada.

Vicky põe a mão no ombro de Sunny.

— Fico com o coração apertado de ver o que você se tornou, só isso.

O que ele deveria responder?

— Sim, fico com o coração apertado — reafirma Vicky.

— O que me tornei?

— Você está desmoronando.

Sunny balança a cabeça.

— Mas tudo bem — prossegue Vicky. — Estudei seu mapa. Vi tudo desde o início. Tudo que você fez, o buraco sem fundo em que você se afundou, a tristeza que suportou... tudo contribuiu para seu estado de decadência atual. Hoje é o dia em que você vai se tornar um homem.

— Quem está aí? *Quem está aí?*

O Irmão Sanjay guia Ajay bangalô adentro.

— Temos um convidado! — exclama o Irmão Sanjay.

Eles passam por um arco interno e entram em uma sala de jantar coroada por uma mesa de madeira, com espaço suficiente para vinte pessoas, posicionada longitudinalmente no meio do cômodo. Mas ali só tem um homem: um padre branco, idoso e careca, quase surdo e cego, sentado à cabeceira, comendo salsicha e purê.

— O que é isso? — grita ele.

— Um viajante cansado — responde o Irmão Sanjay.

— Não, não quero comprar nenhum rádio!

— Ignore-o, ele faz esse tipo de coisa — diz o Irmão Sanjay, e dá uns tapinhas tranquilizadores no ombro de Ajay.

E então o velho padre se isola em seu próprio mundo.

— Venha cá — chama o Irmão Sanjay. — Sente-se! Vou trazer comida.

Ajay olha em volta, abalado e confuso. Emocionado pela gentileza espontânea. Atento à arma e à missão a cumprir.

O Irmão Sanjay volta com dois pratos de arroz, *dal* e *sabzi* como acompanhamento. Olha para o relógio na parede e estala a língua.

— Ele está sempre atrasado.

— Quem? — grita o velho padre.

— Peter Mathews — responde o Irmão Sanjay.

— Deixe minha salsicha em paz! — berra o padre.

Um cozinheiro abrutalhado e barbado aparece.

— Padre, está tudo bem?

— Ele quer minhas salsichas!

O cozinheiro pisca para Ajay.

— Vou mantê-lo longe! — grita para o padre.

Enquanto o homem desaparece, outra figura entra no salão. Silencioso, meditativo e cabisbaixo, o cabelo em um corte fora de moda em formato de cuia. Ele se inclina para o velho padre primeiro, então se senta ao lado do Irmão Sanjay, à frente de Ajay.

— Boa noite. — Leva a mão ao coração. — Me chamo Peter Mathews.

— Por que você está fazendo isso comigo? — Sunny segura a cabeça entre as mãos.

— Eu me lembro do dia em que você nasceu — diz Vicky. — Era um eclipse. Um dia lindo. Eu gostaria de poder ter ficado ao lado da sua mãe.

— Por favor, pare de me torturar!

Ele sente o MDMA fazendo efeito, desancorando-o da realidade e dissipando sua ira.

— Me arrependo por todos esses anos — diz Vicky.

Sunny se vira para olhá-lo e vê nitidamente o próprio rosto.

• 547 •

— O que você está fazendo comigo? — pergunta de novo.

Vicky abre um sorriso distorcido.

— Nada que você já não tenha feito a si mesmo — responde Vicky. Do seu mindinho, ele tira um anel de ouro e esmeralda. — Ela queria que eu lhe desse isto.

Sunny admira o verde pulsante da esmeralda.

— Disse a ela que eu esperaria pelo momento certo.

— Vivo minha vida cada vez mais convencido de que estou morrendo o tempo todo — diz Peter Mathews. — Não consigo evitar esse sentimento. Toda vez que atravesso a rua, acho que fui atropelado por um carro. Uma versão de mim continua andando, mas a outra morreu. Esses pensamentos são terríveis, eu sei, mas é algo que eu não consigo evitar. Você já ouviu falar do multiverso, Irmão Sanjay?

— Acredito que não.

— Existem mundos infinitos, onde cada possibilidade se realiza. Neste, eu poderia me esfaquear agora mesmo — diz Peter Mathews — ou a você, Irmão Sanjay, ou a seu amigo que acabou de chegar.

— Caramba.

— Aqui estaríamos mortos, mas, nos outros mundos, ainda estaríamos vivos.

— É um pensamento assustador demais — diz o Irmão Sanjay. Depois, adota um tom mais animado: — Mesmo assim, não é desculpa para ser indelicado.

Ajay continua a olhar para Peter Mathews. O homem sabe? Suspeita? Ajay deve sacar a arma e matá-lo?

Peter Mathews olha para Ajay e sorri.

— De onde você veio? — pergunta.

— Ele é de lugar nenhum — brinca o Irmão Sanjay.

Mathews se serve de um copo d'água.

— Não, ele veio de outro lugar esta noite.

— Vim da prisão — afirma Ajay.

— Sim. — Mathews assente. — Foi o que pensei, por conta da sua tatuagem. Trabalho com prisioneiros o tempo todo. E o que você fez?

— Matei pessoas.
— Caramba! — exclama o Irmão Sanjay, e ri. — Talvez seja *você* quem vai matar todos nós hoje à noite.

Sunny segura o anel brilhante e pulsante. Abre um sorriso largo.
— Rastogi — diz, uma única palavra.
Vicky assente cordialmente e sorri.
— Rastogi — repete Sunny e se levanta.
Ele começa a rir incontrolavelmente.
— Sim. — Vicky assente. — Sim, Rastogi!
— Não. — Sunny balança a cabeça. — Não. Você não está entendendo!
O riso dele preenche o ar.
— Estou livre de vocês dois! — grita. Joga o anel na direção de Vicky.
— Aonde você acha que Ajay foi?
O sorriso de Vicky some.
Sunny cambaleia para trás, rindo.
— Sunil Rastogi vai morrer!
Ele não sabe se tropeçou ou se foi empurrado, mas cai e rola morro abaixo. Um monstro nas colinas. Aterrissa com um baque no chão, em sincronia com uma potente batida grave.

Um hippie de dreadlocks está fazendo malabarismo com fogo à sua esquerda. O fogo se alonga na mente de Sunny, fala coisas boas sobre o mundo, diz a ele que vai ficar tudo bem...
Sunny se levanta em um salto, joga os braços para cima e começa a dançar.
Todos o observam e gritam seu nome.
Sunny Wadia voltou!
SUN-NY!
SUN-NY!
E, lá em cima, sem ser visto por ninguém, Vicky Wadia pega o celular.

— Um segundo, por favor — pede Peter Mathews, pegando seu Nokia velho, um dedo suspenso no ar. — Sim? — atende com um tom gentil. — Entendo. Entendo — suspira. — Não posso prometer nada, mas vou tentar.
Desliga o telefone e o põe de volta no bolso.

E o dedo de Ajay solta a trava de segurança em volta da coronha de madeira da Luger.

— Está tudo bem? — pergunta o Irmão Sanjay.

— Está tudo bastante... — começa a dizer Peter Mathews.

Antes que termine de falar, já está de pé, agarrando o pescoço de Sanjay com o braço e forçando-o a se levantar, pegando da mesa a faca que o velho padre usa para cortar a salsicha e arrastando Sanjay sob a ameaça da faca para a despensa nos fundos.

Tudo acontece muito depressa, e Ajay está meio lerdo. Quando se levanta e saca a arma, Mathews e Sanjay já sumiram.

— Que diabos está acontecendo? — grita o velho padre.

Na despensa, Mathews, sob protestos de Sanjay, arrasta o jovem rumo à porta externa. Quando Ajay surge, Mathews bate com a cabeça de Sanjay na parede e empurra Ajay de maneira que ele não consiga mirar. Quando Ajay passa por cima de Sanjay, Mathews já se foi.

Uma casa de hóspedes de três andares se ergue ao fundo. Ajay ouve passos subindo a escadaria.

Ouve os gritos do cozinheiro.

Olha para cima e vê Mathews subindo pelas escadas do primeiro andar.

Ajay vai atrás dele, subindo às pressas, quando o cozinheiro surge com um cutelo na mão. No primeiro andar, todas as portas estão fechadas tanto de um lado quanto de outro.

Ele ouve passos subindo para o outro andar. Segue o ruído e, na afobação, tropeça. Quando consegue chegar aos trambolhões ao segundo andar, vê um cômodo aberto; sem pensar, entra abruptamente. Passa pela soleira com a arma em riste, pronto para atirar, mas não tem ninguém lá dentro.

Quando volta a ouvir passos, é quase tarde demais. Vira-se e vê uma barra de metal descendo sobre o próprio rosto. Ergue a mão esquerda para se proteger e ouve o som de osso se partindo.

Mathews está em cima dele agora. Eles se enroscam em uma luta corpo a corpo, Ajay fazendo de tudo para segurar a arma enquanto Mathews tenta tomá-la.

— Você está estragando tudo! — grita Mathews.

A mão esquerda de Ajay foi tomada por uma dor agonizante. Ele esperneia e tenta tirar Mathews de cima de si, mas o outro é surpreendentemente forte. Então ele se encolhe e, com toda a força, atinge a garganta de Mathews com a mão fraturada. Uma dor terrível se espalha pelo braço de Ajay, mas o golpe funcionou. O homem cai, sufocando e ofegando.

E finalmente Ajay o tem na mira de sua arma. Só precisa atirar. Mas não consegue.

— Espere, espere, espere! — implora Mathews com os olhos marejados.

E Ajay espera.

Os lábios de Mathews começam a se curvar em um sorriso misterioso.

— Você é Sunil Rastogi — diz Ajay.

Mathews assente.

— Sou.

Ajay observa enquanto Rastogi vem à tona, os poucos resquícios da mansidão de Mathews evaporando.

Rastogi olha para a porta, ouvindo a comoção crescente lá embaixo.

— Eles virão pegá-lo. Sabe disso, não sabe? É melhor você atirar em mim agora ou fugir.

— Tenho que atirar — afirma Ajay.

— Então atire.

A mão de Ajay treme.

— Não consigo.

— Por quê?

— Não sei.

— Acho que sei por quê. — Rastogi sorri.

— Então me diga — pede Ajay, a voz um sussurro.

— Porque você não quer mais ser um escravo.

— Tenho que matar você — insiste Ajay. — Não tenho escolha.

— Você está sofrendo — diz Rastogi. — Posso ver em seus olhos. Já passei por isso também. Você e eu somos como irmãos.

— Tenho que atirar.

— Lembre-se do que eu falei lá embaixo — diz Rastogi. — Imagine um universo no qual você não se tornou um assassino. Onde você estaria?

Ele vê a mão de Ajay perdendo a mira, tremendo.

— Em casa — responde Ajay.

— Onde?

Ajay fecha os olhos.

— Nas montanhas.

— Então volte para lá.

— Não posso! — grita Ajay.

Com grande angústia e uma dor lancinante, Ajay enfia os dedos no bolso da calça e puxa a foto que carrega há tanto tempo. Ele segura a fotografia apertada na mão inchada.

Rastogi pega para olhá-la. Ele devora a imagem com os olhos — a garota na cama de um bordel, tão feroz e amedrontada. Rastogi olha da foto para o homem à sua frente.

— Quem é ela? — pergunta Rastogi em um tom suave e conciliatório.

— Minha irmã! — berra Ajay. — Minha irmã! Tenho que matar você para salvá-la!

— Irmão — diz Rastogi, com um sorriso estranho no rosto. — Essa não é sua irmã.

— O quê?

— Mentiram para você.

— O que você está falando?

— É sério, essa garota não é sua irmã.

— Como assim?

— Eu a conheço bem demais. Ela é de Bihar, meu amigo. O nome dela é Neha. Essa foto é de um bordel em Benares, eu trabalhava lá!

— Não. Não é verdade! Ela é minha irmã.

— Talvez seja e eu esteja enganado — diz Rastogi.

— É ela!

— Ou talvez tenham mentido para você, irmão. Escute, eu *conheço* essa garota. Olhe para ela! Nem se parece com você.

Rastogi vira a foto e a aproxima do rosto de Ajay.

Ajay olha para a garota como se fizesse isso pela primeira vez. Todo o seu mundo desmorona.

Talvez seja verdade. Talvez ela não seja a sua irmã. E agora?

— Sim, eles mentiram para você — afirma Rastogi. — Como mentem para todo mundo. Prometeram salvá-la, não é?

Ajay encara Rastogi.

— Prometeram.

— Mas, na verdade, eles mandaram você aqui para morrer.

A cabeça de Ajay lateja e martela com o fim da onda de Mandrax, o choque, a confusão e a dor da mão inchada.

Lá de baixo vem o som de uma turba.

Rastogi aponta para a janela aberta nos fundos.

— Você pode esperar que eles te peguem e te matem aqui, ou pode fugir. Fugir e ser livre.

O cozinheiro sobe as escadas, seguido por vários garotos da vizinhança empunhando tacos de críquete e hóquei e facas de cozinha. Aglomeram-se e avançam temerosos, gritando.

— Lá! — gritam ao ver a porta e entram apressados.

Peter Mathews está deitado no chão, soluçando.

— Ele tentou me matar! — grita e aponta para a janela. — E fugiu.

O cozinheiro corre até a janela, agitando o cutelo para a noite.

— Corram atrás dele! — berra Peter Mathews.

A turba obedece, saindo correndo pela porta e descendo as escadas, espalhando-se e gritando para que a propriedade seja vasculhada.

Em seu quarto, Sunil Rastogi se levanta do chão e pega a fotografia que Ajay, desolado, deixou para trás. Sorri consigo mesmo.

Analisa aquele corpo e aquele rosto. Nunca viu aquela mulher na vida.

Um novo comboio chega à via de acesso à mansão dos Wadia.

Uma frota de veículos da Força-Tarefa Especial e do Departamento Central de Investigação.

Rastogi passeia pelo coração do bangalô enquanto a busca pelo intruso se intensifica. Nas costas, carrega uma bolsa de viagem comprida. Ele atravessa a porta principal e pega um capacete de motociclista enquanto sai.

Ao passar pelo portão de entrada, saca o telefone e tecla um número.
— Problema resolvido.
Na estrada, sobe em uma Yamaha esportiva, dá a partida, acelera e parte em direção à rodoviária.

Na recepção, os astros de Bollywood estão dançando no palco.
Bunty está fumando um charuto, satisfeito com o mundo.
Dinesh Singh olha para Vicky.
Vicky sorri ao telefone.
E, na clareira, a mente de Sunny explode. Prazer. Dor. Ninguém manda nele.
Ele perdoa o mundo. Vai ficar tudo bem.

O comboio já se encontra em frente ao portão dos Wadia.
O pessoal da segurança vai falar com eles. *O que querem? Não sabem quem mora ali? Não sabem que está acontecendo um casamento?*
Eles sabem e não se importam. Têm um mandado de busca na propriedade. E de prisão para Ram Singh e Bunty Wadia. Precisam de uma assinatura.

Vicky olha para Bunty, que atende ao telefone que está tocando.
Põe os pés para cima enquanto vê a inquietação entre os empregados. Vê vários convidados VIPs atendendo aos respectivos celulares. Vê os chefes da segurança correndo até Tinu e o rosto do homem empalidecendo.

A distância, as várias viaturas de polícia deslizam pela via de acesso.
Durante todo esse tempo, Bunty permanece sentado, ostentando um sorriso digno.
Entretanto, vários funcionários do governo, burocratas e ministros estão se levantando das cadeiras. Telefones se iluminam. Ligações são feitas.
O que está acontecendo?
Alguém sabe?

———

Imagine prender um ministro-chefe efetivo e o pai do noivo na noite do casamento, na frente dos convidados! Prender Bunty Wadia!

Algo inédito.

Alguém vai pagar por isso.

O mandado é exibido. O caos reina.

Ram Singh começa a se enfurecer.

Documentos vieram à tona — fotos, cartas, fitas, vídeos e áudios. Foi revelada uma série de assassinatos, sequestros e atividades corruptas cometidas desde a década de 1990 até os dias atuais. Estão sendo realizadas buscas em Uttar Pradesh. Tudo aponta para Bunty Wadia e Ram Singh.

Ram Singh perde a cabeça. Insulta os oficiais e os empurra. O fato de ele estar passando por aquilo é um pecado. Alguém temê-lo tão pouco! E o pior de tudo é que ele sabe que foi o filho quem fez isso.

Embora Bunty mantenha a calma, a recepção está vacilando à beira do abismo. As luzes piscam. Os oficiais uniformizados estão ali.

Ram Singh faz um escândalo. Um entrevero. Um pequeno levante.

Os homens de Ram atacam. Armas são sacadas.

E agora a multidão está em total confusão. Alguns convidados VIPs já estão fugindo, encaminhando-se para os respectivos carros e seus motoristas; outros estão abrindo caminho para falar com a polícia.

E Bunty está sorrindo, simpático.

É aquilo que Sunny vê, puxado por Eli do seu paraíso de esquecimento. Na movimentada via de acesso à mansão, Tinu leva Sunny para um lado. Arrasta-o para um dos SUVs da família.

— Estão o prendendo. Nós vamos atrás deles.

Empurra Sunny, que está suado e de olhos arregalados, para o banco traseiro.

Eli entra e se senta lado dele, guardando a Jericho.

A polícia está levando Ram e Bunty em SUVs separados. Seguem a via de acesso rumo ao portão.

Tinu está ao telefone, aos berros.

Sunny está perdido em meio a todas as luzes.

— É lindo! — exclama Sunny, com a mão no ombro de Eli. — Isso é real?

— É, seu idiota — responde Eli. — Essa merda é real.

O comboio sai da estrada do condomínio e acelera.

Tinu, Sunny e Eli estão três carros atrás do veículo que está transportando Bunty.

— Quem está fazendo isso? — grita Tinu. — Descubra! — Depois, desliga. — Seja quem for que fez isso, está mortinho da silva. — Ele se vira para Sunny. — Ele vai ser liberado em uma hora. Eles não têm nenhuma prova contra ele. Isso é uma vergonha!

Sunny assente enfaticamente.

— Vai ficar tudo bem.

À frente, no SUV de Bunty, há um silêncio calculado. Os policiais são atenciosos e respeitosos.

Bunty, sentado empertigado, não deixa transparecer raiva nem medo.

O comboio chega a Mehrauli. Uma caminhonete enguiçou à frente, causando um engarrafamento.

O policial à frente do comboio sai do carro, começa a direcionar os outros automóveis e manda os colegas empurrarem a caminhonete para fora da estrada.

Sunny abre a janela e põe a cabeça para fora. Tenta se levantar para ver.

O ganido do motor estridente é o que eles ouvem, antes de ver a motocicleta esportiva Yamaha reduzindo a marcha, vindo em alta velocidade do outro lado da mureta central, na contramão.

Sunny a observa deslizar.

A Yamaha está em ponto morto, desacelerando e parando.

Emparelha com o SUV da Força-Tarefa onde está Bunty.

O piloto, de capacete, coloca a perna esquerda no chão.

Retira o objeto da bolsa de viagem e o ampara nos braços.

Metal.

Escuro.
Comprido.

Bunty olha para a direita.
Naquela fração de segundo, vê o que está acontecendo e puxa o policial para sua frente como um escudo humano.

O cano lampeja. Há um estrondo ensurdecedor vindo do AR-15 totalmente automático com um tambor de cem projéteis, que destrói o SUV da polícia, dilacerando metal e carne. Depois, a moto engrena novamente e vira a leste no cruzamento rumo a Sainik Farms.

Eli está do lado oposto.
Quando ele começa a atirar, já é tarde demais.
Os policiais abrem fogo em seguida com suas Glocks 17.
Mas a moto já se foi.

Sunny sai do carro cambaleando.
Olha para o que restou da carne retalhada e massacrada dentro do SUV da polícia. Aquilo um dia foi seu pai.

Depois da uma hora da manhã, em algum lugar do Punjab, o ônibus da HRTC para Manali estaciona no *dhaba* na beira da estrada. Os passageiros, enfileirados, descem, sonolentos. Entre eles está Ajay, vestindo uma camiseta e uma calça preta. Já se livrou da Luger. Neste mundo, tudo que ele tem são algumas centenas de rupias, sua tristeza e sua liberdade. Ele vai sumir nas montanhas de sua juventude. Senta-se e pede *chai* e *dal* frito. Em seguida, ergue os olhos para o noticiário na TV.

1ª edição	MARÇO DE 2023
impressão	LIS GRÁFICA
papel de miolo	PÓLEN NATURAL 70 G/M²
papel de capa	CARTÃO SUPREMO ALTA ALVURA 250 G/M²
tipografia	ADOBE GARAMOND PRO